昕 ◎ 著

套·猫·流淌的爱

中篇小说·电影文学剧本

陕西新华出版
太白文艺出版社·西安

图书在版编目（CIP）数据

绳套·猫·流淌的爱/韦昕著. 一西安：太白文艺出版社，
2014.10（2025.1重印）
ISBN978-7-5513-0724-6

Ⅰ.①绳… Ⅱ.①韦… Ⅲ.①中篇小说一小说集一中
国一当代②电影文学剧本一中国一当代Ⅳ.①Ⅰ217.2

中国版本图书馆CIP数据核字（2014）第227018号

绳套·猫·流淌的爱
SHENGTAO·MAO·LIUTANG DE AI

作　者　韦　昕
责任编辑　张　鑫
整体设计　前程设计
版式设计　建明文化
出版发行　太白文艺出版社
经　销　新华书店
印　刷　三河市嵩川印刷有限公司
开　本　787mm×1092mm　1/16
字　数　300千字
印　张　25
版　次　2014年11月第1版
印　次　2025年1月第2次印刷
书　号　ISBN 978-7-5513-0724-6
定　价　88.00元

目　录

《绳套·猫·流淌的爱》

中篇小说、电影文学剧本

内容简介

中篇小说：

《绳套难解也得解》描写"文革"期间,在山区一个公社里侦破处理四个发生在生产大队里的案件,深入挖掘当时农村基层干部、社员的心理状态,表现虽在"文革"期间,仍然有一种正直、善良、讲求实际的暗流在维持人心,稳定社会。不同于那些控诉"文革"暴行的作品,具有另一种真实层面。陈忠实日志曾写过一篇《难得一种真实》文章,给予积极的评价和推荐。

《流淌的爱》,表现从"文革"后期至改革开放深入时期,一个小学教师与复员军人之间的夫妻爱情历程,中间曾遭遇第三者的插足,但爱与善良并未泯灭,没有酿成悲剧。在他们爱情和矛盾冲突的背后,是广阔复杂丰富多彩的社会变革图景和人生百味。

《把小事弄大》从改革开放后农村发生的一次小小的交通事故,展现对立双方各找社会关系,动员社会力量及权力部门进行角力的过程。事情虽然最终告一段落,但余响犹存,影响深远,是我们必须建立法制社会的一个小小的观察点。

《四十天之战争绝断》,以作者六十年前曾参加一次土改平叛战斗的生活为素材,意图表现我军战士的英勇牺牲精神、平叛战斗中的艰苦生活与对未来的向往，以及党的正确政策的巨大作用。具有浓厚的写实风格。

《那只叫小白脸的猫》，从一只猫的视角和眼光及它从生涩到成熟的生活历程，展现当代农村、城市的社会生活和人情事态。主角和配角都是"事人事猫"的超现实的艺术形象：猫的形态、生理、生活方式，却又具有人的某些思想感情和生活哲理。这是作者写实风格的一种拓展，可以说写给成年人看的童话，其实也适宜少年儿童阅读和品味。

电影文学剧本《大唐生死恋》，根据唐传奇《无双》的基本框架，经过扩展情节、增强人物、深入历史社会背景，重新构思创作。包含有忠贞爱情、宫廷斗争、草野英雄和藩镇内乱诸多元素，仍然坚持写实风格，马戏说、穿越时绝然不同。虽是供拍摄之用，也可以去阅读文字里欣赏。

绳套难解也得解

第一章

一

真正解脱了绳套!

"文化大革命"开始以来,我第一次有了这样的感觉。

我从卡车后部的车厢板爬上去,坐在自己的被褥包上,身旁一个新置办的深红色木箱,装着换洗衣服、日用物品,一个硬纸板箱装满想阅读的书籍,已经用麻绳捆扎妥帖。同车下放的几位同事也都整理好自己大大小小的箱包,有的连几竹筐蜂窝煤都搬上来了,他们是全家一起走的,还带着小孩。刚坐定,便听见有人喊道:"坐好了,走咯!"随着汽车引擎的发动,车厢摇晃了几下,车便开动了。我听见院子里聚集的人群中,一片珍重送别的声音,那都是要下放到别的县的人们在欢送我们。汽车驶出了机关大门,刻着机关名称的木牌已经摘去,街上行人不多,路边堆着肮脏的雪堆,只有各家各户门上写着毛主席诗词的红色对联还很耀眼,冷风从车篷缝隙里钻进来。我不知道要下放的地方是什么样子,前途迷茫看不清楚,我只希望能进入一个新的环境。

这是"文化大革命"闹了三四年的春节后的一天早上,我们要下放到山区的一个县上去的临别场景。从"文革"开始时的揭发、批斗走资本主义道路当

权派、资产阶级反动学术权威和反革命修正主义路线，到群众起来造反、夺权，社会上两大派全面武斗，上层建筑瘫痪。解放军进驻"支左"，成立"革委会"，直至最后的"斗批改阶段"，干部解放，机关撤销，人员下放。这三四年我都经历了，或耳闻，或目睹，或亲身体验。那是精神上和肉体上被绑上绳套，被鞭挞、被侮辱、被强制的一种生活，如今终于解脱了，而我只是一个所谓的保守派而已。我所尊敬的一位领导，被戴上走资派帽子却又坚决不认罪的老革命，一股信念支撑着他，使他面对各种迫害而铁骨铮铮，绝不妥协屈服。当他被宣布解放以后，便病倒在床。他说，使我强撑着的是一种信念。不再斗争了，便垮了，浑身瘫软，起不来了……他是苦笑着这么说的。

卡车在寒风中颠簸、摇晃着向前开，不急着赶路，车速很慢，驰过平原、河沟、山巅和丘陵，第三天才到达目的地，也没有在县城停留，直接开往我们要下放的那个公社。原叫观音堂公社，"文革"开始为适应"破四旧"的要求，改名为"风雷公社"了。同车的几位同事都在路过的几个生产大队下了车，可能是事先的安排，那几个大队的社员敲着锣鼓，在路边迎接，帮他们搬运箱包行李，前后簇拥着走向他们要安家居住的村舍。我们互道珍重，扬手告别。我将下放的何家梁大队，是公社机关所在地。当汽车在暮色苍茫中向前缓缓行驶时，我望着看不清远近、大小和景色的田野，心里猛然觉得很孤单，不知迎接我的将是一段什么样的生活呢？

二

天已经黑透了，我被引导着走进何家梁大队一队，黑乎乎的一片村舍，脚下高低不平，一个没有围墙的院落，正面大房里马灯光照得雪亮，人影幢幢。我抬脚跨过高高的门槛，人影便乱纷纷动作起来，有接过我肩挎的提包的，有递过一碗白开水的，有的便接过从汽车上卸下来的木箱、纸箱和被褥行李，都堆放在铺着苇席的土炕上。马灯无声地照着，光影参差，离我最近面露笑容的是一位脸上密布皱纹的老汉，有些秃顶的花白头发，穿着蓝色卡其布中山装。看他像是一个干部，不知该怎么称呼，有人便向我介绍了："公社老雷社长。"

我不好急慢，立刻伸手去握他那稍觉粗糙的手，想表示谢意，谁知他握了一下，便有点退缩的意思，谦让地说："我不是领导，公社'革委会'石主任正在开县上的电话会议，他叫我来表示欢迎……"他伸手指着旁边一位四方脸、黑胡楂儿、形态精干的中年人："大队支部书记何庆华。"又指另一位脸白胖、眼睛黑亮的人："大队长高新民！"

可能我眼神里透出的迟疑引起何支书的警觉，他很巧妙地向我说："老雷社长是'文革'前的公社社长，我们的老领导，有政策水平，有工作能力，现在年纪大了……"

我立即明白这绝对是位优秀的农村基层脱产干部，可能因某种原因把问题挂起来然后控制使用，而他们所说的那位石主任才真正是当前公社的头把手、掌舵人。目前我还不清楚这位领导的心性为人。

何支书又指着一个敦敦实实、黑红脸、串脸胡，正在忙着和两三个社员一块儿砌灶的人叫了一声："赵农胜。"那人三步两步跨过来，伸出手示意他手上全是泥土，不好握了，又憨憨地笑着自我介绍："一队队长。"

我忙两只手伸出去，握住他的手，说："以后我就是一队社员了，归你领导……"

这么一说，倒引起一片笑声。赵农胜忙客气地说："不敢不敢，你是省城下来的干部，我是个农民。"

何支书笑他："再不要谦虚了！"又向我介绍："农胜'文革'前才复员，部队里当过班长，打过仗哩！"我连声说："好！好！"

这时，老雷社长用手压了压，说："再咋说，都得向省城下来的同志学习。"又转向我："今夜好好休息，明日请你来公社，石主任说还有工作任务哩！"

啊！我愣了一下，还没落住脚，咋就有了变动了，我得先下地去参加几天劳动吧！

这一夜，众人走了以后，我只打开行李卷，平摊开被褥，胡乱睡下，好在还不冷。饭是一队队长赵农胜他们临时用麦秸火烙了几张面饼，又烧了一点面汤，解决了的。炉灶还未砌好，临时在墙根下用三块土坯立起来斜靠在一起，用泥巴把接缝处糊起抹平，便成了一个简易的小土灶，放上小铁锅便可做饭了。

三

第二天,我一早起来,略加漱洗后,便抬脚去公社。从房舍紧挨的一队走出,眼界顿时开阔起来。一条土路,虽有车辙和塄坎,但还算平坦,笔直指向远方。路外是大片麦田,已经有些绿色泛起。空气里也似乎没有省城里那尖锐刺人的寒意了。

风雷公社在何家梁大队一、二队之间,稍近二队的地方,我朝公社方向大步走着。远处树木葱茏、房舍隐隐的地方渐渐近了。我先看到十几棵柏树形成的小树林,树林黑乌乌的。树林后面有一块罕见的空地,空地后边有一圈短墙围起来的几大间房屋,围墙上写有风雷小学几个大宋体字。我猜想,这大概就是原来的观音堂庙宇了。学校过去,路边又出现一人高的围墙,墙上写着"将无产阶级文化大革命进行到底""抓革命,促生产,促工作,促战备"两行标语。标语正中是一间门楼,开着一扇红漆大门,门旁的墙面上挂着一个长木牌,上写"风雷公社革命委员会"。

我对自己说:"到了。"带着一种新鲜感,便推开闭着的另一扇大门。公社是一圈高大房舍,青砖为墙,木柱支撑,青瓦覆顶,窗镶玻璃,比一般群众的房屋要雄伟气派多了。我略一踌躇,便看见院中站着两个人,正在说话,很入神的样子。一个端直的身材,略长的脸型,戴一副黑框眼镜,头扬着。另一位满脸皱纹,嘴里念叨着什么,眼睛直盯住对方,不敢稍有旁顾。

我估计那位戴眼镜的干部模样的人可能就是石主任,只见他侧过头来,很警惕地看了我一眼。

我忙向前走,笑说:"我是下放到何家梁大队的,昨天夜里才到……"

他神情立变,满脸堆笑:"哎呀,老强同志,欢迎,欢迎!"介绍另一位,"咱们公社李文书。"吩咐说,"叫伙房烧开水,泡茶。"又立即拉起我的手,向他那宿办合一的北房走去。

石主任明显是县城里的一位知识分子,说话得体,眼界很宽。交谈中,他一开始就表示对省城下来的干部的欢迎姿态,尽管这些干部目前没有担任什么职务,是下放锻炼的,但他一定要让这些同志生活愉快,安心住下来,更重

5

要的是要让他们成为公社的得力助手，把各项工作推向前去。他这种包含优容的态度，使我的心情豁然开朗，缩短了我们之间的距离。

"下放来的同志分到几个大队，我都要挨个儿去看望，看安顿得咋样了。"他把李文书送来的一杯酽茶向我面前推了推，"我建议你搬到公社来住，条件比生产队的要好，再说，在公社灶上吃饭，你就不必自己开伙了……"

我有些吃惊："我是下放到队里的，还没参加劳动哩……"

石主任大声说："没有关系，有空就去好了，有的是时间……"又放低声音，"你们下来之前，县上已经布置开展'一打三反'运动了。咱们公社才召开各大队干部会做了动员。我请你住到公社，就是想充实一下力量……"

噢——原来是这样，在"文化大革命"中又插进了一个运动，当然是这个时期的中心，占据着压倒一切的位置。我怎么能违命呢！我听见石主任补充说："其他下放的同志都在各自的队做工作，你就在何家梁大队，和老雷社长一同负责，行吗？"

我只好答应下来。石主任站起身来，拉开玻璃窗，朝对面的办公室喊："李文书，你把老雷社长喊来，开个碰头会。"

会后，我去李文书办公室，把户口、行政和粮食关系等介绍信交了，又闲聊了一会儿，李文书很坦率地向我介绍说："风雷公社生产条件属中等，工作属中间偏上，发展潜力很大，就是抓革命一般化，不然，县上咋把年轻有魄力的石主任派来做一把手呢？"

我走出公社，看着隐隐约约的黛色远山，山峰参差不齐，伟岸而又神秘，不知山后边是什么。向左右两侧望去，地平线上远树朦朦胧胧，那是公社另外几个大队，要去那里必须下到土梁下边的河沟里，踩过流水里的卵石，再爬上去。更远处，目力不及，那是别的公社甚至是外县的地面了。千万年的沧桑巨变都已过去，目前人们还在忙乱着，或劳作，或奔波，或谋划，或残害，但比起这山、这地、这深远寥廓的天，不过是芥豆一般的小事啊！过眼即逝的云烟啊！我任自己思绪起伏，远思遐想，联系到现实，忽然便跌落下来——我还得去解脱人活一生必有的各种绳套啊！我必须谨慎，得凭自己的良知……

四

老雷社长端着一碗稀饭，用筷子夹着一个馍，到我的住处来。我搬至公社后，便住进公社的客房里，这是一明两暗的房间，我住靠里的一间，隔壁便是公社的伙房，劈柴的燃烧声，切菜淘米声，蒸饭蒸馍的水汽，按时飘进我的房间。老雷社长说，咱们先抓何家梁大队一队那个反革命案件。他说话时，完全是请示的口吻，这就使我不得不非常热情地表示照他的意思去办。

我们俩到一队去，快到时看见路口石头碾子上蹲着一个人，正是一队队长赵农胜，见我们到来，便麻利地跳下来。他身板笔直，底气十足地直接就说："到队部去吧！"

我赶紧笑一笑，老雷社长抿住嘴，点点头。

我们向一队队部走，路边一块坡地边有一座院落，土坯垒成的门楼，门口靠墙边蹲着一个人，披一件黑色旧棉袄，敞着怀吸烟，在自家门口，很自得的样子，只是那眼睛从低垂的眼皮底下向外瞅，冷漠而又犀利。他不理睬我们，呆呆地蹲着，连屁股都不挪动一下。赵队长和老雷社长也不理他，只顾一脚赶一脚向前走。我有些奇怪，一般农村社员，特别是山区人，见面总要打个招呼，饭时见面都是问：吃了？看见某人去县城去了，便问：上城呀？在地里做农活时便问：上化肥呢？今年供销社给你们分了多少化肥……为啥对同一个村的人连理都不理？

村路正中便是一队队部，挂着一个白木长条牌子，门口的地场像个大院子，墙根底下零星摆放了几块砖头，显然是开社员大会的地方。队部是两明一暗的三间旧瓦房，明间摆了几条旧木长凳，暗间是会计室，有三斗桌、文具、算盘，几个暗红色的木柜，还有一张放着黑乎乎被褥的木床。

走进会计室，坐下。赵队长取茶杯，倒开水，却遗憾地说："水我倒烧了，就是没有茶叶，我去谁家借一点来。"

"不必了，不必了。"老雷社长伸手挡住，"公社的三干会都动员了，指派省城下放干部强同志到何家梁大队蹲点，你就先讲讲情况吧！"

我本来是下放当社员的，谁知却被指派蹲点，指导工作，我知道这是老雷社长对我的支持，便马马虎虎笑一笑。

赵队长却严肃地说："那我先说说情况。我们一队前几年外出武斗的倒没有，虽然跟县上两派有观点相同的，都是社员，种地要紧，嘴里说说可以，真刀真枪打仗，却没这胆量。也没有贴反标的，就只一个人骂过伟大领袖……"

我在省城参加"文化大革命"，知道反对和辱骂伟大领袖，那可是绝对可怕的罪行。谁知小小何家梁生产大队一队，竟然也出现这种问题，脊背一股凉气骤然升起。"谁?"我问。

赵农胜队长朝窗外扫了一眼，低声说："刚才蹲在院门口的那个，我们队一大害……"

"是他?"

"对，对，真个反革命!"

"他真的骂过伟大领袖?"

"那还有假! 公开地辱骂，全队的人都听得准准的……"接着，他便低声把当时的情况说了一遍，辱骂的原话，他没有重复。我知道如果重复照原话说了，那可能就引火烧身了。

"整理好文字材料了吗?"

"还没有。群众有揭发，我也掌握了基本事实……"

"这人叫啥?"

"赵臭臭，本名赵全盛。"

我心里暗想，这个蹲在自家门口的赵臭臭，见了公社来人和队长，光从眼皮底下死劲儿瞅人，连个招呼都不打，看来也不是个善良之辈，是个恶人。这一下子要倒霉了，那个反革命帽子够沉的，会压死人的。

老雷社长看我沉吟不语，就下结论说："公社石主任指示了，先揪出来交群众揭发批斗……农胜，你看怎么个揪法?"

"这我有办法，前几年我在县城见识过……"赵队长摩拳擦掌，精神上分外亢奋。

五

揪斗大会是第二天下午开的。

我午饭后赶到一队去，老雷社长一早就去了。临近一队，就听见铁皮喇叭里传出赵农胜队长的呼喊声。何家梁大队没有通电，公社机关也只通县城的电话，大概赵队长只好亲自跑前跑后用铁皮喇叭满村喊人了。

走在村路上，三三两两穿着破毛衣、旧棉袄，下身仍是单裤的社员们都在朝队部走。

队部院子里靠墙坐着一些妇女，手里还做着家务活儿，有的在纳鞋底儿，有的给怀里的幼儿喂奶，小孩童则在院内乱跑。队部里已或坐或蹲挤满了人，多是年老的或成年的男社员，阳光斜射处可见抽旱烟叶的烟气在空中乱舞。赵队长和老雷社长已经坐在靠近会计室门口的长凳上，看我进来，便示意我进去。我便进了会议室，在年轻会计让出的木椅上坐下，一面向赵队长说："你开你的会……"

赵农胜队长站起来，安排一阵子生产活路，接着大声宣布："现在进行第一项，批斗反革命分子……"

乱哄哄的社员大会会场立时沉静下来。一搞什么运动，一搞阶级斗争，再自在散漫、随意生活的农民都会规规矩矩，毫不反抗地服从运动的指拨。我分明看见一些不明底细的社员，坐直身子，睁大眼睛，看看赵队长，又四处张望。也有少数几个年轻人，则一脸兴奋，精神徒增，他们是大队的民兵。

"赵臭臭！"赵队长喊叫一声，"把反革命分子赵臭臭揪出来！"

这一声断喝，真正声震屋梁。几个年轻人猛地从人丛里冒出来，揪住赵臭臭的衣领，像在菜地里拔萝卜似的把他推拥到屋子正中。赵臭臭猝不及防，惊呆了似的直直站着，一动不动。这种揪斗方式，立时分清敌我，明确火力射击方向。前几年在省城里流行一时，结合起抄家游街，真是威力无穷，如今却又在这个小小的生产队里旧景重现了，赵臭臭一个普通农民能撑得住吗？

赵队长似乎也没有什么私怨，他出于革命立场，严正地问：

"赵臭臭，今天为啥揪你，你该明白，你认罪吗？"

"认啥罪哩，我没罪……"

几个社员喊起来："你不投降，就叫你灭亡！"

"我来揭发——"一个队干部喊叫说，"前年冬天，给地里施粪肥，命令早上按时出工，社员们扛旗的扛旗，举语录牌的举语录牌，到地里好一晌了，没见你的人影，你干啥去了？"

"干啥去了？"赵臭臭扬头朝天，"陈年旧事，我咋知道干啥去了！"

"老实说，干啥去了？"

"……在炕上睡觉哩！"

社员们一听，有人悄悄笑了。赵队长"叭叭"拍了两下桌子，没人敢出声了。

"为啥不起来？"

"没啥耍的，半夜跟媳妇睡觉来，困了……"

赵臭臭有点发蛮耍赖了，却没人敢笑。

"继续揭发。"赵队长咬住牙，说。

另一位年轻女社员尖着嗓子说："那时候，抓革命，促生产，地边头插着毛主席画像，谁来迟了，先站在地头向毛主席他老人家请罪……"

"对着呢！"几个妇女齐声喊，接着七嘴八舌质问起来，"你来迟了，至少有两三个饭时，你不害臊，大家叫你向毛主席像鞠躬请罪，背语录，你咋死活不请罪呢？""不请罪倒还罢了，你还骂呢！""对，你看都不看毛主席画像，嘴里说的啥？"

大概赵臭臭也记起有这一回事，心里发虚，嘴里还硬："我说啥来？啥也没说……"

我清楚地记得昨天赵农胜向我介绍过，赵臭臭人臭嘴也臭，他一说话就满口脏字眼。他嫌社员让他向毛主席像请罪，是故意整他，跟他过不去，就用脏字眼说了声"请……啥哩！"这就引发了今日这场批斗会。在前几年"文化大革命"刚兴起的时候，省城某报纸头版是整幅的毛主席像，二版是砸烂某部门某个人的狗头，深批某某的反革命黑帮罪行，放到太阳光下一看，这些骂人的字眼就透印到毛主席像上，成为数百人围攻报社的革命理由。某人不小心把毛主席瓷像摔到地上，碎成几块，也被伺机整他的人打成了反革命。这一潮流仍在小县城

里涌动。我暗暗有点担心,其实这些揭发赵臭臭的农村社员们都小心翼翼避开了那些直接辱骂的脏字眼,只是一股劲儿地追问:"你骂了没?"

赵臭臭嘴硬:"没有。"

好几个人一哇声地喊:"众人都在当场,听得真真的,当时都惊呆了,你还敢抵死不认!"

赵臭臭声音低了:"就是没骂。"

四周的社员有的摇头,有的叹气,有的愤然,不满之声四起,我看见几个年轻民兵把袖子向上挽,要打的样子。我怕群殴,不好收场,且不好定性,便朝赵农胜说:"不要乱,继续揭发,一个儿一个儿来……"

老雷社长扬起手臂,大声说:"咱们这是严肃的批斗会,有证据,不怕他不承认,照样可以定他的罪。大家挨个儿揭发,特别是少数几个不发言的,把事实都摆到明处……"

会场立时沉稳下来,发言是一个接一个的,特别是那天一早出工的社员,一半还是妇女,都证明当天赵臭臭确实向毛主席像骂了脏话,有时间,有地点,甚至描述了赵臭臭的恶劣表情。这么多的社员都站在赵臭臭的对立面,他有点招架不住了,他发慌了,双腿挪动着,要逃走或者坐到地上的架势。特别是一位有点文化的社员伸出食指和大拇指,象征一把手枪,指着赵臭臭说:"你犯的就是挨枪子儿的罪!"

赵队长看见火候差不多了,大声呵斥道:"赵臭臭,老实交代,坦白从宽。"

赵臭臭吭哧吭哧,承认说:"社员们说的,实情……实情……"

我看见赵队长向老雷社长悄悄问了句什么,随即站起来说:

"我宣布,对赵臭臭实行专政,只许规规矩矩,不许乱说乱动!只准在家里,不许出门。出村、上工同社员一起;外出、进城,要向队里请假。若畏罪潜逃,罪加一等!听明白了没?"

赵臭臭迟迟疑疑,问:"屋里没得烧柴了,还能进山砍柴吗?"引起几个社员悄悄笑了。赵队长狠狠瞪了他一眼,随即宣布散会。

直到会场里空无一人,赵农胜这才露出满意的神情,向我和老雷社长说:"赵臭臭,从来就是队里一个害祸,不听指挥,动不动和群众打架,欺侮女社员,恶名在外,乡行不好……今日才把他给治了……"

六

第二天,我接受了一件临时任务,修改一份李文书给县上报的单行材料。李文书在上报材料或下发通知时,按惯例在题目上边都要认真写一段毛主席语录,这一次写的是"出安民告示",我觉得与文内题意不合,一时又查不出,正寻思间,忽听见杂沓的脚步声冲房门而来,抬眼望去,已见老雷社长和赵农胜队长气喘吁吁站到桌前,赵队长急说:"出事了! 赵臭臭跑了……"

我吃了一惊,站起来问:"啥时候跑的?"

"今早上,上工时人去家里叫他,他老婆说一大早天不亮就走了……问干啥去了,说不知道,没留下话……"

老雷社长辩解说:"咱农村对反革命宽大,放到县城和省城,早进'牛棚'了。那里'牛棚'大,集中住宿吃饭,写交代,不能随意出入,劳动时有人监管,谁跑得了?"

我说:"队里刚揪出来,还没上报公社定案哩,也还关不到看守所里去。给石主任汇报了没?"

老雷社长忙说:"汇报了,石主任正忙呢,一听很生气,把农胜训了一顿,叫向你汇报,研究办法。"

这明明是在批评我和老雷社长呢,我顾不了许多,立即说:"队里派人去寻,把远近亲戚都走到,看躲在谁家里? 再派一路人到沟渠拐角、四周八匝,仔细找找,怕是寻死了不……"

赵队长显得生气又担心,解释说:"咏个恶鬼,爱命得很,不会自杀的。"

"这一招,还得防一防,不可大意。瞎好是条命,人死不能复生。活要见人,死要见尸。对了,凡是队里上县城办事情、买东西的人都叫睁大眼睛,看赵臭臭是不是躲到县城里谁家去了?"

也只能先寻人要紧,赵队长和老雷社长无话可说,快步如飞地走了。

其实,过了一天就有了赵臭臭的消息,听寻他的人回来给赵队长讲,赵臭臭是跑到北山桦坪去了。那是个远山区,山大林深,他一个远房姨家住在那

里。由于地理环境因素，山里人开地容易，无论哪个沟岔找点地种上就有收成，所以粮食不少，赵臭臭一冬把粮吃完了，常去他姨家借粮。这次，又去了。寻找的人七问八问，才找到了他姨家，三间大房，全是新的好木料盖的，没有油漆，柱、梁、檩散发出一股松木香味。只他姨一个人在家，经不住寻的人一吓唬，她姨一个妇道人家啥话都说了。

"他姨咋说？"

赵队长接过我递给他的一支烟，点着了，吸了一口："赵臭臭这个害祸，一见他姨就说：'姨，队里把我弄成反革命了……'他姨问：'是不是五类分子……'赵臭臭说：'咋不是？说不定还要进看守所呢？'你看这家伙死不认罪，就当说闲话，是旁人世人的事……"

"后来呢？"

"他想在他姨家躲几天，有事就往山里钻，没人寻得着。他姨别看是个妇女，心里明白，问过他犯事的由头，倒劝他：'娃呀，钻山也不是个办法……'赵臭臭说：'不行了，我再往山外县上跑……'他姨说：'你个呆子，你有粮票吗？没粮票连饭都吃不上；你有钱吗？坐车住店都要钱，没粮票没钱，你是寸步难行……再说，你跑了，你媳妇和娃咋办？'这一问，也确实把赵臭臭问住了，他丧气地说：'我犯了事，那个货只是哭，软柿子一个，全叫人家捏住了……'他姨这才劝他：'娃呀，你越跑，人家越恨你，越寻你，气都出到你身上，你的罪可就大了。还是回去，在人屋檐下，装孙子，说软话，你服了，总不会赶尽杀绝吧……'"

"听他姨的话没？"

"他姨不留他，他也就回来了。寻他的人回到队里到他家去看，那个害祸正在屋里拾掇苞谷，准备碾苞谷糁子哩！问他干啥去了？咋不请假？赵臭臭说：没吃的了，寻粮去了……脸挺得平平的，没事人一样。"

正说着，石主任带着一股风，推门进来。我俩忙起身让座，石主任也不客气，一屁股就在我那床上坐下。赵农胜队长忙把寻到赵臭臭的情况又重复说了一遍，最后说："虚惊一场，我正请示哩，看下一步咋办？"

石主任快人快语，说："还用问吗？你们队里加大批斗力度，再开会，天天

13

批斗,先把他的气焰压下去,低头认罪,再说处理的话。"又抬头从黑眼镜框里看我:"老强,你说哩?"

我不假思索,立即说:"就按石主任的指示办……"

<h1 style="text-align:center">七</h1>

一队继续对赵臭臭开了几天批斗会,听说辱骂毛主席画像的罪名他还是认了,态度也软了,说自己嘴臭思想也臭,跟茅坑里的石头一样。但队里社员,特别是妇女,却还不依不饶,硬是逼迫队里多开了几次批斗会,目的很明确,就是要在赵臭臭身上出口恶气。

"那都揭发出什么问题了呢?"趁赵队长晚上来公社的时候,我就问。

"哎,比起反革命罪来说,都是日常小事,但他为人太恶,把群众都得罪了……"

"说说看。"

"一回,他上县城逛去了。赵臭臭人在农村,心却在城里,隔三五天就上城一次,啥也不买,身上也没钱,也没啥可卖的,就是蹲到县城十字路口百货公司门前的石头台阶上,看人。没钱吃饭了,见到同队的女社员梅子,硬从人家手里拿走了五毛钱,梅子抗不过,也没办法。后来回来向他讨要,他却瞪眼说,那次他根本没上县城去……"

我"哎"了一声:"这不是赖皮了吗?"

"队里有个中年女社员叫李月娥,是赵二堂的媳妇,为人嘻嘻哈哈,爱说个笑话,赵二堂也爱跟人闲诌。天黑了饭后,几个年轻小伙子和小女子常到他家说闲话,从天上到地下,从山里到县城,没有不说的,赵二堂免费供茶水、旱烟叶子,有时是'羊群'牌纸烟,常常半夜才散。农村没个啥娱乐,队里也不管,也没出啥娄子。赵臭臭去了几次,因为他不合人,人家损过他几回,他就怀恨在心,散布说人家开黑会。这还不叫年轻人恨他吗?"

"唉!犯了众怒了……"

"还有一次县上电影队来大队放电影,就是那种一架放映机,十六毫米,自带发电机的。赵臭臭来晚了,只能站在边上看。他站的地方,刚好跟前是

一伙妇女,妇女爱说话,他就骂人家'臭嘴贱',妇女们一齐动手,把他脸上抠了几道血印子,衣领也扯烂了,弄得秩序大乱,放映也停了,社员们个个摇头。他一面向出跑,一面回头骂,把何家梁大队的人丢尽了。县电影队气得说以后给多少钱也不来何家梁了……"

赵农胜队长说得越来越生动传神,我听得都有点入迷了,忙问:"还揭发了些啥事?"

"多了去了。比如说,每年两次给社员分苞谷、麦子、稻谷,本来队里公购粮就重,自家得计划着用。毛主席过去说的:忙时吃干,闲时吃稀……有这话吗?"

"有过,你说得不全,大跃进以后说的……"

"赵臭臭胡吃海喝,开春接不上茬,他就到队里要返销粮、救济粮,不给就蹲在屋里不走。不给吧,那是个赖皮;给吧,又怕社员们不服,学他的样子。你说,我们队干部头疼不头疼。没有人正眼瞧他,就这货嘛!"

正说得热闹,老雷社长笑眯眯地进来了,他一问缘由,总结似的说:"队里以往没机会整治赵臭臭,简直没办法。这回借鸡(机)下蛋,大快人心啊!"

商量还要开最后一次批斗会,我却暂时去不了。原来,公社把所有下放下来的省城干部都召集来开座谈会,弄了点肉、蛋之类,给大家改善一下伙食,热闹了多半天。等我赶到一队时,批斗会已近尾声,我看见几个老社员正抱着小娃,嘬着旱烟袋朝外走。

我走进队部,人并不多,赵农胜正在最后发言,口气很严厉,是讲给赵臭臭听的。

"赵臭臭,群众把你辱骂伟大领袖画像的罪行揭发出来了,你在队里的其他恶行,也都是从这根子上生出来的。你得认罪,你得服。认罪了,服了,才能重新做人,不然的话,你只有死路一条。何去何从,你好好掂量掂量!"

队部正中站着赵臭臭,多少天一串串的批斗会确实把他压垮了,他头发蓬乱,面色呆滞,那个经常跟人吵架打捶、嘴不饶人、胡搅蛮缠的样子似已离他远去。他像个枯木桩子,歪七扭八站在那里,好像腿上要使出很大的劲头,才能站端了,站直了。

最后，赵队长说："对赵臭臭的批判斗争，告一段落。帽子提在群众手里，戴不戴，就看你今后在队里的表现了……"

他一抬头，看见我在门口站着，忙站起，大声招呼："老强，看你还有啥话要说？"

我看已经到散会的时候了，社员忙着要走，何必再讲废话，况且我早就下定决心，不抛头露面，不多说话，便说："没有，没有。"

在社员扭头看我时，我瞥见赵臭臭半抬头，斜着看了我一眼，那眼光里有些苦情，像要乞求什么……

八

公社"革委会"在石主任的主持下，审定各大队报上来的第一批反革命案件的单行材料，全公社十一个大队，材料只有几份。第一份材料就是赵臭臭的，这次称呼其正式姓名了——赵全盛。整好、抄好的材料有三页油光纸，主要段落是辱骂毛主席画像的事实，关键处一笔带过，多了些形容词，如恶毒、罪大恶极之类，还写了平日欺压群众、打架、骂人等恶行，虽然简单，事实都有了。一队那个年轻会计，有点文化，还聪明，字写得歪歪扭扭，但还通顺，意思都写到了。

念完后，石主任皱眉，看不清他黑眼镜框后边的眼光。我估计他原来摸底的和听汇报的情况，以为多大的案子，实际上比较简单。他不抬头，嘴里却说："老强，你给咱掂量掂量，赵臭臭咋个定性？"

我略停一阵儿，才说："辱骂领袖的画像，问题的确严重，'文化大革命'刚兴起那几年，那可真是罪大恶极……不过，赵臭臭倒也有点区别，毕竟还是个贫农出身，应该没有什么深仇大恨，情节上也轻微，一时失言……"

"倒也是。"石主任仍皱眉，低头，"他就骂了那一次？是否还有遗漏？是否已经挖掘到底了？还是就按现有材料定性……"

老雷社长趁石主任还在犹豫之际，笑着说："赵臭臭不会有啥更深层次的东西，就是那号货，满嘴脏话，张口就来，分不清场合……是碰上了。"

这么一说，我就想起在省城时，机关造反派刚夺权，为了表现自己的忠

心，立即在会议室和各个办公室升起红太阳，就是在迎面的正墙上贴上伟大领袖毛主席的画像，背景是光芒四射的红日和蓝天白云，下边则是波涛汹涌的海水。每当开大会时，就朝这面墙朗读语录，早请示，晚汇报。后来，大部分女同志又日夜加班，在大块白布上用彩色丝绒线绣毛主席的画像，灯光明亮，人声鼎沸，是机关夜生活的一个热闹窗口。有一位逢人说笑、口无遮拦的老兄，既非走资派一类革命对象，也与造反派没有矛盾，高高兴兴闯进来，他本意和众多女同志开玩笑，便大声说："你们干啥哩？老王打狗，一齐上手！"此言一出，举座皆惊，女同志里耳朵尖、觉悟高的连忙质问："你骂谁呢？"这位老兄醒悟过来，立马辩解："没骂谁。开玩笑，开玩笑……"脸色却唰地一下子白了。有人立即向掌权的造反派汇报了，这还了得！当夜揪出，现场批斗，赶入牛棚，限制自由。后来又多次批斗，大字报、横幅标语贴满了院墙，好动手的造反派斗士们把这位老兄的嘴都打肿了。他多次认罪、忏悔，自我贬损，痛骂自己。这样，在牛棚里关了两年，直至毛泽东思想工人宣传队进驻，到了"解放干部"时候，才予以宽大处理，回到群众中来，免予处分了事。

赵臭臭的情况和他多么相似啊！

"倒也是。"石主任抬起头来，面色和口气都缓和得多了，又朝我说，"老强，你看咋定性呢？"

我左右一看，公社几位干部面色都比较松弛、和气，便说："不要按反革命论处了，群众多次批斗，也教育够了……"

石主任又看众人一眼，都无异议。

"行！"石主任最后拍板，"单行材料退回去，不给县上报了。"

不把赵臭臭定为反革命的决定传到一队，赵农胜队长第一个躁了："这干啥哩？我们白批斗了好多天，赵臭臭这不更要翻天了，气焰更嚣张了……"

队里一些人也都议论纷纷，总的看法是白干了，妇女们还担心，害怕赵臭臭以后对她们更会连打带骂，欺侮她们。

这倒真是个问题。

赵队长召集副队长、会计、妇女主任，还有民兵和积极批斗的妇女开会，明显地要把责任推给公社，给他们一个交代，一个安慰。

我和老雷社长只好去参加,代表公社石主任把不能将赵臭臭定为反革命的理由说了。

众人沉默,赵队长带头说:"这一回,不把赵臭臭戴上反革命帽子,不制服他,今后我们怎么工作,压不住他嘛!"

老雷社长顶了他一下:"你一个队长,复员军人,啥阵仗没见过,倒怕了个赵臭臭……"

我赶紧支持群众,支持赵队长,大声说:"这回咱一队干了件大事,批斗了个赵臭臭,没有错误,完全正确!落实'一打三反'运动,谁敢说不对?虽然没有给赵臭臭戴上反革命帽子,那也说明不了他没问题,没罪行,也不能说批斗他不对。咱们看,赵臭臭在会上低头认罪了没有?"

"倒是认了……"

"气焰下去了没?"

"倒是蔫了些……"

"看!这就证明了群众的威力,咱们没明没黑地开会,不是白开了。我看,再糊涂的人,上了几次批斗会,也会落些经验教训的。他还敢胡来吗?"

"狗改不了吃屎。以后,旧病复发,无理取闹,欺侮妇女,打骂群众,怎么办?"

我大声说:"那就再揪出来批斗嘛!要相信群众的力量嘛!"这口气越发像经常发出指示的领导干部,啥时候学会了这样腔调说话呢,事后自己也暗笑不已。

老雷社长拍了胸脯:"只要我在风雷公社不走,大家来寻我……"

赵农胜队长恢复了常态,慷慨地说:"咱就听公社的!咱自己先把胆放正……"

九

赵臭臭的家我路过好几次,熟悉那土坯墙、茅草房和单薄的瓦房、土门楼,特别是第一次见到他蹲在门口的样子,挥之不去。自从被揪出批斗以后,他就深居简出了,跟机关那些走资派被揪出后的模样没多大差别。

奇怪的是,自从批斗会结束,不把他以反革命对待以后,就像田野里无名小草,天气稍暖便冒出叶尖,赵臭臭便经常坐在家门口,他想干什么呢?

他是在等我。

第一次,见到我走来,他忙站起,扑到我面前,其速度之快,动作之猛,我猝不及防,吓了一跳,忙喊:"做啥?做啥?有话好好说。"

"我感谢强同志,不是你管事的话,我都没命了!"

我心里石头落地,四下一望,大声说:"你要感谢,得感谢党,感谢公社,感谢群众!"说完,一移步,绕开他走了。

第二次,是一天下午,我路过他家门口刚一走到,赵臭臭就从门里钻出来,后边还跟着他那个又黑又瘦的媳妇,伸手拦住我,巴结地请求我:"强同志,我割了肉,打了酒,请你吃个便饭……"

我心中火起,申斥他说:"你一个贫农,咋学成这样,吃吃喝喝,快回去。"

我一跺脚就大步走了。四下一望,村道路口边也有人影一闪就没了。

第三次,他又在门口迎住我,要请我进他家歇脚喝茶。我看他确有诚心想感谢我,但他家我不能进,茶也不能喝,便站住说:"你还是要接受教训,批斗你的事实,一件件改,靠劳动吃饭,当个好社员……"

这以后,他就不再在门口等我了。一队的人,包括赵农胜队长,也不再提到他了。

第二章

一

在何家梁大队一队正在揪斗赵臭臭的时候,一天下午,公社"革委会"石主任急匆匆从县上骑自行车赶来,气喘吁吁,进门就一边用水擦脸,一边喊叫李文书通知公社的所有干部,附近几个大队支书和队长,特别是省城下放的干部,晚上到公社开紧急会议。空气骤紧,什么事呀?这么紧急,火烧眉毛似的。

开会地点在公社会议室，那是正房三大间，一砖到顶，木柱青瓦。朝东正面是大幅毛主席画像，两边斜竖四面红旗，摆着两张紧挨着的方桌，上铺一张簇新的花布单，是主席台，下边几排长条木凳。其他三面墙上挂着一幅幅毛主席语录。久不开会，落满灰尘，石主任喊妇女主任张淑霞和会计："把地扫扫，凳子擦擦，也得有点革命秩序嘛！"

晚饭后，会议室的主席台方桌上摆了两只煤油马灯。人们陆陆续续来了，杂乱晃动的身影拉长了投射到四周的墙上，光亮和抽烟的烟气混在一起，形成了一种朦胧、神秘、慌乱的气氛。李文书很神气地挨个儿点了名，不缺什么人了，石主任就说："今日，我到县"革委会"领了个特别紧急的任务，要在今夜执行……"

众人一听，揭开内幕奥秘的时间到了，都伸长脖颈，支起耳朵，安静聆听。石主任从容地掏出毛主席语录本，打开来说："先学几段毛主席的教导……"

众人跟着石主任庄重地朗读了毛主席语录里的几段，石主任这才传达了执行什么任务。原来地区"革委会"紧急部署，要在所属各县、公社的重点村镇街道，以查户口的名义于今晚午夜紧急行动，深入重点户，实行一次全面搜查，搜查的结果和发现的线索、查到的实物要一律上报。公社所在地的何家梁大队和附近几个大队是搜查重点，所以，将公社干部、省上下放干部和几个大队的支书、大队长都集中起来分成几个组，分头于夜半时分出发执行。石主任最后还叮嘱提高警惕，注意安全："每个人都带上手电筒，照明用！有电池没？供销社王主任你先去拿几盒来……"

供销社王主任应声站起，准备去取手电筒和干电池。

石主任却扬一扬手，厉声说："绝不能走漏风声，谁泄密谁负责！"

我和省城下放干部老张等几个人坐在靠门的木凳上，开会前已经热热闹闹说了一通闲话，面对石主任布置的机密而又重要的任务，不可怠慢，便静待分配自己到哪一组。此时，我忽然发现有个人影在院子里走来走去，不时仰头伸颈向会议室张望。这是谁？我用手遮住煤油马灯射出的微光，朝门外看去。看到那个高个儿年轻人，身着黑布薄棉袄，背有点儿弯，浓眉大眼，嘴有

点儿尖,下唇向前微突……我心里一动,问坐在前排的何家梁大队支部书记何庆华:"你看那是不是二队队长?"

他只斜看了一眼:"就是。何拴柱,一般人叫柱子……"

别的队长都没叫来参加会,他咋耳朵尖,知道公社召开紧急干部会,跑来想探听些什么,他为啥这样呢?我心存疑虑,从此对柱子便特别留心,观察他的一举一动。

二

这一晚,我和老雷社长、公社妇联主任张淑霞、大队支书何庆华编为一个组,任务定为二队,搜查三户人家。这个组里,张淑霞是个少有的漂亮少妇,就在省城里也是拔尖女子。她丈夫在县"革委会"办公室工作,跟石主任关系不错,有这样的背景,她本人不大说话,分配给她的工作又都是力所能及的,妇联主任的工作伸缩性又很大,所以对她的反映还不错。她的美有一种拒人于千里之外的力度,公社上下没人同她开玩笑,就连那个直率、莽撞的武装干事张勇,平时口无遮拦,爱说些男女之间的趣事,也都不随意同她说笑。可能因为这个原因,把她就分到我们这个搜查二队的小组里来了。倒是老雷社长眉头皱了几下,对我说:"把二队队长柱子叫上,反正还要他引路哩,咱们老弱妇孺……"

"石主任同意不?"

"各组都要叫队长的,不然,咋能叫开门呢!"

我一想,倒也是。老雷社长跑到公社院子里外一寻,就把柱子叫来了。我看柱子的眼光里有一种怪异的神气。

春夜沉沉,倒不很冷,农家早就不养狗看家了,也没有犬吠声。几只手电筒光柱笔直地在土路地面上晃来晃去,脚步高高低低,步声杂乱。进了二队,两旁社员家里,都已沉沉入睡。我们先到路旁一家,沿街三间土坯瓦房,黑木板门紧紧关闭。柱子上去敲了敲,没有应声,又敲了几下,才传出胆怯、惊诧的声音:"谁呀?"

"我,柱子,你开门。"

听见是二队长柱子的声音,"吱吱呀呀"门就开了,是一个近五十岁左右的老汉,披着棉袄,看见这么多人进来,显得很吃惊。

"公社派人来查户口!"支书何庆华说。

我们进去,一盏小煤油灯点着了,从里间卧房移出。几个人用手电筒又四处照看,正面墙上挂着领袖像,一侧墙上挂着锄头、绳索、草帽之类,房角有竹筐和扁担。二层楼板上可能放的是粮食,老雷社长踩着木梯上去用手电照着看了一遍。柱子"嘻嘻"笑着问:"新媳妇在没?"

"在,在,在后头。"

"户口呢?"

"正在办哩!"

原来这一家年前给儿子从深山里娶了个新媳妇,新房是两间厦房,就在后院。我们进去时,这家的儿子和新媳妇已经被叫起来了。房里明显的有些尚未淡化的喜庆味道,墙上贴的大红双喜字,墙角炕边放两只大红木箱子,两床粉红的缎被子胡乱叠放着。支书何庆华明白搜查的目的,指示说:"把箱子打开!"新郎慢腾腾地把箱子挪到炕中间,揭开箱盖,其实里边空荡荡的,仅仅几件单衣和一件棉毛衫而已,没有任何一点值钱的东西。新媳妇畏缩地站在炕边的角落里,大气儿不敢出一口,倒是张淑霞悄悄上去同她交谈了几句。我一眼瞟见二队长柱子进新房后,一直面露羡慕的喜色,特别注意那个大红木箱里有什么物件,后来才知道柱子虽然身为队长,却还是光棍一条,没订上媳妇呢!

老雷社长走近几步,问了问新媳妇家的情况,她都低声回答了,好像找不出什么破绽,精神上也很正常,不像是拐卖来的。他便示意我们走,这一家已经过了。

出新房时,手电筒光照见新房门框贴的对联是"天生一个仙人洞,无限风光在险峰",柱子"嘻嘻"笑了一声,老雷社长皱皱眉头,一言未发。我恍然悟到,这里隐喻着什么,却不好明说,只好一走了之。

第二家是一户在旧社会当过兵又在国民党政府做过事的人家,老汉头发花白,早已年过花甲,他被叫开门时,毫无吃惊的表情,迅速而及时地点亮了

煤油灯,任我们几个人用手电筒照来照去四处查看。何庆华身为大队支部书记很知道他的底细,脸上没有笑容地问:"最近咋样?"

老汉平静地回答:"哪儿也没去,在屋里呢!"

我诧异于老汉怎么单身一人,没有妻儿。老雷社长凑近悄悄说,老汉的老妻去世了,因为政治身份不好,也没有摆几桌席面给老妻过个"三年"的祭奠。女儿远嫁别的公社,偶尔回来服侍老汉几天;儿子学习不错,在县城中学教书,不常回来。正说着,又听见何庆华问:"你当兵和任伪职时的证件、照片还有没?"

老汉平静地说:"早就上交了,我一点也没留……历史污点嘛!不值得……"

支部书记何庆华和二队队长柱子又把老汉的箱柜打开看了看,也只是几件旧衣物,还有一个很精致的小木匣,打开看时,只是老汉的工分本本和几个一元钱、角角钱的钞票而已。和别的农家不同的是,老汉方桌上摆放着整整齐齐的毛泽东选集和几本马克思、列宁著作,一个笔记本抄的全是毛主席语录和马列名言。

没有任何值得怀疑和追查的东西,老汉学习毛选、马列著作也不能说成是"伪装",也许是真心实意学习的。我们几个人一交流目光,便自动地朝外走。只有何庆华还警告说:"不要忘给大队汇报思想……"老汉一言不发,默默地送我们到门口,等我们走远了,才"哐"地一声关上了大门。

第三家是一个寡妇家,在二队沿街住户后边一个岔路口,有短短的围墙,拿手电照射发现有缺口,踩上个塄坎就能翻进去。院内有三间大房、两间小房。敲院门时,半天没动静,直到柱子喊着寡妇的名字,才听见颤颤抖抖的声音答道:"来了,来了!"寡妇开院门时手里拿一根麻秆,点着了一头,像个小小的火炬,火光跳跃着。我们一溜进了院门,又直接去推房门,那个寡妇快步赶上,似乎要挡住我们:"娃娃们刚睡着,看吓着了!"她只穿了件大红棉毛衫,露出白脖颈,着急地辩解着。

柱子却不管不顾,"吱呀"一声推开房门。三间正房偏着卧房的一边,露出煤油灯光,一股温暖、汗臭的气味扑面而来。我后退一小步,偏过脸去,看见漂亮的妇联主任张淑霞站在门外，没有进来的意思。只听见柱子对着屋里从炕上下来正穿棉袄的人吼了一声："咋又是你！"我从柱子身后看去，炕头边两个小娃的光脑袋正并排沉沉睡着，刮风打雷都叫不醒的样子。那个刚穿上衣服和布鞋的男人低头不语，也不惊慌失措，只顾出了卧房门，随便蹲在一个什么物件上，一副静待处理的样子。那个寡妇也没有什么太大的惊慌失措，用脚踩灭了麻秆，就去整理炕上乱窝一气的被子，被子下边的旧苇席便闪烁着点点煤油灯光。

大家的手电筒光又在这三间正房的黑暗空间乱照了几下，柱子偷着"嘻嘻"笑了，支部书记何庆华很恼恨的样子质问那个男人："几时来的？"男人低头说："刚来。"那寡妇辩解说："我托他明日到县上给我娃扯几尺布去，看，这不是布票……"支部书记何庆华鼻子里"哼"了一声，想发作却不便发作的神气。

老雷社长和我都站在房门内一侧，门外站着张淑霞，原来房内的温暖、汗臭气味已经淡了许多，夜里早春的凉风从我们腿下向房内流去。

老雷社长眼光洞穿黑夜，只说了一句："我看，你俩还是正式到公社李文书那里登记去……"

我们从寡妇院内走出时，柱子还是面露笑意，支书何庆华却步履沉重。我们要返回公社，柱子向老雷社长说："我回家去。"却又莫名其妙地说，"这回稍带把我家也搜查一下！"

老雷社长没理他，只是生硬地回了一句："没到时候，你急啥哩！"这话像是开玩笑，又像是有所指。二队长柱子不敢应答，吱地一下就消失到黑沉沉的村路上了。

这一次的夜查户口，没有啥结果，后来听说其他几个大队也都没有查出啥惊人的事情来。详细情况，石主任不说，也不好再问。只是我暗地里想，夜闯民宅即使在古代也是不合情理的，现在我们是以革命的名义进行的，没有私利，内心无愧，农民群众历经运动，也习惯了，他们默默承受着，没有一句多余的话。

三

一队赵臭臭的问题定性处理以后,就轮到二队了,想不到二队这个案子与队长柱子颇有牵连。对柱子这个人,经过那次夜查户口,我观察的结果,他有些小聪明,为人却轻浮;勇于任事,却免不了蛮干;表面上刚硬,却也容易屈服……年纪不大,倒还很复杂的。

二队在这次要查的是去年秋季交公粮、公购粮时,粮站在何家梁大队集粮点丢失了一口袋苞谷的案件。当时惊动了县上,派政法组和粮食局的人下来,查了三天,毫无进展,就拖了下来。这次再查不出个结果,就无法向县上交代了。石主任特别关注这个案件。

早饭后,老雷社长把何家梁大队支部书记何庆华、大队长高新民和我都请到他宿办合一的房间里去研究如何破案,后来又增加上管治安的武装干事张勇。老雷社长的房间只有一间,一张木板床,一张旧的红木桌,两把椅子,一张三斗桌架着一个旧木箱,挂了一幅崭新的毛主席画像。因为他经常外出,无暇收拾,房内有点冷清,桌上、窗台上都薄薄落着一层灰尘。老雷社长很重视自己所负的工作责任,他忙进忙出,弄来几把旧木椅,又张罗了两个竹壳热水瓶和茶杯、茶叶一类物件。等大家坐定,喝上茶水后,他就先开腔说:"我先介绍介绍案情……"其实他面向大家,却是专门向我说的,因为在座的人对案情已经烂熟于心了。

"去年秋粮下来以后,县上对公购粮的征购抓得很紧,粮站派了站长等四个人来风雷公社,在何家梁大队设了集粮点,人住在公社里,在小学校验粮、开票、付款,粮食装袋后拉到大队部门外的两间公房里存放,用了几天就统一向县上粮库转运。收购还顺利,因为都是各生产队集体交运的,两间公房装得满满的。存粮的地方总得有人看着、守着,找个社员不放心,二队队长柱子自告奋勇,由他来日夜看守。他年轻,又有一股蛮力气,何况前年也是他看守的,没出问题,也就同意了。"

老雷社长说着,咳嗽了一下,我插话:"这不最妥当吗?"

"没有人不放心,队干部出面,粮站还能不相信吗? 可经过一夜,就出事了……"

"咋回事？谁报案的？"

大队长高新民本来只顾埋头抽烟、喝水，这时，抬头说："二队一个社员'小腿疼'……"

"咋叫这个怪名字？"我问。

大家都"哄"地一声笑了。高新民也笑着说："是个外号。这人三十来岁，平时有些小偷小摸行为，他主要在外村外社偷，趁人家不注意时，顺手牵羊拿走。农村也没啥值钱的，可名声太坏。队里给他开过批斗会，他反而在会上诉苦情，说：'顺手拿点啥，你们以为轻松哩，拿着愣跑，把腿都跑转筋了……疼得受不了！'"

"外号就这么叫出来了！"老雷社长笑着转向我说，"这'小腿疼'可是个人物哩，他就住在咱们查户口的寡妇家那一块，门朝村路，屋后就是菜地。他来报案说，早上起来到菜地边头解大手，忽然看见菜地外头小路上有一溜子苞谷撒在地上，从这头到那头，稀稀拉拉不断线。庄稼户没有不爱惜粮食的，一看就断定有人偷苞谷，一路走，一路撒。他的偷人名声在外，这次不是他干的，正在交公粮期间，怕别人误会他，就忙着报案了……"

高新民掐灭了纸烟头，接上说："'小腿疼'先去的大队部找我，慌慌张张，失颜变色，光说不是他干的。我问，啥事把你吓成这样，快朝外说。他才说了。我说走，走，我去看看。果然'小腿疼'没说假话，他还说，昨夜天黑前还没这事哩，肯定是夜里谁干的。我问，那你没听见啥动静？他说，没有，自己睡得太沉……"

老雷社长给自己续上一杯茶水，接上说："公社听说后，觉得不会是社员私人的粮食，就赶紧给粮站的领导说了，他们连忙去堆粮的公房里查看。一看，柱子拉了一张苇席，连铺带盖一床被子，正在门口的台阶上睡着哩，眼睛倒睁得大大的。一说，他还诧异，我白天黑夜在这儿守着哩，啥事都没，大惊小怪干啥！粮站的人顾不上跟他辩嘴，上上下下一盘点，嘿！就是少了一麻袋苞谷。柱子嘴张得大大的，直挠头，这倒怪了，咋会少了呢！后来指天发誓，对着毛主席像发誓，他与丢失之事毫无关系，还再三说，是不是没盘点清

楚呢?"

"后来查的结果呢?"我问。

老雷社长用手向上指了指:"上头来了人,跟粮站、公社一块儿,查了三天,怀疑这个,怀疑那个,都查无实据,落实不了,就这么挂起来了……你们几位看我还遗漏了啥,都补充补充。"

"齐全着哩!"大队支部书记何庆华说。

"就看咋样破案吧!"大队长高新民很有点跃跃欲试的神气。

到了要实际动手之际,大家忽然沉默下来,似乎都在苦思冥想。我便问:"当时为啥不顺着那漏下的一溜子苞谷去查,到了谁家,还能跑了?"

老雷社长说:"查过。那苞谷只在村外的小路上,就没进村子,二队的人谁家也挨不上……唯一的线索可惜了的……"老雷社长不无遗憾地说。

公社连带管治安的武装干事张勇又吸烟,又喝茶,不断变换坐姿,这时耐不住了,说:"哎呀,活人还能叫尿憋死! 我看咱先造声势,大轰大嗡,把怀疑对象都排上队,腾出时间,挨个儿审查,交群众揭发批斗,压力加大,还挤不出个结果来?"

高新民赞成这么办,支部书记何庆华只是反复地说:"没头的案子,证据在哪儿?"显得劲头不大,没有信心。

老雷社长眯了眼睛,眉头皱起,不明确表态。又吵吵了一阵子,看快到中午饭时,便冲大家说:"先到这儿,再议的时候,听我通知。"

我笑一笑,心想,咋没人怀疑柱子会不会监守自盗呢? 是不是有什么隐情呢?

四

我刚吃完晚饭,老雷社长就端个碗进来了。他可能回来得晚,伙房里菜早完了,只剩下锅底带焦煳锅巴的米饭,他便挖了一勺子辣椒酱就着吃。我看他吃得这么简单,便说:"没菜咋下饭,叫炊事员给你炒个鸡蛋,再不行炒点韭菜,好坏也是个老干部嘛!"

他扬起拿竹筷的手,摇了摇,笑说:"不特殊最好,咱又是个历史上有麻烦的人……"

"你还工作着呢,啥麻烦?"

"不瞒你说,旧社会被国民党军队拉了壮丁,一下子开到河南去了,咱就是个兵嘛!后来在陕北被俘,参加了解放军,在部队入了党。后来又成了志愿军,还没过鸭绿江,就停战了。因为身体不行,复员回乡,公家人这身皮没脱,又成了乡干部……这不到了'文革',被整了一顿,说是反动派的残渣余孽,没彻底打倒,就挂起来使用……"

老雷社长平静地说着,既无不满,也不伤感,好像是说别人的事。我忙安慰他:"你那算个啥问题嘛,不要灰心,总有最后弄清楚的时候。"

老雷社长吞下了口饭,沉默了一会儿,方说:"你不在本县工作,利害关系不大,我才给你透个风儿,平常我是啥都不说的。"

"我能感觉出来。"

"好!那咱就说二队这丢苞谷的事咋个闹法……"老雷社长三下五除二把碗底的米饭都拨拉到嘴里,又吃了一小口辣椒酱,把话提到正题上。

感觉到老雷社长跟我确有点推心置腹的样子,我心内一热,便痛快地说:"我思谋这事,绝不是过路的什么人或者本村社员胆大包天敢偷的。阶级斗争的弦绷得这么紧,谁敢弄这事……"

"你估计是谁?"

"绝对是个监守自盗的案子。"

"着!"老雷社长猛地站起来,拍了一下桌子,"我早就看准了,但手里没证据。去年只是在外围转圈子,查不出个所以然来,依我现在的处境,那时人多,我也不便多嘴。"

我笑了:"咱们前几天夜查户口,开动员会的时候,本来没柱子的事儿,他却跑到公社来,在院子转悠,好像要探听虚实,自己心里没鬼,慌张啥哩?"

"那就是心里有鬼,不然,咱们查户口,他又叫到他家也去查一下,什么动机嘛!"老雷社长站着,在屋内走来走去,"你看咋弄?"

"武装干事老张不是有个大批大斗、大轰大嗡的办法吗?"

老雷社长连连摇手:"那是发虚火,浪费弹药,打不到目标上。"

我站起来,仔细听听窗外,没有什么人,便低声向老雷社长说:"肯定是监守自盗,不过立马揪斗柱子,咱手里没证据,没炮弹,命中不了。我看柱子心虚得很,咱们就利用这一点……"

"咋个利用?"

"开个案情分析会,把柱子也叫上。就是分析案情,一直分析到监守自盗上,看他还能坐得住,包藏得住? 咱也能当面看他柱子的表演,也好掌握他的心理……"

老雷社长听着,想着,兴奋起来:"好,好,这也是个新路子。不揪斗,不歧视,免得他破罐子破摔,死不认账。何庆华和柱子是本家弟兄,不要说包庇,他不积极,柱子就很难拿下来,案子就悬起来了……"

他不说了,拿起热水瓶给饭碗里倒了半碗水,喝着,漱口:"刚才辣椒酱吃多了,口干舌燥……你再费神,把会咋开具体化了……"

"这还可以研究,只是你得给石主任汇报,取得点支持……"我说。

"这倒也是。"

五

第一次案情分析会,还是在老雷社长的房子里,原本想到何家梁大队部开,怕受干扰,就换了地方;会议主持,原先想叫大队支书何庆华担当,又怕他拿不准方向,包庇柱子,只好由老雷社长披挂上马。由于增加了大队妇女主任、会计、治保委员、大队党支部几个委员,人多了,身上散发出的热气、口里喷出的烟气,把平素冷清的房间一下子弄得热烘烘起来。晚饭后开会时,天已黑定了,点起了两盏煤油马灯。明亮的灯光下,我看见老雷社长精神很足,脸上都微微发红了。

我特别留意柱子,他来得还不晚,可能以为不会怀疑他,表面上一副很轻松的样子,向别人要烟抽,说笑,却很难掩盖他多少有些心虚的慌张。

老雷社长领着大家学毛主席语录,按照预定步骤,介绍了案情。大队妇女主任高翠翠就先提出来,这个'小腿疼'虽然是个报案之人,但他只提供了线索,那么,会不会是他作的案,又来报案,欺骗公社,迷惑大家?

似乎都觉得她扯得太远,几个人七嘴八舌地提出异议。

"'小腿疼'人缘不好,人气不旺,他敢偷本队的公粮吗? 兔子不吃窝边草哩,他从来不在自家村子里小偷小摸,这是都知道的。"

"就是他偷了,也不敢在后门外边的路上撒一溜苞谷,那不是给自家惹事吗?"

"'小腿疼'日子过得咋样?"老雷社长问。

"倒也一般。一个老婆,两个娃,再没有来钱的路,就是靠队里挣工分过日子,粮食勉强够吃,每年欠队里买粮的钱还不多。他小偷小摸来的,也不知能添补多少家用……"会计忙回答说。

"就是说,不一定穷到非偷这一袋苞谷不可的地步!"

"那倒是!"何庆华点头说。

"这回运动来了,'小腿疼'表现咋样?"

"去年,他来报案时,害怕得不行,只怕落到自己脑袋上。当时,也问过他好几次,他赌咒发誓,说自己清白如水。"大队长高新民大声说。

"我问的是最近这一段。"

"这一回,揪反革命哩,查户口哩,还有查前几年武斗打死人的,'小腿疼'倒不紧张了,一直没见来公社或去大队部……"高新民还不忘说笑,"倒是经常上县城逛去了,可没见有人揭举他偷谁的啥东西!"

大家"哄"地一声笑了。

老雷社长也轻轻地笑了:"就是说,他'小腿疼'心不虚嘛!"

我仔细看去,二队长柱子一言不发,只坐着听,不时向跟前坐的人要一根烟抽,不太值钱的羊群牌烟,别人还是给他,拿出简易的打火机给他点着。不过,老露出坐不稳当的样子。

老雷社长笑着问:"哎,柱子,你咋不说话呢? 你是看守粮食的,也没意见吗?"

柱子吃了一惊,坐直了身子,嘴里"哦哦"地说:"……'小腿疼',比我岁数大,我叫他哥哩,他有些手脚不干净的毛病,这一回,我看他不会——"

"你敢保证吗?"支书何庆华问。

"我，我，我可不敢保证……"

"那为啥？你不是专门看粮食的。"

"我在门外支了床，又铺了席、被子，眼睛一刻不敢离。可是人总要屙屎、尿尿的嘛，有时不在——"

"时间多长？"

"屙屎、尿尿能有多长时间，顶大一顿饭时足了！"

"那吃饭时，你在不在？"

"我爸做好送的。"

老雷社长在我耳边说："他爸一个人，老伴去世得早，一个人把柱子拉扯大……"

高新民插话，问："平时'小腿疼'怕你不？跟你关系近不？"

柱子忽然傲气起来："别说我把他叫哥哩，他根本不敢跟我犟嘴，见了我就离得远远的，我当队长就看不上他……"

老雷社长及时直问："知道是你柱子在看粮食，他还敢去掮一袋苞谷跑了？"

柱子一时语塞，不出声了。

老雷社长语带双关地说："你的名声都能把贼吓跑，咋就丢了粮食了呢？"

柱子立即低下头，再也不敢仰视。

老雷社长用手指敲了敲那张红油漆斑斑驳驳的三斗桌，弄得煤油灯光也猛跳几下，说："哎——我看，'小腿疼'的嫌疑要排除掉！"

大家没有不同意见，又分析了二队几户人家，包括和寡妇私下相好的那一户光棍儿，最后都没有证据，情理上不合，被排除了嫌疑。

"哎——都半夜十二点了，今日的会就到这儿。"老雷社长一看手腕上那只旧上海牌手表，精神十足地说。

大家纷纷起身，打着哈欠，散了。

六

第二天晚上的案情分析会，还是在老雷社长的房子里开。石主任饭前还

31

来看了看,对这种方式,似乎还有保留意见,但也不反对,笑着说:"先弄着,先弄着,案值不过一袋苞谷,就是把人折腾得够呛……"又让炊事员再拿几个碗,多烧一锅开水,人多嘛!

老雷社长还是精神焕发:"按照方案分析案情,我看有意思……"

这次会,令人诧异的是柱子倒来得最早,他嘴里叼一根羊群牌纸烟,很自负的样子,嘟囔着,这人咋还不来呢!

人们一个接一个来齐了,房子里热烘烘的,烟气很重,老雷社长动手打开那扇落满灰尘的木格镶玻璃的窗子,一股春夜的洁净空气立即汹涌而入。

刚学完毛主席语录,柱子就迫不及待地先发言了,也许还是有点心虚,他低着头,闷声闷气地说:"我看守公粮,丢了苞谷,责任重大,得先检讨。不该在半夜时分,上茅房解大手……"

何庆华急问:"解大手咋了?"

"吃棉花屙线,你能占茅房多长时间?"

柱子"吭哧"了几下,低声说:"我从茅房出来,看见有几个夜行的山里人从村路正中走过去,不知背的啥,背篓很沉,装得满满的……"

老雷社长忙问:"大约啥时辰?"

"快半夜了。"

"那你咋不撵上去看看?"

"我,我,虽然看见了,心里想,还是得回去守粮食……不敢随便离开……"

这又是一条新线索!

老雷社长反复说:"山里头人,过路的,偷一袋公粮,又在半夜,大家分析分析——"

何庆华"嗯"了一声说:"倒应该查一查,问题是查谁? 有啥证据?"

高新民旗帜鲜明地持反对态度,说:"我看山里人没这个必要。山里头地薄面积大,好坏找个沟沟坎坎,点种几棵苞谷,埋几窝洋芋,那额外的收获比队里的工分还要高,比咱这儿人还要实惠,他半夜三更情况不明,咋到咱这儿偷来了,偷的还是公粮?"

大队会计说："偷一麻袋苞谷，按柱子的说法是上县上去了。那不是自找苦吃吗？二三十里路哩，就那么背着？到县上又咋个处理呢？"

大家都点头称是，显然这条理由很重要。几个山里人，夜半路过何家梁村子正中大路，看见公粮堆在那里，跟前没人，扛起一包就走，而且朝县上走，那是卖了？还是再背回来？兴许半路嫌重，随地扔了呢？

有个党支部委员慢腾腾说："我要是山里头的过路人，初次路过何家梁，人生地不熟，绝对不敢掂走一根草棍棍，这是在人家的地面上哩，不是自家队里……"

妇女主任高翠翠急急跟上说："那遗下的一溜溜苞谷，是在'小腿疼'后门外的地边头小路上，跟山里人有啥关系？山里人咋会跑到人家房背后去了呢？"

"这话对！"另一个党支部委员大声说。

老雷社长笑着说："山里人还不知道咱们柱子是看守公粮的，门扇大的小伙子，又是二队队长，敢来偷吗？一捶一脚，还不把他打得睡几个月！"

听这揶揄的口吻，全屋子的人都笑了。只有柱子不笑，手在头上挠了几下子。说的理由，没一句可以反驳的，只好垂头不语，闷着头吸他的羊群牌纸烟。

农村生产队开会，进度慢，有人发言，有的人不关己的事不发言，有时又说走岔路，扯得贼远，不知闲扯到哪儿去了，还得主持的人拉回来。这次丢了公粮，不知咋的，又说到公购粮的事。有人说，公购粮能减免一些，社员的负担就轻了，何必再给社员卖返销粮哩！

武装干事张勇两次会上都不发言，老雷社长给他叮嘱了，多听听社员的，这一回他却忍不住，说："交公粮、卖公购粮，这是农村公社社员应尽的职责，咋能随便就减免了呢？就是减免，也得政府做个决定……"

为缓和气氛，我忙解释说："公购粮要养活城里人哩，城里人没地，得靠乡下农民……"

那个高翠翠哈哈笑着向我说："我们都同意养活你们政府，你们忙正事哩！就是那些打球的、踢球的，与农民没关系嘛，一天抱着个皮球耍，还得农民交粮养活……"

这话引起一片笑声，支部书记何庆华埋怨高翠翠："这叫啥话嘛！你咋连为革命种田的道理都忘了……"我只好笑笑算了。

只有老雷社长也笑着说："只怪你男人管不住你，要是我，早就美美地扇几个嘴巴子了！"

高新民把他那一股子烟味的嘴靠近我的耳朵说："高翠翠厉害，成天出老社长的洋相哩，老社长这回也反击了。"

老雷社长正色说："以后开会就是开会，要严肃，不能扯远了。我说，柱子，这次丢公粮，分析的是别人，可归根结底，你脱不了干系，好好想想。"

柱子仰起他的脸，丧气地说："要不，我给公家把这粮赔了算了，把窟窿先补上。查不出来，也就不要再查了……"

老雷社长摇头："那不行。还没查出来，你赔个什么！豇豆一行，茄子一行，各是各的。"

会散了，柱子走在最后，他那年轻的高个儿，背却显得有些弯，好像扛了什么重东西。

七

为了趁热打铁，不然，烧红变软的铁块，晾得不亮了，发暗了，再抢锤也打不动了，第三次案情分析会紧跟着继续开。

会前发生了一件事。柱子的父亲，也是个高个子，满头白发，半弯着腰来到公社，专门来寻公社石主任。柱子母亲死得早，老汉把儿子拉扯大，虽在农村，也是娇宠的。柱子小学上了几年，没再考初中，就在家里务农。农活儿干得还好，撒麦种、栽稻子、拉架子车，舍得出蛮力。当队长是个苦差事，支部书记何庆华就推荐他当了二队队长，安排人力，指拨活路，打钟上工，倒还积极，只是家里穷，还没订上媳妇。

柱子他爸，一进公社大门，就喊石主任，声音大得出奇，给人感觉老汉定有急事。李文书从他的办公室跑出来，急切地说："不要寻主任了，有啥事给我说……"把老汉拦住了。

老汉一手拨开李文书,一面说:"这事得找石主任。"

李文书笑了:"是不是嫌我的官小?"

这时,石主任从他办公室门里伸出半个身子,招呼说:"来,来,到我房子来。"

老汉好像寻着了丢失的一件什么东西,急奔而去,一面大步走,一面说:"我娃是个好娃,他咋会偷公粮哩,咿是犯法的事……"进房子说啥就听不见了。

吃晚饭的时候,一人端一只大碗,盛好米饭,再用一个小碗盛些炒韭菜,或者烩洋芋、粉条之类。我刚端碗回到房子,石主任和老雷社长一前一后端着碗进来。我连忙让座,自己坐到床边上:"是不是聚餐呢? 二位有啥好菜?"

石主任说:"不是菜,是个情况!"

嗯? 我看着石主任面露兴奋之色,黑框眼镜后面一闪一闪。

石主任笑着说:"柱子他爸刚才来给我说,柱子看粮丢了公粮,错误严重,柱子这几天愁得不行,人都失形了。他实实不愿柱子进看守所,他还指望柱子娶媳妇,给他抓养孙子、养老送终呢! 他恳请公社恩准,从他家的口粮里把丢失了的公粮扣出来,把事情了结了……"

我停住筷子,问:"石主任你同意了?"

"没有,我不能随口答应。我把老汉安慰了几句,给他说,劝劝柱子放下包袱,有啥该检讨的就检讨,该交代的老实交代……"

"这话好! 这话好!"老雷社长高兴地说。

老雷社长房里两只煤油马灯点亮了,人都紧挨着来齐了。第三次案情分析会跟着召开了,这一回,大家就不绕弯子,直接责问柱子了。

"你看守公粮,这丢粮的责任太大了。眼下查不出是外人偷粮,那你就得有个交代嘛!"

"哎,我承认……"

"承认个啥?"

"承认……承认……"柱子说不下去了。

"'小腿疼'是个报案人,明显人家不会偷;其他社员半夜早就睡沉了,也没人敢去,你这个队长在看着哩! 你说的山里人也拉扯得太远……你说,那一袋苞谷莫非上了天了?"大队长高新民用意非常明确地说。

"你是不是监守自盗啊?"老雷社长拍了桌子,高声地质问。

柱子一惊,忙抬头看了老雷社长一眼,又慌乱地低下了头。

"我来分析,你有条件去作案:第一,你一个人去看公粮,没人监督。也怪领导上麻痹大意,至少也应派两个人去,这就给你留下个机会;第二,粮站的人忙着夜里清账,对你很信任,也就没管,再说前年也是你在看粮食吧?"老雷社长一条一条摊开来说。

"对,前年也是他。"几个人一齐说。

"这就从外部给你留了空子好钻,都信任你嘛! 第三,你年轻力壮,这不到一百斤的一袋粮食,你扛起来,不费啥劲儿,背到哪里,易如反掌;第四,你自己也提不出个线索来,那就只好在你的身上找答案了——"

老雷社长的分析,有条有理,众人都被镇住了,大气也不敢出,安安静静地听。

一直静坐旁听,不多说一句话的大队支部书记何庆华和柱子是本家人,开了三天会,现在看清形势,坐不住了,他直接申斥柱子:"老雷社长说得句句有理,我看你就赶紧坦白交代,迟交代不如早交代! 你尽管是我的本家兄弟,我放下一句话,我不会包庇你!"

武装干事张勇力劝柱子:"你还是个民兵班长哩,好汉做事好汉当,不要敬酒不吃吃罚酒,那就划算不着了……"

高翠翠等几个人一齐劝说:"交代了,算了,多大个事嘛!"

正说着,忽见柱子猛地站起来,直向门外走,嘴里说:"我去一下茅房。"

张勇坐得靠门近,忙跟着出去,三下五除二就回来了,只是说:"啥上茅房! 跑到石主任那儿去了……"

"石主任在没?"老雷社长问。

"灯亮着呢!"

都放心了,说话的低声说话,吸烟的只顾吸烟,老雷社长打了个哈欠。

正等着,不过一顿饭时间,门外闯进一个人来,仔细看去,原来是石主任,

他面露喜色,一脸春光灿烂,见大家盯住他,忙说:"吐了核儿了!"

"真的?"

"坦白了。"

"是他偷的?"

"对。"

"过程呢?"

"我坐下说……"石主任说,老雷社长忙站起让座,大家也都挤了挤,"其实,事情简单得很。他半夜迷迷糊糊,睡不踏实,听见村路上几个山里人背着背篓走过去,百感交集,年年口粮紧缺,老爸又有咳嗽气喘的老病,更主要的是还没说下媳妇,到外地说个媳妇,人家要粮票、布票,要买衣服,要现钱,一时兴起,起了个坏念头,顺手把放在门外最靠近他的一麻袋苞谷扛起来,跑回家里去了……"

"那是啥时候?"

"半夜时分。"

"他也有个小心眼,没走村路,绕道村外,走小路,沿着各家的菜地外头走。没料到口袋没绑牢,漏了一路,他觉着了,连忙用手握紧,急急火火赶回家。他爸早睡了,门闭着,他悄悄藏起苞谷,又急急火火赶回原地,一看还是原样子,没发生啥事,这才放心睡下,却翻来覆去睡不着。他原以为公购粮收了这么多,第二天就要拉到县上去的,谁还查呢?谁知第二天一早,'小腿疼'就报了案了……"

谜底揭开,内幕尽露,大家听得入神,又都松了一口气。只有老雷社长急问:"现在人呢?"

"在我屋里,我让他再好好想想,再挖挖思想根源。整天背诵'老三篇'哩,咋还敢偷公粮!"

老雷社长放心了,便问:"那咋办?散会吧?"

我这时已经完全进入破案的境界里,脑子一动,忙说:"不敢散。柱子这会儿承认了,明天忽然不承认,又胡说开了,咋办?赶紧到他家去起赃证,防备夜长梦多……立刻把案子落到实处。"

石主任、老雷社长齐声说好，立即指派几个人由老雷社长带领，又寻了几只手电筒，从石主任房间里叫出了柱子，到他家去起赃证了。石主任看见案件已破，心里高兴，便拉我到他的房间里去喝茶、抽烟。

"给县上咋个报呢？"石主任笑着问。

"哎！这得领导上拿主意……"

"不要客气，真心想听听你的意见。"

我其实内心是有点同情柱子的，便说："这娃也是一时糊涂，所谓一念之差，况且数量有限，送去蹲看守所，判个一年半载的，也有些重了。再说，人家是向你自首了的，还是网开一面为好……"

石主任沉吟："那咋给县上报呢？"

"报啥单行材料，将来总结时，就说积案已破就是了。"

石主任继续思索："二队队长也得免了，总是名声不好嘛！"

我笑了笑，没说啥话。

正议论着，公社门外几个人进来了，院子里手电光四处乱晃。老雷社长一把推开石主任的房门，后边跟着何庆华、高新民几个人。

石主任站起问："起出来了？在他家啥地方？"

老雷社长笑说："不要看柱子荒唐，心眼儿也还不少。"

何庆华说："在他家山墙上。"

"山墙上能放？"

老雷社长比画着说："他家山墙厚，墙顶架楼板的边上有一块空处，苞谷就藏在那里，用一烂东西挡着，你在他家里外绝对看不见的……"

这时门外有人朝里问："苞谷搁啥地方？"

石主任向老雷社长说："先放你屋里去。"看见老雷社长要走，又说："完了你再来一下，商量一下这事咋个了结……"

老雷社长"嗯"了一声，答应了。

八

熬了大半夜，天亮时我睡得正香，伙房里做饭劈柴的声音和炊事员陈老

汉叫人的吼声惊醒了我。我坐起身，穿好上衣，看见院子里明亮的阳光里，几个人在忙着什么，其中就有柱子那高高的身个儿。这时，我才想起，昨夜石主任和老雷社长已经商定，不给县上上报单行材料，只让柱子亲自拉上那一袋苞谷，送到县粮站去，给人家当面做深刻检讨，把这事儿就算了结了。隔窗望去，老雷社长正向柱子叮嘱什么，李文书披着衣服，手拿一个大信封，等候着，可能是公社的介绍信！不一会儿，柱子装好苞谷，把介绍信揣在兜里，拉起架子车出了公社大门。身强力壮，颇有蛮力的小伙子拉起百斤重的架子车，算不了什么难办的事情。他挂上绊绳，手握车辕两个把手，轻快地走着，一霎时，就没了身影。我穿好衣服，心里把这个案子抛开，端起饭碗，到伙房盛那香暖滑糯的苞谷糁子稀饭去了。

第三章

一

风雷公社作为这个地区的领导核心，又是全县一个基层政权机构，各种事情、任务和春种秋收的生产指挥，纷至沓来，没有闲的时候。这不，中午饭时接到县"革委会"的紧急电话，石主任和张勇就急匆匆骑上自行车，相跟着到县城去了。老雷社长向石主任请准假，也回另一个公社的家里去。老汉可怜从春节到现在，一直在公社忙碌，终于等到一个放松的机会，到公社附近的供销社商店里买了一斤白皮糖点心，一斤太白酒，又不知从哪个渠道弄到了半斤菜油，兴冲冲地走了。公社会计家就在三队，有空闲就回去睡觉，石主任他们一走，晚饭后就不见了身影。最有意思的是李文书，一直坐机关，值班看守，今夜无事，天黑以后就悄悄给公社妇联主任张淑霞说，他回去一晚，明日天亮赶回来，要张淑霞代他听电话。到我吃完晚饭出来时，发现公社院里已经是空空荡荡，各个宿办合一的房间都黑着灯，只有悬挂在会议室房檐下的那个广播喇叭，是利用电话线连通的，每到时间，便不通电话，变成广播了，在

《歌唱祖国》的曲调后，就开始播送全国的新闻联播。

我每天事情不少，今夜忽然清静下来，无所事事，好在身边还带着几本古典诗词书籍，便拣出一本苏轼的词选，点亮煤油灯，任窗外清风悄悄沁入，自己轻轻朗读几首，恍然已置身书斋而不是现在的山野农村了。我正在苏轼诗词的意境里遨游，忽听外间有人进来，好像还在搬动什么东西。我拿起手电筒跑到门口照了过去。一看，原是伙房炊事员陈老汉正在外间的床上铺展被褥。我愕然，张不开口，倒是陈老汉不慌不忙，问我："我听见你还没睡……"

我还有点懵懂："你这是？"

陈老汉连声说："没事，没事，我把大门都关紧了，里里外外都看了……"

我知道陈老汉家就住在三队，每晚把伙房收拾干净，然后回去，天一亮就赶来，是公社在农村雇的人，敬业、守时、负责任，又不乱说什么，很得信任。公社今晚要上演空城计了，陈老汉不回家去，却这样负责地保护公社机关的安全。我颇受感动，便笑说："好，好，你就睡这儿，给我做个伴儿。"

陈老汉点燃了他的旱烟锅，吐出一口烟气："张主任说来，叫我不要回家去，今夜就住在公社，预备有个啥事……"

"哪个张主任？"

"张淑霞嘛，还有谁哩，她一个妇女，一个人嫌害怕……"

噢——我恍然大悟，这陈老汉在公社见谁都叫官衔，原来说的是她。我跟陈老汉又闲聊了一通，便回床上睡下，不一会儿，就听见陈老汉在外间已经鼾声大作了。

我睡下，往深处想了想，让陈老汉留下，原来是她的主意。这就对了，农村最忌讳的是男女关系问题。今夜公社空无他人，就我一个省城下放干部和漂亮的妇联主任，如果传出去，造起谣来，百口难辩。有个陈老汉住在我的外间，就能铁证如山地证明，清白如水，什么事情都没有发生过。对外说来，不过是拧紧阶级斗争这根弦，防备阶级敌人破坏公社机关，哎呀，真是聪慧极了！看来绝不敢小看任何一个农村社员，哪怕只是一个妇女呢？

到第二天清早，不知陈老汉何时起床，都已在伙房烧水准备熬苞谷糁子稀饭了。我起来收拾好床铺，拿起脸盆，去伙房打水洗漱，便见张淑霞正坐在

伙房灶火前,帮陈老汉往锅下填柴,见了我笑盈盈地招呼说:"强同志,今日起来晚了。"我笑一笑,算是应答过了。外边院子里,李文书正推自行车进来,会计正在开房门。至于石主任和张勇,还有老雷社长则是午饭时才回来的。

二

何家梁大队三队队长叫高长河,两鬓星星点点有了白发,只是头顶还乌黑乌黑的,没见过他剃过光头,那硬发直直地覆盖着他的头颅。他话不多,若放开来讲,却也滔滔不绝。我没料到外表铁硬的他,倒是个充满感情色彩的人,特别是谈到三队原任队长高长顺的时候。

这次,石主任和张勇被召到县上去的事情就与高长顺有关联。

原来,高长顺在四五年前"文化大革命"还没有开始的时候,因与本队妇女张俊英的私情,陷得太深,竟然在张俊英的协同下掐死了张俊英的亲夫陈福安。案件立即破获,高长顺被判了死刑,张俊英判了十五年徒刑,却一直拖延未决。现在,县上在一打三反运动中决定要执行死刑,准备押回何家梁大队开群众大会批斗一次,然后押回县上择日执行。

"还有这事?"我惊讶地问三队队长高长河。

高长河笑了笑,慢慢地说:"咋会没有。农村人的私情不是没有,只是农村人讲脸面和乡行,这种男女间的事,都在暗处,当面谁都不说,私下里比无线电还传得远……"

"那你是接高长顺的班,才当上队长的?"

"高长顺村里人都叫他顺顺子,原先他当队长,我也是副队长呢!"

"他们的事,你都知晓?"

"哎,就跟我躲在窗户外头听见看见一样,根根筋筋都知道。"

"那你咋不劝劝他,弄得这么个结果?"

"不是没劝过,上了瘾了,你能挡住吗? 就是他掐死了俊英的男人陈福安,这事先我一点不知,也根本没料到。不然,我报告给公社和大队,哪怕挨骂哩,也得挡住,两条人命呀!"

高长河摇头,叹气,顿脚,深深哀痛不已。

　　在给顺顺子和俊英开批斗会的准备时间里,趁高长河来开会的机会,我把他留下来,做彻夜长谈。在得知陈老汉和陈福安也很熟悉的情况后,又跟伙夫陈老汉闲聊了几回……顺顺子和俊英私情的前前后后,便从朦胧的岁月角落里,慢慢地却是真切生动地浮现出来……

　　我下放到何家梁时,自然见不上顺顺子,他关在县上的看守所里。他的模样儿,从高长河和陈老汉的描述里,可能是这样子:脸面稍长,但和颧骨宽度的比例很恰当,鼻子高而略弯,嘴唇不厚,经常紧抿着,有点络腮胡茬儿,眼睛很亮,从眉毛下看人,很有力度。他身材匀称,动作灵活,地里劳动肯定是一把好手。

　　他当上队长是在"大跃进"以后的经济调整时期,实行了以生产队为基本核算单位的制度,他很积极负责,就像个当家的家长,命令指派,说话办事,丁是丁,卯是卯,什么事他说了算。队里社员听他的,很服他,也有点怕他。

　　"这人,就是有些霸道!"高长河归纳顺顺子的性情为人后肯定地说。

　　他的家境,也不怎样好。两个老人,一个媳妇,一个七八岁大的男孩儿。临村路三间瓦房、墙薄、房矮,一边隔开住着两位老人和小男孩儿,他和媳妇住在后院两间小房里。他当了队长,整天操心全队三十户人家的大事情,也就不怎么操心打理自留地,多占点田埂地头,更不会去县上卖个什么,换个什么,队长还能搞资本主义的东西吗?所以,日子还是过得紧巴巴的。更要命的是他当队长不久,媳妇就患病去世了。这对他打击很大,儿子由父母两个老人带着,每天凑合着弄两顿饭吃。他沉默,不说话,吊着脸,除过料理队里的活路,自己下地劳动外,就是整天蹲在队部公房门口的台阶上,就像现在已成学校的观音庙里的泥塑神像一样。队里社员都不敢轻易跟他说话。

　　"我也劝过他几次。"高长河接过我递给他的牡丹牌纸烟,先放在鼻子下边闻了好一会儿,才噙在嘴唇上,点着吸了几口,"我说,娃他妈去世,这都是命,你得咬牙忍住,慢慢把心放宽。上有老,下有小,担子重着哩!想办法早早续上一房,难关就渡过了……"

　　"他听你的吗?"

　　"其实,他心里早有了人了。只是不能说,人家是有夫之妇嘛!……"

走进队长顺顺子心里的这个女人就在三队,与他年龄相仿,就是张俊英,在何家梁一带女人中,长得不错,大眼睛,长睫毛,脸不胖不瘦,就是嘴唇薄一些,身材适中,柔软灵活。可惜她的丈夫陈福安是队里有名的病汉,得的是肺结核病,过去人叫痨病的,不是咳嗽,就是吐血痰,身体瘦弱,有气无力,全靠俊英地里操劳,养活全家,日子过得尤其窘迫。婆婆在家里喂猪做饭,硬撑着干活,也有一个年龄与顺顺子儿子同龄的男孩儿。

顺顺子的媳妇在家里一倒头,也就是死亡以后,直挺挺地躺在后院小房的木门板上,那木门板用两条木长凳支起。亲戚、邻居和队里的干部都来帮忙。后院里正在做棺木,拉锯解板,推刨刨平,刨花儿满地,皮胶味四溢。几个亲戚妇女给亡者梳头、喷洒、穿寿衣鞋袜。几个上年纪的老人在前边卧房赔顺顺子父母说话。只有那个不解事的小儿子头缠孝布,蹿出蹿进看人们忙乱,他还不理解四周发生了什么。办丧事,亲友来吊唁,乡党来帮忙,自然要做席面,招待吃饭。队里几个妇女就被叫来做饭,切菜的、熬肉的、淘米的、烧火的,厨房里"乒乒乓乓"响成一片,烟气、水雾从厨房敞开的门里和小窗口汹涌而出,弥漫了全院子。

"那时候,我还没到公社做饭,也到顺顺子家里帮忙,熬肉、炒菜,都是我的事。"陈老汉回忆往事,总是眯起眼睛,很用心的样子,"那一回,俊英也来了。她这个人心软、善良,见不得恓惶的事情,看见顺顺子媳妇一死,家里老的老、小的小,就动了心,早早就来帮忙了。"

我问:"那时候,顺顺子和俊英还没发生啥私情吧?"

"这谁能说清呢!何况顺顺子媳妇一倒头,都围着丧事忙活,没人注意这种事情。现在回想起来,倒不是毫无来由。俊英到顺顺子家帮忙,勤快、细心,啥活都抢着干,见了顺顺子眉眼里都是关心,总要说上几句宽心的话。"

"那顺顺子呢?"

"顺顺子忙着指拨丧事,不多说啥。只是他蹲在院子里的一块青石上,眼睛老离不开厨房,俊英出来用木桶提水,顺顺子就直盯着她。俊英一手提水,一手扬起,扭动身子,朝前迈步,那身段可绝对好看……"

陈老汉说着说着,就笑眯眯地称赞起俊英来了。我琢磨,私情也许就从这儿开始了的。

"俊英偶尔回头看见顺顺子,还不言不语地悄悄地笑一笑……哎咳!"

三

从陈老汉的叙述里,印证了高长河的说法,顺顺子确实是从俊英来他家帮忙办丧事时动了心的。

顺顺子蹲在院子里那块青石上,看人们在他四周忙来忙去。他心里被悲伤一下一下冲击着,鼻子发酸;却又觉得这个巨大的打击,他必须挺直腰身扛起来,丧事就在眼前,只能尽己所有,办得体面,对得起亡妻。所以,他的脸色凝重,没有什么悲戚之色。妻子一倒头,特别在父母两位老人和儿子哭的时候,他倒流了泪,现在却流不出来了。当俊英灵活柔软的腰身在厨房里外出现的时候,他忍不住多看了几眼,心里有一个声音向他说:她咋这么旺势,这么受看的呢!原以为我那娃他妈是村里拔梢儿的女人,究其实是盖不过俊英的。哎!

他两手抱头,闭上双眼,猛地有人叫他,抬头一看,原来是俊英的男人陈福安,枯瘦的脸上一片肃然,双手捧着一沓打出麻钱样的烧纸,纸上放着两把深红色细筷子般的香和一对白蜡烛,面对着他。

"队长,事情出来了,也没办法了,你把心放宽些……"

原来,陈福安是破费了些钱财来吊唁的,顺顺子不好怠慢,连忙站起来,接过烧纸和香、蜡,嘴里说:"哎!俊英已经来帮忙了,你还送烧纸干什么,有她在就行了……"

他一面说,一面心里想,我咋这么说话呢?抬头看陈福安,脸庞枯瘦,气息微弱,跟俊英绝不般配。你咋这么有福气,配上了这么好的一个女人呢?他嘴里承谢着,心里却胡乱想着,甚至产生了一种妒意,一种无名的敌意。

陈福安却浑然不觉,脸上还生出些高兴的样子,觉得队长高看他们两口子了。

丧事办过以后,顺顺子的媳妇,这个不幸中年早逝的女人在这个村子里的痕迹似乎被一阵狂风吹走,不留任何东西了,只是在土崖下大队规划的坟

地里多了一个土堆，一个新隆起的土坟。顺顺子每天从家里出来，指拨队里的生产，然后就蹲到队部门口的台阶上，闭目沉思，一动不动。就在这样的沉默中，顺顺子慢慢从妻子夭亡的阴影中走了出来，他心中暗暗有了主……

四

　　水利是农业的命脉。若干年来，每到冬季和初春期间，都要大搞水利建设。风雷公社的重点工程是在离何家梁大队十多里地外的清水沟口修一个拦水大坝，将从沟中流出的一条小河拦腰截住，成为一个不大不小的水库。然后修几条沿山渠道，将水引至何家梁大队及左右几个大队，保证稻田用水和稍高一点的旱地浇灌。县水利局只管技术设计和指导，也给了点购置炸药、雷管、钢钎、铁锤和农用机械的费用。至于挖土、运土、爆破和夯填坝体，则由公社组织受益的各个大队出劳力、出财物去分担完成。何家梁大队把自己承担的任务分摊给各队，按比例派出劳力，自带工具、粮食、柴火、被盖，去大坝附近村落居民家中住宿，就近上工。

　　顺顺子义不容辞带领三队三十多名劳力上了大坝工地。陈福安痨病不能来，婆婆年老，儿子又小，俊英只好自己来，好在还有几个年轻媳妇和姑娘做伴，不算寂寞。这三十多名劳力，除留下炊事做饭的外，都生龙活虎般上了工地，在附近山坡上一字排开挖土，然后用担子担，或者装架子车拉至坝上，在划分给三队的任务区内，平铺开来，用人力打夯，把土压实，然后用拖拉机拉着石夯再碾一遍。

　　俊英拉着队里的架子车，向坝上运土。顺顺子作为队长，一面吆喝着指挥，一面自己也参加劳动，不是在坝上跟几个人合作拉夯绳夯土，就是在坡下挖土装车。每逢他给俊英装车时，他就拿铁锨多上几锨土，装得饱饱的，再拍上几锨，免得路上抛撒。众人都说装得太饱了，俊英也用诧异的眼光看他。顺顺子全然不顾，笑说："没事，没事……"不让俊英动手，自己抢着挂上绊绳，握住车把，只让俊英在一旁拉纤绳助力，然后，轻轻松松拉架子车朝坝上而去。

　　同队的社员和邻近其他队的人都放慢了动作，艳羡地说："嘿！简直就是一家子嘛……"随后悄悄笑出声来。

俊英自然听到了，便觉心慌，脸上一阵发热，不敢答话，偷眼看顺顺子，他却浑然不觉，毫不在意的样子，倒还斜眼看她，眼睛里完全没有威严的锐利，反而温柔了许多。

倒了一车土，又下坝回到坡下土场旁，在装第二车时，顺顺子仍然装得很饱，仍然自己抢拉上车。这时俊英却站住不动，顺顺子就自己拉上架子车走了。周围的人又都悄悄地笑了，俊英脸红，一咬牙，冲口而出："一家子又咋了？"快步撵上顺顺子，从后边推车上坝。

应该说，在感情上这是一道分水岭，敢于在他人面前不回避两人的亲昵关系，就说明俊英已经不拒绝顺顺子对她的示好，她不可能再关门拒绝了。队里悄悄流传了一些闲话，但都不明说，很怕顺顺子那横扫千军的目光。

第二年春季，一般人家的口粮就有些紧张起来，劳力不行，工分挣得少，又欠队里口粮钱的人家就有"断顿"的可能。这时候，县上会给公社安排一部分返销粮，以补群众口粮的不足。

这一次，返销粮任务数字下到队里，召开队委会研究，有的人家早早就缠上了队干部，俊英倒没申请。可是，开队委会研究时，顺顺子就要给俊英家返销。

高长河，这个现任的三队队长说起这事来，还是摇头不止："过去，议返销粮时，顺顺子一般不太说话，众人说谁就是谁。众人心里明白，困难的其实就是那么几户；有时候，各家各户都分些，下点毛毛雨，免得看样子都来闹。没料到这次，顺顺子特别提出要给俊英家。有人说，俊英家还能撑到收麦。顺顺子躁了，就说，你是到她家灶火里，还是楼板上寻过？你咋知道她家存粮多少？弄得那个人不再吭声了。顺顺子说，就俊英一个女人家劳动挣工分，能有多少？这回一定要给，哪怕从其他户再匀出些返销粮来……我从没见过顺顺子偏向队里某一户社员有这么坚决，这么口气死硬！我明知顺顺子有了私心，但这话又不能拿到桌面上来说，顺顺子说的又都是大面面上的话，又咋挡得住呢？基层队干部，实际上还是个农民，恩恩怨怨，是是非非，办事不公道，偏谁向谁，那是免不了的。我在会上没有支持顺顺子，倒不是口粮问题，我担心他和俊英走得太近，将来弄得不好收拾，咋办？就为这，顺顺子有一阵对我

不满意,摆冷脸给我看。我当时想,他绝对想拿返销粮当人情给俊英送上门去的……"

高长河说得一点儿也不错。

顺顺子确实是铁了心了。当天晚上,顺顺子专门到俊英家去通知这件事。病汉陈福安坐在桌旁的木椅上,"咳咳"地咳嗽。婆婆和儿子早就蜷缩到另一间房子的炕上睡着了。俊英收拾完厨房锅灶,手持抹布,擦拭木案板。顺顺子大步推开屋门进来,脚后跟带进来一股村野的清风。他的亢奋心情,且又是队长登门,让陈福安吃惊不小,挣扎着向起站,俊英也忙跟过来。

"咋? 刚才喝完苞谷糊糊?"顺顺子笑问。

俊英惴惴不安地问:"刚收拾完。你吃了没?"

顺顺子那锐利的目光眯起:"稀汤寡水的,粮又不够了?"

"老人跟娃都吃不多,他又是病恹恹的身子,凑凑合合,还可以……"

"哎,我说,你这人,就是能克己。去冬上大坝拉土,我看你带的粮就比别家少……"顺顺子很不满地说。

俊英低眉顺眼,不敢应答。

"返销粮下来了,你也不向队里申请。"

"那也要人家给哩……"

顺顺子一挥手:"算了,不说了。队里刚研究了——今年给你家分上一百斤……"

陈福安一听,自然高兴,喘着气说:"这下行了,能接上夏粮了。"

俊英压抑着高兴,惴惴地问:"往年根本就轮不上我家,今年咋会——"

顺顺子傲气地大声说:"往年是往年,今年是今年。我主事,在队里放了话,他们谁敢不听……"

陈福安高兴得脸发红,"咳咳"地咳嗽起来。

俊英低下眼睛,说:"手头上没钱,咋向回买呢?"

顺顺子拍拍胸脯:"你写个条子,先从会计那儿支点钱,秋后再扣。这事有我呢!"

俊英一听,笑容从脸上绽开来,慢慢有了些红晕。

　　陈福安喘着气,硬拉顺顺子坐下,嘴里咕咕哝哝感谢着。

　　顺顺子走时,俊英送出街门,在村路白晃晃反光下,两人一前一后站定了。顺顺子情不自禁,一把抓起俊英的手,那已经略有粗糙的手却仍然温热绵软。顺顺子紧紧握着,不知要将那手拉到什么地方去,只是不想放开。俊英抽出不是,喊也不是,只能颤着低声说:"不要……不要……"

　　顺顺子走了,俊英回来,病汉陈福安还喘着气,说:"咱家又没啥东西招呼队长,你咋不多说几句话呢?"

　　俊英瞪了他一眼:"你是个死人呀!"但,这一夜,她内心翻腾,静不下来。她知道顺顺子对她有企图,但她拒绝不了;顺从吧,她知道那绝对危险,不知结果如何……她判断不了,只能手压胸口:"妈妈呀,妈妈呀",在嘴里轻轻呻吟着……

五

　　从小恩小惠到关心帮助,从言语上沟通到握住俊英的手,肢体接触,俊英都顺从地接受了,这就使顺顺子的胆量更大了,步骤也更加快了。

　　夏忙开始不久,天气渐热,何家梁大队小学放了忙假。农村小学,教师多是农村出来的,也有父母和妻子、儿女,也还得回家操持农忙之事,陆续都回去了。学校虽无贵重物品,但也不能丢失东西,总得有人看守,就临时雇用队里农户住校看管。这自然是个省力气、不费事而又能挣工分的好活路。顺顺子便跑大队部,找学校,硬是把这个差使要来交给了病汉陈福安。陈福安自然感谢不尽,早早搬进学校一间教室,白天吃饭要俊英送,晚上课桌一拼,铺上苇席和褥子,睡下守夜。俊英好像预感要发生什么事,见了顺顺子就脸烧心跳,说不出话来。

　　三队麦田不多,基本收完的一夜,夜深人静,鸡上了架,村巷里没了人踪。顺顺子在黑暗中无声地走到俊英家门前,好像天意使然,门没有上闩,只是闭着,轻轻一推就开了。顺顺子心细,静听一会儿,没有响动,便又回身关门,插上闩。经过婆婆睡房,听见她和孙子的轻微鼾声。他走到后院,微弱的星光下,看见俊英的房门半开着,他便三步并两步钻了进去,闻见了房内的人体气

味,那是他来过一两次后便熟悉了的。他刚在床前站定,便看见昏黑中俊英从床上坐起,那是一个白花花的身体。那身体小声地惊呼了一下:"谁?"顺顺子只急促地回应了一声,就扑上去,把俊英的微微颤抖的光滑身体抱住了……

俊英睡前用清水擦了擦身子,擦时用了顺顺子前些日子偷着送给她的一块小香皂。她穿布汗衫,却没有扣上纽扣。被顺顺子抱住以后,她知道是顺顺子,却一面挣扎,一面用手推拒。怕婆婆听见,几乎耳语般地说:"不要,不要,作孽呀,作孽呀!"但她的反抗几乎是无力的,当顺顺子粗糙有力的手掌伸进她的汗衫,并用力揉搓时,她便完全瘫软、迷乱、呻吟,毫不抵抗地任顺顺子摆布……

究竟是第一次,总有点心虚,顺顺子不敢久留,他很快就走了。他心满意足,达到了预期的结果。但令他更高兴的是,俊英向他悄悄说,那未闩的街门是她有意留下的……这就是说,她将继续接纳他,不会拒绝……

从此,顺顺子和俊英终于冲破合法婚姻的制约,走上了放荡、狂热、不计后果的险途。

高长河又开始吸我递给他的一支牡丹牌香烟,感叹着:"究其实,顺顺子和俊英若从年龄和外表、性情来看,实在是很般配的一对儿。你想,顺顺子死了媳妇,又人在中年,他去找俊英,那是再自然不过的事情。陈福安是个病汉,成年男女之间的房事,他能让俊英满意吗?顺顺子是队长,有权有势,对俊英又好,又能镇住周围的人,俊英正要顺顺子做靠山呢!两个人不搞到一起才怪了呢!"

我笑说:"我看你还是挺同情这俩人的,替他俩辩护的理由还真能站住脚啊!只是陈福安怎么想,人家是登过记领了结婚证的合法夫妻呀!何况还有个儿子呢!"

高长河又回复到作为一个队长看问题的立场上来了:"那当然,从陈福安和几户陈家人的地位来看,这绝对是搞人家的女人,破坏别人家庭,这种夺妻之恨是要动刀子的,要出人命的……"

我在伙房帮陈老汉往灶下填柴时,脸上因气愤而有些扭曲,并被火光映红的陈老汉说:"我们陈家人哪个不生气呢!但没有办法,我们在队里是杂姓,户数少,顺顺子他们高家是大户,又是队长,没人愿意出面去捉奸。顺顺子和俊英更是不避嫌疑,明来明往,明铺明盖。陈福安也知道了,但他一个病汉又能怎么样,无力反抗啊!他只好在家里看住俊英,不准她跟顺顺子来往。他对我就说过,如果哪一天他死了,那绝对是顺顺子害的,要替他向顺顺子讨命……"

"事情到了这一步,你咋不劝劝顺顺子呢?"我又问高长河。

高长河皱眉,无奈地用手挠头,说:"这事能劝吗? 伤脸面的事情,我几次张嘴都被顺顺子凶狠的眼光给挡回去了。有一次说上话了,我说,群众反响很大,大队、公社都知道了,你咋个收场呢? 你猜他咋说?"

"咋说?"

他冷冷地笑着说:"咋个收场? 陈福安是个棺材瓢子,还能活几天? 他一倒头断气,我就同俊英正式登记结婚去……"

我恍然大悟:"他是这个主意呀!"

"其实,如果陈福安自然死亡,事情也就这样了,还真寻不出破绽来。可是,谁也没料到事情越来越紧急,会变出个大乱子来……"

"哎——这是必然的结果……"

六

顺顺子和俊英的关系愈来愈亲密,愈来愈缠绵,简直就是真正的合法夫妻。俊英对陈福安更没有了爱心和耐心,除了给病汉一天做饭以外,不理不问,对婆婆和儿子倒还好。看来也是等病汉的自然死亡。婆婆老眼昏花,却也看出媳妇有了野汉子,但人家是队长呀,只好装痴装聋,一声不敢言传。顺顺子到俊英家不好进门了,便在三队队部搭了个床铺,说是住在队部看门,不要把会计的账簿丢了,夜里就住在那里,这就成了他俩私会的旅社房间了。俊英常常半夜溜到队部去,就睡在那里,天亮前才偷跑回家。病汉陈福安毫无办法,但他也不是不想惩治他们啊!

事件发生在当年秋天,天气已经很凉了。俊英几天没到队部去了,心里很想顺顺子,就像猫抓的一样,浑身烦乱得不行。她在全家吃完晚饭,收拾完

灶房，服侍婆婆和儿子睡下，又招呼陈福安早些上炕。陈福安看见好几天俊英都安静地守在家里，心一松，就迷糊睡着了。俊英从炕上悄悄下来，黑暗中悄悄洗脸洗手。那块香皂平时不用，只在见顺顺子时使用，这时便轻轻地在手掌抹了几下，一股说不出来的香味扑面而来，使她自己都有些跃跃欲试的冲动了。她随手披上件夹衣，又取出一碗米饭，放上些咸菜，悄悄开门出去。到队部时，几个队委会干部打着哈欠走了。顺顺子照例不走，等俊英来。他刚迈步，俊英就从暗处出来，两个人在黑乎乎的村路上碰上了。这时候，任何话语都是多余的，一个举动，空气里一个振荡，他们都会知道应该怎么做。俊英把那碗米饭递过去，顺顺子接住，便一起回到队部。

陈福安一觉醒来，咳嗽了几声，没有应声，一摸炕的另一头，空的。他擦着火柴，点着煤油灯，看见俊英的被盖还在，只是人不见了。他又咳嗽了几声，里外无人答应。他心知俊英又寻顺顺子去了，而且绝对在队部，一时心头火起，便哆哆嗦嗦穿齐衣服，不管外面多凉，跌跌撞撞出门，赶到队部去。

赶到了队部院内，他看见队部房内煤油灯还亮着，纸窗上灯光闪烁。他知道顺顺子还在里边，俊英肯定也在，便喘着气，站在院子里断续地喊："俊英，俊英，莫非你死在这儿了？啊？"一出声，那煤油灯就"噗"地灭了，纸窗里变得乌黑。陈福安又接着喊："俊英，俊英，你不出来，我就碰死在这儿……"

话音一落，队部房门里便闪出俊英的身影来，她头发蓬乱，衣衫不整，快步冲到陈福安面前，恶声恶气地恨道："我还没死哩，你给谁叫魂呢……"

陈福安一把拽住俊英的手臂，喘着气说："就是给你叫魂哩！半夜三更你跑这儿干啥来了？你是队干部还是咋的？你咋这么不要脸，啊？"

俊英被陈福安拽着，终觉理亏，不敢高声对骂，脚步前后捯腾着，还是被力量并不很足的病汉拽走了。

顺顺子穿好衣服，欢好之际，被人阻断，岂不恼怒，他听见陈福安的吼叫和俊英无力的回应，特别是听到病汉喊出："回去后，看我怎么收拾你……"怒气更是增加了几分。他这时已经完全靠情绪来支配自己，理性的冷静思维已经抛到九霄云外去了。仿佛陈福安不是俊英的男人，而自己是俊英的合法丈夫；病汉辱骂俊英，仿佛是旁人在欺侮自己的老婆。他一时性起，伸脚穿上布鞋,便赶了出去。急切之中,连队部房门都顾不上闭好锁住。

顺顺子脚步如飞,赶到俊英家时,看见街门大开,进去后便听见后院偏房内陈福安气喘中的吼叫声:"你俊英贪图什么,他顺顺子给咱的好处,便是换你那一身肉……你就这么下贱呀!"

俊英回击说:"那你当初千感谢万感谢为的啥?你能给我啥好处?你说。"

"咱总有儿子,有个家呀!"

"你还有啥本事呢?你病汉一个,痨病鬼,能干啥呢!我靠山山倒,靠水水流,你咋不早些死呢!你今日死,明日我就嫁人……"

陈福安听到这话,气喘得缩成一团,刚缓过劲儿来,就一把揪住俊英,剥俊英的上衣,连纽扣都揪断了,又去扯俊英的裤子,喘着说:"顺顺子就是个下身厉害,你不是就爱这个吗?我今日也让你知道我的厉害……我就要你大白天光着尻子离开陈家门……"

俊英连推带打,不让陈福安近身。

顺顺子站在院内暗处,他看到了这一切,怒火中烧,他绝不想让自己心爱的女人受这般折磨。他不言不语,不顾一切冲进门去,一把揪住陈福安的胳膊,把病汉掀到一边去。

陈福安没料到顺顺子会跟着来,竟然会到他家来帮俊英,竟然如此不知羞耻,明目张胆,狂妄欺人,所有的怨愤、怒气都在他病弱的身体内积聚成一股复仇的力量,他要不顾一切地拼了!

他硬撑着站直了身体,回身就挤出房门,到隔壁的厨房去。他拿起搁在案板上那把用了几十年的菜刀,扑进卧房,他要砍死顺顺子和俊英!但他终究病体单薄,气短无力,还没举起菜刀,就被眼尖手快的顺顺子抓住胳膊,撂倒在地。

顺顺子一看病汉动了刀子,愤怒至极,浑身来了蛮力,也扑压到陈福安身上,一手夺过菜刀,掷到一边去。这时的陈福安倒在那散发凉潮气味的泥土地上,被压得喘不过气来,但他嘴里还在骂,骂顺顺子,骂顺顺子的娘老子,骂顺顺子的祖宗。

顺顺子又恨又急,又怒又慌,心说,你以为老子制服不了你,便双手掐住病汉的脖颈,嘴里低声恨道:"我叫你骂!我叫你骂!"掐的劲头也越来越大。

时间好像停滞了,又好像只是一刹那,待顺顺子出气缓了,热血退回去了,手劲也松弛了,他放开手,爬起身子,待想把病汉拉起来,却发现陈福安整个身子瘫在地上,一动也不动。他愣了一会儿,又摸了摸陈福安的鼻子,发觉早就没有出气入气了,只有那双眼睛在煤油灯微弱的光亮下死死地瞪着……顺顺子猛地清醒过来,说了声:"完了!"不知是指病汉陈福安,还是指他自己和俊英……

顺顺子站直了身子,回头看时,只见俊英衣服撕破了,也不知去掩盖住那雪白的胸脯,只是蜷缩在炕上,吓得发呆。

顺顺子这时才又听见门外院落里的哭号声,原来婆婆和俊英的儿子早被打闹声惊醒,祖孙二人扑到院子时,看见顺顺子压住陈福安,已经吓得浑身打战,到发现病汉死在地上,便大声哭嚎着,叫着……

"就是这么个过程。"三队队长高长河平静地叙述完事件始末,又说,"天亮了,大队和公社的领导都来了。这案子用不着侦查,事情明摆着哩!公社武装干事派人看住顺顺子和俊英,怕顺顺子逃跑,还用麻绳捆了。顺顺子倒还沉着,知道自己犯了大罪,乖乖叫捆了,自己坐在公社院子的墙根下。俊英被妇联主任几个妇女看守在一间空屋子里,倒不是怕她跑,是怕她一时想不开,寻死自尽。……后来,县公安局来人,把顺顺子和俊英都拉到县上拘留了,检察起诉,法院判了。"文化大革命"一开始,来不及执行,就拖下来了……"

"病汉的后事咋样办的呢?"我问陈老汉。他一边切菜,一边咬牙说:"陈福安可怜,人常说,家有贤妻,不招祸事,碰上个漂亮的俊英,也是命中注定的。他死得冤,埋的时候,周围人来送的不少,坟上一片啼哭。我们陈家几户人联名写信,要求严判顺顺子,以命偿命……"

"那顺顺子的老人和孩子呢?"我又问抽完我的牡丹烟,又喝着浓酽茶水的高长河。他说:"老人和娃都吓坏了,整天关在自己家里,不敢出门,偷着哭。"

"村里人咋议论的呢?"

"骂的倒不多,念起他俩人过去的好处来,都说,可惜了的了……"

这最后的几句话,大概也是何家梁大队三队队长自己的评价吧!

七

在全公社范围召开一次群众大会,批斗杀人犯,自然是件大事,以石主任为首的公社全体干部都投入进去了。专门负责联系小学校长教师一块准备会场的是老雷社长,通知组织各大队群众来开会的是李文书,负责会场秩序和保卫工作并出面和县上联系、领导何家梁大队民兵执行任务的是武装干事张勇,那个文笔尚佳的公社年轻会计负责组织指导各队上台批斗发言,审核讲稿、最后核定的是石主任自己。倒把我忘了似的,没有给我分派工作任务,我想石主任定有顾虑,便一声不吭,只坐在会议室的长条木凳上静听。直到石主任给召集到会的几个大队书记、队长做过布置以后,那些书记和队长都走了,他才想起了什么,有点歉意似的笑说:"大量琐碎事情就不分给老强你了,有一件事想请你做……"

我笑着听他吩咐。

"顺顺子他爸妈两个老人这几年越发老了,他的儿子也都十几岁了,小学毕业,在队里参加劳动。这回开批斗会,这一家子咋办?"

我一听,倒觉得新鲜。过去那些掌权的人想没想过这类问题呢?那些被批斗、被管制、被关进监狱的人,他们的父母、妻子、儿女如何对待?有什么遭遇?株连了吗?关心过其感情上的伤痛了吗?……石主任怎么会想到这个问题了呢?

石主任严肃地说:"我看,咱们公社得派人做工作,开大会那天看住这一家子。不然到那天,两个老人跑到会场,哭嚷起来,昏死到地场上,我们是救也不救?出了人命咋办?搅乱大会咋办?那就是大错误,后果严重啊!……我的意思是把这一家子都堵到他家里,不叫出门。批斗会毕了,顺顺子、俊英押走了,再放出来……"

众人都同意这么做。我连忙问:"是不是要我去做?"

石主任笑了:"有这么个考虑。"

我说："做是可以。不过，那两个老人我从未见过，也没接触过，不知能说服得了？万一闹起来，还真不好办。"

石主任笑了："咋能叫你一个人去。叫张淑霞去，你配合一下，帮帮她……"

噢——原来这样。后来，又研究了张俊英婆婆、儿子的事，也决定不要婆婆去了，儿子如要去，要有人管住，只远远看看他妈，也可看看杀他爸的凶手顺顺子。

第二天早上，我正捧一只碗喝苞谷糁子稀饭，张淑霞在我门外说："强同志，我等你一块走，还是我先走？……"

我平素不习惯别人等我，况且又是她，便连忙放下竹筷，站起笑说："那你先走，不要误事，我随后就到。"

她嫣然一笑，同意了，又告诉我顺顺子家在三队的位置，便急急走了。

等我赶到三队顺顺子家，寻到了临街的房门，只见房门半开，门里就坐着公社妇联主任张淑霞，她那匀称柔美的脸庞正侧面朝着门外，另一扇木门紧紧闭着。见我来了，她笑着打开闭着的那扇木门，让我进去。从阳光灿烂的村路进入黑乌乌的房间，我还看不清眼前的景物，只听见张淑霞向里边人介绍："省城下放干部强同志……"

我闭了一下眼睛，缓一缓，终于看清了屋里的情景：炕上坐着一个又瘦又小的老年妇女，她被皱纹包裹着的眼睛痴痴地望着我，似乎要使劲儿从昏花的视力中捕捉到我的形象。炕下木椅上坐着一位满头白发的老汉，正低头抽旱烟，全神贯注，蜷缩不动。而在地下的麦草垫子上，坐着一个十四五岁的小伙子，他抬头看我，目光直视，并无惧怯退缩的样子。

我看清了，这就是顺顺子一家子，他们共同承受着巨大的压力，压得他们都直不起腰来了。但我能说什么呢？我站着看，屏住呼吸。

顺顺子的老母亲，似乎看到一个生人，就恢复了说话的力量。她在炕上"哎"地一声出口长气，哽咽中只说了一句："俺顺顺子犯了大错了……"我感到这句话真是爱恨交加啊！有深深的母子亲情，有埋怨儿子犯罪的恨意，也有无可挽回的伤心喟叹……我仍然站着听。

张淑霞将我叫出了顺顺子家，顺手反闭了两个门扇。她正色说："我把这一家子都堵住了，两个老的好办，只有小的提出，他要去看一眼他爸，一辈子也就这一回了——"

"小的叫啥？"

"叫高宽忍，小名宽宽。"

"咋办？咱们做不了主呀！"

张淑霞说："那这样，我一个人能堵住，他们也还听话。强同志你回去问问石主任，看能不能叫宽宽去看看……也挺可怜的……"

原来，这位公社妇联主任还有这样善良、同情之心！

我又急匆匆跑回公社，请示了石主任。他还是很宽容地同意了，只是叫来三队队长高长河，让他和我一道把高宽忍看住，不要进会场，可在来会场的路上，远远地看看就行了，满足娃的一番心意。"要紧的是，不能让娃胡闹，可先说好，也不能让犯人看见……不敢出事！"他又重复了一遍。

就这样，我和高长河又回到三队把宽宽叫出来，给他说明了石主任的意见，把他引走了。临走时，张淑霞还是坐在半闭着的街门里，两个老人，一个坐在炕上，一个坐在椅子上。"只能忍下心来这么办，还是为两个老人好啊！"张淑霞正色地说。

我们三人一路走去，高长河和宽宽并排走在前边，我在后头跟着，一路无话。出了三队，面前一片绿色庄稼，清风微拂。又从二队村路中走过，经过风雷公社大门口、供销社商店，然后就是小学校。在小学校门前的操场空地上就是批斗会会场，只见树丛中露出的主席台上的横幅，红布白纸，写的是"批斗杀人犯大会"几个黑色大字，已经有零零星星的社员坐在会场的土地上了。我们三个人目不斜视，又朝前走，离开会场有些距离了，看见大路边有个很长的土梁，上边有几棵大树，还有些能遮住人的灌木丛，坐在土梁上能看见大路上走过的一切东西。"就是这儿了！"高长河领着我们爬上去，找了个灌木后的树荫下坐下。"今生今世，也就是这一回了……"高长河冒出了这么句话，很有些伤感，宽宽却只低头坐下。

我向后看去，拐进会场的小路口上，也稀稀拉拉有几个人站在那儿等着。

大路上，一队的人三三两两向这边来，其中就有一队队长赵农胜。他还是带着复员军人的气魄，大踏步向我这儿走，看见我，便站下来大声问候，问我咋不到一队去了？把他们忘了吧？又说赵臭臭这一阵子不像过去那么张狂了……

等一队的人过去，通县城的大路又恢复了宁静，空无一人。又过了约半小时光景，有几个人骑自行车直奔下来，他们一律着草绿色军装，到小路口便拐向会场而去。我心中以为是打前站的，后来才听说那其实是县政法组和法院的人。不一会儿，远处路上就出现了一队人，影影绰绰不大清楚，越走越近，身影便清晰起来。总数有二十来个人，大部分是公安战士，一律背着枪，那又短又宽的刺刀一闪一亮的。他们分成两行，在路两边走。路中间便是两个戴手铐的犯人，一男一女，一前一后走着。后边一个战士推一辆自行车，后座车架上绑着东西，好像是扩音设备什么的。队伍沉默地走着，只有脚步在土路上的"嚓嚓"声和尘土在脚步后边随着扬起。

我轻声问："你看是不是？"

高长河直直盯住看，回答说："就是，就是。"他又向宽宽说："前边是你爸……"

宽宽脸上肌肉紧绷着，毫无动静，嘴唇也因牙关紧咬而贴在一起，木然的表情下是直视的目光。我生怕他叫出声来，但是，没有。

我又去看走在路上的顺顺子和俊英，他们同队里人所形容的又在我心目中加以塑造的形象一模一样，只是都显得面色白一些，也胖了些。

"胖了，胖了……"高长河也喃喃自语。

我想，好几年蹲在监狱里，又不劳动，只是坐吃，不晒太阳，怎能不白不胖！奇怪的是，顺顺子的脖子上怎么挂了件东西，仔细看去，原是两个不大的喇叭，也就是扬声器。哎——怎么叫犯人挂这个东西呢？而又不放在自行车后架上。看来政法组的人也是不把犯人当人看的，反正是要处死的人了，有什么可惜的呢！我心中萌生这么点小小的反感，很快又消失了。在这几年"文化大革命"中揪斗、游街、武斗、关牛棚的浪潮中，我习以为常，早就麻木了。

顺顺子因为走路、晒太阳而又颈悬重物，脸上是密密麻麻的汗珠。他走得不快不慢，目光在半低垂的眼皮下四处游移着，他大概知道这是他最后一眼来看家乡的人，道路、房舍、树木、庄稼都在，而亲人们呢？他似乎看见了道路一侧土梁上的高长河和宽宽了，从他脚步猛一停顿可以想见是这样，但他脸无表情，只是略一扬头，让那脸面全部显露出来。

我又去看随在顺顺子身后不远的张俊英，她低着头，额头上也是亮着汗珠，不时用袖子去擦一擦。她的头发遮住了半个脸颊，看不来俊俏到什么样子。她被判了有期徒刑，若干年后可能就会释放出狱，面对家乡、亲人，是否心中深怀悔意呢？

直到顺顺子和俊英被押进会场，全场上空响起安装好的扩音设备的"喂，喂"试机声，石主任主持大会有力的讲话声，我们三人才离开这条路边的土梁向回走。路过公社时，我便邀高长河和宽宽到我的住处歇一歇，喝水，抽烟，他俩很顺从地跟我进来了。炊事员陈老汉留守看门，正坐在伙房门口的台阶上抽旱烟叶，他沉默着。他们陈家人被害的仇气，看来还在他心中郁结着，他在用心聆听会场上传来的讲话声、口号声。

我们三人在床边、木椅上坐下，我拿出牡丹烟，又倒了开水。高长河看宽宽极度郁闷、压抑的样子，便开导地说："你爸自己做下的，也就得自己受报应了，谁也救不了他。你还小，今后的日子还长着哩，还有你爷你奶呢……"

我这人受感情驱使，有时也爱说话，紧跟高长河的话，也说了起来。

宽宽只低头听着，放在他跟前的水杯也没有动，他似乎还没有从那复杂的极端的只能叫作痛苦的情绪中解脱出来。我和高长河都停下不说了，又沉默了一会儿，宽宽崩溃了似的，只说了一句："我这命咋这么苦来……"然后"呜呜"地哭了，泪如雨下……

又过了几天，县上通知要执行顺顺子的死刑，要家属去收领尸体，宽宽家便忙着请人做棺材，挖墓穴。听说，宽宽固执地要用给他爷准备下的棺板做，至于他爷的棺板，他硬气地表示，他给他爷挣钱，准备下更好的。这语气很有点顺顺子的性格样子。

第四章

一

何家梁大队共四个生产队，唯独第四生产队没有什么积案，也没什么现行案件被揭发出来，所以，这次运动也就没有把四队列入。何况，四队在整个大队靠近浅山根前，在峪口深处，沿着一条不大的小溪流，山坡上零零星星住着三十多户人家，村后是坡地，溪流边用石头砌起石碾，圈着一块块水田，山深路远，公社也就不太关注它，都忙着一、二、三队的事情了。

谁知它偏偏就发生了一件大案了呢！

这一日，临近中午时分，四队队长贾进洲头上冒着热汗，跑进公社，直接就去找石主任。石主任正在他的宿办合一的房间里改一个什么上报材料，忙完了顺顺子的批斗大会，他正要拿起积压下来的手头工作，被贾进洲打断了，便冷着脸问什么事。贾进洲四顾无人，才低声说，要报一件新发现的反革命案子，他那神秘的神情，又涉及与当前运动有关事情，石主任猛地惊觉起来，忙问了几句话，便起身从打开的玻璃窗，喊叫李文书，让他把老雷社长、张勇和我叫到他房子来……

我一前一后跟着老雷社长走进石主任的房间。我一眼便看见坐在石主任桌子对面的四队队长，虽然在何家梁大队见过，但这次他来报案，便不由得要仔细端详这个人。

贾进洲细高个儿，瘦削的面庞，上唇留一撮八字胡，是个有点气度的中年人。他眼睛不大，嘴唇显得厚重。仔细听去，他报的案子还是很明白准确的。

"我们四队会计叫周舍娃，他无比仇恨伟大领袖，在毛主席画像上，用针扎眼睛，恶毒得很啊！是明目张胆，货真价实的反革命……"

面对贾进洲正义而又气愤的样子，石主任脸色一下子严肃起来，案件性质看来十分严重，连一贯爱弯腰坐着的老雷社长都挺起胸膛，坐得直直的，张勇更是大瞪着眼睛。

"什么时候发现的?"石主任问。

"有三四天了。"

"那为啥不及时来报呢?"

"第一次,我去他家时,他不在,他媳妇在后坡的菜地里正弄啥哩,我一个人站在屋子正中间,一抬头看见的……毛主席画像的眼睛里两个小白点……"

"真看见了,那就应该立马来报案的呀!"

"我怕呀,我怕是不是自己看花了眼哩!昨日后晌午,我又去他家,他媳妇又在后坡的菜地哩,我仔细地瞅了好大工夫,这才看清了,的的确确,两处针眼!"

"所以,今日一大早,你就赶来了?"

"对,对。"贾进洲连忙点头。

石主任皱眉思索:"这会计我见过没有?他到底为了啥呢?咋这么大的仇气?阶级敌人吗?还是有什么私愤?……老雷,你该是熟悉这个会计吧?"

老雷社长吭吭哧哧地说:"会计我倒是见过,也说过话,'文革'开始前就是会计了。印象里,他比较倔,自己认定的事情,咬住死理,不会转弯。就是那号咬住铁锨、给个白馍夹肉都不放的货!阶级成分倒不高,好像他爷土改时定的是中农……也都几辈子人了!"

这案子怎么办呢?众人都在脑子里转圈圈。

石主任思索了一会儿,忽然义愤填膺,很生气的样子,高声说:"全国人民热爱的伟大领袖,我们无限热爱、无限敬仰、无限忠于的红太阳,遭此恶毒之手,是可忍,孰不可忍。传出去,这不是最严重的反革命事件吗?而且是在'一打三反'运动时发生的,性质就更严重了……"

石主任停下来思索着,一向直言不讳、敢于说话的张勇忽然插话了:"我看目前的形势还是很严峻的,咱们公社就这么个范围,这就算大事情了。前几天我到地区去,看见一次就执行了十来个死刑。我一个小学同学,也是部队复员下来的,地区那次几个县两大派武斗,他是一派的指挥官,为表示自己路线正确,压制对方,下令枪杀对方的俘虏。这一回,他招上祸了,被判死刑

处决了。我专门去刑场看了看，他躺在地上，盖着一个床单，脚还露在外面，穿的是蓝、黄道道的尼龙袜子……"

石主任严厉的上纲上线的评论，是突然爆发出来的，再加上张勇的疾言厉色的描述，使房内的空气骤然紧张起来，连一句"但是""不过"之类的话都没人敢说了。四队队长贾进洲坐在红漆已经大半儿褪色的旧木椅子上，始料不及也呆若木鸡。

石主任大声说："我的处理意见：一、进行调查，弄清事实，坚决打击反革命，一定要严惩；二、不再扩散，以免造成更坏影响。我们风雷公社、何家梁大队的干部群众都是革命的，热爱伟大领袖毛主席，忠于党的，这一点一定要把握住……"

张勇这时又插话了："要不要给县上报呢？"

石主任果断地说："不要。我们先查清楚事实，定好性，再给县上报。即就是你立马报了，也是这么个程序……我看，咱们几个人，老雷、强同志、张勇，再搭上张淑霞，叫上大队支书、大队长、民兵队长，饭后就到四队去，先去看看现场……"石主任用手指点着我们每一个人，分派任务。

他又向贾进洲说："你来报案，这很好。你立马回去，对谁都不要讲，更不要对会计讲，免得他销毁证据。听懂了吗？"

"除了我，四队没一个人知道……"

贾进洲站起来，连连点头，马上要走的样子。石主任一挥手，他就身负重任似的，退一步，转身走了。

二

在石主任的带领下，饭后，我们一行人紧赶慢赶，向四队走。路过二队时，碰见了在队部门口的队长何拴柱，老雷社长便叫他去喊大队支书何庆华、大队长高新民、大队妇女主任高翠翠，还有民兵队长刘海平，叫他们立即赶到四队去。看来这个柱子还没来得及撤职，还在行使职权，农村的工作有时就是这样慢腾腾、拖拖拉拉的。柱子因为得到了这个任务，顿觉兴奋，撒开长腿，寻人去了。路过三队时，在地里一块土坎下边，看见了一个新坟，新堆起的坟土还是黄亮黄亮的,没有被野草覆盖,坟堆顶上一块新砖,压着几张黄色、白色的冥纸。老雷社长说,这是顺顺子的坟地。大家都不说什么,似乎怕惊醒这个都认识的,而又是杀人犯的熟人,只是不停地加快脚步朝四队走。

约莫半个时辰,地势升高了,土路弯曲了,我们进了沟口,这已经是四队地界了。只见沟口一户人家的门前,蹲着一个人,眼睛直盯大路。仔细一看,这不正是贾进洲吗?他眼睛尖,远远就站起来,迎着走来。见面后,石主任也不说话,只使一个眼神,贾进洲就明白了,公社来人不进队部了,要直接去会计周舍娃的家。他便主动在前边引路,顺着小溪河边踩出来的小路,路过几户人家,很快就看见周舍娃的家。路边是一大片稻地水田,水田上边一座三间陈旧的瓦房,地势所限,没有围墙和门楼,墙上的白灰已经斑驳零乱,显然好久没有重新刷过白灰了。黑门框左右贴着一副红纸对联,是从毛主席的诗词里选出来的:"四海翻腾云水怒,五洲震荡风雷激。"门半开着,推门进去,屋里没人。贾进洲便喊:"会计,人呢?公社领导来了……"还是没人答应。

石主任一伸手制止住了贾进洲还想出门再喊的架势,威严地说:"人不在正好,我们先看……"用手一指正面墙壁。

这三间瓦房,一明两暗,左右是睡房。一间里边是连锅炕,锅灶就在中间正门一侧,和里间的炕通着,冬天一烧火做饭,烟火就进入炕洞,炕也就热了。另一间只有一个小炕,炕洞小门开在房内,看样子是烧木柴的。问题就出在正屋中间迎门的正面墙壁贴着的毛主席画像上。

我们几个人,包括后来赶到的何家梁大队支书何庆华、大队长高新民四个人,自然站成一个弧形,眼睛齐刷刷抬头朝毛主席画像上看去。那是一幅通常的印刷而成的领袖像,城里新华书店大量供应着的。看起来比较新,很干净,在这间烧火做饭的屋子里,倒没有烟熏火燎的痕迹。画像上,毛主席身穿灰制服,满脸红光慈祥地微笑着看我们。我们也都仔细地仰望着他老人家。

"咋啥也看不见呢?"石主任疑惑地问。

"是呀!眼睛那里黑黑的,还有点反光……"老雷社长跟着说。

"对,远看还是看不见啥情况。"众人也都吭吭哧哧地说。

我侧过身来睄一眼贾进洲，他站在靠睡房的墙边，像个展览会的解说员，倒很沉住气，也不着急，听众人议论，只是指点说："再朝前站……"

众人一齐拥到正面墙下摆着的长条木供桌前，再仰头看，也还是不清楚。

石主任年轻一些，他一手支住一把椅子的高靠背上，踩上去，又一步站在供桌上，脸部和领袖画像平视着，只有一尺左右的距离时，才出了一口长气，说："嗯，嗯，看见了，……是针扎的……"

他跳下供桌，然后让众人一个挨一个上去看。我站上去时，因为供桌很窄，还闪了一下，好在老雷社长一把扶住了我。我如此近距离地去审视领袖画像，自然是再清晰不过了，那画像眼睛部位的彩色网纹里，确实有两个小得不能再小的针眼，几乎就是一个网点。我不禁思索起来，这个会计周舍娃确实仔细到家了，为啥扎得这么小呢？为了啥呢？

都站上去看过了，石主任松了口气，缓缓地问："证据是有了……怎么办呢？"又向贾进洲说："你发现了罪证，立了一功……"

贾进洲谦卑地笑笑，好像承受不起石主任当众的夸奖。我发现他那眼睛里却似乎透出一点得意来。

张勇年轻性急，摩拳擦掌地问："人证物证都现成的了，要不把这家伙捆到公社去？"

何家梁大队几位领导已经听过石主任对案情的大概介绍了。大队长高新民和张勇私交甚好，便不客气地取笑他："你来时咋不带法绳呢？"

"这有啥难的。农村人谁家还寻不出一条麻绳来……"

"你还会啥，就是会捆人……"

正在两个人当着石主任的面顶嘴时，从外边路上跑过一个人来，进门就大声招呼道："石主任，老雷社长，啥风把你们各位领导吹来了，事先咋不打个招呼呢？"

老雷社长凑近我耳边说："周舍娃。"

我仔细端详这个会计，约莫三十来岁，面容上说不来有什么特点，旧布袄上套了件深蓝色中山服，口袋上插一支圆珠笔。同贾进洲的柔韧、阴冷不同，倒是很开朗、爽快的样子。他这个农家小屋里突然来了这么多公社范围的领导干部，叫他既感到光彩和高兴，又感到十分疑惑，猜不出到底有啥事情。他从房门挤进来,想拉石主任在那又黑又旧的木椅上坐下,石主任不坐;他又让老雷社长坐,老雷社长也不坐,都端直地站在屋子中央。

周舍娃面露为难的样子,说:"好不容易来了,我去叫我媳妇……"

石主任脸板得很平,说:"不了,不了,今日来是有事哩……"又回头朝张勇和大队干部等人说:"都到四队队部去……叫会计也去……"他那黑框眼镜后边好像没看见会计周舍娃就在他身边似的。

众人听他的安排要走时,石主任却喊住了张勇,指了指墙上:"把主席的画像请下来……"

张勇自然明白,踩到供桌上,轻轻地把毛主席画像揭下来,慢慢卷好。

周舍娃一时弄不明白这是为什么,他愣在那里。听说要到四队队部去,他按习惯还以为要查什么经济手续哩,便自言自语好像是对自己下命令:"哎——叫我带上钥匙……账簿单据都在队部的桌子抽屉里……"

当众人鱼贯走出周舍娃的家里时,却远远看见会计媳妇领了个女娃,飞快向家里奔来。跑得气喘吁吁,大声问会计:"做饭不?"

会计回头说:"把面擀上,不够了,再借点去,人多哩……拔些小葱……"

老雷社长忙挡住说:"不用了,不用了,我们回公社吃去,又不远嘛!"

三

石主任出了会计周舍娃的家门,就单独把老雷社长、张勇叫到一边,低声嘱咐——到四队队部就立即讯问,把事情查实,哪怕熬个通宵哩!叫大队领导何庆华、高新民和民兵队长刘海平、贾进洲都参加,再把大队民兵叫几个来……

嘱咐完了,等一伙人走了,他才对愣着的我笑着说:"老强,咱俩回公社去,估计得一夜哩。说不定他们还得借住到四队社员家里去,你不必受这个累了。对省城下来的同志,不要乱使唤,要好好照顾,主要是靠你们给咱把政策的关哩……"

石主任真会说话和办事,既合情理,不伤我的面子,又让我心里舒服。我也猜测到,在讯问时,他不在当场,有个回旋的余地,讯问的手段也可以多样

一些,随意一些。

我表示满意地笑笑。我俩一路说着话向回走,一路看夕阳西下的景色。此时,山野安静,大地无风,空气清新,没有什么纤尘,只是夕阳的一小半仍把亮光投射过来。我的眼光可以看得很远。我发现石主任被光照得半边脸和身体极为明亮,脸和身体的阴影部分却暗淡乌黑,我知道这是空气极为纯净没有任何纤尘可以使光线散漫反射的结果。大自然如此静谧美丽,而人间却多矛盾斗争,今夜周舍娃的日子不好过咯!

直到第二天午饭时,老雷社长才满面倦容回到公社,不等石主任询问,就去汇报。石主任让他先吃饭,饭后才叫他和我去石主任的房间。

"没拿下来——"老雷社长沮丧地说。

"铁证如山,咋能拿不下来呢?"

"情况是这样。一进四队队部,都坐下来。张勇就发了虎威,厉声喝叫周舍娃站起来。会计还懵懂着不知啥事情。等到把案情原委讲清楚,周舍娃才脸上变了颜色,但还硬撅撅地说,我大年三十才从县城请回这张毛主席像,恭恭敬敬供在正面墙上。供桌上过去是放祖宗牌位的地方,祖宗牌位破四旧时一把火烧了,那是封建迷信,只有毛主席像还贴在墙上,当神一样敬哩!从来没有动过一个指头,咋样请回来就咋样挂在墙上,就是枪毙了也不敢给眼睛上扎针啊!"

"不承认?"

"不但不认,还大喊冤枉呢!"

"把领袖像上的针眼拿给他看,有证据在嘛!"

"铁证也不顶用。他先说自己看不出来,又说请回来就是这样,或许是印厂和书店人做下的坏事,与他没有关系……"

"你们就一点办法都没有? 就让他死顶着?"

"训斥,罚站,众人都骂他,张勇还动手,踢了两脚……"

"嗯——"石主任鼻子里哼出声来,似乎有些不同意这么做。

"再怎么都没用。他就是不承认……那人就是倔,我早就说了……"老雷社长无可奈何地说。

"没问他媳妇?"我插话说。

"嗨！还问他媳妇？我们在队部问话不久，他媳妇就来了，倒不敢进来，只是领着娃在外头哭号,骂说谁给他家下蛆哩,把屎盆子扣到她家男人头上咧……"

"这不干扰你们讯问吗？还不撵走？"

"大队支书何庆华、大队长高新民出去拦住,连说带吓,给撵走了。又让张淑霞跟着去她家做工作去了……"

"你们没叫贾进洲证死他？"

"有现成的物证,就没叫他说话。"

"贾进洲表现怎样？只是检举,不敢对质？"

"那人城府深,只低头抽烟,一句话不说。"

"一直弄到后半夜？"

"天都快亮了,也都乏困了,就告一段落了……我看,一时半会儿弄不明白,坐不实。周舍娃连急带气,浑身打战,一句话,'枪毙了也不承认'……还说不知是哪个不是人生父母养的陷害他……就把他放回去了,勒令他在家里好好反省,彻底交代问题,不准离队外出,啥时候叫啥时候到。这他倒都应承了……"

石主任很有些失望的样子,忽然问:"张勇咋没回来呢？张淑霞呢？"

"是我叫张勇他们睡一会儿觉再回来,小伙子主持讯问,大轰大嗡,唱的是黑脸,也够乏的了……"

我盯了老雷社长一眼,心说,这老汉的确够大度的了,年岁大,人又老,事事认真,又能替别人想,让着别人。这样的人还要适应现在这样的政治环境,也太不容易了。

我正暗自钦佩老雷社长,不防备石主任忽然对我说:"老强,你看这案子怎么办下去？咱总得有个交代。如果捅到县上去,咱们就被动得很了……"

我嗯了一声,寻思着说:"现在是物证有了,却没有口供,周舍娃死不承认,还得重寻突破口,找个新路子……"

"目前是小范围讯问,不然就开大会批斗？"石主任大声说。

"这是个倔人,宁死不认,开大会咋个收场呢？"

老雷社长几句话堵了石主任的口,我就不好再顶他了,便说:"还是再深

入调查一下。我在省城时,重证据,不重口供,好像上级有这么个精神。如果会计确实作案,他总有个动机嘛!把四队社员都调查一下,摸摸底,看他有啥反常的表现,还有没有人能证明他作案?虽然要费些工夫,案子却可以办得扎实一点……"

我只顾这么说,抬头看时,石主任正闭目沉思,只有老雷社长瘦削、疲惫的脸上微有笑意,看来他是赞同我的建议的。

石主任猛地睁开眼,用手扶了一下黑眼镜框,看我戛然而止,他不再犹豫,直接向老雷社长说:"等张勇、张淑霞回来,分成几个小组,明日继续去四队调查去……"

老雷社长站起来,说:"好!"又说,"我去歇个觉。"

石主任点点头,自顾说:"这贾进洲的检举也不是没有疑点……"

老雷社长和我对视了一下,都共同意会到了点什么东西,都不吭声。

四

在四队的调查,费了好几天工夫。我也去了两天,跑了几户人家,和我搭伴的是何家梁大队长高新民。

我去的第一家,也是没有围墙的三间瓦房,门前有块平地权当院落,一角堆着一堆陈旧麦秸,台阶上整整齐齐堆放着短节节的硬柴,屋墙比较洁白干净,几只鸡在觅食、行走。这家主人是个近五十岁的老汉,见大队长高新民和我进来,脸上便显得有些紧张。这几天,由于对会计周舍娃的讯问,消息不胫而走,整个何家梁大队和周围别的大队全都知道了,比无线电广播都传得快。有人到他家来,警觉性很高,生怕有什么不测。

这家老汉,连忙从屋里端出一张小炕桌,又搬来几只木方凳,请我们坐。他老婆便在屋里的灶上烧开水,洗了几只饭碗。我和高新民挡了几次都没用。

看他那惊愕的样子,高新民只好开门见山地说:"你先不要慌,不要害怕,我们只是问问情况,与你没多大关系……"

老汉的脸面上肌肉放松了,歉疚地笑笑。

"会计周舍娃在四队,平常咋样?"

"平常嘛,都是农村人,整天和土疙瘩打交道,脸朝黄土背朝天。会计和我们社员不一样,忙的是写写算算的事,他有文化嘛!算盘打得好,飞快!"

"没看见有啥怪事情?"

"没有。这山坡和河沟的石头缝里,有狐子哩,毛是土红色的,人说快修成狐狸精了。唉,都是迷信,谁也没见过。"

我和高新民都笑了。我说:"问的是会计,没听见他有啥和平常不一样的地方?"

"这可不敢乱说,反正我们没见过,也没听过,是不是?"他回头问把开水用饭碗盛上来的老婆。

"没有,没有。"老婆急忙摇头,说。

"会计给毛主席像上扎针的事,你听说过没有?"

"不知道,不知道。"老婆吃惊地后退了几步。

"会计和谁家有仇?有啥过不去的愣坎?"

老汉爽快起来,笑说:"那周舍娃的来历你们知道吗?不知道,那我说。舍娃是抱养下的,原来是七星公社的,家里娃多,就把舍娃给了四队这儿的他爸,这才拉扯大了,娶了媳妇。他养父为人就倔,影响到舍娃也倔得出奇,当会计账目清楚,一笔一行的,交代得清清楚楚。他家的自留地、房屋都和别家不连,就没啥争竞的。你们说,能有啥仇?要有不和,那也是在队委会里……"

"这话也对。"高新民朝我说,"舍娃跟社员群众没啥……"

第二户,是贾进洲的亲兄弟,分家时两人有些不睦,住得离他哥不远,便把他叫到河滩找块干净地方坐下问话。这人倒爽快得很,把他哥数落了一顿。

"会计针扎毛主席像,是你亲眼见来?还是他亲口说来?你咋敢检举呢?人家不承认,或者屈打成招了,你咋活人哩!"

"你听谁说是你哥检举的?"

"村子里都传遍了,这还有假!我哥这人,心眼小,爱记仇,我知道他有这个毛病……"

"你估摸,会计能做这事吗?"

"这可不能说死。说是扎来,也没当下拿住;贼没赃,硬似钢哩!说是没

扎,我哥检举毛主席像上有两个针眼……"

"你说,这物证硬不硬呢?"

"说不来,说不来……只是,舍娃是个二杠子脾性,不会做暗地里害人的事……你们问我,我就这话。"

我们去的第三户人家,只有媳妇在家,婆婆老得只能坐在屋里炕上,屋里窗户紧闭,通风不畅,但气味似还清净。院内屋角搭了个木棍支撑、稻草苫顶的猪圈,一头母猪正在呼呼大睡。我们只好坐在房前台阶上,向她问话。这个媳妇因为劳动好,能吃苦,对老人孝养周到,因此名声不错,到公社开过几次会,是四队的妇女代表。她一边用刀给猪剁草准备饲料,做猪食,一边应对我们的问话。

"你知道队里最近发生的事情吗?"

"你们问的是针扎毛主席像的事? 知道。"

"谁给你说的?"

"谁说的?"她显得诧异地说,"这还用说,那天你们在队部审问周舍娃,'哇哇'地喊叫,社员都听到了。这么大的事,哪有瞒得住的……"

"你看,这个事情真的是周舍娃干的吗?"

她低头不语,只有鬓角的发丝在微风里拂动,那剁猪食的刀也下去得慢了,好大一会儿,才抬起头来:"公社的领导一窝蜂来了,审问会计,谁还敢说不是呢?"

"你咋光看公社领导的脸色哩!"高新民同她熟识,便笑着说她。

她斜眼瞟了一下:"每回开会,领导上都说'火车跑得快,全靠车头带',不听领导的,能跑动吗?"

"你坐过火车吗?"高新民又取笑她。

"你个死鬼!"她脸色转红,拿刀向大队长比试一下,又"扑哧"笑了。

我咳嗽了一下,说:"咱说正事哩!"

她的脸色又庄重起来,只说了一句:"哎,只要领导上不冤枉人就是了……"

把在四队的调查情况一汇报,聚集在石主任房内的气氛骤然松弛、缓和了许多,认定会计周舍娃用针刺毛主席像的意见明显地淡化了。

　　"下一步咋办？如果说周舍娃不是针刺领袖像的人，偏偏那是在他家悬挂的，那么又是谁干的呢？他媳妇？"石主任自言自语说。

　　"他媳妇没这个胆量，也不会有这个动机……那是个一般的农妇嘛，没啥文化，只知道做活，做饭，管娃，家里啥事都是会计拿事……"张淑霞替会计媳妇辩护。

　　"是队里其他什么人偷着干的？"石主任又问。原来县上已经风闻发生了这件事，从电话上来询问情况了，他埋怨说，等弄个水落石出，有个名堂再汇报，着啥急哩！

　　"那就更没有值得怀疑的线索了……"老雷社长肯定地说。

　　张勇有点泄气："我白冲锋了一回，再寻到线索，我就不打头阵了……"

　　老雷社长眼睛盯住石主任："我提出个线索。"

　　石主任抬头看他："你大胆说。"

　　"上回，你不是说队长贾进洲的举报也有疑点吗？我看这还是个大疑点。"

　　石主任嗯了一声："对，我是有过怀疑。咱们到现场去，都发现不了那个针刺的小眼，他一指点，才看清了。他又不是会计周舍娃家的人，他怎么就能发现了呢？这就有两个可能，一是贾进洲自己用针刺的，那当然他自己知道，也能给别人指出来；或者周舍娃作的案，然后告诉了他，他才有发现的可能……"

　　我笑了，说："没人给贾进洲指出的。会计能自己去扎，又告诉他吗？会计不是自找苦吃吗？咱们讯问周舍娃时，周舍娃连针刺这件事都不知道，诧异得很，点明是他作的案，这才大喊冤枉，而且绝不承认……"

　　几个人都同意贾进洲疑点最大，要从他的身上突破这件案子，而且提出了如何讯问的方式、方法——不大轰大嗡，用事实和证据，瞄准贾进洲作案后必定心虚这个要害处，把案件破了，落到实处。

　　石主任很满意这个结果，很有信心，他又用手拍打自己的膝盖，喟叹说："这个贾进洲可真是吃饱了撑的……"

五

讯问贾进洲的会是在何家梁大队的队部里开的。把他叫到大队部的时候，已经是中午过后。按照事先的研究，石主任、老雷社长、张勇、张淑霞和我，还有何庆华、大队民兵队长刘海平早早都聚集到队部的大房子里，分头在几个长条木椅上坐了，大队会计坐在他自己的桌子旁，准备笔录。贾进洲是从四队赶来的，大队长高新民专门去叫的他，说公社要开会研究周舍娃的问题，所以，他精神百倍地大步走来，连高新民都要敞开衣服在后头撵他。

我心里暗暗替贾进洲叫苦——你真是多行不义必自毙，检举反革命倒成了自掘陷阱，自己兴高采烈向下跳，来得还真准时。

石主任年龄不很大，却显得老谋深算、很有城府的样子，笑着说："贾进洲，来得正好，路远，快坐下。"

贾进洲看靠门挨窗的长凳上没人，便一屁股坐下，他一边刚好挨的是张勇。他像是一点怀疑也没有，扯起袖头去擦额上的汗珠。

按照计划，由老雷社长主持问话，提起会计周舍娃，先问贾进洲："这两天，队里有啥反映？会计现在情况如何？"

贾进洲没料到第一个问的是他，脑子里一时还转不过弯来，支支吾吾地回答："公社不是去人调查了吗？我没听到啥，反革命事情，社员不敢随便议论，都怕沾上自己……周舍娃，听说只在家里睡大觉，根本不出门，撂挑子了……"

"他媳妇呢？"

"……只在他家门口骂人，没人理她……"

老雷社长环顾四周，要大家汇报一下调查的结果。几组人便你推我让地大致说了在四队调查的情况，总的是没发现事前事后会计周舍娃有啥异常表现，谁都没见也不能证明周舍娃作没作案，更不能提出别的什么人来……

石主任拍拍桌子："那咋办呢？我们总不能给县上报一个没破的案子吧？周舍娃拒不承认是他作的案，那又是谁呢？"

大家都沉默着。

老雷社长皱眉说:"那咱们回过头去,再把物证研究一下。"

"物证在我那儿,一张年前新请回来的毛主席像上有两个比针尖还小的眼儿,大家都看到过的……"张勇举起手说。

"谁第一个看到的呢?"石主任问。

"我……"贾进洲不明白深浅,主动说。

"你不是来报案的吗?"

"没人看见,是我先发现的,当时很吃惊,不敢隐瞒,就赶来公社了……"

"那你说说发现的过程……"

"这清楚得很。我去他家,家里没人,我站在屋子当中,一眼就看见了……"

"我们公社几个人去现场,已经有了你的举报,站在你说的屋子当中,却看不见。你说这是咋回事呢?"石主任问。

贾进洲回答不出来,忽然应对说:"石主任你戴眼镜着哩……"

众人都憋着不敢笑出声来,只有老雷社长严肃地说:"我眼睛最好,也看不见,后来是你的指点,站在供桌上,只有一尺的距离,才看见了。那我问你,同样站在屋子中间,你咋就能看见呢?你的眼睛是望远镜,还是显微镜?莫非有人告诉了你,你也站到供桌上去了!"

"没有,没有……没人给我说……"贾进洲愣了,脸上的肌肉耷拉下来。

石主任接上说:"我看,也只有你贾进洲能说清这个针眼的来历了,你也不要有啥顾虑,说真话!"

何庆华、高新民看见已经到了这个关头了,便一前一后劝说:"进洲,不要再隐瞒了,纸里包不住火!""事情明摆着哩,早就水落石出了——只有你才会扎那俩眼儿……"

张勇疾言厉色,喝了一声:"坦白从宽,抗拒从严,你真想戴法绳呀!"

声音并不大,却把贾进洲吓坏了,他缩成一堆,不敢吭声。

石主任连忙制止住张勇:"说啥法绳不法绳的,不说这个。我说,你贾进洲只要把事情说清楚,一切都好处理……"

贾进洲还是不吭声,脸色却一阵阵发白了,看来他脑子里已经乱成一团了。

石主任环顾四周，说："你们众人都出去，该弄啥就弄啥去，我和进洲单独谈谈，没啥关系……"又叫住老雷社长，"你留下，你是老社长了，跟进洲熟……"

我们都走出来，却也不敢远离，不知结果如何。大队支书何庆华叫我到他家去坐："大队部里没地场，到我家去，你想吃啥，蒸米饭，只是没啥好菜；擀面条，咱这一带兴用轧面机轧，挂成干面条，只能管饱……"

我小心地问："今年粮够？"

何庆华笑了，"还能把我饿下……"

我一听，再看他那狡黠的眼色，就知道大队干部总会使些手段，让自己的日子比一般群众过得保险些，便不再问。

我们几个人到何庆华家坐到临近太阳压山时分，只是喝他泡的酽茶，抽我的牡丹牌香烟，后来听见外头有人喊，说是石主任叫他去，我们几个人赶紧出来。

原来，石主任和老雷社长还在大队部坐着，只是不见了贾进洲。石主任见我们疑惑的样子，便笑说："单独谈还是有用处……"

"贾进洲坦白了？"

"都交代了。"

看我和何庆华几个人急切的样子，老雷社长笑说："石主任能说服人嘛，用事实和道理把贾进洲逼到墙拐角了，他能不交代吗？"

石主任也笑说："还得软言安抚嘛，多亏老社长是熟人，完全的好言相劝。"

我们听到的事实其实很简单，贾进洲和周舍娃的关系很坏，闹得很僵，却又把周舍娃没办法。这天，去找会计说事，屋里没人，他听说别的公社有人给毛主席像上写反标的、把领袖瓷像砸坏埋了的，都被人整了，一时恶念顿生，就踏上供桌，用会计老婆做针线活的竹箩筐里的一根细针，在毛主席像上扎了两个眼儿，原想扎得大一些，后又觉着太大了容易看见，若被会计看出，把毛主席像摘下来，不是白费工夫吗？于是，就轻轻扎了两个比印刷网点还要小的眼儿，第二天又去看，那像还在，就放心来公社报案了……

真相大白，案件告破，完全是预计的结果，大家都长出了一口气，浑身轻松不少。缓过劲儿，又对贾进洲愤慨起来。

"这人咋这么毒来，害人也不是这么个害法！"

"贾进洲比较阴，不像周舍娃脾气倔，一碰就炸，心底全外露了……"

"后果太坏了，亏得咱们没有把会计太折腾，不然会计就吃大亏了……"

石主任有点歉疚地说："我当时相信贾进洲报案，把事情想得简单了，以为有了物证，一讯问，周舍娃就得交代认罪……"

听到这里，我倒挺担心贾进洲的，看来他的前景不妙，便说："把贾进洲放回去了，可不敢出啥事……"

石主任说："无妨，无妨，叫张勇陪着送回去了。他自己先垮了，坦白了，我就尽量宽他的心，说他态度好，公社都谅解他，不要太熬煎，负担过重。他走时，看来还挺得住……"

"回去后，会不会翻供？"

"那不会，老社长帮他写了交代材料，又按了手印，铁证如山呀！咱们公社"革委会"可绝没有刑讯逼供……"

刚说到这里，只见何庆华的娃来叫他爸回去吃饭，说给公社的领导也同时准备下了……

"啥饭？"石主任心情轻松，大声笑问，"没好的不去。"

何庆华忙说："有点腊肉，擀了细面，捞着吃，浇点酸辣臊子……"

老雷社长笑得满脸皱纹挤成一堆，"你这是头一回请人吃饭……也还舍得，好！"

"都走，都走！"何庆华把在座的人全都招呼着，他一面喊，一面用手摆动，好像在驱赶队部院子里的一群鸡。

事后，我才从侧面打听到，贾进洲为啥和会计周舍娃过不去？原来，"文革"以前的农村经济困难时期，贾进洲和四队保管勾结一起，把队里库存的几百斤小麦暗自私分了，一直瞒着会计。"社会主义教育"运动时，被周舍娃检举了，把保管撤了，贾进洲的队长却保留着，"文革"开始时还想翻案，说是公社走资派镇压了他，谁知周舍娃并不配合他……因此，怀恨在心，趁这次运动想把会计周舍娃整倒、赶走。

"怪不得呢！"我恍然大悟，"这人品质不好，那咋还一直当队长呢？"

老雷社长解释说："农村人，都怕得罪人。再说，贾进洲还能抓生产，把四队镇住，也就马马虎虎容忍下来，这一回可全输了……"

六

原本，石主任和老雷社长鉴于贾进洲终归是个农民，很想宽大处理，谁知单行材料报上去，县上却认为性质严重，且在运动期间，诬陷无辜，要求拘捕。不几天，县上来了人，又有几个穿蓝制服的公安战士，在小学校前的空地上开了个群众大会，宣布罪行，公开批斗。

公社干部都参加了批斗大会，贾进洲脸无人色，任凭处置。张勇果然执行起使用法绳的任务来。他拿一条麻绳，先从贾进洲的后颈绕住，顺肩而下，在左右两只胳膊上缠几道，把胳膊朝后拽起，打上结，又绕至胸前，缠绕几圈再打个结，留出绳头儿来，可以由人提着。会开得时间不长，发言一结束，就押走了。

眼看四队没有队长了，大队就想叫周舍娃继任。谁知周舍娃不但不干，还想搬家到他生父的七星公社去，说在四队太伤心了，绝不能再干了。支书何庆华便去做他的工作，后来也不知做通了没有……

第五章

四队的贾进洲被县上拘捕之后，跟我一起下放到风雷公社却分到另一个大队的老张，急匆匆到公社来办事，找到我时，把我拖到房里悄悄透露出一个消息。他说，他从一个地区干部那里听到的，地区"革委会"可能要上调一批省城下放干部到地区安排工作……我说："这不是件好事吗？"

老张年近五十，为人乐观幽默，虽然皮肤松弛，却还白白胖胖。他听了我的话，皱眉说："啥好事呀，上调到地区，那就把你在当地"消化"了，成了当地干部，你的省城下放干部的身份就没了。你的家还在省城，老婆娃娃一大堆，分居两地，你咋调过去呢？"说完，从口袋里掏出一个扁扁的小酒瓶来，拧开瓶盖，呷了一口。我知道老张爱喝酒，大概心里暗暗发愁，只好借酒浇愁了。我就劝他:"兴许是谣言呢!即就是真的,咱们自己也没办法改变……"

果然,老张的话应验了。几天后,李文书一副神秘的样子,高兴地对我笑,却不说啥。紧跟着,石主任跑到我的住房来,也是满面笑容,首先向我道贺,接着说,接到县上通知,地区"革委会"要在今年秋季召开全地区首届学习毛主席著作积极分子代表大会,为开好大会,要调一些干部(主要是省城下放干部)到地区参与筹备,会后由地区分配工作。县上调人的通知已经下来了,风雷公社有五个人,第一个就是你老强,限你们三天内到县上报到,随身要带户口、粮食供应及行政介绍信。石主任很敬佩的样子,最后说:"以后,你就是地区的干部了,比县上的干部还要高一个层次……可不能把我们忘了……"我一面笑着听,一面心里说,我原在省级机关工作,那比地区级还要高一个层次呢!虽这么想,却说不出口,也觉庸俗不堪得很。

调人通知发出以后,第二天,老张还有老闫、老黄、老靳等四个人就集中到公社来了。他们随身带着各自的铺盖、箱包,准备在公社办好调离手续,住一夜,第二天集中出发去县上。

石主任和老雷社长确实还是重感情的有心人,他们悄悄筹办,当天晚上就在我住的房子里,摆上几盘菜,拿来几瓶太白酒,要给我们送行。我和老张几个一致苦辞,但不行,只好勉为其难地接受下来。这时,天气已经很热了,挤了一屋子的人,热情的话语,腾飞的烟气,哈哈的笑声,几乎要把房子憋破了。李文书笑说,公社里还从没这么热闹过。

石主任是个会处事的人,他把各个下放干部都夸赞、表扬一遍。老雷社长一再表示惜别,但他久经世事,表情上却很平淡。我想,他们知道省上下放干部终究不是本地干部,迟早要走的,也不必过于惋惜。我心里动了动,便说:"下放到风雷公社,参加了公社的'一打三反'运动,受到深刻教育,感谢石主任、老雷社长……只是参加农业劳动不多,这是最大的缺憾……"

张勇喝了几口酒,原本为人莽撞,这下胆气就更大了。他不同意我的说法:"你咋没参加劳动呢?割麦时,你割麦,栽稻时,你插秧。我就亲眼看见你左手握一把稻秧,右手捏几根秧苗,站在二队的水田里,弯着腰,尻子撅得老高……"一下子把众人惹笑了。

石主任"嗯"了一声,止住了张勇的话:"没插过秧,这么锻炼,值得学习,

咱公社干部劳动就少……"

张勇还有点不依不饶:"谁说劳动少!今年说是要过一个革命化的春节,正月初一还要去昆山水库修大坝,通知各队修坝社员不要回家,结果社员都走了,只咱公社干部孤零零几个人在坝上填了十几车子土哩!"这又惹起众人的笑声。老雷社长怕影响了惜别的气氛,忙说:"这不算个啥,不说了。喝酒,喝酒!"

于是,都端起盛酒的茶杯,有的只抿上一抿,有的就"吱溜"喝下一小口,然后吃菜,不过是些炒鸡蛋和腊肉、炸虾片之类。老张脸上泛起了红晕,他向石主任道谢,说刚下来几天,忽接到家里电报,小儿子腿烫伤了,他怕公社不给假让他回去,谁知石主任主动招呼他回去给娃治伤。石主任忙说:"我在县城也有娃哩!"老闫、老黄、老靳忙凑在一起向石主任敬酒。

趁众人停杯的间歇,我说:"到风雷公社来,我有件最难忘的事情,你们猜猜。"

老张有些酒意了,拿起酒瓶向我晃动:"说吧,卖什么关子哩,不就是个事情吗!"

我看大家都朝我看,便说:"刚把何家梁大队二队柱子偷粮的案子结了,是四月下旬,一天晚饭后,房檐下那个喇叭'嘶啦嘶啦'地响,新闻联播,播了个重大消息。你们猜,是什么?"

看见众人都举着茶杯,或拿住筷子朝我看,我说:"是咱们第一颗人造卫星上天,卫星上播的东方红乐曲。整个公社都惊动了,兴奋了,都坐不住了。石主任带着大家,拿起开会叫人的铁皮喇叭,到公社外边的野地里,站在高处向一队那个方向呼喊——社员们,中国第一颗人造卫星上天啦!反复喊,大声喊,也不管人家听见听不见。那时候,天上没有月亮,黑得啥都看不见,远处一队也不知听到没有,反正就是个喊……"

石主任站起来笑说:"老强好记性!那时谁能不激动呢!都想把这个消息传出去。"

老黄说:"农村只公社有电话,队里没有收音机,才上市的半导体收音机,砖头一样大,要卖八十元哩!买得起的人不多。我是第二天听邮递员说的。"

老靳声音发颤地说:"我是第三天看报知道的。"

老雷社长笑说:"好几年都没有听到这种消息了,还真的吓人一跳哩!"

就这样,吃着、喝着,说到哪儿是哪儿。炊事员陈老汉几次站在门外,问还要添啥菜不?给大家发现了,拉进来也让他喝了一口酒。时候不早了,石主任他们就都起身回去了。张淑霞一口酒也不喝,只吃了几口菜,笑着看大家说话,走时脸上红扑扑的。李文书是坐一会儿,就到他的办公室和院子里转一转,公社大门已经上锁,他还是不放心,大家都笑说他该有个"小腿勤"的外号了。

因为住在公社机关里,我们五个人空前多喝了几杯酒,但脑子还清醒,不敢再乱说、乱笑、乱闹了,把酒瓶里剩下的酒一气喝完,便马马虎虎、随随便便躺下睡了。香甜一觉,不知所之,连个梦都没有。不知过了多久,我迷迷糊糊觉得天亮了,立即惊醒,屋内虽然昏黑一片,窗外却已天色发白,连桌上立的几个空酒瓶也亮亮地闪着光点。我起来,想出去上厕所,跨出几步,猛然发现门里角落卧着一个人,背靠土墙,歪着身子,睡得正香,仔细一看,不正是老张吗!老闫、老黄、老靳都在外间床上呼呼大睡,老张和我在里间,他怎么睡到地下了呢?我连忙弯腰连扶带叫,把他弄得半醒,拖到床上躺下。这时,我听见隔壁伙房里陈老汉填柴烧水,准备熬苞谷糁子稀饭了。等我从厕所回来,老张已经完全清醒了,我问他:"你怎么睡到地上去了?"他先口齿不清地抵赖,后来只好笑说:"我也不知道。你们昨晚睡了,我又把酒瓶底儿呷干了,上了趟厕所,回来时,进门扶墙,谁知一摸,墙怎么是软的?脚站不稳,一下子就坐在门里头地上了,身子发软不能动,也就睡过去了……"他这一跤跌倒睡在门角的趣事,后来一直让大家在去县城的路上笑了好久。

早饭后,我们一切准备妥当,箱包行李都捆好扎紧。何家梁大队派来的几辆架子车和拉车的社员也都进了公社院子,石主任他们都一齐拥到院子里……我们终于走了,离开风雷公社,走在去县城的路上了。

绳套难解也得解!在前方,生活又向我展开了粗细不同、松紧不一的新的绳套,还得去解,无人能逃脱了的……

2005 年 8 月

流淌的爱

一

大城市城乡结合处的一所小学校,教室之间隔开的房间里都住着教师,宿办合一,新近住进来一对年轻夫妻,女的叫于素红,男的叫屈建才,是从山区一个小县城调进来的。于素红身个儿不高,比较匀称,圆圆的脸庞上一双黑亮的眼睛,话不多,时时露出胆怯的样子,很适合教低年级的小学生。男的却出奇的英俊,骨相清秀,鼻梁稍高,站得笔直,走路如风,是个复员军人,在社办企业里,出入穿一身褪色却又十分整洁的军服,没有帽徽领章……人们在羡慕之余,不禁浮想猜测,他们俩怎样走到了一起……

这一年,开春过后,坡地上的麦子锄过了,沟里秧母子田也放进水了,在竹园公社小学的教师住房里,于素红坐在窗下两个斗的小桌前,眼睛从一摞参差不齐的作业本上掠过,从木格窗向外望去。门外是一个大土场,平时是学校的操场,公社开大会用,农忙时则是生产队里的碾麦场。教室在另一边,三座砖房,比起附近村子里的草棚瓦房要气派得多。隔一段土墙就是竹园公社"革命委员会",一个大大的四合院,房舍高大,院落开阔。小学的陈校长和几个教师,家都在附近的生产队里,晚上就都回家去了,只余下一个叫小赵的和于素红留在学校里。小赵的媳妇在山外老家的村子里劳动。小赵很活跃,

寂寞时吹吹口琴，解解乡愁，前几天告诉她，县"革委会"程主任派了个联络员来公社，借住到学校的一间空的宿舍里了。于素红心说这与我有啥关系？那小赵从神情上似乎看透了于素红的心，补充说，县"革委会"程主任原是地区军分区里一个科长，"支左"时来到县上当"革委会"主任，党政一把抓，权力极大，那个联络员就代表他了，不可小看……那个联络员住进来时，于素红没有太在意，她只睐见一个矫捷、高挑的身影，绿色军装倒挺闪亮，这是个怎样的人呢？和那些嘴巴上胡子老不刮、说话时一嘴烟气直冒的公社干部一样吗？小小的一个问号悄悄在她的心底里浮起……

土场上一阵骚动，一阵喧哗，原来从公社与学校相隔的半截土墙缺口过来了几个公社干部和青年民兵，抱着一个磨损得发灰发白的篮球，在土场上跑来跑去，抢球投篮，那个身穿绿军装的联络员也在里面。素红下意识地站起来，靠着没有油漆的木门扇，目光随人影移动，只见那个联络员大跨步跑步，拍球，离篮球架不远，便跳起举手投篮，虽然未投进去，却引起一阵叫喊着的惋惜声……于素红过去在大城市师范学校读书时，也偶尔搭肩勾背地同一伙女同学看男生打球，也只是看看热闹而已，可今日心里却有点异样，那个联络员的绿色身影深深地吸引了她，一个山区小县城咋会有这样英气逼人的小伙子呢？她感到惊奇而艳羡。后来几天，她去公社的灶上吃饭，也远远地遇见过几次，但只悄悄睐上几眼，肯定他根本不会注意上自己的。于素红听说这个联络员叫屈建才，她把这个名字和形象极其秘密地藏在心扉深处，直到发生了一件事。

于素红所在的小学，学生都是附近生产队的孩子。教室平房，盖了层薄薄的青瓦，没有天花板，抬头甚至可以看见缝隙里透进的日光。课桌木凳没上油漆，缝隙干裂，遍布污渍。那些小学生黑棉袄上全是汗渍泥痕，隆冬时节还穿着单布裤，早上来学校时，好像根本不洗脸，只有眼睛明亮，脸颊红润，脖颈处则是黑黢黢的。女生倒好一些，穿着有花的红绿棉袄，头发上别着发夹，好像还梳梳头、洗洗脖颈的。每天上课时，高矮不齐地站着，手持《毛主席语录》唱《东方红》背几段语录里的句子，向黑板上方的毛主席像敬礼，然后坐下来上课。于素红站在砌了一圈青砖的土台子上，她起先很不习惯这个学校环境之简陋、学生生活水平之低,但想起离校时的誓言就是要服从分配,上山下乡,到最艰苦的地方去,便再也张不开嘴说什么不同的意见了。但她心里还是暗暗害怕一辈子留在这个山区的小县城里,大城市街道上灿烂的灯光和拥挤的行人不时闪现在她的梦里……

这一天,她刚上完一节课,课间休息时,她回自己的宿舍,喝一杯水,润润嗓子,忽然黑影一闪,那个当班长的大女生,抱着一摞作业本,抢进来凑到于素红的耳畔说:"于老师,咱们班出了个反革命……""什么?""反革命!""不敢胡说,小娃娃反什么革命?""真的。""别胡说,要有证据……""你跟我来看!"

于素红急急跑到教室,几个女生围着一个小女生叽叽喳喳吵着,那个小女生抱着一册课本,吓得紧紧缩在座位里。班长说:"把你的课本拿给老师看……"旁边的女生也尖声叫着:"拿出来,交给老师……"大女生班长猛地一伸手,就抢过来那本磨得卷了角的课本。于素红揭开一看,毛主席画像还是干干净净的,大女生班长指着领袖像上两个小黑点,急急说:"她拿针给毛主席像上扎了俩窟窿……"素红再仔细一看,确实有两个针尖大的小洞,轰地一声,觉得头一下子大了,昏了,仿佛时间和空间都凝固了似的。她的直接反应是申斥那个小女生,但结巴了似的,一句话也说不出来。

事情立即汇报给陈校长,那个本地出身教了二十多年书的农村小知识分子,胆小软势,立即跑进竹园公社向"革委会"梁主任汇报了,临走时命令于素红好好保管小女生的课本,作为证据,不敢丢了。

处理这起事件的会议就在公社会议室里开,于素红很少参加类似的会,觉得手脚都没个放处。公社主任、干部和武装干事都是本地人,她原觉着他们衣衫不整,文化不高,说话土气,但自从分配到这里以后,才慢慢感受到他们手里有权,有本事,能辖治住上千户可怜的农户们,同时还掌握着于素红自己的命运。会议室中间几张三斗桌拼在一起,几张长条木凳摆在四周,于素红挑个远处角落,悄悄坐下来,谁知一开会,那个软势的陈校长却点名叫她汇报事情的经过。于素红觉着自己汇报时,说话都有点颤颤抖抖的样子。那公社"革委会"梁主任坐在墙上挂着的大幅毛主席画像下面,斩钉截铁地一个

字一个字说:"咱们'一打三反'运动刚过了高潮,就发生了这件大事,说明阶级斗争形势还是严峻的,树欲静而风不止……"没人接这个话茬,沉默不语,年轻气盛的武装干事猛地直戳戳地说:"主任你放话,看是咋处理?给县上报不?"梁主任那形容风树关系的手势还停在半空中,愣着,转脸问:"一个小学生,不到十岁,忽然用针扎领袖像,你说,这是大事?还是小事?"武装干事说:"小学生,就在班级里批斗?"陈校长喃喃自语:"娃娃么,批斗?吓傻了咋办?"梁主任忽然眼光直视校长又转向于素红:"事情出在学生身上,根子在老师,你们是怎么教育的?"于素红心里立刻轰地一声,她看见陈校长的脸色变了,吊下来了。梁主任没等到答复,便向坐在另一边的屈建才问道:"联络员,你看这事咋个处理?"于素红不由自主地朝屈建才这个联络员那里轻轻一瞥,只是一个眼光,却一下子看见了屈建才脸上全部表情,那英俊的脸上是柔和的、松弛的,似乎还有点笑意。于素红习惯地低下头去,让脑后两根短辫硬戳戳地翘了起来,耳朵很敏锐地逮住屈建才的每句话。

屈建才说:"我们部队搞三忠于、四无限活动,中心就是紧跟毛主席,这是检验一切工作的试金石,是一切工作的出发点和落脚点。县'革委会'成立的第一天,程主任倡议的第一个决议就是开展学习毛主席著作的新高潮……"梁主任连连点头,表示同意和赞许。停顿了一下,屈建才却出人意料地说:"小学生出问题,咋能都怪老师哩……"这句话让于素红紧张的神经哗地松弛下来,她听见武装干事也紧跟上说:"那就查查学生家长……"公社文书补充说:"那个家长老实农民一个……"会议最后决定,由武装干事和公社文书下去调查,看那个家长表现咋样?有无反动思想?最后再处理。至于小女生,不要乱整,开导开导,了解她为啥乱扎……回学校的路上,陈校长给于素红悄悄说:"把我吓的,多亏联络员还算明白……"于素红只听不说,心里萌生了对联络员屈建才的好感,虽然只轻微的一点点,那感觉却是很舒服的。

于素红是个爱美爱干净的女孩子,她用旧报纸把四壁都糊满了,单人床的蚊帐也不拆,放下帐子,就成了一个看不透的隐秘角落。临窗的小课桌上放了一块玻璃板,下边压着她手捧毛主席语录在天安门前的照片,窗台上便是天然的书架,放着毛泽东选集、鲁迅著作和几本教学辅导材料,墙角门后的木凳上放着脸盆、香皂盒,整个房间不时浮起淡淡的一股香气,那个大女生班长每回都笑说:"于老师房里好闻得很!"不知怎么,从大城市下放锻炼的几个干部,有胡子的,年轻的,每逢到公社开会办事,也不请自来地到于素红这里说话闲坐。傍晚,他们刚走,于素红揭开门帘,让烟气散去,忽然看见屈建才走过来笑说:"那几个下放干部坐够了,走了?"于素红不敢怠慢,笑着回应道:"弄得满房子烟气……"连忙接着问:"那个小女生的家长咋样处理呢?"屈建才轻松地说:"咋处理? 一调查,啥事都没有,一脚踹不出个屁来的老实疙瘩……"于素红有点不好意思正面近距离跟联络员说话,眼睛只轻轻一抬,便看见屈建才的薄薄的弯曲嘴唇半开半合地迎着自己,忙按住心的颤动,遮掩地说:"那个小女生倒叫她爸在脸上打了五个指头印……""打啥呢? 小娃娃好玩,掂不来轻重。""那天,公社梁主任好像要把责任弄到学校头上。""唉,他心里也是没底……"于素红低着头,不好意思地忙说:"当时把我吓了一跳,多亏你把话岔开了……"她只听见联络员屈建才笑说:"没啥,没啥……"转身走了。

从此,于素红觉着自己和联络员不再陌生了,没有隔阂,少了些拘束,可以敞开谈话了。这天,土场上又有几个人在打球,乱跑乱抢乱投篮,"砰砰"的声音和"哇哇"的叫喊声响成一片。于素红坐在房门口的台阶上看,隔开一两步远便站着屈建才,于素红眼睛看着打球的,耳朵却注意听联络员的声响。那屈建才突然问:"你不是本地人?""不是。""那咋会分到这个地方来教书呢? 那就一辈子撂到这个小县城里了……"于素红一下子心跳加快,却不好搭腔。屈建才接着问:"你原来就叫素红?"于素红轻轻说:"原来叫素芬,革命造反开始,改的。"屈建才笑说:"我本来小名叫添财,参军后改了……"却突然又说:"我可不想一辈子留在这个小县城……"于素红大胆地反问他:"你们当兵的,五湖四海,天南地北,咋会老待在一个地方呢?"随即嫣然一笑,斜眼望去,看见屈建才正目不转睛地直盯着自己。联络员没有反驳她,只是说:"我是从省城征兵出来的,复员了,哪里来的哪里去,将来还会回省城的。如果提干了,那就是另一码事了……"素红又低头问:"你省城里有家吗? 老人、兄弟姐妹都在城里吗?"她听见屈建才大声说:"我爸我妈都是黄河以东逃难过来的,我

爸挑着担子，一头是我哥，一头是铺盖行李和锅碗，跟着我妈，我是新中国成立后生的……你说是不是根红苗正啊！"又开玩笑似的说："我估摸你是个臭老九家里出身的吧?"于素红没法回答，但觉着屈建才这个联络员口气不小，蛮有傲气似的，接着却又听屈建才说："不要在意，我这是玩笑话……"土场上打篮球的人都散了，没有了砰砰的嘈杂声音，于素红抬头看时，屈建才却已走得无影无踪。

这次谈话以后，好像彼此摸清了对方的底细，心理上的屏障和隔阂慢慢打开了，变成了熟人，碰上了就会打打招呼，问候几句。联络员屈建才看起来也跟公社上上下下都熟悉起来打成一片了。一天，在公社的灶上吃饭，一人一大碗白米饭，一粗碗白菜萝卜熬粉条，都聚集在台阶上。公社梁主任吃完得早，摸出一根纸烟来吸着，忽然笑眯眯地向屈建才说："联络员，你将来留在我们县上工作，我给你介绍个媳妇成不?""成……""那就好。我们这个县上的人大多是顺江上来的，这地方山清水好，姑娘长得水灵，比你们平原上的人漂亮多了……我保证给你挑个最好的。""一定要最漂亮的，拜托你主任了……"慨然应允，接着是大家的哄笑声。于素红不敢掺和进去，连忙端起碗就走，离得远了，才在心里说梁主任："管得宽哟，狗揽八摊屎!"

竹园公社大门对面的大路边，有家供销社商店，既收购鸡蛋、肉猪等农副产品，也经销一些百货、食盐、煤油等日用品，人来人往，生意红火，只是农民消费水平有限，有些商品滞销，白糖点心又干又硬，线织袜子落满灰尘。于素红没事时也来到木柜台前看看，忽然看见一摞深蓝浅蓝交织四方线条的手帕，心里喜欢，便随意说："这能拼成一个床单……"说过也就忘了。没过几天，便见屈建才一手满把握着十多条手帕，找上门来，递给于素红，直截了当地叫她给拼成一条床单。于素红原以为他自己要用，便连夜用针线手工缝在一起。等屈建才路过门前时，便叫他进来看。屈建才笑眯眯地用指尖捏起，胳臂展开，左看右看，也不说话，随即转身直接铺到于素红的木板床的褥子上，说了声："大小刚好，漂亮! 送给你了……"于素红连谦让的话还没想出来，联络员便大步走了，弄得于素红愣了半天，心神不宁。

这些事情都逃不脱小赵的关注，那双隐藏在深处的眼光似乎能穿透阴暗的屋角直至人的心灵深处,趁没人的时候,便踱到于素红的房间来。整天见面,于素红也不搭理他,却听见小赵说:"联络员被叫到县上去了,你知道不?"于素红摇摇头。小赵又用手指敲着桌子:"我看你这几天有点神情恍惚不定的样子,心里想啥呢?"于素红觉着脸有些发烧,连说:"能有啥哩!"随即笑着反击小赵:"我不像你,整天操心老婆娃……""你现在还是个姑娘,等你嫁出去,就知道心向哪里放了……"小赵说毕叹口气,又说:"我看联络员这小伙儿不错,可惜是个兵,解放军里有纪律……"于素红心里咚咚地跳,想听他继续说些啥。小赵却说:"解放军这几年很吃香,年轻娃都想参军,黑帮子女寻门路混个文艺兵,有饭吃,有出路……"于素红笑着说:"我又不参军,找个农民呀……"小赵愣了,笑说:"不是你心里话!"

于素红从此多了一番心事,她知道一个女孩子的名声的重要,特别在这个小小的山区县城里,便告诫自己,以后尽可能地不跟屈建才这个解放军接触了,哪怕他现在穿的军装,还是县"革委会"程主任派下来的联络员呢!可是屈建才的身影却顽强地在她的脑海里闪来闪去,特别是没有什么事情闭上眼睛的时候,她会不由自主走神地想,他跟程主任去干什么了呢?在什么地方检查什么呢?走路还是坐那种北京牌吉普车?他若回到竹园公社时,我第一面该跟他说什么呢?是自己先开口,还是等他先开口?过后自我嘲地想,真是多管闲事!然而却始终挥之不去。夜里,空气有些闷热,于素红睡下,放下蚊帐,只穿一件女式花汗衫……门忽然开了,黑暗中觉着屈建才直直走进来,毫无声息,不说话,于素红慌忙斥责他:"你咋随随便便在我睡觉的时候就进来了呢!快出去,快出去!"那个身为联络员的屈建才仍然不言语,却伸出一只大手抚摸素红的肩头,冰凉冰凉的。素红又害怕,又紧张,本能地缩紧身子……这时,一声炸雷爆响,窗外有了急雨猛敲干硬土地的沙沙声……于素红惊醒,原来自己在梦中,肩头露在外头……她一阵心悸,这是一个从来没做过的梦!连忙裹紧薄被,缩成一团。她从小害怕打雷闪电,如果真的是屈建才陪着她,那会是一种什么感觉呢?起码不会害怕惊悸……她不敢再想下去。

公社梁主任从县上回来了,于素红在公社灶上吃饭时迎面遇上,十几个

黑的、藏蓝的、深灰色的人群里并没有那个军绿色的屈建才的身影。梁主任一眼瞅见她，便说："联络员跟县上程主任到地区开农业学大寨会议去了，叫我给你捎话，好好留神他的宿舍门户……"于素红装作没听见，只埋头吃饭。梁主任笑着大声说："听见了没？于老师！"于素红微微一笑："我只管上课教学生，治安不归我管……再说，他这个解放军除了军人被褥、洗漱用具，还能有啥值钱的东西……"梁主任也哈哈笑了："我看你这个女子也不傻嘛！"

屈建才是不声不响回来的。上完早课，于素红从灶上吃完早饭回到住处时，不由得看了联络员的宿舍一眼，发现木板门似乎半开着，心里咯噔了一下，莫非果然进了贼，革命专政这么厉害，四类分子都乖乖地接受改造，社员之间除过偷点自留地里谁家的萝卜，拔几根小葱外，哪会有扭锁撬门的呢！她不敢过去看，就朝一块儿吃饭回来的小赵说："你看，联络员的房门咋大开着呢！"小赵也诧异，忙放下碗筷就飞奔过去，迎面却见屈建才端直从房里钻出来。小赵一扬手，哈哈笑起来："你咋不声不响就回来了呢！"屈建才也哈哈笑了，用手抹了把额头上走急了冒出的汗珠儿，回头从放在桌子上的军用布兜里掏出两把纸包的细细的挂面出来，递到小赵的手里："你白米饭吃腻了，回头自己在小炉子上下着吃……"他只顾和小赵应酬，眼光也不朝于素红这边看一下。于素红赶紧跑回自己的宿舍，"砰"地一声关上了门。

天气很热了，于素红的房门不能老闭着，她在门框外边挂上细竹篾编成的竹帘，从里边可以很容易看见外面的情景，而外面却看不见屋里。她几次看见屈建才从土场上走过，都不见他走进屋来，心里忽然埋怨道："才几步路就不过来一下，真是的！难道要我去找你，想得倒美！"后来她恍惚听说，公社干部按照县上统一布置，下各生产大队检查工作去了。检查社员们房前屋后地畔的自留地，是否改变扩展了地界，种上蔬菜，或者整天只忙在自己的自留园子里，不好好出工做集体活……又听班里几个女生说，住在咱们学校那个解放军，在她们队里，厉害得很哩！于素红便留下几个女生，随意地问："他咋样厉害呢？"大女生班长争抢着说："他跟公社干部挨家挨户查，还叫队长拿上皮尺量哩！""量到谁家，若是多占了地畔塄坎，就拿锄头把种的青菜或者洋芋铲了……""还训斥社员，不能只顾自个儿利益单干，走资本主义道路……"于素红问："把你们家长吓坏了吗？"几个女生抢着说："咋不害怕呢！听见风声不对，我家在地塄坎上点的豆子，刚出苗，赶紧拿锄头铲了……"于素红平日听惯了批资本主义的话，也觉着社员们多数只顾自家，眼光不高，但社员们已经种了的东西，能多收点菜蔬豆类，何必立马当众铲了呢？还惹得社员们埋怨……心里有这个想法，便放不下，翻腾过来，翻腾过去，把埋怨屈建才不和自己见面说话的事情倒放过去了。这一天她正要拿碗筷去公社的灶上吃饭，忽然看见屈建才也手背着拿着碗筷走来，便叫一声："联络员！"那声音出奇的尖厉，连她自己都吓了一跳。屈建才停下来，朝竹帘里的于素红探头望了一眼。于素红急匆匆地尖声说："听说你铲自留地哩！"屈建才隔帘朝里笑说："咋能铲自留地呢？是铲资本主义！你不赞成？"站在帘外，也不进来。于素红隔着竹帘说："谁出的主意？不是你吧？好好的一些菜蔬、洋芋、豆苗铲了不可惜吗？"屈建才朝前走了一步，隔着竹帘低声说："悄悄的。你不知道，县上程主任视察城郊公社，看见地里庄稼务得不好，自留地倒精耕细作，发了脾气，批评下来了……公社便到各生产大队检查纠正去了。我是个联络员，程主任问起来，没个汇报，咋行呢？你说说。"原来是这样，于素红倒没法子责怪屈建才了。屈建才却靠近竹帘，向里悄声说："我争取早些提干哩！能在部队里有个好前途……"不等于素红反应过来，转脚就走了。于素红愣了一下，别看是个小兵，满口大道理，心里算盘打得可精呢！她还是横下一条心，再不主动找他，倒是叮嘱大女生班长她们不许随意乱说联络员和公社干部的坏话。

检查自留地的工作告一段落，公社"革委会"院子里煤油罩子灯又在各个房子里亮起来，其实都是在说闲话、抽烟、喝茶，连小赵也去凑热闹打扑克去了。于素红回到宿舍，听见公社院子里利用电话线转播的中央人民广播电台的节目刚告一段落，她用水擦了把脸，淡淡抹了点润面香脂，想坐下，改改学生的作业，桌上有一大摞呢！便觉着有人在竹帘外大大咳了一声，而且用手指重重敲了敲门框。于素红抬头一看，联络员屈建才已经揭开竹帘钻进来，端端正正迎着灯光站着，一身白色军衬衣，脸上笑眯眯的。于素红一时心慌，语无伦次地说："你咋不白天来？"屈建才不回答，从身后拿出一包东西，随手远远掷到素红吊着蚊帐的床上，说："试一试，看合身不？"就走了。

　　猝不及防，于素红愣了一下，连忙打开，映入眼帘的是一套印着小花朵的肉红色线织内衣裤。式样好，花色新，是市场上流行的东西，比较难买。他为啥要送？我凭什么要接？于素红掂量来，掂量去，心里头像十五只水桶吊在井里，七上八下的，没个着落处。她反复问自己：我算个什么呢？是他的什么人呢？咋就敢接他这种东西？这又不是几颗鸡蛋一颗糖……她决定还给他。

　　过了一天，趁午饭后校内无人，屈建才从她的房门口走过时，于素红便喊住他，红着脸，把那套仍然叠放成原样的内衣裤，塞到屈建才手里，低声说："谢谢你的美意。这么贵重的东西，还是你留着穿吧……"屈建才边向后退边说："这是按照你的身材号码买的，是女式的……"于素红硬是拉住屈建才的手，要他接住。推拉间，觉着自己的纤细柔弱的手被一双大手紧紧握住了。那手指是有力的，掌心里热烘烘的，好像有一股力量传递过来。她心想要拔出来，却使不上劲，仿佛被那掌心融化了似的……她听见屈建才低声说："你咋这么不大方呢？咱们都是外地人，我敢给哪个生产队的小媳妇小姑娘送东西吗？唉呀呀，你呀，咋不开窍呢？……"于素红耳朵里听着，目光却凌乱了，只觉着一片白花花的东西在眼前急急晃动着……就在此时，土场上传来学生进教室的喧哗声，屈建才松了手，转身就揭开竹帘出去了，只留下于素红僵在房子里，耳朵里飘来屈建才的话："我们做个朋友……"她被这句箭矢般的话射中了，仿佛靶场上的靶子，定定地立在那里，一动也不动。

　　从此，于素红有点怕见联络员屈建才，她怕这个热力外溢的小伙子再突然出其不意地给她送什么东西，她没办法回报他。但又明确地感觉到，他更靠近自己了，比公社任何一个干部甚至小赵都贴心，好像可以说上一些隐秘的藏在心底的话。水田里的秧早就插完了，一大片一大片深绿的稻子齐刷刷地铺展开来。陈校长忽然向于素红说："公社梁主任叫你去一下……班里的事情交小赵代管几天。"她去了公社，原来最偏远的一个生产大队里发生了一件拐卖人口的事情，准备由屈建才和公社妇女主任去调查处理，谁知道妇女主任忽然病倒在县上，住进了医院，只好把她抽出来，跟屈建才去。于素红心慌了一下，推说自己只会教小学生。梁主任说，"有联络员呢，因为要接触妇女，才决定抽你去……"于素红便无话可说。当天傍晚，她看见屈建才回来了,就鼓起勇气,跑到他的门口。屈建才正洗脸,鼻子里"咻咻"地往外喷气,用毛巾使劲儿擦脸。于素红直截了当地质问:"是你给梁主任建议,让我跟你去调查拐卖妇女的案子?"屈建才忙摇手:"没有,没有。妇女主任去不了,我只插了一句话,事情是梁主任定下的,跟我没关系……"于素红一时冲动,心一热,夺过屈建才手里的毛巾,朝他的胸膛甩去:"都怪你……你……"然后气鼓鼓地走了。屈建才躲了开去,笑说:"你这个丫头,本来有文化的,咋发这么大的火呢!"于素红回到自己房间,暗自惊讶,我咋就动起手来了呢?这么没待人的分寸?这算干什么呢?她脸上发热,把脸埋在臂肘里,直到小赵在窗外叫她:"公社灶上开饭了,你咋不赶紧去呢?是不是不饿?"这才慌慌张张抓起桌上的碗筷。

去山后头大队的那一天,是个热烘烘的闷热的多云天。出了竹园公社所在地,下一道河沟就又顺山沟向上走,沿途路边、坡地上一丛丛竹子轻轻摇动着,随后树木多了起来,于素红不认识,只知道这些树冬天叶子发黄不落,社员砍回去烧火做饭。路弯弯曲曲,一旁树木慢慢成了林子。于素红担心林子里会钻出个什么人来,然而没有。她一直不吭声,表现出还在生气的样子,内心却是欢快的。屈建才有一搭没一搭地说着话,尽说些他小时家里那些事情,于素红耳朵里听着,心里慢慢品味着这些陈谷子烂芝麻的味道。到了生产队,这已经与公社所在的地方隔了几个山头了,社员们居住很分散,星星点点,三三两两,不是在这个坡上,就是在那个沟口。问着了那个叫韩朝贵的社员,他家挨近山沟旁,只有破破烂烂的三间旧瓦房,没有围墙,墙皮跟地面一样的灰土色,门窗乌黑,房子里也乌黑,房前一块不规整的平地上几堆柴火,几块石头。韩朝贵正坐在门前石头台阶上呆呆地吸旱烟,眼睛露出惊诧的表情,显然不认识他俩,也不起身招呼。屈建才走上前去,问:"歇着呢?""歇着哩。"屈建才站住,和气地说:"我们俩是公社的,来看看你家,了解了解……"韩朝贵喉咙里咕哝了几下。于素红站到联络员身旁,看见他使了个眼色,便问:"你媳妇呢?"韩朝贵头向屋里一摆,不说话。于素红就大着胆子踏上台阶,跨过门槛,走进黑黢黢的房里,一股气味迎面扑来,于素红鼻子紧了一下,待眼睛习惯了黑暗,向里看去,灶火后头一个披头散发的妇女正窝坐在灶门

口，还不到饭时，也不烧火，面无表情，两只眼睛大睁着，死盯着前面。于素红吓了一跳，估摸着这个妇女年纪不大，便问了声："弄啥哩?"那妇女不回答，仍然死盯住看。于素红站了一会儿，看见屋里一张乌黑粗糙的桌子，窗下一个炕，炕席上一条看不来颜色的被子蛇一样盘在那里。看见那个妇女根本不理她，问不出个所以然，便倒退着出来，长出了一口气。出来后，看见屈建才在一块石头上坐着，正听韩朝贵诉说，便也在另一块石头上坐了，捡起地上一根草棍，拿在指间，低头看看，耳朵里逮住每一句话。韩朝贵嘴里吐出一股烟气，说："你看见我媳妇了? 我上当了……""上啥当?"屈建才抓紧问。那韩朝贵面朝远方说："唉! 说来话长。那还是去年，有个人给我看上了一家婚事，说是在下河湾里，离这儿一百多里地哩! 我跟着去了。走了一整天，天麻麻黑才到。那家人说他的女子有点呆笨，除此而外，啥啥都好。我心想，就咱这架势、年龄，还能娶上十八岁的一朵花吗? 那人家点亮煤油灯，把女子叫了出来，看样子是拾掇打扮了一番，眼睛大大的，脸白白的，问啥话，都只看你，不言传，我还以为是女娃娃家害羞呢! 在她家人的指拨下，还端了一杯茶水，放到我面前，眼睛还是直直地看着我。我心动了，就打定主意把这女子订下……"屈建才问："噢——你是经人介绍相亲去的?""你不信，可以去问嘛!""后来呢?""过了一个月，我凑了五十元钱，一百斤粮票、一身花布，又去她家，把她领了回来。她家人给她换了身新衣裳，两床被子……""就算成亲了?""对，我这就算成亲了。谁知道领回来个大瓜瓜，傻子，一天就知道窝在家里，饭做得半生不熟，也不会缝补，还得我指拨她，服侍她……""你咋不事先打听好呢?""她娘家一百多里地哩，我去了，人生地不熟的，又是黑灯半夜的……""没领结婚证? 没去公社登记?"韩朝贵头低下："唉! 还没想到这一层嘛!""那你赶紧去公社办结婚证去，让生产大队给你开个介绍信……"韩朝贵抬起头，眼光和口气是央求的："不着急，不着急。我不想要这个媳妇了。后山里有个人愿意要，也是光棍一个。我打算让他领去，啥啥也不要，只要他把五十元钱、一百斤粮票、一身花布还我就行……"屈建才听到这儿，一下子站了起来，手指着韩朝贵说："不敢，不敢，那你就成了贩卖妇女的了……要法办哩!"韩朝贵被吓住了，愣在地上，说不出话来。于素红也站起来，朝屋里望去，门里头黑乌乌、死沉沉，看不出啥来，那个傻瓜女子还不知道议论的正是她哩！

向回走的路上，于素红一直只低头看着脚面，小心翼翼地落着脚，屈建才也走得很慢，跟在她的身后。她被韩朝贵媳妇这件事弄得心里沉甸甸的，不知是怜悯还是恐惧，忽然听见屈建才轻轻地叫她："素红，你说，我们回去咋向梁主任汇报呢？"她抬起头，稍微向后斜视了一下，这个联络员像公社其他干部一样公开场合都叫她于老师，现在却直呼自己的名字了，她心里一动，不直接回答他。屈建才却只顾自己大声地说："这咋能算是拐卖人口呢？太叫人同情了……不能乱打击的。"于素红觉得屈建才和自己的想法完全吻合了，便说："对，对，太惨了……唉，山区小县城呀，啥可怜的事情都有。"俩人都沉默着，只顾走路。忽然，屈建才又问："你还想一辈子窝在这儿吗？"于素红听见这声音腔调里有一种温柔的同情，也便缓缓地说："不窝在这儿，咋行呢？县上把我分配到这个离县城近的公社，都算是照顾我了，还没分配到更偏远的深山里去呢！"她听见屈建才又叹气说："你就是嫁到县上，也是个小地方，离地区还有二百里地哩！"于素红不由自主地回应说："谁不想留到大城市呢？知识青年、下放干部都下到农村和山区里了，还号召扎根一辈子呢！"她又缓口气说："就是想回去，也没门路，没办法嘛！"

俩人沉默地走着，走近山坡边一片树林旁，林子里有鸟叫的声音，树叶轻轻舞动着，微风带着凉意从树干中间吹拂而出。于素红走得热了，便拿出一个白色带花的小手帕在脸前轻扇着，她觉着屈建才和她并排走在一起，听见他急促的有点激动的说话声音："我听程主任说，好好干，争取提干……""啥？提干？""对，就是当军队干部了，可以结婚成家了……"于素红的心咚地跳动了，她不敢搭腔，嘴里却吐出几个字来："那是你的事……"屈建才猛然迎面站住："不是我一个人的事……"边说边抓住于素红两只半露着的胳臂："素红，你听我说，我一来公社，就喜欢上你。你跟我好了，我提了干，不就能把你带走了吗？"这么突然又直接的表白，于素红没有料到，一下子被震撼得糊涂了，随口说："就这么容易吗？你别哄我……"屈建才一下子把她抱住了，急说："你只说你愿意不愿意？"这一下，更使于素红猝不及防，她长到这么大，还没被一个年轻的男人这么抱过。她本能地挣扎着，但力量是这么地微弱，不过

是一阵微微的颤抖,却引起对方更有力的拥抱。她觉着心急跳着,甚至被屈建才箍得透不过气来。她不成语句地轻声说:"……不要,不要……不要叫人看见……"嘴里这么说,心里却明白,这旷野山林里不会有人的。她抽不出胳臂来,便仰起身子向外挣退,正好仰面对着屈建才的脸。忙乱中她瞥见屈建才通红的脸,颤动的微微凸起的嘴唇,吹到她脸上的热辣辣的气息……于素红反抗着,她的嘴唇半张半闭,却使屈建才愈益激动……于素红使劲儿却又自觉无力地向下缩去,这时,那个勇敢而又莽撞的联络员忘记了自己的身份,猛地吻住了于素红的嘴唇,温热,湿润,灵动……于素红几乎窒息而昏厥了,她浑身发软,一下子瘫坐到地上。她觉着屈建才细长、绵软、温热的手掌重重地压在她的胸脯上……

于素红可以说是半推半就地接受着屈建才的强力亲吻式的表白,她心中一个清醒的声音喊着:这算什么呢! 不能这样;肉体上的感觉却使她坠入以前从未有过的昏晕舒服境地……只一刹那的事,恍若过了很久……屈建才放开了她。于素红连忙站起来,直直地向前跑了,一直不回头。她听见屈建才低声地吼叫:"不要跑,不要跑嘛!"跑出那个山路弯曲的树林,一眼可以看见下边沟里水田的一片葱绿,于素红喘口气,停了下来,只听见身后紧跟着的屈建才低低的喘气声:"对不起,对不起……"

于素红站住了,屈建才也站住了。她用双手抚平了额前的乱发,回过头来,面对屈建才那似乎一个做错了事情的小学生愧疚的脸,硬硬地冒出一句:"你就不怕我去告你吗?……告你流氓……"屈建才完全没了亲吻拥抱于素红的勇气,嗫嚅着说:"我太喜欢你了,一时情急,就顾不来许多了……"又抬起头:"请你原谅,我没有伤害你的意思……"于素红转过身又向前走,心里想着嘴里就说了出来:"真不该跟你跑这儿来……"她听见屈建才的脚步在身后一步一步有节奏地敲击着山路的地面。走了好久,她才朝身后的那个联络员说:"以后在众人面前,不许跟我说话……"加快脚步向山下走去。

直到回到学校,于素红一直没有回头。迎面碰见小赵诧异地问她:"咋你一个人回来了?"她脸红着,只"嗯"了一声,算是回答。

二

眼睛明亮,身材匀称,有着年轻女孩儿般的妩媚神情的于素红,鼻梁端正,嘴唇柔软,身躯挺拔,有了胡子茬儿的屈建才,加上极像父亲的儿子萌萌,是学校里引人注目的一个小家庭,在他们那个小小的角落里,发出声响,发出光亮。可是这个小家庭慢慢发生了一些争吵,于素红抱着儿子跑到邻居房子里,说:"屈建才找我,别开门!"她头发蓬乱,脸红着,一边肿起……

屈建才走在前边,大踏步地如入无人之境,他的绿军装整洁合身,领章帽徽发出耀眼的红光,脸上血气很足,精神旺盛。他回头看了看身后不远的于素红,上身白底蓝花的女式上衣,时兴的素色化纤窄裤子,挎着一个草绿色军用挎包,半低着头走着。他俩是分别从竹园公社所在地出发进城,约好在县城中十字路口会面。走近县"革委会"大门时,屈建才向门口的警卫战士指了指于素红,做了个手势,那警卫战士轻轻一笑,算是放了行。

县"革委会"还是继承着旧时衙门的建筑格局,只添了后面几排较讲究的砖瓦房,门前有宽阔整洁的走廊。顺走廊走到县"革委会"程主任的里外两间办公室门口,这其实是原来县委书记的办公室,外间办公,里间住宿,屈建才站直了身子,整了整帽子,恭恭敬敬喊了声:"报告!"稍等片刻,便听见程主任响亮的回应:"进来!"屈建才轻车熟路地揭开竹帘里套着的白布帘,自己先探进半个身子,看见程主任端正地坐在办公桌后边,手执一支红蓝两色粗铅笔,在一份文件上勾勾画画,自己便跨近几步,又侧身让跟在身后的于素红小心翼翼地进来,看见程主任要抬头了,赶紧一个标准姿势的敬礼。程主任"嗯"了一声,看见站在屈建才身旁的一个女孩子,便立即轻松地笑了。屈建才忙说:"程主任不忙的话,我把竹园公社近期的革命生产情况汇报一下……"

程主任不理他,站起身来,笑眯眯地把于素红从头到脚看了一遍,问:"这就是你说的那个小学教师吗?"不等回答,走出座位,围着于素红又转了一圈,直接便问:"你愿意跟屈建才确定关系吗?"于素红没回答,脸却红了。程主任

兴趣大增，又问："好！再问你，嫁个工人怕上当，嫁个干部怕下放，嫁个军人怕打仗，你怕不怕他去打仗？"于素红脸更红得低下头去。屈建才马上回应道："报告程主任，她能当家属，不怕我去打仗！"

程主任不理他，却向于素红说："你这姑娘有眼光，小屈是个好小伙子，当兵也是个好兵，听话，能干，人单纯，叫他立正绝不敢稍息，你跟上他没错……"转脸朝屈建才说："你用不着去打仗，你们这一茬兵，很快就要复员了……"

这句话一下子把屈建才震慑住了，这个消息是他没有料到的，一下子愣了，回头看，于素红也愣在一旁。他不由自主地脱口而出："程主任，要复员，我那提干的事情不就吹了吗？"

程主任轻咳一声："我这主任也当不长了，要回部队去，这位子还是要让地方上的干部来干的……你有啥事，趁我还在，能帮你就帮你解决了，亏你跟了我几年……"

屈建才急说："我复员了，我这婚姻咋办？我们……"程主任笑问："你们还没结婚吧？"屈建才站得笔直："我不敢违背纪律……"程主任拍了拍办公桌："一复员，哪里来的回哪里去，时间不多了。你俩商量好，一摘帽徽领章，就结婚……我得喝上喜酒！"

没想到听见要复员这个消息，屈建才身体里似乎被抽去了什么东西，人也似乎矮了几分，走在县城窄小拥挤的道路上，显得蔫了。街上两边摆满了蔬菜摊子，蔬菜洗得干净，碧绿清亮；十字街口水泥砌墙面的百货公司里，人挤着走，弥漫着小县城周边农村人的汗味、泥土味，虽然人多，都只是人看人，买东西的少……走到街角处，于素红坐到一处石砌台阶上，屈建才站到她对面，心里有点虚，便问："你在街上还买啥东西不？我还得留在县上，你再转一转，碰见哪个熟人，再一路回去？"于素红不理他，只是低头看自己白细柔软的手指头。屈建才又说："我真没料到复员得这么快……唉！这事情……"话刚说完，便听见于素红的质问："你怕碰见谁呢？还是想分手？撇下不管？"还没等屈建才回答，又继续问："那你为啥在去后山村大队的路上跟我那样？你知道那意味着什么？你不怕我到部队告你？"屈建才发慌，忙说："悄声些，悄声些……"抬头看看周围悄声说:"就是复员了,我也不能把你一个人留在这儿。"他听见于素红低声说:"我看你有这本事没有?我倒不怕在这县上待上一辈子,死了就埋到竹园公社的山梁梁上……"屈建才劝道:"不要胡思乱想,我再想办法,还得去找程主任……"正在此时,一个在竹园公社下放锻炼的省城干部,认出了他俩,热情地问:"啥时候回去,还买啥不?"于素红趁机向他说:"一块走,路上有个伴儿。"也不理屈建才,扭着身子走了。

屈建才当晚又一个人悄悄找到程主任,恳请他帮忙。出于部队里才有的战友情,程主任热情地许愿说:"你小子,命好,一个大兵,能找上这个女知识分子,还长得漂亮,不容易!你复员回省城了,那个区里的'革委会'主任和人武部部长都是我的老战友,托他们把你媳妇也调过去,这不就团圆了吗?"屈建才听到这里,浑身顿觉舒坦,感动得流下了眼泪。程主任看了他一眼:"哭啥呢?当兵的上战场,轻伤不下火线,重伤不流眼泪……没出息!"

就这样,屈建才摘了帽徽领章后,跟于素红在县民政部门领了结婚证,新房就设在竹园公社小学的宿舍里。事前,屈建才问于素红给她的家里通知不?请父母来不?于素红硬硬地说:"几千里地哩!写封信就行了……"结婚那天,新房的窗户上贴了两个大红剪纸喜字,墙壁上端端正正挂着毛主席像,桌上的热水瓶一排好几个,床上摞的红花缎被半人高,公社干部和学校老师凑份子买的半导体收音机里放的样板戏声音响彻了门前的土场……公社干部、生产大队领导、学生家长把宿舍里外围得密密实实。几个老农蹲在土场边上议论说:"人家这是新式结婚,娘家、婆家都不来人,也能把事办了……唉呀呀!了不得,了不得……"然后站起来从帮忙办喜事忙得脚不挨地的小赵手里接过招待用的"大前门"纸烟,看着,闻着……

复员后,总得有个落脚处,屈建才结婚后只停了十天半月的,便返回省城。在城郊结合部的那个区"革委会"大楼一层拐角的复转军人安置办公室里,一直等到安置办的人开完批《水浒》、反复辟的学习会回来,才拘谨地递上自己的一套手续和证明,试探着问:"能不能介绍到国防工业系统的大厂子里去?"那人看了他一眼说:"指标都占完了,谁叫你回来得晚呢!只能安置到社办企业里……"屈建才很失望,嘴里嘟嘟囔囔地不成语句地说了点什么,那人

盯了他一眼，说："国企，社企，都是党领导的单位。为人民服务嘛！要斗私心，顾大局……"一席大话，把屈建才满肚子的要求堵到喉咙口上，又硬憋着咽了回去。他写信给于素红，说要进社办企业，于素红来信给他鼓劲，说只要能回到大城市，哪怕扫马路哩！最后在"致革命敬礼"一句后还有"吻你"两个字，弄得屈建才心里舒畅，高兴了好半天。

那个社办企业在一条老旧的街道上，那里还有几家合作食堂、糖果点心铺、农用供销社、旅店和区级机关。屈建才以为会有门柱高大的铁门，办公楼房，机声轰鸣的厂房，谁知道挂着东风衣帽厂的牌子里只是个两进四合院。一进大门，迎面厦房便是厂部办公室，三斗桌后边坐了个黑白胡子头发浓密的老汉，接过屈建才的介绍信和材料，仔细地读完，笑得嘴巴咧开，说："欢迎，特别欢迎，我就是厂长，姓朱，区安置办已经通知下来了。就看你干啥合适？你会裁剪、踏缝纫机不？""不会。""会打算盘记账吗？""没弄过。""会跑来跑去，拉个原料，推销产品？""在部队光会出操，打枪……"老朱厂长仍然笑着，说："咱这厂，是'大跃进'时候，从街道缝纫组发展起来的，多次获奖哩，人员大部分是街道里的姑娘、媳妇、半老妇女，就缺年轻小伙子，你来了，正好！你没技术，就帮忙跑腿，啥需要，就干啥，事情杂，工资跟大家一样。你看行不？"说话完全是央求的口气了，屈建才从头顶已经凉到脚心，暗暗叹口气，问："我的户口落到厂里，行不？"老朱厂长笑说："厂里只有一个灶，管十来个人的饭，你落到厂里头好，换粮票也方便……"屈建才停了一会儿，又说："我还得给媳妇办调动……"老朱厂长高兴地说："有媳妇了？那好，那好，干啥工作的？""学校老师，教书的！"老朱厂长更是连声说好。

从老朱厂长房子出来，屈建才便进去看了。头一个院子是童衣童帽厂，上房及厢房里挤着十几台缝纫机，"轧轧"机声响成一片，销往农村的花花童衣色彩斑斓地铺展开来。后边院子的厢房里做童帽，一堆堆半圆形的帽壳，很像一群娃娃挤在那里。街房朝人行道的一面，另砌了一个大门，供布料和成品衣帽出入拉运。屈建才出了厂门，看见街道上的砖墙并没有常见的革命大标语，而是贴满了桌面般大的袼褙，正让火辣的阳光晒着。屈建才不再看了，他已经猜到厂里的老年妇女正在几张案子上铺一层零碎布头，抹上一层糨糊,再铺上一层,再抹上糨糊,然后揭起,粘到砖墙上……袼褙干透了,揭下来,卖给鞋厂,轧制成布鞋底……屈建才恍惚觉着自己走了一大圈,又回到参军前原来的起跑点上了……只能拍着脑袋,自言自语:"真他娘的!"

于素红从那个竹园公社小学校调回到省城时,已经是春暖花开的季节,郊野零星的残存的农耕地里,几株老桃树花开得粉红艳艳一片。屈建才早早就跑到了汽车站,他蹬着衣帽厂里的一辆拉货的人力三轮车,在汽车站向外出入车辆的大门外一边停着等,他看见对面墙上写的大标语:批判资产阶级法权……他弄不清这是啥意思,他从部队复员后对这类的政治语言已经不太关注了,事实上,日常生活里也用不上,他全把精力放在应付衣帽厂里的体力劳动了。从那个小县城开来的班车进站了,被车站大门囫囵地吞了进去,屈建才看见靠窗坐着的于素红红红的脸庞,眼睛亮亮地朝外搜寻自己时,便大声呼喊:"素红,我来接你了,不要着急……"蹬着三轮车进了车站大门。他跑到车门前,接到了于素红,两人对视着,内心欢快激动,说话却是事务式的:"行李呢?""在车顶上。""几件? 不敢忘了……"

屈建才在前边蹬三轮车,于素红坐在车厢里,护住几大件行李。一路飞驶,宛如他俩的畅快舒放的心情。进城后在一片低矮的平房的一条小街道边停下。小街道弯弯曲曲,平房门开向街道,走在高低不平的土路上,于素红仍然停留在猛一下子进入大城市的兴奋和愉悦情绪里,她不顾这个被称为城市里的乡村的落后和贫穷,向屈建才兴奋地说:"我走的时候,全班学生哭得呜呜的,连公社梁主任都来了,公社灶上还备了一瓶酒,硬给我灌了几杯哩!""没到县上程主任那里去?""没去,我不知道咋个开口说话。""哎呀,你呀,人家程主任给咱帮了大忙,你连谢谢两字都说不出口,人总要知恩图报的,真是笨哟!"于素红笑得灿烂:"你以为我过河拆桥、忘恩负义吧!实话说,我到县上,程主任刚刚调回军分区去了,我不敢到军分区去。但愿他老人家再提拔到更高一级就是了。"屈建才说:"人要记人的好哩! 我就是这样的人……"

屈建才的家只是临街的三间平房,土坯,薄瓦,白灰刷的朝外的墙上写着"文化大革命胜利万岁!"的大标语。他用钥匙先开了门,进去把正烧得旺的

蜂窝煤炉子提出来："我怕房子阴湿，用火炉烤一烤。"看见于素红呆立在门口，便一边搬行李，一边说："这还是我爸手里盖的哩！当年他一条扁担全家逃到这里，没钱，没地，只能在砖瓦窑里下苦，在这后崖上挖窑洞住，攒了几年，才盖了这三间草房，后来换青瓦苫了顶……"于素红只是说："比我在公社的那间宿舍强不到哪里去！"屈建才让于素红在铺着厚厚稻草帘子的床上坐下，说："总算是回到城里了，也有了个自己的家，咱们出去吃饭……"过后几天，屈建才和于素红就像生活在可以融化身心的又暖又甜的蜜糖里……

于素红到城郊结合部的小学校报到，常校长是个衣领扣得整齐直到脖颈的半大老汉，很欣赏于素红的学历和专业，给她安排了一间九平方米的宿舍，夹在两个教室中间，整天可以听到琅琅的读书声。屈建才蹬三轮车拉着于素红大部分行李，直接到宿舍窗下。进去一看，墙壁雪白，玻璃窗大而透亮，砖墙厚实，门关上，四周的嘈杂声就小得多了。他看见于素红情绪很好，好像巴不得付出任何代价都要住进去的样子，对屈建才说："买一个深绿色的窗帘挂上去……"刚铺好木板床和被褥，常校长和教导主任、事务主任就来了，都坐在床铺边上，于素红坐在木椅子上，屈建才无处可坐，就靠在大开着的门扇站着。常校长一听说这是于老师的爱人，复员军人，倒不怠慢，让他一起挤在床铺边上，而且蛮有兴趣地说屈建才所在的东风衣帽厂就是进驻他们学校的毛泽东思想工人宣传队的厂子，领导进行斗、批、改，批斗原来的校长，"有些有成见的老师，竟然伸手扇校长的耳光，脸都打肿了，那个老朱厂长立马制止'武斗'。两派大联合时，老朱厂长说，根红苗正的一派，造反积极的一派，没有世仇嘛，都听毛主席的话，赶紧联合起来……"屈进才插嘴说："人好，厂子不怎么样……"常校长说："人好比啥都好！那个厂子派来的老工人、妇女，别看文化不高，心都善着呢！老朱厂长定的规矩，学校女老师多，跟谁谈话，要敞开门，不管啥时候去女老师的房子都要先在门外搭话，最好两个人去……你看看！"于素红问："你当时就在这儿当领导？"教导主任、事务主任一齐说："常校长才来一年多，情况都是听说的。原来那个校长给批斗得伤了感情，调到他老家的学校去了……"事后，屈建才向于素红说："你在这儿上课教书，晚上回去！"他见于素红不吭声，半晌才说："家得安在学校。你舍不得你那房子,你回去住……"这个一般很听他的话的女人,忽然自作主张起来,屈建才愣了。过了些日子,屈建才忙着在东风衣帽厂蹬三轮车拉布料、送成品,去客户家取货款,忙得脚不挨地。晚上,他回学校,所有教室都黑着灯,只有教员休息备课的大房子灯光璀璨,他进不了门,隔着玻璃窗,几番轻敲示意才把于素红叫了出来,拿到了钥匙。临睡时,于素红有些懊丧地说:"都开会呢,你敲窗子干啥,不能多等会儿……"屈建才想辩解几句,却被于素红的话给噎住了。于素红说:"你知道学校老师的背景不?女教师里,除过几个未嫁的姑娘,结了婚的,个个条件好,社会上有地位……"她接着举例说,某个教师爱人是电厂工程师,某个是区"革委会"部门头头儿,某个是军事院校现役军官,某个是大学教授……屈建才一屁股坐到木椅上,动弹不得,于素红不理他,继续说:"只有你,是个社办企业的,还是个没名堂的,我看见人家大多看不起……我在小县城公社里,周围是农民,自觉得有点地位,回到大城市里,却又觉得低人一等了……"看见屈建才蔫蔫的神情,她又提醒他说:"跟学校的老师少说话,只打招呼……天亮就走,天黑了再回来……"屈建才心里想,你呀!"文化大革命"白搞了……嘴里却说:"行了,行了,就你多心……"从此,心里头就多了些疙里疙瘩的东西。

屈建才和于素红的儿子,后来起名叫萌萌的,是在粉碎"四人帮"的欢声雷动中出生的。震天的锣鼓敲击声,一波一波的激烈口号声,在半空中前行的布制横额,墙头上大笔书写的标语……都成了眼前的斑斓色彩和耳畔的轰轰鸣响,一闪而过,他俩的眼光全集中在躺在大床里边的包裹在褓褓里的小生命身上了。于素红把她妈从遥远的沿海城市叫来,服侍她的月子。那个见过大世面、有文化、有知识的妇女爱女儿,爱外孙,却对屈建才有些冷淡,总是眼睛朝下看着他。屈建才心里别扭,硬压着不敢发作。小小的学校宿舍里容纳不下这么多的人,屈建才便每晚迟迟回到他那冰锅冷灶的老房子去。他蹬着厂里送货的三轮车,退伍复员时带回来的军大衣紧紧裹在身上,棉帽的耳扇也放下来,手伸在棉手套里紧紧握住车把,腿脚使劲儿,向前蹬去。昏黄的路灯一盏盏从他的头顶越过,光影到头顶了,又远去了,循环着,重复着。屈建才说不来自己的心情,是高兴,还是沮丧?是兴奋,还是忙乱?只是觉出自

己社会地位低下，家庭负担重了，前途暗淡，心便沉甸甸的，一句农村的俗话霎时间从脑海里嘭地一声蹦了出来："小伙小伙你别夸，一个婆娘两个娃!"听说是酒能解愁，我还很少喝哩，啥时候学着喝上两口……

屈建才忙着家里，又忙着厂里。他路过朱老厂长的厢房前，看见老汉正坐在三斗桌前，拿着一个扁扁的玻璃酒瓶给嘴里倒一口酒，他便笑了一下。老朱厂长脸上潮红，眼睛迷离，一下子看到了，忙说："你也来上一口……"屈建才停下脚步："酒能乱性……"微醉的老朱厂长脱口而出："屁话!"接着说，"伟大领袖毛主席教导我们……"却又想不出与酒相对应的语录来，拿出一个小瓷茶杯，倒了半杯，硬逼着屈建才喝下去。屈建才直到天黄昏，学校学生都走光了，学校食堂正在开饭时回来，看见萌萌光着胳膊腿儿在大床上乱蹬着，于素红用一个半大瓷碗吃饭，便出了一口长气。于素红立刻问他："你喝了酒……"屈建才便把老朱厂长劝他喝了半杯酒的事说了。于素红笑了，说："毛主席诗词里有一句……'吴刚捧出桂花酒'……"屈建才说："你的文化比我高……"于素红满足地笑了，却又说："你可别把萌萌的奶粉钱喝没了……"屈建才心里想，那怎么可能呢? 后来，老朱厂长又劝他喝过几回酒，他的酒量慢慢增大了，不好意思，偷偷买了一瓶有凤鸟飞翔红色标牌的白酒送给老厂长。

生活里的变化从细微处开始，仿佛一棵草伸出嫩绿的叶尖，慢慢铺天盖地，变成了绿色的原野，绿色的世界。东风衣帽厂过去的福利只是给大家发个毛巾、牙膏或者夏季的解暑西瓜之类，现在忽然发奖金，一沓沓钞票到手了。屈建才拿着这比在部队上的津贴要多得多的钱，在商店里买了个烧煤油的小炉子，兴冲冲地跑回来，双手捧给于素红，说："用这个炉子热奶，热个菜!"于素红却说："人家结婚都兴三转一响哩!"屈建才问："啥三转一响?""自行车、手表、缝纫机跟收音机……""手表你有，收音机公社那些同事送的有，缝纫机还没地方放，自行车嘛，你又不骑，整天窝在学校里，我这三轮车比自行车还多一个轮子哩……"于素红被逗笑了，返身从被子下边挪出一个黑乌乌、亮晶晶的大匣子出来，按了按上边的东西，那个有两个圆框框的地方便"咿咿呀呀"发出歌声来，软软的，轻轻的，好像用一根羽毛拂着你的心灵……

屈建才听了一阵子,说:"嗨,这啥东西?啥歌呀?没劲,没劲……"于素红说:"收录机,这是我从别的老师那儿借来的,让你听听,开开眼。""这些歌哪有革命歌曲那样让人鼓劲儿呀……""你就知道唱《毛主席的战士最听党的话》《大海航行靠舵手》,还有批斗走资派会上唱的《拼刺刀》……"屈建才被引起兴趣,刚张开口想唱"拼刺刀,拼刺刀……"就被于素红拿手封住了嘴。便问:"你这歌儿是谁唱的?""台湾的。""啥?台湾的?""对。"屈建才忙问:"电台广播放不放?""不知道。"屈建才瞪起了眼睛:"这还敢听,你寻着找麻烦呀……"于素红满不在乎地说:"电台不播,底下流行,咱悄悄听……"屈建才有点管不住于素红了,愣了一会儿,赌气地说:"睡觉,睡觉……"三折腾,两折腾,倒把萌萌弄醒了,哇哇地哭了起来。

屈建才每天几次在街上蹬三轮车,东张西望,不知不觉,看见街面上发生着变化,原来只在十字街口上有一家合作食堂,早上豆浆油条,白天面条、蒸馍;一家糖果点心铺,大木头盒子里摆着白皮点心和蜜枣,玻璃瓶装的水果罐头;一家菜铺门口堆着成堆土豆、红薯,买豆腐要排队;一家修自行车铺子……慢慢地,增加了一些小饭馆、小理发店,修自行车的摆了几个摊点,更让人感到方便、繁忙和热闹的是那条叫药王庙街的小街道猛地成了市场,挤满了小摊点和铁皮小房搭起的小店,售卖不知从哪里倒腾来的衣服、裤子、皮带、小首饰和不是正牌货的小电器,甚至还有领带、纽扣、刮胡子刀以及屈建才叫不上名字的东西。他蹬三轮车路过时,远远就听见市场上从收录机里放出的电视剧歌曲,那几句"……金色盾牌,热血铸就……峥嵘岁月,何惧风流……"和另外一首"甜蜜的生活……"他听不完全歌词,但也跟着在心里唱来唱去,觉得市场挺热闹。有一天,他看见一个女孩子迎面走来,面红齿白,特别是耳朵下垂着两颗小圆珠子金丝缠绕的耳坠,在可爱的脸蛋上轻轻晃动、敲打着,再向身上看,那条裤子的下摆却像一朵花似的张了开来,屈建才忍不住新鲜感,便问:"唉,姑娘,你这穿的是啥裤子?""喇叭裤。""真像一朵喇叭花,好看……啥地方买的?"他得到了确切的回答,晚上回到学校,便高兴地向于素红说,也要给她买一条穿。于素红正两手提着萌萌在砖地面上练走路,半笑不笑地说:"那是给小姑娘穿的,我能穿出去吗?人民教师总是朴素整洁

点好!"却又说:"你要上班,我要上课,咱们萌萌老叫人家老师雇的保姆给代看,不是长久之计。学校对门有个托儿所,可以白天半托,就是要交托儿费……""那一个月得交多少?"于素红说了个数目。屈建才心里计算。萌萌一个月奶粉要多少钱,发烧打针要多少钱,买小孩衣服、小零碎多少钱,再加上这托儿费,一边自言自语:"真是的,一个娃要忙几亩地哩!"于素红生气地说:"你的娃你不管谁管!"又告诉他,"我给你说,你找我这个媳妇,可是撞上大运了……""怎么?""学校那个农村来的小张,娶了个城里的姑娘,每月的工资全如数交给媳妇,自己花钱要从媳妇手里领。前几天,小张偷偷给他亲妈送了五十元,叫媳妇知道了,大哭大闹,撂下孩子不管回了娘家,弄得小张手脚都没个放处,课是不能上了,光小孩饿得要吃奶哇哇大哭,就弄得小张焦头烂额了。学校领导只好准了小张几天假,请别的老师代课,又派人去他媳妇家劝说。人倒是回来了,只是小张赔礼检讨不说,还给媳妇写了保证书,绝不能给他家里一分钱了……"屈建才听得目瞪口呆。于素红说:"要是你遇上这么个女人,就有你的好看了。"屈建才气呼呼地说:"这种媳妇就该打!"于素红说:"你敢?"又郑重其事地说:"咱也学学小张一家子,你每月的工资今后拿回来交给我,由我支配。你用多少,从我的手里拿……"说着说着,还轻松地笑了笑。屈建才笑不出来,觉着于素红正拿一条绳子在捆自己,只好气呼呼地说:"行,给你,给你!"

学校在雇人粉刷墙壁和教室,擦洗玻璃窗,迎接新的学年。屈建才蹬三轮车出校门时,忽然看见办公室面向校门的砖墙上桌面大的字给涂掉了。他记得那两条标语是:教育为无产阶级政治服务;教育与劳动生产相结合。这有啥错的? 他脑子里盘旋着这个问题,直到东风衣帽厂的门口,看见厂门外墙上的"发展经济,保障供给"还在,心倒是放下了。过了些日子,老朱厂长忽然对他说:"袼褙不要给鞋厂送了。"他一愣,想起袼褙厂那几个中老年妇女已经好几天停工了,街道墙壁上没有新贴上要晒干的袼褙,只留下脏兮兮的痕迹,便问老朱厂长:"怎么了?"老朱厂长似乎觉得他有点愚鲁,只说:"你到大街上看,看人的脚……"

屈建才朝大街上一看,原来只有一家鞋帽公司的闹市,如今隔几家就是一个鞋铺;他又低头看纷纷乱乱匆匆挪动的人们的脚,原来穿皮鞋的多了,再不行也是胶底军鞋,没有几个再穿布鞋了。他心里凉了一下,自己平时不留意,不知不觉间,市场大变动,产品没销路,那几个糊袼褙的中老年妇女,便没活儿干了。接着他们厂里制作的童衣和童帽也慢慢滞销了,不再是生产多少就能卖出多少了。他发现老朱厂长有几天不见,原来跑到外县去了,回来时坐了辆时兴的从日本进口的那种面包车,把仓库里积存的童装童帽都低价处理了,县上派这种车来拉的。屈建才也专门去药王庙市场上找外地来的小贩,弄走了几大包童衣、童帽……

这种状况让屈建才心里慌慌了好些日子,终于在一个秋日明朗的傍晚,得到了最终结果。老朱厂长在童衣车间的缝纫机也停止转动的时候,拉扯屈建才陪他去喝酒时断断续续说给他:社办企业经营不下去了,原来人们消费水平低时所需求的低质量的商品,经不住改革开放后外埠商品大潮的冲击,堤坝终于垮了。国营大厂也不行了呢! 老朱厂长用手朝外画了一大圈,屈建才明白,那是说的几个国营大纺织厂。老朱厂长继续说:区上领导同意,他们这个东风衣帽厂停产,缝纫机和库存原料变价出售,发给职工一次性生活费,自谋出路,街巷来的那些妇女老婆们都回去,上级派来的少数几个有编制的干部收回去……老朱厂长停了一下,拿起小瓷酒杯,半天没有喝,慢腾腾地说:"你呢? 先回去,设法给安置,但要等些日子……"屈建才听得心里空荡荡的,形势如此,自己也没办法,一时语塞。老朱厂长又给他斟满了一杯酒,推心置腹地说:"现在兴喝啤酒哩,我看还是白酒带劲儿。当兵的嘛! 我跟你一样,是个跨过江的志愿军,那个仗打的呀! 牺牲得太多了。敌人也一样,俘虏得少,打死的多,炮火厉害呀! 好在我回来了,逢上个'大跃进'社办企业在街巷里遍地开花。那时候,就成立了这个袼褙组,后来变成了衣帽厂。让我去办味精厂,我不懂技术,没敢去。这不,就在这个厂里干了二十年了……你不爱听这陈谷子、烂芝麻?"屈建才猛然一醒,忙敬了老朱厂长一杯酒,连忙跟上说:"听你说,听你说……"老朱厂长沉默了一会儿,继续说:"过去讲走集体富裕道路,这也不许,那也不准,经济呆板了;现在经济活了,自由了,人的积极性出来了,可是许多料不到的事也出来了……咱们要拿出当兵的精神,自己

去闯一闯，千万不做坏事……你说呢？你还年轻，有前途，我老了，再混几年，就该办退休了。世上的事情就是这样，红火的时候，以为能红火一辈子，谁知才几天，就不行了呢！来，来，来，干一杯……"老朱厂长酒劲儿上来了，把小酒杯直直伸到屈建才的嘴边，脸上红通通的，眼睛水湿，就连胡楂子上也都沾满了洒出的酒水珠儿。屈建才觉得自己像是走在路上踩空了一脚，跌了下去。当年在竹园公社时有提干希望，复员了，前途似锦的日子再也没有了；返城进了工厂，眼看却又不行了，不知今后咋办，恍恍惚惚，在老朱厂长的诉说里，忽然豪情大发，心想：管他娘哩，先喝了再说，就一口气干了，那一股热辣辣、火燎燎的东西直冲下去。在掏钱付账时，他抢着要拿钱，一摸口袋，除一半块钱外，口袋全是空的，满脸惭色地看着老厂长付了款，心里直埋怨于素红：女人家不懂事，抠得太紧……

屈建才脚步踉跄地向回走，酒劲儿上来了，觉得脚底下踩得软软和和的，没有了砖铺地面那种硬硬的感觉；同时，脑子里发木，心里翻江倒海，想倾吐些什么，却不知道要明明确确说什么话。回到学校，已是黄昏时分，学生放学走了，校园里空前寂静，他走到自家的房门前时，看见宿舍前的平地上摆了一条学生上课坐的长凳，趴着几个学生，正在做作业，抄生字。伸头向门里看，于素红正在煤油炉上给萌萌煮什么吃的，萌萌坐在床上乱翻动，于素红一手护住萌萌，一边向外大声说："你们几个做不完作业，就不许回去……"屈建才直戳戳地大声说："咋还不放学呢？"于素红没抬头，只说："他们几个回家没人管，不做作业，我留下做完了再回去……"说着，捞起锅里的面条，给碗里加调料。屈建才忽然想起什么，顺口就说："你管得倒宽！你挣上课八小时的钱，又不挣八小时以外的钱……"还没等于素红反应过来，屈建才转脸一看，那几个小学生竟然偷偷地笑他，也不做作业了。屈建才一股怒气从腹内升腾而起，不假思索，一脚踢翻了长凳，那几个小学生连忙站起来，躲得远远的。于素红大喊："你干啥，你干啥？疯了？"屈建才回头就是一巴掌照脸上劈去，把于素红打得退回床边，但还护着萌萌。屈建才嘴里叽叽咕咕地乱说："不学习就不学习，管他干啥！吃得多了……"于素红闻出他喷出的酒气，立刻站起来，呵斥说："你在啥地方灌了马尿了？发什么酒疯？……"屈建才又一掌劈过去……然后，浑身酥软地顺势倒在床上，脑子里一片模糊……直到后半夜被尿憋醒，发现房内空无一人，门闭着，灯亮着，他一时不解，问自己："咦？咋回事？"……

三

　　于素红和屈建才闹矛盾，屈建才打了于素红，后来又发生了几次，学校领导和老师劝的劝，说的说，以为小两口嘛，难免磕磕碰碰的，谁也没有当作什么大事。可是，忽然屈建才不大见了，有人关心地问。于素红轻轻笑说：我们是一家两制，我在学校做最神圣的事情，他去搞资本主义，跑生意去了……

　　几次闹矛盾，争争吵吵，甚至还动了手，于素红又烦恼，又伤心，她甚至想跟屈建才吹灯拔蜡，离婚了事，但经不住学校老师的说合劝解，特别是，屈建才事后的表现：他小腿勤快地到街上买了些于素红爱吃的枣泥点心和软糖，又小心翼翼地暗记住于素红的衣服号码，到街上新开张的高级服装店里给于素红买了件秋衣外套，还是全澳毛的呢！不断赔礼地笑着讨好她……于素红气消了，犹然埋怨地说："真不知道咋样受骗上了你的贼船……"屈建才紧跟笑嘻嘻地说："上贼船容易下贼船难嘛！"常校长是个过来人，哈哈笑着劝道："小两口打架不记仇，夜里枕着一个枕头，算了，算了！"屈建才特别爱自己的儿子萌萌，抱着，亲着，有时架在肩上，任萌萌用小拳头在头上拍打，还直夸："好好打，好好打，打不过瘾，爸把头剃成个光葫芦……"又讨好地笑着向于素红说："你给我们屈家立了大功了，咋能不要你了呢！"这让于素红心里很满足，觉着温暖舒服……

　　原来同在竹园公社小学共事的小赵经过几年奋斗也调回到他的家乡教书了，热情洋溢地来了一封信，说了些他俩走后的变化，特别是公社改成了乡，原来的领导和干部都调换了，集体所有、共同劳动的生产队变成了个人承包，原来的耕地像卖肉似的一绺一绺切成条条分割了，人都自由了，也都忙碌了，各人按自己的本事去发家致富了……

于素红发现看了小赵的来信,屈建才走出走进地坐不住了,嘴里嘟囔着说:"一个大男人,靠老婆养活? 我得弄个啥事去……"于素红说:"你每天带萌萌,做饭,搞卫生,不是个事?"屈建才说:"不一样,我得挣钱去……"又瞪起眼睛说:"一个大男人,光吃现成饭,愧不愧? ……"他有点憋气地不说了。于素红说:"你想挣钱去,是好事,我不管你,少在学校张扬,我丢不起人……"一面说,一面领着萌萌越过门槛,向外边操场走去,听见屈建才在房内大声说:"我就是要丢你的人……"于素红听着听着便偷着笑了。

可是,屈建才并不是发牢骚,他真的把萌萌寄托到学校对面的托儿所里,自己回到老房子,蹬上三轮车走了,于素红也不多问他咋样去挣钱,只见他晚上回来,衣服穿得整整齐齐,虽仍是旧军衣,但还干净笔挺,脸也洗得白白净净,从口袋里掏出一把零票来,在三斗桌上压平整好,点好数目,把一半交给于素红。钱是最吸引人的东西,于素红拿在手里,却不放心地问:"干啥挣的钱?"屈建才不紧不慢地说:"你猜。"于素红猜不出,就说:"咱这儿离火车站汽车站不远,你该不是……"屈建才轻蔑地笑了;"你以为我穷疯了? 我给你说,我是贩菜去了。"于素红问:"到啥地方贩的?"屈建才伸手向门外远方一指:"郊区菜农那里。""那你是几道贩子?"屈建才坦然说:"我没本钱趸菜,一汽车一汽车向出运。我是直接到地里去,抢镢头挖萝卜,用割草镰砍白菜……可以说是头道贩子,你不信?"于素红反问:"你收拾得这么光鲜干净,哪像个贩菜的?"屈建才笑说:"你不懂还是装? 你不是怕我丢你的人吗? 我回老房子去,换了衣服,洗了脸,趁你们学校放学了才回来的。唉,受制于人嘛!"看见屈建才委曲求全的样子,于素红心软了,想起前几年在竹园公社时的那个联络员了,那时的他何等风光,何等受人尊敬,好像很有地位和前途的样子,这不正是迷住自己的一个假象吗? 她心里一乱,也不太注意屈建才继续诉说他下地刨菜时的踏泥踩水,到市场上推销蔬菜时的唇枪舌剑,遇见街办巡逻人员时的狼狈逃窜……"唉,那些人凶得很呢,上来先夺你的秤,你没秤了还卖什么菜?"于素红缓过神来,忙问:"街口不是有人在人行道上长年累月占地摆摊卖水果吗? 你咋流动卖菜就不行了呢?"屈建才愤愤说:"那是在街道办事处有人,还按时交了钱的。"于素红愣了,低声说:"都这样。我们学校名声大，除了本学区的学生外，还有许多外地家长要让他家娃来上，学校也大把大把收钱哩！"都沉默着，不说话了。屈建才忽然问："萌萌呢？还没跟俺孩儿耍一会儿呢！"于素红嘴一努，指着在床里头已经熟睡的儿子，便觉着屈建才靠近她，在她的脸颊处喷着嘴里的热气说："睡觉，睡觉，过两天换个生意做……"于素红笑说："别五花六花糖麻花了，自己就这么点本事，还坐这山望那山高哩！"

学校就是个小社会，近千名小学生，联系着近千个家庭，又联系着上上下下远远近近的社会关系，总是像一锅沸腾的米粥，发生各种各样的事情。这不，于素红班里的一个不起眼的小女生，功课处于下游，人活泼爱动，她到附近公园开办的科技展览会上去玩儿，却对那里展出的小机器人模型大感兴趣，趁人不备，偷拿一个揣在胸前的衣服里向出溜，被公园的保卫人员当场发现了，便一直送到学校的办公室里来，常校长、教导主任和于素红便不得不出面接待处理这件事。事后，卖了一天菜的屈建才晚上回来，于素红便把这事告诉他，屈建才对于素红担心这个小女生有了这个毛病将来会怎么样的忧虑，竟然大大咧咧地说："你多操那份心干啥，水流千转，人都是要变的，她好奇，喜欢新玩意儿，谁知将来变成个啥人呢！"顺手把当天卖菜赚下的一沓钞票递给她。果不其然，若干年后，于素红即将退休，偶尔路上遇见这个小女生，却已是贩卖当地土特产、生意做到海外去的女老总了，这是后话。于素红眼下陷入沉思，顺口说："竹园公社小学那个针扎毛主席像的小女生也不知现在怎样了……"屈建才不搭话，却从衣服里边的插袋里掏出一张小小硬纸片样的火车票，炫耀着说："走呀！"于素红拿来一看，是张开往东边沿海一个大城市的，心里一动，顺嘴问："真的要出去长途贩运呀？"屈建才傲气地回答："怎么，不让去吗？早就没投机倒把的罪名了，你怕啥哩！"于素红隐隐觉着自己从灵魂到肉体都有点不舍得他走的需求，但她不好意思说出来，便赌气地说："走吧，走吧，越远越好，省得人操心。"说完，不再理屈建才，自顾自地铺开睡觉的被窝，钻进去睡了。

其实，学校事情多，又忙又乱，于素红担任班主任，要从一年级带到六年级，电铃一响，学生进校，老师进教室，便没有空闲的时间了，何况于素红立志

要做个好教师，绝对地负责任，心思不能旁骛，就连小儿子萌萌也是放学后从托儿所接回来，才仿佛久别重逢似的亲热地抱抱，说说话，给单独弄点好吃的。夜半改完学生作业，伸伸懒腰，站起身来，迎着半开的玻璃窗，呼吸着清新微凉的教室外栽植的中国槐树枝间游荡的风，才想起屈建才来。这时，火车站里仍还使用的蒸汽机车拉响汽笛，声音似乎就在窗外鸣响，屈建才的音容笑貌便浮现出来。于素红想象不来屈建才在沿海大城市活动、奔跑的情景，总觉得他老是坐在拥挤的火车车厢里，车轮撞击铁轨接头处的"哐当"声，嘈杂的人声和人们拥挤发出的体温、气息，便复活在她的脑海和身躯的感觉里……弄得她久久不能入睡。

　　不知过了多少日子，一天傍晚，学生放学，校园里空寂无人，分散居住校内的老师们都各自回自己的居室忙自己的事情。于素红的门半开着，萌萌在床上蹦跳，她正要呵斥几句，听见脚步响，抬头一看，屈建才出现在门口，穿的仍然是复员军人的旧军服，手里提一个有拉链的时兴塑料布袋，脸上笑嘻嘻的，没有倦容。于素红心里猛地一惊，忙放下手里的东西，给脸盆里倒了温水，放下毛巾香皂，说："先洗一洗，啥时候火车到的？"屈建才先不洗，抱起萌萌脸挨脸亲热了一会儿，才说："到得不晚，怕进学校丢你的人，在车站卖茶水的摊位上歇着，估摸学生走了，才回来……""没碰见学校的谁吗？""只见了传达室老汉笑着打了个招呼，其他谁都没见。"说着从口袋里摸出一件玩具小汽车来，交到萌萌的小手里。萌萌蹦跳着喊道："谢谢爸爸。"于素红忽然警觉起来，问："你空人回来，你贩的货呢？""在外头哩！台阶上。"于素红出去一看，台阶上一个布袋子，能闻到一股轻微的海腥味儿，她便问："啥货嘛？咋就这么一点儿？"屈建才洗脸，在脸上擦着的毛巾里透出挟带香味儿的热气，嘴里含含糊糊地说："都托运着呢，这是样品，海参鱿鱼干货……"于素红说："怪不得呢！你可不能把货放在这儿，味道儿腥气，也没地方。"屈建才说："放到老房子里，不能熏着你……"说着，从口袋里摸出个小物件，拉住于素红的手，放到手心里。于素红一扬眉毛，睁大眼睛："啥？"屈建才笑说："这可是个稀罕物件，现在兴这个呢！比当年我送你那套秋衣好多了……"于素红打开小盒，原来是一枚金光闪闪的小金戒指："你哪来的钱买这个？"屈建才说："你猜都猜不到,一段奇遇哩!"于素红心里高兴,却板起脸说:"我不能要没来由的东西……"萌萌看见了,扔掉小汽车,扳着于素红的胳膊:"妈妈,我要!"屈建才忙抢过来,塞到于素红的口袋里。

直到并排睡到被窝里,拉灭电灯,让天光从窗帘上隐约透进来,屈建才才缓缓说了金戒指的来历:"我坐火车硬座怕丢钱,便咬牙买了张硬卧票,对面下铺位上是个台湾来的老头儿……""台湾人?""不是土生土长的台湾人,其实是个中原农村的庄稼汉,被抓到国民党的部队里当兵,兵败后逃到台湾,回不来大陆了,就在当地的那个叫眷村里,娶妻生子。适逢老兵可以回大陆探亲,他就千里迢迢绕道回来了。谁知老一辈人都不在世了,年轻一辈不认识他,只能在祖坟前磕个头,跟乡政府的干部们吃了一顿饭,品尝了胡辣汤和灌汤肉包,然后绕道回去。谁知劳累得在火车上感冒了,我看他没人照顾,挺可怜的,便给他买稀饭,弄点感冒药,扶他上厕所,他很感动,到我下车时,便给我手心里放了个小纸包,说是给家乡捎的小礼物,没用完,给我一个。我也不知道是个啥东西,也不好当面打开,以为是个纪念章、钥匙链啥的,随手放进口袋,没人处打开一看,是个这,吓了一跳,也没办法还给那个老兵……"于素红听得愣住了,随口说:"咋能要人家这么贵重的东西哩!无功不受禄,咱可要清清白白的。"觉得惊动了萌萌,便顺手拍着儿子入睡,说:"你那海货可不能拿到学校里……"屈建才哼了一声。

往后一段日子,于素红白天上课,晚上管萌萌,一整天不见屈建才,他到处去推销托运回来的鱿鱼海参,找饭馆、酒店和机关食堂,寻到水产品市场的小摊位,带着笑容先递过去一根中华牌的香烟,甚至瞒着于素红和学校食堂的厨师拉上了关系。有一天,于素红到食堂买饭,厨房大师傅笑嘻嘻地给她打了一大勺,还说:"红烧海参,尝尝味道。"于素红笑说:"王师的手艺,没的说。"王师也笑说:"我过去主要是蒸馍、炒菜、熬米汤、擀面条,这弄海鲜还是头一回,还是你家老屈弄回来的呢!"于素红一下子觉得脸上发烧,回来便埋怨屈建才:"你咋瞒着我,把黑手伸到我们学校里来了?""这有啥呢!价钱还便宜两成哩!""你不知道,学校快到期末要评先进个人,我们教研组推荐的是我,你这一闹,一走后门,我还能评上吗?"于素红不乐意地说着,便看见屈建

才有点不屑地反问她："这先进个人能长工资不？""不知道。"屈建才又大发议论："这跟过去一样，只发奖状和毛选，那评上评不上都没啥，反正咱的海参、鱿鱼推销出去了……"说着露出很高兴的样子。

海参鱿鱼好不容易卖出去了，于素红看见屈建才又坐卧不宁地想出去了，便说："当年在竹园公社，我忙着教学，你当你的联络员，咋没现在这么多麻烦呢！"屈建才说："那时候，你有工资，我有津贴，又没结婚，单个人好混，没啥负担……"于素红说："出去再别贩海参鱿鱼了……"屈建才拿定了主意，说："到南方贩服装去……"到火车站挤着买了张火车票，又兴冲冲地走了。

让于素红奇怪的是，第二次屈建才的出去，她倒不怎么思念他了。她提心吊胆地参加学校里的评选区级教育系统先进个人的活动，每天下午放学后的两个小时，全校教师集中在大办公室兼会议室里开会，操场上几个十来岁的学生还在玩篮球，"嘭嘭"之声不断地冲进来，似乎给评选活动敲击前进的鼓点。萌萌也仍然放在对面的托儿所里，她去接时，萌萌一个人坐在小椅子上正眼巴巴地等着她。这时，便想起屈建才来，他要是在，就不会让萌萌一个人苦等，还要遭保育员大嫂的埋怨眼神了。

这一天，于素红急匆匆地抱着一摞学生作业本回房子里来，看见房门大开，猛地一惊，心里"咯噔"地一动，飞快地赶过去，该不是进了小偷了？谁知门里头，屈建才穿着一件深灰色夹克衫正挽起袖子拿抹布擦桌子哩！于素红心里一喜，便问："咋不吭声就回来了？出去连个电话都不打……"又看见萌萌在大床上乱蹦，欢声叫道："妈妈，我爸接我回来了……"屈建才笑着说："给你个出其不意的惊喜！"

吃完饭，改完学生作业，哄得萌萌睡了，屈建才开始讲他的贩衣服的遭遇："……这一趟路太远了，在火车上整整坐了一天两夜，你都想象不来那个憋屈！"于素红说："你咋不买个卧铺票呢？"屈建才说："去的人太多，卧铺票少，我争着抢着也只买了个硬座票。车厢里全是去贩货跑生意的。我把钱缝在衬衣口袋里，只留下吃饭住店的钱。我以为都是这样的呢！其实不然，有个跑了十几趟的中年人，穿着土气，捎了个人造革大袋子，鼓鼓囊囊的，他硬是塞进座位下边的空隙里，从此不管不顾，坐着打起了瞌睡，不到餐车吃饭，买盒饭吃。我以为他是个去打工的,慢慢说开了,也是去贩衣服的,便和他结了个伴儿。"于素红插话说:"你小心那是个骗子……"

屈建才却兴冲冲地继续说:"你的警惕性太高了,那是个精明人。后来他跟我说,他从不把钱放到衣服口袋里,怕叫人割了包。他的钱都是一沓一沓的,就统统塞进人造革大袋子里,看起来是个行李卷儿,不惹人注意,一上车就硬塞进座椅下边的拐角里,保险得很……"于素红听得呆了,屈建才却眉飞色舞地继续讲下去:"你知道我出了火车站第一眼看见了啥?在人头拥挤的前方,是一座高架路桥,汽车如飞一样开着,咱们这老城市身处内地,哪有这么好看的景色?街道两边高楼一座接一座,都是二三十层以上的,简直是密密麻麻,把眼睛都看花了……你看看咱们这老城市楼房不多,还都是窄街道、砖瓦房哩!"于素红笑说:"你开眼界了,眼头儿高了!"

屈建才端起茶杯,喝了一口水,继续讲:"我把货办齐了,还去了趟特区哩!"于素红说:"你倒逛得美。"屈建才说:"离得不远嘛!特区那没得说,一个海边小镇变成了新城市,那个气魄,那个麻利劲儿,那个新鲜,哈哈!不过,人开放自由了,竞争得也凶着哩!我一下火车,便坐上小面包车,朝住的地方开,司机是个南方小伙子,谁知车把路边另一辆拉客的小面包车给剐蹭了一下,那个车的司机是个女的,赶上来,硬是把我们的车逼停了。我们车的司机想掉头绕过去,你猜结果咋样?"于素红听得入神,回答不出。"那个女司机硬是拉开驾驶室车门,爬上来,跟小伙子抢方向盘……你看,多危险!我这人按捺不住,想说话,跟我一块儿的那个扛了一袋钱的伙计,硬是拉住我,不让我动,说,这事,不能管……"于素红问:"那咋办?"屈建才反问:"能咋办?我们只好下车,另换了一辆车,车票钱算是白掏了……"说着,打了个哈欠,嘴里直说:"睡觉,睡觉……"于素红觉着屈建才的手伸到了她的腰际,那手是热乎乎急急忙忙的……

后来一段日子,于素红全把注意力放到学校评选先进个人的事情上了,也不怎么过问屈建才咋样折腾他托运回来的衣服。她只知道屈建才忙得脚不沾地,到药王庙市场去推销,他没摊位,没门面,还没完全入行,只能钻空子,找机会,笑着拉关系。那笑容僵在脸上,一天过后要松弛下来还真不容易

112

哩！最后还剩下一小包，便巴结讨好地问于素红："看学校哪个老师要，咱便宜出手！"于素红正色说："再别丢人了，我连先进个人的选票都不求人，为你几件衣服求人，没门儿……"又加重语气地说："不准像海参鱿鱼那样，偷偷弄进来！"

评选区级教育系统先进个人活动弄得很严肃，反复评出候选人，然后公开投票。但是，投票结果却未当场公布，说是上交校领导开会研究，最后决定。这天，要公布结果了，事前于素红被常校长单独叫进校长办公室。于素红平素没事是很少来找校长的。她一进门，常校长就站起来，又轻轻闭上房门，给她斟了一杯茉莉花茶，瓷杯里冒出缕缕热乎乎的香气，又让她坐在全校仅有的皮沙发上，关心地慢慢询问她的情况，屈建才生意跑得如何？萌萌还放在托儿所里？有啥困难没有？于素红心里紧张，又觉得莫名其妙，便一概回答，都好，都好！常校长表扬她工作积极，教学认真，班级面貌一新，又问她对一个叫刘兰英的老师的印象。于素红知道那是个比她年长、教龄多几年的一位女教师，业务很突出，但平素接触不多，听说她的爱人是区上一位副职领导，便说刘老师是我的学习榜样，很尊敬她……常校长听她这样回答，又见她颇为诚恳，放心地笑了，挪动座位，坐到于素红身旁，亲热地说："我看于老师你说得好，我没错看你……坦率地说，我找你来，就是先透个底。这次评选区级先进个人，你是咱校众望所归的顶尖人物，没问题。可是，投票结果，刘老师的票和你一样多，又不能二次投票，把我们几个领导都难住了。比来比去，觉得她年龄大，经验多，树立成标兵，意义更大一些。再说你年轻，将来还有的是机会。所以，就把这次的先进个人名额给了刘老师。先给你说一说，你思想通了，希望能配合我们……"

于素红先还莫名其妙常校长怎么对她这么亲切有礼貌，热情洋溢，倍感亲切，最后却是这么一回事，脑子里一下就蹦出一个成语：图穷匕见！随后，心里就有点气愤。原来投票那天，碰见她的同事们，无论老幼，都悄悄靠近她的耳根，说：我投了你一票……她也感知到这个形势，心里期望很大，暗暗高兴。谁知却是这个结果！但她的这个心事无论怎样都说不出口，她无法跳起来大喊大叫、大哭大闹，那是她的为人所绝不允许的……她脸不变色，内心翻江倒海,表现得极为冷静。她没有直接回答同意与否?反而问了一句:"评上先进个人,是否要涨一级工资?"常校长一愣,连忙说:"有这个可能……"于素红轻声说:"领导决定,我没意见……"随即出了校长办公室。

事情就这么决定了,也在全校公布了。有些老师因为于素红未被评上而愤愤不平,说校领导巴结上级丧失原则,还风传那位刘老师的获票数比于素红少……但这风波因于素红的冷静和不再介入而终于平息下去了。

屈建才听到后,却火冒三丈,说这不公平,要亲自去找常校长说理,表明态度。于素红急急关上窗户、房门,面对气势汹汹、火冒三丈的屈建才,声音压得很低,但却尖细刺耳地说:"你敢?你少管闲事成不?"屈建才大声说:"我就要管,欺侮人可不成……"于素红一下子伸出手掌,捂住屈建才还在喋喋不休动着的嘴:"你以为你是谁?有权力的联络员?复员军人?有啥本事能耐去闹事!能闹成?不要竹篮子打水一场空……除非离婚!"

屈建才被堵得无话可说,咽咽唾沫,把气统统压回腹中去了,转身向正坐在木椅上旁听的萌萌说:"乖娃,你妈要和我离婚,你赞成不?"萌萌傻问:"啥叫离婚?"屈建才说:"就是爸爸另找个地方睡觉,不和你妈跟你一床睡了……"萌萌大叫:"好!好!那我跟妈妈一个人睡,人家别的小姐姐早就一个人一张床了……"于素红被逗笑了,却又埋怨地斜睬了屈建才一眼。

屈建才彻底泄了气,拿双手在浓密的头发里乱挠,又说:"你没评上先进个人,倒没啥损失,我没给你说,我才倒霉呢!"于素红不解地问:"你能倒个啥霉?个体户,跑单帮,长途贩运,评不上先进模范了?"屈建才说:"都不是。我在特区临走时,叫人偷了……"于素红"呀"地轻叫了一声:"你回来没说么!"屈建才说:"倒霉事还能当光荣去说哩!"原来,屈建才临离特区时,开车时间还早,便到街心公园的石砌凳上去休息,太阳很好,亮亮地照着,四周没一个人,他有些犯困,便将挎包斜放到身边,半清醒半迷糊中,觉着挎包动了一下,惊醒过来,看见身后的篱笆树丛里有个人伸出手指将他的挎包钩走了,他立时跳起,绕过篱笆树丛去追赶时,便见那个人影提着他的挎包飞快地跑了,一闪两闪便不见了踪影。他惊得呆了,看见有几个人正在不远处围坐着,他心想,这是一伙儿的,便去好言索要,那几个人不言不语,只指了指远处的治安

亭。屈建才找到那里，两个警察闲坐着，听完他的诉说，也不言不语，脸挺得平平地看着他……屈建才说完了，又最后说："当时，我头都大了，浑身没劲儿，不知该咋办！好在摸摸口袋，回程车票、身份证还在，那包里有些零钱、日用物品，最可惜的是买了个最便宜的照相机，想回来给你和萌萌照相，都叫偷走了……回来时坐火车只能吃盒饭，两手空空地到家了！"于素红紧张地问："你贩的货呢？""那倒在呢，我拿不动，几大包哩，托运回来了。"于素红松了一口气："你倒还憋得住，好多天都不说……"

风波过去，日子仍按原来的步子走着。屈建才缓过劲儿来，还想出去再贩个什么回来。这一天中午刚吃完饭，正在洗碗，常校长却破例转到于素红的房子来。屈建才忙把碗筷收拾起来，又拿出一盒云南产的烟来，看见常校长点火吸上了，便要躲出去。常校长对于素红说："叫小屈别走，你俩都听我说……"于素红让常校长坐到柔软的床边，自己坐到木椅上，屈建才拿了个小木凳坐了。常校长吐出口烟气说："现在吃饭穿衣不愁了，粮票布票没用了，就是手头钱紧，你们的日子也过得紧巴巴的不是？小屈最近还出去不？"屈建才忙应道："想出去，还没决定去啥地方呢……"常校长慢慢地说："这几年学校经费紧张，开支也增加了，特别是给教师员工的福利待遇，捉襟见肘啊！公费医疗也半年才能报一次。搁到以往，大道理一讲，为革命种田，为革命做工，个人利益牺牲一点，问题都解决了。现在不行了，得照顾个人利益。当年我的孩子牺牲了，那是钱能换回来的吗？"于素红从来不知道常校长这件事，心头一震，忙问："咋回事？咋会牺牲了呢？"常校长长出了一口气，说："我那小儿子，当年高中快毕业了，他前头还有个姐姐，当知青下乡了。那年南山里修铁路，号召知青参加，我那小儿子坚决报名要去。我在原来的学校里，从牛棚里解放出来不久，理所当然要支持。谁知去了半年，还当上了班长，却在一次开挖隧道时塌方压死了，消息传回来，我们全家只觉得天昏地暗啊，浑身无力，欲哭无泪！能怪谁呢？……"于素红听得心都收紧了，记得在竹园公社小学教书时，也正是风传山里要修铁路，县里还动员城南的一些乡镇青年也去参与了呢！却想不到校长的儿子竟然也在其中。她不知咋样应对，说不出话，一眼望去，那个也当过兵的屈建才愣坐在木凳上，一动也不动。只听见常校长继续说："……当然,事情已经无法挽回,也只好接受了下来,我还撑得住,老伴却支持不了,躺进了医院。后来追了个烈士,拿到抚恤金。我倒感觉安慰的是,我儿子班里的同学,十几个一进家门,统统跪倒,说要当我们的儿子,替我们养老送终……"常校长长出了一口气,稍停,又笑说:"这都是十年前的事了,今天是我儿子的忌辰,想着想着就说出来了……唉,人老了,也没办法……"于素红刚想说几句安慰的话,常校长却伸手挡住她,改变了话题:"现在单位都办劳动服务公司哩,咱们学校也想办,抽后勤上的小李承头,想让小屈也参加……"于素红忙说:"他不是咱们学校的人……"屈建才也附和着说:"我文化不高,又没专业技能……"常校长连连摇手:"都不是问题。我看小屈能跑能扛,会办事就行。人又长得英俊漂亮,一表人才……"这时,窗外院内一片小学生进校进教室的喧哗声骤然响起,比一群鸟儿吵得都厉害,上课后才能安静下来。常校长站起就走,留下一句话,说:"就这么决定了……"

于素红和屈建才都愣了一会儿,眼瞪眼没话,最后恍然大悟:"这是常校长补我没评上先进个人的亏欠哩!"屈建才也说:"怪不得,咋无缘无故看上我哩!"俩人一致认为,这常校长是个好人,不能拒绝他的好意。

学校办的劳动服务公司实在寒酸,只一间拐角的储藏室改的办公室,几张旧三斗桌,一个热水瓶,几只玻璃杯和信笺、钢笔,财务账由学校会计代管,没有场地,接的第一个活儿是几十个珠帘的串珠编织活儿。于素红去看了,只在晚上学生放学后,腾出教室的空地,把课桌挪开,几个人就干起来了。那珠帘在大街上见得多了,就是一根油漆得很漂亮的木棍挂到门楣上,下边垂一排单线吊着的彩色珠子。那珠子五颜六色,拼成彩色的花卉图案,既透风,又不遮挡人们出入的视线。屈建才跟几个人半趴在地上,按图把塑料彩珠穿上去。可以说,毫无技术,但蹲得久了,腰酸腿疼,流汗憋气。于素红跟屈建才说:"古诗上什么漫卷珠帘呀,帘卷西风,人比黄花瘦呀,不知是不是这种帘子?"屈建才一头雾水,硬硬地说:"咱没文化,弄不清楚,你少拽文好不好?"于素红笑了:"那种帘子,绝对是珍珠穿的,哪像你们的塑料珠子……"随即笑了很久。帘子交货了,又有谁出主意,现在家家户户挂年历哩,绝对是好生意,

赶紧编印一套……于是找画儿，找照片，寻月份表，找彩印厂，不再在校内忙活了，到街上乱跑。最后是彩印厂送来了一辆辆三轮车印好、包好的挂历，把房子装满了。但是，推销售卖却成了问题，书店因无合同不能要，出版管理部门又放话说，未经批准，是非法出版物，不许公开销售，于是便私下找单位购买，甚至动员学校老师找关系卖给企业……忙了几个月，还剩下好几大包，便分给关系户和本校职工悬挂……最终结账，赔了！屈建才灰心丧气，精神不振。

于素红却心里踏实，她除了上课、管萌萌外，屈建才总在她的眼前身边转悠，夜里，房子里多个男人，仿佛有了热力和生气，连秋去冬来季节转换的寒流冷气都不大感觉到了。她开始在街道上新开的小美发厅里，把浓密柔顺的头发烫了烫，发梢上起了一圈小卷儿，油光水滑，香气袭人，又硬给屈建才买了件蓝不蓝、绿不绿的棉外套，穿在身上。学校老师见了，都笑着夸说："好幸福的一对儿！"

放寒假后的一天，太阳在南墙上不高处悬挂着，没有寒风，气温宜人。于素红和屈建才好不容易凑在一起带萌萌上街，迎面却碰上了原来那个东风衣帽厂的老朱厂长。于素红看见老朱厂长更老了，更瘦了，脸上皱纹更深了，只是精神还好，说话铿锵落地有声。萌萌一眼瞄见商店橱窗里的玩具冲锋枪，便缠着要。于素红一面哄他，一面招呼老朱厂长。老朱厂长笑得眯着眼睛问屈建才他俩："最近弄啥呢？"屈建才勉强从嘴唇里吐出几个字："没弄啥，胡混哩！"老朱厂长嘴里啧啧有声，说："都兴个人发财哩，你咋不趁机会改善一下生活？"屈建才嘟嘟囔囔地回应："没文化，没技术，又没资金，能弄啥？我也想发大财呢！"于素红忙补充说："在我们学校劳动服务公司帮忙哩！"老厂长嘻嘻地笑了："收入没保障，还是不牢靠吧？"于素红和屈建才都不说话了，只有萌萌还靠在他妈于素红的身边，鼻子哼着，还是缠着要买那支玩具冲锋枪。老朱厂长惋惜地说："唉，都一样啊。给你俩说，我认识一位从北边山里挖煤致富的煤老板，在城里投资了一个大酒店，自己当董事长，正招人哩！你去不去？你去，我哪天跟你一块儿去……"于素红说："去干啥？""至少当个保安。""他行吗？"老朱厂长咳了一声："有啥不行的，当过兵，扛过枪，身体好，眼睛亮,没有不良嗜好,又在基层干过,条件正好。"于素红转头去看屈建才,他脸上的表情别提多复杂了,眉毛动,嘴巴动,却说不出话来。于素红料想他有些动心,便自作主张地说:"那真要麻烦你老朱厂长了,哪天让他跟你去……"屈建才也跟上说:"只要人家煤老板要就好,还得把学校的事情辞了。"老朱厂长伸胳膊弯腰从怀里掏出一张名片,说:"上边有我的电话号码,你带名片了没?"于素红和屈建才都摇头,老朱厂长又从口袋里掏出一根圆珠笔,写上于素红学校传达室的电话号码,说:"哪天,要去,我给你打电话,约时间……"

于素红和屈建才眼睁睁看着老朱厂长走了,俩人惊愕得说不出话来。萌萌仍然不顾一切地缠着要玩具冲锋枪。于素红一狠心就给买了。萌萌一直紧紧抱着枪回来。

回到学校,于素红便忙着准备做饭。回头想叫屈建才整理一块儿买回来的过春节的年货,却看见屈建才呆呆地坐在床边,嘴里嘟囔着:"老朱厂长介绍我去当保安,咋觉着不像当年当兵入伍时接到通知那样的高兴呢!那时候,高兴得要发狂了……"

除夕,天阴着,有些微小雪粒从云雾中慢腾腾飘洒下来,人世间却是热烘烘地忙乱。学校不再有小学生的琅琅读书声和哄闹喊叫声,教室都黑洞洞、冷冰冰的。住校教师有些回家乡和丈夫单位去了,只留下少数家庭在学校里过年。于素红借用邻近的一大间教室做储藏室,把过年的肉、菜堆在讲台上,教室阴冷,几近冰箱。她的房间里,炉火熊熊,温暖如春。萌萌不再做寒假作业,疯玩着,冲锋枪整日不离手。三个人吃完饺子,于素红到传达室给远在千里以外的父母打长途电话,说了十分钟。等她回来时,看见屈建才和萌萌正坐在床上看电视。那电视机是个日本进口彩电,是学校办公室里公用的,她临近年节才借回来看的。电视屏幕上,歌舞正疯狂,艳丽的色彩把雪白的墙壁也照射得灿烂如花。到了夜半子时,春节晚会高潮才过,外面惊天动地一阵爆响,好像整个城市都在轰响声里爆裂了。街上的爆竹、花炮燃烧爆响后的烟气、呛味,一齐从门缝、窗隙里涌进来。萌萌吓得捂住耳朵,却被屈建才抱起来乱跳,于素红皱起眉头,却也哈哈笑了。等到爆竹声停歇、烟气渐渐消散,屈建才说:"改革开放,人都有钱了,舍得放鞭炮了。"于素红说:"你们劳动

服务公司的小李家在近郊农村,他们几个小伙子背一口袋鞭炮,绕城一圈,放了几十里地……"于素红看见屈建才眼睛亮晶晶的,脸热得通红,大声地说:"把几十年的炮都放了……咱也放吧!"随手从床底下取出锅盖大小、红油纸包着的一盘千头鞭来……于素红赶紧说:"到操场远处放去……"

四

春暖花开季节,桃花粉红着脸,梨花雪一样白,屈建才出现在学校院落、走廊、通道上,人们惊讶地发现他穿着一身深灰色制服,戴着大檐帽,衣领上、臂膀上和肩头都有红蓝两色的标志,帽子上也有个盾牌样的帽徽……身躯挺直,目光炯炯,微笑着迎接熟人的目光……先以为是公安局的,又以为是某个新军种的,后来才知道他到悦来大酒店上班当了个保安……

屈建才从学校出来,辗转倒了几次车,才到了悦来大酒店。酒店坐落在西郊,原来是一大块麦地,夏麦秋谷,绿色无垠,城市猛然膨胀扩充,南边成了新技术开发区,北边成了住宅商业区,道路纵横交错,路灯像珍珠镶嵌成美丽的线条。悦来大酒店应运而生,稳稳蹲坐在十字路口,门厅张着一张黑魆魆的大口,楼层睁着几十个亮晶晶的眼睛。屈建才已经在大城市跑了几个来回,见惯了各式高楼大厦,但对这即将要走进去任职的地方,举目看去,觉出自己的渺小和软弱,还是有点胆怯和自卑。这和当年走进新兵军营完全不一样,那时只觉着新鲜、光明和振奋,渴望干出一番事业。他边想边走,被保安组长引进去见了总经理,那位说不来年龄的胖胖的身着笔挺西服似乎随时要出席某个典礼的酒店总管,漠然地从头到脚看了他一会儿,只说:"当过兵?下岗了?好好干!"因为保安工作与酒店大堂经理关系较多,保安组长又领他去见了大堂经理。屈建才以为那将是个脸有皱褶、说话沙哑的半大老汉,谁知却是一位脸色光润、头发烫起、身着西式裙装、温文有礼的中年妇女,站在大堂枝形吊灯的柔媚明亮灯光下,抿嘴笑着看他。"大堂经理,洪大姐。"保安组长伸手介绍说。屈建才虽不畏缩,却也手贴裤缝端端地站立着,眼睛盯住洪大姐，静听吩咐。洪大姐问："新来的?"又说："来了就好。不要嫌工资低，有几个保安刚干几天就跳槽走人了。"屈建才应答说："好好干。"洪大姐接着说："有一条你可要记住，就是保安只在大堂以外直至酒店临街花墙内活动，不听召唤，就不要到客房去，不能打扰客人的一举一动，要尊重客人。要你出面，就会叫你……"屈建才按原来的设想，保安就是管秩序和安全的，权力应该很大，这么一听，想问，却把嘴一闭，想问的话全咽回肚子里了。洪大姐坐回大堂经理的高背办公椅里，不再说啥，眼睛直直盯住屈建才，愣看了一阵子。

屈建才随组长回到酒店外铁栅栏围墙处，正对酒店大堂是一个长条状绿叶花坛，两边是大门，一个出，一个入，靠近入口大门一边是一个隐设在冬青篱笆里的保安室，白墙蓝框的活动板房。板房里一张桌子，两把软垫椅子，一座深红色电话，墙上挂着排班表，深处有个收发信件的铝质大柜子。屈建才一开始保安工作，便像部队营房门口的警卫一样，笔直站着不动，后来发现有小汽车进来，需要他给指出停车车位，倒车时发出手势，防止碰撞;进出客人询问什么事情，他必须解答;有时发小广告的、推销某种小商品的、伸手乞讨的，在酒店门内外活动，他还必须劝阻或者驱离。不几天，屈建才站岗放哨的姿态就一下子消失了，他会随随便便站着或者走来走去，进板房坐着看看报纸，笑容可掬地回答客人提出的问题，这就引起大堂门里两个充当门迎的小姑娘注视他的兴趣，挑逗地说："新保安，你干脆当个男门迎吧!"屈建才瞪眼说："那你俩干啥?"回答他的是"嘻嘻哈哈"的一连串轻笑。晚上回到学校，把初进悦来大酒店的见闻说给素红，也不企望她有啥回答，谁知于素红却放下修改学生作业的红圆珠笔，正儿八经地说："那酒店可跟学校不同，啥样的人都有，咱得清醒点。"屈建才笑了："你们学校上课教育学生，都是正面的。其实跟社会联系起来看，还不是社会上有啥，你们学校也有啥……"于素红拿手指指点屈建才："你咋把我说过的话记得这么清楚，你要真听我的话，那就天下太平了……"

悦来大酒店虽说赶不上外资经营的那几个星级大酒店，却也生意兴隆，门庭若市。不断有旅客或乘车，或步行，或三两成群，或一人独行，手提公文包的，携旅行箱的，出出进进。隔三岔五，还有政府机关、工业企业来开各种

会议，一群群衣着光鲜，面色红润的人聚集或散去。屈建才忠于职守，每天值班，兢兢业业，活跃在大门以内、大堂以外，表面上似乎与环境融为一体，事实上，时时有一种自卑憋屈的感觉啃噬着他，只不过埋在心底不流露出来，这时如果有谁对他信任一点、尊重一点、照顾一点、和蔼一点，他便会涌泉相报的。不过，屈建才自己还没有明确认识这一点，只是凭本能这样反应而已。

酒店一旁开着一个大餐厅，楼上是个可以容纳几百人活动的多功能厅；另一旁是个卖名贵高级礼品的商场，楼上有一排棋牌室、咖啡座，由酒店内部也可以进去。屈建才在大门口服务，从来不涉足那里，心想有服务员在照管着哩，咱去干啥！这一天多功能厅又有活动，恰好屈建才上完白天班，出于好奇心，他在酒店职工食堂吃完饭后，脱下保安服，便悄悄踅到多功能厅门口。外面已是夜晚，这里却热闹非凡。他刚到门口，那厚厚的包着一层软垫的大门打开了，一阵"咚咚、哐哐、锵锵"的乐器敲击声，节奏强烈，应和着人们的心跳忽地迎面袭来；厅内灯光璀璨，有些细细的彩色光线从头顶旋转着倾泻而下，在互相搂抱的舞伴们身上掠过，纷乱杂陈，色彩斑斓，不知为啥，那群搂抱着舞动的男男女女的脸色却显得苍白，仔细看去，原来头顶上旋转的灯光里有几条白光，肆无忌惮地在人们脸上扫过。忽然，那灯光一齐熄灭，这时乐声更加狂热，鼓点更加激越。屈建才虽然进了门，却靠墙站着，心里打开了鼓。他记得于素红学校里节日联欢，也不过击鼓传花、划拳喝酒而已，都是在亮如白昼的灯光下进行的，哪像现在这么狂热和放纵啊！而且在黑暗的掩护下更可以为所欲为了。他模模糊糊记得几年前若是跳黑灯舞，还要法办哩！正胡思乱想，那乐声突然停歇，全场灯光一齐变亮，舞动的人都乱纷纷回归本位。屈建才出了一口长气，正转身要走，迎面却碰见大堂经理洪大姐，她正陪着一位浑身珠光宝气的女人进来。那女人大而白嫩的脸显得富态，嘴唇上涂着肉红色唇膏，头发烫得像一堆乌云，且香气四溢。洪大姐直接问他："你不值班了？"屈建才连忙回道："刚下班，准备回去哩！"那女人闻声扭过脸来，屈建才立时感到她的目光正如同舞场头顶上悬挂的旋转灯发出的亮光，火辣辣地盯住他，手脚便有些无措，只听见洪大姐介绍说："一个新来的保安。""像个复员军人？"接着便笑了，宛如一朵灿烂开放的粉牡丹，大大方方地问屈建才："你也来跳抽筋舞?"屈建才愣了,回答不出。那女人补充说:"就是不按规矩乱扭乱动的那种舞……"屈建才忙回应说:"不会,不会,我过去会跳忠字舞……"洪大姐忙对那个女人说:"你别吓唬人了……"说完,便拥着那个女人进了多功能厅。

屈建才回到学校,已经是于素红备完课以后,萌萌开始在本校读书,疯了一天累得睡熟了。屈建才便向于素红说起多功能厅前的遭遇,于素红只当耳旁风,笑笑地说:"那你咋不跟她进去跳上几跳呢?"屈建才辩白地说:"给你说闲话哩!你倒认真起来了!"于素红继续说:"你在外头干啥,我都不管,给你充分的自由。'文革'早否定了,你还记得跳忠字舞,真是的。"

按酒店的规矩,客人退房走人,必须在下午二时之前,超过二时的,便要加收半天房费。这一天,遇见两位自费旅游过来的,穿着时尚,走路挺胸凸腹,退房时,刚好晚了二十分钟,柜台结账时便起了纠纷,两个人还挺横,说:"我在你们餐厅吃饭,菜上得晚了,误了时间,紧赶慢赶,才耽误了的……"说着,声音高了,手臂也乱抢一气,前台服务员看见慌了,便叫保安。屈建才三步并作两步赶过来,看见那俩旅客大喊大叫,手指头直指进柜台里了,他的怒气油然而生,便插到客人前面,护住服务员,凛然说:"你们想干什么?"那两个客人先以为是公安局的,稍一松动,后来发现只是个酒店保安,气焰又上来了,大吵大闹。屈建才看止不住,两只手便跃跃欲试,想去揪住那两位客人的衣领了。这时,大堂经理洪大姐赶了过来,拉出了屈建才,向柜台里的服务员说:"不收半天房费了,叫他们走!"事后,便笑着对屈建才说:"你维护酒店的利益是对的,但要看情况,看什么人,事情闹大了,对咱们并不好。"没有责怪屈建才一句,他便觉得洪大姐眼光高人一等,值得信赖了。

酒店把主楼另一边二楼一排客房给改造了,摆上沙发、茶几、小柜、衣帽架,特别添置电视机和演唱音箱。保安组长说:"改造成了卡拉OK了,看着画面唱,里头有乐队伴奏。"屈建才说:"听演员唱不好?"保安组长说:"那是两码事,听是听别人的,自己唱,解馋……客人多了,效益也就上去了。"屈建才笑了:"效益上去了,奖金就可能多了。"保安组长说:"领导上还有大动作哩!""啥?""保密,保密。"屈建才便不再问,但他发现那晚在舞厅见的那个妇女,好

几次进去唱歌了。这天，他正在大堂门口站着，洪大姐和那个妇女从卡拉 OK 那排房子里出来，便主动向门柱边后退了几步，却一眼瞥见那个妇女眼睛发亮地盯住他，心里一动，听见洪大姐叫他过去，笑着说："这是咱们酒店一位董事，你得叫她姹珠姐，她常来酒店玩，你多关照点，看她有啥需要帮忙的。"屈建才有点受宠若惊，连连笑着点头，觉着脸上微微有些发烧。那个姹珠姐却笑盈盈地看着他的窘态，眼光一直盯住屈建才，朝洪大姐说："不要专门为我服务，把我当成一般客人最好……"屈建才连忙说："我还得在门口值班呢！"洪大姐有点笑他的愚鲁："那就好好当你的保安……"那个姹珠姐也笑了："是个老实人。"

屈建才回到学校，他倒经常把酒店的事情讲给于素红听，于素红也把学校的事情说给他。而这一回，那个姹珠姐的事，他却悄悄埋在心底，不敢讲了。于素红倒不是那种爱妒忌的人，可讲了就暴露自己的心底了，容易引发误会。谁知于素红却笑着问："酒店里女服务员多，没看上谁？"屈建才忙转移话题："我们常讲为人民服务哩，进了酒店，究其实是为人民币服务哩！"于素红坦然说："你一直在外头跑，现在才明白？我们学校还不是一样？附近几个大机关为了他们家属的小孩进校，给了学校多少好处？那些外区慕名来择校的，递条子，送赞助，把常校长的门槛都踢断了。学校的小金库有多少钱，谁都说不准，也不敢问……"于素红觉着自己声音大了，眼光朝窗外一瞥，便连忙伸手关了玻璃窗。

酒店又发生了一件事，让屈建才始料未及。傍晚时分，多功能厅下边的餐厅里来了两个小青年，穿着高领夹克衫，脚蹬运动鞋，点了几个菜，要了两瓶啤酒，酒足饭饱之后，该结账付款了，却说自己没钱，面不改色，理直气壮地扯出了夹克衫的口袋，让服务员看，确实空空如也。餐厅当然不让他俩走，便叫了保安屈建才。处理这事便难住了他，不知是抓到派出所去，还是扣留在酒店里，叫其家属来付款。洪大姐来了，后边跟着保安组长，洪大姐问明情况，朝组长耳朵边说了几句，便向那个明显是街上的小混混说："你们想占酒店的便宜，不过是一顿饭钱，酒店也亏得起，你们走吧！不过便宜就这一次，记住了！"那两个小混混占了便宜，连"对不起"也不说一声，掉转身飞快地走了。屈建才忙跟了过去，眼看他们出了酒店大门花墙，心说咋这么便宜俩人了呢？但一眨眼工夫，却有四五个黑影子从两头包抄过来，不问一句话，上去一顿狂揍。那两个小混混发不出一声喊，就被打倒在地，还挨了狠狠的几脚，硬挣着爬起来急忙跑了。那几个黑影子悄悄进到花墙，屈建才才看清那其实就是保安组长和几个同事，便不禁愣了，也不好再问。事后，他问洪大姐，为啥不在餐厅里教训一顿？洪大姐仍然笑他的愚鲁："你呀，缺个心眼。在酒店里打，会落麻烦；酒店外头打，又是天黑，可以推说不知道谁打的。这叫以恶治恶，好好学学。"屈建才听了，不禁心服口服，确实以后再未见过小混混进来蹭吃蹭喝了……

酒店把最高一层租给一家公司，说是在那里办商贸，每个房间里重新做了布置，拆了双人床，摆上四方桌，安排了沙发座椅，电梯入口还挂上了"商贸重地，非请莫入"的大牌子，门口安排了公司聘请的保安站岗放哨，只是这几个保安从不与屈建才等酒店原有的保安来往，也不穿制服。屈建才不知道这个公司的底细，也不多问，仿佛保安组长知道，但不随便说。让屈建才惊讶的是，那个人称姹珠姐的女人，却对这个公司感兴趣，隔三岔五地上去，一待就是半天或者半个晚上，兴冲冲地来，又兴冲冲地去，见了屈建才就软软地亲切地笑。屈建才反而像个少年，倒腼腆起来了。有一天，他刚下班，迎面碰见姹珠姐兴冲冲地一个人走出酒店大堂，远远就喊屈建才的名字："给我拦辆出租车！"屈建才一愣，在身份和地位都处于劣势的情况下，不敢怠慢，听话地连忙在马路边拦了一辆浑身漆成黄、红二色的出租车，拉开车门，让姹珠姐上去，她只笑眯眯地拍了拍屈建才的臂膀。

这样，几次以后，屈建才就成了给姹珠姐拦出租车的专职人员了。

这一天，也真是凑巧，屈建才换上自己的衣服，刚走出酒店花墙外，姹珠姐就从后面叫住了他。按惯例，屈建才叫了车，车停在马路牙子边，却不上去，叫屈建才先上。他大吃一惊，连声说："我坐公交……"那个出租车司机机灵地笑说："叫你上，你就上，怕啥？"正迟疑间，姹珠姐却用手轻轻一推，屈建才便不由自主地上了车，原以为姹珠姐会到地方先下，然后让车把自己送回学校去，心也就放下了。谁知车一进到市中心大街酒楼饭店集中的地方，姹

珠姐却叫车停了,付了钱,笑着下车命令似的说:"你听话,跟着我……"便直朝一家霓虹灯五颜六色闪烁、衣帽光鲜的人们不断进出的饭店走进去,屈建才说不出话,像被施了魔法似的,乖乖地跟了进去。这是一家新开张的专营川菜名气很大的酒楼,沿奶油色旋转扶梯上去,进了一间小小包间,屈建才刚坐下,却又立刻站起来说:"我还是先回去……"姹珠姐立刻笑着瞪起眼说:"你敢? 还是舍不得你家那碗稀汤寡水的面条吧? 还怕要粮票?"屈建才说:"看你说的,谁家现在还少油缺肉呢? 粮票早就没影儿了……"姹珠姐说:"那就别走。"随即点了四样菜,要了两瓶啤酒,打开以后,给屈建才和自己各斟满了一大杯,说:"慢慢喝,我只是想找个人谈谈心,有一肚子话想往外说,觉得给你说最合适……"说完,举起盛着黄澄澄液体的玻璃杯,伸到屈建才脸前,眼睛水汪汪地盯住他。屈建才被这目光威慑住了,心里一慌,忙乱地举起酒杯碰了一下,叮当声挺响亮。

这顿饭吃了两个小时,屈建才浑身热烘烘地回到学校,用钥匙开了宿舍门,三斗桌上的小台灯还亮着,于素红已经睡了,萌萌也脸蛋红红地睡在床里边。屈建才心里有事,自己背着妻儿和别的女人在外边饭店里喝酒,这事咋敢给虽然明理宽厚却仍然是一个女人心肠的于素红说哩,便脱去衣服,朝铺好的被窝里钻去,这就惊动了于素红,她眼睛不睁,喃喃自语地嘟囔:"你干啥去了? 回来这么晚……"随即又翻身睡去。

这一折腾,屈建才倒睡不着了。他伸手关了小台灯,在夜色如漆的寂静里,仔细回味着姹珠姐的诉说。原来她是一个在国营外贸公司工作的普通女职员,丈夫是公司里的一个科长,能用俄语对话,专营俄国和东欧的外贸,主要销售搪瓷、鸭绒衣服和床上丝绸用品。外贸公司改革开放,实行承包制,生意做大了,上缴承包利润外,全部落入自己腰包,再加上其他资金和人脉,发了大财,索性辞职,跑到外国去做自己的生意,落了户,还找了个外国女人,和姹珠姐协议离了婚,把在国内的房产和银行存款全都给了姹珠……说到这里,姹珠姐还气咻咻地说:"说我不能生养,那个外国女人给他生了个'二转子',他倒爱得要趴下磕头的样子,真是丧失了国格人格……"屈建才倒是头一回亲耳听见亲眼目睹像姹珠姐这样的婚变故事,惊诧之余,倒不知如何判断谁是谁非了。姹珠姐看到他专心一意倾听的样子，继续敞开心扉说下去：
"……离就离吧，有啥了不起的。你不知道你姹珠姐为人心实，就是嘴尖麻利，敢说敢做。你嫌弃我，我还嫌弃你呢！一咬牙，同意离婚。可房子和存款不能不要，我就理所当然地收下……"说着，又举起酒杯，猛一大口喝下去，缓缓气，眼睛里水汪汪的，脸上也露出胭脂红，继续说："我这事没人知道底细，光说我是个不知来由的女大款，也就是前十来年还口诛笔伐的资产阶级……"听到这里，屈建才脑子里电光石火般闪烁起来，他从小到参军虽然口头上骂资产阶级，批资产阶级，还斗倒过走资本主义道路的当权派哩，但终究是想象中的文件里的，真身肉体的资产阶级他从未见过，听姹珠姐一番诉说，却怜悯起这个有血有肉的真实的资产阶级妇女来了，连忙安慰她说："不知道你还有这么多难处……"姹珠姐有了醉意地笑说："有了房子，有了存款，数目还不小，我投资这个，投资那个，获利也不小。不过，对你还要保密，怕你见财起意，害了我……"这时，屈建才虽然明白这是醉话，但还是站起来，低声说："姹珠姐，我是个保安，没钱没势，人可是好人，咋敢害你！"姹珠姐"嘻嘻"笑了，硬扯着屈建才的袖子让他坐下，哄着他说："跟你开玩笑，咋当真起来了？要不相信你，还敢请你喝酒，啥话都跟你说……"

屈建才脑子里反反复复回忆着这一幕，悄悄舒了口气，又看见枕头上铺散着于素红黑油油头发里，似乎有几根白发星星点点闪亮着，便悄悄对自己说："姹珠姐的啥事都不能让于素红知道……知道了，这酒店保安也就干不成了，唉！"

这一次的喝酒吃饭以后，姹珠姐倒不让屈建才给她拦出租车了，反而客客气气地笑着，招呼着。屈建才心想，她对自己是否不放心了？趁着姹珠姐从顶层下来，迎面碰上，便殷勤地问："玩儿得还好？要不要叫出租车？"姹珠姐站住不动，把屈建才盯了好久，才悄声问："那天，我跟你说的那些事，你给你媳妇说了没？"屈建才迟迟疑疑地说："我在外头的一切，我媳妇都不问……"姹珠姐好像放心了，又问："你媳妇是个老师吧？"屈建才一愣，没有回答。姹珠姐笑说："她能看上你，绝对看你长得一表人才，才心甘情愿地跟你过一穷二白的日子！你咋不去跑生意呢？不做生意，想发财，绝对没门儿。"屈建才大胆

地笑说："我发了财，跟你先生一样，把媳妇甩了，那就太狠心了。"姹珠姐似乎没料到这么一种回答，显然动了心，嘴唇微微张着，脸上很激动的样子。屈建才大胆地问："你上顶层是去赌博的吧？"姹珠姐回过神来说："你不知道顶层开了家娱乐公司？""知道，总经理传话下来，客人们在房子里干啥，公安局不插手，就不要过问……"姹珠姐叹口气说："我偶尔赌上一把，解解心慌，没上瘾……"屈建才脑子里飞快地想，这个姹珠姐咋不另找一个男的，重新成个家呢？她固然有钱，那一个人的单身日子也是孤单寂寞的，特别在夜半梦醒时分，虽在豪华富有的居住环境里也是没有生命、没有热力、没有精神的。这么想着，却从嘴里说："那你养个宠物狗怎样？"姹珠姐笑了："我还要人服侍我呢，哪有精神服侍一条狗。"屈建才附和着说："那也是，现在养狗的人多了，满街狗屎……"姹珠姐说："你给我拦一辆车。"屈建才二话不说，连忙跑出酒店花墙，拦出租车去了。

休假的日子，屈建才在学校里把被子拆了，端上大铝盆，到学校食堂前一排水龙头下，弯腰屈背，搓洗起来。一位女老师路过时说："咋不买个洗衣机呢？搓起来费劲儿，还耽误时间……"屈建才脑子一转，首先想的是那间小小的宿舍里咋放得下呢？倒不是不赶潮流不想买，便顺口答道："买来了放在哪里？只有九平方米的房间住一家子，都没个转身的地方。"那位女老师悄悄靠近他说："你咋不向学校申请多占用一间呢？"不等屈建才回答，又继续说："有好几家爱人都分到单位的福利房了，一套一套的，都不在学校里住了，空出了好几间……"随即靠近屈建才耳畔，细数起来，有军队院校的、电力系统的、区政府系统的……那脸庞和身上的香气阵阵袭来，但他只顾听房子的事了，顾不上去闻这种香气。回来，向于素红一说，于素红却不太热心，只是说："可以试着向校长说说……"又叹气说："人家嫁了个有地位有事业的，谁像你是个保安呢！只要我不嫌弃你就行了，咱不能跟别人攀比。"屈建才一面"哼哼"着应对，顺口而出："咱还有那三间破瓦房呢，又不住，不行就卖了……"于素红说："那值不了几个钱。现在城市开始拓宽马路，一些街巷都慢慢拆迁了，总会有个出路……"

日子飞快地过去，酒店的风貌也在不知不觉中改变着，那些在多功能厅大跳抽筋舞的少了,多去了夜总会和 KTV 包间。没有人扛行李、提人造革挎包了,倒是全拉上轻松快捷的拉杆箱。汽车也多了起来,进口的、国产的,都从入口处进来,在大堂门前的空处停着。这就增加了屈建才的工作量,他每天必须跑来跑去指挥停车、倒车,给离去的小车升起阻拦杆,还要悄悄注视不让不相干的人惹是生非,忙忙乱乱,倒忘了去想姹珠姐。洪大姐趁屈建才进大堂的时候,便笑着问:"我叫你好好为姹珠姐服务,你服务得咋样啊?"屈建才不好回答,便微笑站着。洪大姐盯住他便笑了,也没继续说啥。屈建才便想着下决心,要更关心更亲切地为姹珠姐做点事。有一天,便同姹珠姐说:"现在都兴买车哩,你咋不买辆车呢?"姹珠姐笑眯眯地看着他:"买个啥牌子的呢?"屈建才顺口便说:"桑塔纳嘛!""我不敢开。""找个司机嘛!""你愿意辞掉保安,给我开车?"屈建才不敢应答了,姹珠姐却说:"我倒想,你每天上下班,离家远,应该弄个车……"屈建才赞成地说:"攒够钱就买个摩托车。"

保安组长调到后勤当总管去了,洪大姐传达总经理的意思,屈建才表现不错,升成组长了,管四五个人。积若干年的经验,屈建才深知一个啥啥都没有的人在社会上要上一个台阶必须有人提携才行,就像当年县"革委会"程主任提携他那样,但酒店里这个人是谁呢? 他不好问,只默默地猜。与姹珠姐有关系没有? 想来有,却说不出口;说是没有,姹珠姐咋会第二天就问:"你当领导了,还给我拦出租车吗?"他心里感激,想起谁教他的一句话:滴水之恩必当涌泉相报! 笨嘴拙舌般地却说成:"你姹珠姐叫我干啥就干啥……"姹珠姐伸出白胖的手指头,笑着指着屈建才的鼻尖:"我记住你这句话。"顺手拉开随身带的挎包,从中拿出两张纸来,交给屈建才说:"两张提货单,一个大彩电,一个轻骑摩托车,你去提出来。"屈建才痛快地答应道:"送到哪儿? 你住的小区? 我还没去过呢!"姹珠姐哈哈笑了,屈建才听那笑声觉着好听极了,但听完她的话,却大吃一惊,那句话是:"拉回你家去,我送给你的……"

姹珠姐走了,屈建才一个人愣了一阵子。回到学校的宿舍,他不敢把这事告诉于素红。于素红改完学生作业,哄得萌萌睡了觉,跟屈建才没说几句话,便从三斗桌抽屉里取出一大张纸印的表格来,另取一张白纸,在上边打草稿。屈建才疑惑地问:"你这是填的什么表?"于素红让他看了看,原来是一张

加入中国共产党的申请登记表。屈建才心里一惊,觉得自己这个小家庭里发生了大事,一下子光亮了,有分量了,随之兴奋地问:"你够上党员的水平?"于素红说:"学校领导要提拔我当教导主任,我推辞说,我还不是党员哩,怕不胜任……过了些日子,支部书记就动员我申请了。"屈建才连声说:"你该仔细填准了,好好给咱家增光……"在又遇见姹珠姐时,便想将那两张提货单还给她,他支支吾吾、犹犹豫豫地要向出拿提货单,姹珠姐却脸上变了色,硬硬地说:"我看得上你,才送给你。你要不收,那你就扔到大街上去……"然后,鞋后跟踩到地面上"嘎嘎"地响着走了。

屈建才咬咬牙,心一横,觉着没事,又不是偷的抢的,便先把那个日本产的大彩电拿出,雇个三轮车拉回来,恰逢学校放学。萌萌排在班级队伍里,走出校门,算是放了学,又折回进校门向宿舍走去。屈建才推着三轮车钻空子进了校门,叫着萌萌:"你看这是个啥?"萌萌说:"大纸箱子。"屈建才笑了,不言语。等到于素红放学回到宿舍,看见满满占据着三斗桌的大彩电,却不太惊讶,只是说:"你买的大彩电咋不跟我商量?"屈建才诡秘地说:"咱一个钱也不掏。""那为啥?""酒店里给客房换一批彩电,进得多了,折价卖给员工,算是奖励的意思……"于素红说:"你们酒店对员工还这么好,少见。"笑着,提起饭盒,让萌萌捧起饭碗,去学校食堂买饭去了。过几天,屈建才又骑着轻骑摩托车回来,又说是酒店给远路的员工配发的交通工具,每月只扣少部分工资,于素红又毫不怀疑地相信了他。于素红向学校再借一间宿舍,也顺利地得到了,稍微布置了一下,把屈建才搬过去的大彩电留下,于素红和萌萌仍住在原处。

临搬过去的夜里,万籁俱寂。学校很大,没有了学生,便觉得有如旷野。于素红和萌萌已经睡熟,屈建才睡在大床外首,蒙眬中觉着似乎是姹珠姐在他身旁,又要从口袋里掏什么东西出来,便连忙用手挡住,喃喃地说:"再不敢给东西了,我没理由接受……"姹珠姐只是个笑,一句话也不回答,眼睛水汪汪的,嘴唇红红的,白胖的脸庞上露出个浅浅的笑窝。屈建才神思昏迷拿手去挡,觉得碰着了姹珠的身体,暖暖的,滑滑的,那姹珠姐只是个笑。这时,屈建才却觉得谁在他的手背上"啪啪"地打了几下,他立即惊醒,原来自己的手伸到于素红的肩膀上了。那于素红眼睛闭着，一只手拍打，嘴里断断续续地说："把人瞌睡的，明日还要上课呢……"随即裹紧被窝，又睡过去了。屈建才却双眼圆睁，醒了好长时间，想起了于素红常说的"夫妻要相敬如宾"的话来。

屈建才觉着姹珠姐对他的确好，不仅仅是感恩，而且有一种异性之间的吸引，但他只暗藏在心里，也不愿意主动表现出来，只是忠诚于他的保安职守，何况还负责着几个人哩！又是十多天见不上她的人了，遇见洪大姐，便装出漫不经心的样子问："咋不见姹珠姐来玩呢？"洪大姐马马虎虎地说："听说出去旅游了。""她一个人？""那人就是爱一个人独来独往，出入不爱跟人搭伴。""那就得注意安全，现在出行很危险哩，不是掉飞机，就是撞火车……""姹珠姐大大咧咧的，敢说敢闯，也没人敢惹。""那她一个人咋不成个家呢？"洪大姐盯住屈建才说："不知道她的心思。"屈建才不敢向下问了。

天气渐渐热了，人都穿得单薄飘洒了。时装商店满大街都是，说不上名字的面料，说不上名字的服装品牌，在工厂化大批量生产的浪潮下，泛滥在城市各处。屈建才从进出酒店人的衣着上竟然分不清谁富谁贫、谁贵谁贱来，有来旅游的远客，也有上顶层赌博的近邻，有进包间唱歌的，也有进餐厅小酌的……除非发生了有关治安事件，屈建才只能稳坐在值班室门内窗前，眼睁睁地看着人间世态在眼前流淌着，滚动着，好像与他没有什么关系。

于素红告诉他，学校要组织她们教师趁放暑假去南方旅游，时间十天。"那你随团去了，萌萌怎么办？""他都快十岁了，能自己管自己了。""哎呀，你呀，萌萌咋能一个人呢！你们学校放学时，门口站得满满的，不是爷爷奶奶，就是爸爸妈妈，独生子女，值钱着呢！我还要上班呢！""领到你们酒店去。"萌萌却大声喊道："我要跟我妈去！""女教师带孩子，学校只掏一个人的钱……""咱就掏。"于素红连声说："好！好！"又故意埋怨地说："我都叫你爷儿俩害死了……"

考试完放假，于素红就带着萌萌跟学校其他老师一块坐火车走了，学校空前的寂静，教室门都上了锁，有的教室被住校老师借用，成了做饭厨房和夜里凉快的卧室。屈建才从酒店回来，烧一壶水，泡一杯酽茶，轻摇竹扇，看看电视，便觉着寂寞，想一想于素红和萌萌，不知怎的，不由自主便想起了姹珠

姐,她在哪里?姹珠姐的丰满身材和甜美笑靥便浮现在眼前,还无声地问他:"你光想你老婆和孩子,咋不想我呢?我对你可是真心的好。没良心!"屈建才忙驱走这些邪念,却又问自己:如果老婆是姹珠姐,那又该是怎么样的生活呢?白天的关照和夜晚的亲热……屈建才连忙拍拍自己的脑袋,不敢再想下去。

真是巧,又真是灵验,第二天他值夜班。夏夜的夕阳在天际染红了云朵,远处黑影般矗立的大楼睁开了一排亮晶晶的眼睛,街上汽车亮着灯像彩色流水般疾驰。屈建才穿着新发下来的短袖保安服,很精神地在注视着四周,便看见姹珠姐笑吟吟地从大堂出来,穿着轻薄的浅色小花的真丝女衫,洁白丰腴的颈项间挂着条金光灿灿的项链,露出半截白莲藕般的胳膊,左肩上挎一个深褐色的挂包。屈建才觉得像被电击了一般,浑身轻微地颤动着,动弹不得。但这只是一瞬间的事情,便立马灵醒过来,快步跑上去,轻声问:"啥时候回来的?"姹珠姐站住,眼睛盯住屈建才,所答非所问地突然信口问:"你想你姐了吗?"屈建才觉得脸上一下发热,胡乱答道:"我老婆也去旅游去了,娃也带去了……"姹珠姐稍显惊讶,却说:"今天手气不好,输了一点。""不太要紧吧,我还没上过那层楼哩!""啥时候我领你上去……"屈建才直摇手:"不敢,不敢,我上去了,人家还以为是公安上派来的呢,不就搅黄场子了!"姹珠姐痴痴地盯住屈建才一阵子,便挪步朝酒店栅栏外走,嘴里却说:"你还缺啥不?闲了给姐说……"几步便走到人行道靠马路牙子一侧。

屈建才感到姹珠姐对他还是那么亲切关心,眼光便一直盯住姹珠姐的身影,她那因夏服单薄显得颤颤的后背和腰下灵活的臀部,让他心里动了一下,便连忙收回眼光。正在此时,他发现有些不对头了,一辆黑色的像个影子般的摩托车突然驶近到姹珠姐的身旁,车后座上一个戴蓝色头盔的小伙子猛地伸手揪住姹珠姐脖颈上的金项链顺势一拉,就把姹珠姐拉倒在地,那金项链在夜空中闪过一条亮灿灿的弧线,就随着摩托车飞驰而去。屈建才大吼一声:"站住!"拔腿就撵了上去,脚步大,速度快,却还是撵不上。正恨恨间,听见姹珠姐在身后呻唤,回头看见她半坐半躺在地上,惊魂未定。屈建才也不顾及什么,跑回来,双手一伸就把姹珠姐半扶起来,连声问:"撞着哪了?要

紧不?"姹珠姐脸都吓白了,嗫嗫地骂道:"这坏种,吓死我了。"试着站起,腿还
未跌伤,只是胳膊、腿上擦破了皮,有点渗血,仔细看去,脖颈上也擦伤了一条
细细的红线。姹珠姐眉头皱着,屈建才不敢松手,仍然半扶着她,说:"到值班
室歇一会儿,要不要上医院?"这时,其他几个保安也都出来,都围着,想伸手
搀扶。洪大姐也闻讯赶来,问:"要紧不? 报警不? 给总经理报告不?"姹珠姐
恨恨地说:"报警顶个屁用,坏种都跑了,送我回去……"洪大姐向屈建才说:
"你拦辆出租车,送姹珠姐回去……"又向其他几个保安说:"你们多值一
个班……"

乘出租车,走了好几个街口,穿过了环城路,又直走了一阵子,进了一个
新开辟的名叫雅居的小区,在一座高层楼前停下,屈建才刚要从口袋里掏零
钱,姹珠姐一边让屈建才扶住自己,一边说:"我包里有钱……"进入单元门,
从电梯上到四层,屈建才从姹珠姐包里掏出钥匙,开门进去。他从来没进过
高等级的房子,这一进来,一开大灯,便觉着亮晶晶,明闪闪,垂直的棱角,弯
折的曲线,式样崭新,满眼缤纷。他顾不得细看,扶着姹珠姐斜躺到沙发上,
又连忙给她倒了一杯水。听从姹珠姐的吩咐,从半截柜的抽屉里找出创可
贴,用干净的湿毛巾,把磕破的地方四周擦干净,然后把创可贴贴上去。其实
不太要紧,姹珠姐却娇声娇气地呻唤了几声,不知是肉体的,还是心理上的。
屈建才不敢轻易离开,就笔直地站在一旁,看着。姹珠姐吩咐他开了空调,窒
闷的房间里有了丝丝清风。他惴惴不安地说:"你好好歇着,我回酒店去上
班……"姹珠却大声说:"你敢?"那眼神黑黝黝、亮晶晶地直盯住他,似乎要说
什么,停了一会儿,指着说:"冰箱里有啤酒、红葡萄酒,还有面包、香肠、果
酱……拿出来。"屈建才顺从地从冰箱取出来,摆满了一茶几,又给玻璃杯里
倒上啤酒,摆在姹珠姐面前。姹珠姐又命令地说:"把你的制服脱了,在我家
里,不要保安。你也喝上……"屈建才顺从地脱了保安制服,挂到衣架上,发
现衣架上全是姹珠姐的衣服,衣架旁的鞋柜里也都是她的式样、颜色不同的
鞋子,自己的男式制服挂上去,仿佛是这个居室里的唯一男主人。他心里一
惊,忙把这个念头压下去。他回到沙发前,坐到姹珠姐对面的软椅上,举起玻
璃杯,和姹珠姐碰了一下,小口饮着。姹珠姐让他切面包、切香肠,抹上果酱,

让他放开吃,自己却痴迷似的直直盯住他。屈建才一抬头,姹珠姐那黑眸子深不见底,似乎有一股力量,要把他吸进去。屈建才心里颤动,却说:"要不要我再陪你一会儿?我回酒店去?"姹珠姐仍然娇懒地缓缓吐出两个字:"你敢!"屈建才觉得自己像是被一股力量罩住,动弹不得,脑子里一片空白,所有的外部世界,包括于素红、萌萌、学校、酒店和自己全部经历都消失得无影无踪。这时,便听见姹珠姐柔弱的声音:"你坐到我这儿来……"屈建才顺从地绕过茶几,坐到姹珠姐一边。姹珠姐又命令他:"别坐那么远,像个客人似的。"屈建才刚挪近一点,便被姹珠姐抓住他的手,紧紧地放在掌心里,屈建才感到那指尖冰凉、滑腻,掌心却是温热的。他不敢动,只听见姹珠姐颤动着轻声说:"我原来只把你当作一个保安,长得英俊;后来便把你当作我的一个弟弟,我得帮着你;现在我要你当我的男人……"屈建才被这大胆的表白吓住了,却又被这肉体的诱惑俘虏了,他浑身燥热起来,但他仍然不敢动。那姹珠姐猛地把他抱住了,那蓬松的鬓发一直顶到他的耳下,他闻出了姹珠姐浑身散发出的好闻的香味儿,那是一种外国牌子混合着肉身子的温热味道。姹珠姐喃喃自语地说:"我不想拆散你们夫妻,搅黄你的家庭,只要你陪陪我……"屈建才觉出姹珠姐的手引导他的手伸进姹珠姐松弛的敞开的领口,紧紧压在她的柔软、光滑、温热的胸脯上……屈建才完全迷乱了,从身体内部爆发出一股强烈的火一般的欲望,不由理智的驱使,发狠地压着、揉着……

这个理应不该发生的事情,却在这闷热的时有凉风拂过的夏夜里,非常合理地发生了……

屈建才原本只有一颗心、一种心思,如今分成两半了,他得用两颗心、两种心思去生活……

五

众望所归,于素红被擢升为学校教导主任,她越发勤勤恳恳、忙忙碌碌地工作着。衣着得体,言谈和气,工作负责,处事严谨。屈建才没有"夫以妻为贵",仍然当他的保安。人们看见他骑着一辆明光锃亮的高档摩托车去上班,还是很称赞这个美满的小家庭,可是这个美满小家庭里却暗流涌动……

于素红风尘仆仆地携带萌萌从南方山水城市之间旅游回来,疲惫而企望地想稳稳当当舒展身心地躺到自家的硬板木床上。她那日夕教学、管教学生的刻板生活,被旅游时的新鲜灿烂风情各异的外地风光着实地淘洗了一遍,自觉身心清爽地回来了。知道屈建才每天要去酒店上班,而且身负组长重任,便没有事先打电话告诉他,直到火车进站,乱哄哄随人流集体而出,被接人的人群挤得纷纷乱乱,和同行的教师分了手,这才提着大包小包拉着萌萌乘坐公交车回到学校,立即给屈建才打了电话。电话里先听到的是屈建才冷漠平静的声音,听准了是她以后,才欢快起来。于素红回到尚在假期的学校里,除了操场上仍有学生在打球和少数几个教室里在补课以外,仍是空旷而清爽的,时有热风从槐树梢头扑将下来。她打开房门,有一种闷热死寂的味儿,三斗桌上铺了一层微尘,床上的被子也叠放得整齐,像是从没动过。于素红没向别处想,只是觉着一个家若没女人主持,确实就不像个家了。便吩咐萌萌到学校食堂外去接壶热水来,洗脸洗手,又忙着归整大小提包里的东西。整理归类得差不多了,听见门外远处摩托车驶近的声音,抬头看时,屈建才已经大跨步站到了门口,笑着说:"回来了,路上也不打个电话,我以为把你丢了呢!"于素红看屈建才似乎瘦削了些,但鼻梁仍然高耸,眼睛深黑,走路仍是活泼灵动的有弹性的样子,心里一热,嘴里却说:"丢了才好呢!你可以另找一个年轻的……"屈建才笑着反驳说:"说的什么话,出去逛了一回,说话口气大的……"萌萌在一旁大声喊:"爸!"屈建才忙回身抱住快长到他肩下的萌萌,紧紧抱住,又仔细看萌萌的脸,说:"晒黑了。"一边说,一边从口袋里掏出个"小灵通"来,塞到于素红手里:"以后拿这个跟我说话,随时随地……"于素红一路见多了人们持手机联系的场景,便说:"你用吧,我另买。"屈建才说:"酒店有对讲机,这是我给你买的。"夜里,待萌萌睡得熟了,于素红内心冲动起来,身不由己,悄悄到屈建才的房间里去,拥抱着,感受到他的体温和坚毅的肌肉力量,都很幸福,都很满足。

暑假未满,又不上课,于素红想给萌萌找个事儿,上个什么兴趣班,免得

白己操心他到处乱晃荡,便在要坐十几站路的一座商务大楼里边的围棋学校里给他报了名。于素红一周三次要陪着他去。上到十四层,一个过道里挂着围棋学校的铜牌,一个大房子里摆着十几张棋台,放着黑白二色棋子的塑料盒子,墙上挂着棋赛的名次表,里头有二十来个像萌萌一样大的孩子都聚精会神地对弈着,棋子落下"叮叮"作响,空气里有一种严肃的竞争味儿,几个教师模样的人在四周走动,不时停下来指点指点……因为都是孩子,家长们都跟着,坐在过道的长椅上看报、喝饮料、说闲话。一个邻座的妇女盯住萌萌很久,便问:"这是你的儿子?咋这么漂亮来,眼睛大而黑,鼻梁高,嘴唇薄,头发浓,好像不是你生的……"于素红听了,心里很舒服,抿嘴笑了,低声说:"模样儿跟他爸……"那个妇女说:"我要有个女儿,一定嫁给你儿子。"又叹口气:"可惜也是男娃……他爸是干什么的?"于素红觉得脸上猛地一热,忙遮掩说:"在外地,回不来,不然就该他接送了……"说着,便听见那个妇女咂嘴叹气的惋惜声音。

回学校的公共汽车上,人多,萌萌便让妈妈坐在靠大窗的座位上,自己手扶靠背站着。于素红任窗外风景一闪而过,脑子里却思索着那个妇女夸赞萌萌的话,当年她就是看上屈建才的容貌风度和他的军人前途才嫁给他的,可谁知他文化不高、没技能,返城后职业没保证,如今落得只能做个保安,让她逢人张不开嘴。她过去没把这个当回事儿,都是革命同志嘛,只是分工不同,可现在社会上重视财富、地位和身份了,人的差别大了,她不免心里咯噔了起来……但,我们有爱情,脾性心思合得来,夜里男女之间的亲热也是和谐的。于素红心里连声喊着:我们有爱情!突然,萌萌叫她:"妈妈,快看,这是不是我爸的酒店?"于素红忙收回心思,从玻璃车窗看出去,眼前是一座高楼的门廊,高大的立柱,隔开人行道的铁栏杆和花墙,墙内外的空地上停满了黑的、白的、灰的、咖啡色的各式小汽车,闪烁着四周射过来的点点亮光,门廊上硕大的放着红光的霓虹灯组成的五个大字"悦来大酒店"更是雄伟傲气。她刚说了声"对",那公交车已飞驰而过,把于素红注目的酒店抛到行道树、广告牌和匆匆行人急急车辆的深处去了。于素红暗暗想,这是个花花世界,花里胡哨的地方,屈建才会怎么样呢?我哪天得去看看。

晚上,她正收拾东西,屈建才值完白天班,满头是汗地回来了,看见她塑料袋里装着不少小块香皂、牙膏和牙刷,还有非常薄的拖鞋,明白这是她从旅游住过的酒店里拿回来的,便说:"这些东西,各个酒店都有,不值钱。"于素红说:"我们出去旅游,掏了钱,旅馆供应的。同住的老师给我硬塞进去的,说'不拿白不拿'!"又说:"市场,市场,到处是商业行为,我们去旅游,每到一个地方,景点看过了,就拉你进商店,司机导游从商店里按人头分钱……"屈建才笑着,那是一种过来人对才明白真相的人的一种欣赏的笑,说:"你们学校还是单纯,不像我们酒店,你不知道,我们酒店有光明正大的按摩室,那些在那里服务的女的,还有一项性服务哩!一个电话打来,就进去了……"于素红忙四下看去,发现萌萌不在身边,笑说:"你可不能陷进去……"屈建才轻轻一笑,不说话。于素红盯了他一眼:"我哪天去你们酒店看看……"

新学期在夏天热风慢慢消退中开始,最大的新闻是常校长超年限任职立即退休,新调来的是本区另一个学校姓高的教导主任,年轻气盛,于素红领教其说一不二的魄力是在将常校长留下的推荐一年级新入学学生的各类条子送去以后,高校长一律不予接受,说这是前任的事,而他则将自己收到的条子逐一落实安插到某一个班级。于素红心里觉得不妥,但也拗不过。新官上任三把火,高校长在全校大会上慷慨陈词,说要在最短时间解决老师和职工的住房问题,哪怕砸锅卖铁,这就获得绝大多数老师的热情期待和高度评价。于素红不得不服从这个现实。

临近国庆节,正是中秋节时分,高校长除从小金库里批钱给全校教师职工发节礼外,还准备了好多份厚礼,分头送往上级部门和关系户。这天,于素红跟着高校长去送节礼去了。这是她有生以来第一次这样的经历。和她同去的副校长、总务主任好像都是同一种态度,带着笑容,使着力气,提着节礼跟在高校长身后,走进上级领导家里的防盗门。第一家就是区教育局长,房屋是新的,家具是全新购置,局长是个人到中年的领导干部。他倒很和气,笑容满面地招呼大家坐到大沙发上,他的爱人忙着沏茶、开饮料瓶,看到下属学校领导带这么多的节礼来,很坦然,很满意,却谦让地说:"不好意思,我没有给你们学校办上什么事,不该收这样的厚礼……"高校长收起强悍做派,软软

地笑说:"局长是我们的领导,过节了,表一点心意罢了!"局长接着讲起每个所属学校的情况,有褒有贬,谈兴甚高。于素红陪在末座,不敢插嘴,只是微笑注视局长脸上的表情,倾听局长娓娓道来的叙讲。最后,局长轻松地透露机密似的说:"咱这个区教师住房条件都不好,区长关心,咱们局里要给教师员工盖福利楼,区上拿点,学校拿点,个人出点……"局长声音不高,有点泄密的神情。高校长回头看了于素红他们一眼,又面向局长说:"局长工作有魄力,是咱们下级的榜样,我们没有别的要求,就是将来多给我们点分房指标就满意了……"局长打哈哈地说:"着什么急呢,八字还没一撇哩!"临走时,于素红看见高校长又从口袋里掏出一张银行卡,塞到局长爱人手里,低声说:"给小孩买点啥东西……"于素红不知道那卡上有多少钱,也不敢问。

屈建才回来,于素红便把日间去送礼的事情说给他,又着重说了教育系统要集资盖房的事,屈建才沉吟着。于素红说:"咱家住房条件是得改变一下了,哪有一家三口住九平方米一间房子的呢!虽然学校又照顾了一间,怎能跟局长大人那样三室一厅的房子相比呢!我发愁的是将来得出钱……"她看了一眼屈建才,那人低头抽烟不语,他能有什么办法?一个酒店的保安罢了!还得靠学校,靠公家的照顾。屈建才抬起头,猛吸了一口气,说:"你别愁,咱不是还有三间土坯房吗?到时候,卖了,凑钱买房去集资……""不是还空闲着吗?""要提这几间土坯房,那可有来头了。那还是我爸从东边逃难来时,上无片瓦,下无寸土,只能给窑坊烧砖才弄到那么一点地皮,你别看现在是小街巷密集之处,当年可空旷着呢!离铁路近,拉火车头抛出来的煤渣,和上黄土打成墙,再从农家弄些麦秸,铺房顶,墙不高,便把房内地平挖深一尺,人好在房内站直身子……"于素红听得仔细,说:"新中国成立后没重盖?""重盖了,只在原地基上,填补了地面,升高了四墙,买青瓦重新苫了屋面……还是政府给发的救济款才弄成的。"于素红算计着,稍缓才说:"那样的房子,只是遮风挡雨罢了,卖不了多大价钱。"屈建才笑说:"着啥急呢!你们教育系统盖房不也得个三年五载的,现在好多小街巷都一片一片拆了盖楼呢,那几间土坯房要是拆了盖楼,或换房,或补钱,总也是要给点啥吧!"于素红说:"走着看吧,现在空着也不是个事,进城打工的人多了,租出去。"看见屈建才傻傻听着的样子,又笑说:"咱这个家,经济大权还得我拿,看你就不是个理财的人,酒店工资就是那水平,就是福利还好……"屈建才好像被刺疼了似的,眼睛一翻:"福利也好不到哪儿去,客房服务员、餐厅传菜员、大堂站柜台的,流动可大了,嫌工资低,干上十天半月的,就走人了……"看见于素红疑惑的神情,猛地便收住了嘴,憋着不言语。于素红心里"咯噔"了一下,那你弄回家的那些福利,又是摩托车,又是彩电,钱从哪里来?这么好的福利,谁还舍得走!想来也问不出个底细来,便不再提了,只是想,啥时候去酒店看看。

深秋的一天,无风,倒不怎么冷,只是空气偶尔一动,那人行道沿的行道树上便落下几张旋转飘动的叶子,落地无声。于素红星期天下午还是陪萌萌去学下围棋,她记得小时候在那个知识分子氛围的家里,长辈们便兴下围棋,她不感兴趣,只是和小姐妹们玩丢沙包、跳房之类,没有什么专门机构教围棋。现在却是兴办起学校来了,还有人以这个为职业哩! 她耐住性子陪萌萌上课,自己坐长椅上死等。好容易上完课,时光尚早,突然萌生一个念头,今日就到屈建才服务的酒店去,看屈建才在酒店里的情形,和自己想象中的是否一个样儿? 一个活生生的人咋样在酒店工作,都接触什么人? 有没有年轻漂亮的女人围着他? ……她注意力高度集中,先和萌萌在悦来大酒店前一站下了公交车,向萌萌说:"去酒店看你爸在干啥?"萌萌被调动起新鲜感,说:"不知道我爸欢迎不?"于素红说:"不管他欢迎不,咱们给他个突然袭击……"两人步行到酒店花墙外,不再注意建筑的宏伟和人流车流的喧嚣,停下来从栅栏的空隙处向里窥视。这时,就见屈建才一身保安秋装,肩章、臂章金光闪闪,大盖帽有气势地在头顶上戴着,从值班室出来,那威严高贵的样子,确实是这家大酒店的一个外部形象,挺吓唬人的。于素红暗暗一笑,朝儿子萌萌说:"看,你爸!"萌萌也看见了,评价说:"真像个警察!"刚要喊,就见屈建才眼光一转,看见了她们娘儿俩,有点吃惊,三步并作两步大跨度奔过来,一句话也不说,领着于素红和萌萌走进栅栏门,绕过一排排停放的小汽车,直接走进旋转门内的大堂。于素红第一眼就看见悬在头顶上晶莹灿烂的水晶大吊灯,尚未入夜,便已大放光明;迎面扑来的是一种温热、柔软、芬芳的气味儿……她不知道该向哪里去,自己又不是入住的客人,便迟疑地站着。屈建才却撒

下她俩,快步走到大堂一侧一张写字台前,向一个着装人时、端庄柔静的女人说了几句,又指了指于素红。那个女人二话不说,踩着小步子,轻捷地走过来,拉起于素红的双手,引她到大堂给旅客专置的真皮沙发上坐下,又摸了摸萌萌的头顶,理理头发,说:"听小屈说过你,没见过。这是你们的儿子?你是人民教师呀,哪像我们这些服侍客人的人……"于素红不知该怎么称呼,只能抿嘴笑。屈建才轻声说:"这是大堂经理洪大姐,老酒店了……"洪大姐又叫路过的一个服务员,拿来一瓶饮料跟两个杯子,倒出来给于素红和萌萌喝。于素红心知工作时间不可久留,睃了几眼,便想走,眼睛趁机四下瞭望。电梯开处,便见几个绝色美女,已入深秋,但衣裳单薄,嘴唇鲜红,走过一阵香风袭人,匆匆向旋转门奔去。这都是些什么人?旅客?服务员?还是从事色情服务的?于素红飞快地思索,一边站起来要走,那个洪大姐笑嘻嘻地向屈建才说:"叫你爱人去包间看看,愿意唱歌就唱上一会儿……"于素红连忙摇手说:"不要,不要,你们工作要紧……"回头一看,屈建才却注意着电梯门口。那电梯门刚刚无声无息地打开,走出一个人来。那是一位穿着秋装,大翻领上脖颈白皙的中年妇女,头发只在发梢烫了烫,油光水亮,脸庞丰满,目光溢彩,手提一个时兴的扁形真皮提包。于素红看见屈建才有些紧张,脸色开始慌乱。那洪大姐却迎上前去,向那个妇女远远指了指于素红,笑着说了几句话。那个妇女眼光平移过来,上下打量于素红,尖锐,刺人,却又忽然收了起来,换成满脸柔和的笑。这时,于素红料想不到的事情发生了,屈建才突然也快步迎了上去,讨好似的问:"要不要拦辆出租车?"那妇女仍然笑着看于素红,远远开口说:"小屈,这是你媳妇儿?般配得上你……好福气!"又向于素红轻轻摇了摇手:"啥时候去看你,请你出去玩儿……"又转身向屈建才说:"不劳你的大驾,我走着回去,锻炼锻炼……"然后半高跟鞋敲着酒店光鉴照人的地面嘎嘎地走出旋转门。晚上,屈建才值班回来,于素红不露声色地等着他,温和地问那第一拨女人是干什么的?屈建才立即地回答:"按摩室的……"于素红又问:"后来那位呢?"屈建才一愣,于素红又说:"我看你殷勤得很。"屈建才神情不定地回答:"酒店的资方,一个董事……"于素红心里的石头一下子落到井底,似乎"咚"地一声响。

　　于素红刚心底放松了不久，屈建才却又让她吃了一惊——他不驾摩托了，开了一辆小面包车回来。傍晚时分，学校放学不久，铁门"哐"地一声刚关上，屈建才不声不响地从小门进来，笑嘻嘻向看门老汉打个招呼，便反身开了铁门，又出去开小面包车进来，看门老汉惊得一愣，只喊了声："换了车了？"等到于素红从房子里伸出头来时，那小面包车已悄无声息地溜到了门口。于素红也是一愣："你啥时候学会开车的？"屈建才傲气地说："偷偷到驾校学的，没敢给你说。""你哪来的钱买这个，也得几万元吧？"屈建才低声说："把咱家都卖了，也没这个能力……这是酒店的车！""我不信，酒店的车都是办事用的，还让你开回来？这车上就没喷上酒店的字样。"于素红刨根问底，屈建才终于嗫嚅着说："是那个姹珠姐出钱买的，交给我开。她用时，再给她。"于素红瞪起眼："她为啥对你这样好？你俩有啥猫腻？"屈建才被说到心底那片最隐秘的所在，便有点恼了："人家是董事，对酒店的人都好，豪爽，大方。你咋把人家的美意想得那么坏？"于素红倒觉得自己是否小气了点，她从来没见过女人这样大手大脚地向外施舍过什么，便赌气地说："那你跟她过去。"屈建才倒缓过神来，说："你别多心好不好？我要跟她有麻达，还敢公开用她的车？"萌萌从外面回来，正新奇高兴地围着车转，还打开车门钻了进去，手把方向盘转来转去。于素红心里倒软了下来。

　　十月小阳春，星期天，屈建才在家休息，看见天气晴好，太阳暖暖地照着，便要开车带于素红和萌萌出去游玩。于素红心里本想，永远不坐这辆车，但抵抗不住屈建才的死缠和萌萌的央求，只好答应。车开出市区，在周围是麦田的道路上飞驰，隔着车玻璃窗，看见四野一片望不到头的绿色，心情顿觉清爽、舒畅。远处有些新开辟的区域，高楼成排，好像给天际镶了一条白色花边。车里的驾驶表盘下一个放广播和录音带的收录机里，播放着节奏强烈的乐曲，好像给飞驰的汽车敲着节拍，过一会儿，又换成温柔恬静的小提琴演奏，好像要揉平乘车人跳动着的心。南山很快由远望蒙胧到山体嶙峋地向乘车人移来，又在一个峪口钻进两山之间的缝隙，然后沿一条出山的小河蜿蜒而上。小河的水虽在冬季，仍然汩汩地流淌，在砾石铺就的河床上扬起小小水花，隔着车玻璃窗，却似乎能听见流水弹起琴弦，铮铮作响。于素红一边感

受着山景的美，一边却担心屈建才开车的技术，便说："这里弯道多，又挨着河滩，开慢点！"萌萌一直贪恋地向外张望，漫不经心地问："爸，能不能开到山顶上去？越高越好看……"屈建才回答说："那还远着哩，也不是这一条路。"车到一个坳处，好像也是一个自然形成的停车平台，屈建才把车停到靠山崖的一处阳光照得暖和的避风处，一家人便下车到河边沙地上。那路边的青草，虽无野花，但气候尚暖，也还挺身直立，郁郁葱葱。一家人坐下，四望着，呼吸着。于素红抬头望那矗立在不远处的山包，长满叫不上名字的树丛，再向上又是更大的山包，看不到远处更高更大的山峰，忽然想起了当年山南那个县上的公社，便笑问："从这山里直向南走，能走到竹园公社吗？"屈建才回答："方向对着哩，就是要走另一条大公路，相隔几百里地哩！你咋想起竹园公社来了？"于素红不言语。屈建才说："当年在竹园公社听老农民讲，没修公路的年头，他们担橘子送货，一直朝北走，顺着古道旧路，上山下山，进沟出沟；河里没桥，踩水而过，山坡无路，草窝出没……担百斤重的担子，三天三夜才出山到得平原峪口……"于素红听得入神，眼睛眯起，嘴里说："就是在竹园公社，我上了你的当，一辈子都可惜了……"萌萌逮住了这句话，追问他妈："你上我爸什么当？"屈建才赶紧挡住："没你的事，那时候还没你哩！"

坐了一会儿，山谷里起了风，从上向下吹拂，一家人赶紧下山，顺河谷沿原路返回，肚子饿了，便在路边一家新盖起的几间瓦房前停下，房前立着一张大木牌子，上写"农家乐"三个字，摆着几张硬塑料桌椅，颜色挺鲜艳，碗筷杯盘齐全，一个中年男子和两三个妇女正在忙碌地拾掇菜蔬。一家人坐下，要了一盘白面烙饼和几样炒菜：粉条炒豆芽，炒鸡蛋，烧豆腐和切碎的酸荠菜，又端上来三碗新玉米糁子熬的稀饭。屈建才和那个男人说闲话，问："你是本地农户？""对，山沟再朝里走，上了疙瘩台子，那里地势开阔，有几家农户，大小坡地二十来亩哩！就是烧的不愁，满山都是……""那咋到这儿开'农家乐'呢？""现今进山逛的人多了，舍得花钱，政府也号召哩！""那地还种不种？""小块地都撂了，大块的还有，只种一茬苞谷……""生意还好？""还好，能挣上钱了。"那个男人忽然转换话题："我看你在城里也是干大事的吧？这小面包车是你买的吗？有福气。"屈建才不正面回应，笑说："有啥福气，气都从尻子里冒了……"于素红觉得这回答有点儿粗鄙，便板起脸，斜瞪了屈建才一眼，那屈建才却不理会，继续说："我经见的车多了。这小面包车只是个运货的工具车，冬天还好，夏天司机坐得尻子热，日本进口的引擎在座位底下哩！""那赶紧换个小轿车……""准备换哩！"于素红十分吃惊屈建才的吹嘘，但又不便揭穿他。唉！人都有点好脸面、吹大话，希望别人尊重羡慕的毛病吧！屈建才还想张口说什么，于素红便在桌下轻轻用脚踢了他一下，那屈建才醒悟过来，闭上嘴。萌萌却听得十分有劲儿，便手攀屈建才的胳膊，大声念唱道："要换就换宝马车，跑起路来唰唰唰……"于素红又气又笑，瞪着眼："从哪儿学的这一套？"正在这时，于素红的小灵通手机响了，接出来一听，是个女的，好像是洪大姐，要找屈建才。屈建才接过来一听，面容就变得有些尴尬，眼睛朝于素红一睃，连声说："好，好，我正在外头哩，挺远的，马上回来……"于素红问："洪大姐咋知道我的号码？"屈建才说："那天你到酒店，洪大姐就向我要了你的手机号码……""叫你回去弄啥？你不是正休假呢！""是姹珠姐有事，要用车。"于素红便不再问，心想，这姹珠姐公开地叫屈建才去办事，看来并不避嫌，那有没有什么猫腻呢？她的心沉了一下。回去的路上都不说话。

可是，于素红慢慢发现屈建才似乎通夜值班的次数多了起来，打手机也不接，回来问他，却说："没在值班室，有事哩！"或者说："我的电话不通，你可以打洪大姐的……"还把洪大姐的手机号码写在一张纸上给了她，于素红便仔细齐整地抄在记事的小本子上。冬季的深夜里，睡得晚。学校七事八事，高校长很多时间用在应对教育局或者其他关系户的交往上，事务事不太管，管起来却也说一不二，弄得于素红麻烦不断，连学校年轻教师紧急生小孩的时候，也得亲自出面帮忙。有一晚，便打手机想叫屈建才开小面包车过来，谁知他却帮不上忙，说："我正值夜班哩，咋不叫救护车？我这地方路远，会误事……"窗外，冷风起处，便有雪花飞旋起舞。于素红把蜂窝煤炉提出去，关好门窗，傍着已经睡熟的萌萌，钻进新换了棉花套子的被窝，刚睡熟，忽然梦中惊醒，以为屈建才回来了，伸出头去，不是，只有那只上好闹铃的小闹钟轧轧地走着。这时，便想起屈建才来，想他的英俊耐看，他的雄劲强壮，他的温暖热力，那社会地位、财富名望便全部飘摇远去了。这就是纯粹无私的爱情

吧！我得时时守护着，紧紧抓住它……不能叫另外的女人，目前就是那个姹珠姐随随便便就夺走了……屈建才回来，她便特别高兴，特别欢喜，弄点好吃的饭菜，及时洗净他换下的衣服。一次她在整理屈建才的棉外套时，不由自主地检查起屈建才口袋里的物品来了，零钱、身份证、悦来大酒店工作证，有一股特别好闻的外国香水味儿的手帕……钥匙链儿上除过家里房门两把钥匙外，还有极普通的应该是酒店值班室门上的，小面包车的，另外一把硬胶包裹四方形手把银光锃亮的头儿的钥匙，却是她从未见过的。她迟疑地掂量地看了一会儿，又放了回去，心想，问他，他也不会说，反而显得自己不光明正大，于是赌气地抱着屈建才的棉外套在床边坐了很久。后来，她看见屈建才穿好棉外套，蹬上棉皮鞋，要开小面包车去酒店上班，脑子一转，笑着说："我是个放风筝的，你再飞得高，飞得远，哪怕高入云端，线头还在我手里，我一收线，你就得回来，是不是？"屈建才听愣了，半晌才回过神来，埋怨说："你这有文化的，发啥神经啊！"

忙了一学期，放了寒假，准备过年。于素红又跟随高校长，遍走上级领导各部门和学校的关系户，送节礼，提前拜年，以至于忙到快除夕时，才准备自己过年的东西。好在市场上东西多了，买现成的蒸碗菜肴和干鲜果品，又给萌萌买了身新的夹克棉外套，一双新旅游鞋，口袋里空了，想给自己买什么也给忘记了。往年酒店过年期间旅客稀少，但这些年旅游大发展，过春节出去游玩的人大大增加，悦来酒店生意大好，屈建才加班，于素红不指望他给家里办什么事，索性由他去了。谁料想除夕的下午，昏黄的太阳斜斜地向西南方向的楼群背后缓缓落去，屈建才却开着小面包车突然回来了，于素红大感意外，让她更吃惊的是屈建才的身后冒出了姹珠姐，她几乎惊讶得说不出话，愣了好一会儿，才恢复了好客的礼貌的常态。那姹珠姐大大方方，火火辣辣，不像个客人，倒像是主人，一进门就亲热地拉着于素红的手，凝视着说："我一直跟小屈说，要到你家看看你，一直没工夫，趁年节来一下，你不欢迎吧？"于素红连忙拥着她到床边坐下，满口说："咋能不欢迎呢！请都请不到的贵客……"又擦净了手，亲自给姹珠姐沏上一杯茉莉花茶，在她对面的木椅上坐下，回头一眼看见屈建才正带着萌萌在翘起后车门的小面包车里忙着搬挪东西。姹珠姐上下左右打量了于素红住的这间小房间，眼里露出同情惋惜的神情，说："都多少年了，你们还住得这么促狭……"于素红连忙说："社会变化太大了，刚进来的时候，还觉着比在农村教书时强多了。""就这一间？""还借了一间，让屈建才平时住。"姹珠姐敞开胸怀地说："都一样。'文革'前那些年，我们一家子也住的是单位的十家院，乱七八糟，吵吵闹闹，共用一个厕所，做饭在走廊上，别提多可怜了……"于素红模模糊糊听屈建才说起姹珠姐一个人过，便不敢多问，只顺着说："那你现在的生活可好多了……"姹珠姐容光焕发敞开心扉地说："不是吹牛，该有的都有，我还爱好时尚，当年艰苦的日子谁还再愿意回去，能享受一天就是一天……"于素红辩解地说："我们都是工薪族，凭工资，靠单位。"姹珠姐有点责怪她说："那咋不让小屈下海呢！只有跑生意才行，有了第一桶金，就有第二桶、第三桶，抓住机会，就会发大财，你就知道活人的滋味儿了。"接着讲起她当年承包生意的事情。于素红听着听着，觉着这是另一种生活、潮流在眼前流淌，全不像学校讲什么培养人才呀，升学率呀，一天就是围着几十个娃娃转圈子，觉着自己笨口拙舌搭不上腔，只傻傻地听着。这时，屈建才无声无息地进来，靠门站着，等姹珠姐略一停歇，便说："改天再说吧，她绝对爱听你的，我敢保证。"那姹珠姐豪爽地说："我跟我妹子说话哩，就没有啥好隐瞒的，啥啥都想讲讲。"又说："你把东西都拿进来……"屈建才立即走出去，和萌萌抱着提着红的绿的四方的圆包的东西，也都是应时的节礼，堆了一大堆在床旁的空处。姹珠姐向于素红说："我把你当我的妹子，过年了给你送些东西，不要嫌弃，有啥需要的你就让小屈给我说，帮不了大忙，还帮不了小忙吗？"于素红想拒绝也不好说出口，只好满口道谢。姹珠姐临走时，还掏出一个红包，塞进萌萌的手里，说："你想买啥好玩的，就去买。"又笑着向于素红说："我还得借用一下小屈，还得跑几家……"如此热情好心，于素红怎能好意思留下屈建才，便说："叫他跟你去，家事从来不靠他……"屈建才不说一句话，似笑非笑，似恼非恼，便忙着收拾好车子跟姹珠姐走了。于素红愣了一会儿，说是屈建才跟姹珠姐没啥猫腻吧？他们接触得又太多；说有猫腻吧，躲都来不及，咋能又跑到家里来了呢？心一下子沉了，得不出答案，索性不管了。

　　直到夜里，电视上的春节联欢晚会都开始了一阵子，锅里水滚了几次，水饺像一群小白兔子拥在小案板上，于素红拿不定主意，等不等屈建才回来再吃年夜饭？想起了打手机问问。正在此时，窗外有汽车灯光闪过，有停车的声音，屈建才推门进来，笑说："我以为你们都吃了呢！"于素红不回答，只硬硬地盯了他一眼，便开始下饺子。屈建才向萌萌说："开车门看去，爸今年买的不是鞭炮，是十六发的火箭弹，在天上开花……嘭！哗！"从口里喷出的是一阵浓浓的酒气。还是回来了！于素红想着，心里轻松了一些。大过年的，不能闹不愉快！

　　开春以后，学校照例开学，每天有忙不完的事，于素红倒不怎么记挂屈建才和姹珠姐的事情。屈建才照常上班轮休，只是不怎么规律，于素红也不追问。这一天夜里，有温煦的风在窗外游荡，于素红便开了半扇窗，督促萌萌的功课。忽然，手机响了，于素红接来一听，是洪大姐自报家门的声音，声音急促而有意压低，说屈建才出了点事，要她赶到悦来大酒店不远处的派出所门口去，她在那儿等她。不啻五雷轰顶，于素红又惊又怕，几乎要发起颤来。她从没经过这样的事，学校附近派出所也有事到学校来，但那是要校领导和自己出面解决问题，并不是面对公安的当事人，那处境和心情完全不一样。她顾不得多想，赶紧安排萌萌关起门来学习，自己到街上拦了辆出租车赶了过去。远远就看见洪大姐在树荫下的长椅上坐着等她，开车门下车急急跑过去。那洪大姐似乎并不太紧张，拉她坐下，凑近耳朵说："事情不大。酒店楼顶层几个房间里客人赌博，公安上平素不管，最近抓黄赌毒紧了些，今儿晚上来了些民警和便衣警察，小屈不明就里，怕是社会上闲人们来闹事，就拦住问了一下，刚巧他又正在打电话，警察就以为他是通风报信的，就把他带到派出所里来了。小屈说他是给老婆打电话，酒店也证明他是尽保安职责……派出所要证明一下，就可以放人。你去向他们说明一下，问题就解决了……你不要紧张，你是人民教师，光明正大的……你听懂了吗？"于素红慌慌忙忙不多想，就一心按洪大姐的吩咐去做。派出所是一座三层小楼，门口围墙也是铁栅栏，大门上"人民公安"四个大字和英文名称，安装上霓虹灯管，发出热烈的红色和冷静的白色的光，于素红急急大跨步走了进去，门口有个民警也没拦她。进了大厅,日光灯照耀着,如同白色的水流倾泻而下。挂着各色办公指示牌子的房门都紧紧闭着,远处尽头一间大房子隔着铁格窗子可以看见有人影在晃动,旁边一间房子门半开着,里边挨墙蹲着十几个人,这就是被抓来的十几个赌徒吗?于素红心里诧异,学校门口,派出所曾经抓过几个在球场闹事的小混混,全是解下鞋带绑住后背的双手指头蹲在那里,而眼前的这些人却衣帽整洁,西服笔挺,夹克时新,还有几个披着风衣,脚下皮鞋锃亮,这都是抓来的赌徒?于素红上半身伸进门,朝里看,本来想问一下桌旁坐着的那两个警察,却一眼看见面向警察的姹珠姐的背影,好像在说什么话。正迟疑中,耳朵里便逮住姹珠姐的话,声调是柔和绵软的,没有居高临下的气势,一副央求人的样子:"我跟你们所长是朋友……"那两个警察愣着:"那你找所长去。""他不是不在吗?就得跟你俩说说。"两个警察倒还客气:"有话就直说。"姹珠姐笑着,声音放低了:"我在悦来大酒店里有点投资,听说你们去抓了一回赌博……""你想说什么呀?这跟酒店没关系。"警察的声调很平和。"那些赌徒们,该抓,庄家设赌的更该抓。我知道这回参赌的个个都是有钱的主儿,都是开汽车来的,钱挣得多得没处花了,找刺激的……"两个警察对看了一下:"你倒是替谁说话呀?""听说你们还抓了酒店的一个保安……""叫什么?""屈建才。""对,在酒店保安值班室门口……""那是个保安,又不在赌场,你们抓错人了。""抓他总是有原因的,他拦住我们的便衣警察,又一手打电话……""你们怀疑他通风报信吧?""有这个可能。""唉,我说同志,咱不能冤枉好人是吧?""对,不能错抓没参加赌博的。""你们怀疑他打电话通风报信,可他打电话是给我的。你们不信,看看我的手机……"姹珠姐伸手掏出手机,大大方方摊在两个警察面前。那两个警察愣了一下,听话地接过去,打开看,抬起头问:"打给你?你是他什么人?跟他啥关系?"姹珠姐好像愣了一下,随即冲口而出:"啥关系?能有啥关系?两口子,你还要啥关系!"这一句话石破天惊,姹珠姐理直气壮吐出来,却大大震惊了在身后的于素红。于素红听得真真切切,准准确确,有冒名行骗的,有冒名顶罪的,没有冒名担保承担责任的,一下子惊得呆了。随即气愤从中而生,浑身火辣辣地,想去揪住那个和自己丈夫屈建才过从甚密对自己亲密无间的女人,质问她,羞辱她……但这只是脑子

里一阵爆炸冲动的火星，却又被冷静理智的凉水浇灭了。于素红飞快地决定，若和姹珠姐争执起来，不但于事无补，揭露真相，屈建才无从解脱，自己势必遭到羞辱，脸面何存！她是个自尊心很强，又好脸面的人，绝不能这么做，还不如抽身趁早，任屈建才在派出所受罪去！她立即无声地迅速轻快转身离去，大步走出派出所，树荫下，却见洪大姐还在那里伫立着。洪大姐一见她，刚张口要问，却被于素红抢先说了："没事，没事，我给他们都说了……"随即转身就走，留下一句话："你们酒店历来和公安方面有关系，叫老板去保他出来……"洪大姐还想再问问，于素红却不回头，远远地走了。

于素红回到学校，萌萌还在温习功课，问她："妈，你干啥去了？"于素红气咻咻地回答："没你的事，你不要管……"早早地躺下了，眼睛睁得大大的，失眠了好久。

第二天，课间，屈建才急匆匆地回来，似乎并不知道于素红昨晚去保他的事，啥话也不说。于素红从教导主任办公室回到房子，一见到他，眼睛都能喷出血，狠狠地问："派出所蹲了一夜，滋味如何？"屈建才面容尴尬，扬起眉毛，嘟囔说："你咋知道的？"于素红顾不来许多，声音高了："我去派出所了，碰见了自称是你老婆的那个姹珠姐……"这时，隔壁教室里一阵小学生朗读课文的声音如浪般涌起，屈建才急了，忙去捂住于素红的嘴，于素红一把推开，压低声音又问："你跟姹珠是不是两口子？"屈建才咬牙说："你胡说啥哩？"随后承认派出所关了他多半夜，快天亮，酒店出面交涉才放出来："酒店担保的，哪有姹珠姐的事……"于素红追问："我就在当场，姹珠当面向警察说，你们是两口子……"屈建才口气生硬地说："你咋这么相信她呢？她不过是为了保我，信口开河……你也信？"这一下倒问住了于素红，没有拿住真凭实据，能铁定屈建才和姹珠姐就有不正当的关系吗？她狠狠地甩了门走了。屈建才也没有多解释，只是主动搞起了卫生，洗衣服，又跑到街上到处都有的超市里买了些于素红爱吃的软糖、脆点之类放在三斗桌上。晚饭后，两个人谁都不说话，直到萌萌睡了，屈建才悄悄耳语，让于素红跟他到另外那一间房里去，于素红正眼也不瞧他，推他出去，随即砰地一声关上门，不再理屈建才了。于素红下决心，要与屈建才分居，同床共枕那些事儿，想都不要想！

　　这之后，好长一段时间，屈建才按时归来，脾气极好，手脚又勤，夜班不归，总是打电话回来。不知何故，屈建才似乎手里的钱也多了，他拿回来一个时兴的直板手机，换走于素红的小灵通。于素红不想换，屈建才满脸是笑，低声说："人向高处走，总要好上加好！再说你跟我联系更方便了，也好监视我嘛！"于素红嘴里不言语，心却慢慢化开了些。适逢高校长去区教育局开会，回来说，给教师盖住宅楼的事情，区上已经启动了，正在物色地皮，不想去远郊，想离得近一些，难度很大。她没有再问屈建才，恍惚中，觉得他又是一两天迟迟不归了，不放心，星期天趁着陪萌萌去学围棋时，又提前下车去了悦来大酒店。是第二次来，便没有第一次来时的震撼和新鲜感。门口值班室看不到屈建才，便慢腾腾走进大堂，门迎小姐殷勤地笑着，伸手让她和萌萌进去，问："有行李旅行箱吗？"洪大姐早从办公桌后站起，微笑着走过来，又让于素红坐到真皮沙发上，悄声说："那天晚上，让你受累跑路了。当时公安真是动真格抓赌了。以前抓赌都是来一两个警察，只去小旅店，赌资一收，叫赌客们在后头跟他走，松松散散，赌客们悄悄都溜了……"于素红直接问："屈建才在酒店咋样？""好着呢！""没跟什么女人拉扯吗？"洪大姐一愣，笑说："一个保安，跟谁拉扯呀？""那个姹珠姐没来吗？"洪大姐安抚她说："人家是酒店的一个股东，想来就来，不来就不来……你放心，我替你看住小屈，不要你操心！"于素红回学校一路上灰心丧气，觉着自己简直是拿肉拳头打棉花包，毫无效果，完全失败。谁料当晚，屈建才回来，一脸不高兴，直戳戳地质问于素红："你到酒店干啥去了？再解释，你都不听，找事儿是不是？"说罢，伸手一推，就把于素红推倒到床上，刚扬臂要动手，于素红便恨恨地喊了一声："你还想打人是不是？"那屈建才软下来，不闹了。事后，于素红自己心里倒开了窍，屈建才打自己，不怕；就怕他冷冰冰决然不理，那就坏了。

　　一天，极其普通的日子，于素红正在辅导萌萌做作业。她心里一直想，萌萌快要毕业了，准备考初中，一定要进重点中学，自己一辈子就这样儿了，丈夫还是个保安，一切希望都在萌萌身上。手机突然响了，另一头是屈建才急促、紧迫的声音："给你说，酒店老总家里出了点事，要我去帮几天忙，料理一下，我这几天就不回去了，你不要寻我，听清楚了吗？""出了啥事？""人命关天

的大事……"于素红的心一下子提到嗓子眼里，忙告诫说："你可不能胡来，惹事！"手机那头挂了，于素红狠心说："管他呢，死了倒好……"看见萌萌傻呆呆的静听的样子，便拍了拍他的后脑勺："眼睛朝书本上看！"

五六天之后，屈建才回来了，没有穿保安制服，日常穿的西服上衣，皱皱巴巴，脸也消瘦了，有了黑眼圈，显得经历过什么事情，变得严厉了。于素红问："董事长家里出了啥事？"屈建才失口直说："哪是董事长，是姹珠……""啊，怎么了？"于素红登时脸就吊下来，不再说话。屈建才赔着笑脸说："我又不跟你离婚，你何必嫉妒呢？"于素红瞪起眼："不是我嫉妒，你应该好好想想。如今社会道德滑坡，时兴发财了就搞小三，包二奶，你是个保安，还没发财呢，就想弄个小三，包个二奶，你还没这本事！那姹珠明显比你大，你有老婆孩子，倒何苦来！那姹珠有什么好，你说说，说个三七二十一，我让位子，腾板凳……"于素红平素话不多，这一下天河开口，直泻而下，谁知却惹恼了屈建才，一个大耳刮子打过来，把于素红推倒在床上，只留下一句话："人都死了，你还觉得作践得不够是不是？"说完，甩门而去。于素红耳朵里轰地一声，怎么，那个姹珠姐死了？她不由自主地跌坐在床上，吓得呆了。

正如事后所料，那屈建才发凶以后，不过一天便态度大变，回家来绝口不提往事，只是给于素红大包小包地买东西回来，摆在床上，五颜六色，确是好看。给萌萌买了个双肩背包，印着米老鼠和一只猫对峙着的图案，萌萌不满意地说："小学生背的，我都快上初中了……"屈建才脾气奇好，说："你明天去换一个你喜欢的，有发票……"又拿出一个小四方纸盒，打开，拿出一个水晶般的小瓶，从瓶口上用手抹了点，送到一直冷眼旁观的于素红鼻子底下，说："还生气哩，你搽这，法国香水，香奈儿……"于素红用手推开，屈建才又伸过来，推挡之间，心里已经释然而脸上却冷如冰霜的于素红终于接了下来，略微一闻，便觉那香味儿是极其奇妙的、日常生活里闻不到的。趁萌萌抱着作业本出去了，便埋怨地说："问一句话，便打人，你也太暴力了吧？"屈建才站得笔直，弯腰说："实在是一时性急，向你赔不是……"于素红急问："你那姹珠姐是怎么一下子就死了？……"屈建才半天不言语，最后才说："过些日子，我再给你说……"

区教育局集资盖教师员工楼的计划加快推进了,学校里风声鹤唳,一夕数惊,人们先不揣度自己能否分到,而是能否拿得出集资款,于素红也着急了,催促屈建才想办法,当然是把屈建才祖传的可怜的三间砖木结构平房卖出去,可现在谁还买这种房呢!又听说那三间老房也很快要在改造城中村的浪潮中拆迁了。于素红便急着催屈建才拿主意。谁知屈建才倒稳坐钓鱼船,慢腾腾,乐悠悠,不痛下决心,一副胸有成竹的样子。

天气暖得多了,风有些热,槐树的小白花早已败落,树荫浓了,人们穿得单薄起来,衣袂飘飘,露胳膊露腿。屈建才不值班,休假,他把自己打扮起来,夹克平展,裤缝笔直,密密茬茬的胡子也刮了,梳了头,洗了脸,还督促于素红也如法炮制,喷了些香奈儿香水。于素红问:"你到底要干啥?出去旅游?"屈建才悄声说:"你跟我去一个地方……"偏偏让萌萌听见了,跳起来说:"要是逛农家乐,我也去。"屈建才按他坐下:"是去一个朋友家,不是农家乐,你不是最不爱听大人说闲话吗?只想玩自个儿的。好好在家待着……"于素红也吓唬说:"你不好好温课,考不上个重点中学,妈妈会难过死的,爸爸也不要你的……"萌萌无法,只好说:"那你们早点回来!"于素红叮嘱萌萌专心温课,午饭在学校食堂去吃。

仍然上了屈建才开的小面包车,坐在副驾驶的座位上,系上安全带。于素红心里七上八下,不知屈建才葫芦里卖的什么药?要带她到哪里去?心里又暗笑,我就是跟你摽上了,难道我怕你不成……转头从侧面去看屈建才却是郑重其事,注意力集中在驾驶上,面容显得平和,轮廓依旧,骨骼清奇,鬓角下的发际可以连着耳下的胡子楂,耳朵整齐,耳垂稍长,鼻梁高高挑起,再加上轻巧翘起的眼睫毛,专注驾驶的神情,这便引得于素红一阵心动。从当年竹园公社第一眼留下深入灵魂的印象,直至今日厮守这么多年,她还是如此心醉屈建才的外在形象,能说这不是爱吗?她曾经暗下决心,不许任何女人夺走她心爱的丈夫,好在现在那个插上一只脚的姹珠姐已经退出这场争夺,屈建才又完全属于她的了……于素红这么想着,那小面包车红灯停,绿灯行,左拐右转,驶过排排商铺,掠过座座高楼,终于在一个围墙四绕,门楼宏大的地方停下,下了车,于素红抬头看那门旁一块巨石上雕着金色的"远芳居"三

个大字。屈建才简单地说："就是这,跟我走!"门口站着三两个也是身着保安服的年轻人,好像认识屈建才,点点头,笑一笑,眼瞅着让他们进去。十几座高层楼房整齐地站立着,进了离大门不远的一座楼下门道,一边是电梯间,屈建才站住按了电钮,门开了,领于素红进去。于素红充满了好奇,小心地跟他走,平房住惯了,便觉得这里另是一番天地。到了第九层,出电梯,走到拐角一个防盗门前,于素红原以为屈建才会按门铃,有人开门,谁知他却从衣兜里掏出一把钥匙,三转两转便灵巧地开了门,先进去,打开了门廊的小灯,又打开了客厅的大灯,顿时明光闪亮,一派尊贵气派。于素红站住不动,鼻子里嗅到一股温暖、窒闷的香味儿。屈建才站在客厅中间,朝她喊:"进来嘛,愣在那儿干啥!"于素红进去,看见客厅一圈真皮沙发,对面柜上一台大彩电,又随屈建才走进卧室,双人大床上被褥、枕头齐全,叠放得整整齐齐。屈建才拉开厚厚的窗帘,打开玻璃窗,阳光、空气一涌而入。旁边还有两间小一点的卧室,只有小桌和椅子,没有生活用品。屈建才说:"这里可以改作业,备课……"于素红大吃一惊,便问:"这是谁的房子? 你咋会有钥匙?"屈建才不言语,只平静地引着她又回到客厅,让她坐下,从小柜里取出几瓶饮料来,倒在小纸杯里,放到于素红面前,自己才挨着她坐了。于素红正色说:"你快说,不说我就走了……"屈建才慢慢问:"你看这套房子咋样? 好不好?"于素红说:"好! ……再好也不是自己的。"屈建才微微笑了,说:"看你小家子气的样子,这就是咱们自己的。"于素红大吃一惊,追问:"什么自己的?""自己的就是我的,你的,萌萌的。"于素红连声说:"你一个保安,能有这样的房子? 打死我都不信。快说,咋回事?"屈建才不言语,拉过于素红的手,握在自己掌心里,轻轻拍着,慢慢说:"一不是偷,二不是抢,酒店也没这样高的福利,我又没有谋财害命……是姹珠姐送的。"于素红迅速抽出了自己的手掌,瞪眼质问:"她为啥要送你一套房子?"屈建才笑说:"凭啥? 这还用问吗? 我不说,你准会猜着。"于素红咬牙,恨恨地问:"你跟她睡觉了?"屈建才不回答,于素红又追问:"说,睡了没? 睡了几次?"屈建才毫无隐瞒、欺骗和搪塞的意思,平静而坦然地回答:"这还用问,睡了。可人都死了,我还隐瞒个啥?"声音是诚实、歉疚、求得理解的,在客厅吊着大灯的天花板下"嗡嗡"地回荡着……

这话听到于素红的耳朵里，却不啻于一颗震天的炸弹，她呆住了，随之浑身战栗起来，心里混乱如麻。多少天的怀疑，多少天的企盼，现实可能有，希望它没有，多少思虑，多少想象，终于真相大白。心底踏实了，却又疼痛起来，原来那个夺走她的爱的女人天不保佑，忽然退出去了，那退出是用舍弃生命来实现的……她多么富裕，多么尊贵，颐指气使，挥金如土，却如同一粒尘土，轻轻地飘走了，飘向了另一个阴冷虚无黑暗无边的世界……于素红内心善良的一面猛地喷涌而出，她开始同情可怜起姹珠姐来，止不住的泪水从紧闭的眼皮底下汹涌而出，但没有号啕呜咽，只是无声地任泪水流淌……

屈建才没有劝于素红，只是扯出几张纸巾，递给她去擦眼泪，随后便低头坐着，双手抱着鬓角，仿佛一个有文化的思想者。时间飘移着，又似乎凝滞着。于素红擦干了眼泪，低声问："她怎么死的？"屈建才半扬起头，不看于素红，眼朝远处望着地说："简直是天命！再奇异不过。她有钱好玩，又不坐班做事，跟一个旅游团到黄河上大水库去旅游……""你咋不跟去？""我跟去干啥，我还要上班当保安呢！我俩的事谁也不知道，就连洪大姐也不知道，她可能逮到点蛛丝马迹，听到一点风声，但不好问……"于素红噘着嘴说："你连我都瞒得铁桶似的，贼不打，三年自招……"屈建才继续说："那个巴士车坐满了人，要开上一艘平底渡船，船还没来，路是个下坡路，车就停在水边。谁知道那个司机鬼迷了心窍，他停车不拉手闸，自己下了车，去上厕所，那车却慢慢地溜了下去，越来越快。车上人吓坏了，靠近车门的赶紧拉开门，跳下去几个，司机远远看见，吓得慌了，连跑带喊。可是车还是溜到水库里去了，连个水泡都没有。姹珠姐坐在车后边，她倒好心让老汉老婆坐到前面，自己挤到后边座位上……唉！想跳车都没可能……就是这。"屈建才说话声音越来越低，说完了，就可怜巴巴地抬起眼睛来直直地看着于素红。于素红从那眼神看出全是央求的神色，她对姹珠姐已完全没有了敌意，缓过神来，继续问："那后事咋办的？你去办的？""我哪有那身份，是酒店董事长和总经理出面的，全是朋友关系，我只是跑腿帮忙办事罢了！""就是你骗我说董事长家里出事的那几天？""对，哪敢给你说是姹珠姐出事了呢！"于素红沉默了，屈建才继续说："通知了她的在外地的兄弟姐妹，姹珠姐没有生养，她的遗产都给了她的

亲属……""那这房子呢？"屈建才眼睛里闪出火星，说："姹珠姐为人豪爽大方，她新买了这房子，早早赠给我，怕出问题，房产证写我的名字……""那你为啥不给我说？办房产证要户口本、身份证的……""唉，咋敢给你说！你不记得我从家里拿走了身份证和户口本？"于素红恍然记起："对。你说是悦来大酒店要身份证明……"屈建才不吭声，又低下头去。

沉默了一会儿，于素红狠狠心，又硬硬地问："既然她对你这么好，买了车买了房，都给了你，你咋不跟我离婚，跟她过去？这种离婚的事情，现在比以往多了去了，你说。"屈建才低下头，却伸出手臂，先是轻后是紧地抱住了于素红的腰部，头挨着她的肩下，好像一个小孩子般地央求地说："我咋能跟你离婚！我们是元配夫妻。再说，还有萌萌，我们是个完整的家……"于素红想推开屈建才的手臂，却软软地动不了："你还有这个心思！"屈建才继续说："你不知道，我是个知道感恩的人。我文化不高，又没技术，当了兵，你不嫌弃我，竹园公社那些日子是一辈子的记忆。你跟我回了城，我下岗失业，你是知识分子，工作高尚，旱涝保收，又一心维持这个家，我能撇了吗？"于素红手不动了，任屈建才搂得更紧，她甚至感觉到屈建才的体温，闻到他的熟悉的气息，轻轻地问："你对她也感恩？"屈建才回答说："对，也是感恩，她对我好，在悦来大酒店董事长、总经理面前为我说话。酒店里人员流动很快，我为啥能长久留下来？都是姹珠姐的力量。我跟她好了，她明明白白地说，不拆散我们的家，不要我离婚，只要我陪陪她，给她做个伴儿，让她心里不空，身体有个依靠……所以，我的身体分了两处，我的心也分成两半儿，分给了你和姹珠姐……"既然姹珠姐已经逝去，死得那么不幸，屈建才也说了真心话，于素红内心慢慢泛起怜悯，她不由得也伸出手臂，慢慢搂住屈建才，轻轻在屈建才的耳边说："你现在回来了。"屈建才喃喃自语："回来了，心也变成一个了……"抱得越发紧了，那身体的温度因彼此的炙烤而增高，屈建才闻到了于素红混杂着香奈儿香水气味和她的肉体气息，便轻轻地开始吻她的脸颊和耳际下面，那亲吻是这样柔和体贴而又慢慢变得热切顽强……这就感染了于素红，她的身体升腾起一种欲望，渴望得到爱抚，便坦然接受屈建才的亲吻。当屈建才的手忙乱而炙热地伸进她的上衣，压迫揉搓她时，于素红只能无力地断断续续地说：

"不要,不要,这是什么地方……"屈建才喘气说:"我回来了,这是我们的家……""大白天的……""怕啥,我们好久都不在一起做这种事了……"于素红喘息着,说不出话,任屈建才半扶半抱起她,走进卧室……她敞开心扉,也敞开了身体,闭上眼,让身体去做事……虽在大白天,却也好像在温暖黑夜的抚摸和遮掩之下,融化了……

终于高潮过去,亮晶晶的天光叫醒了迷醉的于素红,她给赤裸着胸膛和双臂的屈建才盖上了薄被。屈建才疲惫了,迷迷糊糊睡过去……于素红却头脑异常清醒,她眼盯着边沿贴着花纹的天花板上光影正慢慢移动着,心想,姹珠姐再好意,这房子也不该要,屈建才必须清清白白地回来,连同他的身体和他的心……否则那阴影将会永远罩在她的头上,使她不得安宁……

想得明白了,于素红起身去卫生间,她轻手轻脚……

六

几年以后,于素红同她的一个无话不谈的女密友说起她和屈建才的爱的经历,那位密友颇为感动,评价说:"你们不是攀附的爱、暴戾的爱、一夜情的爱或者纯交易之爱,更不是飞翔的爱……是流淌的爱,平平常常,从山谷流出,吻着山石,贴着土地,流啊,流啊……"于素红笑说:"不愧是搞文化的,我说不来。"……

在说这话的前后,于素红住进区上给教师员工盖的高层楼房,已经几年了,眼看也快退休了……

屈建才从悦来大酒店辞职出来,跟公安系统建立了关系,自己办了个保安公司,管着数十号人,给几条街道的商铺、旅店服务……

萌萌开始拼命备考有名的大学……

2013 年 3 月至 5 月抄改毕

把小事弄大

一

杭生荣倒霉透了。他和杭军娃骑摩托,一个驾驶,一个坐后座,在离镇上不远的油路十字街口,险些撞上了驾驶农用三轮车、拉了一车末子煤的雷平安。当时他颠颠簸簸从村里土路上了沥青路,就加快了车速,快到十字路口,从路边树丛缝隙里眼看一辆农用三轮车"突突"地横穿过来。杭生荣连忙按笛,谁知那个农用三轮车没有减速,反而直冲而来。杭生荣一惊,猛一拐,摩托车就拐进了路边浅沟小树丛里,车翻了,两个人都颠了下来.。杭生荣爬不起来,军娃却毫发未伤,跳起来飞步前去一把将急刹车停在路当中吓呆了的雷平安揪住,厉声喝问道:"你咋开的车? 眼睛瞎了,没看见信号吗? 耳朵也聋了?"

雷平安抖抖索索地回答:"没看见,没看见。"

"说得轻巧,你知道撂倒的是谁?"

"谁?"

"谁? 我们老总……"雷平安是那种靠种几亩责任田糊口,做个这做个那挣点小钱过日子的农村人,一听这话,腿就软了,只是嘟囔:"老总咋了,咋了……"

"咋了? 咋了? 人跌失塌咧……"这时,杭生荣挣扎着爬起来,正自呻吟,军娃把雷平安揪扯过来:"你看,你看,把我们老总跌成啥了……"

这条沥青油路十字口,是附近一带车辆人流过往的要紧处,却没交警值勤管理。几个停下来围观的路人便劝说先把人送到镇上的地段医院去治疗要紧。

在众人的帮助下,杭生荣被送到医院去了。军娃对杭生荣忠心耿耿,不让雷平安走,雷平安身上也没钱,被强制押着把农用三轮车开到杭家去。

雷平安毫无招架之力,昏头晕脑,本来想说叫交警来处理,但几次都张不开口,只能听从军娃摆布。等到他把农用三轮车开进杭生荣家里时,越发感到自己这祸闯大了。那院落宽大,四周一转圈二层楼房,安的铝合金窗户,房顶上架着锅状天线,上房门挂着绣花门帘,花团锦簇,香气四溢……雷平安惴惴地问:"老总在哪里发财?"

军娃斜睨了一眼:"你不知道俺杭老总?美建公司总经理。方圆几十里没有不伸大拇指的!你是雷家崖村的,你说这事咋个了结?俺老总的医药费谁出?摩托也碰瞎了,总得送去修理……"

"唉!这个老哥,你在车后头坐着,俺没碰老总嘛!是你自个儿拐到沟里去的嘛!"军娃一跳多高:"说的比唱的还好听!没撞碰就没事了?你伤着没有?没。你的车跌失塌咧没?没。不叫你赔,叫谁赔!农村人把你这种车叫敢死队哩!你敢开,就得准备好赔偿费……"

"叫我拿啥赔?我买这二手车,还是借俺支书叔的钱……"

"那我不管。豇豆一行,茄子一行。"

"唉,你这老哥,咱得叫交警去。"

"要叫你叫去,我没那闲工夫。"嘴里这么说,架不住雷平安的央告,军娃还是用手机给交警队打电话。谁知对方一听两车没撞上,就说:"车没撞,算啥交通事故。自己私了去……"电话就挂了。

雷平安没有依靠了,双腿一软,就势蹲到地面上。看来,想不给赔钱,出医药费,是不行的了,口袋空空,只能把车留下,回去再想法子咯!心里骂道:"真日了他妈了!"嘴里却说:"那我得回去筹钱去。"

军娃回头看那装得饱饱一车末子煤,稳稳当当停在大门内一侧的空地上,十分放心,就一脚踢走了在脚前乱闯的哈巴狗:"走,走,走,赶紧走,赶紧回去寻钱去……"

二

雷平安的媳妇翠叶一大早就从家里出来,去寻雷家崖支部书记雷天运。她临走时,叮嘱雷平安经管好两个女娃、馏馍、熬苞谷糁子,"我去寻支书叔拿个主意……"

"你寻着叫叔骂呢!"雷平安头低着嘟囔。

翠叶恨恨地说:"男人不行,不寻能人寻谁去!"

一路上,翠叶都满腹怨恨。昨晚,天黑了雷平安才空身一人赶回家里,这就叫翠叶大吃一惊,车咋了? 出了啥麻烦了? 撞了人了? 还是叫别的车撞了? ……在她一连串的厉声追问下,雷平安才把农用三轮车被扣在杭生荣家的经过说了一遍。翠叶听得火冒三丈,恨对方的霸道,又恨男人的窝囊无用,特别叫她心疼的是那辆农用三轮车,还饱饱装了一车煤呢! 这都是现钱呀! 要凭这钱生钱呢! 凭这钱供大女娃上学念书呢! 凭这钱零花哩! 也要凭这钱回娘家时带些时兴礼品,好叫别人不小看自个儿哩! 更不要说将来还想拆平房盖二层小楼、置办家用电器哩! 可如今都叫磨盘把手压住了,动弹不得。把车要回来,给人家看伤,修摩托车,又得多少钱? 钱从哪里来? ……翠叶越想越憋气、心疼,头发昏,脚下"咚咚"乱踏一气。

走进支书雷天运家那干净整齐的庭院,才看见雷天运正在上房里穿衣服准备出门的样子,翠叶明知支书叔眼神里透出不耐烦的神气,但顾不了许多,脸上堆起笑容,堵住门问:"支书叔这么早就吃毕了?"

"嗯。"

"去镇上开会呀?"

"嗯。"

"我来……我来……有个急事。"

"啥事? 是集资掏钱修路的事? 那可是镇上政府的命令,家家户户都得按人口掏……"

婶子从厦房手拿抹布出来,边擦拭边说:"哟,我当是谁哩,是翠叶呀! 为

这集资款,把你叔愁的,就怕左邻右舍乡里乡党来诉苦情,手里都不宽展嘛!"

"好我的叔哩,那修路的钱有困难,就连借叔的钱买下那倒霉的农用三轮车,要按时还钱也还成问题哩……"

雷天运大为诧异,忙示意翠叶坐下说。

翠叶一屁股坐到木椅上,带着哭腔把杭生荣扣车的事从头到尾说了一遍,最后央求道:"好叔哩,你侄儿叫人家欺侮了,都是姓雷的,打折胳膊连着筋,你得给做主处理呀!"说到这儿,那眼泪就流下来了。

雷天运听着听着,先是不悦意,后来气就上来了,皱着眉头问:"事情究竟咋样,你要给叔说实话——咱的车到底把人家摩托撞了没?"

"平安说,没。"

"当真?"

"平安人是蔫了些,可从不说假话。"

"现场没找交警队?"

"平安说,人家打手机找交警,交警说车没撞,不来。"

"那他杭生荣就不对嘛,没撞上,你自个儿掉到沟里去了,咋能扣我们的车哩!"

"对呀!"

"这不明明是欺负人,敲诈人吗?"翠叶长出了一口气,"叔,你才说到事情的根根上了……"

雷天运又问:"平安没给杭生荣说,他是雷家崖村的,我是他叔哩……"

"平安说他是雷家崖村的,人家就不理茬!"雷天运发火了:"这杭生荣啥货嘛,不就是个建筑队包工头儿? 借谁的势这么霸道? 我跟他在县上开过会,一个桌上吃过席面,一点面子都不看?"

"叔,这事还得你给出面处理哩,平安只知道下苦挣钱,人面前没话,瓷锤到家了……"

雷天运在房内背着手走来走去,鼻子里出着粗气,看来余怒未消。翠叶也不敢再问。过了一会儿,只见雷天运回过头盯住翠叶说:"这事我不能不管,谁叫我领导着雷家崖村呢! 再说这三轮车是我把钱借给平安的,我也不能平白无故受损失呀！……只是这事有点被动，若是车没有被扣，任他杭生荣闹去，咱给他个后脊背，不理识他，看他能咋？这会儿，车被扣了，先得把车弄回来，哪怕给人家下话、出点水呢！车回来了，再说以后的话……"

翠叶一脸悲戚，嘟囔着说："唉！好我的叔哩，你佺儿口袋空空，到哪里去筹钱呢？"

"这得跑嘛，看你哪个叔、哪个哥手里宽展。实在不行，先从村上公款里借一点……"

"那还得叔你亲自去交涉，平安是个瓷锤，说不过人家，打不过人家……"

"我不能去，我好坏也算个头把手哩！"雷天运果断地说，"叫你金堂哥去，那人眼亮、心活、嘴能说，也能代表咱村里。有人，有钱，还解决不了问题。我不信，猫就不吃糍子了？"

"那咱几时去呢？平安着急得很。"

"不忙，等我镇上开会回来再安排人，咱先把他杭生荣晾几天……"

"唔，唔。"翠叶放了一半心。

三

杭生荣听军娃说，雷家崖村来人了，在村口大树荫下坐着，要来见他。杭生荣问："弄啥来了？"

"想把事了咯，把三轮车开回去。"

"没那么容易，我还要看哪个云彩里有雨哩！"杭生荣鼻子里"哼"了一声，"你摸摸他们的底，再领过来。"

军娃出去了，杭生荣大声喊老婆进来，扶他坐好，床里头放两摞被子，半身靠着，又咳嗽两声，吐了痰，把喉咙打撮清爽了。他半辈子是个农民，但领了几十号子人，有了钱，慢慢就学会端个架子、高声指挥人、经常给人吊脸了。

在地段医院住了两天，杭生荣心急火燎硬挣着回了家。虽说回家舒服，药也带齐全了，本该静养才是，但他隔着窗玻璃一眼看见停在大门里侧雷平安那辆装满末子煤的农用三轮车，心里就有气。不是你龟孙子闪得我跌到沟里去，咋会受这罪！受罪不说，还耽误事情。现如今建筑行业兴的是投标竞

争,但也离不开拉关系,给好处,送红包这些手段。去年到今年,白白贴进去八十多万元,还没中上一次标。前几天听到县上饮食公司要临街盖一座五层大楼,很快就要公开招标,正想抓紧跑这事,谁知被雷平安一下子闪到沟里受了伤,窝在家里出不了门。所以,赔医疗费、修摩托车倒是其次,首要的是这口窝囊气咋样出……

正睁大眼睛想事,门帘开处,军娃领着三个人进来。头里走的一个穿黑灰色半旧西服,白衬衣敞着领,满脸带笑,军娃说是雷家崖村副村长雷金堂,另一个就是头老低着的雷平安,还有一个穿四个兜制服的半大老汉,手里提着装了些水果的塑料袋子。杭生荣不冷不热地说:"来了,随便坐……军娃,去叫你婶拿烟泡茶。"

来人在沙发上和门边的木椅上坐了,塑料袋子也放到铺着瓷砖的地面上了。杭生荣拿眼瞟了一下,等金堂开口。金堂已经看到杭生荣的冷冷目光,忙谦恭地问:"杭老总,身体咋样?伤好了没?"

"还好,我这人耐摔打……"

"俺村的党支书是雷天运……"

"唔……知道。"

"这一回,平安闯下祸,把杭老总给闪得伤了。俺雷支书生气得很,先美美把他训斥了一顿,说你这娃刚学会开车,就敢把'敢死队'开上沥青路!把咱村自家人撞了,话都好说,都能原谅你。把人家杭老总撞了,我看你咋取得离手?"

杭生荣点上一根纸烟,眯着眼听着。

"媳妇还跟他闹了半夜,说他'命里只有三合米,走遍天下不满升',就那烂本事还在沥青路上逞能!二天抱上小的,领了大的,回娘家去了。平安没啥本事,只好寻村里领导……"

"噢——怪不得把你副村长给惊动来了……"

"关键是俺雷支书,是本家叔,又是现任领导,平时十分关心,'吃个虱,都要抟个腿'给他哩!平安这车就是跑运输做生意,赚下钱还债嘛!我也跟平安说,跑运输不要怕苦,人穷就得受难场嘛!"

金堂又诉说了些雷平安的可怜,杭生荣听着听着心就有点软了,他也是从没钱处过来的,知道这难处,脸就绷得不那么紧了。

金堂又转换了话题,向杭生荣热烈地进言了:"我们雷家崖村的人都知道杭老总是咱县上的上层人物,你那个建筑公司真正是白手起家,靠质量,靠信誉,这才生意兴隆,财源茂盛,县里、市里都有名,为人有担待,有善心……"

杭生荣心里暗暗好笑,这个副村长尽说的是过头话,把他奉承得像报纸上介绍的杰出模范人物一样,他自己有那么好吗?想着,不由得咧嘴一笑。

金堂一面看杭生荣的脸色,一面说:"杭老总,你原谅平安这回,娃也困难,让他把车开回去……"

军娃忽然插话说:"光空口说白话就能把事了咯?"

"如其不然,叫平安先把医疗费出了——"

"人的伤,还有修车的费用呢?"

杭生荣忽然躁了,朝军娃说:"闭嘴!就你的话多,不说话没人把你当哑巴……"

众人不知杭生荣是啥心思,一时都愣了。

杭生荣哼了一声,鄙夷地说:"当着你副村长的面说,我这人你还不了解。穷的时候,我不爱钱;这会儿有了,照旧不爱钱。我经手的现款,都是一百元一沓子的,跟流水一样从眼前过哩!你能赔多少?"

"来时带了一千……"金堂变得结巴了。

杭生荣笑出声来:"我以为多少呢,连我工地上一天开销的零头都不够。实话给你说哩,伤在其次,问题是把我撞霉了。这一年多就没投上标,没揽上一件大建筑项目。近日听到信息,才打算跑呢!这一下倒好,做贼的碰上了截路的,把我撞到沟里去了,只能在床上养伤。你说这损失有多大?影响我们公司发展哩!你咋赔呢?"

金堂一时语塞,他没料到杭生荣还这么难说话……这时,那个穿四个兜制服的半大老汉插话了,他先咳了一下,说:"人常说,是福不是祸,是祸躲不过,你杭老总碰上了这一灾。不过,火烧财门开,元宝滚进来。这场灾过了,伤好了,你的事业还有个大发展哩!"

众人笑了,杭生荣也说话软了,他指了指雷平安:"我知道他的难处,年轻

人负担重，'小伙儿小伙儿你不要咋，一个婆娘两个娃'。好在你还没直接撞上我，我不缺你那辆农用三轮车，也不在意你赔我一千元钱。今日你村里领导来了，话说到这儿了，事情能了结就了结了。就是我这霉气、邪气得攥一攥……"

杭生荣的老婆在门帘处听了多时了，揭开门帘进来说："就得在大门上挂红，放炮，点香蜡辟邪……"

金堂没料事情能这样急转直下，连忙答应说："挂红这事能成，没一点麻达……"

雷平安听到这儿，也向上直了直腰，闷声闷气叫了声："叔……"算是道了歉。

金堂紧跟着说："杭老总，你看这车几时能开走？"

杭生荣闭上眼睛说："急啥哩，在我这大门里头，没不了，坏不了。哪天你叫平安来挂红，毕了，开走。"

金堂一听事情落实了，站起来说："我这人是个棉花籽眼睛，有油没光，没看出杭老总如此宽厚大度……那你不要下来，养伤要紧，我几个走呀……"

杭生荣睁开眼睛，伸出一只手："那我就不下来了，你们慢走……军娃送一送。"

四

过了两天，雷金堂和雷平安一行三人胳膊底下夹着两米长的红布，提了一塑料袋的香、蜡和一千响的鞭炮，又赶到杭生荣的家里。在军娃的招呼下，把红布横挂到大门楣上。那木门原本宽大，按杭生荣的设想，有朝一日要买个奥迪车开出开进的，现在挂上两米长的红布，刚刚合适。又在大门外路边，摆个小木桌，放上燃起的香、蜡。烛焰闪起，香烟袅袅，又点燃了鞭炮，一时间，"嘣叭"之声大作，纸屑飞溅，火光闪亮……几乎全村的人都来看热闹，门里门外，一派喜气。

事后，经杭生荣吩咐，雷平安便开走了那辆农用三轮车，只是那车末子煤给军娃强行卸下了。雷金堂和同来的年轻人蹲坐在后车厢里，拿塑料布和包装板垫着。车开出了村子,上了沙石大路,都松了一口气,雷平安喘口气说:"我的爷呀,才算把事了咯……"

其实,这事都是按雷天运的谋划,依照杭生荣的条件而后了结的,雷天运却并不满意,在家里大声骂道:"这家伙连我的面子都不看,啥货嘛!咱没撞他,他自个儿闪到沟里去了,还得咱给他挂红放炮,咱就把亏吃尽了。哼!有他好看的日子哩!人活在世上,有势不要使尽,有话不要说尽!你成功了也不要要得太大了……"

一口恶气没有出,一直闷在雷天运心里,但那机会在十天后终于来了。

这天刚过晌午,吃毕饭,就听老婆高声叫他:"电话,快接电话……"

"谁的?"

"咱姑的。"

雷天运的姑出嫁到十多里外塬下的张王庄,儿子张廷瑞在省城政府办公厅里当秘书,赫赫扬扬,乡党都觉得那简直是高在天上,雷天运更是倍觉光彩,对姑家就特别殷勤。他忙接过电话,果然是他姑,说是张廷瑞回来了,叫他过去。

雷天运一阵兴奋,浑身来劲儿。他换了件干净西服上衣,口袋里装上两盒好烟,推出自行车,叮嘱老婆几句话,便骑车走了。十几里路程,又是在省道上,阳光灿烂,沥青油路面,色泽乌黑,明光闪闪,不觉得就到了。骑进了张王庄村子,就看见姑家门口停着一辆黑光锃亮的小轿车,这一定是张廷瑞坐回来的。他下了自行车,情不自禁吆喝起几个用脏手摸轿车的小娃:"这些㞗娃子,赶紧走,小心弄坏了。"一边说,一边走进姑家大门,一眼看见姑正在上房门口站着,笑眯眯地盯着他。张廷瑞也从上房里走出来,下台阶来接。

雷天运忙上前叫了声:"姑!"又问:"俺姑父呢?"

"去镇上割肉去咧!"雷天运招呼了张廷瑞又笑说:"平时舍不得吃,廷瑞回来了,这才改善伙食呀!……"

姑笑得更开心了:"廷瑞在省城,啥好的没吃过,还在意咱农村的饭,为招待你哩!"

张廷瑞衣着得体,头发整洁,很文雅地问:"咋不把俺嫂子一块带来?"

雷天运摇手说:"站没站相,坐没坐相,上不了桌面,在家里看门哩!"

"门锁上就行了,有啥看的!"

"你不知道如今贼多的是,偷牛的,偷车的,偷地头水泵变压器的……"

"谁敢偷你支部书记家?"

"有啥不敢! 都骑到你头上尿尿哩……"

把自行车放好,走进了上房正中的客厅,木靠背厚坐垫的沙发摆成一圈,靠墙角的是一个大彩电,边上坐的一个人站起来。张廷瑞说:"跟我来的司机小刘。"雷天运点头,笑一笑。

姑让雷天运坐下,泡上茶,拿出烟。小刘眼亮,知道人家是至亲,便吸着烟到院子去,又出去到村巷转去了。

雷天运让姑也坐下,笑说:"廷瑞兄弟在省上事情干大了,你老人家咋不去省城享福哩?"

姑摇头说:"廷瑞一家子就够忙活了,我去干啥! 街道车多,危险得很。住的高楼,人就像关在鸟笼里,实实住不惯。就是我那孙子可怜,城里娃没见过庄稼,回来了一回,把麦苗叫草哩!"

几个人全笑了,由农村说到城市,自然就问起张廷瑞的工作和待遇了。张廷瑞不知是谦让还是有意为之,不谈自己,只是笑一笑说他的同学前几年到海南、深圳经商了,一年挣好多万;一个同事调北京部里了,公家的汽车,自己开车满京城跑……

"……那他们可不如你这靠近省上的领导嘛!"雷天运忙安慰说。

"你以为靠近领导有多少好处哩……"张廷瑞笑着说,"那可是个苦差事! 也就是人常说的'鞍前马后',你得腿勤眼亮,谨慎小心,既不能太张狂,又不能太木讷,全靠自己的体会和融会贯通哩……"

"总比我们这基层干部强多了,容易提拔嘛,哪一个下来不是市上或县上的领导……"雷天运叹一口气,历数农村基层干部的苦恼,话题一转,就扯上雷平安和杭生荣那场扣车纠纷:雷平安多可怜,多窝囊,杭生荣多霸道,财大气粗,仗势欺人……"我跟他还有一面之交,托人请他高抬贵手,可人家就不理识……"

这本来是小事一桩,在张廷瑞心目中没有多大分量,可他看雷天运说得那么激烈动情,还是目不斜视仔细听着。到了最后的关键地方,便开口问了:"两车果真没撞上?"

"没有"

"平安没受伤,没受损失?"

"他刚开车,小心得很,毫发未伤。一看杭生荣的摩托闪到路边沟里去了,立马三刻刹了车,也没逃逸。人还是老实……"

"杭生荣呢?没碰破脑袋?伤筋动骨了没?"

"光擦烂了胳膊、腿,腰扭了。平安说的,也是金堂当面看过的。"

"当时咋不找交警呢?"

"听说交警不当作事故,没来。"

张廷瑞有点生气:"真是胡闹。"但没明说是指谁。

雷天运小心试探着:"咱人受了欺侮,也没处说去……"

"你没找镇上领导,或者派出所?"

"唉!人家都是好朋友,吃吃喝喝、来来往往。我看就得给县上反映反映……"

"你在县上没有知己熟人?"

"说了也都是一推六二五,不找头把手不行……"

张廷瑞不说话,只是眯着眼吸烟。雷天运大胆地说:"廷瑞……你给县上头把手说说……"

张廷瑞轻轻一笑,唉了一声:"平安的事我还能不帮忙!碰上了嘛。我走时路过县上给你们姜书记说说……能不能处理或者咋处理不敢保险……"

雷天运心中一块石头落了地,忙笑说:"那就看你跟姜书记的关系深浅哩,熟不熟?"

张廷瑞哈哈一笑:"咋不熟!你们县上立个什么项目,要找省上哪个厅局,要点额外经费,都不是来寻我的吗?姜书记哪次到省城,不是我给安排食宿?省政府旗下的宾馆,他都成了常客了……平安这个小事,县上领导一发话,下边谁还敢不听,他杭生荣也得乖乖的嘛!"

雷天运高兴极了,虽是至亲,他还从不知道表弟跟县上头把手这般熟哩,便大声说:"对!对!有你这层关系,任他杭生荣井再深,咱的井绳更长……"

张廷瑞低声告诫说:"我和姜书记这层关系,你可不要张扬出去。"

雷天运点头:"这个自然……"

只听表兄弟二人说得投机,从不插话的姑,朝院子一看,说:"你姑父回来了——"

就听见姑父一进院门立刻大嗓子吼道:"是不是天运来了?赶紧做饭。廷瑞不是还要赶到县上去的吗?快,快,咱农村人就是个慢……"

五

连来带去,半个月调养,杭生荣已经好利索了,可以端直身子走路了。听说县饮食公司临街大楼的招标向后延期了,县城建局长重感冒住了医院,他得去看望看望,送点营养费,好为投标公关一下。一面想,一面就骂出声来:"咋成这了,腐败得没样子了……"

至于雷平安那事,他认为已经了结了。雷平安已经把车开走,军娃截下来的一车末子煤,他就看不到眼里,立马叫弄回军娃家里去了。

脑子里想事,手却没有闲,杭生荣穿上深色西服,弯腰穿上皮鞋,准备出门了。正忙乱中,忽听老婆疾步走进,变脸失色的样子。

"大门口来了两辆警车……"老婆喘着气说。

"啥?"

"说是要寻你哩。"

"咋?"杭生荣一愣,"我和公安局没啥麻达,不会吧?"

正说着,看见两个警察已经进了外间客厅,不敢怠慢,连忙迎上去。为头的胖胖的中年警察笑笑说:"你是杭老总,寻见你还真不容易哩!"

杭生荣一下子灵醒了:"我这人,好寻好寻,快请坐。"

那中年警察摇摇手:"不坐了,时间紧。"

"啥事情?我看你不像是咱这一片派出所的……

"杭老总有眼力。我们是县局的,有件事情想请你到县局去一趟。"

"我杭生荣坐端行正,可没做啥违法事情呀!"

"你常去县上,人都知道。事情不大,去去就回来。"

杭生荣没话说了,又觉得警察蛮客气的,估摸不会有啥事,就回头叮嘱呆若木鸡的老婆:"没有啥事。黑了早点关门睡觉,如其不然,叫军娃他娘来给你做伴……"

走出大门,果然一部上白下蓝,喷涂着公安二字的桑塔纳停在那里,后边又是一部微型面包车,车顶上都架着红色警灯。

杭生荣临上车时,无意间一瞥,却见微型面包车玻璃里露着一张惊慌失措又愤愤然的脸——那不是军娃吗!咋连他也要去……

疑惑间,桑塔纳急速地开了。杭生荣望见自家大门上那块红布还搭在门楣上,村巷里几个老汉、妇女都痴呆呆地站着看。警车速度飞快,只听见轮胎在沥青路面上"咝咝"作响,常见的树木、庄稼、塬坡、塄坎一晃而过,脑子还没理顺,车子就进了楼房耸立、人烟繁华的县城了。

县公安局在县城东街,一座四层大楼。车开进电动栅栏门,停在大院一溜车前。杭生荣下了车,茫然四顾,不知朝哪里走,就听那个中年警察说:"来,来,先到这儿!"

杭生荣听话地跟着向西边围墙走,走了很长一截路,才走进一座几排房子围成的四合院,门口有武警执枪站岗。院里房间不少,铁格窗和闭着的铁门。很安静,却又似乎个个房间都有人。

"这是啥地方?"杭生荣正胡乱猜测,门口房间里又出来两个警察,把他推进一间屋子里。中年警察说:"先在这儿歇着。"一个警察不太客气地跟着说:"把裤带解了。"杭生荣顺从地解开裤扣,那警察就飞快地把他的裤带抽走了。

杭生荣从室外亮处走进来,这时才适应了屋内的黑暗,看见一条通铺占了房间的一大半,屋角几个黑影般的人正齐刷刷盯住他看。他明白了——这是设在县城的一个看守所。"你们怎么随便把我送进班房了?"杭生荣几乎要跳起来喊了,"我犯了啥法?啊?"

他双手提着裤腰,正想发作,忽然心有点虚了:是承建的建筑出了问题?给有关领导塞钱露了风?还是税务上出了麻烦……这么一想,底气先自泄

了,听着屋门"咣啷"一声关上了,他颓然一下子坐到通铺床边上。

他脑子里乱糟糟的,只想自己的事情,忽听见军娃在院子里大喊大叫:"我一没偷,二没抢,凭啥要进看守所?啊?你们这不是胡整人哩!啊?"

接着就是警察训斥的声音:"你就有问题,喊叫啥哩!你弄清楚这是什么地方!"

"就是胡整人哩,把我叔也逮了,你们还有政策没有?还说是公正执法哩!"

警察看他不服气,一顿吆喝,身上给了两拳,军娃便蔫了,只是嘴里还胡乱嘟囔着。

直到第二天上午,才有人打开房门,把杭生荣叫到局大楼一个办公室里去。办公室靠窗放着两张头顶头的桌子,桌后坐着两个警察,一个就是昨天带他来的那个中年警察。"坐下,说话。"警察命令说。

杭生荣顺从地坐下。警察问了他的姓名、年龄、住址等。杭生荣如实回答以后,忍不住便问:"我犯了啥法?随随便便关我一夜……"

"你还问起公安来了!你自己做的事,还不明白?"

"不明白。我是个守法的民营企业家,从不干坏事。要说犯法,总得有个事由……"

"有人检举你了:你是不是私自把别人的农用三轮车扣了?"

一听原是这事,杭生荣恍然大悟,浑身轻松,心也不虚了。他反问道:"你们是说雷平安的车?"

"就是。"

"我扣了——在我家放了七八天。"警察一拍桌子:"你好霸道!你再有钱,也不能随便扣人家的车。你胆子好大哟!"

"我扣他的车有我的理由。"

"说。"

"他开他的农用三轮车,拉了一车煤;我骑摩托,后座上坐的军娃,在十字路口会车。我打了信号,他还不减速,眼看要发生车祸,我忙一拐就冲到路边沟里了,车碰坏了,人也伤了……"

"摩托啥地方坏了?"

杭生荣伸出手指头,一一说了。"你都伤哪儿了?"杭生荣挽起袖子,拉起裤子,让警察看他结痂的挫伤处,随之撩起衬衣,让看他腰上贴的止痛药膏。

"就这,你扣了人家的车,还叫人家给你挂红驱邪?卸了人家一车煤?"

"他得给我看伤,给我修车。"

"这事双方都有责任,你为啥不找交警?"

"交警不来,叫我们私了……"

"你这是借机敲诈!"

杭生荣接受不了,一股气上冲,喊道:"这咋叫敲诈?他雷平安领了个副村长来说和,都是自愿的,我敲诈谁了?"

警察一声冷笑:"你扣了人家的车,不给你下话能行?你搞建筑包工发了财,认得人不少。可如今是县上头把手发了话,定的性,要我们处理,你还想咋?"

杭生荣又一次恍然大悟,却又吃惊不小,原来雷平安还有县委书记这个后台哩!真是红萝卜调辣子——吃出看不出!可如今是依法治国时代,他县委书记也得讲道理吧!想着,就冷笑了两声,脸色十分难看:"事情经过我都说了,反正我没敲诈他雷平安。如其不然,你们带我去见姜书记,我跟他当面锣对面鼓说清楚。"

两个警察对看了一眼,轻蔑地笑说:"你吃了豹子胆,敢去找姜书记论理。连我们局长都被训得蔫头蔫脑的,你的脑袋是铁打的不成!"

杭生荣被顶得一句话也说不出。那个中年警察说:"好了,好了,你把事情说清楚了,这儿有笔录,签个字。想一想咋个了结……"

杭生荣被带出房间,路过隔壁门口时,猛听见里边有争吵的声音,正是军娃在里边乱喊乱叫,警察正训斥他:"……你不把事情说清楚,还胡搅蛮缠,寻着倒霉呀……"

杭生荣估摸军娃这个榆木疙瘩脑袋正在硬顶哩,便有意大声朝里喊:"军娃,军娃,不要跟公安胡来,你杭叔都说清楚了,没你的事。"

那个中年警察推了他一下:"赶紧走,赶紧走!还想跟你那个手下串

供呀!"

在看守所的房间里又过了难熬的一夜,杭生荣已经不习惯这种简单粗糙的床铺和铺盖了,他靠墙坐了个通宵,心里叹道:"真正是'凤凰落架不如鸡,老虎下山被犬欺!'小媳妇上轿头一遭,竟然进了班房了。算了,算了,承认个错误,把那车煤折成钱还给雷平安就是了……"虽然这么想,可心里总是不服,咽不下这口气!

第二天天亮不久,杭生荣迷迷糊糊半睡半醒,肚子里有些饿了,心想一碗汤菜和几个馍就不顶饥嘛! 忽然听见军娃在院子里喊:"杭叔,杭叔,我回呀,我回呀!"

杭生荣一惊,完全醒了,军娃莫非是放了,顾不上多想,从门缝里向外喊:"赶紧寻你二叔去,赶紧去,打个电话……"

在警察的催促声里,军娃大声应道:"知道了,知道了……"

六

被军娃叫作二叔的就是杭生荣的二弟杭成华,这时正在省城一家大报社的编辑部里做副刊编辑。报社距离老家那个偏远县城还有二百多公里路程,好在如今电讯发达而普及,从村子里一个电话就打进了杭成华的办公室。

杭成华是他哥杭生荣资助供给念完名牌大学中文系的,受聘到报社看文艺方面的稿件,他舞文弄墨,下笔利索,且又有相当的社会活动能力。他刚好联系上一个企业给副刊赞助款项,完成了报社下达的揽广告的任务,正在高兴之际,就接到了嫂子打来的电话,说是他哥叫公安局扣了,军娃也连声大喊,叫他火速回来。杭成华心里发慌,提了个大黑办公包,装上记者证,手机和一沓人民币,坐长途班车赶回家乡,进村子已是家家户户电灯点亮时分。走进家门,就见聚了一客厅的人,都是至亲好友,好像刚吃过饭,正七嘴八舌议论着。主持人事实上就成了军娃,他的愤懑情绪更加助长了杭家族人维护自家人的气焰。嫂子只是不断擦着眼泪,诉说事情经过,把一切希望都放在弟弟身上。"得把人先寻出来,不就是一车煤的事嘛! 你哥性情倔,吃软不吃硬,气出个三长两短该咋办呀!"

"是先得把人弄出来……"杭成华想想也对。

军娃忙接上话茬说:"不能叫俺生荣叔受看守所里头那个罪……"

有人说:"犯人里有霸道的打人哩!"

"饭更差了,量也不够……"

"就看咱谁有公安局长的熟人。"

"那雷家的人鬼得很,不知咋寻情钻眼,找着了后台,给咱下了套子。"

军娃懊丧地说:"听说是雷家崖村支书雷天运申告到县上,姜书记下的批示,还把公安局长训了一通……就看谁能在姜书记那里活动活动。"

众人齐刷刷把眼光转向杭成华,他分明感到了压力,挠挠头,无奈地说:"县上换了几茬领导班子,弄不清姜书记哪里调来的,我跟那人没交往过。"

冷场片刻。连在省城工作的成华都没办法,谁还能怎么样! 有人试探着说:"搞建筑的常跑县上,就看城建、土地的头头们能不能联系上?"

勇于任事的军娃,拍起了胸脯:"人都认识,我去找。不给办事,也不折咱的本钱,顶大不给咱个面子……"

有人耍笑他:"你的脸面原本就不大嘛!"引起大家隐隐的笑声。

杭成华慢慢有了主意:"我看,军娃说的无妨去试试,请城建、土地方面的头头们向公安局长进个言,把我哥人先放了。公安局也要用地,也要盖房修路哩,能不给个面子? 再说,俺哥这也的确是个小事……"

"唉! 人进班房受罪,名誉上也受损不小,怕不是个小事!"有人急急插嘴说。

杭成华伸出手去挡住:"听我说完。我说的小事是指的事情前半截,当初咱的车闪到沟里去了,咱宽大一些,不是没今天的事了……"

军娃一听忙说:"原先也是在气头子上。这会儿'娃死了就说咋埋娃,不要说娃还会叫爸'……先把俺叔弄出来!"

"对,人先放了再说。叫我哥认个错,哪怕罚款哩。军娃,明日一早你就按你的计划行事。这如今公安局随意拘留人,怕不是个小事,我看县里难说话,就到市里想办法,市里不行,到省里去……活人还能叫尿憋死了?"

这几句话给众人鼓劲儿不小。杭生荣的老婆才想起杭成华还没吃饭哩,

便连忙去煮面条，弄些酸辣肉臊子浇上去。众人都散了。

杭成华在家里住下了，睡了半夜，也醒了半夜，思谋了半夜。他大概是这次事件中唯一从旁清醒观察的一个人，一方面感到农村人的狭隘，即使富裕了也还残存不少。一方面感到许多事情不能依法处理，也许法还不健全，拿权的人若不公正也会妨碍依法行事，只有托人寻情钻眼去解决问题……而他呢？一个在作品里睥睨一切天马行空的文人，在入乡随俗按习惯办事之外还能有啥别的办法呢？

天刚亮，他就早早起来，吃了嫂子煮的四个荷包蛋，又说了许多宽心的话，派人给杭生荣送饭，自己便和军娃一齐赶往县上去了。

七

杭成华和军娃去县上见了城建、土地两个局的领导，诉说事情原委，两个局长很诧异，又都慷慨答应，说是事情不大，设法向公安局长做做工作。杭成华觉得这是面面上的话，结果难料。军娃倒大受鼓舞，情绪昂扬。杭成华寻思再咋办呢，猛然有了主意，他向军娃说："你在县上再跑一跑，给我哥送饭，我到市上去想想办法……有啥情况给我打手机。"军娃答应了。

去市上路过县公安局时，本想冒险去看守所看看杭生荣。亲哥关在里面，手足之情扯得他心痛。可是人家让进去吗？公安局长看了他的记者证，会屈尊接见吗？借口开会、外出而不予理睬呢！那可真是热尻子碰见个冷板凳！他咬咬牙，半路搭上一辆依维柯客车急匆匆赶往市上去了。

他要去找的是省报驻市记者站的老康。老康被记者部派来，经过一年的磨合，同市上主要领导沟通得很好。除过配备有电脑、电话和传真外，自己驾驶一辆富康小轿车，在市属各县飞来驰去，抓新闻，写通讯。他交往的权力部门和社会关系很广。

杭成华敲开挂有记者站铜牌的房门，看见老康正在向报社传真稿件，都挺高兴。已经是吃饭时了，便拉扯老康去吃饭。"拿了人的手短，吃了人的嘴软。这饭好吃难消化……"老康笑着说，却也大度地跟杭成华上街去了。

饭后回来，杭成华直接就问："你跟姜书记熟不？"

"打交道不多,只听说那人办事利洒,说一不二,作风上有些独断专行……"

"岂止如此……"杭成华按捺不住,便把他哥杭生荣险遭车祸直至今日被县公安局无端拘留一事,连根带梢说了。"我知道你老哥当年为一件冤案曾手持记者证大闹法院,佩服得很,想请你帮忙把我哥给弄出来……"

老康豪情大发,哈哈笑说:"不足为训,不足为训,年轻时莽撞得很,如今就不能这么做了……如你所说,你哥这事我看县上随便拘人是有问题的。咋个办法把人弄出来呢?"

"能否找到有力之人在姜书记那里疏通疏通,哪怕破费些钱财呢!"

"县委书记是全县一把手,要担担子,要决策,手里权力很大。民主作风好,法制观念强,这样的县领导不少,而拿了权,有了势,一个人一语定乾坤,一手遮天的不能说没有。姜书记属于此类的话,一般人去说,他还不一定听哩……"

"是这个话。"杭成华点头称是。

"何况去疏通的人还必须是熟人、挚友、至亲,看面子,再送点东西。寻下这个人,尚费时日,结果还难预料……"

杭成华被浇了一头冷水,皱眉说:"把他的! 那怎么办? 要不然,凭你老康的关系,能否给市上领导反映反映?"

老康沉思不语,忽然抬头说:"不如这么办……"边说边收拾堆在电脑上的杂物,腾出地方,摆好座椅,"你来,把你哥的事弄个稿子。"

"给谁用?"

"先弄出来再说。"

"咋个弄法?"

"按反映情况、呼吁解决的口气写。先叙述事情的来龙去脉,落脚到公安局的随意拘留上,点明其性质违规违法,要求有关领导给予解决……"

不提姜书记了?"

"当然不提。你有证据是他下的指示吗?"

"家里人都这么说,公安方面透露的。"

"不足为凭。你得给姜书记留个面子,留个处理纠正的余地……"

杭成华拍拍额头,恍然大悟:"明白了,明白了……"他起身到电脑桌前的椅子上坐下,心里飞快地琢磨着。对他来说,打字的技术那是轻车熟路,手指击打时,脑子里构思的字句就规规矩矩显现在屏幕上……不大一会儿,稿子就弄出来了。

老康接过稿子,飞快地看了,郑重地说:"行,行。你拿回报社去找老权……"

"你是说去找《省内情况参考》编辑组?"

"对。请老权审看,编入这一期的《省内情况参考》,一印发下来,我就拿给市上领导去看,这比我亲自跑都有用。也算是新闻舆论的监督吧!"

杭成华又一次恍然大悟。原来省报设有这么个内部报道组,专门刊发各地区、各行业不便公开或尚有争论的讯息,带头的多是正面的经验总结、理论概括和重大经济举措文件,也有一部分是社会上矛盾、问题和消极现象,也有个别典型的冤假错案案例。每周出两期,发行范围很窄,只供省、市领导参阅。别看它隐在幕后,知者不多,然而省上领导常会选择部分内容加以批示,到了下级手里,那可非同小可,十分重视,立马给予解决。杭成华感激地想,如果事情因此而解决了,那老权简直就是开封府里黑头黑脸的包拯——包青天了。

杭成华又问:"老权那里没问题吧?"

"那人别看寡言少语,是非之心很强,是个热心汉子……要不然,我先打个电话,把情况先说一说。"

杭成华万分感激,拿起稿子告辞了老康。天黑以后,他才赶回省城。一路上交通拥塞,弄得他心急火燎,当他好容易看到省城灯光璀璨,亮如白昼,人流车流如潮,才大大松了一口气。估计老权不会值夜班,便直接去老权的家,按响门铃。门开处,老权看清是他,说:"老康说你有个什么稿子……"

"对,对。"杭成华边从提兜里掏稿子,边看老权——那是一张沉稳严正的面孔,有些发福,却并不乌黑……

八

外边正在积极想办法,奔波,求人,想把他弄出去,杭生荣却浑然不觉老老实实坐在看守所房子里的通铺上。失去了行动的自由,脑袋上还压着一件事情,便只能靠胡思乱想打发日子,真是度日如年。

这已经是进来的第八天了。

外边有人打开门锁,"咔啦啦"一阵乱响,听见有人叫:"杭生荣,出来。"

他挪到床边,下来,穿好皮鞋,走出门去。室内暗淡,一出门便觉光闪闪、亮晃晃的一大片。杭生荣眯起眼睛,高一脚低一脚随来人仍走到原来那间房子里。有人叫他坐下。

一切都跟上次一样,还是原来那两个警察。那个中年警察问:"这两天想得怎样?"

杭生荣气势已经大减。试想,一个农民包工头,手里有资金,又领了几十号人,建筑机械齐全,还聘请了几位技术人员,事业正在兴旺发达时期,家里摆设也是农村人的豪华水平,日子过得神仙似的……忽然被关进看守所,社会地位和身份都完全变了,简直是从天上坠落深沟。同室的都是些可称之为"闲人"和社会渣滓一类人物,每天就是几个馍,一碗汤菜,家里托人送的饭也引不起食欲,无论身体和心理都觉得受不了,渴望把事了结,早些出去。但作为一个强人,一个事业有成的人,个性和自尊又很顽强,从不想示弱。而且他认为他和雷平安的纠纷已经私下了结,全都是自愿的,绝不想承认自己有错。一听警察问他,便硬气地说:"啥也没想。"

中年警察并不生气,只是不以为然地说:"进这里的人没有不想的,就看怎么想了!你说呢?"

"我没啥说的。雷平安把我闪了,责任在他。我的损失大了……"

"你啥损失?伤不是早养好了,受些皮肉之苦罢了,修摩托车也花费不了几个钱。"

杭生荣瞪起眼睛:"咋能这么算账?把我闪了,施工工地不能去查看,误工误事;建筑招标不能去申报,影响一年的收入哩!咋不算损失?"

这一说倒把两个警察逗笑了,说:"你可真会算计啊!那雷平安呢?扣了车不能跑运输,还给你一车末子煤。他就白白让你敲诈了不成?他又没撞上你……"

"敲诈?"杭生荣鼻子里哼一声,心里的气又上来了,"撞上还能有我吗?"

中年警察拍了一下桌子,指着杭生荣说:"你这人就是个犟!怪不得城建、土地的领导都说你是个'撞倒南墙不回头,咬住驴屎给砂糖都不松口的货!'"

用这样粗鄙的话形容他,平时没人敢这么做,可现在是警察在说他,也只能忍住不吭声,心里却想:提城建、土地的头头儿干啥?听话听音,我且听他们还要说啥……

果然,那中年警察缓了缓气,用不容争辩和质疑的口吻说:"行了,事实清楚,你也承认了。问题是你的态度。我看你也不必固执顽抗,硬顶下去。只要你承认错误,该退的退,也就可以结案了,你还回去当你的老总去!"

杭生荣心里骂道,你得了人家啥好处?我扣他的车不过四五天,你扣我已经八天了……嘴里却说:"我要是不认错、不退赔呢?"

中年警察看他还这么倔,倒没有发火,只说:"我还以为你急着结案回家去呢!那你下去再想想。"说完,就站起身来。

杭生荣又被送回看守所那间房子去了。

九

就在杭生荣高一脚低一脚返回囚室的第二天,早上刚上班,县委姜书记正专心一意地读几份文件,就接到市委办公室甄主任的电话。

姜书记一下子听出了声音:"啊呀,甄主任,一早就打电话,有啥重要指示?我这里听着哩!"

市委办公室甄主任是市委委员,姜书记也是,级别档次相当,只是甄主任更靠近上级领导核心,地位高一些,权势更大些。因此,姜书记不像对本县下级那样,说话口气就平和了许多。甄主任同他关系也熟,倒也不摆什么架子,说话很知己。

"我给你透露点信息……"甄主任直截了当地说,"你上次到市上来谈的两个产业结构调整的项目,一个是招商投资办果汁厂,扩大苹果种植,一个搞千亩速生杨基地,给高档纸提供原料。市上领导反映不错,对你老兄印象很好,我看你老兄出政绩的时机到了……"

姜书记心中暗喜,口里却谦让地说:"不敢当,不敢当,离事情办成还早哩!"

甄主任停了一下,又说:"还有一件事。省报办的《省内情况参考》最近一期上登了一篇调查,说是咱县上公安局把个民营企业家因小小一件交通纠纷给拘留了……"

一听这话,姜书记一怔,立即明白说的是杭生荣那件事,近几天他倒全给放在脑后了,便沉吟道:"我想想,哦——听说是有个包工头搞了个敲诈什么的……"

"你了解详情不?"

姜书记自然不会说这事他知道,还是他指示办的,更不能说省上张廷瑞托了他的,忙说:"听公安局长顺便汇报的,影影乎乎,不大详细……

"按上面登的调查所说,明显的是处理不妥,事情不大,已经私了咯,由交警协调一下就行了。如今弄成这个样子,上了《省内情况参考》,也不利于支持民营企业的政策,若省上领导批上几句话,反而因小失大。"

姜书记心里一紧,忙问:"省上领导有批示了?"

"这目前还没有。"

"市委领导呢?"其实姜书记最担心的还是市委常书记看了这篇调查后是个什么态度? 顶头上司,关系更非一般。

"我说的就是常书记的意见。他忙着接待北京来视察的部领导,要我打电话告诉你,如果事情属实,立即妥善处理,不留后患。稳定要紧。老兄,听明白了没?"

"明白了,明白了。"

甄主任又说:"即使省上有人问起,我们已经妥善处理过了……"

姜书记如释重负,爽快地说:"我这就布置下去,一定妥善处理。真是多

谢你了,也感谢市委领导的爱护……啥时候我请你喝酒……"

姜书记边说边站起来,只听见那一头甄主任的笑声:"免了,免了,我请你帮忙的时候还多哩!"

随着话筒"咔嗒"一声放下,他心里也"咔嗒"一动:真是神了! 怪了! 小小一个杭生荣的事情怎么就一下子捅到省上去了呢? 莫非这杭生荣背后有人? 有什么来头? 而且不是本县的,能量很大,竟然神不知鬼不觉地把一件小事弄大了。

姜书记颓然重重地坐下,把桌子上一摞文件推开,燃起一支烟吸着,心里七上八下地想。这又勾起他一番感慨:现今社会和官场确实是个网,上下左右,密密麻麻,交织出各种花样。你处理一件事,说一句话,动一条线,说不定网上某一部分就有了动静。你还弄不清来源在何处,或喜或忧,或福或祸,那反应说不定何时就落在你的头上。姜书记叹一口气:"真是始料未及啊,把他家的……"

姜书记其实是个反应敏捷的人,他感叹之余,立刻反思自己。杭生荣这件事是他直接指示公安局长着手查办的,何尝不是人际网上的关系? 张廷瑞来说,雷平安的三轮车被杭生荣随便扣了,受了敲诈,请他处理一下,这个面子咋能不给他呢? 自己主政以来为县上一些项目去省上跑批文、资金,还不多亏了张廷瑞这个本县出去的乡党给介绍、疏通才能弄成的吗。自己一上任的三板斧砍出了政绩,不也有张廷瑞的支持在内吗? 他的一个穷亲戚受点委屈,能不设法给安抚一下吗? 假若得罪了张廷瑞,我这县上一把手的官帽上两个帽翅还能闪得开吗? 接受张廷瑞的嘱托,把杭生荣弄到公安局去施点压力,也是一次投桃报李的机会嘛! 想到这里,他忽然忆起,张廷瑞并未提出要由公安局出面解决啊……

姜书记觉得自己有点被动了,免不了懊恼起来,但他勇于任事,思维灵敏,便立即转换心情,要当下处理,不能拖延。这一阵思索,实际上也只是抽了一支烟的工夫。

他伸手拿起电话,拨了一个手机号,响了,稍缓后才听到公安局长的急急声音:"喂,哪一位呀?"

"是我。"

"噢——姜书记。"

"你在什么地方？"

"我刚回到局里。城区派出所抓了几个走私香烟的,案值不小,我听完汇报,准备审清情况再向你请示……"

"这个,不急,就是汇报,也要请政法书记一块儿来听。我现在问你,杭生荣留置一事,怎么样了？"姜书记特意点明是留置。

"关了几天,尝了尝坐班房的味道,谁知道这人真倔,一直不服……"

"事实都弄清楚了没？"

"他也都承认了,同雷家崖村人说得一模一样。"

"你们准备咋样了结呢？"

"已经给他讲了,给对方该退的退,该赔的赔,还考虑罚点款……"

姜书记一听就烦了:"行了,行了,还罚什么款！放他回去就算了！"

"那雷家崖村那边再有意见呢？"

"去找法院去。"姜书记不假思索就答复了,"你抓紧,今日下午就把人放了,不能过夜……"

电话那边的公安局长愣了,大概诧异于姜书记态度为何如此大变,跟原先讲的不大一样了,但却不好顶撞,忙说:"我立即打电话过去,照你的指示落实……"

姜书记心里踏实了,他放下话筒,又精神抖擞起来,想着还有什么事情要办,要布置,要开会,要吩咐……

十

当天下午,那个中年警察就去将杭生荣领了出来,什么也不问,只是说:"奉局长指示,事情完了,你就回去吧！"

杭生荣料不到这么快就了结了,迷迷糊糊问:"毕了？"

"毕了。走吧！"

中年警察送他到公安局大门口,看着杭生荣拦了辆出租车坐上走了。

回家后一两天，村子里本家人和建筑公司的人都纷纷来看他，送的水果，鲜花和烟、酒花里胡哨摆了一客厅，还喊叫说要摆几桌席面，给杭生荣压惊。

杭成华从省城里来过几次电话，询问情况。杭生荣知道弟弟活动的经过，却不了解幕后是谁在起作用，又听杭成华活动时还给有关系的人送了礼，便气汹汹地说："你手里钱多是不是？我还打算把牢底坐烂哩！好好地干你的公事吧！"弄得杭成华哭笑不得。

军娃不知从什么渠道打听到雷平安一天不沾家，忙着开农用三轮车到北山煤矿上去贩煤炭，啥话也不说。村里支书雷天运对县公安局放了杭生荣不满意，扬言说："谁戳的窟窿谁补！这事还得上法院哩……"

杭生荣反复地想，这次吃亏在县上自己的后台不硬，今后怕要设法跟县上主要领导沟通好关系哩！听雷天运这么一说，便拍了桌子："说得好！肉是你的，骨头还是我的。我正准备上法院打官司哩！"

老婆连连摆手，惊慌地阻拦说："算了，算了！还是好好挣钱去，再不要把小事弄大，小心自家窝的酸浆水把自个儿的肚子喝坏了……"

2002 年 12 月

四十天之战争片段

一

黄土塬上的川坡沟壑地带。

浑水河从川道里流过，河面很宽，河水不深，一片黄泥浆水远望如镜，走到近处才能看清那水是缓缓无声地流动着的。已经是农历三月初了，河面上冬季的浮冰早就消融殆尽，徒步赤足涉过当不会冰凉瘆人的了。

天刚麻麻亮不久，就有区上派来的一个民兵从河对面的区公所涉水过河给我们这个工作组送一封信来……

我们这个乡的土改工作组大本营就设在沟沟壑壑的半截土坡上的一个村子里，附近坡坡上下、沟沟里外高高低低散居着一些庄稼户，这是一个行政村。工作组新派来的魏组长和我并排睡在上房一侧的土炕上，睡得很香。工作组其他成员分别驻在周围更远一些的沟沟岔岔的村子里。

本乡的土地改革运动基本结束，昨日天黑以后，几个行政村的群众，绝大部分是分到土地和房屋、牲口、浮财的雇农、贫农和一些中农，都来到我们这儿，庆祝分配胜利果实的圆满完成。他们来时，有人打手电，有人点根柴棒，有人挑一个纸灯笼，在山坡沟底的小路上迤逦前行，那曲曲弯弯、高高低低的光点在黑色的天幕背景下闪烁、跃动，壮观得很。这不就是夏夜躺在野地里仰望天上那灿烂群星的景象吗！怀着这样诗意的感觉，又因为运动只余尾声，肩上顿觉轻松，等群众回去以后，跃身上炕，头一挨枕，即刻入梦，直到房

东"嗒嗒"地敲击木门,轻轻叫唤魏组长和我的名字。

魏组长是位本地的基层干部,立即披上棉袄,光着腿去开门。门外那个民兵从半开的门缝里伸进粗糙的手里攥着的信件,没有信封,只是一张油光纸叠成纸条,又折成一个三角形的东西,带着一股寒意塞进来,不等魏组长发话,即刻走了。

魏组长点亮胡麻籽油的小灯,拆开信,坐到被窝里看。看完后,皱起眉头交给我。房间里的木板窗打开了,透过白麻纸糊的窗户,天光猛然直泻而入。我凑近窗户,看了信。信有两条内容,都与我有关。一条是邻近的北边平西、安原、隆庆几个县发生了武装叛乱,县城被围,我县要调一批土改干部去参与平叛,跟随平叛部队行动,指名道姓调我,要我见信后即刻到区上报到集中,今夜要赶到县城;另一条是,我已被通过加入青年团,团区委前儿已批准,但有人有意见,请暂不通知本人云云。署名的是现任区土改工作团长的县委宣传部张部长。

我们这个乡的土改工作组原组长是老黑,是同我一起去年从大行政区机关派来参加土改运动的。他是一位经过战争考验的年龄不大的老同志,因为犯了错误,十天前被撤了组长的职,调到区上去了,这才又派本县干部老魏来接任新组长。看来魏组长是个憨厚、朴实的人,给他的信,全部牵涉到我,他却毫不迟疑、不加隐瞒地把原信给我看。这个胸无城府、没有领导习惯的同志一句不言语,他那四方脸上平展展的,只向我斜视一下,就挖抓着穿衣服、抽他的旱烟叶子去了。

我向他说:"那我就走……"立马穿衣服下炕,捆绑行李包裹。其实很简单,不费事,枕头套子里装几件衬衣、衬裤和单制服、换洗袜子,一床厚棉被和线织床单外包一块白布,叠成四方形,用长布带子扎起并留下绊带,以便背到脊背上。再有一个挎包,内装书籍文件和笔记本、手电筒、漱洗牙具,一个大号的黄色搪瓷缸子用洗脸毛巾拴到挎包的布带子上。我的棉制服外还穿一件薄薄的羊皮大衣,这是大行政区机关给每个土改干部配备的,去冬至今春是须臾不可缺少的物件。我又从炕边靠墙的地方拿起我的等身木棍,它是在这次下乡工作时才备下的,比我的身材略高一点,不粗不细,刚好一握,接近顶端的地方削去一片木皮,写着我的姓名。这里家家养狗,没棍不行。到谁家访贫问苦,串联群众,吃派饭,或进地主家院,就用这根木棍抵挡狗的吠叫和袭击,上坡时当手杖,急时还可自卫。这次随部队平叛,这条木棍绝对要随身带上。

我洗漱之后,魏组长也已收拾停当。他突然想起了什么,说:"你的第二期土改工作鉴定,我签了意见,完全同意,你的表现好……我会交给区上,转回你的工作单位,你放心……"停了一下,又说,"背包不要自己背了,我一会儿布置村上民兵送到区上去,保险误不了。"不带感情色彩的话,只是事务性的交代,倒也朴素实在。

我打开房门,院里一片灰蒙蒙的白光。房东是个中年汉子,我们住三间上房,地方大,好召集农会开会,他一家三口就挤在挨街门的一间小房里。平日里他给我们供应热水,烧炕,看守大门。今日正好在他家派饭,偏偏我要调走,吃不成了。他便拿出媳妇新烙的荞麦面饼,硬塞到我手里。媳妇在门里露着半个脸,能看见眼泪花儿在眼里转,给他家分了几亩川地、坡地,她有感激之情,又舍不得我走。

我披大衣,挂挎包,执木棍,魏组长跟着我走到大门口,看着我出门下土坡。一期土改我在县北另一个乡上,结束离开时,全堡子群众敲锣打鼓,街门、巷道、商铺门首挤满了人,泪珠儿与鼓声齐飞,这次我却一个人先期离开,跟农会主席、任何一个群众都不见,孤身一人下沟、过河而去,心里也觉得有点异样。我倒不惋惜,只是感到那随军的任务是咋一回事呢?陌生,紧张,一片茫然。

二

隔浑水河远眺对岸,可见山坡前一线平地上聚集一些人家,房舍间密密麻麻一片树木,有的人家门前高房上烟囱冒出淡淡柴草烟气,浮在半空。区公所并不设在村里,村外头有一座像一个平原上土堡似的院落,夯土打的围墙高大厚实,墙上拐角处有一个本地人叫作高房的房间,可以眺望墙外动静和远处田野,这是当地一家有名的大地主院落,现在成了区公所。我就要奔

那里去。

我在河边脱下大衣、棉鞋和袜子，把棉裤高高挽到膝盖上，背好挎包，一条胳膊撸起大衣和鞋袜，一只手紧紧拄着木棍，下了河滩，慢慢走入水中。水很凉，但并不冰冷，可以承受得了。走到河中间，黄泥浆似的河水只到膝盖下边，看来蹚水并非难事。可是我们两个月前来时，要过浑水河，接我们进村的群众抢背包的抢背包，把工作组全部拉到背上背过去，河里还漂着薄薄一层浮冰哩！正胡思乱想，便听见有人在后边喊我，回头一看，原是我工作村里的一个群众，他站在河滩上大声埋怨我："你急啥哩，等我来背你嘛！"我已经上了河滩，只好笑着向他摇摇手，其实我跟他接触不多，他并不是农会里的积极分子，我只记得他的名字。

走近区公所，这个地主大院土墙较一般农户高大厚实许多，而入口的门却很小，木门扇上钉着铁钉。大门敞开，我急急大跨步进去。院落里地场很大，正面是三间上房，有走廊、木柱，窗户和柱梁都没有油漆，呈现着淡淡的木头本色，窗格和柱梁之间装饰着镂空的木刻花朵，从大地方来的人可能觉着平淡无奇，而本地的农民曾经又羡慕又惧怯地悄悄把它叫作金銮殿。两边几座厢房，也都颇为宽大，是区公所下属部门的办公用房，更远一些的角落里是两间伙房，门首一大堆劈柴。上房正中是会议室，两边小间住领导，宿办合一。我朝上房走，一抬头，张部长正端端地站在走廊上，从上而下睁大眼睛看着我，他白皙的脸上有点微笑，问我："来了？老魏给你说任务了吗？"

我双足站住："说了，不敢耽误，立马赶来。"

张部长接着说："其他乡也抽调了干部，你来得最早。都在路上，人一齐，吃完饭，就去县上报到。早些走，一百二十里路哩！"

看见张部长很满意的样子，我一冲动，便又问："张部长，我已经入了青年团，支部通过，团区委也批准了。咋说不要向我宣布哩！"

张部长一愣，脸上笑意顿失，答复我："你是个好同志，要求进步，入团当然好。不过我听到一些意见，是关于你和老黑的关系的。你先不急，回头我再问问。啊？"

我恍然大悟，是老黑的问题牵涉上我了。原来，十多天前，土改工作团在区上召开了一次全体大会，就在这上房里，批评我们乡的工作组组长老黑。二十多天前，开展反分散斗争，追缴已定地主成分者分散、隐藏、偷卖的财产。邻近行政村一个又瘦又胆小的地主老汉，在群众的揭发下，贪财加上惧怕，当农会主席带人去追查时，猛地跳崖身亡。当时对地主成分是不打不骂，开展说理斗争，防止自杀。这一下，老黑自然作为组长要承担工作责任了。会上，一片严厉的批评之声，还提到老黑的作风粗浮不深入不负责任等等。我跟老黑搞了两期土改，觉得批评有些过火，不够实事求是，年轻气盛，轮到我发言时便替老黑说了几句好话。连当时一些从大行政区下来的几位同志都站在工作团一边批老黑，我的不识时务就显得格外突出。张部长主持会议，朦胧的灯光下我看不清他的表情，但会场的气氛却一下子冰冷地凝冻住了……这就对我的入团产生了影响，造成了麻烦，有人有意见，不就是张部长自己有意见吗？我又直戳戳地捅到要害处了，唉！真是死心眼！连忙转移话题，问："老黑去不去？"

张部长爽快地说："老同志有经验，当然去，带队。"又指了指厢房一间门半开的房子，老黑调到区上，就住在那里。

我推开那扇半闭的门，老黑正迎面坐在桌边，眼睛尖锐地盯住了我。他显然看见我挺高兴，只是不表现到脸上。他的脸形长，平常吊着，笑时全收上来，挤成圆形样子。此时正吊着，嘴里嘟嚷着说："你倒来得早，背包呢？"

我说："老魏要派民兵给我送来，不想让我背……"又问："你咋样？"

老黑立时变成圆脸，大声说："不咋样。在陕北打胡儿子，一直跟部队跑，啥阵仗没见过……"

我觉得他又恢复到原来精神昂扬的状态了。他问我："你知道那会儿，我除过背包外，还背啥？"

我摇头，他自豪地说："大鼓，文工团演出时的大鼓，狗日的又圆又大又沉……"

三

从区上到县上，一百二十里路，因为任务急、命令硬，我们抽调上来的十几个土改干部只能咬牙赶路，赤足又再次涉过浑水河，上坡下河，穿村过店，

天快黑时赶到距县城五十里地的靖戎镇，在当地找了家农户吃饭，一碗汤面条二千元（即后来的两角钱）。饭后不敢久停，又立即上路。不知咋的，走过的七十多里路，一开始很容易乏困，只好略歇一歇，又起来走。现在终于锻炼出来了，走习惯了，两条腿没啥感觉，只是不停地、机械地轮换、移动，同时也懒得说话了，只顾低头向前赶，连老黑这个容易爆发感情的人也没说话的兴致了。记得上次正月十五以后来时，一百二十里路走了两天。背包由区上派来的十几头毛驴驮着，走困了还可以爬上驴背骑着走。那毛驴欺生，一个人一手拉缰绳，再要爬上去，那毛驴身子一闪，就会闪一跤。大伙儿兴致很高，走到坡顶，已经开春，却飞起了沙颗似的雪霰粒，风冷得很清爽。老黑走得高兴，放开嗓子唱首歌：

南风滴溜溜吹，
来了个变工队。
今年雨水实在好，
苗苗呀长呀长得美。

如今，这老黑脸吊着，只是个走。要他唱个啥，他不看你，嘴里嘟囔着说："唉呀呀，把劲儿使在腿上些……"

一同走的还有一个吕朋，也是一块儿从大行政区下来的，已经是我很向往的青年团员了，他腰扎皮带，站得笔直，浑身是劲儿，行动敏捷，在舞台上他大多演的是民兵、战士和青年农民这一类革命群众，在现实生活中也是这样，我常感到他锋芒外露的英气，尽管他长得并不英俊，脸上有小疙瘩，喉结很大。他一直走在大家前面，把众人落得太远了，便停下等一等。

走进县城，已经是半夜子时了，全城都已入睡。县城有个东门，还有瓮城，也有一个城门，黑咕隆咚的，没有灯火，都有民兵值夜放哨。一看我们这个穿着装束和说话气势，不加阻拦，放我们进去。我们敲开县委大门，找熟识的人挤上人家的床，连话都懒得说，立刻困乏得进入梦乡。赶天亮时，我们十几个人的背包也都送来了，有人安排接待民兵和驮背包的毛驴，背包都堆放在组织部的房角里。这个县委所在地原是当地的一个天主教堂,西方宗教势力要征服东方群众,认信天主,倚仗政治、经济力量,竟然深入到这么个偏僻的黄土塬上的小城来了,修建教堂,派来传教士。房屋一砖到顶,窗棂门扇都是洋式的,礼拜堂铺着木地板,门墙上用砖砌成尖顶,安装着一个十字架。新中国成立时,传教士都撤走了。县委驻进去,这是县城里唯一可用的较大的完整院落,除过县委书记,还有办公室和组织部、宣传部的人都宿办合一,集中在这里,革命政权领导机关的严肃、紧张、忙碌,完全驱散了教堂里的神圣、肃穆、静寂气氛。

至于县人民政府则占据了原来的县衙门,虽然破旧不堪,倒还气派,门对面有一堵不大的照壁。原来的大堂改造成了大会议室,一色的长短不一、高低不等的木质长凳,主席台上放一张方桌、几把木椅,后墙上两面红旗中悬挂着大幅毛主席画像,不知请谁画的,色彩不够鲜亮,是从侧面向上仰视的那一种。调上来准备随军行动的土改干部都聚集到这里,方方面面的都有,我认识的倒不多,准备听县委刘书记的动员讲话,余县长也在临结束时来参加了。

刘书记进来了,径直走上主席台。他的警卫员,替他在胳膊上挎着皮大衣。刘书记不仅是革命机关的象征,也是实际的掌权人,他眼睛小而眼光锐利,留着不太浓密的八字胡,不苟言笑,讲话时,条理清晰,说理透彻,没有官场上的八股调,时不时透出一种权力和威严。这个县上的主要领导干部都是从黄河以东的某一个省里调来的。新中国成立,当地政权处于空白状态,极缺干部,只好隔省整体调人进来,并上升一级,在原籍是区一级的,区委书记升为县委书记,区长任命为县长,区下属干部成为县上各部门的领导和下级政权的头头,再吸收上级派来的年轻干部和本县的积极分子,一个县的政权网络就这样有效地形成了。我的印象中,刘书记、余县长都是历经抗日和解放战争考验的革命者,知识分子出身,是从基层的风风雨雨的武装斗争和群众运动中成长起来的。余县长倒给人一种勤恳、平和的印象,刘书记大权集于一身,那说一句话就会在地上砸出一个坑来。

说话直截了当的刘书记简要地介绍了发生在平西、安原、隆庆几个县的武装叛乱情况,离我县最近的平西县城还被武装叛乱分子包围过,城门紧闭,

县上干部带领民兵和群众拼力守城。叛乱分子乱砍公路沿线的电话线杆，通讯已经中断。已经有土改干部牺牲的消息。这次的武装叛乱是当地的恶霸地主、惯匪和国民党反动派军队溃败后的残余分子煽动、胁迫群众搞起来的，是反对土地改革运动的，是严重的阶级斗争。这几个县是回汉聚居区，回民群众很多，被胁迫的也多是回民群众，但绝不能说是"回民反了"。我们要严格遵守党的民族、宗教政策，团结广大回民群众和民族宗教上层人士，平息这场叛乱。目前省上派军队来，抽调同志们随军行动，做群众工作和完成部队的战斗任务，希望同志们努力。他最后又提了几点要求，并鼓励了几句话。余县长只表示了态度，没有多说什么。

有重任在肩，行动又是不可预测的，我们这些随军干部，心里翻腾，东想西想，却又说不出什么来。刘书记也没有要求我们发言、宣誓、表决心、喊口号。他向我们又喊了一声："后半晌，大家好好歇一歇。特别是你，老黑，大组长……"然后，向会议室外走去。在门外站着的警卫员，一个圆脸的小战士，我弄不清是刘书记从老家带来的，还是在本县挑上来的，看他出来，胳膊上仍然挎着刘书记的大衣，立即跟上去了。

身后跟着个背枪的警卫员，这是战争环境下的明显痕迹，新中国成立后在这个黄土塬上的小县城里，却也依然成为一个重要的时代标志。试想，旧政权赖以存在的基础地主阶级还没有消灭，处于地下状态暗藏的敌特、反革命分子还蠢蠢欲动，阶级斗争以革命政权强大一方展开时，县委这个全县指挥中心的领导人怎能不跟上警卫员加以保护呢！我很留意刘书记这个警卫员，小伙子皮带上挂着皮枪套，插一支乌黑锃亮的手枪，又在肩上挎一支缴获自国民党军队美械装备的卡宾枪。那卡宾枪，枪筒细长，有木柄，极像猎枪，子弹短圆而小，没有步枪笨重，让人觉得轻捷利索，也正如这个警卫员小伙子一样。几个月前，我曾在县委审批地主成分的办公室里工作过一阵子，一次下乡时，刘书记看见远处地里有个活物，可能是一只奔跑在裸露的麦田里的野兔，一时兴起，伸手从警卫员肩上摘下卡宾枪来，端起瞄准，"砰"地一声，开了一枪。那枪声在冬日的冰冷空气里，好像脆脆地撕开了一个口子。

半年以后，我已经回到大行政区原工作单位，为张部长无理扣压、迟迟不给我转青年团关系的事,写了一封长信给刘书记。很快他就亲笔给我回了信,字迹潦草,显然是匆忙中落笔的,说已批示团县委,迅速联系团区委,把我的组织关系转去。不久,我的团关系就以挂号信的形式出现在单位大门口收发室的桌子上。不苟言笑的刘书记,其实有一副热心肠。

四

载着部队的军车后半夜才开到县上,停在县政府门前照壁下的那个土场子上,黑夜里看不清有多少辆。我们随军的土改干部只睡了个前半夜的觉,立时赶忙起来。很简单的,我穿好棉衣,套上皮大衣,肩上挂好挎包,没有声息,只有那个用洗脸白毛巾绑在挎包带子上的黄色搪瓷缸子,有时碰出点声响来。拄上我那根等身木棍,随着三三两两的人群,聚集到土场子的汽车跟前。我们所有的背包又都原样捆扎起来放到县委组织部的办公室的角落里。忙于这些事情,就顾不上说什么话了,只有简单的几个字眼,如"快走""跟上",或者"嗯""啊"发出简单的声音,以表示互相间要干什么。真是出征杀敌前,一派紧张、严肃的样子。

县政府门前土场子上,一片漆黑,没有通电,更不会有路灯。军车有的开了车灯,加上闪来闪去晃动着的手电筒灯光,人影憧憧,纷乱斑驳。我们被叫上一辆大卡车,车厢里已靠车帮站了一些军人,我们便挤在靠近车尾的车帮边。车厢中间还有一些背包一类的东西,有人还蹲坐在那里。只听见有人在车下的土场子上吆喝着下达口令,那一辆一辆的军车便挨次驶出,向东开去,从那个低矮的城门洞和瓮城的门洞里钻出来,朝东驶上碎石子公路。很快就驶过汽车站,从车篷尾部可以影影绰绰看见那只有一间白色房子的汽车站。黑夜里显得发灰的白房子,上可至黄河、戈壁,下可至平原、繁华城市,是极易引起旅人远思遐想的所在,如今我的诗意感觉却飘散不知何处去了。车行不远,就拐向北去的一条沙石路,车尾朝南,从车篷空处可以看见夜空的闪烁星斗,没有灯光,应该更为灿烂,只是车轮卷起的灰土却遮蔽了这一切。引擎轰鸣,车辆颠簸,我东摇西晃,紧紧抓住车帮,毫无睡意,紧张得异常清醒,却想象不来我下一步接着要做什么。

军车行驶中，东方天际从发白到变亮，车厢内也渐渐可以看清挤满了军人的面容和身影，相比之下，我们这些土改干部就显得衣着随意、年龄不齐，有点土头土脑的样子。约莫九十点钟的时分，军车队停到一个小集镇上，这个小集镇名叫拜将台，想来或许曾经是个军事要地，但眼下看不出来。村街正中有个小学校，一圈土夯的围墙。我们都或爬或跳下了车，同车的军人也下来，他们都是军队干部，腰里皮带上挂着手枪，样子平和，脸容严肃，稍一交谈，他们便知道了我们的身份，而我们也便知道他们是团政治处的军队干部。我们都是去做一件重大得不容轻易说话和言笑的大事，交谈以后，却又相对无言。

我们在车下走动，活动身子。天气清冷，却也不像冬天那样冰冷刺骨。部队给大家发了些麦面锅盔馍，我就咬着一口一口嚼食，又从学校里弄来些开水，解下搪瓷缸子盛上水，慢慢喝着。老黑也照样吃喝，虽然他是随军土改干部的大组长，但随军行动，自主权不多，执行作战任务，也显得不很重要，也就活泼幽默不起来了，他那长脸一直吊着。吕朋倒是急急忙忙、痛痛快快吃完了他自己那一份，在车旁笔直地站着，等待着。

无意间，我忽然看见小学校土墙下坐着一个面熟的人，仔细看去，这不是一块儿从大行政区单位下来参加土改的老石吗！他在另外一个区参加土改工作组，咋也被抽调上来随军呢？老石比我年龄大，是从沿海城市参加革命分配来的，搞音乐，既不唱歌，又不演奏，也不作曲，在本单位主要是编辑音乐资料，专业知识是很够水平的。他为人倒很正派，没听说有什么歪门邪道的事，年龄大了，却还单身一人，性格内向。夏天极热时，关上房门，拉上窗帘，在砖地上铺上凉席，平时衣着整齐，领扣一直扣到领下的老石却脱光上衣坐在地上，扇着折扇，干什么呢？自己一个人摆开围棋，在那里自己和自己战斗。他如今可真是要参加一场不是下围棋的战斗了。他很有文化素养，我很佩服，看他眼下呆呆的样子，不知他想什么？是惧怯？是惊慌？还是不知所措、乱了分寸？这就比不上革命老同志了。他看我一眼，好像不认识我似的，把我当成一个陌生的路人。不知何时上车？前边要做什么？我心里没底，也没过去和他打个招呼，说上几句。

命令传下来了,政治处的同志和我们又都急急从车尾的栏板攀爬上去。车队不再北上,不去那个曾经被叛乱分子围攻的平西县城了,而是向东拐上一条土路,朝一条大川道里开进去。土路很宽展,两旁可见一些尚未播种的起伏不定的耕地,向左右蔓延开的是缓缓上升的山坡,更远处便是高山的朦胧的参差不齐的黑影。车速很快,摇晃颠簸,一直穿插而进。政治处的人大声说,要直捣叛匪的窝窝咯!然后沉默下来,好像在等待已知的事情发生,或者舞台大幕的拉开。

老黑在我前边手扶车帮站着,脸吊着,看不来他内心翻腾什么,那双小而黑的眼睛在我脸上一扫,小声说:"脚底下麻利些,跟紧政治处……"

车队开着开着,猛然都停下来,前边的部队都下了车,那是处于作战状态下的第一线连队,命令是无声的,部队急速地展开,向车队更前边的山坡处冲锋而去。枪声便像过年放鞭炮似的密集爆响开来。

我们乱纷纷挤着跳下车来,手忙脚乱,紧张又笨拙。我觉得四周的空气一刹那全变了,原本说话和气的政治处的人,都纷纷从腰带上的枪套里掏出手枪来提着。我没有枪,只好抓紧那根等身木棍,紧急处是否也可用上呢?便用力拄着。枪声仍在爆响,我无法看见第一线的连队怎样冲杀前去,武装叛乱分子是怎样抵抗?拿什么武器?穿什么衣服?也就是说,近距离这个仗是怎样打的?我直接看不到,一切都在前方,迎着中午的阳光在那里进行着,一片枪声里尘土扬起灰雾朦朦胧胧。

政治处的同志似乎激发起一种冲动,一种激情,那是敌我界限分明后,一定要消灭敌人的斗志。

"接上火了……"

"冲过去了……"

"我的枪要吃肉了……"

团政治处的任务多,事情杂,和参谋、后勤各有侧重。我们这些随军的土改干部就静待政治处给我们分任务了。战斗已经打响,都还没有伤员撤下来,也没有抓到俘虏并送到后边来。

枪声渐渐稀了,也听见远去了。政治处的同志向我们招呼:"车就开到这

儿。不坐车了,走……"

我们没有队形,只是蜂拥着从土路边的汽车旁走过,向前方仍然响着稀疏枪声的山坡方向赶去。这时,我心里的紧张忽然一下子消失殆尽,有一种豪情、一种冲动,促使我不由自主地要向前飞奔,投入这部队攻击前进的潮流中去。枪响处就是目的,就是制高点。

我们随着枪声在平川地里前进,疾走一阵子,停下来,又疾走一阵子,我估算不来走了多少路。在山坡路边,有两三户人家聚居的小村,房屋都是薄薄的土墙、平顶,木椽也稀疏的细细几根,说明这里气候干旱、树木少,不会闹霪雨和洪涝的灾害。四周的土地都还荒着,还没有埋种洋芋和撒播春小麦。村里很寂静,人都跑了。只拦截住一个村民,他蹲在自家的门口,半抬着头,回答我们的询问。我看他瘦瘦的,头戴黑布的平顶圆帽,颔下和两颊有短短的胡须,衣服很破旧。政治处有人问他:

"你不要怕,我们是解放军。你是回民吧?"

"嗯!"

"你咋没跟造反的人跑呢?"

"唉,唉,我们是农会的嘛……"

"那一伙穿啥衣服?"

"就是老百姓的衣服,头上弄半截白布口袋,有枪的拿枪,没枪的拿斧头,我们村的马国钧从山上把埋的枪起回来了……"

"他咋会有枪呢?"

"当年他是马家军的兵嘛,他跟上寺的阿訇杨步长带了几十个人来,召人跟他反,说是反瞎瞎干部,谁敢说不去,就拿斧头砍……"

"老人、妇女和娃娃们呢?"

"上后山去了,都害怕得很嘛!"

"叫回来,节气不等人,赶紧把地种了……"

"唉,唉,牛、驴都叫拉走了……"

简单的几句话,不能久停,我们又朝前走,发现几户村民的门板上和较平整的土墙上有叛匪用白灰或者锅底下烧柴火的黑灰和水涂写的标语,叫人觉得惊异的是他们居然还写的是"拥护共产党,打倒坏干部""抗美援朝,保家卫教"之类。我脑子里飞快闪出去年学习苏联出版的《联共(布)党史简明教程》里的一段,十月革命后有的反革命用的口号也是"拥护苏维埃,打倒布尔什维克",咋如此雷同呢?

入春了,天不很长,慢慢黑了。在一线战斗的部队都在前边川道里、山坡上停下来,我们紧跟团政治处也在路边只有几棵小树点缀的几户人家院前驻扎下来,没有大门,炊事班的人立即在房前空地上用石头和土块支起大口锅,放满水,下边烧上柴火,擀好面条,下到锅里。要开饭了。跑了多半天,由于紧张、注意力高度集中的缘故,似乎把饥饿都统统忘了,这会儿倒真的感到胃里空空的,渴望把什么热和的东西塞进去。按次序舀到我的大号黄色搪瓷缸子里的稠稠的热汤面,没有什么葱花、青菜,只调了些咸盐。这时,我忽然发现,自己两手空空,没有筷子。以往都在农民家里吃派饭,坐到烧得暖暖的土炕上,围在炕桌四周,农家媳妇摆好盛着菜肴、甚至有熬好的肉片儿的碗碟,再端上蒸馍锅盔、细细的长面。因为农会早就通知了,各家各户都要备上一天的过年饭。村子很大,几百户人家哩,搞完一期土改,一个村子还轮不完。哪里用得着自带碗筷呀!这时看见树上垂下细树枝来,便立即折下一长股来,一折为二,剥去粗糙的树皮,一双还透发出树木气味的潮湿的筷子就使用上了。随着军队,我们不能随便敲开房门去拿主人家的碗筷吧!这双筷子我就一直小心翼翼地使用着,直到最后离开部队的那一天。

饭后,老黑来了精神和活力,给政治处的人说了,便领着我、吕朋几个人到村外第一线作战的连队去。天已经完全黑下来了,我们手持手电筒,照着干枯野草扒在路面的小径向山坡上走,不远处山坡里和平川地有点点明亮的火光,那是堆堆燃着的篝火,部队按班、排在那里歇息。在一个不大的背风山崖边,约有一个连的战士正坐在那里,一盏点得雪亮的马灯,放在土塄坎上,照亮了战士们的面容和前胸,把浓浓的黑影拉长了,向远处甩去。我们从一边走来,虽然跟随部队已经一整天了,但近距离接触和观察战士,还是第一次。老实说,我心中充满着敬畏。这不是站岗放哨身躯笔直的战士,不是问一句话就脸露单纯笑容回答问题的战士,不是要帮你时扛起你的东西飞快前

行的战士,更不是着装整齐歌声嘹亮宛如一个人似的排队行进的战士,而是一个个棉军衣上沾满尘土泥巴、衣襟袖筒撕破,不久前刚和敌人拼杀过的战士。他们脸上有汗渍土灰,嘴唇干裂,脸色疲惫,神情却是庄重的,正全神贯注地朝着一个方向。在他们的目光交织处,马灯光亮正照着一个连队指导员模样的人的背脊,勾画出他讲话时激烈动作着的身影。我从初春夜里尚有寒意的游丝般扰动的微风里,耳朵逮住了他那斩钉截铁得像颗颗子弹般的话语:"……为人民立功的时候到了……"

正在此时,在马灯光照来的亮处,咫尺之间,我猛然一眼就看见身旁一个战士的前襟和袖筒上有点点斑斑的暗色血迹。我挪不开脚步,嘴里不说,心里却在问:这是谁的?是他自己还是他的战友的?更有可能是已经被击溃逃窜了的叛匪的?没有答案,却觉得自己仿佛一直游走在战争机器的边缘,如今一下子接触到它的核心部位——鲜血,那血却已经凝固在那里。

大概是我们这几个人的土改干部衣着和神态使第一线作战的战士并不怀疑我们的身份,连那个放哨的战士也没有盘问我们。老黑又领我们循原路回到那几户人家的驻地,远远就看到人影、灯光。老黑一路沉默着,不说话,脸色隐藏在帽檐下的阴影里。这跟他在原来土改时乡上的情形大不一样,他在村子里和群众搅和在一起,老是笑着,从不吊脸,说话很多,还不时给群众唱上几段从当地学来的"花儿",惹得群众一片哄笑。当然群众更爱听老黑讲政策,怎样划成分?怎样开诉苦会?怎样没收地主阶级的土地、房屋、牲口?怎样制定分配方案?等等。那时候,就连从不出门的老汉、老婆们都挤在会场里支起耳朵听。如今老黑却同这个平叛战斗一样,庄重起来了,他的脚步跨度大而且沉甸甸的。

院子空处,炊事班还在灯光下忙碌,他们饭后刷了锅,正在和面,擀成圆饼,在大铁锅里烙,这是给明天准备干粮。房东的房门紧紧闭着,没有人,我们不能随便进去。我们几个随军干部只好就地坐到房前的土台阶上,背靠土墙,歇息下来,不再挪动,慢慢地也就睡着了,好像还睡得很香,只是不时猛然惊醒,眼一睁,能看见稀疏的枝枝杈杈的树梢上,挂着一闪一闪的满天星斗,风像游丝一样在脸前游动,远远看见路口上有哨兵在走动的模糊黑影,便又酣然入梦。东方天际朦胧发白时,我们几个人陆续醒来,不用谁叫,一个响动,一声咳嗽,便立时猛醒,而且脑子特别清灵,没有平时醒转时总会有一阵迷迷糊糊的状态。这时,炊事班有人给我们发了几块烙好的白麦面大饼,他们睡得晚,起得早,却又立即出发了。有人在前边背着那口大铁锅,因为负重,脚步缓慢,后边随着背面粉和其他炊具的人。当这一串身影走上土路时,我问自己:炊事班怎么这么早就动身了呢? 我看了一眼同坐在土台阶上的老黑,他眯起眼睛,仿佛在回忆往事:"给你说吧,炊事班最苦,战士休息,他们埋锅做饭,等他们休息时,战士又行动了,他们还得赶到前面去,要紧处,还得拿起枪来干他几下子,所以,战士对炊事班,感情最深最深……"接着说,"起床吧!"其实,我们这起床最简单,站起来,拍拍屁股上的土,挂起木棍,跟上政治处走就是。

炊事班刚走过,院前土路上又有首长样子的人出现,披着大衣,步行甚急,后边紧跟十几个腰挂手枪、背着皮包或者扛着步枪的警卫人员,这比县委刘书记更有气派些。晨光熹微,我一时还没看清首长的面容,只觉得他穿的好像是呢子军服。政治处一位同志在我们身后悄悄说:

"团长!"

五

我们随团政治处行动,自然要完成政治处分配下来的任务。拿来了一沓子铅字印的白色油光纸传单,竖排的,字迹密密麻麻,我飞快地看了,那标题是《告各族人民书》《武装叛乱是谁搞起来的》《揭露叛匪在平西的罪行》,文字内容用通畅明白的话写出,很口语化,印刷得也很清楚。传单着重揭露这次波及几个县的武装叛乱是被打垮的国民党反动政权和军队留下的反动军官、特务和恶霸地主、惯匪,为了破坏土地改革、春耕生产,以达到颠覆人民政府、破坏人民和平生活而胁迫、煽动搞起来的。又有理有据列出叛匪杀害干部、土改积极分子,围县城、抢粮仓、砍电杆的诸多罪行,表达坚决平息武装叛乱的决心,号召呼吁被胁迫而去的农村教民放下武器,回家生产,春耕春播,勿误农时;对发动武装叛乱的头头们,只要他们停止叛乱,改恶从善,真诚自

首,将予以宽大处理。我还发现一种用红色油光纸刻印而成的传单,那是远在省城的宗教上层人士、一位教主发来的电报,是打给地区部队军区司令员的,电文说:他衷心拥护共产党和土地改革运动,从无其他口唤,如再有捏造和附从作乱者,将脱离两世关系;号召未反者,安居乐业,勿得乱动;随从作乱者,迅速回归生产,政府定能宽大处理,否则必遭严办,悔之晚矣!我想象不来这位上了年纪、白发飘胸的可敬教主怎样苦心竭虑,字斟句酌发出这封电文的,但它绝对是平息叛乱的有力武器。我们不敢怠慢,连忙找炊事班弄了点面粉,打成糨糊,把这些传单在我们所到的小村、民居的门板上牢牢贴上,或者找几根尖细的树枝,把它们插在黄土夯成的土墙上。

第一线的部队仍在追击行动中,也会传来枪声。我们一直跟着,有时在小川道里,有时爬上土山坡,在几个不高的土山头四周上上下下。那厮杀的战场在哪里呢?终于我们走近了一个战场。部队已经追击而去,山坡上留下了一种吓人的景象,那就是这里那里星星点点横躺着的被打死的尸体。说真的,我有生以来从没见过一次这么多人死在这里。前两期土改时,区上都枪毙过有人命的一两个恶霸地主,那是经县人民法院判了的,而这次却是一下子打死如此多的人。我知道,这是在战场。叛匪并无统一的军装,就是当地人的一身黑棉衣,头上戴上半截白布口袋以为标记,武器有几杆步枪,是从区镇政府里抢来的,有的是暗藏的马家军残余、惯匪私藏在山上这次拿出来的,而大部分叛匪却是手持二尺多木把上安的利刃斧头,在手无寸铁的干部、群众面前,那是极大的威胁和破坏力量。可在这开阔平缓的山坡上蜂拥而来时,经不住更为强大装备精良的部队的子弹横扫,又只得蜂拥溃散而逃,然后留下满坡的尸体。但,我仔细看去,这些尸体怎么不穿衣服呢?都是赤裸裸地躺在那山坡上尚未完全萌生绿芽的干枯草丛里,或者光秃秃的黄土地上。那尸体自然是肮脏的、沾满泥土和流出已经凝固了的黑血的,可现在经过初春时节那尚不灼热的雾茫茫的阳光一照,却一片白花花地不顾羞耻地横陈在那里,有的仰面朝天,有的扑面倒地,有的侧身而卧,有的蜷缩一团。我们没有久停,也来不及细数那有多少具尸体,便匆匆从坡下的土路走过去了。我的疑问,一两天后就从群众中得到了答案,原来离此战场不远,有几个没有跟叛匪跑的堡子里,那些手里没有钱、日子过得很艰难、布匹要从外地购买、常年缺衣少穿的群众,胆大的便趁着叛匪已经溃逃的空子,黑夜间跑到山坡上把死人的衣服都扒光了。我听得目瞪口呆,穷啊,这是最穷的地方!

这就使我想起另一件事,我们开春后的这一期土改,在发动群众阶段,曾经枪毙了当地的一个恶霸地主李仁富。李仁富凭借占有几十垧土地,为人霸道,不仅手里有两条人命,还曾割断过好几个当地群众的懒筋,就是脚腕后边的筋腱,使这几个人终生残废。李仁富原已羁押在狱,经法院判决,提押至我们区上执行。执行的地点在浑水河旁一片开阔的滩地里,行刑时挤满了四乡来的群众。我带着我乡的人在刑场的一侧,离执行点最近。宣判以后,把李仁福拉来了,他被麻绳拴着,双手背后,剃得光秃秃的脑袋闪着亮光,倔强不服地硬挺着。他的家人早就备下棺木,抬在河滩不远处。李仁福被押至一块平坦的沙地里,刚跪下,枪声就响了,李仁福的头顶处顿时闪起一小片红光,然后他就向前趴倒,腿和身躯还是跪下的姿态。我看他的脑袋就像一个被砸烂的黑瓷碗,白的红的乱搅在一起。群众都挤上来看,这时便有一个我乡的中年人,别人都不敢太靠前,而他却大胆地跑上前去,一只手从李仁福破烂的脑壳处抓起一把白花花的东西,顺手放在另一只手持的粗瓷碗里,飞快地跑了。没人拦他,人们都被这一骇人的行动吓呆了。事后,我才听说,他跑到无人处,在河水里涮了涮,当下就吞食了。目的是治他的噎食病,也就是食道癌,有人告诉他死人脑子治这种病,可从啥地方能弄到这药物呢?好,枪毙李仁福给了他一个空前的机会。我后来批评了他,听的人都哑口无言。我把这归结为贫穷和愚昧。在贫穷和愚昧的基础上,进行任何一场革命或者阶级斗争,都会表现出某种残酷来。

我们行动至大张堡外好几里地的一个散居着十几户人家的小村驻扎下来。我发现,这里较大的村镇多是以某某堡来命名的,那可是从古时留传下来的。在冷兵器时代,靠刀、矛和弓箭作战,有火器则是后来的事,火力也自然并不强大,于是便修筑起城堡来。城堡以夯土筑墙,墙高且厚,大多四四方方,墙上开两个城门,有事便关死,人们便上城墙自卫,城墙外还挖着深深的壕沟。我们从小河堡到柳林堡,又从柳林堡赶至大张堡。有时驻进堡子里,

更多是在堡子外的零星村落院里宿营。我们是在叛匪已被击溃的形势下，深入到这里的。

半早晨时分，天上有薄云，太阳雾蒙蒙的。我们接到一个任务，到几里路外的大张堡附近给部队动员一些粮食，实际上就是麦面粉。要暂时离开部队出去执行任务，没有部队保护，这可是有点危险，我们穿的干部中山服，没有武器，遇上叛匪怎么办？大家互相盯了一眼，明白各人心里都在打鼓。政治处的人笑了，好像明白大家的顾虑，他一改这些日子匆忙中的强悍语气，非常和气地说："不怕，不怕，离这儿只有三四里地，叛匪早就打散了，闻风而逃，他们不敢咋样！部队的影响在这儿哩……"

这还有啥好说的，吕朋脱口而出："我一直想上第一线去，朝叛匪开上几枪，实在不行，哪怕背咱们几个伤员下来呢！去不了第一线，那这回动员面粉，我去……"说完，眼睛横扫一圈。

我被他撩拨得心里发躁，坐不住了，但好像也说不出啥慷慨激昂的豪言壮语来，便高高举起手臂，表示了要去的态度。全组七八个人来自不同的地区和单位，实在还不熟悉，也没有闲聊的时机，都说要去。老黑脸吊着，表示他的权威和庄重，只是重复地嘟囔同一句话："不能让部队看着咱们软势……"

我们一个跟一个出了院门，在小路上朝远处的大张堡走去。团政治处在村外的稀疏的小树林里，还有些连队也好像在那里，灰军衣的人影出出进进，忙忙乱乱。临走时，政治处的人赶过来给了我们两颗手榴弹，只有吕朋好像会掷，就别在他的腰带里，这一下子就增加了我们的信心和气势，自觉有了依靠。

已经可以看见大张堡的城墙影子了，土城墙四楞四整地矗立在一个山坡前的平川地里，地势很高，很开阔。吕朋眼尖，忽然看见城墙上密密麻麻站着人。什么人？是叛匪聚众守城？还是其他什么人？他便停下来，我们都看见了，议论着，最后估计可能是堡子里的人，不会是武装叛乱分子，离部队这么近，他们还没有这个胆量！凭他们的武器，也不敢在这儿死抗硬顶！我们继续挺起胸膛朝前走，已经可以看见堡子的大门了，那大门半开着，果然有十几个人从堡子墙上下来,出堡子门,迎着我们来了,都是又旧又脏的棉袄,勒着腰带,头光着,既无黑布帽,又不戴叛匪的白布口袋帽子,露出又兴奋又有所期待的神情。到地头路口,这才弄清这个堡子里驻的是汉民,他们没有跟上武装叛乱分子跑,这几天关上堡子门,守着,日夜站在堡子墙上瞭望,又害怕,又紧张。为头的是一个宽颧骨,四方脸,有着黑串脸胡的中年汉子,正是这个堡子里的农会主席。他们盼望部队来,一听说要给部队动员供粮,就爽快地答应了,立即派人回堡子去收集各家各户的面粉,再动员给部队磨几石麦子,然后派民兵送到我们来时的那个小村子去。这时,他们又主动向我们透露,叛匪被部队打得溃散以后,纷纷弃尸于不顾,狂奔而去,今日一早有娃们说,前边河沟口的土崖下有两个受伤的叛匪哩!

啊!有这样的事儿!不管是年轻气盛的吕朋,还是规规矩矩的本地土改干部,也包括我,都一下子兴奋起来,走,去看看,去抓俘虏。这是瞬间的一致决定,用不着研究议论。堡子里来的民兵跑回去拿了几把镢头和锨把便给我们引路,向那个河沟口的土崖下跑去。为了抄近路,便从一小片树林子穿过,一时看不出是什么树,反正树干不粗,稀稀疏疏的,但还能掩住人。正急急走着,旁边引路的堡子里的民兵却突然停下脚步,慌了神,他们不言语,只指给我们看。我们也愣了,顺他们手指的方向看去。原来,树林边上阳光照得明亮的地方,反衬出几条黑影子,正在向我们走来。什么人?是叛匪?我们前进还是后退?如果是叛匪,那就是一场遭遇战了。是迎敌,还是向后撤?好像有什么心灵感应,又好像作家灵感涌动,有了神来的一笔,吕朋和我都一齐发起虎威,大声齐吼:"站住,干啥的?不许动……"其他人也都随之吼起来,而且向前疾跑。

那几个黑影子看来也慌了神,不等我们赶到,便急速地跑了,速度比我们要更快一些。从那衣着和跑动的姿势看,特别是都是空手赤拳的样子,堡子里的民兵松了一口气,放慢了脚步,喊叫道:"唉哟哟,不是叛匪,好像是啥地方的群众,把咱们当成造反的一伙了,妈妈也……"看起来追不上了,民兵领我们走出林子,直接跑到河湾沟口下边。果然有两个叛匪,一个可能腿跌坏了,躺在土崖下边,一个看见我们就翻身要跑,被堡子里的民兵上前按住了。

就在这约有两三个人高的土崖下,我们围成一圈站住,七嘴八舌地审问开了。我仔细看去,那个年轻要跑的,是吓坏了!他忘记摘去那作为叛匪标志的像半条白布口袋的帽子,瘦瘦的身子在又脏又旧的破棉袄里微微哆嗦着,可能也是饥一顿、饱一顿地吃不上什么饭,也喝不上水。他坐在干硬的黄土地上,缩成一疙瘩。最后问清了他的姓名、年龄和哪个堡子里的人,看来他是我们第一仗就打溃散了的,他的家离这儿四五十里地哩!他说他是叫本村的阿訇杨四爷一伙,那是划成地主成分的,硬逼着来造反的。谁不来,要用斧头砍头的。解放军部队一来,他听见枪声一响,吓得魂都没了,看见有抵抗的,有转身就跑的,还有号叫着要反冲锋的,他是掷下斧头就跑,跑了好几天,天黑以后就在这土崖下躲着,不知该咋办?问起杨四爷,他说,杨四爷当了营长,可能叫打失塌了。失塌就是死或者重伤的意思。他的声音有些发颤,口音是当地的,感觉发硬,且有特殊的语调。看起来是一个被逼迫来的普通村民。

而另一个则显得不同,他闭上眼睛,跌坏的腿伸展着,不断地哼哼呻唤着。问什么话都不搭理,他的满是黑胡楂儿的脸上也是灰土、汗渍,只是眼皮奄拉着,看不来眼神。可以肯定他是在叛匪被打散后逃跑时,天黑路生,自己又慌不择路,从这个土崖上跌落下去的。他那个半截白布口袋帽子,不知丢到啥地场去了,但他勒着的皮带却仍然显示出他不是一个被逼迫来的普通群众,至少是营、连以上的叛匪吧!问啥话也不理,够死硬的了。

怎么处理这两个俘虏呢?我们必须把他们拉回到团政治处去。这个满嘴上下都是黑胡楂儿的中年叛匪又跌坏了腿,态度又很坏,那是不会走路的了。堡子里的民兵按照吕朋和我们几个人的一致意见,急急回堡子里去拉一头毛驴来。

用了不多长时间,毛驴拉来了。这头黑脊背、白肚皮的毛驴没有放鞍子,只是用一条缰绳拴着。大家七手八脚把这个不能行走的叛匪抬上驴背,他却死活也不愿意,嘴里"呜呜"发声,四肢乱动。这怎么行!硬是抬上驴背,平趴着。两个民兵便左右按住他。可怜那头毛驴驮运这个比一布袋粮食桩子还要沉的人,四条腿颤动着,挪动了几步才站稳。当它迈开细碎的步子,在干硬的地上踩出"嗒嗒"的声响时,我们便簇拥着,一块儿从树林里穿过,抄近路向我们部队的驻地走去。那个年轻的俘虏规规矩矩在我们中间走着,不敢落后一步。而那个有黑胡楂儿的受伤叛匪一直在驴背上"哼哼"呻唤,不时踢动双腿,用垂下的双手去绊毛驴的后蹄,不让毛驴走动。

到了团政治处所在的小树林里,老黑看见我们这个组不仅动员回来了面粉(此前已经驮来了两长条布口袋),而且抓回来两个俘虏,自然高兴,把吊着的脸收成一个圆脸,眼睛眯着,嘴里只是嘟囔着:"快交给主任去!"

团政治处主任的处事权力是不小的,我相信他不是一个生硬死板、只会按原则办事,没有一点灵活性的人。但从随军以来,我很少见的几次,他却总是给人以威严的感觉,他很少说话,脸面板得很平,却也不动声色。他坐在一个马扎子上,这是他的警卫员替他拿的。他让政治处的人去审问这两个俘虏,也听了我们的简单汇报。后来的结果,便是那个年轻的肯定是被逼迫而来的普通群众,就给他吃了些干粮,喝了水,释放回家,向他宣传政策,警告他回去好好生产,再不能跟着叛匪胡乱跑了。那年轻的小伙子脸上有了生气,连忙应答道:"麦子看能种上不? 洋芋只得赶紧埋了⋯⋯"

那个从驴背上抬下来的有黑胡楂儿的叛匪,平躺在地上,仍是一言不发,从他怀里一搜,口袋里还有步枪子弹,还有几张纸片,说是任命他为某个叛匪连的连长。在当地有一些混迹在群众里的当年国民党反动派留下的下级军官,而所谓的马家军,曾经手持长刀、脚蹬战马向我们革命军队杀来,这一回又成了叛匪中的骨干力量。他就是其中一个。我听了,自然大吃一惊。吕朋脸上的表情迅速变化着,好像有一股气在鼓动着冲上他的脸颊。老黑却只吊着脸,鼻子里哼哼着,嘴里说:"当年,当年⋯⋯黄河铁桥上一仗⋯⋯"我特别留意团政治处主任,他的脸上没有表情,只把脸摆了一下,便有几个战士把这个躺在地上的叛匪,七手八脚地抬走了。我没听见枪响,但再也没见过这个叛匪,后来就听老黑说:"毙了,毙了⋯⋯"嘴角边又动了几下,终于再没说啥,好像言外还有点什么意见似的。

其实,战争是残酷的,我们可以区分正义与非正义,可以给予肯定,给予美化,颂扬牺牲精神、英雄主义,从社会发展进步层次上给予科学鉴定,但终

究是双方要从肉体上消灭对方。你不消灭他,他就要消灭你。这就是铁的规律。

前几天,我还经历了这么一件事。骑兵连在追击敌人时,冲入一个叫作骆驼铺子的小村巷,谁知叛匪正聚集在这里,从巷道里冲杀出来,骑兵在拥挤狭窄的地方施展不开,虽然叛匪最终还是从村巷里溃逃而去,但我们的几个骑兵却被叛匪砍死。这就在部队战士的心中燃起强烈的、复仇的愤怒火焰。

这一仗,捉了十几个俘虏,有个俘虏也好像是叛匪里的骨干人物。我们刚好遇见这股叛匪,我没看清他们的脸,只觉得这个家伙身段矫健灵活,趁部队战士不备,忽然间冲了出去,迅速翻过几道土塄坎,在尚未播种的土地里狂奔,眼看就要消失在山坡下的沟口里。战士们都大喊起来,有个战士枪法极好,端起步枪,只一瞄,开了一枪,就把那个逃跑的叛匪给打趴到地上了。我看见他跳跃的身躯像兔子一样奔跑着,忽然间便向前一跌,倒在土塄坎后边不动了。有个战士跑过去看,原来还没死,他一时怒火中烧,顺手提起叛匪在战斗中冲杀、砍死我们几位骑兵的那种利刃斧头,高高举起,一下一下砍着,似乎在砍木柴……

我瞪大眼睛看着这个场景。

既然在残酷的战争中,那当然什么事情都会发生的。

六

我们又接到一个任务,为一个牺牲了的战士去群众家里动员和寻找一副棺木。可是,找遍了附近几个零零星星的村子,没有做好的棺木,只有几块准备做棺材的木板。同我的远在平原上的家乡一样,这里的村民也有早早为在世的老人们备下入土安葬的棺木的习俗,好让父母放心地安度晚年。

那位家存棺板的群众深明大义,毫不吝惜地把棺板拿出来,部队给他出了钱,也就是四五十万元吧(约合后来的四五十元)。棺板抬到安葬我们牺牲烈士的山坡下的一片荒地里,棺板有好几块,很厚,但我说不来,按照我的家乡的称谓,这是几寸的墩子。荒地里已经开挖了墓穴,长方形,挖得很深,按照一个棺木的形状挖的。没有竖着挖下去,再横着挖一个类似地下窑洞似的

"穿堂",放进棺木,然后填土。

墓穴挖好,把底层的土刨得很平整,然后把两页棺板平铺好。那位烈士被抬来了,我仔细地看,他双目紧闭,脸容平静,没有血气,脸和四周的泥土一个颜色。他的灰军衣也还周正,但染有泥土和血的痕迹。我不知道他是怎样牺牲的,是敌人的枪弹射进了躯体?还是头颅被斧刃砍中?脸上的血迹似乎被谁擦干净了,身上口袋里的遗物可能也被清理出来了,他可能是一个被国民党军队拉了壮丁而又被我们解放了的农家子弟,也可能是一个从老解放区出来的牧羊人的后裔,也许还是一位经过减租反霸运动从偏远山区参军不久的农民小伙子,对我来说,这都不清楚。他如今,笔直地、僵硬地躺在地上,随后便被轻轻抬起,慢慢放入墓穴的棺板上。在他的身躯两侧又顺长侧着立起两块棺板,立稳以后,又在上面横放两根木头,再把余下的两块棺板棚在上边。看起来仿佛是一副做好的棺材,只是缺少头顶和脚下的两块挡板。这是没办法的事,没时间让木匠再做一副真正意义上的棺材了。接着便填土,那干硬的土块"哗哗"地随着铁锨的翻动而落入墓穴,一层一层,与地面齐平了,余下的黄土又堆起来成为一座有多半个人高的坟堆了。

抬烈士遗体来的战士和我们随军的土改干部,围着坟堆,站立了一会儿,不知是谁喊了一嗓子,大家便齐刷刷地举手敬了一个礼。抬棺板来的当地几位村民脸无表情地站着。没有军乐,没有鞭炮的炸响,只有送葬来的一个连队指导员喊了一声这位烈士的姓名,随后在坟堆前插了一个写有烈士姓名的用树干劈开的半截木头牌子。

限于当时的条件和环境,大概也只能这样了,这比许多战场上满地躺着的无名烈士可能要好一些,也一定会通知他的家里,会在门前的木框上挂一个烈属的红色木牌吧!

我们又跟随部队继续行军了。不知是否为了威慑已经溃散的叛匪,行军路线在平西、安原、隆庆几个县之间的堡子中游动。这次走的路很远,有时顺川道行动,有时在山坡之间上上下下,也许傍着村落听着狗吠走过,也许走过没有人迹的荒滩野沟。我看见川道边既无人迹又无耕种迹象的土地上,一丛丛有很宽叶子的植物,在日渐温暖的气候下,似乎精精神神地站起来了。这

里地势高、气候冷、干旱少雨,却还从叶芯里抽出新芽来。我不认识,便问老黑:"这叫啥?"

老黑正迈开步子走,只随意一瞥,便答道:"马莲!"

"是马兰吧?"

"马莲。"

老黑以一种不容置疑的口气纠正我,便不再言语。我估计其实是一回事,这是一种富有地域特色而又令人远思遐想的植物,和山丹丹一样是黄土高原的代表,山丹丹其实就是可以很文雅称呼的野百合花。

从我参加二期土改的区上调到县城,说是一百二十里路一天走到,其实快慢由自己,累了可以歇一会儿,边走边歇,全凭我腿上的感觉。而这次行军,那就不由我自己了,要按部队的意图和计划。我还是肩挂挎包,手持木棍,那件薄皮大衣或披或斜搭在胳膊肘上,比起部队战士扛着枪和子弹,又背着背包,还要带干粮袋,那真算是轻的。想起搞土改运动,住在群众家里,虽说流动一时,但还是有几十天的安居。房东给烧炕,每天吃派饭,农会通知每家每户留一顿过年饭,好吃好喝地待承,给他们分地哩!再三劝阻,都不听。而现在居无定所,走到哪儿歇到哪儿,有什么吃什么,而且纪律甚严。这次行军,身不由己,真正累坏了。在攀爬一个土山坡时,心慌气短腿软,脑子一阵乱想,不如就势坐下来吧!再看老黑,进城后久已不长途行军了,额上有汗珠,气也出得急了,其他几位土改干部都不言语,大概累得连话也懒得说了,只有吕朋,虽然脸红气喘,但身上却发起热来,他连胸前棉衣上几颗纽扣都解开了,露出他那位亲密女友为他织的红色毛衣。我咬住牙,给双腿使上劲儿,喘一口气,还是跟上队伍,朝上攀爬。

严格说,如果是我一个人绝无这种心劲儿,而置身于一个战斗的集体里,那个体的力量就会十倍、百倍地迸发出来,自然这必须有一种信念、一种理想在支撑自己。

好容易爬上土山顶上,四望辽阔,对面是一条深沟,长满了稀疏的小树和灌木,已经有了浅浅的绿意,但面积不小,也还能藏点什么,当地人把它叫作梢林。但眼下只有微动的风在树梢尖上拂过,没有人迹。

我们跟部队一起坐下来。山顶上有一块大岩石，战士把轻机枪支起来，面对下边的梢林。那轻机枪的枪筒和枪身机件，似乎历经战斗，有些磨损的痕迹，但却乌光闪亮，透露出一种雄威的力量。我禁不住用手去摸了摸，冰凉，光滑，有如在机关的周末舞会上，轻轻握起我们机关团小组长那个女孩冰凉的手指尖一样。那个扛轻机枪的战士，并不阻拦我，只是嘴角轻轻动了一下，眼睛里有一种柔情流过。我有些不好意思地松了手，那挺轻机枪两条支架的细腿稳稳地支撑着，枪口像黑洞洞的眼睛警惕地注视着下边的梢林。

就在机枪的上方，连队的红旗被风展开了，"呼喇喇"一阵轻响。那插着红旗的长竹竿不是本地产物，细细的，有着疙里疙瘩的节结，在风里强劲地支撑着、摇动着。我看这机枪，这红旗，还有在山顶上下密密麻麻聚集着一群战士，还有夹杂在队伍里的装束明显不同的土改随军干部，不知咋的，有一股亲切的柔情在心里泛起，好像连自己的存在都融化进去了，变成了一幅画、一首诗、一支歌……在残酷而艰难的战争环境里内心里竟然有柔情，连我自己都大吃一惊。

一声吆喝，"哗"地一下，战士们都站起来，枪上肩，排好队列，又走上行军路线，下山去，走向远方另一座高高的土山。

天黑以后，我们才在一个山坡下的小村落里宿营，部队都住在群众家的院子里，我们七八个随军干部也被安排到一个农家里。这里仍是回民聚居区，我们不能随意进农家主人、哪怕是个基本群众的上房，便都挤到一间放草的小房间里。这些麦草，还有其他什么草都捆成一大捆一大捆地平铺着放着，如同一层层砖石台阶，于是我们都坐下来，猜想这家主人肯定圈养着几只羊。房东家很主动，给我们端了几碗莜麦面片儿。我们都饿了，"呼噜呼噜"吃起来。我那双树枝做成的筷子，很皮实管用，很负责任地夹起莜麦面片儿，送到我的嘴里。我吃过麦面、荞麦面和豆子磨在一起的豆面，这种在高寒地方出产的莜麦面倒是第一次品尝。闻着有点油油的香味，嚼到嘴里却有些粗糙。尽管这样，还是"呼噜呼噜"吞下肚里去。给房主人开了饭钱，还是两千元一碗。房主人是个半大老汉，起先不收，后经说服，还是收下了，他那留着一把山羊胡子的嘴里不停地说："真主保佑，真主保佑……"饭后，我们都睡在

这间草房里,就像坐在台阶上似的,坐在草捆上入睡。我靠在上层那个人的腿上,而坐在下边的人把他的后脑勺靠在我的小腿上。走了一整天,疲累已极,便都酣酣入睡。

约在凌晨一两点钟的时候,那时我还没有手表,手表还是昂贵的舶来品哩! 上一班放哨的吕朋轻轻推醒了我——该我值班了。

我从草捆中间踩着缝隙出来,顺手闭上房门,外边是一片亮晃晃的月光。院子的土地上白花花的,像是铺了一层霜,房舍、土墙都黑黝黝的,真是黑白分明啊!

我就站在草房前的平地上,头脑里很疲倦,有点酸困的感觉。我拄着那根等身木棍,有个依靠。我抬头看月,月亮无语,而远方的村舍里有汪汪的狗吠声,莫非有人在走动? 我拍拍额头,让自己清醒,不敢大意,尽管其他院内还有部队在歇息,村口有战士放哨。房东家都在上房里入睡,绝无声息。这个世界似乎只有我一个人醒着。

我又抬头看月,月亮已不那么圆了,朝西那里已经缺了一绺绺,像被什么人咬掉一口的一块麦饼、一个锅盔,但亮光还很足。我们随军时,夜里还没有月亮,如今却是残了一块的了,这就使我想起,第一期土改结束时,到县上过春节同时召开总结大会,我们住在县小学的教室里,睡的是铺上麦草的大铺。正月十五的夜里,元宵节,我们几个从大行政区下来的土改干部走出县城东门,在月光如霜的公路上仰望东方天际上高悬的那轮圆月。那时的心情和现在的似乎不大一样,觉得土改任务已经完成了一半,再完成一期土改,就可以结束了,有一种轻松,有一种期待。老黑是老革命,有个漂亮老婆和一个儿子,他几次从上衣贴胸的口袋里掏出照片来炫耀过,他绝对想家。吕朋只是不断收到女友的来信,不大给别人看。我年龄小,无家无室,倒还轻松。老黑最后请大家回县城街道上去吃元宵,管他呢,一哇声回县城里去了。

如今,在这个比我参加二期土改更为偏远的地方,随部队行动,又是一个小小的战争环境,前途变化未卜,不知明天将如何,看这个月亮,尽管仍是同一个月亮,心境却大不相同。也许天亮以后,会变得热火一些吧,有斗志一些吧!

我计算着月亮光移到那个墙头泻下黑色影子的时候,就该回去换一个人来放哨守夜了。

不敢麻痹大意。

七

老黑是我们这个随军土改干部组的大组长,下辖几个分到各营、连的小组。一切行动听从部队指挥,任务也由部队分头下达,老黑的权力受到很大约束。但,下属各小组每隔几天就派人给老黑送汇报材料来,那汇报材料写在几张薄薄的、浅黄色的纸张上,笔迹细密,文句通顺,是有文化的人起草的,下边有各组长的亲笔签名,是够认真和有组织观念的了。可怜老黑没有秘书,也没有警卫员,只好看了后,用他那支进城后组织上发给他的"关勒铭"牌自来水笔画上记号或者在某些语句下拉一条黑线,然后随手交给我塞到我的挎包里。我就有幸在某个没有任务的日子里,坐在僻静处看一看。

下边就是第二组的一个汇报:

......

一、新庄乡共有一百五十人参与叛乱,大部分是被胁迫的,主要是受以下四个匪首的胁迫威吓,此四人的情况是:

苏振铎 原国民党军某师副官,解放战争中被我击溃后回家,历史上当过棒客(即抢人的土匪),本次叛乱任匪营长

苏振禄 在旧社会县衙任文书,代写状纸,系匪司令部文书

马文泰 该乡恶霸地主,平素作风霸道,欺压群众

马文灵 寺里一个反动阿訇

以上四人在叛乱前,曾召集该乡民众到清真寺开会,说:"谁愿反的站在一边,不愿反的站到另一边。"寺里两个正派阿訇说:"经典上没有反的这一条,人民政府政策上也没有这一条……"苏振铎、马文灵拿起斧头就要砍,被人挡住了。有三个人当场报名当连长,苏振铎自任为营长,成立了一个营。

二、全乡划成分时共划地主二十四户,参加叛匪者十一户,其中杨文贞主

动收集枪支,把没有来福线的老套筒都寻来了。被我部队打散后,已有八户回家。

三、新庄乡设有公家粮仓,被叛匪打开后,煽动群众前去驮粮,许多人都去了。地主谢有德拉两头驴白天黑夜往家里驮,一回驮四口袋。粮仓被抢驮一空。大部分粮食被叛匪驮去,供打仗时充饥食用。

四、群众反映

全乡有七十余户回民,包括阿訇,亲自签名盖章,要求严办四个匪首,还说:今后抓住叛匪,干脆不要交给政府,自己收拾了算了,一交给政府可能便"宽大"了。某个村有三个受伤叛匪就被该村民兵打伤了,民兵说刚解放不久,这些人就反过,如再放了,将来还是个祸害。

五、群众纪律方面,总的还好。也有问题,如借铺草还时未捆好,借碗,用完不洗。思想上有顽固敌人,杀了部队战士,抢了枪,就觉得杀得少,要多杀。甚至说,审俘虏时,要捆一绳子,才说真话。

……

第四组的一个汇报:

……

一、马家堡乡初步了解到的被破坏的情况:

1. 该乡和附近的一个乡共有八个公家粮仓被叛匪打开,有的被抢光,有的大部分被抢,损失约四十余万斤。

2. 被叛匪杀害的有该乡原乡长一人、群众一人,被打伤的区政府干部两人,还有一名区干部下落不明。

3. 约五十华里电线杆被砍断,均在县城以南,杆数不详。

4. 被拉走的牲口:马五匹、骡一匹、驴五头、羊十八只(都被宰杀吃了)。

5. 农田大部未种,正在动员群众抢种。

二、已查明有名有姓的匪首共十五名,任匪职情况;

匪团长:杨生茂、杨生奇、程炳勋、苏天泉、赵彦升

匪营长：苏德仓、赵希山、马彦红、白文瑞、程世友

匪连长：赵国栋、杨国元、马振化、方世钧、马国琏

以上成分：地主十一人，中农一人，贫农两人，阿訇一人

三、汉族参加叛匪的地主分子，并任连长以上匪职的共四人：

方世文、魏友才、方金祥、李子云

四、在叛匪中参加书写反动标语的是该乡中心小学一名教员。

……

第三组关于叛匪情况汇报里写道：

……据被俘虏或打散后回家的人交代：他们全乡参加叛乱者共二十八人，现已回家生产、进行登记者十九人，未回者九人（可能在战场上被打死或现在仍躲在山上）。这些人之所以参加叛乱，全是由该乡地主马镇福和阮锡山串联，马镇福对农会会员说："不要怕，你们过去斗争了我，那是公家的政策，不能怨你们，若如今缺吃缺烧的到我家去取。"可是没人敢跟他去。他们俩就跑了。五天后，马、阮二人带了二三十个叛匪来村里，设立了连部，当晚即强迫群众去粮仓驮粮，并说，"你们都驮了粮，公家知道了，不会饶你们的……"除了八个主动跟着去的外，其他二十人都是害怕才跟上去的。一到马莲滩，就被我军击溃。

叛匪胁迫群众除用武力威胁，谁不去就用斧头砍以外，就是造谣惑众，如说省上大官都反了，派人穿志愿军衣服回来联络，修省上公路的工人都编成造反军队，监狱犯人都放了等等，群众一听，害怕得不行，又分不清真假，盲目地跟上跑。叛匪还利用宗教力量，说是某地八十二岁的马太爷都参加了，咱们还不赶紧跟上去。再逼群众从公家仓库驮粮，留到家里安顿妇人和娃娃，放心跟他们去叛乱……

第五组特别汇报里说：

……

我组到达兴隆乡后,在部队的领导下,利用集市开了两次群众大会,首先揭露此次叛乱不能说是民族问题,更不能说成回民造反,而是恶霸地主、反动残匪军官和一些坏人煽动胁迫起来的,罪责由他们负。并对叛乱参加者讲明三大政策。这样做的直接效果就是一些被打散、不敢回家、只能躲到山上去的人都纷纷下山回家,并到乡上去登记。当场登记一百余人。有六个人因子侄至今无音信,放声大哭。

我们在白崖后沟、韩家堡等地对部队抓到的俘虏均一一审问,关键是宣传平叛的区别对待政策。在连队首长的同意下释放两名明显是被裹胁的群众。受伤者组织村里群众给饭吃。其中有五个特别顽固,部队搜索时还想拿斧头砍人,一人拿手榴弹,一人将毛主席像撕碎装在口袋里。

因为执行分别对待的政策,叛匪一个营部文书才供称,在马莲滩一带活动的叛匪人数约八百人,步枪三十支,轻机枪两挺,叛匪从家中拿出的盒子枪五把。叛匪大部分手持斧头(木头长柄)、刀、矛等。还有四十余匹马、三十余匹骡子、二十头驴。马莲滩一仗,我军共打死叛匪四十余人,打伤七十余人。

群众的反映及要求:

1. 怕叛匪三个五个地回来报复,要求部队长驻,不愿部队走。

2. 粮食少,缺吃的。

3. 不敢种地主的地。有几户地主,晚上回来安家,白天上山躲藏,还说要继续暴动。

4. 抢种生产,要求供应籽种。

5. 消灭大股叛匪后,安定回家散匪。

最令我眼睛一亮的是第五组还有一个三查(查纪律、斗志和政策)的汇报,其中提到这次乘汽车进剿时我遇见的老石情况,说老石:"开始平叛时有些胆怯,不敢离部队出去执行任务。年纪大,行军时能跟上,没有掉队,现在积极性增强了,说话文绉绉的,审问顽固叛匪时,客气地说:'您怎么能这样顽固呢?'"

想起在拜将台小学围墙下呆呆坐着的老石,我心里踏实多了,对自己说:
"老石活过来了……"

八

这次叛乱,蔓延了附近三个县,部队除我们所在团以外,还有其他团队,
各有各的进剿范围和路线。经过二十多天的战斗,有组织的(实际上也还是
乌合之众)叛乱基本上被打散,镇压下去了。各地的区乡政权正在恢复工作。
我们这个团分头在附近一带的农村帮助群众生产,稳定局势。团政治处驻地
在平西县城外城关镇一条小街道上,街道上全是铺板门的商铺,其中也有几
家家庭作坊式的小饭铺。

老黑的老家是在毛乌素沙漠边缘地带,牧业发达的地区。他从街上走
过,便在我们借住的一家院内,兴高采烈地说:"嗨,知道不? 铺子里卖羔子
肉哩!"

"啥羔子肉?"

"就是羊羔宰杀了的肉,哈哈,又嫩又香……"老黑的长脸一下子变成圆
脸,空前罕见地兴奋起来。

"咋样? 老黑请客,咱们去吃?"

"请客可以,也不必打平伙了,我老黑出血……只是……"老黑的圆脸又
拉长了,"咱们归部队管,怕不能随便在街上吃吧!"

领导上这么一讲,也就没得说了。随即在借住的两间房里的炕上放下挎
包、大衣和木棍,坐在炕沿上,歇着。行军一后晌,才从区上回到城关镇,也都
累了。

黄昏时分,部队开饭了。炊事班的大锅做好了面食,我手持黄色搪瓷缸
子去盛,炊事员舀满一大勺倒进缸子,我用树枝做的筷子一挑,怎么稀稀的面
条里,掺杂有半透明圆条条样的东西。炊事员看见我发愣的样子,就像谁被
热水烫了似的嘴里"咝咝"吐气说:"唉呀,好东西呀,面不多了,在街上买了些
粉条下进去咯! 洋芋粉漏的,一会儿就烂成串串了,快吃吧!"

我调了些辣子面儿进去,尽管无菜无油,但还是吃得很香,"呼噜呼噜"嚼

它几下就咽下去了。一缸子尚不尽意，又去舀了半勺。洗完缸子，想，人真是怪哟，饿了，啥都好吃，羔子肉也不一定比过这面条煮粉条吧！

部队各班排开战评检查会，我们分头下去。我参加的是二排四班的会，一班十个人，再加上两个排干部，在院子里坐了一圈儿，窗台上点了一盏小小的胡麻籽油灯。饭后就开会，月亮只剩下一个小小的月牙儿了，还没上来。挂到天上，要到后半夜了，这会儿就这一点豆儿大的灯光照明。我被要求为这个会议做记录，战士们文化水平不高，识字有限，有这么个被他们看作大知识分子的人参加他们的会，命定要做记录的。我便坐在台阶下，借了个木椅放笔记本和笔，把那盏小胡麻籽油灯也移到椅子上。灯光照亮了我的脸和木椅四周，战士们都隐藏在浓浓的黑暗中。我眼睛凑近笔记本，耳朵抓紧听他们的发言，飞快地记在笔记本上。

下边就是他们的发言记录：

李排长：

这次平叛战斗，任务是光荣的。战斗打响第一天，咱们排是预备队，只机枪扫了几梭子。我原先准备敌人到手榴弹范围，机枪和手榴弹开叫，以刺刀见红结束。别的连队冲锋时，敌人打枪，主要是用斧头砍，部队受了点损失。我就想，咱们绝对要接受别人的战斗经验，就跟大家研究咋个防斧头砍的办法，还是有效的。从河西开拔到这儿，明确了平叛任务，对敌人是愤恨的，因此，能克服困难，积极战斗。完成对团首长的警卫任务，没说过一句怪话。武器保管得严格，没有丢过一粒子弹。布置你们四班抬电台，二班保护电线，都完成了。上级分配任务，叫到哪儿就带全排到哪儿。缺点方面，主要是对俘虏政策遵守得不好，对俘虏骂过，用枪把子搠过。对战士性情急躁，不够冷静。×××不叫解子弹袋，他却解了，还顶碰我，我就狠狠地骂了他一顿。这里，我要向×××说声：对不起！

（评论意见：一致同意李排长对敌斗争坚决，仇恨敌人，战斗积极，能克服困难。缺点是和副排长团结不够，研究放哨，把全排并成两个班，能换哨，也能休息，两人意见不一致，只好各班派哨。指挥混乱，连长、排长、参谋都来指挥,不知咋办。)

王银武:

我参加平叛,思想上是明确的。第一天打响,爬了两架大山,思想上跟自己说,无论如何要跟上去,坚持跑在前边,没有掉队。看到前边步枪、机枪响了,叛匪朝我们冲,就急着要上去打。交给我抬电台的任务,六七个人抬,越抬越重,思想上发誓,不能撂下,不然首长怎么联系、指挥?所以,就有劲支持到底。第二天,喝了凉水,肚子疼,硬是用手按着,没有掉队。政策方面,没有犯啥,在群众家里做饭时,经回民群众同意,才借人家东西使唤。缺点是,坐汽车时打瞌睡,放哨时打过盹,这错误很严重,万一有了敌情咋办?

(评论意见:王银武表现突出,思想明确,对敌人有阶级仇恨,坚决斗争。抬电台时,是他借来一条杠子,才能抬着走,他还抬的是重头。缺点:有时跟班长顶嘴,脾气太倔。对俘虏虽未犯政策,却咋咋呼呼地吓唬过。)

张万惠:

我的缺点多,毛病大,所以来参加平叛,自己向自个儿说,一定要克服缺点,经受战争考验。我扛轻机枪,就想绝不能让机枪掉队,步兵就会没有掩护。抬电台时,也认识到这是任务,没电台、首长咋指挥,叛匪就消灭不了。所以,爬山追敌人,咬牙也要坚持。看到体力弱的同志,自己就多抬一会儿,不要叫同志掉队。缺点是,警戒俘虏时,没有及时脱去机枪枪衣,如发生敌情,后果就很严重。

(评论意见:张万惠配合战斗爬山时,领导一个小组,扛得多,跟得紧,特别能吃苦。陈文兴发牢骚说,我是要抗美援朝去的,不是来平叛的。张万惠就劝他说,平叛也是抗美援朝,都是出力气干革命的。陈文兴不吭声了。领导上指定机枪架哪儿,他就架哪儿,沉着,勇敢。到宿营地柳林堡下了雨,不怕泥泞,自动出来抬水。烧开水,叫同志们洗脚。缺点是听人说,叛匪的斧头把子长,能把枪砍断,却没有及时向班长反映,研究对策。也在困乏时,打过盹。)

戴七:

非常明确平叛的意义,再困也不打盹,副班长瞌睡了,自己还主动叫过。

担任啥任务就完成啥任务,不管是背步枪、机枪,还是同时抬电台,都没推辞过。对民族政策很注意,不打招呼,不进回民群众的家门,客客气气地说话。但是,见了叛匪,特别是国民党马家军溃散回来的反动军官,气焰特别嚣张,自己气就大了。听说一个叛匪头子,这几年一直藏在山上的山洞里,这次叛乱,他就出来了,说自己要在县城的大街上走一走,摆摆威风。他家族的几个年轻子侄娃全叫他带着当叛匪了。我要遇见这号货,绝对要在他身上给穿几个子弹窟窿不可。所以,对俘虏常常训斥。

(评论意见:戴七是步枪小组长,对大家督促得特别好。进驻一个叛匪窝点时,晚上叫大家把武器放在身边,以免紧急有敌情时出问题。对武器很爱护。特别是帮助陈文兴,晚上行军不掉队,推陈文兴上山。住下时,不顾疲劳,帮助做饭。缺点是,常说自己要在平叛时立功,不要挂在嘴上。)

陈文兴:

我的缺点多,优点少。(他一说话,全班都笑了,只有李排长没有笑)掮机枪时,肩膀压肿了,嫌别人不换;背电台时也一样,困了,说几句怪话。爬山时,还要别人推我上去,戴七推过,还有谁推过,记不准了,反正是黑夜里,黑咕隆咚的。放哨时,打过瞌睡,一次在房上放哨,自己也打盹。今后要进步,要改。

(评论意见:行军未掉队,抬电台任务也完成得好,一走二十里地哩!脚上打了泡,也没叫苦,只是看别人押俘虏,缴获的驴有人骑着,就说怪话'咱抬电台压得灰溜溜的,他倒轻轻松松骑驴,美死了。'在马莲滩战斗时,预先主动地挖掩体,警惕性高。缺点是放机枪时,选地形时没利用好,有时支到了步枪前边。在回民家院子做饭,一条狗过来,他骂狗,说是要杀了它,这就很不好,影响群众纪律。陈文兴最大缺点是骂过俘虏。)

李宗元:

我这人性格绵软,就是斗争性不强。这次平叛,我认清楚了,就要在战斗时厉害一点。首先要完成班里布置的任务,再就多做事情,行军不掉队,住下后帮群众扫院子,还帮助陈文兴练过瞄准。

(评论意见:身体弱势,进步很大。行军不掉队,抬电台时,多抬些时间,不要人换。说话不多,像个闷葫芦,但还向群众宣传政策,向驻地一个回民房东群众说,"胁从不问,你赶紧上山把你的侄儿们叫回来,政府宽大哩!今年庄稼再不抢种就失墒了。"没打骂过俘虏。鼓励他争取入团。)

孙班长:

先整体评价了全班的表现:认识明确,觉悟性高,情绪饱满,不怕牺牲,勇敢作战,行军不掉队。完成了作战、抬电台、警备任务。爱护武器,自动火器上油,步枪擦净,刺刀磨亮,弹药没有丢。没有违反群众纪律和民族宗教政策,住宿时打扫房东家卫生,给群众犁地。缺点是俘虏政策执行得不够好,放哨时打瞌睡。我个人缺点:作为班长,还不够坚强有力,对全班同志帮助教育不足,自己也打瞌睡,有时睡得太死。

(评论意见:同意班长发言)

战评会最后一致同意推举张万惠、戴七二位战士做模范,写出材料,上报连、营部。

李排长和孙班长都把眼睛盯住我,笑着说,随军干部文化高,材料归你写了。全班热烈鼓掌。掌声激起一阵风,把小油灯吹得摇晃不定。我没料到还有这一下,愣了一会儿。

我二话不说,不敢拖到第二天。当二班都解散回去睡觉时,就立刻动起手来。好在记录得还具体,便翻来翻去,脑子里按人理出几个条条,把事实罗列起来。自来水笔便在李排长拿来的又黄又薄比过年时卖的黄表纸好不到哪里去的纸上,横着画来画去。那个轮班在院子放哨的战士,在后半夜的月牙儿斜挂在东南方向和星光隐约闪烁的天穹下,背着步枪,轻轻走动。他离我远远地,连一声咳嗽都没有。看来,他们把这两份模范材料看得很重。

两份材料写好,就交给放哨的战士。我回到随军干部的住宿的房里去。门推开,桌上的小油灯还亮着,胡麻籽榨的油看来也不比菜籽油差,默默地燃烧,尽职尽责。炕上刚好睡三个人,吕朋已然鼾声大起,老黑紧闭双眼,脸部肌肉已经松弛开来。给我的位置空着,我把皮大衣的扣子扣上,叠成一个圆筒状,领口朝炕里,平铺下。自己脱了棉裤,把腿伸进大衣的下摆里去。棉裤

折起,垫在脑后,作为枕头。睡下后,大衣下摆只能够到胸口处,便脱下棉制服上衣,盖着肩膀和胸口。虽无被窝,却也挺舒坦的。好多天了,住无定所,今夜倒舒坦了,思想一松弛,便一头跌入黑甜乡中……

九

我们随军土改干部就要离开部队了,因为省城派来了慰问团,分成若干小组,下到乡镇,到群众家慰问,安定人心,还有医疗队,给伤者治病,配合乡镇政权机关,给困难户送口粮和籽种。我们就要分头随慰问团行使民政干部的职能了。

这是团政治处主任看望老黑时通知的,他这时很和蔼,有风度,高度肯定了我们随军这一个来月的工作。他身后还有政治处几个人,默默地站立着,这就增加了他说话时的权威性和分量。老黑唯唯,自然无反对意见,他那吊着的脸,时而变圆,笑了,时而又吊起来,很庄重认真。

事后,老黑悄悄告诉我,据内部消息,这个团在处理俘虏上有违背政策的问题,肯定要挨批评……

就这样,我们改换门庭了,不再吃部队的饭。一路行来,吃群众家的派饭,住群众家的屋院。因为局势大定,区乡政权开始工作,各村民兵也都能维持秩序了,且有部队分散驻守,枪杆子的力量还是隐秘地起着稳定的作用。所以,我们就能放心地又跟上慰问团活动了。

我们几个穿干部服的人结队而行,到达某个堡子,同区干部交谈,又进村入户,看望群众,特别是那些曾经被胁迫跟着叛匪跑的人。应该说,有效果,但也进行得不容易。在一家低矮、简陋的房间里,躺着一个腿骨受伤的中年汉子。他的脸色灰暗,眼睛深深地凹陷下去,脸颊上被黑里发灰的胡须遮去一大半。他的眼睛呆呆地望着站在炕下边的慰问团人员,脸上毫无表情,既不害怕,也不紧张,完全一副听天由命的样子。我们说要叫区上来的医生给他治一治,他还是犹豫着,不爽快答应的样子。我出来,站在院子里,看着灰蒙蒙的天,心想,要整个事件全部平息,人们从心理上走向安定,还要待以时日。

接到通知，我和老黑、吕朋几个人要随同慰问团一位领导、省城统战部一位秘书长级别的干部，去本地宗教界上层人士家中慰问，实际上是做工作去。陪同秘书长来的，还有一位省城来的宗教界上层人士，人称六爷。我看见秘书长时，是在区上，他穿着整齐干净的毛料中山装，还披着一件薄呢子大衣，身架很高，脸上的表情是和气自然的，但又似乎有一种身份、一种地位、一种自信，知道自己的分量，一举一动，一言一行都有节制，而又要儒雅蕴藉一些，讲究礼数。在我跟随他的几天里，他的表情始终如此，我便很佩服，不像老黑有时由着个性来，毕竟在一个大目标下，不在同一个工作层面上。

至于那位六爷，肤色黑红，有短短的围绕嘴巴的一圈黑胡楂儿，头戴平顶黑布圆帽，身着黑色布料长袍。我看不来他的眼神，那是藏在一副茶色镜片后面的神秘目光。他一直很少说话，也许该说的话已经在省城的某些高层次的会见中说过了，他的立场也已经很明确地表达过了，就用不着在县、区一级再重复啰唆一回了。他只陪着秘书长活动，每一个场面都会出现，你就会觉出他的不容忽视的分量了。

跟随秘书长、六爷来的还有统战部，也许是妇联的两个女干部，身着列宁装上衣，也许留着两根辫子，现在统统塞在干部制服的帽子里。好久不见女同志了，就觉着她们年轻，面容姣好，她们的言谈举止都体现出慰问团和秘书长的行动计划和意图来。我们就常常看她们俩的眼色行事。

给秘书长、六爷，还有两个女干部，区上动员了几头毛驴，扶他们上去坐了，跟着几位吆驴的群众，我们几个便步行跟着一路北行。随着土路的起伏蜿蜒，我们爬过山坡，绕过河滩。眼看马莲叶子伸展向上，更高壮一些，几株梨树残花落尽，叶子密密麻麻上来，裹住光秃秃的枝条。直走到后半晌时间，终于到了安原县界内，走进一个村里，坐西朝东有一座大宅子。令我十分惊异的是，没有这里普遍能见到的土堡，只是在村子中央修了几座四合院式的连接一处的房子，墙上、门额和屋檐下都有细致的砖雕花朵或云纹。大门外是一个大土场，土场旁有几间纯粹用木头榫接而成的仓房。宅子内外密密麻麻有一些大树。

这就是宗教界领袖人物某一教主，我们称之为大爷的家，大爷据说已经

被真主召去，离开人世了，目前只有他的老妻住在这里，自然还有其他家人。秘书长带慰问团前来，自然是重大事件，便有家里的执事人员上上下下接待，忙乱中却也隆重周到。秘书长、六爷都被迎进宅院正院，晚上就住宿在那里。我们这几个身着又脏又旧干部服、背挂挎包、斜披大衣、手持木棍的随行人员，就被安排到院子外土场边的木头粮仓里住下。

木头仓房，用粗壮的木料搭好房子的框架，再用木板一块一块包上，作为房顶和四壁的外墙。仓房是不接触地面的，有木头地板，离地约二尺高，防潮兼避老鼠。没有窗户，只有仓门，开得大大的。木地板上摆好了用大幅白布裹着麦秸的垫子。我和老黑、吕朋就坐在粮仓门口，好像朝鲜人门前的木廊，脚垂下去。坐着没事干，当然是吸烟的时候，好在我们几个都不吸烟，无论是纸烟还是细碎烟末用报纸一卷的"大炮"，都不沾手。这里的气氛和慰问团的纪律笼罩着一切。

我们闲坐着，老黑很有经验地用眼睛四下张望，身子不动，眼光到处搜索，这是老黑的习惯，好像一只草地上的野猫，警惕性很高。吕朋本来是身手敏捷、动力四射的人，时时准备一跃而起，他是青年团员，一向积极惯了。其他几位土改干部都是原来县上的，那就听话多了，很收敛的样子，不会多走一步路。

不知谁打破沉寂，我们几个便悄悄议论开了，奇怪这三间大粮仓，为什么是空的？是等待农户送粮来？还是庄稼还是青苗，未到秋收季节，如今空仓以待？还是其他原因，这都不得而知。

悄悄议论的是粮食，其实谁心里都明白，我们操心的是秘书长、六爷和两位女干部，都住进了正房的深宅大院是去做什么？和谁议事？怎样问候？说些啥？在这种场合怎样议论叛乱之事？又怎样评论平叛战争？这就带来了许多在深宅大院坐在有靠背的椅子上，喝着放有枸杞、红枣的盖碗茶，斟酌字眼，语带机锋，传达更高层人事的意见的想象。我们虽近在咫尺，也只能想象。

天尚未黑，便有人招呼我们去吃饭。这些日子，吃部队饭，吃农家派饭，严格说，都很粗糙。到教主家里，能吃上什么呢？果然，是很有礼数的。我们被引入一个偏院的走廊下，那里摆了几张四方桌，围着几个木椅，方桌和椅子显然都是旧物,但擦拭得很干净,微微泛着淡淡的黑光。我们都是空手而来,挎包、大衣、木棍都放在木头粮仓里。执事人请我们坐下,便有人端菜盘上来,是两碗羊肉,还有一碟炒韭菜、一碟炒鸡蛋,然后每人面前放下一碗黄澄澄的小米干饭。我从未在老解放区吃过这种干饭,只是喝过小米稀饭,和小豆一起煮,很好喝,是产妇分娩后补身体的必备之物。从汤里捞出小米来,蒸成干饭,吃到嘴里,又另是一种滋味,微微有些粗糙的感觉。招待得这么好,说明正在正房大院里的交谈顺利,达成某种一致了。

饭后,我们仍出至粮仓处,用主人送出的一盏小油灯,仍是点胡麻籽油的,照明,放在仓房门外一边。荧荧一豆,照不亮一丈远以外的地方。深宅大院落到远处的黑暗之中。这是个特殊的社会环境,我们睡了,心里倒觉得相当安稳。

第二天一大早,天色微明,一位统战部的女干部就来到木头粮仓前,好在我们已都起来洗漱毕。她的出现,使我们稍觉意外,又觉得定有要事。她的两条小辫仍然塞在头戴的布帽里,列宁服的领口露出鲜红色的毛衣领,年轻细嫩的脸上却露出了与年龄不相适应的严肃神态。老黑拉长了的脸变得圆了,像长辈似的笑着;吕朋仍然跃跃欲试的样子,蹲踞在铺位上。我们都站在仓门口。她被招呼坐下,随即用远方黄河边上的舌头发硬的口音告诉我们,这家老太太的一个侄子名叫马成全,就是发动这次叛乱的一个重要头头,他的家就在三十里外的一个马家堡子里。

"那人呢? 还在家?"悄声问。

"早就跑了,钻进梢林里去了……"

"政策宣传到了没有?"

"部队搜索,没有音讯。"

"咋办?"

"我们通过宗教界上层做工作。夜里,又谈了好长时间。这不,把在省上的六爷也请来了。今日,准备请这里的老太太去他家里去看看……"

"人不是不在吗?"

"去家里看看,表示政府的宽大和诚意。请老太太去走一走,把意思传达

到⋯⋯"

噢——都明白了,只是安全吗?

她轻轻一笑,恰到好处,显示出她的某些干练来:"其实那个堡子,部队早就驻进去了,对他的家庭财产实行保护⋯⋯"

我们松了一口气,心内掂量今天要做的什么事。

"一会儿就动身,秘书长和六爷一道去⋯⋯"

她说完,又嫣然一笑,就站起转身去了深宅大院。

太阳刚升起一竿子高,我们就动身了。那位老太太出来了,她身材不高,皮肤白皙,看不来有多少皱纹。头上连同发髻、耳朵全部用半透明的黑色纱罩罩住了。统战部那两个女同志左右扶着她,目不斜视,直接上了路边已经备好的骡子拉的高轮子轿车,坐进去,那两位女同志便坐在轿车的车辕上,吆车的在车旁执鞭随行。秘书长和六爷上了后边紧跟的一辆同样规格的轿车里。

在车辆走动前,有执事人手捧一个托盘,摞着一些油炸的圆面饼子,挨人发给我们。圆圆的,油油的,焦黄的,咬开时发觉那馅子是用韭菜和细粉条做的。骡车的轮子滚动起来,挨次驶出,车轮在土路上轻微地碰撞着。我们几个自然跟在车后,手持木棍,护持左右,踏上征途。

路在平川地里蜿蜒而行,又爬上土山坡,缓慢而去。路边地里,洋芋已经下种,春小麦正露出地面,更远处则是荒滩野地。看不到村民,却能感到劫后的正在恢复的生机。路程过半时,轿车停下,那位老太太下了车,在统战部两位女同志的扶持下,站在土坡高处,放眼远眺,活动一下筋骨。秘书长也下了车,和六爷在低声说什么,间或有点笑声。从家里跟随老太太一路来的执事人不远不近地站着,我们几个土改干部也自觉地不远不近地站着,明白我们的身份,才能站好我们的位置。

老实说,我的内心深处就像一个小人物一样,对秘书长一行微微有些妒意,毋宁说,是一种轻微的敌意。试想,我们风餐露宿,行军打仗,满脸灰土,满身虱子,与血与火打交道,与生与死较胜负⋯⋯而他们却身居高位,浑身一尘不染,坐着说话,笑着办事,吃得好住得好,在人面前露脸,血与火离他们很远,生与死在天边微笑,我们之间似有不可逾越的界限……我强迫自己按下这些混乱思想,回转脸去看老黑,他是老革命。谁知老黑的脸挺得平平的,也不那么吊着了,牢牢地站在外围,冷冷地看着四周。我捉住了他的眼光,那眼光里似乎有点笑意,很宽容地透露出一点意思:唉!革命的分工不同嘛!

骡子拉的轿车又发出车轮碾过土路疙瘩地面的咔嗒响声,慢慢地却又不停地向前走去。长路是寂寞的,我们无心说话,同老黑、吕朋一样,想着各自不同的心思。

我在土改期间刚刚看完金人译的肖洛霍夫的长篇小说《静静的顿河》,在这特殊的地理环境和被血与火搅动得满天风云的时候,俄罗斯顿河流域的哥萨克们在十月革命后的社会巨大震荡中的悲剧,深深地震撼了我。葛利高里·麦列霍夫,时而被推向高峰,当了红军,时而又跌入谷底当了白匪,他的生活之路坎坷崎岖,却又在爱情生活中缠绵悱恻,刻骨铭心,敢爱敢恨,至死不渝;他生性强悍,性如烈火,正如他的坐骑和手持的马刀,却又在残酷激烈的阶级斗争和国内革命战争中备受折磨,走入末路……撇开一时的阶级、政治立场,书中的社会动荡生活和人物独特的命运,已经上升为一种强烈撼人、直达灵魂深处的美。啊!遥远的顿河哥萨克啊!……而我脚下这片干旱的、偏僻的,有着数不清的川道、土山坡和土堡子的土地,从古至今不也流淌着许许多多壮烈的、冤滞的鲜血;牺牲了许许多多鲜活、有情的生命;愁白了许许多多上层人物和普通小民的鬓发,撞碎了许许多多父母子女怨夫旷妇的心肝肠肺……而只在发黄的纸张上用木刻印下字迹,在祖祖辈辈心授口传的故事里留下叹息和感喟,其余就都无声无息地消失了。现在有什么呢?春天温煦的微风,夏季丰腴的庄稼,川道河滩里苗壮的马莲,隐没在遥远天际的山脉黑影……

还有我目前正深陷其中的这次平叛战争呢?偏远保守的地域,特殊的民族群众,虔诚的宗教信仰,阶级斗争所掀起的社会巨浪,枪击、斧砍流淌的鲜血,胁迫而从死在战场上的无辜者的命运……不也是极具浪漫气息的传奇性现实主义题材吗?我处于一种激荡的心理之中,远思遐想,不能自已。但我忽然明白,我只处于目力所及的境地,不知道、没体会到的东西太多,我目前

只是一个过客而已。我写不出这样的作品来,那只是一个奢望或者不自量力的冲动一下罢了!

就在这种满腹诗意的想象之中,我的脚步没有停,仍然紧跟两辆骡子拉的木轮轿车的速度。我们驶进了马家堡。

我一眼就看见了那位教主的侄子马成全叛乱失败后的家。在左右稀疏的低矮平房地平线上,忽然涌出了这个土堡子,高大的夯筑起来的土围墙,四楞齐整地蹲踞在一片土山坡的旁边。轿车轻车熟路地从野外的土路驶上村里的村路,从一侧驶到土堡门前,那正面开有大门,木质厚实的门扇大大方方地开启着。门旁有两位解放军战士持枪守卫,看来是不许外人随意进入的。老太太下了轿车,还是由那两位女同志左右扶持着,秘书长和六爷陪同着,执事人和我们都三三两两在后边跟随,进了大门。部队来了个排级领导,可能事先得到通知,交谈几句,毫无阻碍地让我们进去。附近村子里还来了几个头面人物,也可能有寺里的阿訇,也一并进去了。

一个四合院有多大,一个衙门有多大,这个堡子里都可能放下几个四合院、几个衙门。一进大门迎面的便是土坯垒起的二门,青砖包砌。然后是左右厢房,再进去便是木格门窗的过厅,左右厢房,再就是上房正屋。上房坐落在一个青砖铺地的土台子上,显得高大威严,气概不凡。上房的明柱、廊柱、窗格都是镶有木雕花饰的,令人感到奇异的是所有的木质门窗廊柱都是木料本色的,没有用哪怕一丁点儿的颜色和油漆。整个房舍家具均在,门窗完好,只是主人全不在,就是说主人弃家于不顾,逃往深山梢林里去了。

我们从正房大院的偏门走出,便是一个被堡子墙圈起来的大场子,场子边上有一排低矮的简陋的平房,这个土场可以养马、骡,圈牛、羊,目前都是空荡荡的。干硬的土地上反照着半后晌的太阳光,干燥、温暖,空气里有淡淡的尘土气味儿。

我站在土场正当中,目光痴痴地横扫过去。若在平时,我不可能走进来,而如今站在这里,四顾无人,听不见原来主人的任何一点声响。我任自己的想象力驰骋飞翔。在我的眼前,这套正房大院仅在三四十天以前,门庭若市,有一些人物出出进进。那些人物可能有戴黑布圆顶帽的,有戴黑呢礼帽的,有戴白布平顶帽的;有穿黑色长袍的,有穿黑色薄棉袄的,有穿薄二毛子皮衣的;有额下一大把络腮胡须的,有围绕嘴唇四周一圈胡楂儿的,有下巴上光秃秃的。他们或坐或站,或半躺或横卧,或低声附和或高声叫喊;有情绪的迸发,有计划的拟订,更多的是狂妄自信和不自量力的以卵击石。他们讨论着,决定着,传达着,要煽起一阵喧嚣、一阵爆发,要利用教派的控制力,掀起一场大的动乱。这里只有茶水和议论,不流血,但却让许多住在低矮平房里、穿着褴褛、吃饭粗糙的人流了血……可仅仅过了三四十天,这一切都土崩瓦解、冰化雪消了,上房的主人逃走了,连同他的家人,在某个深山梢林里。那梢林荒凉寂静,渺无人迹。有好的吃喝吗? 有遮风避雨的东西吗? 有顽抗到底的死硬精神吗? 时时警惕梢林外的一丝一毫动静,是一只野兔? 还是一只鹰? 或许有人来通风报信? 那深山另一边是否还有人造反了呢? 最令人惊悸的是穿着灰布军衣的身影和那冷冷的枪口,令寂静的瞬间变成怒吼和呐喊,喊出"缴枪不杀、不许动"的如同雷霆般的口令? 让主人胆战心惊……

我站着看,脑子里瞬间的想象如雷殛电闪,一时声音隆隆、光亮灼灼,其实这只是一刹那间的事。我明白这样的想象已经脱离开宣传性很强的文艺作品的写作惯例了,是不大容易写上稿纸、变成铅字印刷的东西了。俄罗斯的作品特别在二三十年代倒还放得开,《静静的顿河》就是。

我回头四望,老黑正在土场边上议论什么,吕朋和同组其他几个人都仔细倾听。老黑的脸变成圆的了,看来兴致很高,他们同我的感受一样吗?

秘书长、六爷陪同老太太还在正院上房之间走动,行动很慢。他们正要抬脚走上平台,迈进上房里去了。我们没有动,伫立着,等候他们出来。

十

我们随同慰问团的任务结束了,要回到平西县的城关镇去。走前的一天夜里,住在一个群众家里。早起后,就在这家派了一顿饭,我们按纪律留下了每人的饭钱。

那饭是什么呢? 我们分坐炕上的木炕桌周围,看着主人庄重地端了上来,一大盘蒸好的洋芋,冒着热气,一小碟压得很细碎的盐面儿。没有不满和

弹嫌的理由,这是目前群众的生活状况,主人端什么,我们吃什么。便纷纷动起手来,嘴里吹着,小心翼翼地倒动着手指,剥去那外面一层淡黄色粗糙的表皮。吃到嘴里,很面,很黏,就是没有味儿,稍稍撒些盐面儿上去,就香得多了。因为要走三十里地,大家便不客气地把肚子填饱,好赶长路。

在路上,空前地谈笑风生,浑身轻松,那一顿蒸洋芋也就消化了,变成了腰腿的劲儿了。看见城关镇时,人人都饿得不行,也不知这儿的群众在地里劳作时,该怎样坚忍着了。知道城关镇上,有一家汉民开的饭铺,不用商量,直奔而去。

奔进那家饭铺的后院,在上房的炕头上坐下。饭铺还没有顾客,只有我们这六七个人,周围极安静。太饿了,也太馋了,要一盘子红烧肉,一盘子白面蒸馍,风卷残云般一扫而光。

饭饱了,都不想动了,一切劳累辛苦和煎熬思虑,对明天要干什么的期待,一律置之度外,便撺掇老黑唱上一段儿,而且知道他最拿手的是一边哭啼、一边诉说,最后一声长嚎的《光棍哭妻》。

老黑满脸不屑地,拉长了脸说:"不唱,不唱,太晦气,太消极了……"大家自然不依不饶。最后,怕扫了大家的兴致,就说:"我向你们县上群众学了几首'花儿',唱一个'十杯子酒',给你们亮亮我的功底……"他的长脸立时变成圆脸,张开嘴,又先喝几口酽茶,才唱了起来:

一杯子酒儿正月正,姐儿门前悬红灯,脸上喜盈盈

二杯子酒儿二度梅,打发情人中高魁,蓝衫身上披

三杯子酒儿三盏灯,皇天不杀苦命人,功到自然成

四杯子酒儿四月八,娘娘庙里把香插,保佑奴一家

五杯子酒儿五福堂,姐儿河边洗衣裳,棒槌响叮当

六杯子酒儿六响连,想起情哥泪不干,活把心操烂

七杯子酒儿七月七,牛郎织女哭啼啼,七七月月期

八杯子酒儿醉八仙,桃园结义弟兄三,兄弟好团圆

九杯子酒儿九莲灯,花花枕头遇先生,情郎在梦中

十杯子酒儿十盏灯,报书门前把喜恭,成了功名人

那几位县上的同行们,一听老黑唱他们本地的"花儿",都来了兴致,也争先恐后地哼了几首,五音不全,兴味却浓。吕朋别开生面,压低嗓门儿,用喉音唱了首俄罗斯民歌《三套车》。

我坚决只当听众。

第二天,在安安静静期待新任务之时,我却接到平西县上转来的一个通知,调我回原来参加土改的县上,说是奉大行政区的调令,我原在的单位要开展文艺整风,通知我返回原单位参加。这出乎我的意料,更令老黑感到意外,他心里一定想,咋先调这个小青年回去呢? 但,革命素养和组织观念却让他严肃地对我嘟嘟囔囔地说:"那就赶紧走,好好参加文艺整风……"他的脸倒是照例拉长了的,只是眼睛里充满了温柔。吕朋拍拍我的肩膀,没说啥。其他几位,都说:"啥时候再见哩!"

说好了坐部队的汽车回县上,他们来送我。部队的汽车仍是一辆敞篷大卡车,这是部队来回送给养的车,我就顺便搭上了。等了一会儿,才看见秘书长陪着六爷走来了。噢——原来六爷也完成了慰问任务,要转回到省城去。他仍是一袭长衫,赤红着脸,眼神隐藏在茶色镜片后面。秘书长听说我要调回去,便远远地向我笑一笑,点点头。我也连忙笑一笑。正在此时,便见有十来位回民群众来送六爷,到了跟前,便屈膝行礼,六爷扶他们起来,有的人还把手里拿的纸包双手奉给六爷。我仍是来时装束,那双树枝筷子却在昨天的饭铺里丢掉了。我爬上敞篷卡车的车厢,手扶车帮。六爷自然被请到驾驶室里坐了。我向老黑们摇摇手,心里异常平静,车便摇摇晃晃在沙石路上开了。

在日渐温热的阳光照耀下,我回到县上,进了县委组织部,组织部的人给我开了介绍信,我把存在那里的背包打开,晾了晾,重新归整一番。我奇怪这个县委所占用的教堂,怎么异常安静,仿佛回复已往的岁月。组织部的人说,二期土改结束,干部们休整已毕,又都下到各区抓春季生产去了,刘书记也下去了,只有宣传部张部长在。我的普通一兵的身份自然不必去见刘书记,但张部长在,却令我顿时兴奋起来。

敲了敲张部长那间宿办合一的宿舍小房门。教堂的木门质量好,声音当当地响。张部长喊我进去。他看我的脸色平静,坐在椅子上没有起身,只是问:"老黑咋没调回来?"我老实回答,不知道为啥。张部长这才让我坐下,他的面容松动了,笑说:"听说你这次随军表现不错,好!好!"

随着他的情绪,我趁机说:"张部长,那我的入团问题咋办?我已经经过批准了的,组织手续都在……"

张部长很爽快地答道:"我知道,我知道,你的入团材料都在区上,离县上一百二十里地哩,你不必等了,我让团县委给你调上来,再转回你单位去……"

这我还能再说啥,只好心怀感激地告别了张部长。

有两位留在县上没有下乡的熟朋友,都是年龄相仿的干部,同我上街照了一张合影,听说没有胶片,是玻璃板的底片。但不管再落后,再古朴,还是把我们上半身的影象留下了。

我带上行李、挎包、大衣,满怀歉疚地把那根跟了我半年的等身木棍悄悄留在组织部的一个角落里了,进了县城东门外那个有点洋气的白房子,就是县上唯一的汽车站,坐在长木凳上死等。却也幸运,不久就来了一辆载货的道奇卡车,当时还没有统一的国营公交运输车辆,都是私人车主的车跑运输。车已经装满了货,一直到栏板顶部,不知是什么。汽车站帮我和另一位要去地区开会的干部向车主交了钱,送我俩上车。踩着轮胎爬上去,把行李背包放好捆住,我们就坐在货包上,脚踩到驾驶室的顶盖上。虽然已届春末夏初,但开车以后野风还是很凉的,我在棉衣外仍然披上皮大衣。为防风沙,又戴好帽子,戴好飞机驾驶员使用的风镜,手抓横在胸前的车篷铁圈,稳稳地坐了。坐在驾驶室内右侧的助手从半开的车门向上看我们已经坐好,便"砰"地一声关上车门———引擎轰鸣,摇晃一下,车就起步开动了……

我坐着,脑子里想着在县委的门房里收到的两封积压好多天的来信。一封是我的当了志愿军正在朝鲜作战的中学同学的,他是一位侦察参谋,信中描述了他在一次敌前侦察时适逢敌人打炮,同行三人,他身前一人胸前被弹片洞穿,当场牺牲,身后一人受了腿部重伤,他则完好无损。他的话让我感慨良深,在朝鲜那才是一场真正的战争,流血极多的有世界影响的战争,而我刚参加的平叛战斗,也就是个小小的战斗罢了。另一封是机关一位同志写来的,信上说,机关已开始文艺整风,大家都要自我检查,开展批评,这几天正在自下而上地批评张主任。张主任的问题是,他在参加一些革命戏剧和电影的讨论时,大家都说某个作品让自己哭了,流了眼泪,受了感动,就是好作品,他却说不应该只看这一点,辣椒面儿进了眼睛,也会流泪不止的,等等。这一段话,很没水平,便成了众矢之的。还有一些人声讨美国电影,跳大腿舞,是腐朽的艺术,"大腿满台跑,工农兵受不了",云云。

傍晚的风,从山里吹下来,黄土塬上的野风是暴烈的,虽在春末夏初。

十一

两个月后,我在机关门口的收发室,看到大行政区党的机关报,刚刚送来,还有油墨味儿。竖排在头版一角,有一个巴掌大的消息,是权威发布,说的是我参加平叛的平西、安原、隆庆地区已经恢复了秩序,社会安定,各族群众正加紧农业生产。少数叛乱祸首已得到惩处,改恶从善的得到宽大处理。我去的那个马家堡的叛乱头头马成全已经走出梢林,投案自首,已按政策给予从宽处理……

我松了一口气,把这四十来天的战斗经历封进脑子里那个密码箱,咔嗒一声关上了……

2008 年 7 月

那只叫小白脸的猫

一

小白脸是一只猫。

它浑身裹着一块一块杂乱拼接一起的黄色、白色、黑色的细毛,有如一只斑斓小虎,脸却是雪白的,眼睛又圆又亮,鼻头粉红,嘴巴很大,闭合起来又显得柔和,白色胡子向外岙着,额头以上覆盖着深黄色夹白条的细毛,两只大耳朵在头顶左右向前张开……

二

小白脸出生以后一直闭着眼睛,像一个小绒球似的和它的三个同胞弟妹拥挤在一起,抢着吮吸它的妈妈,也是一身黄白色相间的母猫腹部乳头泌出的乳汁,吃饱了就睡,睡醒了再吃。终于有一天,它睁开了眼睛,感受到了光线和外部世界的形象,它四肢爬动,小脑袋尽力向上仰起,这时,便看见了背着光的三个人脸,那是一个年迈的爷爷和一个男娃、一个女娃,他们头挨着头,正在议论着什么。

"这几个小猫,哪个好看?"

"就这个黄白黑混杂的好看……"

"应该起个名字,叫啥好呢?"

"脸是全白的,就叫小白脸……"

"咋叫得跟戏台子上唱戏的一样呢?"衰老的爷爷满脸皱纹,笑眯眯地说,"咱们家又多了张吃饭的嘴咯!"

"我省出一个馍来……"小男娃说。

"光吃馍不行,它嘴馋……"小女娃说。

爷爷拍拍他们的头,说:"好办!你每天到你四叔开的'农家乐'烤鱼摊上,捡客人吃剩下的鱼头、鱼尾,拿回来喂……"

"干脆叫它捉老鼠去……"小男娃说。

"那要等它长大了,再说,咱们农村闹老鼠都兴用药,拌上粮食,猫吃了死老鼠,注定死路一条……"爷爷一边说,一边用他那青筋暴起的手把小白脸轻轻抓起,让它面向自己。

小白脸不知道自己已经有了名字,露出小而圆的肚腹,张开粉红色的小嘴,"喵喵"地叫,细弱得像蚊子扇动翅膀的声音。

"它的眼睛咋是蓝的呢?"

"刚生出来,都这样。"爷爷把小白脸轻轻放回原处,说它是个公猫。

小白脸颤巍巍立起身子,却被它的弟妹们挤倒,它奋力爬起来,后脚爪踩着另一只全白的弟弟的肚腹,前爪向上抓,终于抓住了一个楞边,它仰起头,睁大眼睛,那个爷爷和小男娃、小女娃都不见了。它看见自己正站在一个破旧的搪瓷脸盆里,脚下垫了一层旧棉花套子。向外看,破旧脸盆放在房门后边一个角落里,旁边是一个炕壁高大的土炕,炕面上铺着苇席和褪了色的旧被褥。对面墙下放一张四条腿的木桌,桌上一个黑乌乌又闪着亮光的四方形大匣子。抬头向上看,顶棚高处一根电线下吊着一只明晃晃的电灯泡,放射出刺眼的亮光,那亮光把屋子里照亮了,也引起了小白脸的好奇,它就盯住看,瞳孔慢慢缩成一条线。这时,离开猫窝的小白脸的妈妈,一只硕壮的也是黄白相间皮毛的母猫,不知从什么地方窜了回来,不由分说,把乱爬的小猫们一一叼起,放回旧搪瓷脸盆里,训斥它们说:好好在窝里待着,不许乱爬!随后便伸出有肉刺的舌头,轮流给每个儿女舔着身上的细毛。

小白脸觉着妈妈的舌头温热而湿润,像一只木梳在轻轻梳理它浑身的细毛。它伸展开身体，让妈妈舔着，舔着，不一会儿，就昏昏然入睡了。

又过了几个让小白脸觉不来长短的日子。一天，太阳光明明亮亮、暖暖和和地探身进了房子，从大开的房门把空气里的灰尘照射得星星点点发光发亮，小白脸被吸引住了，它奋力伸出前爪、扯长身子，终于抓住了旧搪瓷脸盆的楞边，脚下一使劲儿，便跌出盆外。四只脚一挨砖铺的地面，觉出又硬又凉。它朝房门开处，摇摇晃晃，扭动着圆滚滚的身躯爬去。迎面是一道磨得光秃秃的门槛，比自己高出很多，小白脸仰起头，伸出前爪，攀爬上去，尚未站稳，便又骨碌碌滚到门槛外边。它第一次看到这个农家院落，左右是两间厢房，直对自己的是一个门楼、两扇旧木门，都很高大，只有仰起头，才能看到房檐上的木椽。它呆呆地站在台阶上，觉出脚底下石头台阶的冰凉。这时，它又看到了爷爷，正坐在台阶上一只小木凳上吸旱烟叶子，嘴里吐出的烟气和烟锅里冒出的烟气，一缕一缕地在阳光映射下变成淡蓝色。那个小男娃和小女娃正在院子正中一个小方桌边做作业。他们都同时看到小白脸。

爷爷爱怜地说："小家伙会满地跑了！"

小女娃跑过来把小白脸抱起，放到小方桌上，小男娃也伸出拿圆珠笔的手摸小白脸的小额头。小白脸站直了身子，伸出前爪试探地踩了踩桌上摊开的课本，看到面前是一大片光滑、洁白的纸张和上面五颜六色的花纹，它又嗅了嗅那支花花笔杆的圆珠笔，好像有小女娃手上沾濡过的肥皂味儿。小白脸不知道害怕，被暖暖的太阳光晒得身上发热，便半坐半卧地斜躺到小女娃的课本上。

小白脸的弟妹们也都跌跌撞撞从门槛上爬出来，在石头台阶上颤巍巍地小步走着。这时，小白脸的妈妈不知从什么地方游逛归来，它蹲在一边，密切看着自己的儿女们，忽然爷爷家养的那只浑身黄黑羽毛的母鸡探头探脑、迈开大步从院子门口走来，小白脸的妈妈猛然蹿上去，把台阶上的小猫们一个个咬住脖颈后边的毛皮，叼起来，跨过门槛，放进破旧搪瓷脸盆里。它又回来，死死盯住躺在小方桌上的小白脸。小男娃一把抓起小白脸，轻轻放到土地上，对母猫说："快叼回去吧！"

爷爷从嘴里拔出旱烟嘴，吐出一口烟气，说："也是一个当妈的嘛！"沉默

一会儿，又问小男娃："邮局没来人？你爸你妈也没来信来电话？"

"没有。"

"你爸你妈出去打工，那地方可远哩，坐火车都要好几天。挣俩钱可不容易呢！前年过年冰雪把电路压断了，他俩在火车站上整整坐等了三四天，才挤上了车……"

"爷爷，咱们买个手机吧，随时可跟我爸我妈联系……"小男娃、小女娃齐声说。

爷爷又吐出一口烟气："攒够了钱，再买。"

小男娃低声却又正儿八经地说："爷爷，听我们校长说，我们小学只有十来个学生，下学期可能要并校哩……"

爷爷吃一惊："什么并校？"

"就是说，咱们村里不办学校了，都集中到镇小学去。"

爷爷愣了，说："你们小学还是人家出钱盖的希望学校哩！咋说不办就不办了呢？"缓一会儿，接着说："那就叫你爸你妈把你俩接去，到大城市去念书，好不？"

小男娃、小女娃都跳起来，喊着："好！好！"

爷爷在石头台阶上敲掉了烟锅里的烟灰，叹一口气："我老了……"

小白脸被它的妈妈用嘴叼着，身体悬在离地面三四厘米的空间里，越过门槛，被放在破旧搪瓷盆里。猫妈妈说：过几天，我就给你们断奶了……随即挨个儿用舌头轻轻地舔它们的额头。

后来，又经过好几次的攀爬，小白脸觉着自己的四条腿有劲儿了，可以伸直迈步走了。它试着快跑了几步，竟然成功了。它又试着去翻越那道门槛，却被关着的木门挡住了，木门缝隙里透进丝丝缕缕的太阳光。小白脸很好奇，它试着用前爪去抓那几条光线，却扑个空，什么都抓不住。它只好沿着炕壁下边和桌子腿下四处走动，嗅一嗅，看一看。忽然从墙角处溜出一个黑影子，仔细看去，尖嘴巴、深褐色毛皮、两只黑豆似的亮眼睛，飞快地跑动，又猛地停下不动。小白脸愣了，不认识，便走上前去，谁知那个东西"嗖"地一转身顺墙根急速地溜走了。小白脸摇摇头，不解地向回走，走到炕边，看见棉被的一角直直地搭在炕边,它试着伸出爪子去抓,竟然抓住了,便攀爬上炕,看见它的妈妈正舒服地打着呼噜蜷卧在胡乱叠放着的被褥上。小白脸便向妈妈的腹下拱去,却把猫妈妈惊醒了,打个哈欠,站了起来。小白脸问:"我看见了一个东西……"猫妈妈说:"是个尖嘴、长尾巴的吗?"小白脸说:"好像是。"猫妈妈说:"那是小老鼠呀,你咋不去抓它呢!"小白脸缩着脖子说:"我不知道,我也不会。"猫妈妈说:"这还得我自己来,你再长大一些,我可以教你。"小白脸自言自语:"我什么时候才能长大呢?"猫妈妈说:"到你不吃我的奶的时候,到你完全靠自己的牙齿去撕咬食物的时候……"

这一天终于提前来临了。小男娃拿一张从作业本上撕下来的纸,包了一些他四叔烤鱼摊子上剩下的鱼头、鱼肉回来,又掰开一个白面馍,混在猫食的粗碗里,拿开水泡了。猫妈妈领着它的儿女们,挤着围在粗碗四周,撕咬吞吃起来。小白脸第一次用自己锐利的小牙齿撕咬咀嚼食物,特别地香,它又饿了,喉咙里发出"呜呜"的声音。猫妈妈吃了几口,便停下看它的儿女们吃,整个粗碗被它们舔食得干干净净。小白脸吃饱了,便蹲坐在一边,无师自通地用舌头舔自己前爪,又用前爪揉搓它的脸颊和耳朵背后的毛,那种憨态,那么灵巧,特别是粉红色的舌头卷上去舔鼻头的动作,十分可爱,惹得爷爷笑着抚摸着,说:"这些年,粮食够吃了,才给你们泡馍呢! 搁到前多年,你们就只能自己去逮老鼠咯!"

小白脸瞪起大眼睛,看着猫妈妈。

猫妈妈哼哼地说:"这都是你太爷爷很久以前的事情了,它们只能抓老鼠吃,还到野地里去抓小雀儿呢! 家里的馍笼子挂到梁上,猫是够不着的……"

小白脸弄不明白,呆呆地蹲坐着,只觉得妈妈说的全是遥远的古代的事情。

这一天,三间上房当中的木门照例完全打开了,展现出灿烂的外部世界,太阳光毫不吝惜地把光线和热力投射进来。小白脸在破旧脸盆里待不住了,更不想只在炕底和桌下、椅下转悠,它直直地翻过门槛,越过石头台阶,跳到院子当中的土地上。它嗅嗅地,看看砖缝里萌生出的小草、无声地飞过的小虫,一切都是这么新鲜! 迎面走过来十几只淡黄色的小绒球,迈着细细的小

腿,一边向地面上啄食着什么,一边争争抢抢向前走,圆滚滚的很好玩的样子。小白脸瞪大眼睛,盯住看,猛地它冲了上去,想捉一只绒球儿。那些小绒球倒很灵活,一下子就跌跌撞撞跑开了。小白脸扑了个空,愣在那里不动,这时便觉着额头上被什么东西啄了一下,疼得厉害,原来一只红脸膛、尖嘴巴、身披黄黑杂色羽毛的大母鸡正站在小白脸对面,偏着头盯住它。小白脸大吃一惊,四条腿一齐开动,逃回到石头台阶上。猫妈妈稳步走过来,说:"那是鸡呀,一只会下蛋的母鸡,它也有一群娃娃,比妈妈的孩子还多,你招惹它干啥!"小白脸恍然大悟,说:"噢,原来是鸡,我当是什么呢!"猫妈妈说:"它只轻轻地啄你一下,小鸡的爸爸才厉害哩,那一啄可能啄瞎了你的眼睛。它们的窝在院子角落里,是个砖垒的小棚棚。记住,我们不去惹它……"

但是,小白脸的好奇与好动怎么能阻挡得住呢!它在院子里四处转悠,看见树叶、树枝的影子在地上晃动,就去用爪子抓;看见墙角落里的木橼,就露出前爪去抠它的粗糙的外皮;甚至跑进厨房,跳上木案板,嗅着木案上切过鱼骨头的味儿。这天,它在太阳光照耀下,蹲坐着,忽然看见自己的尾巴尖儿轻轻地动着、摇着,便大感奇异,转过身用前爪去抓它,谁知身子一转,尾巴也转走了,抓不住。身子越转得快,尾巴也转得快,根本无法抓住。小白脸懊丧地蹲坐下来,那盘在身边的尾巴尖儿仍然在轻轻摇动。这些都被猫妈妈看见了,猫妈妈瞪大眼睛,笑说:"笨蛋,那是你自己的尾巴尖儿啊!"

这天,小白脸又遇见一只大黑狗。那只黑狗鼻子边有褐色条纹,眼睛突出,脸很长,个头很大,从门楼外探身进来,一边四处看,一边用大鼻子嗅着嗅着。小白脸不知好歹地迎上去,想认识一下。谁知那只大黑狗低头看看它,有点蔑视地仰起头,理也不理。小白脸又进一步用前爪去抓大黑狗的前腿,连抓几下,这下惹恼了大黑狗,它嘴里"呜"地一声,鼻子里喷出一股狗的气味来。这可吓坏了小白脸,它有生以来第一次感到惧怯,浑身的毛和直直竖起的尾巴上的毛都一下子乍了起来,向后退了几步。那个大黑狗又大声吠叫一声,那声音震得耳朵疼,小白脸"嗖"地一下子转身逃走,飞快地跳上石头台阶。猫妈妈走到它的身边,抚慰它说:"不要害怕,那是隔壁人家的看门狗,样子凶,其实不和我们猫斗的,只是吓唬你一下子……"又说,"以后见了比你大的东西,要立刻跑,免得吃亏!"

在院子里玩腻了,小白脸渴望出院墙大门的门楼去外边看看,想着想着机会就降临了。它正在石头台阶上懒散地卧着,院子里很静,从树上飞下来几只麻雀,在土地上一跳一跳地,转动小脑袋朝四处看,又急速地低头啄食地上的什么东西。小白脸捕捉一个活物的欲望爆发出来,它悄悄站起,眼睛死死盯住麻雀,脚步慢慢朝前移动,走下台阶,略停一下,便冲将上去。谁知麻雀们警觉性更高,小白脸刚一扑出,它们就都张翅飞上墙头,歪着脑袋朝下看。小白脸失望而又懊恼,它奔向院墙角落靠墙放着的几根木橼,伸出前后爪抓住,一纵一纵攀爬上去,到了墙头。那几只麻雀却又故意逗小白脸玩似的,展翅飞到墙外的槐树茂密的枝叶里去了。小白脸无可奈何,它在墙头上蹲坐下来,展眼四望,一下子惊呆了。哎呀,这个世界真大呀!眼前墙下是一条碾实了的土路,一家一家的房院紧紧挨挤着,有的房院还是二层的,大门深红色,钉着一溜溜泡钉,隔壁紧邻的门口蹲着那只大黑狗,很无聊地伸着舌头。街上很静,挂着"农家乐"大牌子的几家门口停着黑色灰色的小汽车,一伙一伙比爷爷他们穿着鲜亮的人摇摇晃晃走动着。向远处看,一排翠青深绿的山峰的影子有层次地横亘在天边,下边的地平线上有些四方的小小的车影在迅速穿来穿去,再下边便是一大块一大块连绵不断的深绿色、又泛着小小波纹的麦田。风轻轻地吹拂着,从槐树枝叶间流淌下来,流至小白脸的脸颊上。小白脸蹲坐着,前腿规规矩矩并在一起,尾巴也收到身边,它静静地盯住这所有的景色、所有的晃动着的光影和斑斓的色彩。

不知过了多少时间,小白脸蹲坐着看得眼睛困了肚子里空了,它便顺原路悄悄下来,刚一落脚地上,便看见猫妈妈正站在院子当中等着它。猫妈妈说:"你会爬墙了,会上树了,说明你长大了,你的弟妹们还不会哩!"

小白脸有点羞涩地说:"不知怎么,我就爬上去了。外边太好看了……"

猫妈妈说:"你只能远远地看,那是人们的世界,你要学会逃避……"

小白脸问:"为什么?"

猫妈妈不直接回答,只是走到小白脸身边,伸出舌头舔舔小白脸的脸颊和额头,说:"你再大一些,自己就会明白的……"

夜里，圆圆的电灯泡猛地亮了，发出刺眼的光芒。爷爷和小女娃坐在土炕上，小男娃坐在土炕前的一只木凳上，他们一齐在看方桌上那个黑匣子。那个黑匣子原来毫无生气，忽然变亮了，五彩斑斓，里边有很多人在跑动，在追逐一个圆圆的白球。那个白球在人们的脚下或猛然飞起，或顺地皮滚动，或在半空划个弧线，或在人们头上撞击，最后射入一个大大的网内，密密麻麻的人群奋起高喊，小男娃也拍手喊叫，只有爷爷默默无语地抽他的旱烟叶子。小白脸在土炕角落里看着那个白色圆球飞起，射向黑色方匣子，忽然就不见了，它大为惊奇，连忙起身，从炕角落跳上方桌，到黑色方匣子后边去寻，哪知道那里一片漆黑，什么也没有，只有几条细线挂在那里。小白脸从黑色方匣子后边灰头土脸走出来，惹得爷爷和两个小娃一起大笑，爷爷说："你这个傻瓜！那是电视，只是个影子嘛！"话刚说完，就有人敲响院门，爷爷下炕出去看，一会儿，就领着一个人进来。爷爷让那人坐到炕边，从桌子抽屉里拿出一盒烟来，又大声叫小男娃把电视声音关小。

那个人穿一件深灰色夹克衫，脸色黢黑，头上却戴顶浅黄、深绿混杂一起的有帽檐的圆顶迷彩服帽子，手抬起来，显示正夹着一根抽了一半的纸烟。爷爷放下烟盒，笑着问："村主任不在家里看球赛……"

那个被喊作村主任的中年人，笑说："白天没时间，只有现在来。快到忙季收麦了，要请收割机来，就是村头通大公路的路太窄了，要扩展一下，再铺上沥青。镇上政府给些钱，咱村再凑点钱，各家各户都要分摊一点……"

一听到要摊钱，爷爷满脸皱纹都挤到一块，唉声叹气："你主任知道我的难处……"

"知道，知道，别人家都盖了新房，你家光买了些砖，还堆在院子外头哩！都改革开放了，还住着人老几辈子留下的祖业里……前几年，我婶又害病，病故了还从城里拉回来葬埋了，这都要花钱……"

爷爷鼻子里"吸吸溜溜"了几下，用手抹了抹，说："这我要谢谢你了，那时候村里人还多，靠乡亲们挖墓的挖墓，抬棺材的抬棺材，才把丧事办圆满了。我准备了个豆腐席，你村主任一声喊，说是大家都回家去吃饭，不要增加我的负担……唉！多亏你村主任了。"

村主任笑说:"那咱们就这么办——老叔你家就不要摊钱了,你出几个工。你知道,现在是人人都各显本事哩,有务果树发家的,有买车跑运输的,有做生意赚大钱的,有外出打工的……"

爷爷连忙说:"行,行,拿镢头挖黄土,拿铁锨平平地,那没问题,做了一辈子庄稼了。"见村主任要走,又说,"给你拿个啥……"弯腰从破旧搪瓷脸盆里抓出小白脸的一个小弟弟出来,放到村主任手上:"刚断过奶。"

村主任笑了:"我屋里老鼠多得成了精了。"然后,小心地揣到怀里,转身走了。

小白脸蹲坐在方桌的一角,眼前发生的事情,它不理解,也没什么反应,转头去看猫妈妈,猫妈妈正缩成一团,闭着眼睛仿佛入睡了似的。

日子越来越长,天气越来越热,小白脸蹲坐在上房前的石头台阶上,它出不去街门,爷爷修完路后,每天都要到他家承包的那几亩地里去看麦熟的情况,小男娃和小女娃去上麦忙假前最后几天课,街门从外面反锁了。那几只小绒球的小鸡们一下子也都长大了,腿长了,喙尖利了,头仰得很高,在院子里走来走去。小白脸不再去惹它们,它还记得鸡妈妈啄额头时的疼痛。这些日子,小白脸倒是很关心自己的干净了,它坐着,低头,伸出粉红色的舌头,头一扬一扬地舔着胸前那一块雪白的细毛,然后,又舔前爪、舔指甲的缝隙。

忽然,墙外村路上有"轰隆轰隆"的声响由远而近地传来,几乎要接近街门口了。小白脸从石头台阶上一跃而下,从墙角的木橼上爬上墙头,在它的眼前,跟一间房子大小差不多的刷成鲜红色的东西正停到门口,有门有窗,有四个大轮子,还有一些小白脸根本不认识的物件悬在前头。这是什么呢? 小白脸的小头脑里飞快地思索着。这时,街门被推开了,爷爷头戴一顶旧草帽,手背着,握着一把镰刀,先走进来,后边跟着小白脸从未见过的戴着墨色眼镜、穿着黄色背心的两个人。爷爷请他们在石头台阶上坐了,搬来小方桌,斟上茶水,拿出纸烟,急火火地说:"才把你们盼来了,麦熟到了,要赶紧割哩!"

那个有黑胡须的人问:"你家人呢?"

"儿子和媳妇到南方打工去了……"

"咋不在县城打工,忙时就回来了。"

"唉,图南方的工资高么!"爷爷挨人头敬纸烟,用一个看不来颜色的打火机给点着了,问:"这割一亩多少钱?"

那人说了个数目。爷爷问:"能便宜点?"

"唉,都是市价嘛,机器折旧、人工、油料,样样都要折算进去。这样吧,给你们村主任说说,少算点。你们村主任在路口拦住我们,这才给你们割哩,统一交钱……"

爷爷立马站起:"好,这就走!麦茬得留低点,还得种苞谷哩!"

小白脸从墙头上向下看,爷爷和那两人都矮了半截的样子,匆匆忙忙一个跟一个走出街门。街门敞开着,没有关。

小白脸坐不住了,它眼看那个房子样的东西,四轮转动,从街门口朝外开去,便飞快地从墙头上下来,贴着门扇溜到门外的村路上,又贴着墙根跟着那个大东西向前跑,它偶尔一回头,看见猫妈妈还睡在石头台阶上,懒散极了。小白脸跑着,听见几个小娃在后边喊:"猫,小花猫,小咪咪……"它理都不理,四条腿飞一般向前跑着。终于,看见那个大东西开进黄澄澄的麦田里了,顺着麦行子向前移动,吞吃着在小白脸看来像森林一般比它高得多的麦稞子,身后留下整齐的麦秸,规规矩矩躺在地上。爷爷蹲坐在地边头,草帽垫在身下,目不转睛地看。

小白脸也站在路边看,一方面竖起耳朵聆听四方的声响,尾巴也高高地竖着,有什么黑影和声响接近它,便急速逃跑。它对这宽阔无际的田野有好奇,也有恐惧。终于它向回跑了,迎面看见鸡妈妈领着儿女们走进割过的麦田,开始啄食地里残留的麦粒。小白脸跟上去,说:"好吃不? 我也尝尝。"鸡妈妈警惕性很高地扇动两只翅膀,朝小白脸刮起一道热风,说:"你走开! 你有啄食的嘴巴吗? 你能咬碎麦粒吗?"说着,扬起头,瞪着眼,斜看小白脸。小白脸退了几步,转身飞快地跑回村里,好在街门还敞开着,便一溜烟钻进去。

猫妈妈从石头台阶上抬起身子,低头看着从街门溜进来的小白脸,说:"你看见收割机了?"

小白脸走上台阶,挨着猫妈妈坐下,说:"原来割麦是这个样子,我没见过。"

猫妈妈说："你太爷爷说，它当年见过的割麦，满地是人，手持镰刀，弯腰屈背，要劳累好多天，才把粮食向家里扛哩！哪像现在收割机这么快……"

小白脸面对街门口，看见爷爷领着几个人肩头上扛着装满麦子的长条布袋进来，它向猫妈妈说："看，看，你说的麦子收回家咯！"猫妈妈斜眼一瞧，伸伸懒腰，说："去年就是这么快，今年还要快……"说着，张开口，打了个哈欠。

小白脸眼睛直直盯住爷爷和那几个人分几次把二十多条装麦子的布口袋捎进那个一直空着的西厢房里，靠墙直直地紧挨一起竖立着。爷爷拉住门环闭上房门，送出去，那几个人坐上一个小一点的平板汽车，"呼噜噜"一阵响，开走了，街门口留下一溜青烟和好闻的气味。

爷爷用一条干毛巾，扯长了，拍打身上的尘土。小男娃和小女娃从街门外回来，脸上通红，没有背书包，手提一个笼子，里边放的湿手巾和塑料水瓶。原来他们是上地里给开收割机的人送水去了。小男娃朝爷爷说："人家还嫌咱们没泡上茶呢！"爷爷不语，只叮咛说："你去厨房烧些水，温水洗脸凉快解乏……"小女娃坐到石头台阶边上，抱起小白脸，用脸挨挨小白脸的脸颊，爷爷说："这么热的天，抱个猫，不嫌热！"

被放下的小白脸跑到猫妈妈身边，卧下，看见爷爷对它的妈妈说："唉，唉，老猫，这厢房里的麦子就归你管了，黑夜里，好好守着，逮个老鼠吃……"

猫妈妈蹲坐着，半闭着眼睛，似听非听的样子。

天渐渐黑了，小白脸走到角落里放猫食的地方，那个粗瓷碗里只泡了一点白面馍，根本不够它们吃的。小白脸从几个弟妹的争食里只抢到了几口，便朝着坐在炕边吸烟的爷爷"喵喵"地叫了。爷爷拿起烟袋，朝它指着说："不够吃吧，到厢房逮老鼠去……"说完，绽开满脸的皱纹，"嘿嘿"地笑了。

直到稍凉的夜风从敞开的房门流淌进来，五颜六色、乐声狂放的电视机关了，爷爷和小男娃在炕上睡了，小女娃也在里间进入梦乡，猫妈妈用舌头舔醒了小白脸，从门槛上跳出去，走下石头台阶，来到放麦子的厢房门口，门紧闭着。一看门槛下有一道很宽的空隙，便肚皮紧贴地面爬了进去。猫妈妈悄悄说：你钻到里边去，趴着，不要弄出声音来，守着。小白脸心"怦怦"跳动，又兴奋，又紧张，它听话地跑进去，在一个角落地方悄悄趴下来，尾巴也收缩到

身边，眼睛里瞳孔扩成圆形，把黑暗处看得清清楚楚。小白脸从来没有猎捕过任何活物，这是它生来的第一次，好奇争胜的血液在血管里快速流动，何况爷爷又把它饿了一顿，胃里又空着呢！它屏住呼吸，爪子下土地的热气渐渐消散，一股清凉潮湿的感觉在它的柔软腹部慢慢传上来，它收回前爪，弯曲着蜷着，静静地守候。过了一会儿，没有任何动静，侧过头朝门外听去，猫妈妈也没有一点声响，小白脸感到孤独和惧怯，想溜回去。就在此时，传来一丝细细的沙沙声音，小白脸浑身猛地一颤，肌肉忍不住绷紧了，它的眼睛向麦袋上望去，前不久见过的那个深褐色、尖嘴、两只小黑豆般眼睛的小老鼠从顶棚上溜下来，又爬到麦袋底部，找一个可以搭嘴的地方开始撕咬起来。小白脸释放出全部肌肉能量，猛扑了上去。可能是出击得太早，它刚觉着已经把前爪搭上了小老鼠的背部时，那个机警的小偷"嗖"地一声挣脱了，飞快地爬上麦袋，立即不见了踪影。小白脸愣在那里，前爪半天不动，缓过神来，知道自己的狩猎行动失败了，看来那个小偷不会再来了，它抖动了一下身子，从门槛下那个缝隙空处爬出来。

猫妈妈正埋伏在门槛外的角落里，一动不动，只有瞳孔放大成一颗黑宝石般地闪亮着。看见小白脸嘴里没噙住任何东西，蔫蔫地爬出门槛，知道小白脸失败了，却不责怪，只是说："你回去睡吧，小老鼠不会再出来了，热天天亮得早……"小白脸问："你呢？猫妈妈回答说：我还得守着。"

小白脸悄悄跑回上房，黑暗中看见在土炕的苇席上爷爷仰面朝天，睡得正香，鼻子轻轻地颤动着，打着鼾声，那个小男娃光着瘦小的上身，侧身安静地睡着，没有一丝声音。小白脸看见破旧搪瓷脸盆里，它的弟妹们挤得满满的，便跳上土炕，在一个空空的角落里，扯长身子躺下，前爪后脚完全撒开，迷迷糊糊入睡了。

敞开的门和条形木窗透进白白的亮光，晨风轻轻流淌进来，爷爷先起来，到院子里坐到石头台阶上抽烟。小白脸被惊醒，坐起身来，用舌头舔舔前爪，又胡乱在脸颊、耳根处擦了擦，听见爷爷欢快的叫声："啊哈，老猫逮了只大老鼠……"

小白脸连忙从土炕上跳下，飞快跳过门槛，就看见猫妈妈一变往日沉默缓慢的神态,四肢有力地站立着,两条前腿下拖着一只很大的老鼠,嘴巴的牙齿紧紧咬住老鼠的喉咙和脖颈,在院子大步转着圈儿,由厢房门口走到上房石头台阶下,走到厨房门口,又回到台阶下,喉咙里发出"呜呜"的声音。

爷爷笑呵呵地夸奖说:"行了,行了,知道你立了个大功……"

猫妈妈放下已经奄奄一息的那只深褐色脊背、雪白腹部、拖着一只长尾巴的大老鼠,又嗅了嗅,便蹲坐在老鼠身边,抬头看爷爷。爷爷放下烟袋,很少有地摸了摸猫妈妈的头,柔声说:"有你在,老鼠们就要搬家了,它们不敢偷咱家的粮食了……还不快去吃了!"

小白脸的鼻子里扑进来一股血腥的刺激味儿,肚腹里的肠胃都加速蠕动起来,它无师自通地不等猫妈妈的呼唤,立即从石头台阶上跳下去,扑向那和它一般大小的老鼠,张口便撕咬起来,它的两颗小犬牙立即显示出威力。它偶一回头,便看见它的弟妹们也从石头台阶上冲下来……

三

麦子收割回来,种下的苞谷长得跟人的高低差不多了,在这个期间,小白脸身子长高、扯长了,黄色的毛更黄,白色的毛更白,黑色的毛更黑,皮毛光滑油亮,两只眼睛睁得更圆更大,耳朵像两只喇叭一样挺立着。它在院里四处游荡,上树,爬墙,追逐它不再害怕的那些长大了的鸡们,累了就随便找个地方卧下歇着,只是最爱爬上炕头,在爷爷发出汗臭的被窝上缩成一团睡觉,或者卧在小男娃的肚子上、小女娃的怀里,把前爪拳起,闭上眼打呼噜。但是,它却发现它的弟妹们都不见了,猫妈妈已经对儿女们的感情慢慢淡化了,不给小白脸说什么,好像自己从未生养过它们似的。小白脸却浑然不觉。

天气从炎热渐渐凉爽,一天,爷爷手里不拿须臾不离的烟袋,却提了个不知从哪里找出来的铁丝编成的笼子,抱起在炕上睡懒觉的小白脸,从头抚摸到尾巴,自言自语地说:"都并校到镇上去了,没人管你了,你去城里吧!保险你天天能吃上肉……"随手揭开笼盖,把小白脸塞了进去。然后,走出街门,反锁了,提着笼子向村外大路走去。

小白脸懵懵懂懂,不知道咋回事,它没有逃走,也没有挣扎,只是四爪牢

牢抓住铁丝站着,迷惑地四处张望。从铁丝笼里向外看,就像隔了一层花花篱笆似的,小白脸看见它的猫妈妈正蹲坐在石头台阶上,对小白脸被爷爷提走,没有任何反应,只是冷冷地看了一眼,又把头埋进拳起的前爪里,闭上眼睛,睡了。

走出小白脸熟悉的村道,路过苞谷茂盛的大田,走上像一条平坦河流上正飞驰着连绵不断的小汽车的公路,爷爷提着的铁丝笼子前后摇晃,摇晃得小白脸只好双爪抓紧了笼子底部,肚子里也空了、饿了。它看见爷爷穿的胶底军鞋一前一后轮番朝前移动,周围都是光和影的错动、声音的高低交响,便惧怯得不敢乱动了。

走了不少路,碰见不少人,爷爷在一条两边栽满梧桐树的街上停下来。小白脸看去,这路上挤满了人和车,人行道上摆满了各种摊点。原来这是个专卖花木鱼虫的市场。先走过卖花木的,葱葱茏茏的叶子,红的黄的花朵,遮挡得看不见人脸。又走过摆满了玻璃鱼缸和大木盆的鱼市,小白脸从没见过这么多的颜色不同的小鱼,都在水里摇头摆尾地游动,眼睛珠子却是死沉沉的。又走过狗市场,狗都是用皮条拴在主人的手上,还有小狗静静地趴在盛狗的纸盒里,也有大狗在吠叫,却只一两声。小白脸看得眼花缭乱,昏头晕脑。爷爷走到市场尽头,在一棵树下,挨着几个也在卖猫的人蹲下,完全是一副老农的模样,蹲得很自然,也很舒服。他把装小白脸的笼子放到脚前,也不出声吆喝,默默地抽起一袋旱烟叶子来。小白脸只能看见行人们穿着凉鞋、布鞋、皮鞋和运动鞋的脚在脸前"嚓嚓"地走过,却没有停下来的,但终于有一双皮鞋、一双运动鞋的脚不走了,铁丝笼子被人用手提起,小白脸看见那是一个略带忧郁的中年男人的脸和一个十来岁清秀光润的女中学生的脸,他们微笑着,齐声说:"这只花猫好漂亮! 是卖的吗?"

爷爷说:"拿到市上来,都是卖的。"

"好养吗?"

"没啥难养的,农村猫,就是泡馍吃。农村老鼠多,也吃老鼠。要的话,连笼子一起……"

"多少钱?"

爷爷举起青筋暴起的手,伸出两个手指。那个中年人又说了几句话,手伸进上衣口袋里,拿出几张钞票来。爷爷收了钱,还拿起朝着太阳光看了看真假,便把铁丝笼子连带小白脸递给那个中年人,随后站起身来,拍了拍裤子后边的尘土,转身就走。小白脸忍不住"喵喵"叫了几声,爷爷没有回头,挺着身子,融入人的潮流里,走了,消逝了。

那个女中学生一直抱着铁丝笼子,轻快地走着。街道,门户,墙壁,车辆,人流,行道树,一直在小白脸的眼前流淌、旋转,弄得它像是落入茫茫的雾里,分不清方向,弄不清去处。直到进入一条窄窄的小巷,进了一个四合院的大门,来到上房里,笼子放到桌子上,小白脸才有点清醒。那个被叫作爸爸的中年人找了一条麻绳,抓出小白脸,在它的脖颈处拴上,又把绳子另一头拴到方桌的木腿上,说:"先拴上几天,怕的是野猫,乱跑……"

桌旁的椅上坐着一位头发雪白的奶奶,颤着声埋怨说:"不嫌麻烦,买个猫回来……"

女中学生挨着奶奶说:"我爸上班,我妈去外地,我上学,给你买只猫,解闷散心……"

小白脸多半天没吃没喝,围着桌腿乱转,"喵喵"叫着,仿佛在说:我不是野猫!

女中学生四处寻找,找来了一只白瓷碗,拿一个白馍掰开,浇上白开水,放到小白脸面前。小白脸又饥又渴,伸出舌头舔着,又向口里裹进几块又软又散的馍块,稍微垫了垫饥饿,小白脸便觉得口里无味,又没有吸引它的肉味和鱼腥味,便转脸走开。一家人都说:"这个馋猫……"奶奶说:"明日去买点猪肝或者羊肝来,切碎了,拌进去,看它吃不吃……"

入夜不久,放在一个老式木柜上的电视机开了,五光十色,声音响亮,后来关了。老奶奶在床上暖好被窝,女中学生在里间收起课本和作业本,关了台灯,爬上床去,都不言不语地睡了。小白脸却毫无睡意,爸爸给它找了个红色塑料盆,从厨房里弄些蜂窝煤渣进去,放到它的身边,小白脸明白那是让它排泄用的,它嗅了嗅,干燥,稍微有点呛人。它向外走,刚走了七八步,便被麻绳扯住了。因为是几十年的老式平房,天花板是用苇秆搭上方格架子,糊上

粉纸和麻纸,这便成了老鼠的世界。小白脸听见老鼠实行越野赛似的,在顶棚上狂奔,声音特别响亮。奶奶在梦里半睡半醒地说:"这些死老鼠,害死人了!"小白脸为饥饿困扰,本性顿发,不停地扯住麻绳转圈儿。这时,便有老鼠从顶棚上一个洞里下来,顺墙根跑过,发现一只花猫,它们便停下不动。小白脸仔细看去,这些城里的老鼠,身上的毛是棕色、黑色混生的,个头较小,但眼睛黑亮,行动迅速。小白脸憋足了劲儿,向前猛地一扑,却被麻绳扯住了,不但够不上老鼠,还扯得脖颈生疼。小白脸不明所以,又扑了几次,都不成功,它围着桌子腿,转来转去,分明是愤怒了。谁知那些城市老鼠也吓坏了,连忙逃走,看见小白脸并未追来,远远地从墙角瞅住小白脸看。

第二天,泡馍的碗里果然有了引诱食欲的猪肝末儿,小白脸发疯似的吞吃着,嘴里还发出"呜呜"的声音,不大一会儿三口两口就把一碗馍吞吃到肚子里。吃饱了,小白脸便静静地蹲坐着,用舌头舔前爪,舔肚腹,弯下头来用前爪擦拭脸颊和耳朵背后。奶奶一直看小白脸吃东西,笑说:"能吃得很……"

由于每天有一大碗猪肝或者羊肝拌馍吃,小白脸被这无形的绳索扯得更牢固,那脖颈上的麻绳便被爸爸解去了,小白脸活动范围空前扩大,它四处游动,饿了就回来吃上一两口,然后爬上椅子,或者在奶奶的木板床被褥上团成一圈睡觉。奶奶闲了,便用戴着顶针的手掌轻轻抚摸它,从额头直到尾巴,脸上的皱纹都放松开来。一家人和一只猫融洽地生活在一起。奶奶抱着小白脸,抚摸着,脸上露出温煦的笑,嘴角便流淌出一首年代久远的儿歌:

咪咪猫,上高桥,
金蹄蹄,银爪爪,
上树去,逮雀雀,
雀雀飞了,
把老猫给气死了!

小白脸不知所以,倒把在一旁玩手机的女中学生笑坏了。她说:"奶,你咋会这么老的东西哩……"奶奶说:"不知多少年头了,这还是我当姑娘时老人教给我的……"

白天睡觉,夜里特别清醒,小白脸便急着想出去。它在关闭着的上房里转悠,走到四扇格子门角落里,眼前是陈旧、破损的糊着白纸的门框,发现拐角有个破洞,小白脸一钻,头过去,身子也就过去了。它站在砖砌的台阶上看,四合院完全是封闭了的,两边有厢房,对面是街房,大门在街房一角。全院住着的三家人都已入睡,小白脸昂着头,沿台阶转了一圈,好像一个铁桶,没有可以出去的地方。不像在农村,院里有鸡,邻家有狗,天上有飞鸟,村外有大田,有成行的树木,而这里都没有,连刚来时从顶棚上溜下来的老鼠们因为生性怕猫,也搬家去了别处。小白脸觉着孤独、寂寞,它在墙根处嗅嗅,到院中几盆菊花、月季下闻闻,又走到东厢房,门闭着,觉着微微的一股暖气从门缝里透出来,那暖气里有油脂和面食的味儿。另一旁的天井角落里有一个小小的油毛毡棚,是用几根粗木棍搭起来的,也透出同样的味儿。小白脸大胆地伸出前爪,试着抓抓粗木棍,竟然可以攀爬。本能使它顺着粗木棍向上爬,毫不费力地爬上棚顶,不太高的地方是邻家的院墙,纵身一跳,上了院墙,再纵身一跳,便上了房顶。展现在小白脸眼前的是一大片青瓦铺就的鱼鳞样的倾斜的坡顶,小白脸踩上去,觉着脚底粗糙、干燥。顺瓦坡走上屋脊,眼界顿觉开阔,原来这三间瓦屋顶又连接着其他三间瓦屋顶,一层一层铺展开去,显然是一个个既连着又隔开的院落。有的院落里还伸出一大团一大团蓊蓊郁郁的树木枝干和树叶。小白脸抬头看天,天上闪烁着密密麻麻的星,吹来凉凉的风。它蹲下来,仔细辨认四周,四合院外是一条小巷,仅有的几个路灯一盏盏亮着,小巷尽头是条大街,路灯密密麻麻发出一片橘黄色的光,映照着街旁一座座高楼大厦,像是许多笔直矗立的巨大黑影,街上不断有亮着两只眼睛的黑匣子般的汽车驶过,悄悄的,没有一丝声响。蹲坐的时间久了,小白脸张开粉红色的嘴巴,打了个哈欠,它想到远处去,却迈不开脚步,便朝回去的隔墙处走去。

小白脸的生活很快就有了规律,它吃饱喝足了,就走动走动,然后亲近地靠近奶奶,喜欢奶奶用手掌抚摸它。奶奶每日做三餐饭,还要上超市或在城

门附近的早市上去买菜、买肉、买粮，闲下手来就坐在玻璃窗下的方桌边缝缝补补。小白脸就卧在方桌一角，那桌面凉凉的，睡久了被它的体温暖热了，它站起来，前爪伸出，腰弓起，扯长身子，长长地打了个哈欠。这时，奶奶就拿木尺在小白脸的身上轻敲一下，笑说："你个懒猫，真会享福……"小白脸闭上眼睛，缩起耳朵，向后退去。然后，站直身子，竖起尾巴，沿着方桌边走来走去。

隔着方格玻璃窗，可以看见大门外前后紧跟着走进几个身穿厚布夹克的男人和新鲜花样衣服的妇女，手拿文件夹子和笔、圆盘状的卷尺，站在台阶上问："有人在吗？"住街房、厢房的两户人家有人出来，奶奶也颤巍巍地出来，靠在格子门边，疑惑不解地看着。那几个人说："我们是拆迁办的，咱们这一块的巷子都要拆了，要改造，盖商贸大楼，请外国人设计，政府已经批准了改造计划。今天先登记一下，你们各家先都把房产证拿出来，我们要量面积……"

包括奶奶在内的三户人都愣了，七嘴八舌地问，又只好顺从地回家拉抽屉、开柜子，把房产证拿来，那几个照着抄在本子上，然后便拉卷尺在院子里平扯开量着。晚上，爸爸回来，奶奶急火火地把拆迁丈量的事告诉他，爸爸一听，就急了："商业开发，又不是公益事情，凭啥说拆迁就拆迁了呢？"

"这都风言风语好久了。拆迁办的人说将来要公布拆迁办法，要补偿安置呢！或者原地返回，或者异地迁住……"

爸爸在上房地当央转圈儿走来走去，嘴里嘟囔着说："'文革'中房产都收归公有，才落实政策几年，又拆迁了……"

女中学生说："异地迁住，我上学就远了，现在功课又多，半夜半夜做不完……"

小白脸蹲在舔光了的白瓷碗一边，仰头看，只觉得节能灯光下，人脸发白，影子乱晃，说话的声音在夜空里冲撞、振荡。天气已经很凉了，风从四扇格子门的缝隙里透进来，冷飕飕地……

第二天，可能是拆迁的事儿打乱了小四合院里的平静，几户人家都在嘈杂议论，小白脸发现白瓷碗里空空的，奶奶忘记了买猪肝、猪肺或者炸带鱼放进去，只好拿点油烙馍，用水泡了。小白脸整夜在外游逛，一大早肚子里空无一物,但嗅了嗅,还是沮丧地缩回头去,转身走开了。这就惹恼了正烦拆迁事的爸爸,呵斥说:"你这馋猫,还罢吃了!"抓起小白脸,一下子从开着的格子门扔到四合院的天井里去了。小白脸猝不及防,只觉得身体飘浮在半空里,冷风紧紧包裹着,它吓坏了,本能地四蹄张开,终于稳稳落地,立即一转身溜到花盆背后的暗处去了。奶奶埋怨儿子:"唉,唉,你跟一个猫发啥脾气哩!"一边嘴里"喵喵"叫着,一边下砖砌台阶来找……

从此以后好多天,小白脸看见爸爸的脚向它走来,听见是爸爸的说话声,便飞快爬入桌子、木板床下去,或者是跑到院子,顺油毛毡棚的木柱爬上房去。它越来越熟练,只三爬两纵就站到房顶的瓦棱上了,只听见女中学生在台阶上喊:"奶奶,猫又上房了……"奶奶回应说:"那是个猫么,不上房干啥?你抓紧做功课!"

天气一日一日凉了,小白脸的脚踩在房顶瓦面上,只觉得越发凉冰冰的。抬头看天,有时星群被淡云遮住,有时月光皎洁,像是给鱼鳞般的屋瓦上铺上了一层霜。小白脸最感舒服的是房顶上空无一物,绝对安静,人都在屋檐下生活、走动、说话、争吵,从来不会到房顶上来,房顶上又很干净,只阴坡的瓦缝里长了一片一片的瓦松。小白脸可以任情蹲、卧、跑动,不再因为怕人而顺墙根根溜来溜去。它愿意怎么走,走到啥地方,没有阻隔,都可以自主决定。小白脸每夜上房,慢慢走遍了这一片连在一起的瓦房顶,它分不清下边院落是什么人家,过着怎样的日子,它只是走,慢慢地走得远了,远得看不到巷口连着的大街道。小白脸自己不知道,它太寂寞了,实际上,是想寻找一个同类的猫。

最终,这个机遇来到了。这天半夜,小白脸上了房顶,轻车熟路地朝小巷深处的院落房顶走去。走到最东头的一家时,平时空无一物的房脊上,一团白花花的东西蹲在那里,它愣住了,仔细睁大眼睛去看,原来那是一只白猫。白猫的眼睛忽然转过来朝向小白脸,那两只眼睛,一只是淡蓝色的,一只是黄色的。这就极大地引起了小白脸的好奇,它记得猫妈妈和它的弟妹们毛皮色不一样,眼睛颜色却都是黄色的,这只白猫咋回事? 它提起前爪,轻轻踏下去,慢慢朝白猫走去。那只白猫仍然静静地蹲坐着。小白脸越走近白猫,仿

佛有一种气味,不是很香,也不难闻,虽然引不起食欲,却强烈地引起小白脸体内一阵躁动。小白脸不敢唐突,它缓缓地、悄悄地走到那只白猫身边,伸出粉红色的鼻头去嗅白猫的脸颊。白猫看了它一眼,并不理它。小白脸为体内的躁动所主使,准备用嘴去咬白猫的脖颈的时候,那只白猫却猛地爆发出活力,像一只突然点燃的爆竹,跳开来,"嗖"地一声,飞快地跑了,在小白脸发愣的时候,就不见了踪影。

小白脸没有料到这一招,愣住了,清醒过来以后,面前是空空的房脊。它鼻子嗅着白猫留下的气味,朝白猫逃走的方向搜索而去。紧隔着的一家院落也是旧式的天井,院子中间种着夹竹桃一类的灌木,台阶上卧着一条很肥壮的棕色大狗,看见走在房檐边上的小白脸便直起身来,嘴里发出"呜呜"的声音。小白脸明白这样的院落是不能下去的,便又向前走到另一个四合院院落,朝下看,那院里有一株高大的泡桐树,枝叶茂盛,手掌般的叶子有些已经开始落了,大部分还挂在枝头上迎风摇摆。那树枝靠近屋瓦略有残缺的房檐,似乎从房顶上一跃就可跳到泡桐树上。小白脸小心地走到房檐边上,朝院落看,觉着这可能就是白猫的家。人们都入睡了,窗玻璃上拉合着窗帘,和小白脸主人家一样,也是旧式的四扇格子木门。它看到白猫正从天井角落竖立着的几根木头上小心地倒退着爬下去,又爬上格子门的纸窗上,从一个纸窟窿里钻进去。小白脸走到那几根木头顶上,伸出爪子试一试,倒是可以下去,但它却站着不动。它若下去,那白猫的主人自然会将它当作野猫赶走。那白猫绝对受主人宠爱,它那雪白的浑身细毛,干净光滑,身躯苗条,眼睛不是一种颜色,却又圆又亮,别有一种韵味儿。小白脸忽然自惭形秽,自己是从农村爷爷家里进城来的,和城里的猫不一样啊!它沮丧地缩回爪子,回到房脊上,蹲坐守着。那只可爱的白猫是否还会出来呢?房顶上的风似乎更冷更硬了。

小白脸一直守到天快亮了才回家,它从格子门下的小洞钻回去,快速跳上奶奶的大床,在奶奶脚下的被窝上卧下。谁知奶奶早就醒了,伸手摸了摸,喃喃自语地说:"又逛了半夜……浑身冰凉……"

爸爸和奶奶在悄悄议论什么事情,并不在乎小白脸听懂了没有。小白脸跳上沙发,卧在角落里。他们好像在说爸爸所在的国企要改制,要求一些职工一次性把工龄买断下岗,让爸爸很伤脑筋,又碰上四合院要拆迁,虽然说政策很明确,但奶奶所有的产权分一套单元房有多余,分两套单元房又不够,也要和拆迁办交涉,估计很费事,妈妈在远郊工作,不能每天归来……"车到山前必有路嘛!"奶奶安慰爸爸说。爸爸回身坐到沙发上,一伸手就把小白脸拨拉到地上去了。小白脸有点委屈,便垂头走开。

天气不但变凉,而且阴云密布,偶尔有打湿地皮的雨点飘洒而下。小白脸蹲在格子门里,眼睛朝天上看,奇怪这小雨点是从哪里来的。有几只麻雀正落在天井里,一跳一跳地,小白脸想冲上去,但看见地面上雨水淋湿一大片,明晃晃地,就不想伸爪子去奔跑了。夜里,它爬上房顶,仔细踩着略显干燥的瓦楞走。走过有狗的院落,窗子上灯光犹亮,电视机声音很小,那只让小白脸惧怕的大狗不在台阶上,估计正躲在屋里。走到白猫所在的那个院落,看见泡桐树叶子上雨水粼粼的反光,屋角的几根木头还靠着墙角,只是有点水湿。小白脸伸出爪子抓住木头,倒退着慢慢下去,直到脚踩到地面,才抬头四望。人都在屋子里,窗子上有灯光,有电视的音乐声。小白脸悄悄蹲在台阶角落雨淋不到的地方,静静地守着。直到人声隐去、灯光熄灭,它才走到格子门底下蹲坐下来。不知过了多长时间,终于听到格子门里木板上有抓爬的声音,随即白猫秀气的小脑袋从纸窗的窟窿里伸出来,又优美地一跃,轻轻地落到地上,那诱惑小白脸的气味也随着飘出来。小白脸一阵激动,它四脚轻踏,用优美的姿态悄悄却又快速地冲到白猫跟前,想要用嘴去接触白猫的脸颊和脖颈,那白猫悚然一惊,发现了小白脸,但跑回屋里已不可能,便飞跑下台阶,围着泡桐树转圈儿。小白脸不慌不忙追了上去。白猫一紧张,便伸出爪子,抓住泡桐树粗糙的表皮,顺着树干向上爬。小白脸有些发急,也便爬上去追,前爪甚至可以抓住白猫的长毛尾巴了。白猫却越爬越高,上到接近树梢的一根胳膊粗的树枝上,紧紧抱住,既不能上,又不能下,只好停在那里。小白脸也上不去,只好抱住树干,朝上瞅。冷风猛地大了,树枝被风刮得大幅度摆动,白猫离房檐还有一点距离,向上看,是细细的枝叶,向下看,太高了,它不敢跳。白猫害怕了,开始"喵喵"地叫,起先一两声,接着便连声嚷叫起

来。那声音很惨。

小白脸急了,向上喊:你嚷叫什么,我又没有欺侮你……这时,便看见上房的灯亮了,格子门开了,一位妇女身穿红毛衣,披了件雨衣,手拿手电筒,朝白猫叫唤的树上看,一边惊叫:"你咋爬上树了? 爬得那么高? 这可咋办?"

小白脸惊慌了,自知闯祸,便从树干上溜下来,飞快地从那根木头攀上房顶。它看见院子里家家灯都亮了,好几个人出来,拿竹竿的、搬木梯的,手电筒的光柱朝上乱照,向白猫喊,用竹竿接,那白猫仍是抱住树枝不敢动。小白脸走到靠近白猫的房檐木椽口,向白猫叫:你跳呀跳呀,向房上跳……那只白猫一看,隔开的空间仍然很大,又使不上力气,仍然不敢动,继续抓住树枝,"喵喵"地叫。

小白脸生气了,骂道:胆小鬼,到底是个母猫……院子里树下的人也毫无办法,天下雨,树干又湿漉漉的。看来白猫只能在树上过夜了,天亮以后,再想办法吧! 小白脸赌气向回走。待它钻进自家格子门下的小洞,看见灯还亮着,女中学生仍然在做作业。小白脸一纵身,跳上桌子。女中学生生气地说:"干啥去了……弄得一身雨水……"小白脸这才觉出自己浑身淋湿了,便从头到尾摇一摇,把雨水甩出去。女中学生拿来一条干毛巾,给小白脸擦干身子,又擦净了脚爪,放了它。小白脸困了,一跳上了床,在铺开的被窝上盘着身子睡了,发出"呼噜呼噜"的鼾声。女中学生笑说:"又开始念经了……"那白猫可怜还在树上淋雨,又冷又饿又害怕,继续嚷叫,小白脸却完全忘记了它闯下的祸……

天气越发冷了,院子里的人都穿上厚厚的棉衣或者夹克,女人们围上色彩鲜艳的围巾,说话时,鼻子口里冒出三股白气。小白脸没经过寒冷,身上的毛却慢慢厚实了,夜里还是到处游荡,一天,它走进厨房,发现那只砖砌、水泥裹的大炉子,烧的蜂窝煤,晚饭后把炉火封住,炉面上非常暖和。它跳上炉台,蹲卧着,把前爪拳起,尾巴收回来,鼻子、嘴窝到前腿中间,眼睛紧闭,睡得非常舒服。从此,它每天晚上都在厨房睡觉。

这一天后半夜,小白脸从灶台上醒转过来,精神突增,便又攀爬上房。阴云密布,天空零零星星洒下雪花,落到小白脸的眉毛、胡子上,小白脸舔了舔冻得发红的鼻尖,觉得冰凉。它眼前出现了白猫的身影,又似乎闻到了它身上的气味,便在房顶上走到有泡桐树的那个院子,向下看,静悄悄的,没有声息,门窗全闭,灯光全熄。小白脸在房顶的屋脊上蹲坐着,侧起耳朵听,不知有多长时间,它起来顺屋角竖立的几根木头下去,那台阶上木格子门的窗纸窟窿里没有任何动静,正想去那里看看,忽然发现木头挨地的暗处,有一团白花花的东西,特别耀眼。那是什么? 小白脸大睁眼睛,伸出前爪,一下子便看清了,那是白猫,呆呆地卧在那里。小白脸慢慢走近,嗅了嗅,那气味完全不同,一股刺鼻的怪味儿迎脸而来。再看白猫眼睛闭死,嘴半张,流出的涎水好像冻成一条冰柱。小白脸提起前爪,拨动一下,那白猫已经僵直了,一动不动。小白脸从没见过一只死了的同类,它又惊又怕,第一个反应就是逃走,但它不甘心,又靠近用鼻子嗅了嗅,那刺鼻的药味儿太大了,便后退几步,飞快爬上木头,上了房顶,顺原路回到家中。回头望去,它的脚爪踏在薄雪的地面,一连串好看的梅花似的。

天麻麻亮,小白脸卧在厨房的热乎乎的灶台面上,被奶奶的抚摸惊醒。奶奶开始热牛奶给爸爸和女中学生喝,看见小白脸嘴馋的样子,便倒了一汤匙给它,小白脸伸出粉红色的舌头,急急舔着喝了。下午,这条小巷邻舍之间便传开了一个惊人消息,说某家养的一个品种不太纯的波斯猫夜里吃了被毒药闹死的老鼠,中毒了,死在回家的半路上。奶奶拍着小白脸的小额头,说:"看你还敢半夜半夜在外边浪不? 小心饿了错吃了死老鼠……"

小白脸闭紧眼睛,头向后缩,两只耳朵也向后边折弯了,一副受数落的可怜样子。女中学生一边收拾书包里的杂物,一边指着小白脸说:"看你跟个奸贼似的,保险没听进去……"

人间仍是熙熙攘攘,小白脸弄不清,只觉得街巷和院子里人来人往,手提着塑料兜或大纸盒子走来走去,忙个不停,原来春节到了。奶奶在厨房的时间多了,女中学生不用天不亮就去上学,妈妈在家的时间长了,爸爸也忙个不停,几乎没人顾上去亲热或者理会小白脸,只是食碗里的肉和鱼比平日多了。小白脸仍然半夜上房顶上游逛,它的活动范围扩大了,从房顶上下去的院落也多了,有一天竟然从一家院子里叼了一条活鱼回来,弄得全家哗然,不知是

谁家的,也无法送还。爸爸说还是要用绳拴住小白脸。奶奶说:"那是一只猫,你能拴住它……"女中学生正搂着小白脸在怀里暖和,悄悄说:"咪咪,爸爸烦着呢,咱们不惹他……"

除夕夜里,电视机里映照出五彩缤纷的光芒和强烈震动的歌声、乐声。一家四口人围着方桌,大盆小碗盛着热腾腾的鱼、肉、饭菜,地当央的带铁皮筒的蜂窝煤炉发出烤人的热浪。小白脸吃饱了,对于又放进白瓷碗里的鱼、肉,只嗅了嗅,便走开了。

爸爸说:"这春节晚会,好比是非吃不可的年夜饭,只是年年一个样。"

女中学生说:"我想看的当红歌星咋还没出来呢?"

奶奶说:"我爱听戏,就不爱露肩膀、露肚脐眼的打扮……"

妈妈说:"妈,不是你当年的时代了。"

饭吃完了,盘碗堆在桌子上,全家四口坐在床上、沙发上,或半躺,或直坐,都继续欣赏电视机里的春节晚会。爸爸一把抓过小白脸,放到自己的上腹部,小白脸半卧着,不敢动,它有点怕爸爸。妈妈说:"小心惹上跳蚤……"爸爸说:"没事,咱这猫干净。我胃寒,暖一暖,舒服……"

忽然,窗外亮光一闪一闪,爆炸声"砰砰"四起,"啪啪""轰轰",如急雨,如雷鸣,几乎震动了房子。小白脸吓坏了,从爸爸的腹部一跃而下,钻入木板床底下的靠墙角落里,紧紧缩成一团。

只听爸爸说:"今年在家里过春节,明年就不知道在哪里了……"

鞭炮、焰火渐渐平息了,熬过半夜,全家人都上床睡了。小白脸恢复了勃勃生机,它从木床底下爬出来,走到院子,看见院里一层鞭炮鸣放后的碎纸屑,红红的一大片。小白脸上了房顶,在狭窄的房脊上,四脚成一条线地直走。远处,美丽的白猫的院里,泡桐树已只剩下光秃秃的树干和树枝,略有几片残叶仍挂在那里。小白脸仰望长空,无尽的黑暗,稀疏的星光还点点闪烁,而在近处,有人仍在燃放鞭炮,不时一声脆响;远处,偶尔一个起火蹿上天去,便有一大簇红的、绿的、黄的火花绽开,夜空顿生光彩,不再冷寂。小白脸从未见过这般景象,它蹲在房脊上,扩大成圆形的瞳孔尽量吸收着、摄取着。它入迷地欣赏着这除夕的夜景,弄不清蹲了多长时间,直到打了个哈欠,才下来回到厨房的灶台面上去暖冰凉的四只脚爪。

天气渐渐暖了，院里的月季枝条上长出了饱满的新芽，太阳光从对面房脊上升起，门窗在大白天都打开了。小白脸看见爸爸、奶奶、女中学生穿着都不臃肿了。它看自己，仍是黄一块、白一块、黑一块的花花皮毛，便常常伸出舌头把浑身的毛舔遍了。奶奶喜欢从头到脚抚摸它，小白脸便挺着小脑袋迎接奶奶温热的手掌。

可是，这样祥和、温馨的日子没过多久，一场从外部袭来的风暴却撼动了这条小巷。小白脸不知什么事，只见奶奶、爸爸、妈妈、女中学生整日处于惶惶不安的状态，议论着，叹息着，吵嚷着，不时有外边的人进家来谈事，门外墙上贴着大张大张的布告，用白灰刷的一个圆圈里的大大的"拆"字。爸爸说，咱家半个院子的产权可换到一套半房，咱们力争换两套面积大的，拆迁办不答应，已经争争吵吵好几次了……

小白脸吃的也不如春节那几天好了，顶好也就是切点香肠拌上水泡的馍。它白天躲在床下的角落里，或者到院子墙根下，蹲坐着晒太阳。它也不敢躲到沙发的角落里，怕被爸爸用手拨拉到地下去。但，它夜里上房的习惯却还是雷打不动。头几天，还一切照旧。可第三天夜里就看见远处几家房顶屋脊不见了，小白脸跑到跟前去看，泡桐树仍在，枝条上已经有新叶含苞欲放了，只是房屋揭了顶，留下一个黑沉沉的大窟窿，亮了顶的墙上贴的年画还在，鲜艳里饱含孤单。角落里几根木头也已抬走，小白脸不下去，觉着那只白猫好像还僵直窝着在那里，刺鼻的气味还飘浮在眼前……

让小白脸感到怯惧大受刺激的一天终于来到了。同院签了拆迁合同的两户人家搬走了，来了十多个穿着打扮像爷爷农村一样的人，不问三七二十一，就上房揭瓦、亮椽，院子里素来安静、清凉的气氛瞬间被叫喊声和干燥的尘土弥漫了。屋瓦堆在地上，木椽木檩直着竖立到墙角，小型铲车已开到巷口……这场景让奶奶、爸爸紧张，他们关上窗户、锁上房门，去拆迁办交涉去了，顾不上去管小白脸。小白脸上了墙头，又跳上自家房顶，看见四周又有几家被拆了，到处是残壁断墙、破砖烂瓦。它惶恐不安，无所适从。猛然间前院的砖墙被放倒，"咚咚"的巨大震动，漫天的灰土，吓坏了小白脸，它从自家的

房顶上跳下,在废墟里乱跑,成堆的灰土砖瓦,胡乱摆放的门窗木料,让它迷惑,面前已没有了街巷、道路,它只好朝有人的地方跑。但,它又怕陌生人,听见"咚咚"的脚步声,就躲起来,或者顺墙根溜走……直到天黑了下来,它一天没吃没喝,看不见奶奶、爸爸和女中学生,又寻不着家,自己却已来到一条没有拆迁的大街上,依然是人来车往,灯光闪烁。小白脸眼前全是穿着皮鞋或运动鞋的脚,或者转动成一朵花似的车轮,它终于朝一道围墙旁一个停着不动的小面包车底下钻了进去。车下边全是灰土、砖块和扔进来的纸杯、塑料瓶和烟盒,小白脸舔了舔一个纸杯里残存的一点清水,便悄悄卧下。它太累了,忘记了饥饿。

天亮了,从车底下看去,移动的脚多了,飞转的车轮也多了,小白脸从车底下探头出去,却被一个男孩子看见了,他嘴里"咪咪"叫着,伸出手去:"多漂亮的一只猫呀!"小白脸很认生,惊慌地又退回到车底下去。过不了多久,一个浅浅的纸碟子从车轮旁放了进来,里边有切好的暗红色香肠,那油脂的香味太有诱惑力了,小白脸忍不住走到它的跟前,嗅了嗅,很香,很新鲜,便叼住吃了第一口,接着便痛快地撕咬咀嚼起来,丧失了警惕……这时,一双光滑、细嫩的手突然出现,抓住了小白脸的肩部,把它从车底下拽了出来,让小白脸的雪白的腹部朝天,仔细观看着。

小白脸的眼睛被阳光照射得眯起来,因为饥饿贪吃,嘴里还紧紧咬着到口的香肠,四肢却软软地动不了。那个男孩子把小白脸塞到自己的夹克衫校服里,飞快地跑着。小白脸只觉着耳旁风吹,听见脚步咚咚,眼睛看见男孩紧紧抓住它的手,跑过人行道、草地,进了一个极高大的敞门,又进了一个没有窗户的小房子。那小房子忽地便上升了……等它看见一个暗金色的单扇门打开时,便听见男孩的兴奋叫声:"妈,我捡了一只猫……"

随后,小白脸感觉自己被放到一张光亮的玻璃板茶几面上,脚底感到冰凉,四处光亮射来,鼻子里闻到一种不习惯、却好闻的气味儿,完全不同于农村爷爷家、奶奶上房的味道……它想逃走,却浑身微微地颤抖……

四

等到小白脸稍稍习惯了这五光十色的环境和那种不明的香气味儿,它试图挣扎着从茶几的玻璃面板上跳下去,却撞倒了盛着半杯茶水的花花纸杯子。这时,屋里那穿着薄薄花色鲜艳长裙套装的女主人——被叫作妈妈的,尖声说:"把这个脏猫抱回来,都不怕惹上跳蚤咬人,传染疾病……"

男学生辩解说:"绝对不是流浪猫。"

旁边站着的穿着短袖上衣被叫作爸爸的体面的中年人说:"家里有个宠物也好——先给它洗个澡……"说完,就伸手提起小白脸的两只前腿,像提了一吊子什么物件,走进浴室兼卫生间。妈妈在客厅里又喊:"多滴些消毒液,别动我的化妆品……"爸爸在洗脸池里放了些温水,又滴了好几滴消毒液,把小白脸的脸颊凑近水面,用手蘸水仔细地刷洗小白脸的脸颊,又把小白脸的四脚蹄爪,也浸入水中涮洗,最后,又把小白脸的整个身子浸入水中。

小白脸出生以来,哪经过这种事,怕得不行,便四爪乱动,反抗起来,口里"喵喵"地大叫。那个男中学生过来帮忙,抓住小白脸的前爪,安慰说:"一会儿就好,给你洗澡哩……"直到涮洗完全身,又放温水,给小白脸从头到尾冲洗干净。

小白脸眼睛眯着,叫不出声音,四只爪子又不能动,洗完擦干净,它的全身细毛原来蓬蓬松松,现在湿漉漉地裹在身上,从墙上长方形的镜子里,小白脸看见自己,都认不出来了。爸爸又找了个理发用的吹风机,对着小白脸的全身吹个不停。

妈妈笑说:"你倒把猫服侍到家了……"

爸爸说:"大刀阔斧,我在公司里提倡大刀阔斧作风……"

小白脸被安置在由落地玻璃门隔开的阳台角落,放一只小木板盒子,铺上厚厚的破旧毛巾,旁边放上吃饭用的大塑料碗。小白脸浑身干透,毛发蓬松,觉得很舒服,侧身横卧,睡起白日觉来了。睡梦中,只觉得爸爸给自己的脖颈上拴什么,醒来一看,果然是一条红色的有铜钩的缰绳,连接在玻璃门的拉手上。

　　到了夜里,室内灯光只留下沙发旁的落地灯还亮着,别的都暗淡下去,主人全家三口人都挤在宽大的皮沙发上看电视。小白脸想走动,却被缰绳扯着,走不远,只好蹲在阳台靠近落地玻璃门的一角。那电视机的画面扁扁的,放在一条长长的木柜上,光斑跳跃,五光十色,音乐声旁白声一齐轰响。小白脸仔细看去,便大吃一惊,浑身激动,那是一只比自己大得多的怪模怪样的猫,在屏幕上奔跑、舞动,东碰西撞,开口说话,拼力追赶一只比它小了很多的小老鼠。小白脸弄不清这是真的,还是假的,极想跳上去嗅一嗅,用前爪拨拉几下,加入追逐小老鼠的行列,却被红缰绳拴着,走不远,动不了,便站直身子在塑料碗边转圈儿。可是,全家人都看得哈哈大笑,没人理它。它想到前些天,每到夜里,便爬上房去,在屋顶、房脊上走动,多么自在,多么随意,还有那只被毒老鼠毒死的美丽的白猫……小白脸卧下,前爪长长伸出去,斜着身子,小小的头脑里一片混乱。

　　第二天,爸爸给小白脸的食碗里倒了小半杯牛奶,白白的,甜甜的,这倒是前所未有的待遇,它伸出粉红色的舌头,急速地舔着舔着,接着爸爸又给它放了切成片的香肠,小白脸更加兴奋起来,大口大口地吞吃咀嚼。这之后,小白脸看见男中学生背上沉沉的书包走了,妈妈也提上时尚挂包走了,最后,爸爸提起装得鼓鼓囊囊的棕色大公文包,手里摇着一把汽车电子钥匙,也准备走,忽然想起什么,折转身子,解开拴在小白脸脖颈上的红色缰绳,向小白脸说:"大小便在盆里……"又抚摸了小白脸几下,直起身子,走了。

　　小白脸听见房门"砰"地一声关上,顿时一片沉寂。它提起脚爪,小心地从玻璃大隔门走进去,看见的是完全不同于以往的生活环境,正当中是个大大的客厅,靠墙摆着一大二小真皮沙发,沙发脚下是毛茸茸的红花地毯,面对着的就是那个发射出五光十色影像的电视机,现在却黑着脸。周围还靠墙摆着一些高低不等的闪亮的橱柜,沙发左右是落地大灯,客厅正中天花板下吊着一盏有许多圆形灯罩的花灯。围着大客厅有几扇格式花哨的门,都大开着。小白脸先走进一间,正中摆着双人床,铺着浅粉色的被窝和枕头,一边有一个梳妆台,另一边是一面墙似的大衣柜,朝外的大窗上挂着白色花窗纱,还有一层深色布帘。小白脸又轻轻走进另一大间,靠墙几架大书柜,里边摆满高低不等、厚薄不一的书籍,中间一张靠窗的大书桌,旁边几把软垫木椅,一张小桌上有一台笔记本电脑。另一间小一些,一个小巧的书架和一张单人床,一张桌子上也有一台电脑,墙上挂着几张歌星大画片。小白脸走进另一间,肯定是厨房了,橱柜台面光亮干净,闻不见油脂味,也缺少发出暖气的砖垒灶台。还有一间,小白脸记得是给它洗澡的卫生间。小白脸转了一大圈,回到客厅,跳上玻璃台面的茶几上,蹲坐下来,呆呆地想。这套房间闻不到潮湿的泥土气息,也没有顺墙根溜过的发出喳喳声音的老鼠,更看不到院落天井和竖立在角落的木橼和粗笨的木头,也没有生长着的茂密大树,抬头看不见天,低头挨不着地,更没有可以攀爬直上半夜游逛的房顶屋脊,而鸡呀,狗呀,田野呀,村路呀,统统没有……小白脸越想越糊涂,转过脸去,猛然看到了阳台,一片明亮的阳光正全部射入,那不是可以出去的地方吗?

小白脸飞快跳下茶几,穿过玻璃门,走到阳台,门边角落是自己的睡觉的木头箱子,两头摆着一人高的橡皮树、铁树,而面对外面的玻璃窗下却有着一溜窄窄的窗台。小白脸跳上窗台,只能侧着身子,四脚成一条线似的走动,发现仍然没有出口,全部窗户都镶了透明的玻璃,透光透亮,隔风隔声。小白脸失望地蹲坐到窗台上,偏着头向下看,让它顿觉奇怪,原来外边是空的,深不见底;又向远方看,一直到天际,都是一座座仿佛从地下生长出来的高楼,楼中间是繁茂蓊郁的树木,树木的空隙里可见细白线似的道路,路上有行人和车辆,远处好像是一个大型公园,湖波荡漾,明亮如镜。小白脸又尾巴竖起,四脚成一线地在窗台上走了一遍,如果有出口,再有一个可以攀爬的东西,它就可以出去了。它根本想象不来,自己住进高层楼房,就像进了一个与世隔绝的囚笼,失去了一只猫应有的自由。

中午时分,爸爸从外面开门进来。小白脸听见门锁响,立即迎上去。爸爸放下皮包,掷了汽车钥匙,一把抓起小白脸,捏了捏它的肚子,问:"屙屎了没有?"小白脸"喵"地大叫了一声。

爸爸提起小白脸,走进卫生间,揭开马桶盖,把小白脸放在马桶边站好站稳,屁股对准,指着说:"以后每天到这儿来方便,听懂了?"后来又经过多次的训练,小白脸便学会了上厕所。过去,它是找一块松散的地场,方便完了,便

回头嗅一嗅,然后转过身,用后爪刨土盖上。如今,它还记着这一点,跳下马桶,还在地上胡乱用后爪刨几下。这就惹得全家哈哈大笑一阵子。小白脸沉下脸,沮丧地跑到阳台上去了。

夜深了,房内的大灯全关了,阳台玻璃窗外从下而上射进来的光斑,杂乱无章地在天花板上明灭飞舞,小白脸一觉醒来,心想这是什么呢?想跳起来用前爪去抓,却够不着,只好无趣地走进客厅,到男中学生的房门口,看见书桌上亮着一盏节能灯,男中学生正趴在灯下翻看一本厚厚的辅导教材,在一旁的纸上写着、画着。小白脸"喵"地轻轻叫了一声,那男中学生惊醒,伸手把小白脸从地上抱起,放到桌上,问:"咪咪,你想干啥?"小白脸嗅一嗅书本、茶杯和台灯,便一屁股蹲到男中学生的书本上,惹得男中学生笑说:"你让开好不好?我还得再学一个钟头哩!"

妈妈开了房门,从卧室里走出来,身着睡衣,头发蓬乱,说:"又玩猫!上回给猫教打电脑,把时间都浪费到猫身上。下周就要考试了,还不抓紧点?你上这个重点中学,光择校费就两万多哩……"

男中学生说:"妈,咪咪可聪明呢!我让它敲电脑键盘,它敲了好几下哩!"

妈妈说:"那你不要上大学了,训练猫,上杂技团去……"

男中学生把小白脸放到地上,轻轻踢了一脚:"快走,快走!"小白脸有点气恼地跑开,在客厅里转了一大圈,很无聊的样子,只好又跳上阳台玻璃窗台,蹲着看窗外的夜景。

全家就这么三个人出出入入。一天,小白脸突然发现客厅里来了几个人,都把沙发、座椅挤满了。顶上的吊灯大开,茶几上杯盘满盛食物。小白脸蹲坐在玻璃隔门角落里,眼前是好多的换穿了拖鞋的脚,忽然从脚的缝隙间露出一只棕色大脑袋、黑鼻头和黑色大眼睛,它以为是一只同类的猫,便欢喜地走向前去,谁知走近一看,却吓了一跳,原来不是猫,是一只卧着的狗。那狗比小白脸大多了,站起来看,棕色的皮毛吊在耳朵和四只脚的下边,它瞅见小白脸,不客气地狠狠瞪着,鼻子里出着粗气,"汪汪"地叫了几声。小白脸吓得不轻,后退一步,浑身的毛像刺猬般耸起,尾巴也竖立起来,勇敢地迎接狗的挑战。这时,一个女人娇柔的嗓音在头顶响起:"宝宝,你安静点好不? 这是主人家的猫,你不要欺侮它……"

这时,听见妈妈说话了:"我就不爱养猫,这是小孩从街上捡回来的,他爸爱,就当宠物养着……"

女客人的声音:"唉,我过去也不爱什么狗呀,猫呀,心劲儿都用在生意上……"

"你不是把生意都做到外国去了吗?"

"对,对,在东欧。钱倒赚得不少,就是跟丈夫吹灯拔蜡了……"

"怎么? 离了?"

"对,感情不和,人家又找了个年轻的。我回来,房有了,车有了,一个人住套别墅,空寂得不行,没个伴儿,找个保姆,又养了这条狗,还是真能解闷儿,起个名字叫宝宝,也只听我的话……"

"怪不得你走到哪儿,带到哪儿。"

"你别不信,宝宝还很能看家,有天晚上,来了个小偷,还没进房子就被宝宝嗅着了,大声吠叫,还真的吓走了小偷呢!"

"真悬呀!"妈妈手抚胸口吃惊地说。

"我后来还打电话报警了呢!"

被女主人不停夸奖的宝宝,也不停地扯住缰绳转圈儿,鼻子里发出"咻咻"的声音。小白脸怕这条狗攻击自己,后退几步,飞快跑进阳台,跳上窗台,一直惊愕地盯住客厅看。

女客人又说了:"人都说狗是忠臣猫是奸臣哩!"

"我也听说过,主人再穷,狗都忠心守着;猫是见谁有好吃的,就跟上走了……"

从众人都朝它看的眼神里,小白脸模模糊糊觉出他们是在说自己。它不屑地竖起尾巴,昂着头,在阳台的窗台边上四脚成一线地来回走动,一副勇气倍增、雄心勃勃的样子。

也许是生活过得太单调,又不能出去在大自然的环境中活动,小白脸隐隐渴望见到同类。它吃饱后就发疯般地在屋里转,跑步,连饭后必定要舔前

爪,再擦抹脸颊,躺下舔腹部和胸前的毛的习惯也不再天天遵守了。

妈妈一天偶尔摸小白脸的肩部,拨拉起毛来,忽然惊叫起来:"哟,这猫长什么了?"

爸爸过来一看,说:"糟糕! 咋得上皮肤病了? 毛也脱了一块……"

妈妈"呀"地叫了一声,随手把小白脸丢到了地上。男中学生闻声过来一看,埋怨说:"咱们家这么干净,不一直好好的嘛!"

妈妈又叫了一声:"快送宠物医院去!"

小白脸不明所以,也愣住不动。爸爸一把抓起小白脸,开门,乘电梯,出楼门,走到停车场,打开小汽车的后门,把小白脸一把掷到座位上,去开前门。这时,男中学生也紧跟跑出来,打开后车门。

小白脸从未经过如此粗暴的对待,一下子吓坏了,它不知道这是什么地方,在小汽车的后座里乱窜,只向角落和缝隙处钻去,嘴里"喵喵"地叫着。男中学生一把将它从后座底边的缝隙处揪出来,放在膝盖上,紧紧用手握住。小白脸动也动不了。

小汽车在大街的车流里穿行,小白脸只能从车窗外乱纷纷的光影交错中,去看这奇怪的地方和场景,其他都是糊里糊涂的。等到小汽车停下,车门开启,感觉到男中学生使劲儿地用两手抓紧自己,走进一个玻璃门,那门里的一侧拴着一只大狗,浑身黑毛,正怒目盯着自己,一旁一个女的抱着一只剪得像一只小羊羔似的白毛小狗,小白脸不禁浑身抖动起来,男中学生安慰似的用手轻轻拍它。等到它被放到一条木案子上,身体又被几只大手压着,小白脸就一点反抗的力量都没有了,它乖乖听话地站在那里,身体还不自觉地颤抖几下。有几个穿白大褂的男人、女人围着大木案,其中一个伸手拨开小白脸肩上的毛,边看边说:"我们只给宠物狗看病,打针吃药住院,很贵的,不看猫!"

爸爸笑着,讨好地说:"猫狗都是宠物,花点钱没关系,发扬点革命人道主义精神嘛!"

周围的人都被逗得"嘻嘻"笑了,小白脸不明白下一步将会咋样,它只觉得害怕,又无力反抗,只好呆若木鸡地站在木案子上。

那个看它的人终于说了："没啥,可能是癣,开点药抹抹,试试!"

又把小白脸抱上小汽车,只听见宠物医院里一片狗的吠叫声,小白脸紧紧缩在男中学生的怀里。回到楼上的家里,给脱毛的地方抹上药膏,又给小白脸拴上红色缰绳,拴到阳台上。妈妈大声说:"不要叫它乱跑,看给咱全家人传染上……"

不知过了多少日子,小白脸白天被抹药,颈上套着红缰绳,吃睡都在阳台角落的地上,它无法跳上台阶,远眺一下窗外风景,又无法走进客厅到各个房间乱转,跳上沙发睡个懒觉,每天显得无精打采、蔫头蔫脑。终于等到爸爸检查小白脸的肩部,高兴地说:"好了,好了,癣没有了,长出新毛来了!"接着就给小白脸解开红缰绳。

小白脸试图走远一些,竟然没有东西拉住它。它一高兴,就开始在客厅里奔跑着、跳跃着。太高兴了,太自由了,它从沙发底下钻进去,毫无灰尘的光亮的木地板,没有农家桌下或城里木床下边的土气;它跳上茶几,光洁透亮的大型水晶烟缸,凹进去的地方有几根残烟把把,小白脸一闻,就呛得打了一连串喷嚏;抬头看,天花板吊下的多个灯泡组成的大花灯,耀得它的瞳孔立即缩成一条线;它跑到爸爸、妈妈的大卧室,跳上梳妆台从镜子里看到:一个胖得圆滚滚的黄、白、黑三色裹住身躯的白脸猫,它以为是另一个同类,便鼻子靠近,谨慎地去嗅嗅,却触碰到镜面,冰冰凉凉,发现那原来是自己;它的注意力又转到摆着的十几个瓶瓶盒盒,嗅了嗅,闻到那里浓郁的香味儿,小白脸甚至有点纳闷儿,这是什么东西。它蹲在那里呆看,直到妈妈一巴掌将它打下去。

爸爸、妈妈和男中学生趁有三天的假期,要出外旅游去,当然是开着自家的小汽车,不带小白脸,没有引起争论,因为这只猫是从街上捡回来的,有点野,不像狗,可能要跑丢了。

自然,小白脸是不知内情的,它突然发现房间里空无一人,饭碗里的吃食倒是很多,旁边还有一大碗清水,卫生间的门也大开着,直到夜里,爸爸、妈妈和男中学生也不见踪影。它很无聊地爬上沙发角落睡足觉,然后跳上阳台的窗台,蹲坐着看窗外的夜景。

　　过了一夜,第二天的后半夜,小白猫前爪缩回,卧在窗台上,慢慢要入睡了。就在它半眯着眼睛时,忽然一个黑影子紧贴玻璃窗户爬上来,先是露出一个黑黑的蒙着丝袜的头,又伸出一只拿着一个坚硬的东西的手,在玻璃窗上划着,敲着,把抠下来的玻璃碴子,沙沙地抛撒在阳台地面上。小白脸觉着奇怪,这是干什么呢? 显然是一个人,却不像爸爸一家人里的任何一个,他们出进是走房门的,插进钥匙,"咔嗒"一声,门就开了;到阳台上也只是看看窗外的风景,或者给花木浇点水,没有悬靠在窗外的。小白脸抬起身子,无声地沿着窗台四脚成一线地走过去。那玻璃窗上慢慢出现了一个茶杯大的洞,有只活动的手悄悄伸进来,寻找着摸索着玻璃窗上的扣子把手,小白脸瞪大眼睛看着那只手张开五指,上下摸索,极像一只怪物。小白脸又惊讶,又好奇,又害怕,忽然它的狩猎捕捉的野性发作了,猛地蹿上去,发狠地朝那只手撕咬,前爪猛抠。那只手突遭袭击,瞬间便消失了,只听见一声惨叫,楼底下又咚地一响,然后就没有了任何声息。

　　小白脸立即愣了,停止了攻击,它抵近玻璃窗,朝下看,楼下黑乎乎的,什么也看不见。它弄不清这是真实的,还是虚幻的,百思不解。到它跳上沙发继续入睡时,却又忘得光光的了。

　　天亮不久,小白脸被一阵门铃声和敲击保险门的声音惊起,它耸起耳朵走到门廊,听见外头有人,好像还不止一两个人,但不像是爸爸、妈妈和男中学生,他们手里有钥匙,根本不敲,就会开门直入。小白脸无法应对,只好蹲坐在那里,呆看着。敲了一会儿,无人搭理,敲门的人便吵吵嚷嚷地走了。

　　第三天黑夜,小白脸以为让它惊惧与好奇的手还会在阳台的玻璃窗上出现,它蹲坐在阳台上,守着,却一夜无事。

　　阳光照进了客厅,静寂中,"咔嗒"一声,保险门从外边打开了,先是妈妈,后是爸爸和男中学生,紧跟着走进门廊,提着大包小包,额头上汗珠闪闪发亮。小白脸兴奋起来,从窗台上一跃而下,欢快地"喵喵"叫着,站在客厅正当中,迎接全家人。

　　首先是男中学生,高兴地抱起小白脸,脸紧挨小白脸的脸颊。爸爸也高兴地拍了拍小白脸的身子,笑说:"一个儿在家,辛苦啦!"说着,撕开一个塑料包,抓起几条小的干炸鱼,放到小白脸的碗里,大声说:"奖赏,奖赏!"只有妈妈撇撇嘴,说:"把猫看得比人还贵重,真是的!"

小白脸有滋有味地吃完干炸鱼,它喜欢家里人的和谐气氛和对它的亲热劲儿,便竖起尾巴,走到每个人跟前,用小脑袋在每个人的腿上蹭着、顶着。那硬硬的小脑袋顶住腿部肌肉的温馨感觉,倒把妈妈感动了,说:"这小家伙,不比一只狗差多少!"

爸爸走到阳台上,脚下踩着一些玻璃碴子,忽然大叫一声:"这玻璃窗上咋有一个洞……"妈妈和男中学生都跑去,又伸头向楼下看。爸爸大声说:"进贼了吧?"爸爸和妈妈又回到卧室和书房,查看衣柜和书桌,拉开抽屉,搬动电脑,检查书架上的摆设和书籍,又把其他房间齐齐检查了一遍,都说:"没贼么,没人进来过,十二层高哩……"爸爸把小白脸抱到茶几上,从头至尾抚摸了一遍,面对小白脸的圆圆的大眼睛,问:"究竟咋回事?"

小白脸仔细盯着爸爸已入中年微有胡须的胖胖的圆脸,模糊想起那只在玻璃窗上挥来挥去挖洞的手,它呆看的样子,又只有"喵喵"的几下叫声。爸爸瞪了它半天,只好失望地叹气说:"唉!一只猫嘛!能知道个啥……"

这时,有人按门铃,打开门,原来是小区物业办的几个人,其中有保安,齐声说:"好容易把你们一家子盼回来了……"

"咋了?"大家齐声问。

"前天一大早,你这楼下直对你的窗口,摔死了一个贼,年轻轻的,顺管道、扒空调爬上来,还没有进谁的家,就失手掉下去了……"

爸爸妈妈对看了一眼,齐声说:"到阳台上去看看,那窗上有一个洞……"

众人一齐拥到阳台,看着,摸着,最后的结论是那个贼,想弄破玻璃窗进来偷窃,却失手头朝下摔下去,死了!惋惜这条年轻的生命一刹那间的消失,又庆幸贼未进家,自己没有什么损失。

晚饭后,小白脸依然跳上窗台,蹲坐在那里,看窗外的夜景。男中学生走过来,抱起小白脸,问:"是不是你看见贼了?"

小白脸挣扎着又跳上窗台,竖起尾巴,四脚成一线,昂着头,"喵喵"大叫几声。可惜全家人都弄不懂它的意思,以为它饿了,一边看五彩斑斓放光的

电视,一边说:"要叫物业找人来换有洞的玻璃……"

小白脸仍然守着窗户,觉着那只手可能还会出来。

没料到,没几天小白脸又要过上一只猫单独留守的日子。原来,男中学生要报考的高中,是大学考试录取率最高的一所名校,非本学区的要收择校费的。为了考上这所名校,妈妈要带男中学生到那所学校附近的地方去租一套房子,节省来回跑动的时间,好用于复习功课。这一天,妈妈和男中学生提着小包大包,抱着被盖,搭乘爸爸开的小车走了。临行前,男中学生抱起小白脸,脸颊挨脸颊好长时间,以示惜别之意,惹得妈妈怨声不绝:"就是爱个猫,哪像个有志气的男孩子……"晚上,爸爸一个人回来,在公司待了一整天,晚饭在一家餐厅吃的,还喝了点白酒。他直接坐到沙发上,开了一盏落地灯,把电视打开,声音调到最低,懒懒地看着。小白脸在家里一天无人,颇觉寂寞,见爸爸归来,便讨好地跳上沙发扶手,四脚收到腹下,卧着。爸爸伸出有着细长手指的大手,轻轻地从头到尾地抚摸小白脸,摸着,摸着,爸爸叹气了,诉说着:"你这个猫呀,真是无忧无虑,过着天堂般的日子!吃饱了睡,睡醒了再吃,哪知道大人咋样拼搏呢!这个社会是个竞争的社会,办公司挣钱,你办,别人也可以办。要销售产品,都争着抢着巴结有权购买产品的人,送东西,送购物卡,还要悄悄地送红包……你知道红包里是什么?红纸包着的,里头是人民币呀,整沓整沓的人民币!这还保不住最后能成哩!嗨,我年轻当学生时,多单纯呀,多有理想呀,那理想是崇高的、无私的,现在全没了,每天只为挣钱发愁、发狂,赚了兴奋,赔了丧气。理想,理想,你这个猫有理想吗?懂得理想吗?……"爸爸自言自语,向小白脸发问,哪知小白脸早就眯起眼睛,睡得打起呼噜来了。一直过了很久,电视上的足球踢完了,电视剧也播完了,爸爸捧起小白脸放到阳台的木头盒子里,说:"快点睡觉去!"

家里整天无人,只有爸爸晚上归来,只睡一晚上就走。小白脸也只能日夜守着窗户,在窄窄的窗台上四脚成一线地来回走动,它影影绰绰觉得玻璃上那只手还会出现。

有一天,晚上刚天黑不久,门锁响起,小白脸正窝在沙发角落养神,看见门廊灯亮了,爸爸带一个它从未见过的年轻女人进来。爸爸打开吊灯和落地灯,整个客厅辉煌灿烂。小白脸看见那个女人要比妈妈年轻,穿着时尚,走过身边,一阵香风袭来,那是妈妈身上没有的。爸爸不看小白脸,请那个女人坐了,又打开一瓶饮料,放在她面前茶几的玻璃台面上,笑嘻嘻地说起话来。

这时,爸爸的手机响了,爸爸到阳台上去接电话。那个时尚女人抱起小白脸,放在她的怀里,抚摸着,又低下头仔细看小白脸的脸。小白脸眯起眼睛,从眼缝里看见离它最近的这个女人,画着眼线,涂着眉毛,脸色白皙、细嫩,嘴唇上涂着肉红色的唇膏,有浓烈的香味从她的胸口开得很低的衣服里透露出来,小白脸很认生,又感到窒息,想挣脱出来,却被那个女人的纤纤玉手轻轻按住了。爸爸从阳台上回来,看到这一幕,笑说:"我老婆不爱猫……你倒挺爱的……这一点,我欣赏……"说着,便坐进沙发,离得很近,笑嘻嘻地说了许多话。只听见那个女人指着小白脸说:"小心猫看见……"随即松了手。

小白脸趁机逃脱,回到阳台,又跳上窗台,它对爸爸和那个女人不感兴趣,只是蹲坐着向下张望。大地上灯光点点,树影婆娑。灿亮的街灯照耀下,水泥路上有几只猫在路边或坐,或蹲,或走动。小白脸好久没有看到同类了,分外地兴奋,它从窗台的这一头,四脚成一线地走到另一头,来回走了几遍,找不到出路,又无法呼叫,只能瞪大眼睛,一动不动,死死地盯住楼下树影边的那几只猫,直到它们追逐着钻入黑暗笼罩的树丛里,看不见了,才依依不舍地一屁股蹲坐到窗台上。门"咔嗒"一响,是爸爸同那个女人一块出去了,走得突然,客厅的灯没有关,电视机还开着,光波毫无阻碍地发射出来……过了好久,爸爸一个人回来,一语不发,走到阳台上用脚踢了踢小白脸的猫食塑料碗,看见碗里还剩下一点点残渣,喝水碗也翻倒了,大声发脾气说:"家里一天无人,只让这只懒猫折腾,还得服侍它……"

男中学生参加高中入学考试结束,妈妈他们兴冲冲地回来,听说考的成绩不错,被录取了,但要交数万元的择校费,只能顺从地交了,但心里不服,爸爸不断嘟囔说:"连教育这种公益事业都办成吸钱机器了,还有人相信穷教书匠这种神话吗?"

这一天,爸爸和妈妈不知为什么事吵嚷起来,好像是妈妈埋怨爸爸对他

公司雇用的年轻女孩太过殷勤、太过照顾，因之嫉火中烧，就争吵起来。

爸爸觉得好笑，便问男中学生："我跟你妈离婚，你跟谁呀？"

男中学生正抱着小白脸，自言自语，听到后，便大声回答："我自个儿过，你们谁都不跟，每月给我生活费就行……"又向小白脸说："我只要咪咪做我的伴儿。"

爸爸、妈妈齐声说："没良心，生下个狼娃子了……"

小白脸不明所以，看着全家人的脸上忽喜忽怒，又吵又嚷，觉着很奇怪，便从男中学生的怀中跳出，蹲坐到窗台上，慢条斯理地舔自己的前爪，又擦拭脸颊和耳朵后边的细毛。人世间的许多烦恼和矛盾，在猫的世界里是没有的。

暑热天气，家里开着空调。热天过去，打开窗户，便有凉风急速冲进来。小白脸不知道那个在农村爷爷家里热得只能躲到阴凉处的日子是过去了，还是没有来……

因为换阳台上的玻璃，物业办来人检查安全，又查电表、水表，人来人往，慌慌乱乱，便有了忘记关上房门、留下缝隙的机会。小白脸无意走到门廊处，看到有条透着亮光的缝隙，吹进微微的凉风，便用前爪轻轻拨拉，谁知房门竟然听话地闪开了。小白脸内在的追求自由的野性忽然爆发了，顾不上嗅嗅、看看，就连忙钻了出去。门外的过道里空无一人，只有一盏路灯在天花板下亮着，那是声控开关在人走后留下的。小白脸靠墙根向前飞跑，猛蹿几下，拐个弯儿，看见前边一个门口停下几只穿皮鞋的脚，那皮鞋样式及颜色不是家里爸爸、妈妈的，男中学生只穿运动鞋。迟疑中，看见那两扇门开了，那几只脚快速提起，走进了门。小白脸不假思索，在两扇门将要闭合的时候，飞快地从门缝里钻进去，挤在几只皮鞋旁边站着。猛地，觉着那站立的地面向下一沉，便稳稳地降下去了。小白脸想起，那一次被男中学生抱起时这间房子是突地升上去的。下降途中又停了两次，有脚从开着的门出去，又有脚从开着的门进来。最后停下来的时候，所有的脚都向外走，小白脸也飞快地紧随着出去。出去后，小白脸不敢走正中大路，总是顺墙根迅跑。这时，便听见有几个小孩喊叫："猫，猫……"小白脸大大吓了一跳，四只脚飞快移动，跑出这座高层居民楼。这时，它觉出眼前的天地变大了，也空前亮堂了，有扫地风顺地皮流动迎着脸颊过来,它抬头看,宽阔的水泥地面上,停着一排排黑色、灰色、红色的小汽车,中间有一个开放着黄色菊花的花坛。小白脸只顾盲目地向外跑,遇见人走来、车驶过,便钻入停着的车的底下,跑跑停停,不辨方向,没有目的,终于它认不出回去的路了。它也不想回去,它想可以由着自己的性子、好恶去自由地活动了……

天渐渐暗下来,小白脸走走停停,慢慢觉着肚子咕噜咕噜在动,饿了,这时想起阳台角落的大塑料碗里的鱼呀,肉呀,香肠呀,便慌乱起来,抬头看天,"喵喵"地叫了几声,只好胡乱地朝前走,一边东嗅嗅、西闻闻。

一条连接大街的小街口,摆着几个卖饮料、面包、烟、水果的摊点和小店,店旁墙根的台阶上有几个修鞋的摊子。小白脸畏畏缩缩走过去,忽然看见台阶上蹲坐着一只胖胖、大大的老黄猫,皮毛蓬乱,不太干净,只是眼睛黑亮,神情威严,死死盯住小白脸。看见小白脸走来,端详了一会儿,便问:你寻啥哩?迷路了?

小白脸惴惴不安地回答:对。我也饿了。

老黄猫又问:你的家呢?

小白脸懊丧地回答:忘记回家的路了。

老黄猫站起来,伸伸懒腰,眼睛半眯着,头一摆:跟着我,有你吃饭的地方……看见小白脸不动,又说:走呀!

在饥饿兼疲乏的驱使下,小白脸走到老黄猫身边,嗅一嗅,觉出一种同类的气味儿,便跟着走向小街道深处,从一个大铁门下钻了进去……

五

小白脸跟着老黄猫从铁门下的空隙处钻了进去,面前是一条平坦、干净却无人行走的水泥路,在微弱的夕照里,泛着灰白色。路边两排一人高的剪成平顶的冬青、女贞,绵延直到远处。绿篱笆后面是一座座小巧的二层小楼,窗子里有亮着灯的,有黑乎乎的。老黄猫仿佛主人似的大摇大摆走在路中间,昂着头,竖起尾巴。小白脸跟在它的身后,忽然发现老黄猫的尾巴似乎短了一点,尾巴尖也是秃的,它不明白,也不敢问。走着,走着,老黄猫加快了脚

步,尾巴也平拖在地上,从大路拐向一截短短的甬道,来到一座二层小楼靠围墙一处角落。那里,一个中年妇女,梳着短头发,脸庞圆胖,正轻轻地敲击手里一个铝盆,嘴里"咪咪,咪咪"地叫着。这时,便有七八个不同颜色、大小的小白脸的同类,纷纷飞快跑来,围在一个大塑料盆四周,伸出嘴去抢食盆里的食物。老黄猫显然有很大威望和力度,它不由分说,挤开猫群,找到一个豁口,让小白脸先伸进小脑袋去吃。小白脸饿得久了,大口大口吞吃、咀嚼,觉着比爸爸家里的纯肉伙食还要香。

小白脸吃得饱了些,便歪头向左右看去,发现在身旁一侧,有一个遍体乌黑,只嘴部和四蹄雪白的年轻的母猫,身材苗条,吃得不多,很优雅的样子,吃饱后,便走到小楼门廊的台阶上,独自傲气地舔起爪子和身上的细毛来了。小白脸一下子便对这只黑母猫产生了好感。

都吃饱了,小白脸随着老黄猫离开饭场,走到角落另一边一块长满野草,中间只有几株月季,可以隐藏身子的地里躺下。老黄猫心满意足,问小白脸:你是个流浪猫吗?我看不像。

小白脸打个饱嗝,也傍着老黄猫卧下,前腿舒服地伸直趴在草丛里,说:我是有家有舍的,先前两家还好,现在这家吃得很不错,只是住在高楼的单元房里,既无朋友,也不能出去,整天闷在屋子里,太不自由了……

老黄猫有点讽刺地说:你要自由,要顺着自己的性子来,那就享受不到饭来张口的舒服日子了……

小白脸问:你这里,咋有这么多猫呢?

老黄猫甩起短尾巴,轻轻敲打着草丛,居高临下地说:你知道这是啥地方?这是一个老干部休养所,这一家老干部爷爷爱猫,年老体弱,也是个精神安慰,雇的保姆心善,也爱猫,就每天两次给院子里的猫备饭,附近的猫们就都按时来了。

小白脸问:都是流浪猫?

老黄猫说:也不全是……

小白脸说:我看见一只黑母猫。

老黄猫吃惊地说:那是老干部爷爷养的猫,叫乌云盖雪。你别惹她,吃完饭,就回老干部家去了。我们不去……

当天晚上,老黄猫领着小白脸走到这个大院最里边一个砖盖的空房子,大门敞开,空寂无人,原来是个放置旧物的库房。门外边停着一辆锈迹斑斑的面包车,还有一些猫们不认识的废旧物件,库房里边堆着些不用的旧桌椅,最里边的角落里放着一个长条旧沙发。老黄猫领着小白脸爬低上高、钻过空隙,最后跳上沙发,在角落里卧下,脸朝小白脸说:我就长年住在这里,从来没人管;前边那个坏面包车里,后座上也住着几只猫。你就卧在这沙发上吧!养足了精神,后半夜出去逛……

睡了一觉醒来,小白脸长长伸了个懒腰,它精神很足,天生对新的环境要侦察了解一番,便跳下沙发,钻出各种废旧物件的空隙,来到空旷的院子里,抬头看,冷冷的月亮悬在西南方向的天空,那一排排二层小楼,高高低低矗立在路边,黑黝黝的,水泥路上杳无人迹。小白脸蹲坐在水泥路的路牙子边,东张西望,左顾右盼,它奇怪一同吃饭时的那一伙猫们呢?老黄猫也张口打着哈欠从旧库房里慢慢走出来,到了小白脸身边,仿佛了解小白脸的疑问,说:外边街上只有匆匆过路的个把小汽车,还有从网吧、夜总会迟归的行人,这个院里现在是猫的世界了。

老鼠多吗?小白脸问。

也有,不很多,都钻在天花板里或者墙根的洞里,下水道的沟渠里……老黄猫回答说。

它俩朝喂猫的小楼走,走过门廊,到了临路的窗下,老黄猫奋力一跳,上了窗台,小白脸也跟着跳上去。那个窗户的玻璃窗扇半开着,纱窗却闭着,纱窗一角有个不大的小窟窿,可以听见屋里床上一个苍老颤抖的声音:"乌云盖雪,你又要出去逛呀?……"床头灯突地亮了,小白脸吓了一跳,看见那只黑母猫矫健的身影,从床上一跃而下,轻快地跳上窗台,眼睛亮晶晶地朝外望着。那床头灯又突然熄灭了。那乌云盖雪毫不迟疑地一伸前爪,便把可以推拉的纱窗拨拉开了,随即钻了出来。小白脸受惊似的挪一挪身子,让开了地方,乌云盖雪顺便就蹲坐下来。小白脸侧过脸去看,那黑母猫在夜色黑暗中,几乎看不出浑身的颜色了,只有嘴角脸颊白得耀眼,白得晶莹,鼻尖粉红,湿

漉漉的。乌云盖雪用黑亮的眼睛斜盯了小白脸一下,用鼻子嗅了嗅,猛然从窗台上跃下,越过甬道和水泥路,窜进路边一个盛开菊花的花坛里去了,只留下一种气味,飘荡在小白脸的鼻子前。

小白脸受到感染和刺激,也准备跳下去,却被老黄猫伸出前爪拦住了。老黄猫说:你乱冲乱撞干啥,那个黑母猫骄傲着哩! 是个小妖精……就像被迎头泼了一杯凉水,小白脸丧气地随老黄猫跳下台阶,老黄猫说:你才认识,急啥呢! 径自走了。小白脸跟在后面,老黄猫只顾自己四脚踏地轻松悠闲地在水泥路上走着,迎面遇见几只流浪猫,也只互相盯上几眼,或者站住,无言相对伫立。小白脸自觉有点失败似的。

过了几天,半夜时分,小白脸撇开老黄猫,独自从库房里出来,跳上乌云盖雪所在的窗台,发现那纱窗仍然闭合着。小白脸想起黑母猫开窗的动作来,伸出爪子,抓住纱窗的楞边,横着推,却纹丝不动。它蹲坐着,听见床上那位老干部爷爷睡熟时的缓慢鼾声,又伸出前爪,抓住窗楞,向另一方向推去,"哗"的一声,纱窗竟然开了。小白脸伸头进去,闻见从室内向外冲出的气味,那是家具、被褥和人体汗味、烟味混合的一种气味,它迟疑着,慢慢全身钻了进去,从窗台上向室内看。它的眼睛瞳孔从一条线扩大成为一个黑沉沉的圆洞,尽量吸收着微弱的光线。它看见室内靠墙一侧放着一张大床,被子全铺开,盖着那位老干部爷爷,床旁一个床头柜,柜上有水杯、药瓶和台灯,台灯罩下放出亮光,旁边有一张单人沙发,窗下有一张前后可以摇晃的躺椅,那乌云盖雪正卧在浅色被窝中间,正是老干部爷爷睡着的内侧。小白脸为内心欲望驱使,跳上床去,轻轻凑近乌云盖雪,伸出鼻尖去嗅。不知是乌云盖雪的警觉性高,还是小白脸脸颊上的胡子搔到了它,那乌云盖雪猛然惊醒,"嗖"地一声跳下床去,小白脸连忙追上去。它们在房内的木板地面上前后追逐,乌云盖雪身材苗条灵便,又熟悉地形,飞快地在床下、桌下、沙发下穿行,而小白脸却只能望影追逐,几次好像追上了,但略一错愕,乌云盖雪却已瞬息消失。小白脸只好坐在地板中间,四处张望,却发现乌云盖雪已经跃上窗台,待它也转身跳上、钻出纱窗时,便只见风清月白、秋树婆娑而已。

小白脸天亮前回到库房,看见老黄猫斜躺在沙发上,宿睡未醒的样子,却张嘴就问：你是找乌云盖雪去了？小白脸沮丧得很，便不回答。老黄猫说：你要有耐心，慢慢来；又问：你会唱什么歌儿或者曲子吗？

小白脸茫然不知所措。

老黄猫的短尾巴不停敲击沙发布面，说：你就每天晚上到乌云盖雪的窗下唱去……

小白脸发现乌云盖雪白天也出来游玩，它竟然斜躺在水泥路中央，惹得路过的车辆绕开走，步行的大人小孩忍不住要去抚摸它，乌云盖雪等到人们的手刚接触到它的时候，却"嗖"地一下子逃跑了。有一次在后院围墙的冬青树篱笆下，小白脸看见乌云盖雪和同它一般大的一只黧黑色猫正在玩一只小老鼠，那显然是那只黧黑色猫捕捉到的，小老鼠并未死去，而是躺在地上不动，装死，待要站起逃走时，黧黑色猫却又不向死里地咬住它，然后又放开。乌云盖雪在一旁蹲着看、同时追，又跳跃，又伸前爪去触碰小老鼠，很兴奋高兴的样子。小白脸看得发呆，几次也想上去玩，却又迟疑着没有动。谁知，两只猫稍一松懈，那只小老鼠竟然极快地顺墙根逃走了，只一眨眼的工夫，就钻入墙角一个不很起眼的小洞里去了。

小白脸问老黄猫为什么它们只玩不吃呢？它想起在农村爷爷家里第一次生吞活剥吃猫妈妈捉的大老鼠时的新鲜、刺激感觉。老黄猫说：在这儿吃喂的饭已经很饱了，哪还有食欲去吞吃老鼠呢……

前半夜，小白脸睡不着觉了，它走到乌云盖雪家的门口，防盗门大开着，灿烂的灯光把室内照得雪亮，光线又冲出来，照亮了门廊。小白脸小心翼翼地走进去，看来是个客厅，有沙发座椅和电视机，白头发的老干部爷爷还没有睡，手扶拐杖坐着，弯着腰，正看电视。前后都看不见乌云盖雪的影子，但这气氛却让小白脸忆起高层楼里爸爸、妈妈的样子。它呼吸着室内弥漫着的一股茉莉香燃烧的味儿，静静地蹲坐着。那保姆的声音从里屋传来："哟，咋忘了关门了，把热气都跑光了……"小白脸一下子惊醒，它本能地不想过那种被关在高层楼房内的孤独日子，便不待保姆看见它，飞快地无声地逃走了。

吃饭时分，女保姆拿出一碗剩下的鱼呀、肉呀，又泡上三个馍，一起倒在

盆里,拿一支筷子搅匀了。小白脸看见,院里的流浪猫都来了,乌云盖雪从窗台上跳下来,它便让开一个空隙,让它也挤进来吃。乌云盖雪眼睛不看别的,只顾挨着小白脸埋头吃着。小白脸浑身燥热,它闻见乌云盖雪身上的气味了,忍不住歪过头去,用粉红色的鼻尖轻轻嗅了嗅。乌云盖雪好像不拒绝和躲避了,偏头去看了小白脸一眼。它吃得不多,又照例跳上窗台,缓慢而耐心地舔爪子、前腿和胸前的毛,梳理小巧的耳朵后边。小白脸走过去,蹲在窗台下的地上朝上呆呆地看。那乌云盖雪被看得不好意思了,便歪头朝下看小白脸,那两只深黄色眼睛的瞳孔变成深不可测的黑洞,看得很仔细,很专注,有一股吸什么东西的力量。小白脸被看得心动了,立即跳上窗台,想再去嗅一嗅,那乌云盖雪却转身拨开纱窗钻回去了,听见老干部爷爷沙哑着嗓子说:"乌云盖雪,你又和那些流浪猫一块吃饭去了,早上我把牛奶都倒给你喝了,还不够?来,来,跳上来……"

小白脸在纱窗外看见,乌云盖雪跳上沙发扶手,蜷腿卧下,那个满脸皱纹、满头白发的老干部爷爷正伸出手在乌云盖雪的身上,温柔地从头至尾抚摸着。小白脸原来有点惧怕那位老人家,现在倒觉得他亲近了许多。

后半夜,小白脸来到乌云盖雪窗下,看着关紧了的纱窗,腹内突然有一股气冲上来,它的渴望突然化作了一声"呜呜"鸣叫,连它自己都吃惊了,怎么会这样呢?后来几天,它都如此在夜半"呜呜"地叫着。

这一天夜里,小白脸刚叫了几声,便看见乌云盖雪的脸颊在纱窗一闪,钻了出来,却不理小白脸,端直地跳下窗台,径直窜了出去。小白脸急急忙忙紧跟上去。那乌云盖雪在冬青树根处等着小白脸,待小白脸追来,却不理它,绕着冬青篱笆转,又跑到水泥路上那空旷的夜里无人行走的开阔地上,来回奔跑,弄得小白脸气喘吁吁,只是追不上,只好蹲在路上,呆等着。不一会儿,却看见乌云盖雪蹲坐在不远处,眼睛黑亮黑亮地望着它。小白脸生气了,猛地窜出去,那乌云盖雪更为惊警,看见小白脸一抬身,便又窜入冬青篱笆里,不见踪影。小白脸沮丧之至,垂着尾巴,向回走。

小白脸慢慢走到小花坛里,却看见乌云盖雪正用小巧的鼻头嗅着残败的菊花,还用雪白的前爪拨弄菊花的枝条,没防备小白脸恰巧走来,便跳下花坛,朝家里奔去。谁知已经慢了一步,被小白脸堵在一家门廊的角落里,乌云盖雪紧缩成一团。小白脸站在门廊外,站得笔直,嘴里便发出"呜呜"的叫声。就这样,一直僵持着,乌云盖雪想趁机逃走,从墙根下溜出去,小白脸迎头赶上,终于一下子咬住了乌云盖雪脖颈后的黑色毛皮,乌云盖雪无力抵抗,便瘫趴在地上,小白脸无师自通地把乌云盖雪全身压住了……

当小白脸回到库房的破旧沙发上,它还处于兴奋状态,躺下来,一下子睡不着,便跷起后腿,用舌头去舔腹部的毛。老黄猫睡醒一觉,抬起身子,问:乌云盖雪呢?回它家了吗?小白脸却傻乎乎地不知怎么回答。老黄猫继续说:你让我想起年轻时候咋样追逐母猫的事情了……

天气越发冷了,阴云密布,有小小的雪粒从天上飘落下来,在地面上铺了薄薄一层。流浪猫们除过吃饭外,都已躲藏起来。夜里,老黄猫领着小白脸走到干部休养所进大门不远的一处角落,紧挨甬道,有一个圆圆的铁盖子,便踏了上去。脚底一挨铁盖,便觉得温暖极了,小白脸问:这是什么?老黄猫说:这是房子里通暖气的热力井,暖得连雪都存不住,哈哈!我们白天黑夜都可以卧在这里了。小白脸恍惚想起在城里奶奶家时,每夜都卧在厨房灶台的情景。紧跟着不久,又要过春节了,照例是人来人往,嘈杂热闹,保姆每天两次的饭碗里都堆得冒尖。白天小孩放鞭炮,夜里焰火直冲夜空,猫们都吓得东躲西藏,不再在院内公开露面了。

小白脸连自己都弄不清楚,觉得奇怪,它忽然对乌云盖雪没兴趣了,也很少跳上窗台去看了。但,它偶然在吃饭时发现乌云盖雪的肚腹鼓起来,显得胖了,行动笨拙。它好奇地去嗅一嗅,乌云盖雪却不理它,转身慢慢走开。小白脸愣在那里,看着乌云盖雪跳上窗台去拨开纱窗时慢腾腾,很费力的样子。小白脸大为诧异,却不明所以。

过了些日子,吃饭时不见乌云盖雪出来,老黄猫说:我们看看去。天刚黑时,它俩跳上窗台,隔着玻璃窗和纱窗,看见明亮的灯光下,在沙发旁边的角落里,一个不大的电器纸包装箱里,乌云盖雪正侧身卧在那里,肚腹上爬着几只小猫,蠕动着,在吮吸乳汁。小白脸注意到那几只小猫有黑色的、白色的,也有黄白相间杂色的。它恍然觉出这是它的儿女们。

正默默地看,听见在沙发上坐着的老干部爷爷说他的保姆:"把我的奶粉给乌云盖雪冲上一碗,它奶娃娃哩,营养要跟上……"

那保姆听话地立刻动手冲奶粉,老干部爷爷抬头朝外看时,一眼瞅见窗台上蹲坐着的小白脸和老黄猫,抬手指着说:"一不小心就让你们这些流浪猫给做下事情了,来,来,进来看看……"

小白脸和老黄猫一见老干部爷爷伸出手来指点它们,立即惊觉,跳下窗台,跑了。它们不知道这个手指头曾经指挥过一队队的战士向前冲锋杀敌,却指挥不了两只猫。

小白脸和老黄猫卧在还有暖意的热力井铁盖上,慢腾腾地对话。

老黄猫说:我看,你的儿女们好几个哩!

小白脸说:唉,唉,我不知道。你也有儿女吗?

那是前几年的事情了……我有好几茬儿女呢! 老黄猫眯起眼睛说。

小白脸又问:都在这个院里吗?

老黄猫仍然眯着眼睛说:我都不管,有它们的妈管着。都不知道在什么地方,可能都有孙子、孙女了……

你见过吗? 小白脸问。

老黄猫摇摇头:没有,不知送人了,还是流浪去了……

和你一块的那些母猫呢? 小白脸继续问。

老黄猫大声说:都是些爱乱跑的家伙,一天云游四海的……

在咱们院里吗? 小白脸小心翼翼地问。

老黄猫继续大声说:死了,让街上汽车轧死了……过马路不小心呀……

小白脸和老黄猫在温暖的热力井盖上舒舒服服睡着了。

天气日益暖了,树叶儿浓密了,盛开过的桃花、李花、梨花,红红白白的花瓣儿风过后纷纷扬扬落下来,不久便有青青的小果子。花坛里几株不大的紫丁香也繁盛地开过了……小白脸和老黄猫离开了热力井上的铁盖,每天晚上还是睡到库房角落的破旧沙发上,按时去老干部爷爷家窗外的角落里吃保姆送来的猫食。一次,小白脸还看见乌云盖雪蹲在老干部爷爷的门廊外,灿烂温暖的阳光下,那一伙小猫,也就是小白脸的儿女们,正在那里小跑着、涌动着,全然不理它们的父亲小白脸……再向上看,老干部爷爷出来了,坐在轮椅上,正半闭着眼睛晒太阳养神,那个保姆也闲了,搬个小凳子坐下,笑笑地呼吸着新鲜清爽的空气。忽然,几个穿深咖啡色、浅灰色夹克的年轻人提着怪里怪气的可以扛在肩上的东西,走到老干部爷爷身边,低身问好,给老干部爷爷胸前衣襟上扣上一个小玩意儿,请老干部爷爷说话。老干部爷爷驾轻就熟地说起来:"六七十年前的事情了,都是些陈谷子、烂芝麻的事儿,那时候,我年轻得很,跟着部队向北开,向北开,迎着敌人的炮火去抗战了……"说了一会儿,有个年轻女娃娃,看见了乌云盖雪,便问:"爷爷,你这只猫好漂亮哟!"爷爷张开眼睛,顺手抓起一只小猫,放在膝盖上,接上说:"瞄准了敌人,射击;敌人上来了,掷手榴弹,炸倒一大片;抵近了,冲上去,把刺刀捅进敌人胸膛……那时候,不要命的,哪怕自己战友也牺牲了许多呢! 一定要跟敌人拼,消灭他们! ……"那个年轻女娃娃又问:"那你现在怎么这么爱惜一只猫呢?"老干部爷爷微微笑了,笑得灿烂:"唉! 人性嘛,人的本性嘛!"

几个来采访的人都被老干部爷爷这句话感动了,镇住了。

小白脸、老黄猫听不懂这段对话,它们蹲坐在冬青篱笆下,呆呆地看着。

六

午夜刚过,老黄猫醒来,蹲坐在破旧沙发一角,向小白脸说:这院子太闷了,我出去逛去,你去不去? 小白脸好奇心顿生,忙回答:去,去! 它摇了摇身子,似乎要赶走身上的困乏劲儿,舔了舔前爪,听见老黄猫说:那就走!

老黄猫前边走,四只脚爪飞快地移动着,爬出老干部休养所的大铁门,从寂静无人的马路上横过去。然后走上人行道,在各个小店铺紧闭的门前溜着,朝城墙门洞跑去。小白脸从农村爷爷家出来从未见过这么高大厚实的城墙,它稀奇极了,在城门洞里跑得极快,眼睛里的瞳孔变成两个深深的黑洞,尽量吸收城墙四周景物反射出的光线。它却没有留意到,自己已经从高大极了的城墙门洞跑出来了,老黄猫在前边拐了个弯儿,迎面是一个三开间的大牌楼,牌楼里一片石砌的平地,一条泛着白光的路通向树木黑黝黝的看不到尽头的地方。顺着路前行,路两边全是高高低低的大树和灌木、花丛、草地,

间或有些路灯,顶上圆灯亮亮地如同月亮,路的外边仿佛有一条水流极慢的小河,在后半夜的微弱光线下,像鱼鳞般闪烁着。小白脸觉着在城里高层楼居室的阳台上,隔着玻璃窗好像看到过这里,但又肯定不了。老黄猫头昂起,短尾巴也直直竖立着,大踏步地走,说:这是我常来的地方,冬天不来,太冷了,树叶落光了,还不如躺在热力井的铁盖上舒服呢!小白脸问:这是啥地方?没有房屋院落……老黄猫说:这是城墙遗址公园,白天人多,夜里就是咱们流浪猫的地盘了……

小白脸四处望去,确实空寂无人,它胆子大了,头昂起,跨大脚步,尾巴直直竖起,也傲气地在路上走。走着,走着腹内一股气冲到四肢,它奔跑起来,冲到路边草地上打滚;又冲向一棵大树,抓住粗糙的树皮,用力攀爬上去,回头看,老黄猫变得小了,蹲坐在路中间,呆呆地望着它;它又跑到城河边,这才看见城河里水面映射着岸上的灯火和天上疏落有致的星光。小白脸俯身下去,舔了一口清凉的水,把满嘴的胡须都弄湿了,挂着小小的晶莹的水珠儿。老黄猫看见了,大声说:别掉到水里去,那水里淹死过人哩!

小白脸弄不清淹死人是怎么回事,但感到脚爪都湿了,便退回来,交替着甩去四只脚上的水珠儿。走着,走着,又看见人们锻炼身体时使用的铁木架子,便爬上去,四脚一线地在上边走,又蹲坐着,用前爪去抖动那种叫百日红的灌木枝条,看它们的轻轻摆动。老黄猫站在铁木架子下守着,说:到底年轻爱玩,当年我比你还疯哩!

都玩累了,脸对脸在草地里卧着。小白脸说:饿了,肚子空了。老黄猫说:再歇会儿,回去。天亮了,有早练的人来了,人多了,便有大麻烦了。小白脸问:什么大麻烦?老黄猫说:这河里淹死过人,是自己不想活了;树林里睡过流浪汉和坏人,谁半夜进来,就被抢劫了。小白脸说:咱们是猫啊!谁还理睬?老黄猫"嗯"了一声:那也是。

向回走,走着,走着,发现路边有一个盘子,散发出一股鱼的腥气味儿。它俩都伸出鼻子去闻,抬头去看,原来是一盘放着两三条小鱼的猫食。那鱼好像还是刚钓上来不久的,身上还带着鳞片,亮晶晶的。小白脸鼻子里"嗯嗯"地响动,就要去吃。老黄猫却停下,向左右看看,远处路灯星星点点,附近没有什么响动,便放下心来,说:不像是给老鼠吃的毒药拌饭。小白脸说:没有人故意害猫的。两个便低头撕咬、吞吃,直吃得不顾一切、天昏地暗!

正在此时,一根竹竿头上带着细尼龙丝编的网子,悄无声息地向它们扣了下来。小白脸和老黄猫毫无察觉,等到觉出身上落下什么东西时,跳起来要跑,却已无法挣脱,那网子柔软、透明,并无直接的伤害,却紧紧捆住了小白脸和老黄猫,它们向任何方向都跑不出去。

这时,便有四只大手连网子把小白脸和老黄猫兜起来,小白脸这才看清是两个眉开眼笑的脸,平凡的,普通的,并不凶恶,甚至还显得和气。他们相视而笑,说:"两个流浪猫,长得肥着哩!"接着,便张开一个塑料编织袋,一只手抓住老黄猫的肩部,塞进袋子里去,又抓起小白脸,如法炮制,也装进去。

挤在一起,又在这个空气不流通的编织袋子里,小白脸觉得燥热、出不来气了。它看着蜷着身子挤在一起的老黄猫,说:比起老干部爷爷家的保姆,这俩人太凶恶了。老黄猫说:唉!碰到坏人了!那个保姆实在太好了,给每个流浪猫都起了名字哩!又闭起眼睛想着说:小白,小花,阿黑,老赖,老贼……还有乌云盖雪,那个老贼就是我……谁要抢着吃,就迎头一巴掌打出去……但愿这俩人都是那个保姆吧!

觉出袋子被人提起来,前后摇晃,慢慢就有光亮从外边透进来,耳畔也有人的说话声。等那个编织袋的口子一打开,便有一只手伸进,把老黄猫拽出去。小白脸看见一个人抓住老黄猫的四条腿,一个人捏住老黄猫的脸颊,强迫它张开嘴巴,把一个小药片儿塞进去,然后用一杯水强灌。老黄猫四肢乱动,头乱摆,但嘴被捏开,被迫将药片儿和水吞下去了。那两个人随即把老黄猫塞进一个木条钉成的筐子里去。小白脸看见老黄猫"咔咔"地咳嗽,使劲想把什么东西吐出去……随即,它也被那两个人如法炮制,塞进木筐子。小白脸喉咙里觉得很苦,"咔咔"呕了好久,却什么也吐不出来。觉着这木筐透风,只关了它们两个猫。后来,便周身发软,头脑昏昏,慢慢睡过去了。

等到它们在摇摇晃晃中苏醒过来,便觉得又是一个黄昏时分,小白脸从木筐的缝隙里朝外看,太阳正在收缩残留的光线,一股潮湿温热的空气迎面

扑来,路边有一块一块明镜般铺在地上的稻田,这情景让小白脸感到极为陌生又恐怖。它回头看见跟它挤在一起的老黄猫,浑身软绵绵地动弹了几下,头抬起来,眼睛虽然睁圆了,却丧失了锐利的光芒,问:这是什么地方?小白脸说:不知道,可能离家越来越远了,外面很陌生……老黄猫直起腰身,从木筐的缝隙朝外看,身子颠簸了几下,又闻到了汽油燃烧后的气味儿,很老气地说:可能坐上汽车了。小白脸还没坐过长途汽车,不免四处张望,又竖起耳朵听,说:不光是咱们俩,这车里还有别的猫呢!确实如此,这木筐的左右上下,还堆着高高低低的不少木筐、铁丝笼子,里边全关着大大小小、不同颜色的猫,都呆头呆脑,或睡或醒,或坐或爬,都不出声,车厢里一片猫的身体和随地大小便的臊臭味儿。

汽车是一辆皮卡,驶进路边一大块开阔地,那里有十几间平房,横着、竖着招牌,可以吃饭、住宿、补胎。路边和房前停了几辆呼啸而来的大货车,有人在走动。小白脸听见车前头有人开启车门走下来,到车厢后边查看,不是原来用网捉它们的人,一个又黑又胖,衣服敞开,露着红色背心,光着头,一个白而瘦,头发乱蓬蓬,眼睛圆大。黑胖子说:"这次收这些个猫还算便宜,得给它们喝水、吃些东西,路才走了一半呢!"过了一会儿,那个白而瘦的端着一盆水过来,给每个木筐和笼子洒些水,让猫舔着,弄得四周湿漉漉水淋淋的。又拿来一包香肠,掰成一小截一小截的,给各个木筐和笼子里塞进一两截。老黄猫很快叼上一截,偏起头来使劲咀嚼,小白脸不待说,也立刻叼上一截,吞下去了。老黄猫说:这绝对是贩猫的,把咱们拉到南方去,卖给饭馆……小白脸听后茫然不解。老黄猫又说:不是叫咱们守夜、捉老鼠,是杀了吃肉……小白脸正半信半疑间,老黄猫又说了:吃饱了,叼空儿就跑……

那一胖一瘦两个人安顿已毕,便走进饭馆吃饭去了,各个木筐、笼子里的猫们都纷纷乱动起来。老黄猫却稳坐不动,只轻轻摇着它的短尾巴。过一会儿,它便开始用头顶、钻,用前爪拨拉,想从木筐的缝隙里钻出去,小白脸也一齐用头顶,用爪拨,可是木筐纹丝不动。这时有一辆面包车傍着皮卡停下,下来几个人围着皮卡转圈看了一下,兴奋地喊叫说:"想瞌睡哩,来了个送枕头的……哈,哈!可逮着了!"说着便爬上皮卡车厢,给木筐、笼子点数。那两个开车的,听见响声和人声,连跑带喊地过来:"干什么? 干什么?"

那一伙围着皮卡的人齐声问:"你这车货有手续吗?"

那一胖一瘦对看了一眼,说不出话来。

"拉到啥地方去? 什么东西?"

"鸡,鸡,活鸡!"

那伙人中几个妇女喊道:"明明是猫,咋说是鸡!"

"猫又咋了?"那胖子满面油汗,辩解说。

"咋了? 咋了? 你俩是贩猫的,不知是抢来的,还是逮来的,来路不正。"

"贩猫又咋了?"

"你们把猫贩到南方去,卖到饭馆里,跟蛇肉一块炖着卖钱,太残忍,赚的是黑心钱……"

一胖一瘦两个人萎顿下来:"你们说啥就是啥……"要拉开车门上车去。

那一伙人立即拦住,喊说:"不能走。"还嚷嚷说,要报警:"你们虐待动物,违法!"

一胖一瘦忙说好话:"我们这也是在外地出钱收来的,你们一闹,我们血本无归……"

几个人跳上车,便把木筐、笼子向下卸。一个木筐跌下车来,"哗啦"一声,跌散了。

这个木筐里装的正是老黄猫和小白脸。老黄猫朝小白脸一声喊叫:快跑! 快跑!

小白脸跟在老黄猫身后"嗖"地一声从散了架的木筐里窜出去,毫不犹豫,本能地从人们脚下空处飞跑到路边,向树林边杂草丛生的野地里奔去,慌不择路,一直跑到听不见人声和汽车声响的荒地里才停下,回头看,已无任何皮卡和拦挡者的人影,便都蹲坐着喘气。

小白脸问:我们到了啥地方了?

老黄猫说:不知道。反正离干部休养所,离送饭保姆远了,还有乌云盖雪……都怪我,不出来逛城墙公园就没有这桩事了。

小白脸沮丧得一句话也说不出来。老黄猫振作起精神说:"用不着后悔,

走吧! 这草地里没啥吃的,还得找有人家的地方……"小白脸听这话有道理,便拖起尾巴,跟上走。

它们走出草丛荒地,其实这是一片要开发盖楼房的空地,脚下凹凸不平,草丛纠结,走着,走着,看见来时的公路,便上了公路,顺着护栏的边沿走,不时有汽车疾驰而过,吓得躲在护栏下边。走了半夜,天亮时分,看见路边又是个停车场,停有十几辆车,小卖部、旅社和食堂餐厅还都有开门营业的。走到食堂远处,发现几个塑料桶,老黄猫爬上去,把桶掀翻了,装有鱼头、排骨和剩下的半碗米饭的袋子也露了出来。虽说是剩菜剩饭,但尚属新鲜,没有腐烂,小白脸跟着老黄猫放开肚子吃了一顿,好在没有什么人干扰它们。

吃饱后,飞跑着回到路边的荒草地里,都蹲坐着,舔爪子,舔前腿,用前爪拨拉耳朵后边,再擦抹脸颊。歇息够了,再顺着公路朝前走,仍然有小汽车和许多轮子的载货汽车从身旁"轰轰"驶过。老黄猫说:要小心汽车,尽量躲远点,横过马路,没车时飞跑过去,不然,那汽车是不让人的,轧死了人还逃逸哩,何况我们两只猫……快天黑时,看见路边不远处放着一堆陈旧的麦秸,便走过去,躺了下来。老黄猫说:真舒坦呀! 我们的脚是软的肉垫,不像牛马羊有硬蹄子,走不了长路的,这比起咱们的沙发角落和床上被窝怎么样? 小白脸说:困了,乏了,都一样了。老黄猫说:这话对。小白脸问:还得走吗? 老黄猫说:还得走,要走到一个人多的城市里……

歇息了多半天,又从草丛里出发,向前走,虽然怕人,躲着陌生的人,但还是朝人多处走。饿了,碰见一个被人用弹弓打死的麻雀,还很新鲜,就撕咬了吃,可惜一只死雀,就那么一点肉,只够它俩吃几口的。老黄猫问:你还知道回去的路吗? 小白脸说:不知道,叫人家装进袋子,又囚在木筐里,又给吃了昏睡过去的药片,装上汽车拉着走,咋会知道回去的路呢! 老黄猫嗅了嗅路上的尘土,又嗅了嗅自己的前爪,沉默不语,眼睛里透出无力的样子。

路过一大块望不到边的麦地,麦子很高,麦芒儿朝天刺去,却还是绿的,也有渐渐变黄了的。对于猫们来说,那麦地简直就是繁茂无边的树林,老黄猫沿着麦地外沿走,说:不能进麦地,进去了,就迷路,那是个弄不清方向的地方。它俩在麦地边沿上一丛麦子旁蹲坐着,忽然看见有一个比老鼠大得多的棕色花纹的东西,从麦地深处探出头来,两只长耳朵耷着,嘴角颤动,眼睛亮亮地四下张望。小白脸吃了一惊,本能地拉长身子,伏在地上,眼睛紧紧盯住。老黄猫说:可能是野兔……小白脸一听,向前猛扑过去,那只野兔比它更机灵,"嗖"地一声,颠起胖胖的身躯,钻回麦地里去了,身后跟着几个同样颜色的小野兔,也霎时没了身影! 老黄猫不声不响蹲坐着,说:干休所里也有小孩养小白兔,浑身雪白,两只红眼睛,短尾巴,小孩们从来不许我们走过去,连看一看、闻一闻都不许。

离开麦地,顺路走,路边不断展现出围着铁丝网的空地,野草丛生,行人抛弃的纸杯、塑料袋和纸盒子。小白脸看见草丛里跳动着不大的绿色蚂蚱,还有小粉蝶在野花上飞舞,小白脸看着,看着,就跳起来去捕捉。它跳起,爪子挥去,却扑了个空。老黄猫正在嗅着路边一块湿地旁一大丛艾叶的香味,眼睛半眯着说:你还年轻,还有爱玩的童心! 小白脸舔了舔自己的前爪,愣住不动,仿佛想起农村爷爷家的土地和树木、房屋和鸡们、狗们似的,浑身颤抖了一下。

走呀,走呀,也不知走了几夜,睡了几天,终于发现公路宽了,岔路多了,法国梧桐排成行的行道树和砖铺的人行道出现了,行人和车辆也多了。老黄猫说:这一定是个大城市。它俩走到一个路口,发现路边有一座废弃了的砖瓦房,墙上写了个大大的"拆"字,从后边的半墙上可以爬上屋顶高处。它俩毫不犹豫地攀爬上去。作为贴地皮行走的猫来说,只有登高才能望远,他们看到了大城市边缘地平线上跃出的太阳,看见一座座参差不齐的高层楼房,近处的清晰,远方的只是淡淡黑影子,楼房缝隙里的路灯亮晶晶的,一下子便熄灭了。道路上传来"隆隆"的车辆行驶的雷鸣般声响,人行道上一群群着校服的学生,背负着沉沉书包疾行赶路……老黄猫说:这可能是城乡接合地方,我们就停到这儿! 不能再往深处走了,那些水泥铺的地面、坚硬的墙角、钢铁的栅栏,都是我们流浪猫的监狱啊! 下去找个窝儿吧! 它俩下了屋顶,在四周跑了一圈,终于看见了路边离得较远的空地上,一根水泥浇铸的管子,多半截埋在地里,小半截露出地面,像是个天然的穹庐。它俩从

开口处钻进去,里边全是干净柔软的沙子,没有任何垃圾。老黄猫高兴得竖起尾巴在沙地上拍打:就在这儿住下了……小白脸问:吃的喝的呢?老黄猫说:出去找去。

它们又从水泥管里出来,向有人家居住的方向走去,走到一条小街,看见十几家小饭馆,饭馆后院里照例有垃圾桶,一碟一碟吃不完的肉菜,一盒一盒剩下的米饭,吃了一半的馒头,都堆在桶里。老黄猫和小白脸上了房,又从短墙上跳下来,一面警惕地四下张望,一面飞快吞食着。在饭馆打工的小伙儿宽容地向它们挥挥手,喊道:"不要把桶掀翻了……"

回到管子里,钻进去,刚卧下,便听见外边天空响起"轰隆隆"的雷声,大颗大颗的雨点就"唰唰"地下起来,一会儿管子外便有一道泥水流淌过去。老黄猫半趴着,四条腿舒服地伸展开来,对外悠然地痴望着。小白脸浅浅而又模糊的记忆里,它出生的农村家里,爷爷也是雨天在开着的门内,坐在一只木凳上,一边抽着旱烟叶子,一边悠闲地望着门外屋檐下如帘般流下的雨水……

就在老黄猫和小白脸安家在水泥管子里不几天,就有一条背长黄毛、四条腿雪白的矮狗走到水泥管口,朝里张望,想要挤进来的样子。一看,就知道这是一只同样四处流浪的狗。老黄猫闪电般冲出去,鼻子对鼻子对峙着。小白脸看见老黄猫短尾巴竖起,毛参着,比往常粗壮了许多,浑身硬挺。它不用谁叫,也立即钻出水泥管子,冲向矮狗,立即发起攻击,老黄猫也进一步把前爪向矮狗的脸颊处扇去。那矮狗前后受到夹击,不敢再纠缠下去,汪汪叫了几声,退缩而去。

还有几只流浪猫也想挤进来,它们浑身肮脏,蹄爪湿着,鼻子嘴巴四周有黑色污物,小白脸便不想让它们进来。老黄猫却只让它们蹲坐在管子口外面,示意它们到附近一处积水洼地里,去把自己弄干净。

老黄猫和小白脸把水泥管子周围看作是自己的地盘,不时从此出发,向四处游走,但最终还是回到有小饭馆和水泥管子里睡觉的这块地方。遇见行人,便快步离开或顺墙根逃走。一天,走到一家卖水果和当地特产的小商店时,看见门前行道树根下用塑料绳拴了一只小白猫,身旁放一个小饭碗、一盆炉渣土。那只小白猫围着树干转，不时把自己缠住动不了，只好又反转回来；或者蹲坐在树根下，用舌头舔前爪和胸前的毛；或者僵卧在那里，酣然入睡，任行人车辆从身边经过，也不理睬。小白脸看见了同类，又是比自己小好多的，便走上去嗅一嗅，亲近亲近，却被老黄猫阻止了，说：小心店主人把你也抓起来，拿绳子拴了……

它们又看见一家卖馒头、面条的小店，门前台阶上卧着一只比老黄猫还要胖大的黑白杂色老猫，眼睛紧紧闭着，一动不动。有大人或者小孩过来摸一摸，它竟然毫无反应，理也不理。一个过路的大人看见主人给老猫身上挂着一个纸牌子，念道："不要理我，烦着呢！"不禁哈哈大笑起来，店主人也笑着说："耍呢，耍呢！"老黄猫说：这个老猫叫店主人拴了一辈子了！

天热了，小街道路边摆起卖烤肉、烤鱼的摊点，入夜，小桌矮凳一排排，烤肉炉子上热力四溢，烟气熏人。各色人等都在小桌旁坐着，喝酒，横着用牙齿撕咬串在铁扦上的烤熟了的羊肉、牛肉或者鱼肉，灯光下店门口摆上了电视机，播放着给顾客助兴。老黄猫、小白脸顺墙根蹲着，看见有顾客嘴咬不紧，肉掉下来，便飞跑过去从地上叼走。忽然，众人都停止喧哗，视线集中到电视机上，老黄猫、小白脸也睁眼望去。原来，电视上正播放一座桥的栏杆旁，一个年轻女人手抱一只小猫，猛然掷到地上，拿高跟鞋后跟用力去踩，那小猫疼极了，四脚乱舞，那女人却哈哈笑了，笑得那么放肆，那么霸道……众人都喊起来，"这个女人发神经了……""不是人……""电视台怎么播这种节目……"有人还将装啤酒的铝杯向电视机掷去。老黄猫、小白脸吓得不轻，连忙离开，飞跑回水泥管子里。

卧在沙地上，小白脸说：肚子没吃饱，要是在老干部爷爷家里，不会半夜还饿着……真不好受！

老黄猫安慰它说：饥一顿，饱一顿的，慢慢习惯就好了！

小白脸说：我在主人家里时，总想上房上树，到场院去玩，不喜欢被绳拴被锁在家里的日子，现在自由了，却是流浪猫的自由……

老黄猫盯了小白脸一眼：就看你怎样去理解自由！

小白脸回答不上来，只好低头舔舔爪子。

老黄猫说:我跟你说吧!当人们把我们当作家里的一员,各司其职,过去是猫逮鼠,狗守门,鸡司晨,现在当作宠物、当作情感的寄托时,自由少一点,也可容忍。当人们把你当作可以赚钱的物件,可以杀死作为食品时,你就得去寻求自由了!

小白脸停止舔爪子,抬头呆呆地听。

老黄猫反问道:不是吗?我就听见一个人,一个人中间的明白人说过,人生而自由,但都无往而不在枷锁之中。连人都没有完全的绝对的自由,何况我们猫呢!

小白脸浅浅的意识里,从来没有这样的东西,它好奇地问:你哪来的这些怪想法呢?

老黄猫笑说:我是听老干部爷爷坐在轮椅里自言自语地说的。你知道我为啥出来当流浪猫呢?

小白脸说:不知道。

老黄猫扯长身子,斜躺下,四条腿横放着,高谈阔论起来:我有点明白事情的时候,才知道我很小被一个给单位看门的老汉收养了。他一直拴着我,不但用绳子拴着,还从不给我吃肉,所以我从不知道肉味的鲜美,每天只是开水泡馍。他还说,猫饿极了,连糨糊都吃的。把我借给别人吓老鼠时,他千叮咛万叮咛,不能给我吃任何一丁点儿鱼、肉之类东西。他趁我小,把我的尾巴筋抽了……

小白脸不解,问:什么筋?

老黄猫说:你没见我的尾巴短吗?

小白脸瞪大眼睛:为什么?

老黄猫脸上没有表情地说:过去都说猫的尾巴上有根筋,长不大,还会早死。这个看门老汉就拿个钳子,夹住我的尾巴尖,向外猛抽,抽掉了尾巴里一根白筋。当时,疼死我了,惨叫几声,几乎昏了过去。醒来后,我一直舔我的尾巴,发现它短了……说着,说着,它的尾巴还在沙地上拍打了几下。

小白脸本能地把尾巴蜷到后腿下边,庆幸地说:我在农村爷爷家倒没受这等罪……

老黄猫继续平静地说:后来,我趁他不备,上了房顶,逃了出来,我下决心,以后绝不到某个人家里去,宁肯四处流浪!就这样,流浪了一生。

小白脸说:你真了不起,经的事情太多,知道得也太多!

老黄猫说:我只是一件事不知道……

小白脸不解地问:什么事?

老黄猫坦然说:不知道自己什么时候死?怎么个死法?

小白脸哑然无语,它那简单的思维里,还提不出这样的问题。

谁知老黄猫这句问话竟然应验了呢!有一天下午,忽然从半截埋在地下的水泥管子口外,伸进来几根手指头粗的细棍子,乱戳乱捣,把正在睡着养神的老黄猫、小白脸打醒了,浑身上下挨了几棍子,它们急了,忙乱中从水泥管子口里冲了出去。那几个放假在家刚从网吧上网打游戏回来的小孩子,一看冲出来两只野猫,兴趣大增,一边用棍子追着打,一边捡拾路边的砖头掷了过去,小白脸倒没挨着,却把老黄猫的头和腰重重地打伤了。夜里,小白脸在外躲了一阵子回来,发现老黄猫已经奄奄一息地趴在离水泥管子不远的草丛里,喘着粗气,两眼半睁半闭,似乎还有什么没说完的话……小白脸吓得不轻,却又不知怎么办,它只好趴在水泥管子的开口处,偶尔跑去嗅嗅老黄猫的脸颊和额头,熬过了这即将丧失同伴的一夜。

天大亮了,有个脚蹬三轮车驶来的声音,原来是一个搞环境卫生、清理垃圾的工人,身穿橘黄马甲,头发蓬松,脸色黧黑,正拿出扫帚来,要清扫这里。小白脸便迎着他"喵喵"地大叫。那个环卫工人好奇地看了它一眼,说:"你这个野猫,叫什么呢?我也没带啥吃的,只有一瓶水……"抬头一看,发现已经一动不动的老黄猫,"呀"地叫了一声:"唉呀,一只死猫……"随即从三轮车厢里取出一把大铁锹,把老黄猫的尸体铲起,放入一个透明的废旧塑料袋,然后放到三轮车厢里。环卫工人看来心肠好,他向小白脸说:"我把它拉到野地里去,好好埋了……"又说:"你跟我走,我租住的房子不远,只有小小一间,不可能天天吃肉,但也能吃饱,走吧!"

小白脸看见环卫工人伸出那只粗糙的、指甲挺长的手,本能地后退了几步,然后转头飞快地逃掉了。

从此，小白脸就独个儿活动了，出去觅食，饥一顿饱一顿的，散步也在熟悉的地界内，累了就回到半截水泥管子里，警惕性也高了，遇见任何人都躲得远远的。它慢慢习惯了这种没有了老黄猫的生活，但什么事情都得自个儿拿主意，这倒让它成熟了许多。世界上的事物没有不起变化的，小白脸不知道笼罩在它的身体四周、高悬在头顶上的大事情正要发生。

这一天，在外边浪荡了许久的小白脸东拼西凑总算吃了个半饱，后半夜回到水泥管子里，便在沙土地上刨了几下，蜷住身子，缩成一团，尾巴也收到身边，睡了，只有露在外边的右耳朵尖儿不时抖动几下。天色渐渐大亮，不仅有白花花的阳光射入，还有响亮的嘈杂声传来。小白脸一个抖动，猛地醒来，支起身子，从水泥管子口望出去，好像有人的脚步在外边走动踩踏。又有铁器刨动的声音在水泥管子四周响动。这是谁在干什么？小白脸立即起身，"嗖"地一下子蹿了出去。它只拣人们脚步空处朝外钻，便听见有人喊："哈哈，里头还有一只猫哩……"小白脸跑到远处半坡的树下，靠树干掩住身子，向这边看，原来有十几个穿着退伍军人的迷彩服、脚蹬军胶鞋的农民工，手拿铁锹、铁镐，正在向外刨水泥管子，稍远处停着几辆挖掘机，正伸长脖子，准备向地面开挖。小白脸大为惊愕，就听那伙人议论："前边新弄了一个开发区，这条路早就该修了……""新路名叫啥？""好像叫个新开路啥的……""咱们只管修路拿钱，管他叫啥呢！"

小白脸眼看着水泥管子被从地里刨出来，放上卡车拉走了，挖掘机正在把路旁的土坡刨平，在路两边开挖埋排水管的深沟……它明白自己不能再在这里住了，作为一只流浪猫，这也没啥了不起的，本来就四处流浪、到处安家的嘛！它毫无留恋地顺墙根跑进小街，在一个卖早点的摊位旁，吃了一小块丢在地上的油饼，又喝了掉在地上的尚未喝完的纸杯里剩余的豆浆，然后从小街深处一棵枝叶茂密的槐树爬上去，直接跳上一座二层楼房的顶部，沿楼顶短墙向前走。它的脚下就是人流车流的人世间，它觉得这里最舒服、最安全，用不着在人的脚下奔跑了。走到墙角视界更宽阔的地方，小白脸蹲坐下来，仰脸四望，可见蓝天白云、远山青黛，还有正在扩大的市区楼房、道路、树木……这一切都在自己的脚下，可以不必惧怯，可以坦然面对！

小白脸想起老黄猫那段关于人和猫、关于自由的议论,觉得自己心里清亮了。在它的浅浅的意识里,已经达到一个猫的可能的新的境界。

楼下有几个小孩和行人都站下朝上看,指指点点说话。他们目力所及的是一个蹲踞楼顶高处,身体硕壮,眼睛透亮,浑身黄、黑、白毛夹杂一起的野猫。它的额头是黄色夹着白色细纹,鼻子四周的脸颊雪白,鼻头粉红,白色胡须怒张着,正凝重、严肃、自尊地朝下看。几个小孩便叫:"猫,猫,下来,下来……"

小白脸不动声色,雕像般蹲坐着。

七

这就是那只叫小白脸的猫的生活故事。

2010 年 9 月

大唐生死恋

第 一 章

1　汉水下游丘陵地带一个山村。冬季

风吹过,云聚集,点点雪花飘洒而下。

一湾一湾的水田,一座一座的村舍,村路缠绕着远去,背景是低矮的山丘。从空中俯视,渐渐露出一处砖瓦房院落,在四周一片茅屋中很是突兀。院中一个四方香案,摆放着盛有鸡肉、猪肉和菜蔬、米饭的瓷碗,桌前两只燃着红烛的烛台,一个插着线香的香炉。明烛高照,烟气缭绕。

一个花白头发绾成髻、身着黑色布袍的老年男子,身旁一个上着短襦、下穿长裙的老妇,恭敬地站着。他们双手揖至头顶额前,脸朝飘洒雪花的云天。老年男子喃喃自语:"今天冬至,我王仙客和刘无双来祭奠你们了……"话未完,便泪流满面。音乐声起,画面静止。

2　字幕　片名《大唐生死恋》
　　字幕　大唐德宗皇帝李适在位期间

3　仍是原来的山村。春末一天

山村景象突然一片阳光灿烂,山明水秀。一辆牛车停在砖瓦房院门外,

车厢里堆着箱笼、包裹。从院中走出年轻的王仙客,头戴黑色幞头巾子,身着白布长袍,腰系布带,向拥挤在门前车后的一群奴仆、佃户们笑一笑,挥挥手,很有身份地坐到车辕右首一侧。他家的家生奴仆、与他年龄相仿的塞鸿前后奔跑着、张罗着,显然为能跟主人去京师长安而兴奋不已。塞鸿示意站在车辕左侧的车户,车户便轻摇短鞭,牛车驶离山村,行走在土路上、集镇里……

(王仙客画外音:我老家在荆襄一带,从小跟母亲在京师长安舅舅家中长大、读书,不幸母亲病故,我扶灵回籍,守孝三年。这三年,我无时不在想念京师长安,想念舅父一家……)

4 去京师的路上,山路,水路

山路崎岖,王仙客骑在马上,兴奋地四下张望。塞鸿背着包袱,跟着疾走,另两匹马上驮着箱笼、包裹。

河流平缓,木船慢慢向上游移动,纤夫们在岸边沙地里弯身拉纤,绳索扯得笔直。王仙客站立船头,凝神西望……

(王仙客画外音:……想念我的表妹无双……)

5 京师长安胜业坊刘震住宅四合院内。春夏之交(回忆)

在一棵繁茂的树下,王仙客的母亲和弟媳刘震夫人拉着幼小的王仙客的手,拥至怀中,一齐观看王仙客颈后耳际的一颗红痣,笑着。幼小的无双也挤在一边伸头去看,还拿手去摸了摸。刘震走来,捋着胡须,笑着……

(王仙客画外音:舅母特别疼爱我,经常看我耳后的那颗红痣。我和无双玩在一起,读书也在一起,舅母说,要将无双许配给我,舅父说,都还小哩,着什么急呀! ……)

6 刘震住宅偏院房里。冬天——春天(回忆)

无双、王仙客各据长桌一侧读书,正中坐着一位教书先生,闭目养神。头梳小髻的王仙客摇头晃脑,正低声吟诵《诗经》里一首诗,回首看去,梳着鬟髻的无双在一张白麻纸上书写李白的诗句:"……郎骑竹马来,绕床弄青梅……"一眼瞧见王仙客正在看她,便用双手掩住那张白麻纸。

春风荡漾,无双和小女婢采苹在四合院后院高高吊着的秋千架上打秋千,裙袂翻飞,笑语喧哗。王仙客隔着木格窗棂伫立凝望,无双也好像看见了仙客,羞涩地用衣袖半遮住脸颊……

(王仙客画外音:我和无双慢慢长大了,见面机会却少了,偶尔相遇,也只能片言只语说几句,但她的眼睛里透出一种让我难忘的神情……后来舅父让我进了太学,住在太学的学舍里,我母亲病重去世。舅父没有答允我和无双的婚事,我回故乡守孝三年,也不知无双现在怎么样了……)

7 京师长安。夏初

王仙客骑马走进长安东城墙的通化门,后跟塞鸿,牵着两匹驮着箱笼、包裹的黑白杂色的马,又沿着宫墙外的大街南行西拐,走进胜业坊里。到原住宅的大门口,下了马,与守门的年轻仆役交谈几句,回过头来,面露喜色,向塞鸿说:"搬走了,舅父官升尚书租庸使,搬至布政坊,经皇上恩准,大门可朝御街开启了……我们走!"塞鸿也精神一振,面露笑容,连忙牵马跟上走。

8 京师长安布政坊,紧挨清明渠,对面是皇城城墙,沿坊墙开门面朝大街一所豪宅。御柳拂动,渠水淙淙

王仙客骑马疾走至大门前,下了马,面对守门老人说:"大叔,我回来了。"老人忙从台阶上下来牵住马,笑说:"正盼你哩,老爷刚从政事堂回来……"又朝塞鸿说:"这不是塞鸿吗? 唉呀! 又长高了一截子了……"

9 刘震宅内

王仙客大步走进,放眼四望,喜说:"真是大变样儿咯!"院内两侧是厢房,正中一条甬道,迎面是待客的客厅。从客厅进去,院落有四个小亭,树木葱茏,旁有游廊,顺游廊前行,有正寝大房。一个女婢揭开珠帘,头发渐渐花白、身着丝绸衣服的舅母走出,王仙客忙趋前跪拜,口称"舅母安好!"舅母又惊又喜,扶起他,拉着手,上下打量,说:"是才到的吗? 接到你的信,都几个月了,

天天盼你哩,无双也问我表哥几时来呢? 你看看。"回头叫一女婢去请老爷和小姐。仙客笑说:"这不是采苹姐吗?"那女婢屈膝行礼。仙客说:"我把塞鸿也带回来了!"采苹悄悄一笑,低头忙走出。

舅母坐在卧房内的木榻上,让仙客也挨着她坐。她扳过仙客的肩头,让仙客侧过头去,看了看仙客耳后的红痣,笑说:"只要这个记号在,就不是假冒我外甥的了。"说罢又笑。这时,刘震高大的身影走进卧房。他身着紫色袍服,头戴黑色幞头巾子,两角在脑后拖下,虽在家里,都还束着革带,挂着燧石、小刀等小物件,显得他是一个循规蹈矩、殷勤仔细、勤于王事却又怯懦软弱的人。他颇为高兴,满面喜色。王仙客急起,趋前拜倒在地。刘震弯腰扶起,笑说:"三年不见,面容尚无大变……"

舅母拭泪说:"姐姐就这么一个宝贝儿子,如今长大了,姐姐可以放心了。"

王仙客问:"无双妹妹呢?"

窗外有了人影,采苹的声音:"小姐,你慢些走……"

从卧房外走进无双,她微微垂着头,眼睛却亮亮地扫视一周,然后盯住王仙客,微微含笑,脸庞泛红。王仙客忙走上一步,迎着说:"妹妹,可好?"

无双点点头,脸更红了,欠下身子,行了礼。仙客也一揖到底。

舅母看看无双,又看看仙客,高兴地说:"三年不见了,都长大了……"问刘震:"安排外甥住哪里?"

刘震深思熟虑地说:"先住前院厢房。仙客外甥此番进京,还是要走仕途这条路,一半年后朝廷定当开科取士。我已经跟太学祭酒面谈过,让仙客住进去,苦读上一年半载……"随即眼看仙客,有询问,又有希冀。

王仙客忙笑说:"就按舅父的吩咐去做。"

刘震点头:"好! 好! 你舅父如今在朝廷里上下关系都好,跟宫里内官们也素有来往,他们有什么金帛需索也都照办,你将来的仕途不会差的……"

王仙客头低下,用耳朵去逮住舅父刘震的每一句话,眼睛却从眼皮底下去窥视无双的侧面脸颊。那是一个匀称、白皙、光润的青春美好的脸颊,小而玲珑的耳朵,耳垂上吊着一个镶珍珠的金耳环,鬓角以上便是浓密乌云般盘起的发髻,斜插着一只黄亮黄亮的金钗,鼻梁小巧而微翘,长长的眼睫毛一动不动……

刘震却只管自己说下去:"不过,话说回来,当下的官越来越难当了。过去,天下进奉的金帛都归尚书省户部,贮于左藏,后来改归大盈内库,由内官掌握。我这租庸使要筹措粮饷,实在不易。当今圣上大事小事都要圣衷独断,我是如履薄冰、如临深渊啊!"接着长叹一声。

王仙客不知如何应对,哑然无语。

10 刘震宅内,无双卧室。夜里初更时分

头梳髻鬟、身着短衣长裙的采苹匆匆由游廊走进,迎着她的是无双弹奏古琴的叮咚声,还没走进挂着珠帘的房门,那琴声忽然停歇了。抬眼看去,案上一支粗大的红烛正亮亮地燃烧着,无双却慵懒地伏在琴案上。采苹吓了一跳,忙走上前,轻轻叫:"小姐,小姐……"

无双缓缓抬起头来,眼睛里迷离而娇慵,埋怨说:"你吓死我了……"

采苹笑说:"我还以为你怎么了呢!往常你夜里还抄诗哩。"移过眼光去看长条书案上,一卷一卷抄写经文、诗篇的纸卷堆积着,石砚盖着,毛笔挂在笔架上,便笑说:"诗也不抄了?"

无双羞怯地微笑着:"什么也不想做,只是身子发困……"

采苹伸出手去,用手背挨挨无双的额头:"不发烧嘛!"随即又笑说:"我知道,兴许是今日仙客表哥回来了……"

无双嗔笑地:"就你什么都知道!"

"不光仙客少爷,连塞鸿都一块回来了!"

无双笑了:"怪不得你高兴得忘记自己姓什么了,真是的!"

采苹凑近无双耳旁,笑着急促地说了几句话,还打着手势。无双也红着脸轻轻推开她:"你去做,我不管,别胡乱打着我的旗号……小心叫爹娘知道!"

采苹直起腰身,笑说:"小姐放一百二十条心在肚子里!"

11 刘宅前院厢房里。月亮升至中天,二更时分

王仙客坐在方桌前,桌上一支粗壮白烛端直地燃烧着,他翻动着从家乡带来的经书卷子,拉开一卷仔细地看。塞鸿推门而入,轻手轻脚地把一碗食品放到仙客面前,仙客头也不抬地说:"就要去太学了,我得理理书,乡下几年功课都生疏了……你这是什么?"

塞鸿说:"是采苹偷偷端来的,她不敢进来,交我送来。"

"什么东西?"

"你尝尝就知道了。"

王仙客拿起调匙。尝了一口:"甜的,是冰糖莲子羹?"

塞鸿说:"采苹说,是无双小姐让她做的,又悄悄送来,还怕别人看见……"

王仙客大喜,笑说:"我和无双都大了,不可能一起玩耍读书,耳鬓厮磨了。有采苹在,就好了!"

12 残破的太学。白天上午

王仙客走进太学大门口的石牌楼,左右一排排学舍,有的残破,有的正搭架揭椽亮瓦修缮,院中几株高大的松、柏,再向前走,太学院墙内一块块石碑靠墙矗立。仙客放慢脚步,一块块观看,摇头叹息:"这都是贞观开元年间的进士名录啊!有的担当朝廷大臣,有的外放州郡刺史……"摇摇头,"如今安在哉!"

王仙客走到一栋大厅前躬身伫立,厅门开处台阶上走下来头发斑白、梳着髻的太学祭酒,仙客躬身行礼。祭酒说:"你是王仙客?刘震大人已经跟我说过,说你要来太学攻读,准备应礼部考试?"

王仙客躬身应答:"是,我三年前就已进入太学,后来母亲过世,回家守孝三年,如今是回来继续学业的,请祭酒大人赐教。"

祭酒手捋长髯:"甚好!像你这样还想在太学读书的不多了。安史之乱太学被叛贼占做兵营,残破已甚,朝廷一时顾不上恢复,只能勉强维持而已。现如今还有三十余名秀才,你就住下吧!择日行礼拜过先师。"

王仙客忙深揖谢过。

13 无双卧寝小院。晨光熹微,从长条木格窗缝隙里漏进丝丝缕缕的光线

无双早起,正坐在梳妆台前,手持铜镜照着脸庞,那头柔软、油光的青丝瀑布般地直泻而下,遮住一半脸颊。从镜子里可以看出无双眉头微蹙,眼神若有所思。忽然一旁露出采苹那红润的圆脸,笑说:"小姐,我看你原来眉头都是放开的,不知世事的欢快样子,怎么仙客表哥一回来去上太学,你就有些神不守舍了?"

无双"扑哧"笑了出来,眉眼俱开,回头嗔笑着说:"就你会满嘴胡说,快给我梳头吧。"

采苹没有去拿那只宽大的硬木木梳,却从怀里掏出一只折叠得整齐的纸片,放到无双的手里,说:"塞鸿拿回来的,不知写的什么东西。"

无双轻轻展开,纸上写着几句诗,她一眼扫过,便折叠起来,问采苹:"你看了?"

采苹叹气说:"看了也是白看,我这做奴婢的,本来就不识字嘛!"

无双说:"看了也不要紧,就是不能给夫人说,知道吗?"

采苹给无双梳头,一边轻声在无双耳边说:"依我看,小姐同仙客少爷从小一块长大,知根知底,真是天造地设的一对儿,自己心里可要有主意!"

无双叹口气:"我的主意,你还不知道? 大主意还得听父母的。一个女孩儿家的,又是我们这样的官宦人家……"

采苹说:"我看夫人还是喜欢仙客表哥的,就看老爷的了。"

14 大明宫前建福门外,下马桥旁。午后

刘震头戴乌纱进贤冠,身着紫色官服,端直从塞鸿牵着辔头的马车上下来,他右手端着象牙笏板,向塞鸿说:"过一个时辰来接我。"

塞鸿俯首称是。刘震进入建福门。从含元殿西侧,经中书省等院落,进入延英门,到延英殿皇上召见的地方。一路禁军及内侍都肃立以待。

15　延英殿内

殿宇深幽,显得有些昏暗,因殿门洞开,阳光斜射而入,却又照亮了屏风、宝座和矗立在殿内两边的四扇孔雀尾交织成的宫扇,地面上深红色织有金色花朵的地毯。刘震从两名内侍宦官伫立的殿门走廊上端捧象牙笏板恭恭敬敬地稳步进来,他模模糊糊觉着皇上李适那白色身影正在宝座前站着,便规矩地俯首跪下,那象牙笏板端端正正挡住了他的脸庞,口称:"臣刘震奉旨觐见。"

李适先是背对殿门,这时便转过身来。他身着宫内日常服御的白缎龙袍,头戴黑色乌纱帽,脚蹬乌皮履,脸上微露焦虑之色,劈头就问:"你知道淮宁节度使李希烈奉朕命平定了山南东道节度使梁崇义的叛乱,拥兵自重,自称天下都元帅,跟河东几个藩镇勾结的事情吗?"

"臣听卢杞大人说了。"

"你知道李希烈率三万兵又进入许州了吗?"

"也是刚刚得到这个消息……"

皇上又怒说:"这样,江南一带的粮食、金帛就都不能从运河走汴渠到京师来了吗?"

刘震不敢应对,低首沉默。

"可恶得很!"李适手指刘震,"不是说你。起来说话。"又问:"如何处置?"

刘震忙恭敬起立,略一沉思,抬头瞥见李适身旁站立的大内总管梁文珍正微笑地盯着他,便心里有了底儿,略一思索,低头说:"只要荆襄一带听从朝廷的,道路通畅,粮食、金帛从长江、汉水上溯也可到达京师。就怕李希烈攻占荆襄一带,截断进京道路。"

"卿考虑的是。"

梁文珍微笑向李适奏报说:"刘震老家就在荆襄一带。"

李适点头,又问:"如何处置?"

刘震嘴唇微动,只是思索,并未出声。

皇上李适看见了，并不责怪，只是说："你任职租庸使，一定要保证水陆通畅，江南进奉粮食、金帛，按时如数入库，朝廷平时开支和打仗平叛都要用的，目前最要紧的是筹措军费。"

刘震举笏至额前："臣当竭力办去。"

16　刘震内宅卧寝。入夜时分

刘震脱去冠服，只着家居常服，在烛光跳跃一明一灭之际，背着手在榻前地面上转圈行走。夫人端坐木榻之上，凝视刘震的举动，聆听刘震的说话。

"这朝廷的官有些难当哟！"刘震说。

"怎么了？"

"河东三镇节度使割据一方，山东南道李希烈又拥兵自重，不听朝廷的，江南一带的粮食、金帛受到阻碍，这朝廷用兵费用、宫里供奉难以措置啊！"

"皇上怎么说？"

"我看皇上有发兵征剿之意，卢杞又推荐老臣颜真卿去宣示皇恩，想招抚了事……"

夫人笑说："这都要听皇上的，你一个办事官员，按照诏旨执行就是了。"

"你这话，也还说得好。只是皇上震怒，也是叫人汗流浃背的啊！所以，一定要和皇室宗族拉上关系，才有靠山啊！听说，皇上不久就要册立太子了，还没有太子妃哩！"

夫人愣了，瞪眼看着他。

刘震回顾左右无人，便靠近夫人耳边说："我看咱家无双才貌出众、懂得规矩……"

夫人一摆手："这是什么话！姐姐临终留下遗言，要你把无双许配仙客，那可是亲上加亲的好事，俩人又都十分般配……"

刘震叹气说："我只是有这个念头罢了！你再想想，是儿女私情要紧，还是家道前程要紧？你得多琢磨琢磨！"

夫人生气地说："我就不许你把咱们这么个宝贝女儿送进皇宫那永不见天日的地方去！"

17　国子监,一排厢房里的一间。上午

王仙客独处一室,只简单的一桌一榻,旁边案几上堆满了装订好的书籍和一卷卷抄写好的文章,笔墨纸砚,一盏高脚油灯。

仙客背着手在室内漫步走着,手握一张卷子,口里喃喃诵念,目光朝向屋顶棚下。

阳光从细条木栅窗缝隙里射入,门被推开,塞鸿肩挎包袱,气喘吁吁地进来。

仙客有些埋怨:"好些天了,怎么才来?"

塞鸿笑说:"几天都服侍老爷上朝哩,不是皇上召见,就是去政事堂议事。这不,赶紧抽空就来了。采苹还给了无双小姐写的诗呢!"

仙客喜出望外,把手中的卷子甩到案几上,伸手去接塞鸿肩上的包袱。

"诗在这儿!"塞鸿从怀里掏出折叠几层的白麻纸。

仙客急急打开,眼睛盯着,口里念念有词……

塞鸿暗笑:"黑压压一片,写的什么呀?"

仙客头也不抬:"你不懂,都是无双表妹的心思……"

"那我怎么不知道呢!采苹早说了,无双小姐盼你朝廷科考,能够高中……"

仙客把诗笺叠起,收入怀中:"还有呢?"

"采苹说了,夫人寿诞,少爷要送一份厚礼!"

仙客恍然大悟,连说:"这倒应该早些筹办……"

18　延英殿内。阳光直射而入,临近中午

皇上李适召集大臣议事,他身着黄色绣有金龙的御袍,头戴金丝编成的皇冠,稳坐御座之上,十几位大臣都身着紫色、绯色或者深绿色的官服依次站在御座前,个个手持象牙笏板,凝神闭气,揣摩皇上的心思。梁文珍站立李适身后不远处。

李适发问:"卿言李希烈不反,推荐朝廷老臣颜真卿前去抚慰,不知到了没有?"

卢杞面貌丑陋,心机颇深,排斥异己,陷害忠良,却独得李适信任,这时,便从容上奏:"听说,已过东都洛阳……"

李适又说:"李希烈数次上表,说要归顺朝廷,却又派兵攻打襄城,又骚扰东都近郊,只靠颜真卿招慰,恐怕不行。前派哥舒曜带兵进剿,互有胜负。朕意再派京城近处军队去增援。"

刘震有点着急,便持笏上奏:"增派军队确实需要,但目前府库空虚,急需一百万缗钱币,这将如何筹措?"

另一位身着紫袍的年老大臣奏道:"臣倒有个想法,莫若向京师的富商大贾们借钱,先救一下急,待李希烈平定,再向他们归还。富商大贾为了自身的安全和财产保全,一定会慷慨解囊的。"

几位大臣交头接耳,议论起来。一位同样身着紫色袍服的大臣上奏说:"这不大失朝廷的脸面吗?"

李适在御座上坐不住了,身子乱动了几下,皱着眉头说:"病急乱投医,先顾上眼前紧迫之事要紧!"

几位大臣还想再奏什么,李适一摆手:"这主意不好,但还管用。刘震,着长安府尹加速办理。"

刘震高举象牙笏板:"臣遵旨。"

"那么,调畿辅哪路军队去救襄阳呢?"

身着绯色袍服的兵部尚书立即回奏:"臣意如事情紧急,便可先调泾原节度使姚令言率五千军士去。"

身着紫袍的年老大臣上奏:"泾原西边不远州县已被吐蕃占据,如调姚令言去,边防空虚,吐蕃若东向入寇,臣怕京师危急……"

李适不以为然:"吐蕃好说,朕最恼恨的是回纥。"

卢杞忙顺着李适的话说:"皇上已派大臣去青海与吐蕃会盟,谅吐蕃不会随意入寇。"

李适笑了,很满意卢杞的话。说:"那就下旨着姚令言去。"

19　京师长安城内西市。时值中午

这是京师长安的商业坊里，街道纵横交错，有好几个十字街口，沿街店铺林立，百货杂陈，可以看见有当街立柜台的，有门户敞开批发货物的，有绢布行、衣行、金银行、鞭辔行和旅舍、旗亭、酒肆、药店等。水沟旁植柳树、槐树，树下行道上人头攒动，石板路当中有高头大马拉的有篷顶的大车和载货的牛车络绎不绝驶过，甚或有十数峰骆驼载货蹒跚而来。

王仙客和塞鸿一前一后在道路一侧向前走，眼睛四下张望，终于在一排胡人开设的店铺前停下，那是一家只在柜台上放了几件银器和珍珠饰品的珠宝店，门槛很高，一位高鼻深目，胡须虬结，身着大翻领长衣的胡人店主人坐在交椅上，看见仙客主仆进来，忙笑着站起来，双手平伸，却用熟练的京师方言，说："看这位相公面貌不俗，想是要置办一些金银珠宝物件的，请进，请进！"

塞鸿又反身出去，看了看店铺外的招牌和随风摆动的布幌子，向仙客说："就是这家店铺，没错儿，王公大人和当朝贵官经常来照顾的。"

店主胡人笑得眯起了眼睛，说："这位说得不错，敝店选料上等，制作精湛，货色齐全，价钱公道，没有人信不过的。请到后边来。"

王仙客和塞鸿跟随进去，店铺后院有几进房舍，有几个胡人或在房内操作，或在前后照应，都笑脸相迎。仙客颇觉新鲜，眼睛四下张望，不时把肩上挎的包袱用手摸一摸。走进上房，店主胡人问："想要点什么饰件？"

塞鸿说："想买一套头饰，钗、簪、璎珞，最好有一件步摇……"

店主胡人问："是年轻妇女，还是老年贵人？"

"年纪大一些，作为寿辰礼物。"

王仙客忙跟上说："要上好货色！"

店主胡人喜笑颜开，便从几层货架上取下一个精致小巧的漆箱来，放到桌上，打开来，顿时金光闪闪，玲珑剔透的一套饰物呈现在仙客、塞鸿面前，二人看得呆了。

20　胡人开设的珠宝店里

在店门内，塞鸿手提一件蓝布包的小漆箱，同王仙客走出内院。店主胡人随出，殷勤地说："钱货交割清楚，想请相公喝上一杯。"朝街对面的酒肆用胡人语言喊了几声。王仙客、塞鸿只好坐下。

酒肆里，一个胡姬高捧一个木盘扭着腰肢快步过来，把一个弯曲壶嘴、手把的铜酒壶和几只玉石酒杯放在店内桌上，斟上酒。店主胡人便高举酒杯，递到仙客、塞鸿手上。

胡姬见众人开始饮酒，便"啪啪"地鼓掌，对面酒肆又过来几个胡人男女，弹琵琶的、吹横笛的、打手鼓的，一时乐声大起，那个胡姬便高举双臂，露出白皙的胳臂，扭着腰肢，旋转着舞动起来，越舞越快，裙子飞张开来，像一个硕大的花朵。

王仙客呆呆地看，塞鸿却紧紧地把小漆箱抱在怀里。

21　刘震府上，无双卧寝

采苹急急走来，穿过走廊，进入无双房间。无双正在抚琴，琴声叮咚，琴旁有一张诗笺。无双轻声吟诵，目光低垂。

采苹不等琴声停歇，急呼："小姐，小姐！"

无双回眸停下笑道："看把你急的，慢慢说。"

采苹笑说："我要说了，怕你比我还要急哩！"

无双嗔了一眼："你讨打呀！"

采苹急说："仙客少爷从国子监回来了，正在夫人房里说话……夫人让我来叫你。"

无双面庞突现红晕，回嗔喜："老爷在吗？"

"尚未从政事堂归来。"

无双急急拿起菱花铜镜，照了照脸庞，抚平了鬓角的乱发，又站起看了看身着的半臂短衣和披帛，起身就走。采苹急忙赶上。

走进父母的上房，便看见王仙客正坐在一张椅上，母亲端坐床榻正中，喜眉笑脸，正说得融洽。看见无双走进，母亲便说："你表哥刚从国子监回来，忙着读书，表兄妹至亲，从小玩儿在一起，长大了倒生分了似的。快来见过。"

王仙客忙说："不生分，不生分，妹妹娇贵，我又专心一意补习经书，想去

礼部应试,见面机会就少了。"

无双满脸喜色,傍着母亲坐了。

"什么时候礼部考试呢? 自打安史乱后,朝廷就无法把山南海北的秀才召到京师考试了,这倒是个大喜事。"

王仙客面朝舅母,话却是说给无双听的:"这回礼部考试,只限京畿附近几个道的秀才。荆襄一带正有战事不能来,我在国子监恰好能够参加。"

舅母正沉吟中,无双却抬起头,兴奋地问:"表兄准备考哪一科呢?"

王仙客也兴奋地回答:"如果是制举,由皇上主持,我就打算考贤良方正、直言极谏、详明政术可以理人诸科;如是常举,就应进士科……"

舅母说:"你要应进士科,可以托你舅父向礼部主试官疏通一下,你可把自己写的策论、诗赋送交他们看……"

王仙客说:"那我回去交塞鸿拿来。"

舅母叹气说:"如你科考高中,姐姐虽在地下,也会高兴的……"

无双向母亲插话说:"表兄的才情是有的,想来必中无疑。"

22 刘震府中。傍晚时分

王仙客告辞,无双送出,相距数尺,一前一后。在通向前院的走廊上,仙客问:"我几次托塞鸿带回的诗笺,妹妹都看到了?"

无双点头,低声说:"看到了。"

仙客又问:"那妹妹为何只回了我一首诗呢?"

无双只微微笑着,不出声。

王仙客突然转身,面对无双,声音发颤地说:"我知道,妹妹虽然只一首诗,但全部心迹已然明了……"猛然伸出双手,抓住无双一只右臂,拉向自己:"我俩青梅竹马,情投意合,我是非妹妹不娶的,此心昭昭,可以对天盟誓!"

无双想抽出手来,却无力,任仙客紧握,只是头垂得更低了,发髻上的头饰几乎挨着了仙客的胸膛。

在走廊的远处,紧随其后的采苹看到这一幕,悄悄掩嘴笑了,又忙回过头去。

23 礼部考院门首。晚秋时分

夕阳即将西下,西边天际金色云彩斑斓纷呈,考院门首木栅栏外聚集着许多应试的秀才和国子监学生,等待入场。有人燃着了考院门前的木柴堆,火光直冲天际。考院小吏正挨次序对进入木栅栏的人进行搜身。

王仙客亦在队列之中,塞鸿肩背手提物件,如木炭小炉、饼馇、水罐、笔墨石砚和坐褥、蜡烛等物,仙客解衣敞怀,任小吏搜身,随后又将所携之物一一交小吏过目,小吏说:"你还带蜡烛做什么? 白日未答完,夜里,朝廷特命发蜡烛的……"仙客不语,费劲儿地提起竹篮和所带之物,走进考院大门。

塞鸿隔着木栅栏,大声喊:"少爷,后天出场时,我来接你。"

王仙客回头,招手,严肃的脸上绽开一缕笑意。

24 长安府厅堂。天气阴晦

长安府,治理京师长安的官府,几进厅堂倒还宽阔,只是建筑木料全是本色,屋顶没有琉璃瓦,铺着青瓦,窗格用细木条竖着钉成,但院里廊下站着吏员府丁,还是有一定的官府威仪。几个商人身着深色袍服,急急走进,其中还有戴着高高毡帽、身着偏襟大翻领衣袍的高鼻深目胡商。院里站立的小吏埋怨说:"怎么如此缓慢……"商人们忙打躬谢罪,随即疾步走进厅堂。

厅堂上正中座位坐着长安府尹,身着红色官服,头戴黑色幞头,正在说话。两边木椅上坐着十多位京师富商大贾,背后站立着各行业的年轻商人,气氛甚为肃杀。

长安府尹倒是态度温和,但语气却极硬朗,他缓慢地说:"朝廷紧急下了旨意,如今朝廷在河东三镇用兵,而李希烈又骚扰襄阳一带,波及东都洛阳,朝廷的粮食、绢布、钱帛靠江南输送,时断时续,朝廷用度又大,府库空虚,因此要向京师各商户借债,两年为期,届时加息归还……"

在座的各富商大贾面面相觑,为首的便问:"不知借债多少?"

长安府尹大声说:"一百万缗。看大家自报分摊多少?"

空气凝滞,一片肃然。一位年长、胡须花白的老商户从木椅上站起,说:

"三年干旱,物价昂贵,商户们利润大减,况且资金匮乏,实在拿不出这么多啊!"

长安府尹脸色大变,原来的笑脸顿时吊下来了,并且,立即身向后仰,靠在背后的木壁上,怒目看着招来的商户们。

众商贾低头接耳,悄声议论起来,一片"嗡嗡"之声。长安府尹拍了拍面前的木案,嘈杂之声渐归沉寂,他随即又说:"朝廷有难处,作为皇家子民来说,理当为朝廷分忧,何况是有借有还呢!望各位深思。"

嘈杂议论声又起。长安府尹继续说:"不瞒众位,京师还要征收间架税,就是有房产的无论自用还是租赁,都一律交税。如果借钱给朝廷,间架税可以免去。众位仔细掂量。"

几个有身份的富商大贾站起,朝上说:"府尹大人息怒,小商们应命就是。只是各行各户盈亏不一,还请自愿填报……"

长安府尹点头说:"那就这样吧!我还有事,近日将有泾原兵过京师,饮食、驻地、粮草还要长安府供应,可本官手头拮据啊!还没有着落哩!你们可留下填报,写下交钱日期,不得有误。"说完,向身旁的小吏们耳语几句,转过身后板壁,退往后堂去了。

小吏手持纸卷,铺在木案上,拿来笔砚。众商愁眉苦脸,推推让让,向前去填报。

25 礼部门外的照壁墙前。时间在正午

墙上的空处,刚贴上一张黄纸,墨汁还闪闪发亮。墙下聚集着五六十位身着袍服的参加过科考的人,人头攒动,可以看见王仙客身后跟着塞鸿也在伸颈看榜。

王仙客目光慢慢移动,终于在榜文最后看到自己的名字,下注籍贯,脸上顿露喜色。塞鸿问:"中了没有?"仙客说:"你朝上看。"塞鸿笑说:"少爷,它认识我,我不认识它呀!"

王仙客跟塞鸿挤出人群,高兴地说:"中了!中了!你回去,赶紧说给采苹……"

"说什么呢?"

"就说少爷中了中上第二名……"

塞鸿说:"那就可以当八品的官员了。"

王仙客诧异地问:"你怎么知道?"

塞鸿说:"我是问过采苹,在无双小姐那里听来的……"

王仙客感叹说:"表妹可真是身在闺中却知天下事啊!"

塞鸿手舞足蹈,说:"夫人就要过五十大寿了,少爷中了进士,可又是大喜呀!"

26　刘府面向坊外大街的大门口。上午时分

阳光洒在了刘府大门的人群和车辆上。大门口搭起了由竹竿扎成的彩棚,吊着由红布结成的绣球、飘带、璎珞。彩棚下,来贺寿的朝廷官员们排队进入,内眷们也在大团扇的遮掩下,簇拥而进。可以看见大门口站着刘府的仆役们,夹道欢迎。大门左右廊檐下,乐人们正在吹拉弹奏。

27　刘府客厅

阳光从南房屋脊上射下,照亮了刘震穿官服的身躯。他站在客厅前的台阶下,躬身拱手恭迎穿红着紫、腰挂小刀、火镰、鱼袋的朝廷同僚官员,贺寿的夫人们则被迎接至客厅后的一间过厅里。过厅四周的几案上陈列着方方面面送来的贺礼,万紫千红,光彩灿烂。刘震夫人陪同几位夫人笑容满面地看着、欣赏着。走到一个红绸衬里的漆箱前,那漆箱里放置着一副金光灿灿的头饰,兴奋自豪地说:"这是我的外甥送的,我还没有插戴过哩!"她身边的夫人们齐声称赞:"真好啊!""你怎么不插戴上呢? 今天是你五十大寿正日子呀!"……刘震夫人笑说:"我想留给我的闺女哩!"随在她身后的无双笑得羞红了脸,众夫人纷纷伸手拉住了无双的手,仔细看,称赞着,问着话。

客厅两排椅上坐满了来拜寿的贵客们,紫色、红色、绯色官服映亮了原来略显暗淡阴晦的大厅。刘震坐在面西的椅上,王仙客站在刘震身后,精神抖擞,容光焕发。刘震介绍说:"这是我的外甥王仙客,刚刚在礼部科考中了进

士……"迎着众官员的目光,王仙客忙从刘震身后走出,向众客们躬身施礼。西边排头的老年高官捋着胡须问:"还没到主考官那里拜谒吗?"

仙客忙屈身回答:"已经拜谒过了。跟所有考中进士的一齐去的。"

老年高官又说:"按惯例,还要去拜见宰相的,当今宰相卢杞大人那里,是不能不去的。"

仙客忙躬身应是。

坐西面东有一位穿武官服饰的官员,面带笑容,粗喉咙大嗓门儿喊起来:"我说,刘大人啊,令甥一表人才,又是满腹文采,将来必受朝廷重用,官儿一定做得比你还要大,你信不信啊?"

刘震忙向王仙客介绍说:"这是王遂中将军,带兵打仗,舞刀弄枪的。"

"我这带兵的,可是要你的财赋供养啊!你这外甥姓王,我们是同宗的,怎么样?是不是可以联宗呢?"

刘震忙笑答:"那就高攀了,高攀了!"又朝王仙客说:"还不去拜见叔父。"

王仙客走到王遂中面前,跪拜下去,口称叔父,行了大礼。王遂中忙伸手扶起,豪爽地哈哈大笑了。

整个客厅一片笑声、喝彩声。

王遂中拉着王仙客的手,大声说:"今后有什么难处你来找我,有谁欺侮你也来找我,我替你解围……"

正在热闹中,一位刘府奴仆奔入客厅,向刘震禀报:"皇上派内官送来钦赐贺礼,已到门首……"

刘震先是一惊,后又大喜,急忙站起,迎了出去,众贺寿官员也纷纷立起。在大门内的庭院里,一名内官带了几个小内官抬了一个小几案进来,小几案上摆着一小坛御酒,四周几个金碗和金钗。内官站到客厅前的台阶上,傲然挺立,面对庭院里跪着的黑压压的人群,眼光直盯带头跪着的刘震,口宣谕旨:"尚书租庸使刘震之妻五秩寿辰,赐御酒一坛、金碗一副,金钗一对……"

话音刚落,刘震便带头叩首:"臣谢皇上隆恩。"

小几案便由刘府仆役接过,小心地抬进客厅,又抬进后厅,摆设到正中位置。刘震夫人带领众夫人连忙上前跪接。刘震口中直说:"天大的恩赏,天大的恩赏呀……"

在后厅一侧廊下观看的塞鸿向采苹说:"少爷得中进士,夫人五十大寿,皇上又恩赏了御酒、金碗,真是喜事连连啊!你说呢?"

采苹撇嘴悄悄说:"那都是主人家的福分,与你我何干?"

"不能这样说。我们是奴婢,与主人一损俱损,一荣俱荣。我还盼着什么时候也能买上这一副头饰呢!"

"给谁买呢?"

"给你买。"

采苹脸涨得通红,啐了一口,转身走开,却又悄悄掩口笑了。

大门口乐声更响亮、更热烈……

28　泾原节度使驻地。时近中午

一座小小的县城,累经战乱。吐蕃进犯,土城颓败,杂草丛生,征集到的农户男丁,正在用石夯捶击补葺过的城墙。有军旗在小小的城楼上迎风招展。

泾原节度使姚令言从土城墙上巡视下来。他,年过半百,久经战阵,身躯高大,胡须虬结,内穿轻薄软甲,外罩御寒披风,步履沉稳,他走过县城窄狭小街,走进屯兵的军营。

军营设在县城一隅的空地上,木栅为门,内有一排排夯土墙、麦草顶的房屋。空地上挤满了士卒,有的整修刀具,有的调试弓弩,有的缝补铠甲上的残破处,有的正和妻儿们说话,有的牵着马匹行走……看见姚令言进了军营,便纷纷围了过来。

姚令言走到士卒当中,眼睛严厉地巡视一周,很有些威风的样子,其实他的士卒们并不甚怕他,士卒们笑笑地问:"什么时候开拔呀?"

"咱们走了,这泾原一带,吐蕃来了怎么防守呀?"

"这回去荆襄一带打李希烈,还回泾原不?"

"这走了,留下的老婆孩子怎么办?"

姚令言轻松地笑说:"兵部的调兵文书已经快马驿传到了,也就是这几天选个大吉大利的日子动身,就看你们准备得怎么样?"

士卒们纷纷说:"嘿!准备倒是不难,就看路过京师时,皇上能赏赐些什么不?"

姚令言大声说:"我说,朝廷把防守吐蕃的军队调去打李希烈,是很重用咱们的啊!肯定是有赏赐的,铜钱、银两、绢布不会少,把老婆孩子带上,赏赐领回来,好好过日子,咱们到前头打几个胜仗,报皇上的恩德……"

有几个士卒忽然大声说:"皇上若没有赏赐怎么办?"

众士卒紧跟上喊:"那就不去打李希烈了……""在京师放抢三天……""京师可是富得流油啊!"

姚令言愣了,脸上表情凝固,他的手伸出去想禁止士卒们的胡言乱语,却悬在半空里不动了……

士卒们哗然大笑、大喊……

29 刘震府上内寝卧室。已入深秋,寒意渐浓,光线晦暗

刘震脱下在政事堂办事的官服,换上日常在家穿用的薄棉袍服,一边穿衣,一边朝端坐木榻锦褥上的夫人说:"泾原五千步骑精兵,就要过京师,走蓝关,越秦岭,到山南东道一带去剿灭李希烈了。皇上怕惊扰京师商民百姓,不让他们进长安城,从城外直开霸上了……"

"就是刘邦当年入长安,项王屯兵的霸上吗?"

"夫人,你还知道这么多的历代掌故啊!"

刘震夫人不顾刘震的惊愕,笑说:"这都是朝廷的事情,我一个妇道人家,操不了那么多的心!我只想跟你商量,你的外甥王仙客已经考中进士了,你想怎么安置?"

刘震皱眉,挠头说:"那就叫从国子监搬回来住,到吏部去挂个号,吏部还要铨选,然后得个一官半职,就走上仕途了……"

夫人打断他的话:"我说的是仙客的婚姻事情,就把无双许配给他……"

刘震愣了一下,顺势坐到木榻前的绣墩上,直盯夫人的眼睛。

夫人继续说:"我听采苹说,无双一门心思要跟她表哥,听我这主意,喜欢得不得了。你说,何不早定下来?"

刘震连连摇手:"别急,别急。皇上刚刚册立了太子妃,还有几个皇子哩,年龄错不了几岁……"

夫人急了,站起身来,说:"你总是眼睛看着皇室,也不看看你姐姐就这么一个儿子,值钱多了!"

刘震辩解说:"仙客中了进士,有了仕途,何愁寻不下一个门当户对的绝色美妻?"

夫人泪眼婆娑:"我只想我的宝贝女儿无双一生的终身大事,一生的依靠。"

刘震劝说道:"好了,好了,缓后再说,我这不是还没拿定最后的主意吗!"

夫人严正地向刘震说:"我可说在前头,咱家无双可是个倔强烈性孩子,拿定主意,死也不回头。小时候,我斥责吓唬要打她,她就前前后后跟着我,说,你怎么不打呢,你怎么不打呢! 弄得我更不敢打她了……"

刘震应付说:"这我知道,这我知道。"

30 长安城西北的泾河岸边。山寒水瘦,荒林郊野,阳光隐藏在天际的薄云里

泾原兵一队队行进在土塬边、沟壑里,或傍着泾河逶迤前行。军士们执旗,举戈矛,身背弓箭,腰悬刀剑,牛车上载着妻儿行囊和铠甲。队伍不太整齐,稍有零乱,将军们骑着花色不一的骏马……终于远远看见市井、较大的村落,又看见京师长安的城墙了,又向前走,到了京师通往西域大路的开远门,路边有一块大石碑,雕琢得不太规整,兵士们停下来看,上边刻着大字:"西极道九千九百里。"

军士们好奇地站着看,又放眼四望,街道宽阔,商铺和旅肆也有数十家。这时,前边传下话来:"不进京师了,绕城向南再向东,直接去霸上兵营……"

军士们纷纷发牢骚,讲怪话。

"谁这么伤天害理,到嘴的肥肉不让吃了?"

"让咱们进城见识见识嘛,难道只有皇亲国戚、达官贵人才能进京的吗?"

"看不起跟吐蕃打死仗的……"

但是,队伍还是从距开远门不远的一个路口向南拐了,路口有家客栈,门上招牌写着"罗家老店"四个大字,商铺门前零零散散地站着些闲人和老人儿童。

31 刘府无双卧寝。上午

头上梳着鬐鬈的采苹,快步走进来,高兴地轻声叫道:"小姐,小姐!"走到无双身旁,上气不接下气地说:"仙客少爷从国子监搬回来了,是塞鸿用牛车接回来的……"

无双从正在绣花的绣架上抬起头来,尽力压制住内心的喜悦,笑说:"看你高兴的样子……"

采苹埋怨说:"唉呀,我是替小姐高兴,哪是为我呀!"

"他见过老爷了吗?"

"老爷还在政事堂,没有回来,已经禀报过夫人了……"

无双笑一笑,吩咐采苹:"把这个绣架收起来,帮我整整头发……快点呀!"

采苹应了一声,手忙脚乱地收拾起来。

32 泾原军入驻的霸上。晌午时分

塬坡地带,地势高,沟壑深,站在塬顶可以俯瞰京师。槐树、柳树叶子已经脱落,黄叶纷飞。塬顶的一大片平地上,有几间茅草苫顶的院落,背崖上有几孔窑洞,是节度使姚令言的驻所。四周一大片平地上,搭起许多大小不一、颜色灰暗的帐篷。有长安府派人给泾原军砌土灶、安大锅,搬运粮食,准备做饭。

长安府尹身着官服,头戴幞头,走进院落,向里说:"长安府尹前来拜见节度使大人!"

院落的一间正房内,姚令言正在换穿节度使职位的官服,手握玉带,回头说:"进来!"

长安府尹走进门后,立即拜见叩首。

姚令言居高临下地说:"府尹大人,泾原兵可是要去打李希烈的,是奉朝廷圣旨的,你可要伺候好了!"

"卑职职责所在,不敢有误!"

姚令言吩咐左右:"赶紧备好坐骑,我这就进宫去。"

33 霸上军营

军士们正乱哄哄聚在一堆,准备吃饭。抬过几只木桶来,揭开一看,里边蒸着陈旧粟米的饭,瓦盆里盛着一些咸酱菜,再无其他蔬菜、肉类,更不要说成坛的烧酒了。军士们或蹲或坐,或拉扯着妻子儿女,开始吃起来。吃着吃着,有的军士便发起躁来,喊叫着。

"这吃的叫什么?真正的猪狗食。"

"京师里天天山珍海味,怎么不给我们尝尝?"

"还不如在我们泾原,可以吃狗肉、驴肉……"

"指望到京师,能得到点赏赐,现在啥都没有,还去打什么仗!"

"一点赏赐都没有,老婆孩子怎么回泾原呢!今后的日子怎么过……"

不满的情绪传播开来,有的军士掀翻炉灶木案,有的砸破了铁锅……

长安府尹看到这种情况,大惊失色,平时的官威傲气顿时消失,翻身上马,朝京师方向驰去……

34 刘府门前

刘震身穿朝服,准备登车去政事堂,面色烦躁,动作甚急。跟在他身后的王仙客,听刘震说话,恭谨小心。

刘震说:"你从国子监回来,安顿好了,这就很好。现在,泾原军驻军霸上,准备去打李希烈,皇上下了狠心,要惩治飞扬跋扈的藩镇。等泾原兵走了,我给吏部管铨选的侍郎说说,你得个一官半职,就可以独立门户了……"

仙客俯首听着。一旁手持赶马短鞭的塞鸿则眉开眼笑地注视着。

刘震又说:"我得赶紧上政事堂去,皇上下旨再从大盈库调拨绢布,发给泾原兵,此事紧急,泾原军心不稳啊!"

说完,跨上车辕坐进车厢,急急走了。

35　大明宫含元殿西侧中书省前政事堂

刘震一路走进,脚步急促,却不失庄重,冠下额头有细汗沁出。一路殿门、甬路均有内侍侍立或走动。

走着,迎面遇见几乎是以奔跑速度走来的姚令言,面对掌握一方军、政大权的节度使,刘震还是停下脚步,恭立迎候,口称:"节度使姚大人!"

姚令言略一迟疑,停下脚步,举手当胸:"刘大人,恕不奉陪了……"

"怎么了?"

"我刚刚蒙皇上召见,正奏对间,内官们禀报说,泾原军闹事了,这是我带来的兵啊!"

"皇上先前赏赐的二十车绢布不是由内官们亲自押运去了吗?"

"闹起来,二十车绢布,就是二百车也压不住啊!恕我先走一步……"

刘震如当头雷殛一般,呆立不动了。

36　霸上军营

泾原军军士们聚集在驻地帐篷前,纷纷乱乱,手持戈矛、砍刀,围着跟随载满绢布的二十辆牛车的几个内官,怒骂,撕扯。那几个在宫内还颇有地位的内侍们,吓得抱头大叫:"节度使大人,节度使大人……"

姚令言仍然穿着进宫奏对的朝服,端坐在木椅上,束手无策,几个手下带兵将领围在四周,也都面面相觑,无法弹压手下的士卒。忽然,有亲兵冲进来,急报:"大人,大人,事情闹大了,朝廷派来的内官叫士兵们砍杀了!"

姚令言惊起,踩脚,大喊:"敢杀皇上派来的内官,这还了得?"

那亲兵说:"他们还要下塬去京师闹事去……"

姚令言绝望,带着哭腔说:"这不是反了吗? 不是要我全家百十口人的性命吗?"

外边闹事的士卒们纷纷拥进院子,有的还挤进姚令言的上房,挤得水泄不通。姚令言手下的将领们也迅速转变立场,纷纷说:"到荆襄打李希烈是一死,如今反朝廷也是一死,总得选择一个死法!""干脆顺应形势,反了!""也许还能反出一条生路……"

屋里屋外一哇声:"反了,反了!"

姚令言,眉紧皱,牙紧咬,沉思不语,埋下头去,任将领军士起哄乱喊,纹丝不动。猛然间,他抬起头,站起身,手指向四周的将领和军士:"我不跟你们反,你们会杀了我,是吗?……是你们逼我走这条路的,我就听你们的。"

众人齐声叫好,喧哗。

姚令言高举右手,大声说:"我跟你们反,你们就得一切听我的指挥,违令者斩!"

众人鸦雀无声。

姚令言继续说:"光我一个人不行。在朝中闲居的朱泚大人,德高望重,其弟朱滔现任范阳节度使,手握重兵,独霸一方,我们得请他出山,才能镇压住天下。你们听我的号令,我才能跟你们反,否则,我就只有一死答谢皇上……"说着,说着,便从身后土炕上抽出一把刀来,横在咽喉前。

所有将领和军士都一齐跪下,齐呼:"一切听节度使大人调遣,万死不辞!"

院内火把在黄昏时分点起,塬上塬下群呼:"反了! 反了!"

37 京师大街。大明宫门前。宫墙外

泾原军手持刀矛,乱纷纷走过大街;一队队骑兵飞驰在街道当中……沿途作坊见此情景纷纷关上坊门,胆大的人还在张望。泾原军一路高喊:"你们再不交间架税了!""京师老百姓不用去河东打仗了!"

随着造反军士的潮流,前边不远处闪现出大明宫丹凤门的高大身影,可以看见门前的禁卫军守卫乱纷纷跑进宫门,宫墙上砖堞间有内官们奔跑的身影……从建福门跑出的朝官们,有上马车疾驰的,有边走边脱去朝服的……

38 刘震府上。时在中午

刘震夫人坐在卧寝内木榻上,对府外发生的事情毫不知情,仍然心满意足地向立在她面前的无双和仙客说话,气氛温馨。

打破这一宁静气氛的是从大门外跑进来的塞鸿,他气喘吁吁,一路大喊:

"泾原兵反了,泾原兵反了……"

随之而进的是刘震,他脚步踉跄,手捧朝冠,头发蓬乱,喝叫守门奴仆:"关上大门,关上大门!"随着"哐啷"一声,大门关上了,又插了一条木横杠。

刘震奔进后院卧寝,急急向夫人、无双、仙客说:"泾原兵冲进皇宫了!"

夫人脸色骤变:"这不是安史之乱又重演了吗?皇上呢?"

"神策军、龙武军都在北郊禁苑骑射训练,大内只有羽林军一二百人守护,怎么抵挡得了。皇上带上皇后和太子,由亲信内官保护,从通远门跑了,去奉天了……"

夫人说:"奉天离京师不到二百里路程呀!"

39　去奉天的黄土塬下。身旁是东流的渭河

大路上,路旁三三两两的农舍,房檐下挂着捆扎成把的谷穗,场院上碌碡正在由人拉着碾打谷米。可以看见路上一行人马,农人们迷惘地呆看着。

人马行列里,稍前一点骑马走着的是皇上李适,他穿的是宫里日常的赭黄色御袍,头上没戴冠冕,稀疏的头发绾成一个大髻,插着一支金钗,脸上愤怒、焦急、疲惫的表情扭结在一起。身前身后一些内侍们一跛一跛地走着,李适朝紧随身旁的内侍总管梁文珍说:"叫他们走快点,慢腾腾的,什么时候才能到奉天呀!"

梁文珍中年模样,矮短身材,虽也疲惫,却精力充沛。立定身子,朝后边队伍喊:"打起精神,走快点,走快点!"后边的队伍里,太子、皇后等人的身影若隐若现。

从大路后边飞驰来一队骑兵,身披甲胄,手持戈矛,马蹄下飞溅起尘土,为首的将领就是与王仙客联宗被认作叔父的王遂中,他大声朝前喊:"我是来护驾的,不要误会……"

王遂中驰马到李适坐骑前,滚鞍下马,拜伏在地,连称"臣护驾来迟,请圣上宽恕!"

李适慢慢下马,虽在逃难途中,仍不失帝王身份,笑着扶起王遂中:"你不是带领神策军去操练了吗?"

"是。臣在北苑听到消息,不及返回大明宫,直接赶来了……"

李适感动了,眼睛里有了泪光,说:"当年朕的曾祖玄宗皇帝避难西去,今天,朕也落难了……"

王遂中听到这里,不禁大哭,伏地不起。

李适说:"待朕到了奉天,诏告天下,共讨叛贼……"又手抚王遂中的肩膀:"朕日后不会亏待你的。"

40 刘震府上

气氛骤紧,刘震夫人猛地从木榻上站起,颤巍巍地指着刘震说:"你为什么不跟着去护驾呢?"

刘震气喘吁吁地说:"我走了,这一大家子怎么办? 这多年积攒的财物怎么办?"

王仙客紧张中不失镇静,忙说:"舅父勿忧,赶紧收拾一下细软,出城躲避,再赶往奉天护驾去。"

刘震顿时清醒:"好,好,快些收拾东西,我们立即出城去,都走,都走,大门反锁了……"

刘震夫人忙伸手拦住:"财物终究是身外之物,最要紧的是人的安全,我们老了,这无双……"

无双急呼:"娘……"

刘震一拍额头:"明白了,明白了。"转身向站在身旁的仙客说:"外甥,姐姐在世时,屡次要我把无双许配给你,亲上加亲,这话我一直牢记在心。为何迟至今日呢? 就是怕一时定下,让你纠缠儿女私情,不在读书上用功,在仕途上懈怠。如今,事情紧急,话就明说了,我把无双许配给你……等大难过去,再办迎娶之事,要大大地热闹热闹……"

全家惊呆。夫人坐回木榻,浑身酥软,却流下眼泪,急说:"仙客,还不拜谢过你舅舅!"

王仙客惊诧中喜从天降,连忙朝刘震跪下叩首。夫人也推出无双,采苹扶住她,和仙客双双对拜。塞鸿先是惊愕,后转高兴,抓耳挠腮,不知手向何

处放。

刘震向王仙客急说:"当下不是高兴的时候,赶紧收拾东西。仙客,你骑上马,再用一匹马驮上细软,赶紧从通远门出城。通远门外有一个客栈,主人姓罗,是我多次照顾的老店,你去住下,等我出城。我和你舅母、无双随后就来……若路遇叛兵,就出明德门绕到开远门外,再去奉天……塞鸿留下帮我……"

仙客忙说:"我就按舅父的吩咐去办。"

正说间,采苹已经翻箱倒柜,帮夫人寻出金银细软,大包小箱堆满了木榻,夫人拿出仙客原送的头饰,装入一个小漆匣,郑重地交给王仙客,说:"这是我留给无双的,你先拿着带走!"仙客接过,深情地看了一眼,捧到手上。

院内,塞鸿正和几个仆役,给车上套马,给刘震骑的马喂草料……

41 大明宫丹凤门前

殿阁簇立,巍峨壮丽,远处可见含元殿的巨大身影。姚令言身着软甲,披上御寒的披风,骑在马上,站在丹凤门五间门洞前,面对御道。久在皇上的掌控之下,忽然造反了,进了皇宫了,惶恐之中难免有兴奋之感,他手挥短鞭,向左右的随从将领们说:"现在这些宫殿都是朱泚大人和我的了,绝不许哄抢、焚烧和毁坏……"

众人齐喊:"遵命!"

远处 队泾原兵簇拥朱泚疾驰而来。朱泚虽闲居京师,但因其弟朱滔身居范阳节度使,手握重兵,蠢蠢欲反,李适虽多方抚慰,还是被泾原兵拥戴而来。他老谋深算,与姚令言会面,下马施礼后,说:"皇上西走巡幸,朝臣及宿卫诸军尚留京师,不宜骤立新朝,应收拾人心,笼络朝士,所有大臣私邸均应保护。再以重兵守城门,搜求众臣……"

姚令言回头向亲随说:"朱太尉所说甚是,分兵去追逃走官员,封闭把守城门……"

42　出京师去开远门的路上。时临下午，彤云密布，光线暗淡

王仙客骑一匹马，牵着另一匹驮着箱笼、包裹的马，快步朝开远门走着，一路上各坊门有的紧闭，有的半启，有三三两两的市民在观望，还有西逃的官员们也都换上布衣，步行的，骑马的，急匆匆，乱纷纷。

开远门是出京师西行的城门，叛军尚未控制，城门洞开。王仙客急急从城门驰出，路边巨石碑上刻着的"西极道九千九百里"几个大字也隐没到弥漫着的尘雾之中。王仙客一眼便看见路北一家客栈，门悬一匾，上刻"罗家老店"四个大字，急忙下马，敲开店门，一位老者出迎。仙客急急说："我是刘震大人府上的，我是他的女婿，他让我问候老伯，说是要在此地等候他带家眷出来……"

"唉呀！是贵客啊，快进来。"

仙客牵马进来，让给坐骑饮水、添好草料，先喂上。店主老者忙着牵马进了后院空处。

43　开远门外客栈檐下

王仙客隐身房檐下，双目紧紧盯住开远门。那开远门仍然洞开，不断有人、马、牛车从城里匆忙奔跑出来。王仙客焦急地期盼着，辨认着，神色焦急。

44　出京师去开远门的路上

塞鸿正吆喝着几辆牛车西行，车上装满了箱笼、包裹，坐着刘震夫人、无双和采苹，几个仆役也背着东西随在车后。最后是骑马跟着的已换去了官服的刘震，脸上焦急、惊恐，只催着说："快走，快走。"

一大队泾原兵骑马从后赶上，质问道："你们是什么人？"

刘震忙答说："商人，商人。"

泾原兵不及详查，互相呼喊着："快去关开远门，快去关开远门……"

刘震大吃一惊，忙叫塞鸿："朝南走御路，出明德门，出明德门……"

45　开远门城门外。天色渐晚

一队泾原兵铁骑，手持戈矛，高举熊熊燃烧的火把，从城门内冲出，一边

高喊:"关城门,关城门……"守门小吏不敢违抗,连忙推动两扇木门,紧紧合上。内外交通一下子中断。

一直站在客栈门外屋檐下守候的王仙客,看不到舅父刘震一家人出城的踪影,焦急万分,见城门关上,一下子跌坐下来,呆若木鸡。随即又跳起来,奔回客栈,向老店主说:"我得去明德门……"

老店主说:"我叫小伙计打上灯笼跟你去。"

46 京师南面的明德门。入夜不久

月亮半张脸庞从城东房屋、树木、土塬背后缓缓升起,照着沉沉一线东西横亘的城墙,明德门的巨大城楼黑影映衬在天幕上。王仙客牵着一匹马,后跟一个小伙计,手持明光闪烁的纸灯笼,从大路上走向城门,城门半开着,从城门内射出众多火把的亮光,人影憧憧。城门口站着几个泾原兵,见王仙客走来,便喝问:"什么人?"

王仙客垂手站立说:"做买卖的,动身晚了,这才赶到。为什么这么早就关了城门呢?"

那几个泾原兵上下打量:"你想进城?告诉你,不要进去了,要进,明天来。"

"为什么呢?"

"你们乡下人真不知道,还是怎么了?我们泾原兵反了,占了皇宫大内,皇上跑了,要改换朝廷了……"

"那大臣们呢?"

"有跑的,有跑不了的……"

"有个租庸使刘震大人呢?"

"你问他做什么?"泾原兵警觉起来。

"唉!他是我的客户,我是来讨账的。"

"是这样啊……"泾原兵松了一口气,"实话说给你,刘震也是想跑的,天快黑时,他一家子又是车又是马,装得满满的箱笼包裹,带着妻儿家小,被守城门的认出了。我们造反的泾原兵哪敢放他走啊!只能把他交给姚令言大

人了……"

王仙客脸色骤变,几乎站立不稳,那个陪他来的小伙计忙上来扶住他……

47　开远门外的罗家老店内。时已夜半

王仙客一进门就浑身发软扑倒在土炕上。老店主跟进门,谨慎地问:"寻到刘大人了吗? 他的家眷呢?"

王仙客憋着的痛苦、焦虑爆发了,他泪流满面,哽咽着说:"身陷贼军中了,出不了城了,这该怎么办?"

老店主劝说:"快不敢哭了,惹来泾原兵,那就不得了咯!"

王仙客拭干眼泪,坐起身子:"那天亮后我进城去找……"

老店主忙伸手拦住他:"你不能去。你是读书人,要讲气节。你进城,陷入叛军手中,你降也不降? 如果降了,给叛军做事,大节难保,前途怎了? 安史之乱,投降安禄山、史思明的哪有好的结果! 如果刘大人不降,全家难免杀身大祸,你若回去,不是自投罗网、白白送命去了吗?"

仙客听了,无言对答,又流下眼泪:"难道没有别的办法了吗?"

老店主劝说:"我看这么大的乱子一时难以平息,你还是找地方躲一躲,看看形势变化,再做计较。刘大人的箱笼、包裹,我找个隐秘地方收藏好,绝不会丢失。你有出头之日,来取就是了。一个小小的客栈,官军也好,泾原兵也好,是顾不上的。你放心躲去吧!"

王仙客自言自语:"也只有这样了……"

他猛然站起,跪倒在平地上,脸朝京师方向,连连叩首,嘴里说:"舅舅,舅母,无双,事已至此,对不起你们了啊! ……"

他悄悄饮泣,声音呜咽。

隔着细条竖立的木窗,一股冷风吹进,把灯焰吹灭,一切都陷入寒冷的黑暗之中……

(音乐声响起)

第 二 章

48　画面由黑暗转为明亮,呈现出丘陵、水田、道路,京师城墙,两军厮杀,铁骑往来

（王仙客画外音:万般无奈之下,我又穿平原,越秦岭,顺江而下,回到故乡……好在经过攻伐征战,朱泚、姚令言叛乱平息,皇上李适又返回京师。我听到这个消息,立即赶赴京师长安,寻找舅父刘震一家和我妻无双……）

49　京师长安布政坊临街原刘震的豪宅门前。御柳拂动,流水淙淙

王仙客布衣束带,头绾一髻,急急走到豪宅门前,远远望去,门扉依旧,守门奴仆却已是陌生之人。王仙客浅浅一揖,问:"这是刘震大人的府上吗?"

门吏傲然回答:"不是。你问错了。"王仙客还想再问,那门吏挥手让他走开。

50　开远门外。罗家老店

王仙客抬头看了看那"罗家老店"的匾额仍在,便朝敞开的大门走进,一个年轻的店主人出柜台接他。仙客问:"是罗家老店吗?"

年轻店主回答:"是。"

"老店主在吗?"

"那是我老父,已回原籍养老去了。"

王仙客听了,一愣,自言自语:"那我寄存的箱笼、包裹还在吗?"

年轻店主上下打量王仙客:"你莫非是王仙客相公吧?"

王仙客惊喜:"我就是,我就是,才从荆襄一带家乡来。当年泾原兵叛乱,我在贵店寄存一些细软,是令尊大人接待的……"

年轻店主高兴地说:"可盼到你了,一直隐秘放着的,我父亲叮嘱一定要等你回来,原物奉还。"

王仙客大喜,忙拱手相谢:"那我就住到你这店里了。"又问:"你知道刘震大人吗?"

年轻店主茫然:"京师太大了,我不知道。"

王仙客自言自语:"我得找到舅父和无双!"

51　京师长安宫墙、御路、坊里。时光变换,不是晴日,就是雨天,或晴朗,或阴晦

王仙客穿行着,奔走着,询问着。

52　京师西市商铺街里

王仙客走到胡人开设的珠宝店前,却已是门户紧闭,人迹渺然。

王仙客在西市街头人流中低头行走。

猛然有人抱住他的双腿,跪下,连呼"少爷"不止。王仙客一时懵懂,反应不过来,听那人自称"我是塞鸿,我是塞鸿",低头看去,果然是塞鸿。王仙客浑身颤抖,情不能已,双手抱起塞鸿,二人在西市街上相拥而泣。

王仙客喃喃自语:"塞鸿,塞鸿,是你吗?"

"是我,是我,我的好少爷!"

王仙客说:"我找得你们好苦啊!"

"到我租住的地方去……"塞鸿大声说。

53　一个普通的坊里,塞鸿租住的小院

塞鸿掏出钥匙,开了小院门。院内只有上房和厢房几间小屋。进屋后,塞鸿立即用抹布拭去桌上灰尘,打开木板窗,阳光立即射入。仙客看见土炕上除被褥外,只有一个木箱,桌上只有灯盏、杯、盘,别无他物。塞鸿忙着去院里汲水。准备做饭。

王仙客忙挡住他说:"我不饿,你不要急着做饭,你先说,我舅父、舅母、无双现在何处?"

塞鸿平淡地说:"说来话长。刘大人一家在启夏门内一个坊里,明天我带你去。"

王仙客顿时高兴异常,在屋内踱步,笑说:"苍天有眼啊!真找到了,真找到了!"

54　去启夏门的路上

王仙客和塞鸿坐一辆牛车,缓缓前行。路边的坊里,矮门低户,坊墙残破。王仙客自言自语:"我舅父高官显宦,怎么住到这么荒僻的坊里了呢?"

塞鸿答道:"不急,不急,快到了。"

55　长安京师东南角一隅

一片空闲地里,荒冢累累,草木摇曳,远处可见低矮残缺的土墙。塞鸿前行,领着大惑不解的王仙客,走到一块只有两个坟堆的荒地里,指着坟头说:"舅老爷埋葬在这儿,你舅母在这儿!"

看着并列的两个坟堆,王仙客愣了,一时不明所以,又仿佛明白了真相,一跤跌倒在草丛里,两眼直视,昏厥过去。塞鸿忙去扶他,连呼:"少爷,少爷!"

56　塞鸿租住的小院。夜深人静

桌上灯盏内的灯芯静静地燃烧。塞鸿起身去关了木板窗,回坐到土炕边。土炕上,王仙客直挺挺地躺着,头发蓬乱,闭目,无力。

塞鸿俯身劝慰说:"事情就是这样。我跟随刘大人没有出得了长安城,被泾原叛兵裹胁而去。朱泚和姚令言亲自出面,劝说大人归顺新朝,说是皇上逃到奉天,孤城难守,早晚必破,况且朝中好几位闲置不用的重臣都拥戴他们了。刘大人无力反抗,又顾及全家性命财产,便归顺了,就此埋下大祸。皇上下罪己诏,自我认错,号召外地勤王。朱泚、姚令言最终失败,被杀,传首各地。皇上返回京师,问罪降顺朝官,刘大人被判死罪,夫人一气而死……"

王仙客从嘴唇里吐出几个字:"无双呢?无双呢?"

"没入掖庭宫,在皇宫里为奴做婢了。"

王仙客又轻声问:"那你呢?"

塞鸿答:"我不是刘家在册的奴婢,我是你王家的家生奴婢,所以得以逃出。"

王仙客坐起身来,声嘶力竭,放声大哭。哭声绵绵不绝。屋外树上的宿鸟,拍打翅膀,惊恐飞起。皎皎明月,被乌云遮住。冷风从地面刮起,横扫落地的干枝枯叶……

塞鸿也哭了,却极力劝阻:"少爷,少爷,一切都要从长计议呀……"

57　塞鸿租住的小院。正值上午,阳光温煦

王仙客萎顿数日,终于从失望和悲痛中清醒过来,他由塞鸿扶着,走出小屋。他年轻的脸上露出坚定沉着的神情,头发也梳得整齐。他站在檐下,让阳光照着他的全身,向塞鸿说:"舅父、舅母已经如此下世,一切都无可挽回了。就是深陷掖庭宫的无双,我要千方百计救她出来,你得帮我。你还是我王家的人,跟着我吧!就是采苹不知在哪里?"

塞鸿急说:"我忘了告诉你,老爷在布政坊的旧宅,皇上赐给了王遂中,连同奴婢和所有财物……"

王仙客诧异地问:"就是跟我联宗、我称他为叔父的王遂中?"

"正是。"

"采苹也在他府中?"

"对。"

王仙客喜出望外,握住塞鸿的肩头:"不论多少钱,我们得把她赎出来……"

塞鸿趁机劝王仙客:"少爷,你听我说,你不是普通布衣,你应过试,中过进士,应该谋个一官半职,才能重振家风,救出无双小姐,布衣老百姓总是人微言轻啊!"

58　京师长安宫城西墙外。时值深秋

王仙客独自在宫城外的通芳林门的大路上行走,槐树叶已渐落尽,他边走边向宫墙里眺望,宫墙甚高,但可见高大树木的枝梢,有群鸟飞翔,看不到

宫里的殿庭建筑。他边走边自言自语:"这墙里边就是掖庭宫,不知无双是否就在这里……"看看四外无人,他就朝墙里喊:"无双,无双……"墙里墙外均无人应答。他摇摇头,叹息着,又向前走。走到掖庭宫西门,门不如城门高大宽敞,但亦超过普通宅门,门半闭,有禁军数人把守,个别身着黄衣的小内侍出入,亦须查验腰悬木牌,才能走进走出。王仙客见此形状,不禁呆了,只能远远站住观看,别无他法。

59 宫城掖庭宫内一个很大的院落。入夜时分

四周一圈高大的房屋,屋前有宽敞的走廊。走廊边一排巨大的木桶。院中有一口井,巨大的木架上有两个汲水的辘轳。这是掖庭宫里的洗衣房。四周点着几盏很大的铜灯。几个宫女正在小桶边搓洗衣物,有的从水井里摇辘轳汲水。

一轮圆圆的月亮从宫墙外升起,照亮了庭院。

无双身着厚厚的麻布衣服,蓬乱的头发上只插着一支铜簪。她蹲在一个大的捶布石边,费力地举起木棒槌,捣砸一摞叠得整齐的布衣。她抬头看见天上一轮明月缓缓升起,停下手来,长吁一口气,不禁念诵道:"长安一片月,万户捣衣声……"

无双的脸庞迎着月光,纤毫毕见。这已不是当年身处深闺的官宦人家的娇女了,脸庞瘦削,不再红润饱满,头发也随意梳理,但眼睛仍然盯人有力,略含忧郁,嘴角微闭,很少笑意。她刚念出两句,便听见身后有一个沙哑的声音接着念:"秋风吹不尽,总是玉关情。"

无双惊觉,回头看去,原是一个管理洗衣房的白发老宫女,正抱着一摞衣服向她看,微笑着。无双低头辩白说:"唉!我这是胡乱念哩!"

那白发老宫女拉无双一块儿坐到台阶上,笑说:"你一进宫来,我就看出你不是一般的女孩儿,是富贵官宦人家深闺里长大,识文断字会念诗作赋的千金小姐,是吗?"

"唉!那都是过去的事情了,犹如春闺一梦啊!"

"是因降服朱泚、姚令言一案得罪进宫的吗?"

327

"是。"无双深深把头低了下去。

"可怜啊！家长犯罪却要孩子受苦，苍天不公啊！"

无双眼里溢出眼泪，忙悄悄擦拭干净。

60　刘震原在布政坊的豪宅，现赐给王遂中居住。时已入冬

王仙客戴上头巾，身着深色袍服，由原来申斥过他的那位门吏领着，走进宅门。门庭屋舍依旧，只是换了主人，仙客强压心内伤感，放慢脚步，循规蹈矩走上客厅台阶。

王遂中身着武官袍服，正在厅内踱步，只是步子跨得很大。王仙客看见王遂中，立即双手上揖，俯身下拜。王遂中年过五十，须髭丰满，很有气度地双手扶起，说："贤侄，又是几年不见了，看来你仍像当年一样英气逼人啊！"

王仙客赔着微笑，在一排椅子边上坐了，谦恭有礼地拱手说："因我舅父刘震一家的获罪，小侄一直不敢来见。朱泚、姚令言叛乱，小侄从京师逃出，一直在家乡躲难，至今才敢进京拜见。"

王遂中点头叹气说："刘震可惜的了，人老实胆小，虽然获罪，我还是念及旧情的。我因护驾有功，蒙皇上眷顾，官拜左右卫率将军，肩负京师安全重任，内侍们也都是熟悉的好朋友。你有何事请托，尽管说。"

王仙客感激地说："小侄曾在礼部考试，中了进士，有案可查。目前流落京师，想恳请个一官半职，好在仕途上有个晋身之阶……"

王遂中轻松地笑了："这事不难，我给长安府尹推荐一下，想来没有不允之理。"

王仙客又拱手说："还有我舅父获罪后一个女婢，名叫采苹，听说现在叔父府中，想请叔父恩准，小侄出资赎回……"

王遂中听了哈哈大笑："这更好办了，说什么赎回，你领去就是。我这个武人喜欢痛快……"随即又问："贤侄成家了吗？"

王仙客一时心痛，迟疑片刻，说："不瞒叔父，刘震之女无双系我表妹，舅父当面许配与我，惜未成婚，便遭事变。舅父获罪，无双表妹没入掖庭宫……"

王遂中听着,皱皱眉头,沉思地说:"那就只好静待皇恩大赦放出来了……"

王仙客怅然若失:"小侄不敢奢望,只能听天由命吧!"

王遂中哈哈大笑着:"也只好这样了,在我这里用饭怎样?"笑声震撼屋宇。

61 大明宫麟德殿外一处走廊上。时在下午

麟德殿里正在举行宴会,听说是宴请吐蕃来的使者,乐声飞扬。殿宇宏丽,檐角高耸,重叠至远处。

一队队歌舞宫女正走在通往麟德殿的一处走廊上。

白发老宫女正领着一群手捧衣物的掖庭宫女,站在不远处的通道上悄悄观看,最末一个是手捧清洗叠好的衣服的无双。

白发老宫女叹息说:"她们真年轻啊! 当年我也是她们中的一个啊!"

大家齐问:"真的?"

"那还有假! 那些梨园出身的歌舞女伎们,有机会接近皇上,就有机会成为妃嫔啊! 哪个遴选进宫的女孩子不盼望这个机会呢!"

"那你为什么没有选上呢?"

白发老宫女摇头不语。

"那一定要长得好看,叫人心疼的。我们不行了,无双还行……"一阵悄悄的笑声。

无双呆呆地站着听,双手颤抖,衣服"哗"地一声,落到地上。

62 塞鸿租住的小院里。正午时分

厦房门上挂着红色彩绸,屋内桌上红烛高烧。塞鸿身着黑色布袍,头上包着红色头巾,身上斜披两条红色布带,后随是一身红衣、头戴珠翠的采苹,从正中王仙客住的上房拜见出来,频频向院内几桌酒席四周的市井友朋,拱手相谢。来吃酒席的友朋也都笑容满面,举手相贺。

63　塞鸿与采苹的新房里。已入深夜

塞鸿与采苹并肩躺在铺着毛毡的土炕上,身盖红色被子,炕边桌上红烛已燃烧至底,只留下残存的一截,光焰如豆。

采苹说:"我这是做梦吧?"

塞鸿搂着采苹的肩膀说:"怎么能是做梦呢! 是仙客少爷从王遂中那里把你要回来的,成就了我们这一段姻缘。"

"那无双小姐呢? 还在掖庭宫里? 不知要吃多大苦、受多大罪呢?"

"可怜得很……我们得帮着把无双小姐从宫里救出来! 不要说我们是奴婢,就是念及主人对我们的恩情,旁人世人也都会伸手相帮的。"

采苹泪光闪烁,伸手抱紧了塞鸿。

俩人撩起竖条窗棂上的麻纸,从缝隙中望去,仙客的身影清晰地印在上房的窗纸上,端直地坐着,烛光跳动,他伸出手臂,抱住头,弯腰下去……

采苹说:"少爷哭了? 白天还很高兴呢……"

塞鸿说:"少爷哭了。"

64　掖庭宫内宫女住处。夜半时分

砖墙瓦顶,竖条状窗棂,土炕上躺着无双和白发老宫女,月光照亮了纸窗。无双睡不着觉,披棉衣坐起,脸朝向纸窗,痴痴地向月光看着。

白发老宫女惊醒,轻声问:"怎么了!"

无双不语,只低头垂泪。

白发老宫女说:"你有委屈,就蒙住被子痛痛快快哭一场。只憋在心里,就会憋出病来。再说,哭声大了,会惹出事来的。"

"难道在宫里就不许人哭了吗?"

"傻孩子,这不是在你家里。"

无双无声地哽咽着。

白发宫女坐起来,披上衣服,点亮了铜灯盏上的灯芯,微弱的光焰跳跃着,照着半间屋子。白发老宫女轻抚无双的肩背,安慰她:"想爹娘了?"

无双说:"怎能不想,他们死得惨啊!"

白发老宫女继续问："定亲了吗？"

"跟表哥王仙客青梅竹马，父亲刚允准我们的婚姻，就遭遇朱泚、姚令言叛乱，他逃离京师，音讯全无，死活不知……"

"你打算怎么办？"

"没有任何办法，只是盼望能够活着出宫去，到爹娘坟上祭奠一番；若老天保佑，能见上仙客表哥一面，就死而无憾了……"

65　掖庭宫洗衣房走廊上

几位内侍身着五品服色的袍服，慢慢从殿外走进，他们边走边议论。

"梨园停办已经几十年了，立部伎、坐部伎缺三差四，就连歌舞伎都勉强凑数，选人难，补人更难啊！"

"这可是内侍总管梁文珍给皇上解闷儿，奏准从宫女中选人的，不能马虎了……"

"梁总管说得对，皇上想要什么，都得办到，只要皇上能听我们的，防着南衙的文官们鼓捣皇上干出什么蠢事来，明白吗？"

一边说，一边巡视那一排洗衣、汲水的宫女们，有的还让抬起头来仔细看一看。走到无双身边，无双发髻蓬乱、脸色苍白、愁眉不展的样子，几个内侍们匆匆一瞥，便走了过去。

白发老宫女贴近无双耳朵："你不愿意被选到歌舞伎里去？"

无双抬起头，咬牙说："不。"

"好，上巳节，宫里多年的规矩，允许宫里奴婢们到兴庆宫大同殿去见亲属，到时候你可以去……"

无双无语，沉思。

白发老宫女叹气，说："苦命的孩子！"

66　大明宫长生殿内。入夜不久

这是李适的寝殿，几盏灯柱上的铜油灯燃得明亮，照见殿内金碧辉煌，地面上有一大火盆。

李适经过朱泚、姚令言叛乱，逃到奉天、又到汉中，颠沛流离，白发增多，他身着黄缎龙袍，未戴冠冕，只在头发根处横别一支硕大的金钗。虽然回京，京东犹有心怀异谋的李怀光，还有在中原一带攻伐城池的李希烈以及河东几个藩镇节度使，泾原以西时时可以攻略京师的吐蕃，所以，时局仍然艰危，这就令他寝食难安。他在殿内踱步，身边站立着一直紧跟他的内侍总管梁文珍。

李适走着走着，停下来，向梁文珍说："这次平定朱泚、姚令言，多亏有李晟、浑瑊等大将，陆贽和李泌等文臣，不然，祖宗基业岂不大坏，朕命亦且不保……"

梁文珍说："这都是皇上的洪福，圣衷独断，用人得当啊！"

李适说："朕都论功行赏，给他们加官晋爵，还有那个被李希烈杀害的老臣颜真卿，也都赠官给谥号了。只可惜卢杞，被朕贬下去了……"

梁文珍说："卢杞为人阴险，许多事坏在他手里，只知顺从圣上意旨。"

李适生气地说："你也这么说？"

梁文珍忙拱手奏道："这是奴婢听南衙众多文臣们说的。"

李适"哼"了一声。

梁文珍进一步说："文官们还议论说，泾原兵变，皇上西狩，其缘故就是想一心用武力平定藩镇，引起事变的。他们说，不如集中兵力保护京师，徐徐图之，藩镇必将内乱。"

李适颓然叹息，回身坐到御座椅上。

梁文珍靠近御座，低声说："奴婢前次从掖庭宫挑选歌舞伎，简直找不出人来。皇上以仁孝治天下，是否放出一些无用宫女，另挑选民间一些年轻的幼女进来？"

李适精神为之一振，说："年老无助的，本身有病的，给些铜钱、绢布，放归民间去吧！"

"那些没入掖庭宫的犯官女子呢？"

李适怒气顿生："一个也不放。他们父兄受朕的恩宠，朱泚、姚令言叛乱，竟然在伪朝做官，就像刘震，置朕于何地，啊？"

"那如何处置呢？"

"都送到先帝元陵去守陵好了,一个都不放。"

"那就叫陈宗一带领她们去?"

李适眼睛一亮:"你跟陈宗一有嫌隙吗?"

梁文珍低身说:"奴婢不敢。陈宗一还是奴婢的师傅呢!"

"那就叫陈宗一任元陵陵园令好了,朕可是又一次允准你了。"

梁文珍高兴地跪下,说:"谢陛下隆恩。"

67　王仙客入住的小院

王仙客又从掖庭宫墙外散步归来,墙外渠水有薄冰,阳光曚昽,他却走得急促,等回到小院门口,只见塞鸿站在那里,手执一封信函,向外眺望。看见王仙客走近了,连忙赶上来,说:"少爷,你可回来了,王遂中府上送这个帖子来……"

王仙客接过来,拆开展读,面露喜色。

塞鸿惴惴不安地问:"可是无双小姐的消息?"

王仙客叹一口气:"是王遂中向长安府尹举荐疏通好了,已向吏部备案,任命我为富平县令,去之前先管一阵长乐驿……"

塞鸿笑了:"真是好消息!"

"那就得离开这里了,长乐驿在通化门外,离掖庭宫远了……"王仙客叹气。

塞鸿叫道:"无妨,无妨!我在宫市上结识了一位小宦官,他身着黄衫,跟一伙内侍常到宫外买东西,他所在的殿区,离掖庭宫不远,我俩很投缘,我向他打听无双小姐,他说回去打听打听看……"

仙客第一次听到这个确切的线索,精神大振,喜出望外,双手紧抓塞鸿的双臂,叫道:"你怎么不先说这个消息呢?"

"那个小宦官还说,按照宫里惯例,每年上巳节,要让宫女们在兴庆宫大同殿前跟家里亲属会见,还可馈赠节礼……"

"好!好!"仙客大叫,"到时候我去,我去!"

采苹从大门后伸出头来,也是满脸喜色:"少爷,要不要喝几杯酒呀?"

"喝,喝,去打一壶京师有名的杜康酒来!"

68 兴庆宫大同殿前。上巳日春暖花开

这是大同殿前的庭院,四周有小殿,殿前分列钟楼、鼓楼,南有大同门。各宫的宫女们凡有亲眷可见者,均匆匆集会于此。亲眷们则从兴庆宫的金明门进入。各道宫门均有禁军及内侍们把守看管,宫女着装与平民亲眷大有不同,极易辨认。

王仙客早早就带塞鸿进了大同门,只见殿庭内三三两两,人头攒动,有比他还早来的。王仙客顺殿庭院内挨次一周看去,有两三人抱头痛哭的,有一两握手密语的,有白发平民与妙龄宫女相对抚慰的,有宫女拿自己的私蓄交付父母的,有拿出新衣给换旧衣的……仙客和塞鸿走了几圈,就是看不见无双的身影。他俩不死心,又站上大同殿前的台阶上,从高处向下环视搜索,仍未发现。

会见结束,宫女们和亲眷们恋恋不舍,但时辰已到,只好分开,宫女们纷纷由大同殿后回归,亲眷们也向大同门外走去,挥手惜别,含泪疾走,禁军及内侍们都在各个门口路口严密注视着。

出了兴庆宫金明门,王仙客失望已极,垂头不语。塞鸿倒大声说:"无双小姐,怎么不出来呢?"

仙客突然说:"可能她以为自己已没有亲人在世了,怕触景悲痛,不出来了。可是,你就不想想还有我王仙客呢!"接着,用袍袖擦拭流下的眼泪。

69 掖庭宫内洗衣房。入夜时分

宽敞的庭院,灯烛晃动,宫女们来来往往。无双整理好木案上的衣服,整整齐齐地用布包袱包好,坐下来喘口气。有个别宫女从兴庆宫大同殿回来,带着亲眷们送的东西,疲倦中透着兴奋,问无双:"你怎么不去会见亲眷呢?"

无双忧郁地不说话,只轻轻地摇头。

在卧房内,白发老宫女也同样问她:"你为什么不去呢?"同时,不停下手中的活路:把一摞衣物放入一个竹筒内,又打开一个小木箱,拿出几件骨制

梳、簪和金钗头饰,给无双看。

无双边看边说:"我已经没有什么亲眷了,表哥王仙客久无音信,孤身一人去兴庆宫大同殿还有什么情趣,徒增伤感而已。"

白发老宫女说:"唉！苦命的孩子！……这些当年的东西,跟我一辈子了,还有几件金银制作的呢！都归你吧！"

无双诧异,问:"为什么？"

白发老宫女平静地回答:"你老姐姐要走了！"

"去哪里？"

"你怎么还不知道呢？ 皇上恩典,年老无用、有病的,要放出宫去……"

无双高兴地说:"你可以回家了。"

白发宫女凄然一笑,坦然地说:"我早就没有家了,父母在安史之乱中双亡,族人零落,不知游荡何方了。"

"那怎么办？"

"我自愿到皇家感业寺出家为尼。青灯古佛,了此残生罢了。"

无双悄悄流泪。

白发老宫女用手抚摸无双的脸颊:"苦命的孩子,不必流泪了。人生一世,终归回复自然。我走了以后,你好自为之。若有机会,离开皇宫这个囚笼,那就是最大的幸事了……"

说着,白发宫女忽然想起了什么,拉起无双的手:"我不知道你能否跟宫外有联系？ 如果有,可托人去找一个叫古押衙的……"

无双睁大眼睛,惊诧地听着。

白发老宫女继续说:"他姓古,是神策禁军里一个不大的将领,专职监管朝廷御驾出行、朝会、祭祀大典仪仗队伍的,人都称他古押衙,为人行侠仗义,好打抱不平,救人危溺,他曾在宫市上怒打欺侮百姓的宦官小头目,得罪了内侍总管梁文珍,索性不辞而去,隐居乡里……"

无双继续呆呆地听。

"……听说,在渭北富平县隐居。"

70　王仙客入住的坊里小院。初春时节

王仙客获得富平县令、暂摄长乐驿丞的官职,正要搬家去上任。院外,牛车上装满了箱笼、包裹,塞鸿、采苹还在忙碌装车、清点。王仙客在空空的房内,整理一个小漆箱,从中拿出他送给舅母、又从舅母手中领回的一套金质头饰,不禁看得呆了。

塞鸿急急走进,叫了声"少爷",又自我解嘲地说:"从今以后,少爷做了官了,只能叫相公了。"

仙客惊觉,忙收好小漆箱,抱着,跟塞鸿走出。塞鸿吆着牛车,采苹坐在车上,王仙客骑马走在前边,出了坊门,走上大路。塞鸿高兴地喊了声:"上任去咯!"

71　京师东郊长乐坡顶。可以俯视浐河

王仙客骑马,塞鸿吆牛车,采苹也下了车,向坡下看去。一条大路从长乐坡顶蜿蜒而下,像一条白绢布带飘向浐河河桥,桥畔平地上为柳树、槐树、杨树环绕的一大片平房院落,就是长乐驿,是进京、出京必经之地,距通化门不足二十里。进京官员远道而来,先在这里歇息,准备进京必办之事;出京东去的官员也歇息在此,然后出潼关,去东都洛阳,或折向东南越秦岭去江汉下游,是一个极为重要的驿站。

王仙客手持马鞭,远远指着,说:"这就是长乐驿。我往年来往京师和老家,一介书生,是没有资格进去的……"

72　掖庭宫洗衣房院内。阳光灿烂

宫女们身着相同颜色、式样的衣裙,三三两两站在走廊上。一个小内官走过来,站到台阶高处,大声说:"梁总管口谕:以下宫婢,明日到内侍省去,带上随身衣物……"

宫女们都呆愣愣地听着。

那个小内官从怀里掏出一张白麻纸,展开,高声叫道:"刘无双!"

无双愕然,双目直视,面无表情。

（画面全暗，音乐声响起）

第 三 章

73 长乐驿内外。阳光灿烂

长乐驿横列十几处四合院，四周有土围墙，四合院一侧有牲口棚、食槽、水井，场院内停有不少牛车、马车，槽上拴着十几匹长途驰奔的驿马。车来车往，人进人出，显得十分忙碌。

穿着驿卒布衣，头戴布巾的塞鸿，匆匆走进一套偏院的厨房，采苹正在清理菜蔬和肉类。塞鸿问："相公呢？"

采苹头也不抬，说："正和江南进京的进奉使说话呢！"

塞鸿拍了一下脑袋："啊呀，急死人了！"

采苹笑说："你急什么呢？又从城里听到什么消息了？"

塞鸿说："必得先给相公说……"说完，匆匆走出。

采苹恼恨地朝塞鸿的背影啐了一口。

74 长乐驿门内外

王仙客身着八品驿丞绿袍服，头戴幞头巾，脑后两翅下垂，正小心翼翼、恭恭敬敬送江南进奉使到驿站门口，眼看进奉使跨上坐骑带领十多辆牛车浩浩荡荡向京师方向驶去。王仙客回过头来，便看见塞鸿正在他的住所门口焦急地等待着，一见王仙客回来，便急急迎上。

"你从京师回来？有什么消息吗？"

二人路上遇见，塞鸿笑眯眯地迎上，说："我打听到无双小姐的消息了……"

仙客停下脚步，急问："什么消息？快说，快说。"

塞鸿靠近仙客，低声说："我认识的那个小宦官在宫市上给我说，他打听了，刘震的女儿无双因父罪没入掖庭宫，在洗衣房干粗活哩……"

仙客惊诧之余，痛心地说："那她怎么受得了啊！她只会描龙绣凤，弹琴赋诗啊!"

"她马上要出宫了!"

王仙客大吃一惊:"宫里放她了?"

"不是,皇上下旨,把她们一批宫婢派到先帝元陵去守陵了,也就是整天干洒扫清除、祭祀上供的活儿了。"

王仙客失望中却又感到有希望,兴奋起来,一边向回走,一边说:"元陵不是就在富平吗? 还得再想些办法,再想些办法……"

回到王仙客的住房,刚坐下,塞鸿还站着,一个驿丞管下的小吏急急进来说:"宫里派人来说,后天将有十几辆宫车要来,是送宫婢去元陵的,要我们准备好住房、饮食,来时一律不许外人接近、窥视,带领她们的是元陵陵园令陈宗一……"

王仙客大惊,又大喜,猛地从椅上站起,却一时说不出话来。

75 长乐驿门外,大路边。正午

身着驿丞绿袍服的王仙客早早就在驿门外不远处守候,他坐卧不宁,急切地踱来踱去,不断引颈朝长乐坡上远眺。塞鸿和十几个驿卒都屏息静气地等候在驿门外。

终于在西斜的阳光照射下,坡顶大路上出现了几个骑马的禁军士兵的身影,慢慢朝下走,紧随其后的是十几辆毛毡为车篷、车围的马车,一辆跟一辆逶迤前行,最后的一匹马上是头发花白、身着黄衫、头戴黑色内官帽的陈宗一,他摇摇晃晃,昏昏欲睡的样子,左右环绕着几个小内侍。

马车队停到驿门外,王仙客连忙迎着陈宗一的坐骑,躬身施礼,身后是成排的驿卒。陈宗一下马后,眼睛半眯着,先环视一下四周,向王仙客平伸出手去,问:"你是驿丞?"

"是,王仙客,本系富平县令,暂时署理长乐驿丞。"

陈宗一立时清醒,睁大眼睛:"我正要到你们富平去。告诉你,这十几车里的宫女,全是大内里的,你可要仔细服侍,不准外人接触,吃住都在房子里……"

王仙客拱手，连称不敢有误。十几辆毡车陆续驶进驿内。王仙客引路，陪同陈宗一进入第一个四合院，其余马车都停在另外几个四合院前，随行禁军分别把守，不让驿卒靠近。

塞鸿站在驿门内远处，眼睛紧紧盯住从马车下来的宫女，可惜被禁军阻挡，什么也看不见。等到宫女完全进了各个四合院，他才走到各个院门口，脚步不停，眼睛却四处扫视。

王仙客从陈宗一处出来，遇见塞鸿，眼睛紧盯，塞鸿微微摇头，走至仙客身旁，仙客耳语之，塞鸿频频点头。

76　长乐驿院内。入夜时分

驿内每个院内壁上的油灯点亮了，门窗内只露出点点烛光，宫女们都在室内活动。禁军士卒在各个院门前把守。塞鸿手提两把铜壶，佯装送水，进入院内。院内台阶上置一大火盆，燃着木炭，盆边放着铜壶，冒出缕缕水汽。塞鸿佯装清理火盆，眼睛四下窥视着。他给每个挂着竹帘、布帘的房门前都放下一个灌满水的铜壶，耳朵却紧张地听着帘内的动静。他进每个院落都这样做。到第三个院落，在上房门口放下热水壶，伫立片刻，门帘后便传来一个低低的女声："塞鸿，塞鸿，是你吗？"

塞鸿一下子惊呆了，忙四下一望，没有人，便低头弯腰，悄声问："是无双小姐吗？我是塞鸿……"他的声音颤抖。

帘内传出无双短促抽噎的饮泣之声。

塞鸿眼泪流下来，悄声说："小姐，眼下不是哭的时候，我告诉你，仙客少爷已经回来了，他做了富平县令的官，临时署理长乐驿丞……"

"我在车里已经看到他了……"

"那我现在去告诉他。"

门口禁军士卒朝里吆喝："喂！那个驿卒做完事还不走？赶紧走。"

塞鸿高声回应："这就走，这就走！"

他假装失手倾倒了水壶，水泼进火盆，水汽、炭灰顿时弥漫一片。他忙寻笤帚，扫净台阶，又悄声说："少爷要救你出来！"

门帘内传来无双的呜咽之声:"这怎么可能呢? 你劝他另外成家,做个好官,保重自己……"

塞鸿说:"少爷铁了心了,一定要救你。"

无双急说:"明天,我们走了,我留个字条在被褥里,你拿给少爷看……"又哽咽着说:"你快走,休惹大祸……"哽咽之声随即远去。

塞鸿擦去泪痕,提了空壶,连忙出去,到院门口,还向站着的禁军士卒勉强地笑笑。

77 驿丞王仙客房内

王仙客推门进入,急急向已等在房内的塞鸿说:"我刚从陈宗一那里来,他们明天一早就走,天亮前要备好车辆、饮食……"

塞鸿急急靠近王仙客耳际,悄言片刻。王仙客大喜,忙说:"我这就去……"

塞鸿忙拦住,说:"不能去,不能去。"

王仙客顿悟:"是啊,我不能去。我作为驿丞,同宫女私谈,罪过不小,是有干例禁的。"又拍着额头:"这该怎处?"在地上踱来踱去。

塞鸿突然想起:"明天,他们去富平,一定要过渭河桥,那里正在修桥,过桥必然耽误时间,赶去见一面……"

忽然,院外有禁军士卒嘈杂乱喊:"驿丞,驿丞,有宫女晕倒,快找医人,快找医人!"

王仙客和塞鸿顿时惊起。

78 长乐驿大门口。天微亮

院内灯烛闪亮,人影憧憧,宫女们忙着登上毡车,陈宗一端直站立在台阶上,背着手,监看宫女登车。待车队驶出驿门,自己才骑上坐骑,走到驿门口。王仙客站在门口恭立送行。

陈宗一挥着手中的短鞭说:"你这驿丞还是尽职尽责、殷勤服侍的。我到元陵,侍奉先帝,你若回富平,一定来看我。"

王仙客问:"这些宫女们也将长期留在元陵吗?"

陈宗一笑说:"那当然咯,这辈子怕也回不了大内咯……"

王仙客恭身送走陈宗一,忙返回寝室,换上一身黑色袍服,黑布头巾,骑上快马,朝东驰去。

79 京师以东郊野。阳光从东方云际射下

王仙客骑马在大路上迅驰。

在麦田小路上走过。

在渭河边堤岸上驰过。

80 渭河桥头。中午时分

桥头路旁远处有数十位石匠正在凿击石料,制作石栏板和桥面铺路石,叮喈之声不绝于耳,旁边还堆积着一大堆石料。王仙客骑至石匠工作处,把马拴在一棵树上,便隐身在工匠当中,与工匠们闲谈起来,不时向来路眺望。

前有禁军士卒开道,后有陈宗一押队,那十几辆毡车慢慢出现在大路上,直到驶上桥头。因桥上正铺石板,安装石栏,杂物甚多,一时车只好停下。陈宗一下马走上渭桥,指斥工匠们清除道路,又令宫女们下车活动一下筋骨。那些工匠们身穿短衣,尘土满身,哪还敢观看衣着华丽的宫女,都背转身去,只埋头清理。这时,王仙客却悄悄站在石料堆旁,伸长脖颈,远远地用目光搜寻。他看见宫女队里一个宫女大胆离开毡车,向桥南原野眺望,似在搜寻什么。王仙客一眼就认出那正是无双!朝思暮想,魂牵梦绕,如今就在不远处,他怎能不浑身颤抖,双眼呆视!

无双远眺中,也看出石料旁站立着的浑身黑衣的男子,正是王仙客。她不禁两眼流出泪水,却哭不出声来,只好用衫袖捂住脸颊。这时,便听见陈宗一的吆喝声:"快上车,快上车!"又朝无双喊道:"有什么哭的? 舍不得爹娘,还是舍不得大内? 快上车!"

无双只好捂住脸颊,最后一个上了毡车。

王仙客眼睁睁看着无双上车,车队碾过石板桥面,慢慢过了渭桥,驶进烟

雾慢慢腾起的渭北原野。他跌坐在一块石料上，用袍袖捂住泪眼。

四周的石匠们不解所以，都停下斧凿，呆呆看着王仙客。

81 长乐驿。已入夜晚

王仙客驰至长乐驿门口，塞鸿与几个驿卒正在门口向外张望，塞鸿赶紧上前抓住马缰，接过马鞭，扶住下马后的王仙客。

王仙客浑身疲惫，但精神却还振奋，快步走进驿丞住所，一下子跌坐到座椅上。塞鸿移过刚点亮的烛台，放到几案上，忙小心地问："见到无双小姐了吗？"

仙客长叹一声："为避朱泚、姚令言之乱，府门一别，总算见到了，可惜只能远望一眼而已。"

塞鸿劝解说："见了就好。"又说："他们走了以后，我在无双小姐睡过的被褥下，寻到这几张纸笺……"随手从怀里掏出。

仙客忙持向烛光下，展读，上边写道：

青梅竹马 情结同心
海枯石烂 矢志不移

王仙客已是泪溢眼中，喃喃读着，又念起纸笺最后一行小字：

富平古押衙者，侠义人也，
望去一求。

王仙客猛地站起，仰面向天，长叹："上天开眼！我还做这个驿丞做什么！我得请长安府尹允我回复富平县令本官，好去解救无双！"

82 元陵园内。天气晴朗

元陵是德宗皇帝李适的父亲庙号代宗的陵园，在富平县的坛山，因山起陵，地势尚称平坦，陵前献殿巍峨，松柏耸立。陈宗一从献殿前左右两侧的廊

下慢步踱出，虽被贬为陵园令，逐出大内，却还不失先朝总管的架势和言谈习惯。他走到哪里，宫女们都停下手中的活路，躬身伫立。那些宫女正在献殿前擦拭门窗，或整理摆设祭桌及供盘、香炉、烛台等物。看到宫女们都聚在一起，陈宗一便发话说："好好干啊！能到陵园来，是你等的福分。你不信吗？你看，活路不重，轻轻松松，就是洒扫庭除，准备好每月初一、十五的小祭，不许外人进入，保护好陵园一草一木，多轻松啊！"看到众宫女俯首听话的样子，陈宗一严肃的脸上绽开微笑："听好了，恭顺敬谨，不得胡思乱想，更不要想出陵园一步！我自会有好处给你们的……"

宫女们都不敢出声。无双也在其内，她低眉顺目，脸上毫无表情，只牙关紧咬而已。

一个陵园小吏，匆匆跑出，在陈宗一耳边说了几句。陈宗一面露喜色，说："富平县令来进谒了，让他到我那儿去！"

83 元陵陵园外。陵园令署

陈宗一带几个陵园小吏从献殿前走出，路过左右阙楼和路两边的成排文官、将军、马、鸵鸟和翼马等石像，来到陵前的新房舍，这就是陵园令署。王仙客正恭立在署前，他身着八品绿色官服，头戴幞头，塞鸿和几个富平县衙吏卒抬着放有祭品的大木盒远远站着。

陈宗一走来，王仙客忙上前施礼，陈宗一微微点头，伸手邀王仙客进去。

二人坐定后，陈宗一高兴地说："我以为是谁呢？原来是你呀，何时来富平县的？"

"卑职原是临时署理长乐驿的，现已回归本官，也是刚回来不久。"

"好，好。"

"卑职刚刚到职，先帝陵寝在此，理应前来拜祭。还请多多指教。"

"唉！其实也没什么大事。陵园里总以安静为好，不要惊扰先帝也就是了。"

"是，是，不知发生过什么惊动先帝事情，需要卑职出面受理的？"

陈宗一傲然一笑："那倒没有。我履任以来，严加管理，三令五申，特别对那些守陵的陵户们加以约束,他们倒有畏惧之心,不敢妄动陵上一草一木,如今安静多了。"

王仙客又谦恭地说:"这都是卑职职责所在,不敢稍有懈怠。卑职还想问一下,因附逆朱泚、姚令言而问罪的刘震之女无双,是否也随大人来此?"

陈宗一微露惊讶之色:"无双?嗯,就在这里。她们这些附逆官员子女,没入掖庭宫的,除非皇上恩赦出去,只能一辈子老死在这里了。"

王仙客听得呆了,一句话也说不出。

陈宗一又问:"贵县问她做什么?"

王仙客惊醒,忙掩饰说:"没什么,只是无双之父刘震与卑职家父有一面之缘,随便问问。"

陈宗一放心地笑了:"不忘故旧,足见贵县为人忠厚,顾念旧谊,难能可贵啊!不像现今有人连师傅都要坑害啊!好了!把祭品抬到献殿前,拜祭先帝就是了。"

王仙客站起:"是。"

84　元陵献殿前

王仙客恭谨走进,塞鸿及几个富平县衙吏卒抬着、捧着祭品,肃穆地把供品摆放到献殿里的供桌上,随后,列队站在王仙客身后,一起跪下,行三跪九叩之礼。

献殿一侧的小殿内,执行洒扫庭除的守陵宫女们齐齐躲避在内,或坐或站,大气儿也不敢喘一下。无双站在木格窗内,悄悄向外窥视,她看见王仙客行礼如仪的整个过程,不禁呆了,只是眼里有了晶莹的泪光。她用袍袖揉了揉眼睛,顺便拭去了泪痕。一个同伴名叫蓉儿的宫女忙问她:"怎么了?"无双遮掩说:"灰尘眯眼了……"蓉儿说:"多年不清扫,灰土积得太多……"

王仙客拜祭中,恭谨肃穆,只是抬头时眼睛却悄悄向四处扫视,但见殿庭巍峨,松柏耸立,却寂静如死一般。

85　富平县署县令公房

王仙客身着绿色官服,头戴幞头巾子,正在几案上批阅文书。几案上摞着一厚摞待批文书。他把签署过的几卷"过改"文书,也就是远行证件,交给身旁的小吏。小吏忙忙走出,塞鸿急急走进,他向正伸懒腰解乏的王仙客说:"相公,我打听到古押衙消息了。"

王仙客顿时清醒,急道:"快说,快说!"

塞鸿笑说:"古押衙原是朝廷殿前监管朝会仪仗、銮舆出行的一名将领,为人仗义,好打抱不平,因与大内总管有隙,弃职出走,就隐居在富平县北的山沟里了……"

"现在何处!"

塞鸿用袍袖擦拭头上的汗水,王仙客拿起窗下一个陶瓷水罐,递给塞鸿喝了,这才继续说下去:"就在北塬的柿树沟里,离元陵有五十里路远近,是个十来户人家的小山村……"

王仙客大喜,手指着塞鸿说:"你准备好十匹绢布、五缗铜钱,再带些时新果蔬,明天就去拜访……"

"明天不是安排好下乡去催讨租税吗?"

"一块儿就办了。"

86　柿树沟小山村房舍前。时值秋末下午

王仙客身着县令绿官服,头戴幞头巾子,骑在马上,身后是同样骑马的塞鸿,跟着十几个县衙吏卒浩浩荡荡穿越北塬,走过平川,来到柿树沟里古押衙家门前。柿树叶发红,渐渐落光。

王仙客下马,走上前去,却见围墙外简陋的柴门紧闭,门环上吊着一把铁锁。

王仙客大失所望,回身客气地问身边侍立的邻居老农:"老人家,这是古押衙的家吗?"

那老农头发雪白,脸容瘦削,弯腰屈背,恭敬地说:"押衙秋末期间,好上百里外深山狩猎野物,已经去了两三天了……"

"估摸什么时候回来？"

"少则半月，多则月余。"

王仙客懊恼地说："怕是我带着衙役，摆着官架子，浩浩荡荡惊动他了吧？"

老农颤颤巍巍地说："不是，不是，我们这山沟里从来没来过县令大人哩！等他回来，我让他去县衙拜见大人……"

王仙客立即阻止说："千万不可，你只把我留下的礼物转交他就是了。老人家在哪里住？"

老农指着山坡拐弯一处草房院说："就在那里。"

王仙客向塞鸿说："给老人家留下一缗钱，表示烦劳之意。"

秋风吹过，柿树叶纷纷飘落。

87　柿树沟小山村房舍前。深冬

雪花密密飞舞，王仙客、塞鸿各骑一匹马，马上褡裢内装着过年的物什，穿塬过川，又来到古押衙门前，仍然是一把大铁锁锁住了柴门。

那个老农仍然跟在王仙客身后，只是换了身黑麻布棉衣，不待王仙客发问，就恭恭敬敬地说："上次，县令大人走后，古押衙回来，我把县令大人留下的礼物全都转交了。押衙先是惊讶不已，经我一番解说，高高兴兴全都收下了……"

"留下什么话没有？"

"没有。"

王仙客失望地说："唉呀，不巧，他怎么又出门了呢？"

老农叹了一口气："押衙无家无舍，无儿无女，孤身一人，岁末年尾，到黄河边上一个远亲家过年去了……"

王仙客自言自语："怕是过完年才能回来的了……"又向塞鸿说："把年礼留下。"

二人骑马回县衙，大雪纷飞，笼罩了大地。

88 柿树沟小山村房舍前。初春时节

春暖草长，树木萌芽，暖风徐徐。王仙客第三次寻访古押衙，他和塞鸿仍是平常衣服，骑马走进山沟，远远就下马步行。这次，走到古押衙家门口，只见柴门半开，露出院里几丛迎春花，黄灿灿开得正好，王仙客不想贸然进去，他站在门外，轻叩门环。一个小女孩，头绾鬌髻，跳跳蹦蹦前来开门，眼睛直盯王仙客。王仙客恭敬地说："我来拜见古押衙。"

院内草房前台阶上站出一个人：浓眉大眼，口阔面方，短髯浓密，眼光如炬，身着黑色麻布薄袍，头戴白色毛毡帽，大声回应："噢——是王县令吗？请进，请进……"

王仙客快步上前，伸手握住古押衙的手，眼睛直盯着，声音发颤地说："押衙，押衙，我可找到你咯……"

古押衙拱手说："乡野匹夫，散漫惯了，几次不在，多有得罪，我应该去叩见县令大人才是……"又呼喊那个女孩儿："干闺女，快叫你娘沏茶、备饭！"

二人携手走进草苫上房。靠北墙横着一个几案，陈设着香炉、烛台、瓶、罐，墙上一幅大字中堂，写着一个"虎"字，字体怒张。两边墙上挂着一些狐、狼、兔野物皮毛，还有弓、矢、刀、剑。两侧房门挂着蓝底白花布帘。古押衙请王仙客上座，自己陪着坐下。小姑娘捧出茶来，王仙客拱手，笑着开始说话。

塞鸿在院门外树上拴好了马匹，走进来在房外台阶上的草墩上坐了，小姑娘给他送来一粗瓷碗茶水，他喝着，听着上房里王仙客和古押衙的热烈交谈。临走时，小姑娘和她娘又捧上几碗菜和炖熟的一只鸡、蒸熟的粟米干饭，给塞鸿也捧上一份。窗上映出王仙客和古押衙谈话时交错晃动着的身影。

89 小路上

夜月初上，月光明晃晃地照亮了四周田野、树丛、大路，远处山包朦朦胧胧。王仙客骑在马上，摇摇晃晃，他显然酒喝多了，塞鸿骑马跟在后边，大声问："相公，你看古押衙怎么样？"

"好，好，一个侠肝义胆之人。"

"那相公你怎么不提搭救无双小姐之事？"

王仙客略有醉意地啐他：“你懂个屁！怎能一见面就请人家搭救无双呢！交情深了，才有信任，才好托付于他……”

塞鸿恍然大悟，偷偷地笑了。

王仙客又明确地说：“塞鸿呀，塞鸿，你可是一心一意跟我去搭救无双小姐的？那你就听好了，你隔上十天半月的，到元陵守陵户农夫那里去，结识上几个人，好打探打探无双的消息！”

塞鸿大声说：“行，行，全包在我身上。”

王仙客回过头来，低声说：“可别叫陈宗一手下的人知道……”

“是。”

月光明亮地照着他们主仆二人走入黑夜迷蒙的远方。

90　元陵园内献殿。傍晚时分

无双和另外几个宫女收拾每月初一、十五上供后的供物，在燃着的烛光下，供盘里的桃、杏干果和各式糕点，色彩斑斓。她们一盘一盘收进几个大木盒内，然后，擦拭供桌，吹灭蜡烛，走出去，关好献殿殿门，手持灯笼，抬着大木盒从献殿前的台阶上下来。

满月的月亮圆圆的，渐渐从殿后屋脊上升起，照亮着宫女们的身影。

91　元陵园宫女的住处，一排小屋。午夜

一溜土炕上并排躺着十几个宫女，都已入睡，月亮从窗棂上照进来。躺在薄被里的无双闭着双眼，被窗棂月光照着。她嘴唇轻启，梦中喃喃自语：“我为什么要在这荒郊野外吃苦？我的家在布政坊里。我要回去，去看我爹、我娘，还要找仙客表哥，我俩是订了婚约的……”喃喃自语中，慢慢有了哽咽的声音。

蓉儿被无双声音惊醒，她挨近无双，悄悄问：“你做梦了？想你爹娘了？”

无双惊醒，无语，只把头靠近蓉儿肩上。蓉儿伸出胳膊，轻轻搂住她，说：“你是官宦人家的千金小姐，落到这一步，只能认命。”

无双完全清醒了，悄声说：“我真不明白为什么这是命！我从小听父母的

话,又不杀生害命,暴殄天物,从不做不好的事情,为什么要落到这一步?"

蓉儿也悄悄说:"我何尝不一样! 我父母不过是京师里市井小民,把我送进宫里,是企图一旦靠近皇上,受到恩宠,好当个外戚,跻身显贵人家。可是宫里成百上千女子,能有几个近身皇上呢! 还不是蹉跎青春,白白耽误了一生,也只能自叹命薄罢了!"

无双恨恨地说:"我真想跑出这鬼地方去,跑得越远越好……"

蓉儿伸手捂住无双的嘴:"不敢胡说。"

有个被惊醒的宫女从被窝里伸出头来说:"半夜里说话,还叫人睡不睡觉了? 啊?"

无双和蓉儿忙缩进自己的被窝里,不敢出声。月亮光从窗棂上移了开去,黑暗渐渐笼罩了一切。

92 元陵陵园令署。天气阴沉

陈宗一高高坐在书案后,脸色阴沉。

两个陵园小吏带进一个农家衣着的中年男人,那男人一进来,就颤抖着跪到地上。两个小吏向陈宗一报告,说:"这个陵户偷伐陵区树木,已被现场抓获。"

陈宗一厉声问:"你砍了几棵树?"

那男人颤抖着说:"砍了几棵柳树枝条,只有胳膊粗细。小的盖房缺椽子,就拿斧子砍了。"

陈宗一说:"你知道陵园内一草一木都不能妄动的吗? 你竟然用斧子大砍大伐……"

那男子急急申辩:"小的砍的是陵园边边上的,又不是陵园内的松木柏木,心想不会有事……"

陈宗一问小吏:"是明明白白陵园内的树木吗?"

小吏躲闪着回答:"那里划界有些不清。"

陈宗一发怒说:"陵园边无主的树木也是不能随意砍伐的,惊动先帝那还了得!"

那男子叩头求饶："大人开恩！恕小的无知。"

陈宗一冷笑说："我这个陵园令也不是好当的。我饶了你，若有人到朝廷上告发我，我有口难辩啊！带下去，关起来，准备文书上奏朝廷发落……"

那男子大呼"冤枉"，被两个小吏强行带走。

93　富平县境内离元陵不远的田野里一处独庄子房舍

上房瓦顶，四周皆是麦草苫顶的平房，圈着围墙，有一个通往远处大路的门楼，两扇木门。王仙客正在上房里炕上收拾木箱、包裹里的东西。

（王仙客画外独白：正在我结交古押衙设法搭救无双的时候，突然接到长安府尹的牒状，要调我去户县任县令。这怎么成？远离元陵，还怎么搭救无双？万般无奈之下，我告病辞去县令职位，在离元陵不远的地方买下了一处院落和十几亩田地。我要守在这里……）

身着家常布衣的王仙客掏出一个小木盒打开，拿出舅母留给他的那套金钗、金簪、步摇和金璎珞，摆在炕桌上，呆呆地看。这时，塞鸿匆匆走进，黑黑的身影遮住了从门里射进的光线，王仙客抬头，并不避讳，只是继续呆看着。

塞鸿停了一下，才缓缓说："相公，这些金器可不敢动用，采苹说，那是夫人留给无双小姐的。"

王仙客说："这我知道。但购买这个院落和土地花费不少，舅父留下的金帛钱币怕不多了……"

塞鸿说："麦子已经抽穗，夏收后可以广种粟米，日子是能过下去的。"

采苹进来说："到吃午饭时候了。新麦尚未下来，只能喝粟米粥了。"

王仙客宽容地说："那就熬稠点好了。"

忽然，大门上有"砰砰"的叩击之声。塞鸿跑去开门，惊呼："押衙！"

传来古押衙大嗓门的询问声："县令大人在吗？"

王仙客听见声音，急忙从上房出来，走下台阶，迎着古押衙，连声问："您老人家怎么来了？"

古押衙仍是往日衣着，只是换了春装，走得热了，敞开胸膛。他身后拉了

一匹青马。塞鸿接过马缰,拴到一棵椿树上,又从鞍后取下一个鼓鼓的大布袋。古押衙笑着大声说:"没什么可带的,前几天上山打了几只野鸡、野兔,给你送来下酒……"

走进上房,在方桌左右坐下。古押衙摘下挎在腰间的一把带鞘佩刀,横放到桌上。在采苹端上茶水之际,王仙客感动地说:"押衙是稀客,从不来县上看我,今日怎么有兴来?"

"就许你几次到我那山沟里去,就不该我来贵府吗?"

"惭愧,惭愧!"王仙客回应说,又向塞鸿说,"你骑马赶到县城去,买些酒肉回来,好招待贵客……"

塞鸿答应着,立即就走。

古押衙喝了一口茶水,笑着问:"听说,你卸脱县令的官职了?"

"对,才卸掉不久。"

"那是为什么? 是被执政者陷害拉下了马? 还是自己言行不慎有了是非? 我想你绝顶聪明,政声很好,又不贪婪,何以至此? 所以才寻到你这儿来了。"

王仙客忙拱手相谢:"多谢,多谢!"

古押衙又说:"我知道你是个明白人,你卸脱官职,算是个平民百姓了,但我仍然尊称你为县令大人,你不会奇怪我古押衙为何从不到县上回拜于你吗?"

"从你那里来县邑,路途遥远?"

"不是。"

"为人豪放,不拘礼节?"

"也不是。"

"那是为何?"

"就因为你是县令大人。你高踞县衙,有的是权势,手下又有衙役吏员,可以随意杖责百姓,却偏来结交我这个弃职隐居的武人,一定有什么意图。我不愿为虎作伥,所以你的馈赠全收,县衙我是不去的……"

王仙客说:"我这一脱去官服,你倒来了?"

古押衙抱歉地拱手说:"惭愧,惭愧! 不过,我也要问问你这位县令大人,你三访寒舍,绢布金帛、瓜果肉菜,馈赠不断,我无功受禄,受之有愧啊! 明明你是有意为之的,就请明说了吧!"

王仙客激动起来,浑身颤抖,大声说:"我要你救一个人!"

(画外,王仙客独白:就这样,我把我和无双相恋相爱、舅父许婚,后因附逆问罪死刑,无双没入掖庭宫的经过全部细细说了……)

古押衙沉稳坐着,仔细听去。

王仙客忍不住哭泣起来,拜倒在地。他多年来积累的委屈和痛苦得到释放,连续伏地痛哭不止。古押衙清醒过来,连忙伸手搀扶。

采苹闻声赶来,也流泪扶起王仙客。

王仙客泪痕犹在,他说:"押衙啊! 无双从长乐驿给我留了一张信笺,你看看,是她推荐了你啊!"从怀里掏出一张纸笺,递给古押衙。

古押衙看后,脸色由坦荡、豁达、气概万千变得深沉、严酷、肩负千斤重担似的沉重,稳坐不动,脸色凝重。忽然,他一笑,说:"我这化外之人的名声怎么就传到宫里去了呢?"回过头来,向王仙客说:"死者长已矣! 刘震我倒见过,只是没有交往。我问你,无双现在何处? 还在宫中?"

"她先在掖庭宫,前年被遣送到富平,就在先帝的元陵园里,充任洒扫庭除之事。"

"噢——在元陵园里?"

"对,归陈宗一管辖。"王仙客满脸痛苦,摊开双手,"可我无法解救她啊! 手无缚鸡之力,况且人又在宫里。"

古押衙叹气说:"我遁迹富平山沟里,也是求个安静,功名利禄,人世纷扰,视之如浮云。怎么又碰到县令大人你哪,将这般大事、难事托付于我。我怎么担当得起啊!"

"你不是当年也熟识陈宗一吗?"

"难道让他私放了无双? 陈宗一是被梁文珍排挤才从宫中贬至元陵的,他敢违背圣命这样做?"

"你为人侠肝义胆,又有浑身武功。"

"我一个人能潜入元陵,劫走无双?那飞檐走壁、杀人劫掠之事只能是一锤子买卖。况且纵有一身武艺,也一拳难敌双手。惊动了皇宫,追查下来,岂有活路!"

王仙客萎顿下来,哑然无语。

古押衙忽然大声笑了:"今夜我就住在你这儿了。让我想想办法……"

王仙客精神为之一振,忙喊:"塞鸿,塞鸿……"

塞鸿正从县邑采购肉、菜归来,忙从院内跑进来:"有何吩咐?我刚从县邑回来。"

94　王仙客购置的独庄子小院内。深夜

窗纸上,烛光跳跃,可见古押衙一直在地上走动的身影,最终,他拍着额头,坐到土炕上,岿然不动,有如一尊神坐像。

王仙客跟塞鸿、采苹在院中悄悄注视着,大气儿也不敢出……

95　独庄子小院上房内。上午

方桌上摆着菜蔬碗碟,竹筷横放,已是早饭以后。冷峻的古押衙和渴求中的王仙客正对面坐着,古押衙说声:"吃好了!"站起身来,面对王仙客,双目炯炯,说:"我想了一夜。我老了,帮你解救无双,值不值?行不行?现在可以说,一生没有壮举,临死之前,就帮你一把,把这件事做了!"

王仙客喜极,离开方桌,就要叩拜下去,被古押衙挡住,就问:"押衙,想出了什么法子?"

古押衙咬牙说:"为了不误大事,眼下还不能说。我就一肩扛了,把事情办成。我要出去个半载几个月的,你可得耐心等待。"

王仙客忙说:"好!我等,我等。"

古押衙继续说:"但,谋事在人,成事在天,成败未敢预料。比如说,宫里将元陵园里的宫女又都收回去了,或者无双本人又有什么际遇或者噩运呢!我的打算全部落空了呢!所以,县令大人你要时时留意无双的消息。"

"这个自然。"

"一切都看上天的旨意了……苍天啊,你不要负我,不要辜负县令大人一片痴心啊!"古押衙边说,边仰首向天高举双臂。

"那我拿些川资供押衙路上使用吧!"

"不必了。"古押衙又恢复豪爽的常态,"老实说,你送给老夫的东西,吃的喝的全都下肚子里了,那些绢布金银之类,我是替你留着的,不用再破费了……"拍拍王仙客的肩膀:"我这就走。"

"吃过晚饭再走吧。"

"事不宜迟啊!"

在院子里,古押衙把佩刀挂到腰带上,勒好马的肚带,解开马缰,向马说:"吃好,喝好了,咱们走吧!"拉马出门,一跃跨上马背,头也不回,扬长而去。

院门外,王仙客弯腰拱手相送,塞鸿和采苹也伫立注目送行。

第 四 章

96　多幅不同人物活动的画面,切换着:

王仙客在农家小院里徘徊;

塞鸿走到去元陵的路上,远望元陵;

塞鸿走入一个陵户家中,与一陵户农夫密谈;

陈宗一蜷缩在椅上,蒙眬入睡养神;

无双埋头在献殿前擦拭祭礼用品;

无双在献殿走廊上清扫,不时抬头望天;

王仙客走出小院,朝元陵方向眺望……

树叶在秋风中飘落,纷纷扬扬,原野川地由一片深绿渐变灰褐,秋雁从高空中排成一字或人字朝南方天际飞去……

(画外,王仙客独白:古押衙答应解救无双,走了以后,没有任何消息。我派塞鸿去柿树沟里打探,但见古押衙柴门上的铁锁锈迹斑斑,邻居老农说:押衙这次出门很远,也没说去哪里……)

97 王仙客独庄子小院里。午后

树叶不时落下,院内有一个高大的麦秸垛,还整齐堆着粟米秸秆,门半开着,塞鸿正清扫院内落叶,有人重重地敲击门扉。塞鸿前去开门。门开处,古押衙汗渍满面,衣服上也有尘土,只是不再袒胸膛,衣服半扣着。脸上轻露笑容。塞鸿大叫一声:"押衙!"

王仙客飞速从上房内跑出,头发蓬乱,气喘吁吁,一下子捉住古押衙的双臂,生怕他再消失了似的,大声喊:"押衙,可把你盼回来了。"

古押衙神态坦然,笑说:"我带来了一个人。"闪开身躯,露出后边紧跟的一个人:那人道士装扮,头戴露出发髻的圆形硬帽,虽也尘土满身,年轻俊美的脸上一层浅浅的笑意,蓝布道袍外斜背着一个黑布褡裢。

"张道士。"古押衙说,"从江南茅山请来的。"

王仙客高兴却又不无疑惑地说:"快请进来。塞鸿,让采苹备水、备饭。"

众人走进上房,采苹端上一个盛满清水的铜盆,古押衙和张道士洗过脸,容光焕发地围着方桌坐下。门外一缕深秋阳光淡淡射入。

王仙客看见张道士在场,不好直问,便说:"从江南茅山来,那到此地有千里之遥啊!"

古押衙笑答:"张道士道术精湛,年纪虽轻,走路可是铁脚板,千里之行,就这么走过来了!"

张道士谦让地说:"我跟押衙边行路边给人医病,路途遥远,倒也从容。"

"那下一步落脚京师吗?"

"不,略停数日,将去老子讲经的楼观台……"

古押衙哈哈笑说:"半年多行踪不定,说实话,我是去茅山求药去了。穿山越岭,涉江渡河,连鞋子都磨破几十双了,好在老夫编得一手好草履,这才把千里之行应付过来了……"

众人都哈哈大笑了。塞鸿手提茶水壶,听得傻笑着,采苹笑得用手帕捂住了嘴。

98　川地原野。初冬时分

夕阳西下,云遮雾罩,凉风时至。王仙客和古押衙在田禾割尽的田野里踱步,两个穿着厚厚袍服的影子时时显现着。古押衙说:"县令大人担心挂念的心思,我知道,这半年多,事情进展得如何? 老夫只说一点,这求药和请张道士来,都是计谋中的一环,也还顺利……其他,暂不能说,县令大人就等好消息吧! 我倒担心元陵园里可有变化? 无双小姐安好与否?"

王仙客说:"这半年多,我也担心此事,派塞鸿给陈宗一送过一些山野物什,又和陵户们私下打探,知道一切照旧,无双一切安好,暂无变化……"

古押衙连连击掌:"这就好。可惜塞鸿是个男丁,又多次去过陵园,不知谁还认识无双小姐?"

"女婢采苹,从小服侍无双,她和塞鸿都是我们王、刘两家的家生奴婢……"

"那对家主忠心耿耿,绝对忠诚,我借来一用,如何?"

"她可是个女流之辈。"

"县令大人不要误会,老夫这把年纪,还会贪恋女色? 张道士又是出家之人,一门心思想成神仙哩!"说完,哈哈大笑。

99　独庄子院内。深夜

夜里漆黑,满院灯烛尽灭,唯有塞鸿、采苹所居小屋,一灯荧荧。二人盖被躺在土炕上。

采苹说:"相公要我跟古押衙去救无双小姐,也不知怎么个救法?"

塞鸿说:"我也觉着奇怪,他要救无双小姐,要你去干啥? 你是能跑能打? 还是能背能扛?"

"不知道。我们做奴婢的,只能听主人吩咐。再说,我从小服侍无双小姐,我们俩姐妹似的,我不去救她,谁还会救?"

"眼睛是亮的,要走的路是黑的,会很危险。"

"再危险也得去。"

"唉,你去了,我这心也就空落落的了。"

"我还会回来的,你放心。只是这厨房饭食,就无人打理了。"

"到附近村子里,雇个年轻媳妇,或者我自己动手……"

塞鸿吹灭灯焰,二人紧紧拥在一起。

100 独庄子院外,阳光金黄照着

门楼外,门扇开处,先走出张道士,后跟用黑布裹着头发的采苹,都背褡裢或包袱,又走出古押衙,豪爽大度,笑着。最后,送出的是王仙客和塞鸿。

古押衙拦住王仙客,二人拱手告别。古押衙头也不回,直向前去。只有采苹回头望着,脸色坚毅,却泪光晶莹。塞鸿倒还大度,笑着招手。王仙客却呆呆地,看着他们从大路远处消失了,才一下子蹲坐到门前的石碌碡上,心思重重,愁眉不展。

101 元陵陵园令署。冬季晴天

陈宗一身披毛裘,头戴内官纱冠,扶着拐杖,从署内走出,身后一个小吏肩扛一把交椅。走到廊下,陈宗一被冬季阳光晒得眯起眼睛,他示意小吏将交椅撑好,便慢慢坐下。陈宗一向南远望,但见山势波状起伏,川塬一条大路上没有人迹,便说:"这路上咋没一个人呢?"小吏指说:"有一个人骑马上来了。"

陈宗一说:"我老眼昏花,看不清啊!"

小吏答:"不像是守陵农户,倒像是一个有身份的。"

陈宗一随口发牢骚:"有身份的谁愿到这儿来? 我得去看看。"

那人骑马进入陵园,看到陈宗一从廊下走出,便高声叫道:"陈公公,你好啊,不认识我了?"

陈宗一眯眼仔细看去,恍然大悟:"怎么能不认识,你是古押衙嘛! 什么风把你吹到这荒郊野外来了? 快进来坐。"

在署内陈宗一住处,二人在一张木榻两边坐下。小吏忙送上煮好的茶水。

陈宗一居高临下地说:"听说你一直在富平乡下隐居。我到陵园快两年了,不敢擅离职守去看你,你也不来看我……"

古押衙笑说:"这不今日就来了吗?"

"唉,我知道你这人脾气古怪,不愿意和内侍们打交道,咱们俩可是融洽无间的啊!"

"我估摸是当下红得发紫的梁文珍把你排挤到这儿了。"

"皇上就是听梁文珍的。这个人可是心肠毒辣,他还是我的徒弟哩,在皇上面前得宠了,就害起师傅来了。走着瞧,我还死不了呢!"

古押衙笑说:"还是小心为是。"

"那你来这儿有什么事情吗?"

古押衙说:"我要进山冬猎,跟我的人都等在山口外哩,就顺路来看看。又慢腾腾露出不好启齿的样子,嘟嘟囔囔地欲说又停。

陈宗一不耐烦了:"你怎么这么不痛快呢?有话快说,我都答应你。"

古押衙拍了一下膝盖,痛快地说:"是这么个事——从前那个刘震因为附逆问斩,女儿无双没入掖庭宫,她有个远亲很怜悯她,上巳节专门去兴庆宫大同殿想见她,谁知没见到。听说弄到你这元陵来了,托我问问她的情况,想了却一番心事……"

陈宗一唉了一声:"我当什么大事啊!一个宫婢的事情,好办得很。"回首叫小吏:"去唤无双来……"

二人又说了一会儿,无双就进来了。古押衙第一次见到无双,他收敛了豪爽大度之气,只沉稳地坐着,眯起眼睛紧紧盯住看。在他的眼里,这无双清瘦、白皙,没有红润丰满之色,眼睛很大,却被睫毛遮着,眼光低垂,显得很屦弱,叫人免不了要产生怜悯之心。两人就这样对视着。陈宗一看了看,就挥手让无双回去。又问古押衙:"我破例让你见了见,你觉得怎么样?"

古押衙微微一笑,说:"这就行了,我见了她那远房亲戚,就说在这里不错,好得很,也就是了。我就不打扰了,告辞……"

陈宗一站起来,大声说:"你在山里冬猎,得了野物可要给我留点儿……啊?"

古押衙也慷慨地说:"我给你亲自送来。"

102　元陵宫女住处。深夜

无双向并排躺在身边的蓉儿说："陈总管让我去见一个人,挺奇怪的,短髯,大眼,胖胖的,也不说话,不知是要干什么?"

"我猜不出来。"蓉儿"哼哼唧唧"地轻声回答。

"真是蹊跷的事儿。管他呢!该来的就让他来吧!顶大不过是一个死字!"无双眼睛在黑暗处闪动着,咬牙说。

蓉儿却翻身睡过去了。

103　大明宫长生殿内。灯火明亮

皇上李适尚未安寝,他有点兴奋,一时睡不着觉,后宫几个妃嫔正惴惴不安地环侍左右。梁文珍却沉稳地向李适说："皇上,夜已深了,还是安寝吧!"

李适问:"你知道朕为何睡意全无呢?"

"奴婢不知。过去都是皇上忧虑藩镇割据,吐蕃扰边,操心天下大事才无法入睡的!"

李适说:"可今日呢?你就猜不到了。"

"奴婢愚鲁不知……"

"哈哈!"李适笑说,"朕不说,你自然不知。那个三心二意、心怀叵测的李怀光死了,那个李希烈势力大大缩小,眼看就要殄灭了,难道这样的消息能不让朕高兴吗?"

梁文珍奉承地说："唉呀,这么大的有关中兴的大事,陛下高兴,奴婢们猜不到。知道了,应该向皇上道喜啊!"说着,就要跪下去。

李适止住他:"好了,好了。今年终于太平了,中兴有望。朕想,冬至时候,亲去元陵祭祀,告慰先帝在天之灵。你过几天挑个好日子,去元陵看看陈宗一守陵守得如何?"

"奴婢遵旨。"

104　王仙客独庄子院内。中午时分

塞鸿捧着饭碗,拿着布巾,上台阶,进入上房。上房内的方桌上,菜蔬、粟

米粥只稍稍动了几下,仍旧整整齐齐摆放着。塞鸿看见王仙客呆坐在桌旁的土炕边上,痴痴望着院外。

王仙客问:"没有古押衙的消息?"

"还没有。"

"你过几天去元陵园打听打听……"

塞鸿说:"好。我也牵挂采苹呢!"

105 元陵陵园令署内。冬天,阳光黄灿灿照着

陈宗一正在卧室内,慢慢踱步,嘴里犹自嘟囔着什么。小吏进来禀报:"古押衙求见。"

"一个空人,还是带什么东西?"

"带一个装满野物的大竹篓。"

"噢——这家伙还是蛮守信用的,快请。"陈宗一边说,一边向外走。

门外院内不远处正站着犹如一座铁塔似的古押衙,腰挎佩刀,一手扶着那只大竹背篓,一手又叉着腰,嘴角含着不易察觉的冷笑。

陈宗一远远招手:"还不快进来? 还要我请吗?"

古押衙哈哈笑了,走过去,同陈宗一拱手,陈宗一高兴地拍着古押衙的肩膀,一齐走进署内客厅,坐下交谈。

正说话间,小吏又快步跑进,急急说:"陈公公,大内来了两个内官,要见大人宣旨哩!"

陈宗一猛然惊起,恐慌地问:"宣什么旨?"

"不知道,两个内官倒性急得很。"

陈宗一连忙撑起双臂:"快给我换衣服!"又吩咐说:"赶快摆香案!"

古押衙说:"那我回避吧!"

陈宗一却说:"你就在这里等着。"

106 元陵陵园令署大堂

两位身着袍服的年轻内官模样的人昂首阔步走进,一位面目微黑,一位

面目清秀。他们手捧黄丝缎木匣,走进正堂,面向身穿三品内官红色袍服的陈宗一,昂着头,眼光高高地从陈宗一头顶上越过。陈宗一跪迎于大堂一侧。

面目微黑的那位内官便用略带外地口音的声音,问:"是陵园令陈宗一吗?"

"是。"

内官便朝上站一步,面前是香烟袅袅上升的香案,喊道:"陈宗一接旨。"

陈宗一端端正正跪下。

面容清秀的内官便从木匣内取出一卷白色纸笺,展开读道:"内侍总管梁文珍奉圣上口谕:现在元陵陵园供职的掖庭宫女刘无双,系伪官刘震之女,刘震已明正典刑,其女漏网,着赐死。钦此。"

陈宗一听见只是这么一件事,眉头轻松地展开,叩首说:"臣遵旨。"

请两个内官在椅上坐了,陈宗一在下首陪着,惶恐地问:"那该如何办理呢?"

面孔微黑的内官说:"圣命带了药丸来,只命无双当面服下就是。"

陈宗一回头叫小吏去传无双来。

107 陵园令署大堂一侧的房内

古押衙站在房内窗边,神情专注地注视着窗外的一切。所有整个内官走进、宣旨的过程他都眉头紧皱、目光灼灼地盯视着。脑子里紧张,脸面却很平和,心里想着如果出了纰漏,该如何去解救。

108 陵园令署大堂

从侧室的木窗格缝隙中可以看见无双被两个小吏一前一后带领进来。无双仍是平常宫女衣裙,头梳乌云般发髻,面容平静,毫无防备之意。

一个小吏端出一杯酒,郑重地放到几案上。

无双被押至几案前跪下,她受辱久矣,平静而又倔强地跪着。面目微黑的内官从腰带上解下一个黑色小包,取出包里的小木盒,打开,拿出一个山楂果大的药丸,放入酒内。那酒顷刻之间泛起血红色,宛如一杯血酒。

陈忠一转过正赔笑说话的面孔,换上一副冷酷的脸,命令说:"刘无双,接圣旨。"

那面容清秀的内官,重新站到几案后,又重念了一遍皇上的口谕。无双听着那熟悉的语音,又怀疑地看了看那内官的脸,顿露惊讶之色,宣圣旨的声音轰隆隆地撞进她的耳朵,她直起身子,嘴张开,似要询问什么。那面容清秀的内官却转过脸去,似有不忍之色。

无双听懂了圣旨,便倔强地半站起来,尖声呼喊:"我不该死!我不能死!为什么要我死?我有何罪?我在掖庭宫多年,早就赎完罪了!"又向陈宗一喊:"陈公公,救救我,救救我!我不死,我不死!"

陈宗一看见无双不顾一切地反抗,脸色就变了,高声对小吏们喊:"快把药灌下去,硬灌!硬灌!"

小吏们不敢怠慢,按手的按手,扶头的扶头,撬嘴的撬嘴,硬是把药酒给灌下去。那无双的嘴唇、下颏,丝丝缕缕的药酒宛如吐出的鲜血。她随即浑身瘫软,倒在香案前的砖地上。一个小吏试了试无双的鼻下,禀报说:"已经过去了!"

陈宗一一挥手:"抬到门口那个空房子去!叫宫婢们整理出她随身衣物,拣好的给换上。支一张床,点盏长明灯,上几支香。人已经赐死了,还是善待为好!"

两位内官便向陈宗一说:"梁文珍总管临走时嘱咐,刘无双是官宦人家女子,又在宫中劳作多年,今虽赐死,其情可悯,若有其亲属来认领,亦可允准,以体圣人好生之德。"

陈宗一忙说:"二位放心,请回报梁大总管,我一一遵照办理,绝不有误。"

两位内官起身要走,说:"圣命在身,不敢片刻耽误……"陈宗一叫小吏:"把马牵来!"

109 元陵陵园外

两位内官骑马,风驰电掣般从陵上大路驰下,至无人处,迅速下马,脱去内官袍服,卸去帽子,换上衣服。仔细看去,正是张道士和采苹,他们又上马

驰去,一路尘土扬起。

110　陵园令署内一间偏房

几位同无双一起的宫女们为无双换上衣服,轻轻抬到一张用门扇支起的床上,床头和无双的头部点亮了长明灯盏,插上几支燃着的香。小吏们紧张、惧怯的脸,蓉儿和宫女们不出声饮泣的面容。

111　元陵陵园令署

古押衙从侧室走出,与陈宗一相会。陈宗一抹去额头汗水,忙让座说:"圣旨来了,我还以为是什么大事呢!吓得我浑身的肉都是颤的,好在不过一个有罪的宫婢罢了!"

古押衙说:"我今天本想同你欢聚片刻,谁料想见了一次赐死呢!"

"宫婢也是一条命啊!何况还是刘震的女儿,她父亲一招走错,全盘皆输啊!"

"后事怎办呢?"

"刚才内官吩咐,着其亲属领回。要不然只有购置一薄棺,埋到陵外,一埋了事!"陈宗一思谋着,又说,"陵园以内,绝不能葬人,况且棺木又没有现成的。"

古押衙笑说:"棺材再薄,也要到县邑去买,要么现做,来不及啊!"

陈宗一猛然醒悟:"你古押衙不是认识无双的远亲吗?找找看……"

古押衙勇于任事的样子,拍着胸脯,说:"看在咱俩都与刘震有旧的份上,这丧事我包了!我派人去通知她那个远亲……"

"可不能延误时辰呀!眼下是冬季,也不能一直放在我这儿呀!"

"我把她抬走,在县邑购置一个薄棺,入殓了事,同时通知她那个远亲。你看如何?"

"好!你这古押衙,还是一副古道热肠啊,你怎么抬走呢?"

"这有何难!雇几个陵户嘛!"

陈宗一拍拍额头:"看我这脑子笨的!"

古押衙说:"那立即办理。过些日子,我送些绢布来。"

陈宗一大度地说:"不必了。我的绢布还少吗?"

112　出陵园的大路上。天色黄昏

两头毛驴一前一后走着,驴身前后两边绑着两根木椽,两驴中间绳网上躺着没有知觉的无双,盖着棉被。古押衙骑马殿后压阵,一边催着两个赶驴的陵户农夫快走,他的脸色阴沉,不时四下观望。走着,走着,他的脸色渐渐开朗,突然哈哈大笑起来。两个陵户农夫惊讶地看着他。

113　王仙客住的独庄子院内。中午时分

天气阴晦,尚未落尽犹挂枝头的残叶在微微的寒风里颤抖。塞鸿喘气,奔跑着,似从远路归来,直向上房冲去。

仙客正倚门而望,焦急地等待着无双的消息,看见塞鸿进来,便急问:"有古押衙的踪影了吗?"

塞鸿气喘吁吁地说:"大事不好,无双小姐被皇上派人来赐死了……"

王仙客大出意料,不相信地说:"我不信,我不信,舅父母已受刑戮,无双一个无辜女子没入掖庭宫,为奴做婢,早就罪罚相抵了嘛!一个深闺弱女还能像藩镇节度使一样起兵造反不成!"

"是真的,我去陵园听陵户农夫们说的。赐死后立即被人抬走了……"

"我不信。"

"真的,千真万确!我和陵园吏卒们打听,也这么说。"

王仙客目瞪口呆,张目结舌,忽然一阵晕厥,向后欲倒。塞鸿连忙上前扶住,放倒在房内土炕上,又掐人中,又抚摸胸口,连喊:"相公,相公,都怪我性急……"王仙客终于哭出声来,如狼嚎一样。

哭的间歇,王仙客问:"这么说,无双果然死了?"

"死了。陵园内外都这么说。"

"我们主仆白白忙活了一场?"

"唉,人算不如天算啊!"

"一点希望都没有了?"

"看来无望了。"

"那你为何不去古押衙家里去寻找呢?"

"我在陵园得到消息,赶紧回来,还没顾上去古押衙家里……"

"莫非我们被古押衙骗了?"

"古押衙不是那种人,也许他的计谋还来不及施展就出了事……"

王仙客双目直直地瞪着远处:"多少年的爱恋期盼,多少回的梦魂思念,多少年的担惊受怕,多少年的心计智谋,都一朝付之流水,一切都完了……我活着还有什么意思,还有什么盼头啊……"随之眼泪长流。

塞鸿也伤心地蹲在地上哭了。

114　京师通化门、长乐驿门口、渭河桥头

大内总管梁文珍身着二品内官紫色袍服,头戴黑色内官纱帽,正骑在马上晃悠悠走着,前后几个小内侍身着黄衣,簇拥左右,再后边是数十名神策军兵士,持矛背箭,由一名护军中尉率领,也骑马护卫前行。

出通化门。

路过长乐驿门口,没有停下。

通过渭河桥,直向渭北原野深处走去。

115　王仙客住的独庄子院内,深夜

门楼外,叩门声甚急。

王仙客从土炕上惊醒,急急坐起,聆听叩门声。塞鸿点灯,穿衣,手持灯盏,从小房里出来。二人走到门楼内,塞鸿厉声问:"谁?"

"我,古押衙,快开门。"

塞鸿一听,大惊,忙拉开门闩。门开处,随即挤入古押衙,他身着棉衣,头上没有戴毛毡帽,露着发髻,冒着汗气,身后背着一个硕大竹篓,也不答话,直接走进王仙客上房,将大竹篓放到地上,抱出一个棉褥裹着的东西,轻轻平放在土炕上,解开。慢慢露出乌黑的发髻和雪白的额头、憔悴的脸容、闭着的眼睛。

王仙客大惊,声音发颤地问:"这是谁?"

"你看是谁? 无双!"古押衙直起身来,满意地嘿嘿笑了。

"她不是给赐死了吗? 怎么会活着?"王仙客不敢相信,但无双就在眼前,他手足无措,结结巴巴地问。

"今天中午,解药发生作用,刚刚苏醒过来……"说着,把随身的佩刀解下,放到方桌上。

王仙客喜从天降,他手持灯盏,浑身打战,半晌无语,忽然仰首向天,喊叫着:"苍天开眼,苍天开眼了!"

古押衙和塞鸿铺好被褥,把无双放好,王仙客用手压紧了被角。古押衙说:"在冷风里跑了半夜,赶紧熬粟米粥,给无双喝下去……"

塞鸿立即跑进厨房,给锅里添水,灶下填柴,燃着,自言自语:"这无双解救回来了,采苹也该回来了……"柴火光照亮他悄悄笑着的脸。

116 元陵陵园令署门前。时近中午

陈宗一冠带整齐,吏卒们也排列左右,迎接梁文珍。梁文珍一行骑马走来,脸上有尘土,马匹也浑身是汗。梁文珍骑至门前,小内官们便先下马,然后扶他下来。

陈宗一跪下,颤着声音叩首,说:"奴婢陈宗一恭请圣安!"

梁文珍肃立说:"圣上安好!"又立即换上一种柔和腔调,扶起陈宗一,亲切地说:"我在皇上面前,说了你陈公公许多好话。皇上还是眷念老内官的,特别是服侍过先帝的老人们。"

陈宗一站起来,恭敬地说:"皇上隆恩! 元陵内外,都请梁总管——阅视。"

梁文珍笑说:"想来不会错的,我倒想看看就是了。"

117 王仙客住的独庄子院内。中午时分

阳光铺满了小院,是冬日里罕见的暖晴天气。室内也照进了阳光,温暖,光亮。

无双躺在土炕上,盖着棉被。王仙客正给她一勺一勺地喂粟米粥。无双

喝下去,慢慢睁开眼睛,喃喃自语:"我这是在哪儿呀!"稍稍转动眼睛,就看见了王仙客,便停了下来,惊讶地说:"你……"

王仙客喜极,忙凑近说:"无双,无双,你醒过来了,我是仙客啊,你仔细看看……"

无双从被子里伸出手,轻轻扳过王仙客的脸,从耳根处看见了那一颗小小的红痣,诧异地问:"啊,啊,怎么会是你呢? 真的是你吗? 我不是给赐死了吗? 这是哪里,是阴间地府吗?"说着,说着,一用力,竟然半坐了起来。

王仙客轻轻扶住她,看见无双憔悴的面容,不禁悲从中来,泪光闪动,又笑说:"不,不,你活得好好的,是古押衙把你从陵园里救出来的,你不信,你看这不是塞鸿?"

塞鸿走上来,笑说:"我是塞鸿,小姐,你不认识了? 你不是写纸笺要我去找古押衙的吗? 就是古押衙用计把你从陵园救出来的。"

无双恍然大悟,看看王仙客,又看看塞鸿,"哇"地一声,大哭起来,多少年的痛苦、孤独、思念都在这哭声中倾泻出来……院中落地觅食的麻雀,树上站立的斑鸠都被惊得"扑棱棱"飞走了。

王仙客劝慰说:"不哭了,不哭了,小心门外路上行人听见……"

塞鸿递上热气腾腾的湿手巾,让无双擦去泪痕。

118 元陵陵园内。午后时分

梁文珍从陵园内献殿前出来,又从侧殿的走廊下走过,身旁是勉强跟上的陈宗一,后边是一大群内官和陵园吏卒。梁文珍高昂着头,脸上却是微笑亲切的。

巡视完毕,梁文珍走进陵园令署大堂,坐在上首,陈宗一小心地陪坐下位。梁文珍开口说:"我看了,陵园里松柏翁郁,草木茂盛,没有乱伐盗砍之事;前后殿堂、路旁石像都整洁齐楚,没有浮尘杂物掩埋,就连献殿前铺地青砖也都完整平坦,像新砌的一样;各种祭祀用物亦且擦拭光洁,几可立即使用。陈公公,你这陵园令做得不错,没有辜负圣恩,称职得很啊!"

陈宗一松了一口气,回说:"梁总管夸奖。"

梁文珍又似不经意地问:"这从掖庭宫派来充洒扫之职的宫婢们,人数怎么不对呀？"

　　陈宗一吃了一惊，回答说："是少了一个，不是总管你派了两个年轻内官前来宣旨，奉皇上口谕赐死的吗？"

　　梁文珍大惊："赐哪个死？"

　　"无双啊，叛官刘震之女。"

　　梁文珍且惊且怒站起来："哪有此事。圣上日理万机，勤劳国事，哪去管一个宫婢的琐细小事？我又何时派两个内官来？"

　　陈宗一上牙打着下牙，颤抖地说："五天以前啊！"

　　"无双呢？"

　　"喝下内官带来的药丸，已经死了。刚好古押衙来此，陵园内不宜安葬，又无现成棺木，由古押衙领走了。"

　　梁文珍又沉重地坐下，问："古押衙现在何处？一个宫婢生死那是小事，这假传圣上口谕，可是天大的罪过啊！"

　　"古押衙现在富平县一个山沟里居住，详情不知。可找驮运无双尸体的陵户农夫询问。"

　　"那两个假冒的内官呢？"

　　"看着无双喝药死去，就飞马回宫去了。"

　　梁文珍又站起，跺脚："陈公公，你老内官了，怎么就被人蒙骗了呢？再向深处究去，是不是你陈公公内外勾结、胡作非为呢？"

　　陈宗一张口结舌、目瞪口呆，一句话也回答不上来，忽然喊说："古押衙，你害惨了我了，我可没收你一匹绢布啊！"仰身倒下，昏迷过去。

　　左右吏卒一片惊慌。

　　梁文珍挥手："备马，我立即回宫……"

119　王仙客所住独庄子院内，入夜时分

　　上房内点起好几盏油灯，照耀得明晃晃的，土炕上半躺着的无双，已经大好，但仍然背靠被卧半坐半躺，王仙客捧来一个小漆匣，打开拿出当年舅母留赠的金质头饰，金光灿灿地耀眼。王仙客捧给无双看，无双惊讶地说："历经

大难,这东西怎么还在啊!"

王仙客笑说:"舅父所留下的东西这几年已花费殆尽,再怎么困难,这一套头饰是绝对要保存好的。"

塞鸿走进,摆开方桌,又端进几盘菜蔬,炖好的一只鸡,一碗豆腐,一碗炖肉,几盘烙好的面饼,一坛米酿的酒。王仙客走到房门口,迎接古押衙进来,几个人一齐坐下。塞鸿跑来跑去,斟酒、递杯,跟着吃几口菜。

古押衙端着一杯酒,开怀畅饮,说:"……我已经说过,去茅山找到张道士,寻来一种药,服下立死,喝了解药,就会复苏,由采苹跟张道士假装内官,去宣旨让无双小姐服药下去,由我领她出来,无双小姐就是这样解救的。起初,我觉得此事太难,费时费力,步步险棋,一招不慎,全局输光。好在吉人天相,虽受些磨难,终归团圆了……"

王仙客满怀感激地敬古押衙一杯酒。

古押衙解开衣襟,半袒胸膛,胡须上残酒闪光,他豪爽地说:"我这人,立志一生要干几件大事,可是读书坐不住,死抠经书,更是昏昏欲睡,只好去习武,骑射本领上乘,矛功也还可以,却只能在禁军里管管銮驾仪仗,又被内官和朝臣看不起,无趣得很。到了隐居富平,壮志早已泯灭。可以说,心如死灰。承蒙你县令大人视为知己,以解救无双小姐重任托付于我。士为知己者死,我只能拼死去把这件大事办了。好在苍天保佑,费心费力,总算成功了……哈,哈!"古押衙几乎笑出了眼泪。

王仙客满脸红光:"再敬你一杯。"

半躺半坐的无双也微微笑了,向古押衙说:"感谢押衙搭救之恩,这杯酒算是我的……"说完,用袍袖半遮住笑着的脸。

王仙客问:"那张道士呢?"

古押衙说:"张道士是配药的,他带着内药和解药。把无双小姐救出送到我家,服下解药,我就立刻让张道士换上他原来道家装束,骑马去楼观台了……"

120　楼观台老子讲经处

张道士夹杂在一群道士行列里,手持法器,虔诚地站着……

121 王仙客独庄子院内。夜已二更

几盏油灯仍然闪烁，上房内杯盘狼藉，几个人仍在饮酒、谈话。

塞鸿站在王仙客身旁，惴惴不安地问："那采苹呢？"

古押衙笑说："你塞鸿有福气，那采苹可是好样儿的。我给她教了些宫廷礼节、言谈举止，宣旨时的规范行为，扮起宣旨内官，竟然把陈宗一都给蒙住了，不容易！"

无双脸上有了血色，声音发颤地插话说："怪不得我第一眼看见，就觉得有些脸熟哩！一听宣旨赐死，心就乱了，顾不上去想别的了……"

"用这个计谋，让无双小姐受了惊吓，也是没法子的事。要采苹去，主要是怕弄错了人，吃错了药。"

王仙客点头说："若没有这么大的惊吓，哪有今日的团聚啊！"

古押衙向塞鸿说："我送无双小姐只能黑夜里来，怕采苹走不了夜路，让她躲在我的家里，你放心，我这就去把她领回来还给你……"

塞鸿恭恭敬敬斟上一杯酒，敬给古押衙。

122 大明宫丹凤门外。黑夜

左神策军是内官们直接掌管的禁军，梁文珍派二十个骑兵，由一名护军中尉带领，前去元陵园，找寻两个陵户农夫领路去缉拿古押衙。丹凤门外台阶上，梁文珍阴沉着脸，站着。那两火（十人为一火）军士，手持火把，熊熊燃着，向梁文珍行礼后，从梁文珍面前走过，流星般消失在黑沉沉的冬夜里。

123 王仙客独庄子院内。后半夜

上房内，菜已吃尽，酒也剩下个空坛，无双已蒙眬入睡，其余几人还颇有兴致。

古押衙盯住王仙客，又转向塞鸿，郑重其事地说："县令大人，我们只顾吃酒高兴了，可你知道我们犯了大罪了吗？"

王仙客点点头："我估摸到了。"

古押衙伸出手指头,挨个儿数着:"第一,私下接触劫走尚在宫中为奴做婢的宫女;第二,无双是伪官从逆的罪臣之女,罪不容赦;第三,我古押衙伪造圣旨,劫走宫女,这是矫诏大罪,几近谋叛,论罪该死无葬身之地的……"

尚处在与无双重聚的欢喜之中的王仙客脸色大变:"那该怎处? 我是告病假辞官的,这今后的仕途还要不要? ……"

古押衙冷冷一笑,说:"你就断了这仕途发展的念头吧! 只有改名换姓,遁迹故里一条路!"

"你呢?"

"我? 自有法子,生死早置之度外了! 我去接采苹,天亮以后,你们主仆二人尽快打点行装,越快越好,远走高飞吧!"

王仙客、塞鸿惊呆了,说不出话,只连连点头。

124 川野大路上。上午

太阳从东方升起,却被冷雾遮住,一片白茫茫。古押衙戴着毡帽,身背大竹篓,在路旁低头行走。后边传来马队驰来的声音,这在川塬交替的远乡僻野是很少见到的。古押衙低头让到路旁,手扶腰间挂着的佩刀,从毡帽下,眼睛悄悄注视着。

那一队军士骑马持矛挎刀背箭疾驰而来,目的似在远方,并不注意路上行人,马蹄声"嘚嘚"如敲牛皮鼓,踢起一片尘土,从古押衙身边闪过。古押衙略一沉思,便放慢了脚步。毛毡帽下眼睛冷冷地注视着。

太阳在西南天际悬着,古押衙慢腾腾地行走,走入山沟路口,又沿小路走入树木杂草的梢林之中。

125 古押衙家屋后一片梢林。天色昏黄

采苹手足并用,向山上攀爬,只见梢林风动,似有野物在爬。

126 古押衙家

左神策军进了古押衙家每个房间,翻箱倒柜,扯下上房挂的野兽皮毛和

弓矢刀矛,捣毁灶房锅碗,却找不到任何罪证。有几个士卒用矛枪乱戳院内柴草堆,带出黄色的内官衣服,大喊:"找到了,找到了……"众士卒围过来细看,领队的护军中尉说:"这是民间禁用之物啊!"

"咋不见古押衙人呢?"

"可能钻山了,向山上放箭,放箭!"

禁军士卒便朝山上一阵乱射飞箭。

两个陵户农夫,就是赶驴运送无双的,蹲在柴门外,吓得瑟瑟发抖。

"好了,咱们拿到罪证了,收队回去吧!"那个护军中尉说。

"把房子放火烧了!"

"不,把房子烧了,不是更叫古押衙跑得远了吗?"

"收队回去!"

127　柿树沟口的山上小路。天色已晚

古押衙在山间小路上的身影。

那一队左神策军的人马在山沟底的大路上向山外撤退,可见尘土扬起,火炬如流星。

古押衙蹲下片刻,等左神策军人马远去后才继续向柿树沟自家小山村走去。

128　古押衙邻居老农家。半夜时分

有人在轻敲紧闭的柴门,老农手持灯盏走出房门,问:"谁?"

"我。"

老农拉开柴门,惊慌地低声说:"哎呀,押衙呀,你才回来,出事情了,出大事了……"

古押衙问:"禁军走了?"

老农说:"走了。中午过后,二十多个禁军骑马来了,有两个陵户农夫带领,直接上你家找你。你不在。采苹姑娘见事不好,从屋后上了山,钻了树林。禁军没有上去,只向山上放箭……"

129　邻居老农家房内

在卧房的土炕上,采苹一动不动地躺着,她脖颈处缠着麻布,已经让血染红了。邻居老农说:"我从山上背回来的,箭射中颈部,箭头取下了,上了刀箭药,还是慢慢渗血……"

古押衙低头轻轻地叫:"采苹,采苹……"

采苹微睁眼睛回应:"押衙。"

"我已经把无双小姐送到家了,也见了塞鸿……"

"好,好,这我就放心了……"说完,采苹就闭上眼睛,不言不语了。

古押衙用手猛击自己的头部,悲痛地说:"我得把你送回去! 这儿不是久留之地。"随即向老农说:"我云游天下去了,如果三年不归,我的所有财物都归你,你把我的房子改做小庙,供上我的牌位,保佑这一方土地风调雨顺,人畜平安……"

老农大吃一惊:"押衙啊,你豪杰一世,别想不开啊! 这么说,不就永别了吗?"说着,老泪纵横。

古押衙拍着老农的肩膀:"我做的所有事情,你都不知道吧?"

"不知道。"

"那就对任何人都说不知道。"

130　从柿树沟出来的大路上。深夜

古押衙吃力地背着大竹篓,内坐裹着薄被的采苹,已然昏迷不醒。古押衙慢慢走着,汗流满面。大路如一匹看不到头的灰白色绢布,铺展开来,铺向远方。

古押衙轻轻念叨着:"快到了,快到了……"

131　王仙客住的独庄子院落。天色渐亮

冬季早晨有雾,白茫茫雾蒙蒙,笼罩着川野和这个独庄子院落。院里树上拴着几匹马,正低头吃脚边的麦草。房前台阶上放着箱笼、包裹,准备远行的样子。

但是,令人惊讶的是上房土炕上横卧着采苹的遗体,盖着薄被,头顶香炉中插着几支燃着的香。无双坐在炕头上,身着平常布衣布裙,头发未整,胡乱梳着,她握着采苹的一只渐渐冰凉的手,默默地流泪。王仙客站在土炕前,木呆呆地,好像不知道要做什么。塞鸿坐在门槛里的地上,一条腿跪着,嘴里呜咽着流泪。

古押衙向塞鸿说:"我把采苹给你送回来了,可惜不是鲜活的一个人。老弟,我古押衙亏欠你了。"

塞鸿爬前几步,一面摇头,一面哭。

王仙客踌躇着,问:"该如何办呢?"

古押衙说:"事已如此,只好早早安葬、入土为安了。"

塞鸿直起身来向王仙客说:"相公,禁军去查抄了押衙的家,风声正紧,还是趁早掩埋为妥。"说毕,用袍袖擦拭脸上的泪痕。

王仙客点头说:"实在是薄待采苹了,就在这院外挖一坟茔,把无双从陵园里带出的衣物都给采苹穿上,深埋地下吧!"

无双拿出内装金头饰的小漆盒,迅速打开,向王仙客说:"把这套真金头饰给采苹用上,也不枉我俩几十年姐妹一场……"

王仙客说:"应该,应该,她是为我们死的,我们无以为报啊!"

无双流泪给采苹梳头,插上金钗……

塞鸿哭着说:"采苹啊,当年我曾说要给你买一套金头饰,如今,总算有了,你就穿戴好走吧!"

古押衙在房门外,找来一把镢头和铁锨,向后院走去,他腰悬的佩刀轻轻摇晃着。

132 大明宫内,左神策军驻地

梁文珍在殿前台阶上踱步,听率队搜查古押衙家的护军中尉禀报,脚下一堆内官穿的黄色袍服,殿下院落里列队站着二十几位禁军士卒。

梁文珍冷着脸,指着内官袍服说:"你们查获的内官衣服,证明古押衙正是假传圣旨的元凶,这还了得,这不是造反吗?他人已失踪,如果逃到河东几

个藩镇那里去,不是为虎添翼吗? 要缉拿古押衙,发缉捕文告,特别是东路各关隘要冲、河津渡口……"

护军中尉拱手称:"是。"

梁文珍踱来踱去,疑惑地问:"这古押衙派人假扮内官,去宣假圣旨,赐一宫女死,又把尸体带走,到底为什么? 做什么用? 我弄不明白,你们说呢?"

众人都面面相觑,也疑惑不解。

梁文珍咬牙切齿地吼道:"古押衙,拿到你,禀奏皇上,你就只有一个死!"

133　王仙客所住独庄子院内。冬日上午

冬雾蒙蒙,院后土墙外地里,已挖好一个大大的墓穴。墓穴底部,铺几页门板,采苹的遗体已平展放好,身上盖着几层衣服,脸部也盖着一块红色绢布。

王仙客流泪说:"采苹,你是刘家的人,为救主殒命,你就往西天极乐世界去吧!"跪下,叩首。

古押衙深深一揖,叹息说:"我没把你活着带回来,是我的疏忽啊! 你放心走吧! 走吧……"

塞鸿从院里出来,穿戴整齐,头戴毡帽,脸色决绝,他走到墓穴边,朝里看着,说:"行了,这墓穴挺大的,装两个人都用不了……"

王仙客泪眼中露出诧异眼色,说:"塞鸿,你胡说什么呀!"

塞鸿向古押衙一揖,走到王仙客面前,猛然跪下,仰头说:"相公,采苹和塞鸿是刘家、王家家生奴婢,服侍你多少年了,所有差遣没有不遵的,我俩的婚姻也是你成全的。为解救无双小姐,采苹付出了性命。她不在了,我塞鸿岂能独活? 我要随采苹去了……"

古押衙一听,顿时惊呆。

王仙客忙双手扶掖塞鸿,哭着说:"塞鸿,你怎能如此乱想呢? 你从小跟我,忠心耿耿,我也没亏待你呀! 我原准备回到故乡,除去你的奴籍,分田产房屋给你……"

塞鸿猛然立起,说:"这都不用了。"后退几步,朝着古押衙跪下:"押衙,你是我们家的大恩人,受塞鸿一拜。"

古押衙也来扶掖塞鸿，就在此时，塞鸿猛然抓住古押衙佩刀的刀把，急欲抽出刀来。古押衙大惊，忙用手握住刀把，两人就这样僵持着。塞鸿乱喊乱叫，却不成个语句。王仙客早已吓得浑身瘫软，在地上坐着。古押衙点头说："塞鸿，你死意已决，我成全你做个义仆吧！"稍一松手，塞鸿已拔刀在手，向脖颈处割去，只一下，血便喷出，随即倒地。

墓穴四周，一片死寂。

134　独庄子院后门里

后门大开着，可以看见墓穴周围发生的一切。无双在院当中，看到了塞鸿自刎，吓得目瞪口呆，浑身无力，闭上双眼，瘫坐在冰冷的土地上。

135　墓穴周围。天色阴沉

塞鸿和采苹的遗体已放入墓穴，盖上厚厚的黄土。古押衙从土堆上下来，把铁锨扔在一边，面对瘫坐在地、已无眼泪的王仙客，也双腿直伸坐了下来，冷静地问："你把走的东西准备好了？"

王仙客似无反应，只是略点点头。

古押衙向王仙客说："那就立刻起程吧！你们可走两条路，一条向西走，绕过京师到奉天，再向西南，越秦岭，进大散关，去成都蜀郡，然后从川路顺江而下；一条是向南走，过渭河，入霸上，进秦岭，过蓝关，顺丹江东下。这两条路都可回归荆襄一带你的老家……你得选好了路，立即星夜兼程，赶回去。沿途就说是贩卖丝绸绢布的商旅，你手头有过关隘渡口的通行文书吗？"

"有。"王仙客回答，"还是我任职县令时留下的。"

"好！不管你们走哪条路，临出富平县境时，大路口有个关家老店，店主姓关，我托他购买好二十匹绢布，还有两匹马，原是准备送给陈宗一的。你们都去领走，关姓店主要问，就说我让你们来取的，他不敢不给。你们要改换姓名，改变服色，早行早宿，赶路要紧……"

王仙客仔细地听着，最后劝道："我俩一走，你也远走高飞了吧？或者躲到黄河边的沙滩上去？"

古押衙摇摇头，冷冷地说："相公，我给你说个故事。当年从浙西进京了一个平民百姓，向皇上告御状，揭发宫市、进奉和该地官员的苛敛暴行，皇上根本不信，把他递解回原地，回去后受尽拷打，追查幕后，最后，挖了一个坑，活活地埋了……"喘了一口气，继续说下去，"为了解救无双，我犯了弥天大罪，结局会比这个平头百姓还好吗？朝廷管不了手握重兵的藩镇节度使，却能管住手无寸铁的老百姓，我能逃脱这个罗网吗？再说，只有我古押衙从这个世上消失了，无双逃出元陵园的一切人证、物证也都消失了，朝廷再查，也查不出来了，除非你们自己泄露出去……"

王仙客被这深刻的分析惊呆了，他坐在土地上，呆愣愣地听，不断地点头。

古押衙又呵呵地笑了："不过，我古押衙还不想死，不到最后关头，我绝不死！你和无双快快走吧！"

"请你和我俩一块走！"王仙客恳求说。

"不！你们走，我会随时跟在你们周围……"说完，俯身拿起塞鸿自刎时那把刀，在鞋底上擦拭了血迹，又拿黄土擦拭，收入刀鞘，转身朝冷雾弥漫的田野走去，瞬间消失了身影。

王仙客呆坐着，望着新隆起的埋有塞鸿和采苹的坟堆，忽然惊醒，爬起来，从后门奔入院内，只见无双跪在地上，蜷缩成一堆。他连呼："无双，无双！"无双慢慢抬起深埋的脸，泪痕斑斑，断断续续地说："我都看见了，采苹和塞鸿都死了，古押衙也走了。我害怕，怕看见血，不敢跟你去填土，只好在这儿给他们送行……"

王仙客半拥半抱地扶起无双，连忙说："我们得快走，全都扔了，回家乡要紧。"

半空中，雪花成团地落下，落在整理捆缚行李、包裹的王仙客和手拉马缰的无双身上，落在塞鸿和采苹的新坟上，一片洁白。

136 渭北塬上去柿树沟的路上

疾驰过一队左神策军的士卒，领头的仍是原来那个护军中尉，不过他身旁多了一位年老的穿黄衣的内官。在马上，护军中尉说："我不认识古押衙，上次没逮着，这次就看你的了……"

那位穿黄衣的内官冷淡地说："我可以指认他，逮不逮得着，可就是你的事了。"

中尉护军哈哈大笑地说："那当然，那当然，如果逮到了，功劳有你一份。"

禁军马队在路上留下一溜风尘。

137　从富平向南过渭河进京师的路上

远远可见王仙客和无双各穿平民百姓的厚布短衣，外罩袍服，头戴毡帽，无双用黑布裹头，钗环全无，脸色憔悴，只埋头骑在马上向前走。各人骑一匹，又后拉一匹，驮着箱包、行李、绢布。王仙客脸遮布巾，眼睛警惕地从毡帽下向四野眺望。路上偶见行人。

王仙客、无双走过，出现了古押衙，他身着白毛毡衣，头戴老年士卒的缨帽，腰挎佩刀，骑着一匹走马，给人感觉是一个退役的老兵。古押衙低着头，眼睛却始终不离地窥视着远处目力可及的王仙客和无双。

138　从柿树沟出来的山口路上

左神策军护军中尉率领的一伙上卒，纷纷扰扰骑在马上，从山沟里出来，矛、旗纷乱，情绪暴躁。护军中尉懊恼地说："又让古押衙跑了，这回去怎么向内侍总管交差呢？真他妈的不是人干的活儿！"

那个同来指认的年老内官不言语，只不断回头去看，柿树沟里小山村古押衙的院落正起火焚烧，黑烟笼罩在树丛上边……

139　渭河石桥南头。桥头土地上

石桥已经修补完工，桥边石栏杆齐整光洁，石板路平滑顺畅，桥上不断有人车来往。

桥头外的土地上，古押衙赶上王仙客和无双，都兴奋地下了马，紧紧地握手。古押衙说："我就送到这儿了。你们赶紧走，朝蓝关走，只要进入秦岭就安全了……"

王仙客、无双都跪下，表示深谢。

古押衙四顾无人,扶起他俩,回身上马,不忍地说:"从此一别,只有来世再见了!"纵马上桥,向桥北而去。

王仙客、无双站起,不忍离去,朝桥北远远望着。

140 渭河桥北头。接近岸边

左神策军一伙士卒正要拥上渭桥,迎面碰上古押衙。那名老年内侍眼睛一亮,精神一振,用手一指,大喊:"古押衙!"

护军中尉立马停下,士卒们也都拥在桥头。迎面距离约有二十丈远处正是骑在马上的古押衙。古押衙慢慢下马,神色严峻,双眉紧皱,紧紧盯住左神策军的禁军们。他还迅速回头朝桥南望了一眼,好像那里什么人都没有,这才稳稳站住。

护军中尉仍骑在马上,摇着短鞭,惊喜地说:"踏破铁鞋无觅处,得来全不费工夫! 古押衙,是你乖乖地跟我们走,我保证不亏待你;还是让我们把你捆在马上带走? 你挑!"

古押衙冷笑,摇头:"休想!"

护军中尉喝令:"上!"

便有一个武艺精良的士卒纵马持矛冲向古押衙。古押衙稳稳站住,双手垂下,待马到跟前时,猛地一闪身,顺手抓住那士卒的长矛,猛地一扯,那士卒就被从马上摔到地上,爬不起来。古押衙飞快解下那士卒身背的劲弓,扯出箭匣,趁护军中尉和士卒们发愣之际,把箭搭在弓上,瞄准那个年老内官,"嗖"地一箭,年老内官立马从马上跌下,箭矢正中其心窝。

护军中尉和士卒们大吃一惊,纷纷后退一步,但又乱纷纷地拥上来,把北桥头围得水泄不通。护军中尉拱手说:"真是好功夫! 佩服! 佩服!"

古押衙自傲地说:"我练功夫的时候,怕还没有你呢!"

护军中尉拱手说:"是的,是的,你知道我们为什么要缉捕你老人家呢?你给我说,为什么要矫诏,把一个宫女骗走? 你把那个宫女弄到什么地方去了? 这可是个大罪过……"

"那是个死宫女,已经埋了……"

"埋在何处?"

"山沟野洼,回忆不起来了。"

护军中尉不耐烦了,大声斥责道:"古押衙,你还是乖乖投降吧! 你逃不了的。两边是深深的河水,你敢跳吗? 你向南跑,我们会追上你的,你无路可退……我给你点时间!"

这时,另一个禁军士卒争功心切,猛地冲出队列,向古押衙扑去。古押衙又是一箭,把那个士卒射倒。其余士卒纷纷动作起来,准备一齐拥上,制服古押衙,被护军中尉举手挡住。

古押衙看见自己孤身一人,难敌众手,知道已入绝境,他拍拍身后坐骑的臀部,让那马奋蹄逃走,然后,掷下弓箭,用右手拔出佩刀,平举胸前,向护军中尉喊道:"我知道,你要回去交差的,捉到我,你可以受奖;捉不到,你这官位不保。好吧! 我成全你。可你要听我把话说完。你问我为何要矫诏骗走一个宫女呢? 这是为了做一件善事,做一番正义事情。那个事情到我这儿就终止了,完了! 我不会再说什么了,也不会活着叫你逮走,大丈夫义不受辱。"

古押衙说着,又低头看手中的刀,说:"古来多少侠客义士,做了许多惊天动地的大事,结局无不悲惨,今日我古押衙也不例外……"把刀横到脖颈间,喊道:"苍天有眼! 刀啊,你不要负我……"用力狠狠一抹,血立刻涌出,染红了胸膛。古押衙痛苦地扭歪了脸,缓缓地倒了下去,横陈在桥面上。

众禁军士卒都惊呆了,又"哗"地一下围了上来,静观着,护军中尉佩服地惊叹说:"真是一个义士,一个厉害的人……"脸色一变,又大吼道:"把头割下,回宫交差!"

141 渭河桥南头

王仙客、无双躲在桥南头残留的一堆石料后面,目睹了古押衙舍身自刎的经过。看见古押衙倒在桥上,他俩用袍袖捂住脸,迅速上马朝桥南广阔的雾蒙蒙田野驰去……

142 大路上、霸上坡顶、秦岭山麓北侧

王仙客、无双骑在马上前行，后牵两匹驮着箱笼、包裹的马。进了山口，地平线渐渐升高，他俩走到一个坡顶平处，可以远眺烟雾蒙蒙的关中平原和遥远的目力不及的京师。二人停了下来，下了马。

无双面向平原，在雪地里跪了下来，面色平静庄重，口里喃喃自语，深深叩首。

王仙客站在她的身后，沉默着，慢慢朝天上看，说："走吧，天又要下雪了，赶过蓝关要紧……"

143 荆襄山区一个小村。雪夜

画面回复到影片开始的时候，老年的王仙客和无双站在摆着祭品的桌案前，脸朝不断飘着雪花的黑夜深空，呼喊着："古押衙、塞鸿、采苹……"流泪的脸渐渐隐没。

144 字幕：剧终

2011 年 7 月 31 日

附录：

一、《大唐生死恋》电影文学剧本包含以下诸多元素：忠贞爱情、宫廷生活、藩镇内乱、草野英雄等等，是我根据唐代传奇《无双》重新构思创作的。唐代传奇小说是我国古代文学史上的一朵瑰丽奇葩，它用精练的文言文写成，深刻丰富地反映唐代的社会生活和人们的思想感情、诸多矛盾冲突，是充分现实主义的，但又极富浪漫色彩，神仙鬼怪、奇行异事、光怪陆离、引人无限遐想，对我国后来的戏曲创作表演和小说创作产生过深远影响。《无双》是唐传奇中有代表性的一篇，我不揣浅陋，对其进行重新构思，拓宽情节线索，丰满人物性格，增强细节描写，渲染感情气氛，使之成为一个可以供拍摄者使用的有文学基础的底本。

二、我重新创作《大唐生死恋》是基于这样一个理念：人类在发展、进步的过程中，无论社会制度变迁、朝代更替或不同民族的斗争融合，甚至一个家庭、一对恋人的悲欢离合、喜怒哀乐，总贯穿着一条线索，那就是追求正义、公平、幸福，反对盘剥、压制和奴役。尽管表现出的内容形式不同、感情细节各异，这条线索却为不同时代的人们所咏歌、感叹，甘愿为之抛洒热血、倾注感情。我在这个电影文学剧本创作中，就是描述表现大唐德宗皇帝李适在位时发生的这样一个维护正义、追求幸福的斗争故事。

三、电影是给当代人看的，目前风行给经典名作或古代题材加入现代化元素的潮流，这自然无可厚非，但也要看到，弄得不好，却会使作品中矛盾冲突的展开和解决不合情理，人物形象前后不一致、不统一，成为穿古代服装讲现代语言的现代人，削弱了观众感动和认同的可能性。我重新创作《无双》，就是在尊重原作的基本框架和题旨所在，尽可能历史地、真实地展开情节、塑造人物，不随便加入所谓的现代元素，特别是当前流行的价值观说教和新出现的口头语言，使之达到观看时，观众似乎置身于许多年前的历史时代，在那个社会制度下生活，和剧中人物同命运，共呼吸，经历他们的悲欢离合、爱恨

情仇,受到感动,获得启示。当然,我这是在进行文学创作,允许虚构,允许想象。往事越千年,不可能事事有出处,句句有根据。终究是现代人写古代事,我所说的真实是相对的,有局限的。不必从历史考证、辨析方面进行观察分析。

四、如果这个电影文学剧本能够得到拍摄。成为一部独立、新颖的电影作品,我希望其艺术风格、画面色彩构图是油画式的,不应该弄成商品广告那样的鲜艳、光亮和时尚。特别要保持细节的真实性和历史性,将军出场不应该不分场合身着盔甲,街上行人不能都穿飘飘然的绸缎新衣,皇宫里不必要处处超出想象的金碧辉煌,武斗场面不能老在半空中飞来飞去……至于音乐,我主张在宫廷、宗教音乐的基础上进行独立的创作,应有新意。

五、我以上看法,纯属个人思考,别无他意。拍摄者不必受其局限,我只是提供一部电影的文学基础而已。

2011 年 8 月 4 日

难得一种真实

难得一种真实

——读韦昕《绳套难解也得解》

陈忠实

读熟人的作品和读陌生人的作品的感觉，在我颇有异趣，自然是指阅读前不同的心理期待。读一位素不相识的国内或国外作家的作品，尤其是代表作，读完作品就结识了就成为熟人了。道理很简单，这个人关于世界的理解关于生活的体验关于人生姿态，乃至他的气性和兴趣，全都了然于白纸黑字的书页之中，至于他是胖子瘦子光脸麻子都不甚重要了。读熟人尤其是熟悉到低头不见抬头见的人的作品，开读前往往是另一种新鲜新奇感，这回他又写什么内容的东西了？会有怎样的拓展与招变？常常倒是一种比读陌生人作品更为好奇也更为关切的探秘性心理。我读韦昕新著《绳套难解也得解》书稿，就是如此。

在我尚属青年业余作者走进陕西作协深宅大院的时候，韦昕已经是这个院里资深的工作人员了，做着行政管理工作，也做过杂志的文字编辑，后来又做党政领导。我调来作协的二十多年里，和韦昕进进出出同一个大门居同一幢住宅楼，抬头见脸低头见脚，当属熟悉不过的人了。无论他做行政做编辑乃至做领导，几十年里都在工作之余勤奋地写着小说和散文，说他是作家协会这样的专业文学团体里的业余作家，不是幽默而是恰切。直到他工作到年龄额限从领导岗位退到二线，创作很自然地调换到专业位置，一篇篇小说连

续不断创作、发表、出版，尤以写唐代历史题材的小说引起广泛好评，其老到的艺术功力赢得作家和评论家的钦佩和敬重。有朋友甚至和我表示惋惜，如果韦昕从早年间就有以创作为专业的条件，真不可估量现在会有怎样卓越的文学建树。尽管人的生活历程生命轨迹容不得"如果"，然而韦昕仍然能保持今天甚为旺盛的创作形态，足以告慰神圣着的文学情怀了。

我读《绳套难解也得解》，首先感到一种毫不置疑的真实。既是艺术的真实，更是生活的真实。我之所以强调后者，珍视后者，是有感于某些作品，在艺术的名义下对生活所采取的随心所欲的姿态，把对生活的虚拟虚妄和虚假，振振有词地淹没或张扬在所谓艺术的天花乱坠里。我对《绳》的真实性的敏感，完全是文本阅读过程中不断引发的感动和感慨，这样兼备着艺术真实和生活真实的朴实文字，似乎好久都寻觅不到了。

《绳》写的是韦昕"文革"中下放陕南山区农村的生活体验。这部作品的生活背景，直面"文革"过程里最惨烈的"清理阶级队伍"和"一打三反"运动进行的时候。除了最后一章没有具体情节故事算作尾声，前四章写了发生在风雷公社何家梁大队的四个案件，赵臭臭辱骂领袖案件，柱子偷公粮案件，顺顺子的偷情杀人案，贾进洲政治诬陷案。韦昕写了这四个案件发生和破案的复杂而又曲折的过程，准确地再现了处于"文革"非常时期的乡村社会的特殊氛围特殊秩序，无序的社会结构里的秩序。赵臭臭被人揭发辱骂过一句领袖画像，被当作最严重的反革命事件；贾进洲为泄私仇，潜入会计家里用针刺扎领袖画像的眼睛后再去报案，企图以当时最严厉惩治打击的反革命罪致会计于死地。这两桩案件，只会发生在"文革"时期。或者反过来说，这两桩，今天的人们觉得荒唐、滑稽到不可思议的事件的发生，正是非正常的"文革"时期特殊的社会现象。这两桩被看作最严重的政治案件，在政权机关的判断自不必说，在更广泛的群众思想意识里的普遍性判断，恰切地透视出整个社会的生活氛围，即使在穷乡僻壤的农民心理秩序也错乱了，正是无序的畸形的社会秩序的典型体现。即使柱子偷公粮和顺顺子偷情杀人，这些本来属于刑事性质的案件，在发生和处理的过程中，也弥漫着"文革"时期特有的社会气氛。韦昕选的这四个故事，展示出最偏僻最贫穷的山区乡村"文革"时期的生活图景,给我以不容置疑的真实。

这四个案件的破案过程,没有公检法参与,全都是公社(即现在的乡镇)和大队(即现今的村委会)的干部完成的。嘲笑那时的法制观念之合理性已无实际意义,我们当时的社会现实就是那样,况且业已揭过这一页了。我甚为感佩的是,韦昕既是典型地又是生活化地写出了那种社会形态下基层干部处事的方式,生动里的真实,真实里的生动。生活细节的真实,有各个人物举止行为的个性特点,也有语言行为的独特性,这里往往可以鉴别从生活体验而得,还是随心所欲以概念和印象编出种种莫名其妙的举止行为和话语,一部作品的基础和底蕴也就截然分明了。然而,还有更要紧的一点,即不同时代的人的思维方式思维特点,更从内质里决定着一个特定时代的人物的真实性。尤其在我们改革开放前和之后截然不同的思维理念所形成的社会生活景象,仅仅不足三十年,却让人有恍若隔世之感。石主任、雷社长和"我",他们都呈现着 20 世纪 70 年代初的思维理念,遵循着当时的政治思想和判断是非的标准。他们没有一个能跳出荒谬而独逞高明,而是遵循着时代共有的理念进行着自己的思维和判断,真实准确地展示着那个时代的生活运动的形态。

尤其令我感动的是,在这几位基层干部身上,都隐隐体现着一种人性的温情。无论主事的石主任,无论旁落的雷社长,还有改造锻炼的下乡干部"我",在调查这几宗案件时,没有动辄棍棒相加,而是想方设法解开谜团,乃至处理犯案人时,显示出在那个非正常年代的一种人性之善和美。对偷了一袋苞谷的二队队长柱子,石、雷决定不向上级报案,是被柱子偷盗的因由所感动,为了讨媳妇。这两个公社负责干部尚未在极左路线极左政策里一味迎合而泯灭良知。作品表述得恰到好处,如果说一袋苞谷只算刑事案件,不予声张地化解了,保护了一个贫穷到娶不起媳妇的乡民,还好办些;而对于一个以诬陷栽赃企图置人于死地的人,这个人既狠毒也很愚蠢,他用针刺扎了有私怨者家中的领袖像的眼睛,这在"文革"时代是十恶不赦的头等重罪。这种利令智昏的行为,终究真相大白,落得性命难保。即使在这种严峻的情况下,"石主任和雷社长鉴于贾进洲终归是个农民,很想宽大处理……"我是经历过这段难忘的生活过程的人,"文革"大运动中不断掀起严厉打击某个社会目标的"专

题"运动,诸如"清理阶级队伍""一打三反"等,无论城市或乡村,都被愈绷愈紧的所谓"阶级斗争这根弦"陷入持久的灾难,即使一个大字不识的农夫农妇,也都知道什么话不敢说,说了就有掉脑袋的危险。而包庇这类重点打击的头等要犯的人也脱不得身,何况作为一个公社的领导者石主任、雷社长这些干部。他们在这种莫须有的"阶级斗争论"酿成的恐怖气氛里,能为加害者减一分刑责,哪怕有一句同情的话,都是要冒政治风险的,也更是弥足珍贵的,也显示着在人为的恐怖下的人性还存活着。韦昕创造的这两位基层干部形象的不同凡响的意义,在于一种特定历史过程——"文革"中乡村的真实形态。

这种真实还体现在乡村生活场景的叙写中,公社和大队干部的办公设施和摆设,各种乡民家庭的农家气象,都有独到的却也准确的观察和文字描绘,不着意夸大更不渲染,平实里逼真的艺术效果就出来了。各种性格的乡村男女,也不故意夸张其行为举止上怪僻的习性,而是颇为敏锐地抓住其某时某地对某件具体事的微妙表现,一个眼神一种脸色,一句直截的表达或含糊其辞或王顾左右而言他,都呈现着各种位置各种利害里的角色的分寸和色彩,你可以看到那些虽然贫穷的乡民的语言智慧和极富心计的思维,较之那些随意把农民写得如自己一样傻的作品可靠可信得多了。

无论写人无论状物无论叙事,韦昕都用一种平实的语言。说平实容易产生缺乏色彩的误解。恰恰相反,韦昕语言里的睿智和透亮随处可见,却是在一种平静的叙述和描写中蕴含着,不做故意强调,大智若愚和大象无形的气象。我所特别欣赏的作品的真实感,除了前述的因素外,也得益于他的语言。一种纯净平实的语言,决定着作品整体叙述风格的完美,也是造成作品艺术真实的至关重要的策略。

韦昕已年过七十,虽然有点耳背,交谈需得提高嗓门,却依然健朗,尤其是艺术思维,似乎更趋活跃和敏锐,充满如此令人惊羡的创作活力,真是活到一种纯作家的人生境界了。

2006 年 12 月 13 日

二府庄

后 记

编入这个集子里的五部中篇小说和一部电影文学剧本,大多数是在 2008 年我开始写长篇小说《三棵青春树》期间或以后一段时间里陆续写成的,在《三棵青春树》2011 年出版以后,终于能编辑成集出版了。有了这么一个结果,我心里的石头落了地,长长出了一口气,觉得只要动手耕耘,终归会有收获的。

我是 1954 年秋调入初成立的中国作家协会西安分会的,在作协工作已 60 年了。做过文学组织联络、文学期刊编辑,"文革"以后还主持过一段时期的省作协工作,可以说,除过没有专职从事创作,作协的许多工作,我都长期参与过、涉及过,特别是在历年运动不断的时期,许多工作都是与文学无关的,例如像"文革"。在这个意义上,我只能算是陕西省作协内一个"打杂"的,进行创作,写点什么,似乎没有人要求我。在省作协若干年,不写一个字的,也不是没有。但,我并不后悔当年为何不早日"专业化",以创作为主业。过去的就过去吧!那也不是我想要就能要到的。

其实,我不是没有做过文学梦,那梦是在我上初中时开始有的,平时爱读课外书,受过任教语文的张光远老师(一位处于地下状态的共产党员)的熏陶。1950 年 5 月我在《经济快报》首次发表了一首歌咏五四精神的短诗,从此兴趣徒增,陆陆续续又写了一些。20 世纪 60 年代起,又着手散文写作,结合编辑刊物的需要,又学习写过几篇评论性的文章。只是专业不够,不成气候,名气甚微,不太被人注意。在此期间,接触过陕西省几位前辈作家,如柳青、

胡采、王汶石、魏钢焰、李若冰等人，受到不少帮助和启示，"文革"以后才把较多精力和时间放到小说创作上面来。于是就有了《她在黎明里》《大唐纪事》《吹落黄尘》几部短篇、中篇小说集。2007 年，又把此前所有的各种形式的文学作品和文章编辑整理出版了三卷本的《韦昕文集》，随后，又开始长篇小说《三棵青春树》的创作，于 2011 年出版发行。

由此可见，我的文学梦，起步早，收获晚。这也有好处，我是那种后知后觉的人，不甚勤奋，生活圈子较小，受的专业训练也不足，直到已入衰朽残年，才似乎慢慢明白了一点，笔下也稍觉顺畅了一些，在小说创作上，渐渐获得了一点自由度。许多年来，我一直自觉或不自觉地愿意遵循现实主义的创作方法，去写长短不一的小说，我的理解是写小说绝对要以塑造人物形象为中心，先把人物能够写得生动逼真一点，性格鲜明一点，然后深刻一点，最后达到创造出"典型环境里的典型人物"那样的高度境界，却也是最难达到的境界。这中间，需要对生活有体验和感受，需要安排好故事情节，需要展开虚构想象的翅膀，需要富有文采的文字表达功力……可以说，这个过程分外地艰苦不易，不是说一说就可了然于胸，一伸手就可以完成了的，需要多年甚至终生的努力。我自己思忖，按照这样的要求，我创作的这些长篇、中篇和短篇小说处于什么水平？人物形象的塑造究竟怎么样？达到了什么境界？可以明确地回答：我初步做到了生动、真实和鲜明，有一定的生活和思想内涵，但多是群像，距"典型环境里的典型人物"那样的境界还有不小的距离，甚至可以说还相当遥远。我知道自己作品的分量，从不敢自以为多么了不起，有多么成功。

究其实，写小说作品，酝酿某个人物形象，结构一篇小说的情节布局，这都是开始动笔前后的技巧阶段，在写作中，总要有作者个人隐藏在心灵深处的某些东西在起发轫、激活、涌动的欲罢不能的作用，说它是意识形态，是价值观，是生活给予作者的爱恨情仇的激励，但毋宁说那应该是个人对生活感受很深的，理性上情感化了的，受到传统的或外来的文化积淀影响了的某种心灵上的东西一种心境，一种情怀，一种精神品格，有时强烈，有时朦胧，有延伸性，有局限性，有时代色彩，有个人特性。我不知该称之为什么，叫什么好。

近日我回眸自己的小说创作,很惊讶地发现这种创作境界:我没有暴露或控诉某种罪恶或暴行,没有片面刻板地歌颂和赞扬,只是对现实或历史里某个阶段、某个领域里的人和生活进行着平易、冷静和善意的客观描写,而在这背后的深处却有一种悲天悯人的东西,它贯穿在我的不同题材、不同年代的小说里。它不是奉组织领导之命,更不是某种物质利益之诱惑,才去进入小说里去的。当然,它也有是非、美丑、真假之辨。

前几年,适逢新中国成立 60 年大庆,中国作家协会向创作经历 60 年的会员颁发了荣誉证书。我也荣幸领到了一份。在座谈会上,我发言,把文学创作比作一条永不停息奔流的大河,又仿佛是一个几代人从不停息的长跑,我只是这个长跑队伍里跑在最后、最不起眼的一个。许多人跑到前边去了,甚至赢得了数一数二的名次,而我呢? 还汗流满面、步履沉重地跟在后面。不过,我不后悔我的参与,也不自惭于落伍,还是心情坦然地向前跑。文学是上层建筑的一部分,受经济基础的影响和决定,却又反作用于经济基础,有自己的特点和规律。在革命者看来,文学是教育人、鼓舞人、团结人的为政治服务的武器,这是它的社会属性;但它同时又是商品,是要发表、出版,要投入商品交换领域,它才能生长、流传、壮大和繁荣,这是它的商品属性。以往岁月里,过于强调它的社会政治属性,在"左"的路线统治下,它调门大,门槛高,却步履蹒跚,作家创作热情和创造力受到抑制,文学创作走入困境;现在,在市场经济的形势下,如果过于突出它的商品属性,思想政治褪色,却也搞得铜臭味重,品格低下,劣货充斥。依此衡量,我创作的小说,既不是政治意味强烈的精品,也算不上是市场里的畅销物品,只是一个老作者写出的对现实生活的反映的普通产品而已。读者在阅读过程中,能够感受到我描写的社会生活和塑造的人物形象,有所感动,有所启示,得到一种精神上的愉悦和提高理性认识水平,这就是我所期待的,也是我能得到的最好的酬谢。我不再要求其他。若干年后,我的这些小说,同其他多数作品一样,会湮灭无闻的。这是必然的,也是事物的发展规律。历史上许多小说作品,除少数传世外,不都是随着时间的流逝而一去不复返了吗? 谁还会记得呢?

著名作家陈忠实在我的《绳套难解也得解》发表以后,写过一篇评论文

章《难得一种真实》，比较准确地观察到我的创作思想，并就作品的读后效果给予恰当的评判，我感谢他的批评和支持，特收入这个集子里，谨供读者参考。

这部小说集得以出版，责任编辑曹彦同志给予了最大的支持和帮助，在此一并深表感谢！

2014 年春